yingyongxing Rencai Peiyang Xilie Jiaocai

应用型人才培养系列教材

经管类

管理学

GUANLIXUE

邓培林　马洪波　◎主编

U0140801

电子科技大学出版社

图书在版编目（CIP）数据

管理学 / 邓培林，马洪波主编. —成都：电子科技大学
出版社，2009.1
（应用型人才培养系列教材. 经管类）
ISBN 978-7-5647-0057-7

Ⅰ. 管… Ⅱ. ①马… ②邓… Ⅲ. 管理学—高等学校—教
材 Ⅳ. C93

中国版本图书馆 CIP 数据核字（2008）第 211771 号

应用型人才培养系列教材（经管类）

管 理 学

邓培林　马洪波　主　编

出　　版：	电子科技大学出版社（成都市一环路东一段 159 号电子信息产业大厦　邮编：610051）
策划编辑：	曾 艺 罗 雅
责任编辑：	罗 雅 曾 艺
主　　页：	www.uestcp.com.cn
电子邮件：	uestcp@uestcp.com.cn
发　　行：	新华书店经销
印　　刷：	成都市火炬印务有限公司
成品尺寸：	175mm×260mm　　　印张 20.25　　　字数 491 千字
版　　次：	2009 年 1 月第一版
印　　次：	2009 年 1 月第一次印刷
书　　号：	ISBN 978-7-5647-0057-7
定　　价：	34.00 元

前言

独立学院作为我国一种新的人才培养机制，虽然运行时间不长，但取得了长足的发展。在独立学院的众多教学课程当中，《管理学》是一门开设较为广泛，深受学生喜爱的课程，几乎所有的管理类专业和经济类专业都将这门课程列为必修课，在非经管类专业中，也有相当比例的学生将这门课程作为选修课。几年来，在该门课程的授课过程中，积累了较为丰富的经验，但是教材的适用性问题也日渐突出。

《管理学》教材虽然早已汗牛充栋，但在独立学院的《管理学》教学实践中，教师和学生们普遍反映这些教材内容大多庞杂、艰深、枯燥，对于独立学院的本、专科学生不大适用。因此，从独立学院学生的实际情况出发，从培养应用型人才而非研究型人才的实际需要出发，我们决定重新编写一本《管理学》教材。我们对于这本教材的编写是基于如下的指导思想：

1. 在主要内容框架上面，分成上下两篇，上篇以基本概念和管理职能为主要内容，为学生在掌握管理学基本理论方面打下基础；下篇为管理学专题篇，将管理学发展史、管理伦理、组织文化等内容以专题的形式独立成章，使学生在已经系统掌握管理学基础理论的条件下对于这些管理学当中经典的和重要的问题进行研究、讨论和学习。

2. 本书力求把教材的内容与实际的教学活动紧密结合起来，使得教材真正在课程的教学中起到恰当、积极的作用。为此，教材的编者全部来自本课程教学第一线的教师，以保证所有教材的内容都能够切合教学的实际需要，体现出教师对于该门课程教学的理解。

3. 本教材基于对以往传统教学方式中以教师或教材为中心的教学模式的改革，注重提高学生对管理学这门课程的学习兴趣，注重提高学生对管理学中基本概念和原理的理解认识水平，以及将所学知识应用于实践，用于分析和解决具体问题的能力。

为此，本教材对理论内容进行了必要的精选，每章以一个案例引出问题，在某个具体的情景下面，根据提出的问题，教师引导学生进行分析和思考，并归纳总结出相应的概念或理论。进行进一步深入讲解之后，再对一个相关案例进行分析和讨论。通过这样的过程，贯彻从实践中来，到实践中去的原则，先归纳，后演绎，引导学生带着问题学习，培养其通过独立思考与分析，将具体上升到一般，再由一般去指导具体，并对特定情景和事件进行判断，独立得出结论的习惯和能力。

在传统的管理学教学里，"管理"一词似乎从来都是与"企业"联系在一起的。事实上，现代管理理论的发端与发展，的确都是以企业管理的实践需要为舞台，经过若干管理者和研究者的不断探索和提炼，才发展成目前的知识体系。但是对于管理理论进行过认真学习的人（包括我们自己）都会发现，管理学的知识对于人的价值，实在是远远超越了对于企业事务进行管理的范围。管理的原则和方法，对于一个人工作、学习、为人处世各个方面，几乎是无所不在的。遗憾的是，相当数量的学生，是把管理学的学习当作要向老师交差的作业，当作取得学分的工具来对待的，当然考过就丢。但是若干年后，当重新温习这本教材的时候，才发现其实在工作与生活中的种种作为以及由此引发的成败，大部分都能够从道理上在这本小册子里面进行逐一的印证！因此管理的功用事实上绝不仅仅体现于"做事"，更体现于"做人"，而对于管理学的学习和体会，虽然在大学的课堂上其实仅仅是一个入门，但是这扇门的开启，却能够切切实实地影响人的一生。

前段时间有人提出观点，反对在大学阶段开设管理类的专业以及课程，理由是大学阶段的本、专科学生尚未进入社会和企业，尚未对于"管理"有切身的体会，因此他们不可能理解管理的真正内涵。这一观点实质上反映出对于管理的狭隘理解，以及对内外已经通过大学管理课程培养出的大量的对于社会有用的管理人才这一基本事实的无视。当然，我们也认可这一观点提到的由于大学生对于社会、对于企业运作的切身感受，学习管理学中的一些组织管理理论确有难度。所以在我们的教学以及教材编写的过程中，我们采取了从学生身边的管理事件入手，由浅及深的思路，从学生构建知识体系的客观规律出发，对于教学内容、方法及步骤进行了重新设计。不过，思路并不等于效果，要想达到我们期望的教学目标，还需要师生们共同的努力。

在教材编写的过程中，我们深切的感到这是一个具有极大的挑战性的工作。在历时一年多的编写过程中，参加编写的老师们为此付出了艰辛的努力，在此对他们表示衷心的感谢！

本书由成都理工大学工程技术学院管理系邓培林、马洪波主编，其中，马洪波撰写了第一章和第七章；吴春涛撰写了第二章和第六章第二节；王波撰写了第三章和第六章第一节；崔爱桃撰写了第四章；张蓉蓉撰写了第八章。另外，东莞市机械质量管理协会谭琳于、前东莞市彩色显像管有限公司邓裕宗、深圳市博华管理顾问有限公司蒋伟良、电子科技大学信息中心李定合作撰写了第五章。邓培林、马洪波负责对整本教材进行方案策划与构思、编者组织和稿件审核。

在编写过程中，本教材广泛参阅了国内外学者有关管理学的教材、著述和研究成果。特别是，罗宾斯和周三多的管理学教材，分别代表国外和国内同类教材中最具有权威性和影响力者，其教材的内容和体系对于本教材编写产生了深刻的影响。在此一并致以衷心的感谢！另外，还要特别感谢电子科技大学出版社的编辑们对本教材的出版给予的大力支持。

虽然经过艰辛的努力，但是由于时间、精力以及能力方面等各方面的原因，现在呈现出来的教材我们只能说大致上还算可行，离我们理想的状态还有一定差距。本书出版以后，我们会在教学应用当中不断进行总结，以图在下一版进行补充、修改和完善。也希望广大读者向我们多提宝贵意见，以促使我们把这一工作做得更好。

编　者

2008 年 12 月 1 日

编　者

2008 年 12 月 1 日

目 录

第一章　管理学导论

【开篇案例】

这次辩论赛如何才能取胜

李彤是管理系工商管理专业大一的班长。今天他接到班主任交给他的一个任务：系里要举办每年一度的辩论赛，委托他组织一个团队代表班级参加这次比赛。这是系里的传统活动，各个班级都非常重视，并且工商管理专业在历届比赛中成绩都非常突出，在9个专业里，名次都在前三名，这自然让李彤感到自豪，但是无形中也给了他很大的压力，他不希望这一荣誉在他手中丢失掉，不仅如此，他还暗自希望在他手中将本专业已经两年未曾染指的冠军奖杯拿到手。同时他也知道今年好几个专业的学生实力不俗，这从军训时候各个专业的活动组织情况以及各个专业同学的活跃程度和口才情况就可以明显感觉出来。而自己对于辩论赛其实不是特别了解，其中有什么规则、窍门也不太懂。另外，从团队组织人选上来看，也让人犯难：据自己的观察，班上口才较好的同学大约有20多个，但是从班主任在班上宣布这件事情的反应来看，似乎并没感觉到大家很踊跃，甚至有一阵难堪的沉默。如何鼓舞同学们的热情，激发起他们的兴趣和信心，并且从中挑选出一个强有力的团队，这也是一件棘手的事情。尽管困难很大，很多事情充满了不确定性，但是李彤决定接受这个挑战。他相信有志者事竟成，只要自己能够周密筹划，精心准备，打好有准备之仗，最后的胜利一定属于自己。

还没有正式开始学习管理的李彤遇到了一个管理的难题。他该如何应对这个挑战，克服重重困难，最后带领他的团队获得最终的胜利呢？如果你是李彤，你会怎么做？

【思考问题】

1. 李彤可以采用什么办法，在班上选拔一个强有力的参赛团队？
2. 如何才能把这个团队的士气鼓动起来？
3. 请为李彤和他的团队制订一个有挑战性和激励性的目标。

第一节　什么是管理

一、管理的概念

李彤遇到的是一个典型的管理问题，它涉及如下的一系列问题：一件事情，为什么要做，如何去做，谁去做，如何确保能够做得足够好，等等。类似的情形在我们的社会生活中比比皆是，小到对于个人的日常生活、学习、工作、收支等事务的合理安排，大到公司、单位的经营、人员与物资的使用与调配，乃至于国家的大政方针、国计民生。虽然具体的问题可以以不同面目出现，但是归结起来，只要涉及上述一系列问题的，都是属于与管理相关的问题，而每一个在着手解决和处理这些问题的过程，都是一个管理的过程。为什么有的人做事情井井有条，能够顺利地把自己的事情做得很好，而有的人做事情乱七八糟，步步走错。究其实质是管理能力和水平不同。管理的能力和水平，乍一听似乎很玄奥，对于相当一部分人来讲，从来就没有想到过自己和"管理"两字会有什么直接的联系，更没有想过自己能够把"管理"这件事情做得很好。其实，每个人每天都在进行大量与管理相关的事情，无论你是否意识到，无论你是否有意识地运用管理去做这些事情。从能力方面来看，只要你的 IQ 和 EQ 正常；都有做好管理的潜能。对于管理学课程的学习，就是对于这种潜能的开发和训练。

本课程的目的就在于通过探讨与管理相关的一些普遍存在的问题，探索管理中的普遍规律，使得我们的管理能力和水平上升到一个新的水平。这些与管理相关的问题主要包括：

> 什么是管理？

> 管理管什么？

> 管理有没有一套行之有效的程序或方法可以遵循？

> 谁在从事管理？

> 什么样的人能够做好管理？

> 做好管理需要具备些什么样的能力？

虽然说管理学这一学科名称的正式出现迄今不过几十年的时间，但是管理这一行为或职能在人类历史中可谓源远流长，历史和现实中的很多问题都可归结为管理问题。这里，我们首先需要为"管理"这一概念进行一个界定。

现代汉语语汇中使用的"管理"一词译自外来用语"management"①。自从学者们开始将管理作为一门学问进行研究以来，"管理"这一概念被赋予了各种各样的定义。为了更好地理解管理的内涵，我们有必要首先了解一下管理学的先驱们对管理概念给出的殊为不同的定义。

（1）科学管理之父泰勒曾经给管理下过这样的定义：管理就是"确切地知道你要别人去干什么，并使他用最好的方法去干"。在泰勒的眼里，管理就是指挥他人能用最好的工作方法去工作，所以他在其名著《科学管理原理》中就讨论和研究：第一，员工如何能寻找和掌握最好的工作方法以提高效率？第二，管理者如何能激励员工努力地工作以获得最大的工作业绩？

（2）诺贝尔经济学奖获得者西蒙教授对管理概念曾有一句名言："管理即制定决策。"在西蒙教授看来，管理者所做的一切工作归根结底是面对现实与未来、面对环境与员工及时不断地作出各种决策，使组织的一切都可以不断运行下去，直到取得满意的结果，实现满意的目标要求。

（3）对于管理学体系创立有重大贡献的法国人亨利·法约尔认为，管理是所有

---

① 德鲁克认为，"管理"（management）这个词是极难理解的。首先，它是美国人特有的一个单词，很难翻译成其他语言，甚至很难准确地翻译成英国的英语。它表明一种职能，但同时又指执行这一职能的人。它表明一种社会阶级地位和层级，但同时也指一门学科和一个研究领域。

的人类组织都有的一种活动，这种活动由五项要素组成：计划、组织、指挥、协调和控制。计划包括预测未来和拟订一个行动计划；指挥包括维持组织中的人员的活动；协调就是把所有的活动和工作结合起来，使之统一并和谐；控制则注意使所有的事情都按照已定的计划和指挥来完成。当你在从事计划、组织、指挥、协调和控制工作时，你便是在进行管理，管理等同于计划、组织、指挥、协调和控制。

（4）以 P. 罗宾斯为代表的现代观点认为，管理是一个协调工作活动的过程，以便能够有效率和有效果地同别人一起或通过别人实现组织的目标。这里，"过程"的含义表示管理者发挥的职能或从事的主要活动。这些职能可以概括地称为计划、组织、领导和控制。其中，效率是指以尽可能少的投入获得尽可能多的产出；效果，即所从事的工作和活动有助于组织达成其目标。

（5）美国著名管理学者孔茨同其他学者共同推荐一个管理的综合定义："管理是引导人力和物质资源进入动态的组织，以达到这些组织的目标，亦即使服务对象获得满意，并且使服务的提供者亦获得一种高度的士气和成就感。"这个定义的特点是把管理明确地同组织联系起来，说明管理的任务就是将人力、物力资源引入组织（而且是不断发展变化的组织）以实现组织的目标，同时对组织目标作出了解释。

（6）被誉为"现代管理学之父"、管理学"大师中的大师"的彼得·德鲁克对管理的定义为："管理就是界定企业的使命，并激励和组织人力资源去实现这个使命。界定使命是企业家的任务，而激励与组织人力资源是领导力的范畴，两者的结合就是管理。"在这个定义中，德鲁克特别强调组织的使命及其实现。界定使命、激励与组织人力去实现这一使命，就是管理的基本功能。因此，在德鲁克看来，管理是组织机构的器官，它使得组织机构能够正常运转并作出贡献。

（7）在我国管理学界有重要影响的周三多教授等认为："管理是社会组织中，为了实现预期的目标，以人为中心进行的协调活动。"这一表述包含了以下五个观点：

①管理的目的是为了实现预期目标。世界上既不存在无目标的管理，也不可能实现无管理的目标。

②管理的本质是协调。协调就是使个人的努力与集体的预期目标相一致。每一项管理职能、每一次管理决策都要进行协调，都是为了协调。

③协调必定产生在社会组织之中。当个人无法实现预期目标时，就要寻求别人的合作，形成各种社会组织，原来个人的预期目标就必须改变为社会组织全体成员的共同目标。个人与集体之间，以及各成员之间必然会出现意见和行动的不一致。这就使协调成为社会组织必不可少的活动。

④协调的中心是人。在任何组织中都同时存在人与人、人与物的关系。但人与物的关系最终仍表现为人与人的关系，任何资源的分配也都是以人为中心的。由于人不仅有物质的需要还有精神的需要，因此，社会文化背景，历史传统、社会制度、人的价值观、人的物质利益、人的精神状态、人的素质、人的信仰，都会对协调活动产生重大的影响。

⑤协调的方法是多样的。既需要定性的理论和经验，也需要定量的专门技术。计

算机的应用与管理信息系统的发展，将促进协调活动发生质的飞跃。[①]

上述 7 种定义从不同的视角揭示了各自对于管理的理解，都有各自的相对合理之处，但由于侧重点不同，看起来似乎难以给人形成一个统一的关于管理的印象。其实这是很正常的现象，管理学作为一门年轻的、开放的、不断发展的学科，远未到盖棺论定的时候，正是这种百家争鸣的局面使得学科不断充实，研究水平不断提升。因而，我们强烈建议管理的学习者也相应地需要抱着一种开放的心态面对呈现在你面前的各种学说，运用自己的判断，形成自己对管理的独到见解，只有这样才能很好地运用甚至发展管理的相关原理和方法。

在汉语中使用的"管理"一词来作为与之相对应的词汇，显示出汉语的精奥。其中，"管"，有"负责""约束"之意，它与人的行为及其结果相关联；"理"，为"客观事物本身的次序"、"按事物本身的规律或依据一定的标准对事物进行加工、处置"之意，涉及事务本身的结构和秩序，以及基于规律和秩序的处置方式。管理二字的组合提示出下列含义：

（1）管理与责任相关，一切管理活动最终都要为结果负责。这与德鲁克所强调的组织使命与责任不谋而合；

（2）管理涉及对人的行为的导向与约束。它涉及前述多个定义中提到的指挥、领导、协调和控制等诸多方面的职能；

（3）管理行为涉及对人与事的分析与处置，即决策。西蒙的定义在这里得到体现；

（4）管理行为要以人和事的内在规律性为依据。现代管理学之所以兴起并蓬勃发展，正是基于对人与事的规律性的探索和把握。一般认为，现代管理学发端于泰勒的科学管理，虽然泰勒的理论存在诸多被人诟病之处，但是它开启了人类利用科学研究的方法去研究做事的规律，在把握规律的前提下寻求更有效率的工作方法的先河，而此后众多的管理学派都在力图以自己的视角和方法去揭示管理中的规律，在此基础上形成和发展自己独特的管理思想；

（5）管理是方法和过程。换句话说，管理本身不是目的，而是促使组织目的实现的方法和过程。

不难看出，现代汉语中管理二字的组合已经基本上包含了前述 7 种管理定义的主要内容，但是我们仍然需要确定一个完整的定义，通过这个定义给予管理一种简明扼要的描述。这个定义是要贯穿于本书的所有章节内容的，它决定了本书的基本内容和基本思想。我们对于管理的概念是这样定义的：

管理是管理者赋予被管理主体以确定的目标，运用一切可以利用的资源和适当的方法，卓有成效地达成这个目标的过程。

这个定义很简短，但它界定了如下的观点：

①管理是在管理者和被管理者之间发生的，管理者是管理行为的实施者，而被管理者是管理结果的承担者。被管理者可以是个人，也可以是组织，或者国家。管理者以自己的管理行为对被管理者的最终结果负责，因此，管理者必须对被管理者负有强

---

① 周三多，陈传明，鲁明泓. 管理学——原理与方法（第四版）. 上海：复旦大学出版社，2003.11.

烈的责任心和高度的使命感。

②管理者的主要目标是形成和实现被管理者的目标。被管理者的目标不是先天存在的，而是由管理者所赋予的。目标的形成不是凭管理者的想象，而是要视被管理者的实际情况、所处环境等等内外部资源情况经过综合地分析和研判之后，客观地制定出来的，是有意义的，并可实施的。目标的形成和实施都是管理者有意识地努力的结果。

目标的实现情况是对管理工作的客观衡量，管理者不仅要关注行为过程，更重要的是要关注结果。在定义中加入"卓有成效"一词，意味着对于管理工作的期望值和价值判断，就是说，管理可能是"好的"管理，或者"糟糕的"管理，其判断标准就是管理是否是卓有成效的。成效，代表了管理所追求的两个主题：第一是成果，第二是效率。

③管理应该运用适当的方法。任何管理都必然运用到某种方法。但是同样一件事情，用不同的方法处理，会得到迥然不同的结果。要使被管理主体达到预期的结果，管理者必须对可使用的各种管理方法进行评价和优选。评价和优选的标准依据对事务内在规律性的掌握程度。相关的人文学科和自然科学与技术的发展，为科学、合理地进行管理决策创造了有利的条件。哲学、逻辑学、心理学、社会学、统计学、运筹学、科学学等学科的研究成果，为管理方法的研究和运用提供了思路和方法的借鉴。20世纪开始兴起的以计算机和网络技术应用为标志的信息技术革命，对管理产生了深刻的影响，使管理面临着前所未有的机遇和挑战，也为管理提供了全新的手段和工具。

更为重要的是，管理的方法是来自实践并应用于实践的，社会生产力的发展和管理的社会实践为管理方法的不断进步和创新提供了坚实的基础，就像恩格斯在一百多年前指出的，如果说"技术在很大程度上依赖于科学状况，那么科学却在更大得多的程度上依赖于技术的状况和需要。社会一旦有技术上的需要，这种需要就会比十所大学更能把科学推向前进"。

管理的方法不是随意性的，方法是否适当是有判断标准的。这个标准不是教科书，也不是权威的专家或领导，而应该是实践，是在实践中去判断是否能够卓有成效地达成被管理对象的目标。就是说，管理的方法是否适当，与管理的过程无关，唯一有关的，在于管理的结果，在于是否有效地达成预期的结果。

④要卓有成效地实现被管理主体的目标，管理者要善于合理运用一切可利用的资源，包括人力资源和物质资源。对于每一个管理者来讲，资源都不是无限的，管理者要在目标的多样性、对资源需求的不断增长以及资源的相对稀缺之间进行平衡。另外，资源又可分为内部资源和外部资源，一般而言，内部资源是管理者可直接支配和控制的，而外部资源则不在管理者可直接支配的范围之内，但是在一定条件下，外部资源仍然可能被用于实现主体的目标。

从以上对于管理概念的界定我们可以了解到，凡是有意识地形成一个主体的目标并致力于实现这一目标的过程，都可以被视为管理。因此，我们可以断言，管理活动属于人类社会实践这一大的范畴，它和人类的历史一样悠久。正是由于人类学会了有意识、有目的地利用一切可供利用的资源（人力资源，如形成集群、实行分工等；物质资源，如火以及其他工具的使用），以达成自己的目标，人类才真正将自己与动物区分开来。不用说古埃及金字塔、巴比伦古城、我国的万里长城等，这些古代的宏大工程，离开了管理的工作和职能，怎么可能被建成并传承后世，单说一般日常的社会生产与生活，离开了有意识有目的，并有效运用资源的管理活动，也是不可能正常运作的。

通行的管理学教科书或者专著所讨论的，主要是组织管理。但是管理的存在却不仅于此，在人类社会中，管理可以说是无处不在的。我们对管理的概念可以在不同的范围内运用于不同的对象。关于这个问题，我们在下一节进行讨论。

二、管理的对象

本书对于管理的定义和前列的一些管理定义有一个比较大的不同之处在于，没有将管理对象直接进行设定。研究这些定义可以发现：

泰勒将管理对象定义为"别人"："确切地知道你要别人去干什么，并使他用最好的方法去干"，即是管理者自己以外的人；西蒙、法约尔、罗宾斯、孔茨和周三多定义的管理对象是"组织"；德鲁克定义的管理对象为"企业"。这些被定义的对象当然是管理学研究的对象，但是范围并不全面。

对于管理对象的讨论，实际上反映出对于管理定义范围的狭义与广义之分。管理学作为一门从各种具体类别的管理中抽象总结出来的具有普适意义的原理性学科，研究的是在所有管理领域内的普遍规律和方法，其关注的范围应该有更加广泛的涵盖性。在本书的定义中，我们认为：凡是有意识地形成一个主体的目标并致力于实现这一目标的过程，都可以被视为管理。这里的"主体"范畴，已不仅包括企业或者组织，还包括人类意识所关注和所能影响其结果的一切事物，大致上可以分为三个层面：

狭义的管理主要关注组织的管理。这里涉及组织的定义问题。组织为两个或两个以上的个体为实现共同目标而组成的有机整体。通常管理学对组织管理的研究主要分为对营利性组织和非营利性组织的管理。前者主要包括工厂、公司等以盈利为目的，力图以最经济的投入获取最大利益的组织。对此种组织而言，对经济利益的追逐是企业与生俱来、终身不变的性质，获利性是组织生存的基本条件和发展的根本动力；非营利性组织是指那些具有为公众服务的宗旨，追求拟定的社会目标，而不将盈利作为组织根本目的的组织。如政府机构、法院、工会、医院、学校、宗教组织等。

中义的管理涉及人类社会中人的各种存在和归属形式，即个人、家庭、组织和国家。根据组织的定义，家庭也可归入组织范畴，因为都是两人或两人以上为实现共同目标而组成的有机整体，但它是特殊形态的组织，与前述的狭义概念的组织不在同一个层级上，所以单独划分出来。个人的管理很少被纳入管理研究的范畴，但是对个人管理的重要性已经开始引起越来越多的关注。德鲁克在《卓有成效的管理者》一书中，就曾着重论述过个人管理的重要性，并对管理者如何进行自我管理进行了详尽的论述。在他看来，"知识管理者本人必须自己管理自己，自觉地完成任务，自觉地作出贡献，自觉地追求工作效益"。管理者能否做好自我管理直接关系到这个组织的工作成效，因为组织的成效是由组织中所有工作者的个人成效共同组成的，而管理者的工作成效在其中起着关键作用。

除了管理者的个人管理对于组织的意义而外，对于一个普通人的管理，在现代社会也越来越受到重视。比如说，一个人的职业生涯管理，无论对于个人还是对于他所供职的组织，都有着及其重要的意义，它关涉到一个人的职业发展与事业成就，也关涉到组织的用人是否合理。有关职业生涯管理的问题，我们将在第三章第三节进行讨论。

广义的管理关注的对象不拘于人的归属形式，它涉及人类意识所关注和所能影响其结果的一切事物，除了涵盖上述狭义和中义的对象以外，秩序、环境、生态、社会福利、公平性、健康等，都是人类高度关注的领域，许多相关的组织形式都是为了实现这些领域的特定目标服务的，为了实现这些特定目标，大量的人力、物力资源被组织起来，以不同的方式进行运作。

在这个意义上，管理已不再仅仅是组织的一种工具，甚至于可以反过来说，组织是一种管理的工具。因此，我们可以将管理理解为广泛存在于人类社会各个层面的"一种客观职能"，它的表现形式"取决于其应该完成的各项任务"。

三、管理的科学性与艺术性

管理是科学还是艺术？这是人们经常提出的一个问题。我们认为，在现代社会，管理作为一门学科，已经具备科学的特征，与此同时，管理作为人的社会活动，又具备很强的艺术性。

判断一门学科是否是科学，要看它是否具备科学的特征。法国《百科全书》定义科学为："科学首先不同于常识，科学通过分类，以寻求事物之中的条理。此外，科学通过揭示支配事物的规律，以求说明事物。"《现代科学技术概论》的定义为："可以简单地说，科学是如实反映客观事物固有规律的系统知识。"根据上述定义，科学应具备如下特征：第一，它已经形成一整套系统化知识体系；第二，通过这一系统化的知识体系，能够揭示支配该领域事物的基本规律；第三，这套知识体系所反映的规律性是如实的，也就是说，是能够被实践或者实验所反复验证的。

因此，管理的科学性主要表现为：

（1）管理学已经发展成为一套比较完整的、系统化的知识体系，反映了管理过程的客观规律性。管理作为一个活动过程，存在着其自身运动发展的基本客观规律。经过对于这些客观规律的长期的探索和总结，管理学已经形成了一整套门类较为齐全的知识体系，涉及了人类社会几乎所有的领域，包括上百门分支学科和边缘学科。

（2）在研究方法上，管理学广泛运用了一切成熟的、被实践证明能够提高管理效果和效率的多种学科方法，包括会计学、统计学、数学、经济学、社会学、心理学、人类学、政治学、计算机科学、工程学、哲学等，通过对各种学科方法的吸收借鉴，管理学的研究已经具备了规范化和合理化的特点。

（3）管理学是在不断地经受实践检验的过程中发展起来的。管理学从一开始就不是一门纯理论的学科，它是人类社会实践的产物。人们在管理实践和研究中，不断总结经验，提出问题，验证推理，从中抽象总结出一系列反映管理活动过程中客观规律的管理理论和方法，将其运用于管理实践，又以管理实践的结果来衡量其正确性，使管理理论和方法不断得到验证和丰富。

在泰勒的科学管理理论诞生前的几千年人类社会发展历程中，人类一直在不断地从社会实践中总结经验教训，探索对人、对社会组织的管理方法，这些管理方法的探索是零散的，主要是基于某个专门领域的，并没有形成关于一般的管理的普适性理论体系。从泰勒开始，人类已经开始就有关管理的领域进行系统化的研究和总结，到20世纪后半叶，经过无数管理学家的不断努力，管理学已经形成了融合多种学科的研究成果，拥有上百门分支学科和边缘学科的庞大学科体系。自管理科学应运而生并不断被运用到社会各种实践活动以来，社会组织的效益和效率得到了极大的提升，管理的科学性，已经——并仍将不断地为社会各种管理实践所验证。不过，管理学的科学性并不意味着真理性，管理学对于人类行为、组织行为的研究才刚刚开始，它仍然是一门年轻的学科，需要被不断地修正、补充和完善。

作为一种实践活动，管理又是一门艺术。由于管理对象的复杂性、管理环境的多变性、管理活动中的非理性和非制度因素的影响，使得管理不可能完全使用结构化的科学手段去完成任务。管理学的艺术性因此体现出来。

管理的艺术性主要体现在以下四个方面：

（1）对环境变化的应变。管理者在其管理生涯中，管理对象的内外环境随时可能会发生各种变化，尤其是可能突发重大的变化，这就要求管理者必须具备很强的适应变化的能力。在信息比较充分的情况下，管理者可以运用科学的决策方法去预测和处理变化。但现实情况下常常是信息不够完备，或者缺乏信息，没有任何征兆，甚至于可能得到错误的信息，在这种情况下，要做出积极的、正确的应对，管理者往往需要运用经验和直觉，去判断变化的起因、现状、趋势和后果，迅速整合可以运用的资源，采取适当的方法，使得变化能够处于掌控之中，减少损失和成本，并将变化向着有利的方向进行引导。

（2）对于原则与策略的把握。管理要制定和遵循确定的原则和纪律，没有规矩不能成方圆。但是如果固守所有的原则和纪律，把它们变成僵化的教条而不懂得在必要的情况下进行适当的变通，是不能做好管理的。因此，管理者一定要懂得哪些是必须固守的，哪些在什么情况下是可以进行策略性的变通的，以及进行什么样的变通可以取得相对更加令人满意的结果。

（3）对于各种关系的协调。管理的一项非常重要的也是在各种管理工作中占有相当大比重的任务，就是协调各方面的关系，包括与上级的关系、与下级的关系、与横向各部门的关系、与组织外各种利益相关的组织和群体的关系、与政府部门的关系、与社会公众的关系，等等。这些关系错综复杂，大多数不以管理者的个人意志为转移，并且在很大程度上影响管理的最终绩效。因此管理者必须高度重视对于这些关系的协调。他必须具备敏锐的洞察力、成熟的人际关系能力和良好的大局意识，要将对各种关系的处理方式与管理对象的目标很好地结合起来，进行综合考虑，并通过有效的沟通和恰当的利益分配手段去处理各种关系，使之有助于管理目标的顺利实现。

（4）管理的过程和方法不可复制。不可复制是艺术的特征之一，它同样也是管理的特征之一。虽然管理有其内在的普遍规律可以掌握，成功的管理方法和经验可以提供借鉴，但是每个管理者所面临的都会是一个独特的管理情景，不同的管理者的知识、经验、思维方式也不可能是完全相同的，这就决定了管理者必须将对于规律的掌握和方法与经验的借鉴创造性地运用于全新的管理情景，去进行具体问题具体分析，以及具体对待和处理。无数管理实践已经证明，不加分析地照抄照搬别人的或者自己曾经的成功经验，最终往往导致失败。

管理既是科学，又是艺术，其间并没有明确的界限。说它是科学，是强调其客观规律性；说它是艺术，则是强调其灵活性与创造性。而且，这种科学性与艺术性在管理实践中并非截然分开，而是相互作用，共同发挥管理的功能，促进目标的实现。

第二节　管理与管理学

一、管理学是什么

管理学研究管理活动的一般规律，它不是研究某一特殊领域的管理活动，而是研究各种管理工作中普遍适用的原理、方法和原则。管理学是适应现代社会化大生产的需要产生的，有其自己的基本问题、特殊方法和特别关心的领域。它的基本目的是：研究在现有的条件下，如何通过对人、财、物等各种因素的合理配置，使得被管理主体实现其主观上希望实现或客观上应该实现的目标。

管理学作为一门年轻的新兴学科，是伴随着现代组织的形成而诞生并不断发展起来的。德鲁克认为，20 世纪管理学的兴起，可能算得上是人类历史上的一个重大事件。它标志着人类社会实现一次重大转型，进入一个多元化的机构性社会——管理成为这个社会的一个不可或缺的器官。从来没有一种新的机构，能够像管理那样如此迅速而成功地席卷全球，并跨越了种族、信仰、语言和传统的界限。一百多年来，管理学的发展极大地推动了社会和经济的发展。

二、管理学研究的主要内容

承上所述，管理学的研究是有其独特的研究目的的。围绕这一总体目的，管理学研究的主要内容可以分为如下几个方面：

1. 管理活动以及管理思想和理论的发展史

管理活动的历史蕴含着丰富的、前人在彼时彼地条件下管理的智慧和经验，它们是今天的管理者思考管理问题时的宝贵借鉴。经验的升华形成理论，今天的管理学是前人的管理思想和理论的继承、发展和创新。管理学通过对管理活动、管理思想和理论的历史演变的研究，把握管理思想、理论和方法的历史发展脉络，总结管理的经验和教训，探求管理活动的规律。

2. 现代管理活动的基本原理

管理活动的基本原理是人们对管理活动规律的认识、表达和集中概括，是管理学科的理论依据和基础。由这些原理派生出各种较低层次的定律和法则。

3. 管理职能理论及其实现的原则和方法

现代社会的特征之一是组织的专业化,他们生产各种产品,为社会提供各种服务。但是不同的行业和领域的管理活动都会表现出来共同的管理职能,诸如计划、组织、领导、控制等,它们构成了管理活动中必不可少的环节,研究管理离不开对这些职能的研究。

4. 管理的一般方法

管理不仅要确定目标和使命,还必须有实现这些目标和使命的方法和途径。管理学研究的方法不是某个具体行业或企业的管理方法,而是在各行业或企业管理中普遍的、一般性的、共同性的方法。

5. 管理者的素质、工作内容及其群体结构的优化

管理者是管理活动的主体。管理能否有效实现管理目标,与管理者有着重要关系。这里既包括管理者个体的素质结构、能力发挥、用人艺术等,也包括管理者群体的优化组合问题,如能否达到整体性、协调性和有效性等。

由管理历史经验总结和对历史上形成的管理思想、理论的剖析而抽象出对管理的认识和一般原理,进而探讨管理职能、方法以及管理者应具有的素质和群体结构,就构成了管理学的逻辑体系。

三、管理学的特点

管理科学与其他许多学科相比,有其独有的特点,了解管理学的这些特点,有助于加深理解本书的内容。

1. 管理学是一门实践性学科

科学一般可以被划分为基础学科和应用学科。应用学科是以人类某一领域的社会实践为研究对象,应用某些基础学科的知识,研究其实践的规律性,进而改造客观世界。管理是人类社会所特有的一个实践领域,管理学是以这一实践领域为研究对象,研究其中的规律性,并用于指导这一实践的。离开管理实践,管理学就成了无根之木,也就失去了生命力。

2. 管理学是一门综合性学科

管理学是从各种对于具体的管理实践领域的研究中综合提炼出来,形成普适性的理论体系,再服务于对具体的管理实践活动的指导。这本身就决定了管理学的综合性。而管理的实践活动异常复杂,涉及各种各样的人和事。要研究和掌握管理实践的规律性,也必须综合运用其中涉及的各种相关学科的研究。以企业管理实践为例,企业管理者要处理有关企业发展战略、生产、销售、财务和组织等各种问题,他就要熟悉战略管理、生产管理、营销管理、财务管理、人力资源管理等各个方面的内容。这些管理领域又综合运用了包括政治学、经济学、社会学、工艺学、统计学、数学等多种学科内容。而更重要的是,管理者要处理企业中与人有关的各种问题,像劳动力的配置、工资、奖惩、调动人的积极性和协调各部门中人们之间的关系。这些问题的解决广泛运用到心理学、人类学、社会学、生理学、伦理学等学科的研究成果。因此,管理学虽然已经发展为一门独立的学科,但它从来都不是一门单纯的学科,而是具有综合性

的边缘学科。这一特征表明，管理学的学科发展，必须高度重视对与之相关的其他自然科学和社会科学的发展，要善于运用其他学科的研究成果，将其运用于管理实践，并对管理学的学科发展进行推动。

3．管理学是一门不精确的学科

在给定条件下能够得到确定结果的学科称之为精确的学科。数学就是一门精确学科，只要给出足够的条件和函数关系，按一定的法则进行演算就能得到确定的结果。管理学则不同，在运用管理学的知识指导管理实践的时候，往往会发觉，在投入的资源相同的情况下，其产出可能大不相同。比如，在某一组织得以成功运用的管理方法和理论，搬到另一个地方，很可能招致失败。为什么会有这种现象出现呢？这是因为影响管理结果的因素太多，许多因素是无法完全预知的，这些未知的因素主要来自于两个方面：第一，环境因素。如组织所在不同地区和不同时间的政法环境、社会文化环境、技术环境和自然环境的差异及其可能发生的变化，是管理者无法完全掌握，也难以施加影响的。第二，人的因素。人的个体之间存在着很大的差异，不同的人对于同样的事物、形势、信息等有着完全不同的理解和处理方式，并且人这一关键的变量也是难以准确预测的，是一种模糊量。所以，尽管管理所涉及的各种因素都是管理学的研究对象，但是由于其中涉及大量的我们意识到的和没有意识到的模糊量的存在，使得管理总是面临着复杂的情况。管理学还没有找出更有效的定量方法，使管理过程所涉及的各种变量精确化，而只能借助于定性的方法，或者引用统计学的原理来研究管理。第二次世界大战后，由于数学和计算机科学的发展，并在管理学中得到广泛应用，管理问题的定量分析已取得巨大的进步，但展望前景，以人类有限的智力去完全掌握那些无穷变幻的变量，理清其中的所有关系，并进行准确判断，是一件不可能的事情。因此，我们说管理是一门不精确的学科。

管理学的不精确性并不妨碍其作为一门学科的真理性及其学科价值。管理学科的真理性和学科价值自其诞生之日起，就不断地为人类管理实践所证明。而其中的价值之一，正在于它能够指导管理者在不确定的情况下作出决策。

四、如何学习管理学

管理的理论来源于管理的实践，并接受管理实践的检验，因此，研究管理学必须按照实事求是的要求，深入实际，调查研究，总结实践经验，并使之逐步上升为理论，或用以检验现有的理论。在研究过程中，还要看到管理同其他一切事物一样，是相互联系、相互制约的，是不断发展变化的。所以，必须运用全面的、历史的观点去观察和分析问题，对待一个社会组织及其管理，需要考察它的过去，了解其现状并预测其未来发展趋向，才能作出一定的判断。

在校学生学习管理学，最主要的方法就是理论和实际统一，即理论联系实际。管理学是一门实践性很强的应用科学，学习的目的在于应用于管理实践，而且管理既是科学，又是艺术，切不可把管理理论和原则当做教条，因此，在学习管理学的过程中，就必须紧密联系实际去理解，去应用。

联系实际去理解管理学的内容，是最低要求。本教材各章都提出了概念、作用（意义)、性质（特征）、原理（原则）、程序（步骤）方法等，列出从管理实践概括出来的许多观点，这就希望学生能联系自己直接或间接了解的实际情况去思考，看看管理学所讲述的是否真有道理，在实践中有何意义或经验教训，能否用自己的语言加以阐述，这样才能领会深刻，融会贯通。

联系实际去应用管理学的内容，是较高的要求，可以采用案例教学法、调查研究、诊断实习、边学习边实践等多种形式。采用这些形式，旨在提高学生运用所学理论去发现问题、分析问题和解决问题的能力，帮助学生真正把管理理论学到手，同时可能对已有的理论进行检验，丰富和发展管理理论。

➤ 案例教学法是美国哈佛大学首创，特别适用于管理学科的教学方法，现已为世界各国的大学普遍采用。所谓案例（case），是某个人、某个组织或某件事的真实情况和问题的书面说明，通常包含有关的多方面的信息，这些案例通常包含有待发现、分析或解决的问题，并且一般都没有唯一正确的答案。案例教学法的程序是，由教师选择案例，启发学生去发现、分析和解决案例内含的实际问题，然后要求学生写出案例分析报告，还要组织案例讨论，教师可作也可不做总结。采用这种教学法，可以在学校就锻炼学生应用所学理论去分析和解决实际问题，还可训练学生的思维能力和表达能力，因而受到学生尤其是有实践经验的学生的欢迎。

➤ 调查研究采用参观访问或实习的形式，利用节假日等课余时间进行。采用这种方法，既可以验证和丰富所学理论，又可以为参观访问对象分析管理问题，提出解决问题的建议。为了使调研取得较好的效果，首先要选好对象，调研对象的工作方式要能够被学生所理解，进而能够看出门道，找出问题；其次要求得调研对象的信任和支持，愿意提供充分的、真实的信息；最后，要求学生认真思考，写好调研报告。

➤ 诊断实习与上述调查研究相近似，其特点是应实习单位的邀请来进行，所需时间可能较长。采用这种形式，对培养学生能力的锻炼作用很大。

➤ 边学习边实践是指一些组织的管理者参加不脱产的学习，在学习管理学时，可以将学得的理论知识应用于所在组织的实践。不但借此可以检验和丰富所学理论，而且在应用得当时还可能改善组织的效益。

上述多种理论联系实际的学习方法，可根据具体情况选择采用或结合应用。

第三节　管理的基本问题

现实的管理问题千头万绪，错综复杂，但是归根结底，管理所面临的基本问题无非有两个：做正确的事和正确地做事。"做正确的事"主要涉及管理的方向和结果，"正确地做事"主要涉及管理的方法和效率。

一、做正确的事

根据我们对管理的定义，管理是由管理者赋予被管理主体以确定的目标，并卓有成效地达成这个目标的过程。这个定义意味着，对于管理者所做的事是存在着一个评价标准的，一切管理活动最终都要为结果负责，管理活动必须要能够保证其最后的结果是正确的。正确的表征在于：首先，制订的目标对于组织而言在努力方向和价值取向上是妥当的，能够使其兼顾各方面综合效用的最大化，并实现可持续的相对最优的发展；其次，目标的期望值是恰当的，在资源、能力、方法和手段的现实拥有和潜量预估的基础上是能够达成的。

管理学家德鲁克认为，为了使机构能执行其职能并作出贡献，管理必须完成三项同等重要而又极不相同的任务：

（1）本机构的特殊目的和使命（不论本机构是一个工商企业还是医院或大学）；就组织本身而言，它是为了某种特殊目的和使命、某种特殊的社会职能而存在的。在工商企业中，这就意味着经济上的成就。工商企业的管理必须始终把经济上的成就放在首位，在每一项决策和行动中都这样。它只有通过自己在经济上的成果才能证明自己有存在的必要及自己的权威。因此，工商企业管理的第一个定义是，它是一个工业社会的一种经济器官、一种特别的经济器官。管理当局的每一项行动、每一项决策、每一项考虑，都必须把经济上的成就放在首位。

（2）使工作富有活力并使职工有成就。工商企业（或其他任何机构）只有一项真正的资源：人。它通过富有活力的人力资源来完成任务。它通过完成工作来取得成就。因此，使工作富有活力是首要的职能。但与此同时，在今日的社会中，这些机构日益成为个人取得生计并取得社会地位、与人交往、个人的成就和满足的手段。因此，使职工有成就愈来愈重要，并且是一个机构所取得成就的衡量标准。它日益成为管理的一项任务。

按照它本身的逻辑把工作组织起来仅只是第一步。第二步并且是困难得多的一步是使工作适应于人——而人的逻辑同工作的逻辑是根本不同的。使职工有成就意味着要把人看成是一种有着特别的生理和心理上的特点、能力、限制以及不同的行动模式的有机体。它意味着要把人力资源看成是人而不是物，而人力资源不同于其他资源，具有个性、公民资格，对于是否工作以及工作多少或好坏能加以控制，因而就要求有责任心、激励、参与、满足、鼓励和报酬、领导、地位和职能。

（3）处理本机构对社会的影响和对社会的责任。我们的各个机构没有一个是为着它自身而存在的，也不是以自身为目的。每一个机构都是社会的一个器官，而且是为社会而存在的。工商企业也不例外。企业不能由其本身来评定其好坏，只能由它对社会的影响来评定其好坏。

我们认为，德鲁克的三项任务说很好地界定了对于一个组织（机构）来讲，管理行为正确与否的评价标准，具有重要的指导意义。在管理实践中，"做正确的事情"这一管理的基本问题，主要体现在组织的战略管理和伦理管理等方面。它提示我们，在管理中必须做到：有所为，有所不为。

二、正确地做事

"做正确的事"解决的是管理的目标、方向和价值判断方面的问题，而"正确地做事"主要解决的则是管理的方法和效率问题。现代管理学的大部分内容，都是涉及这个方面的。

管理方法可以从管理的范围、管理的技术方法、管理的基本手段等不同角度进行分类。本书主要按管理的基本手段进行分类，可以分为法律方法、经济方法、行政方法、数量分析方法和教育方法等。要正确地、有效地做好管理工作，需要适当地、综合地运用这些管理方法。

1. 法律方法

法律方法是指通过法律、法令、条例及司法、仲裁等工作来调整社会经济和组织在宏观及微观经济活动中所发生的各种关系的管理方法。运用法律方法进行管理，必须坚持"有法可依，有法必依，执法必严，违法必究"的原则，强化法制观念，"依法治国""依法治企"，依法治理各种组织活动。

法律方法具有严肃性、强制性、规范性和平等性等特点。法律方法的运用，对于建立和健全科学的管理制度和管理方法，有着十分重要的作用。

由于各种原因，现阶段我国不少企事业单位，在管理中较为普遍地存在重"人治"，轻"法治"的问题，具体表现在诸如公司治理结构不合理；企业制度与国家法律相背；领导者意志大于一切，监管有名无实，暗箱操作盛行，等等。有些人将这种现象称为"中国特色的管理"，事实上这是管理水平低下的表现，短期内也许能使得组织迅速壮大，但长期来看往往出现问题，正所谓"其兴也勃焉，其亡也忽焉"。所以，在实际管理工作中，强调运用法律方法可以使活动有章可循、有法可依，使组织活动走上制度化、规范化轨道，从而确保组织各项活动正常运行。

2. 经济方法

经济方法是指以人们的物质利益的需要为基础，按照客观经济规律的要求，运用各种物质利益手段来执行管理职能，实现管理目标的方法。经济方法是根据各种经济规律，运用各种经济手段，调节各种不同经济利益之间的关系，以获得较高的管理方法，是市场经济条件下应用较为广泛的管理方法。

经济方法是通过利益机制引导被管理者去追求某种利益，从而间接影响被管理者行为的一种管理方法，这是经济方法最根本的特征，它体现了不同利益共存、相互协调发展的要求。

经济手段的使用范围很广，不但各种经济手段之间的关系错综复杂，影响面宽，而且每一种经济手段的变化都会影响到社会多方面经济关系的连锁反应。在实际工作中，运用经济方法进行管理，直接涉及管理者和每一位员工的切身利益，因此，处理得当，能最大限度地调动各方面的积极性；处理不当，可能会适得其反，起不到预期的管理效果。

管理的经济方法其主要手段包括价格、税收、信贷、利润、工资、奖金和罚款等。不同的手段在不同领域中发挥不同的作用。

3. 行政方法

行政方法是指在一定的组织内部，以组织的行政权力为依据，运用命令、规定、指示、条例等行政手段，按一定的行政系统和层次，以权威和服从为前提，直接指挥下属工作的一种方法。行政方法的实质是通过组织中的职位、职务来进行管理，它特别强调职位权力、管理者的权威和下级的服从，带有一定的强制性。行政方法是管理的一种基本方法。因为任何一个组织都是一个人造系统，都具有一定的目的性、相关性和矛盾性。为了在这种组织中保证行为的协同统一，目标一致，行政方法就必不可少。

一般来说，组织运用行政方法进行管理可以达到如下的目的和作用：

（1）行政方法的运用有利于组织内部管理系统保持集中统一，做到统一目标、统一意志、统一行动。能够迅速有效地贯彻上级的方针政策，对全局活动实行有效的控制。

（2）行政方法是实施其他各种管理方法的必要手段。在管理活动中，经济方法、法律方法、教育方法等要发挥作用，必须经由行政方法才能具体地组织实施。

（3）行政方法可以强化管理作用，便于发挥管理职能。没有行政命令，没有权威，没有服从，管理就不复存在，更谈不上管理职能的发挥。行政管理对任何一种管理都是必需的。

（4）行政方法便于处理特殊问题。由于行政方法具有时效性强的特点，它能及时地针对具体问题发出命令和指示，从而较好地处理特殊问题和管理活动中出现的新情况。这也是行政方法的优势之一。因此，它具有权威性和强制性的特点。由于行政方法是通过一定的行政系统和层次来实施管理的，基本上属于垂直管理，行政指令的内容和对象又比较具体，上级对有隶属关系的下级的资源调配和使用也不讲等价交换原则，因此行政方法又具有垂直性、具体性和无偿性的特点。

4. 数量分析方法

数量分析方法指的是建立在现代的系统论、信息论、控制论等科学基础上的一系列数量分析、决策方法。如博弈论、投入产出论、线性与非线性规划等。这些方法通常采用数学工具建立数学模型来进行分析，在建立模型和进行推导过程中，基本上不受人为因素的影响，具有较强的客观性。

数量分析方法在现代管理中的运用越来越普遍。这种方法运用得当，可以提高管理的科学性、决策的准确性。将这种定量分析的方法与定性分析的方法相结合，可以大大提高管理的效率，特别是作业管理工作的效率。数量分析方法在组织的物力资源和财力资源的管理中运用的空间极其广阔，在人力资源的管理中也有一定的使用范围。不过要注意的是，首先，虽然这种方法在模型建立起来之后的分析推导不受人的主观偏好的影响，但是在对复杂的环境进行前提条件假定、数量分析方法的选择上仍然受人的主观因素的影响；其次，即使没有人为因素的影响，由于管理的环境复杂多变，许多因素很难量化。以包含有限变量的模型来代替现实的管理环境，两者之间显然存在一定的差异，如果差异过大，就会影响数量分析结论的可信性；再次，这种方法对管理人员的专业化水平要求较高。所以说，这种管理方法也同样存在一定的局限，特别是在对人的管理中运用起来就更为明显。

5. 教育方法

教育方法是指按一定的目的，通过各种形式的教育培训，对员工各方面施加影响，提高其素质，进而促进管理的方法。教育是以转变人的思想、价值观为特征，是一个较缓慢的过程。但是一旦产生作用，其效果要比其他的方法更加持久有效。

管理的教育方法适合一切组织和一切管理活动，内容可以是广泛的，形式也可以是多种多样的。在教育管理过程中，要视教育对象及目的，有针对性地选择内容和方式。

在实际工作中，管理者必须高度重视对员工的教育，包括思想政治教育、职业道德教育、社会责任、管理道德教育等都应成为新时期思想教育的重要内容，那种因为教育的长期性和间接性而忽视教育的做法是不可取的。

在运用上述各种方法进行管理的过程中，是否做到了"正确地做事"，很重要的一个判断标准，就是是否取得了更好的效率。效率（efficiency）是指以尽可能少的投入获得尽可能多的产出。因为管理者能够运用的资源，无论是人员、资金、设备之类的有形资源，还是名誉、声望、影响力、知识产权、时间之类的无形资源，都是有限的，好的管理，就是要在实现目标的前提下，尽可能减少对于资源的运用。这也是我们在前文的管理定义中强调的，要"卓有成效"地达成被管理主体目标。

【延伸阅读】

卓有成效是可以学会的

管理者必须要讲工作效率。不管他在什么样的机构里工作，不管他是在企业里或是在医院里，在政府机构里或是在工会里，在大学里或是在军队里，作为管理者他首先必须要按时做完该做的事情，那就是说他必须要有工作效率。

然而，一些管理者往往缺乏工作上的高效率。他们普遍才智较高，富于想象力，并具有很可观的知识水平。可是这些才智、知识和想象力似乎与一个人的工作效率并没有必然的联系。有些人才华横溢，但他们的工作效率却往往低得令人咋舌。他们不理解，对问题能进行深入的观察本身并不算一项了不起的成就。他们也不知道，要将一个人的洞察力变成工作效率必须经过艰苦、系统地训练。而从另一方面来看，不管在什么机构里，人们总能见到一些工作效率颇高的埋头苦干者。就在其他人来来去去忙得不亦乐乎的时候（一般人常误以为忙碌就是有干劲的表现），这些有效率的勤勉人士却像龟兔赛跑的童话一样，脚踏实地，一步一个脚印，率先到达目的地。

智力、想象力和知识都是重要的资源，但是，资源本身是有一定的局限性的，只有通过管理者富有成效的工作，才能将这些资源转化为成果。既然不能增加资源的供应量，那就只得设法增加资源的产出量。提高工作效益就是让能力和知识资源产生出更多更好结果的一种方法。

考虑到机构的需要，管理者的有效性应该受到高度重视。它也是管理者完成任务、取得成绩的必要手段，因此更应该受到高度优先的重视。

假如卓有成效能像音乐或绘画天赋一样是生来就有的话，那么事情就糟了。谁都知道，每个领域里有天赋的人总是极少数。于是我们不得不去找那些在效率方面有很大潜力的神童，早早对他们加以培养，让他们充分发挥自己的才能。不过以这种方式根本无法找到足够的人才来满足现代社会对管理者的需要。另外，如果卓有成效只是一种天赋的话，那么我们今天的文明即使尚能维持，也一定是不堪一击的。今天的大型机构的文明，所依赖的是大批具有一定有效性并可以担任管理的人。

如果卓有成效是可以学会的，那么问题便是：卓有成效应该包括哪些方面？我们应该学些什么？怎么个学法？卓有成效是一种可以系统学习的知识吗？或是要像学徒那样学习才能学到的技能？还是要通过反复实践来养成的习惯？

近几年来我一直在不断地思考这些问题……我终于明白了世界上根本没有什么"高效率者的共同个性"。就我所知，称职的管理者的脾气、能力、业务范围、工作方法、个性、知识以及兴趣都是各不相同的。在他们中间，只有一点是共同的，那就是他们有把该干的事情干好的能力。

卓有成效的管理者有一个共同点，那就是他们在实践中都经历过一段训练。这一训练使他们工作起来能卓有成效。不管他们是在企业里，还是在政府机关，还是在医院里或者是在大学里。不管他们是干什么的，这些训练的内容却是一样的。

换句话说，有效性是一种后天的习惯，是一种实践的综合。既然是一种习惯，便是可以学会的。从表面看，习惯是很单纯的，一个七岁的小孩也懂得什么是习惯。不过要把习惯建立得很好，却是不容易的。习惯必须靠学习才能养成，就像学习乘法口诀一样。我们每天读乘法表，一遍又一遍，直到我们纯熟得不加思考随口可以说出"六六三十六"，那就成为我们固定的习惯了。养成习惯就非得反复地实践不可。

作为一个卓有成效的管理者，必须在思想上养成如下五种习惯：

1. 卓有成效的管理者必须懂得他们的时间用在什么地方。他们所能控制的时间非常有限，他们会有系统地工作，来善用这有限的时间。

2. 卓有成效的管理者重视对外界的贡献。他们并非为工作而工作，而是为成果而工作。他们不是一接手工作就立刻一头钻进去，也不会马上考虑工作的办法和手段，而是首先自问："别人希望我做出什么样的成果来？"

3. 卓有成效的管理者善于利用长处，不光善于利用他们自己的长处，而且也知道如何利用上司、同事及下属的长处。他们还善于抓住形势提供的机会做他们想做的事。他们不会把工作建立在自己的短处和弱点上面，也决不会去做自己做不了的事情。

4. 卓有成效的管理者知道如何将自己的精力集中在少数重要的领域里。这样一来，上佳的表现便能结出丰硕的成果。他们会按照工作的轻重缓急，制订出先后次序，重要的事先做，不重要的事放一放，除此之外也没有别的办法，不这么做必然会一事无成。

5. 最后，卓有成效的管理者善于做出有效的决策。他们知道，有效的决策事关处事的条理和秩序问题，也就是如何按正确的次序采取正确的步骤。他们也知道，有效的决策总是在不同意见讨论的基础上做出的一种判断，它绝不会是"大家意见一致"的产物。他们认为在很短的时间内做出很多的决策，就难免会出现错误。真正不可或缺的决策并不多，但一定是根本性的决策。组织真正需要的是正确的战略，而不是令人眼花缭乱的战术。

——摘自彼得·德鲁克《卓有成效的管理者》

第四节　管理的职能

一、管理的基本职能

管理职能是对管理职责与管理功能的简要概括。关于管理的职能问题，百年来众多学者进行了研究探讨。最早对管理的具体职能加以系统阐述的是法约尔。1916 年法约尔在其发表的《工业管理与一般管理》一书中把管理的具体职能确定为计划、组织、指挥、协调和控制五项职能，被称为"五功能学派"。其后有"六功能学派""四功能学派"，也有"三功能学派"和"一功能学派"。但从总体上看，虽然繁简不一，但并无原则上的区别，只是各有侧重而已；多数是在法约尔的"五功能学派"的基础上进行一些适当的合并与组合，如表 1-1 所示。

表 1-1　管理学者关于管理职能的划分

年份	管理学者 \ 对管理职能的划分	计划	组织	指挥（领导）	协调	控制	激励	调集资源	通信联系	决策	人事	创新
1916	法约尔（H. Fayol）	✓	✓	✓	✓	✓						
1934	戴维斯（R. C. Davis）	✓	✓			✓						
1937	古利克（L. Gulick）	✓	✓	✓	✓				✓		✓	
1947	布朗（A. Brown）	✓	✓			✓	✓					
1951	纽曼（W. Newman）	✓	✓	✓	✓	✓						
1955	孔茨（H. Koontz）	✓	✓	✓		✓					✓	
1956	特里（George Terry）	✓	✓	✓	✓	✓	✓					
1958	麦克法兰（D. McFarland）	✓	✓			✓						
1964	梅西（J. I. Massie）	✓	✓			✓				✓	✓	
1964	米（J. E. Mee）	✓	✓	✓		✓						✓
1966	希克斯（H. G. Hicks）	✓	✓			✓						✓
1993	周三多	✓	✓	✓		✓						✓
1997	罗宾斯（S. P. Robbins）	✓	✓	✓		✓						
1997	达夫特（R. L. Daft）	✓	✓	✓		✓						
	本书的观点	✓	✓	✓		✓						

随着管理理论的不断发展，20 世纪 70 年代后，管理学家们通常把管理的职能概括为计划、组织、领导和控制四大基本职能。本书认为，划分管理职能主要以管理活动中相对独立的过程阶段为依据，因此，本书采用了计划、组织、领导和控制四职能划分法，理由是这四大职能在管理中既相对独立又相互交叉渗透，贯穿于整个管理过程，形成一个管理循环，比较全面地概括了管理的几个基本环节。而表中提到的其他职能，有些已经被包含，有些并不独立存在。比如人事职能，一般而言已经包含在组织职能里面了；再比如创新，一个组织一般而言不大可能赋予管理人员以专门的创新职能（管理职能中讲的创新一般并不专指产品研发、技术攻关这一类狭义的创新），我们认为，创新作为管理中的一个重要方面，主要指不拘泥于固有的程序或方法，能够根据管理中的实际情况，采取新的方法，运用新的手段，以获取最佳的管理效果。创新并不总是需要的，因为创新同时也意味着更高的成本和更大的风险。创新的需要是视管理的具体情况而产生的，并不必然存在于管理过程当中。一旦需要，它可能出现在管理过程的任何一个阶段。所以，我们认为，创新并不能作为管理职能循环中的一个独立职能而存在。

1. 计划（Planning）

计划是指在一定的时间内，确定组织要达到的预期目标，并对实现既定目标的行动方案所做出的优选和具体筹划的活动。一般计划活动包括分析目前环境、预测未来、确定目标、制定政策、选择行动方案和对实施效果作出评价等。

任何管理活动都是从计划开始的，它涵盖了组织的预期目标和实现目标的途径，它是一切管理活动的前提。也就是说离开了计划，管理的其他职能将无法行使。有效的计划不仅为组织指明了发展的目标和方向，统一了思想，也为组织制订行为步骤提供了衡量的基础。所以，计划是管理的首要职能。

2. 组织（Organizing）

组织是指为实现既定的预期目标，根据计划的安排，对组织拥有的各种资源进行科学配置和整合，以及正确地处理人们相互之间的关系并且进行制度化安排的活动，包括组织设计、人员配备、组织运作以及组织变革和组织发展等。

一个组织制订出切实可行的计划之后，就可以进行计划的实施准备过程了。重点是对计划的实施进行合理的分工与协作，对有限的资源进行合理的配置和科学的使用，并正确地协调人与人之间的相互关系，进行工作设计，通过授权和分工配备人员，用制度规定成员的职责和上下左右的相互关系，形成一个有机整体的组织结构基础，使整个组织协调运转起来。

3. 领导（Leading）

管理的领导职能是指组织确立后，管理者必须运用组织赋予的职权和自身的影响力，指导和影响其他成员以最佳的方式、高昂的士气、饱满的热情为实现组织预期目标做出努力和贡献的活动过程和管理艺术。一般具体包括指导、沟通和激励等。

有效的领导工作是组织完成使命，达到目标的关键因素。组织拥有的资源中，人是唯一具有能动性的因素，实现目标的方式是否最佳、最有效在于管理者的指挥和引导，最大能动性的发挥与否在于有效的沟通和高效的激励。因此，在日常管理活动中发挥管理者的指挥与协调、监督与沟通以及激励与关心是管理活动中必不可少的。

4. 控制（Controlling）

控制职能是指管理者根据既定计划的要求和标准检查组织活动，预见并发现偏差，及时查明原因并采取措施给予纠正，对其发展过程不断调整和施加影响的管理活动，或者根据新的情况对原计划做出必要而恰当的调整，确保计划与实际运行相适应，进而达到组织目际的活动过程。控制过程包括依据计划制定控制标准、衡量实际业绩、预见并发现偏差及采取相应措施纠正偏差等管理过程。

二、职能之间的关系

计划、组织、领导和控制是最基本的管理职能，它们分别重点回答了一个组织及组织成员们要做什么、怎么做、靠什么做、由谁来做、如何做得更好，以及做得怎么样等基本问题。管理正是通过这四个基本过程来展开和实施的。管理的各项职能并不是截然分开的独立活动，它们相互联系、相互渗透并融为一体。

计划是管理的首要职能，是组织、领导和控制职能的基础和依据；组织、领导和控制职能是有效管理的重要环节和必要手段，是计划职能的深化和延伸，也是计划和目标得以实现的必要保障。只有统一协调这四个职能，使之成为连续一致的管理活动的整体过程，才能保证管理工作的顺利进行和组织目标的圆满完成。

从时间方面的逻辑关系上看，管理通常是按照一定的先后顺序发生的。先是计划，继而组织，然后领导，最后是控制。尤其是对一个新创建的组织来说往往更是如此。然而，管理的这种前后工作逻辑在管理实践中并不是绝对的，没有哪一个管理者是周一制订计划，周二开展组织工作，周三实施领导，周四采取控制的。这些管理的职能活动在管理者的管理实践中，是相互融合同时进行的。在实际中若没有计划便无法控制，没有控制也就无法积累计划的经验。管理者往往在进行控制的同时，又需要编制新的计划或对原有计划做及时的适当调整或修改。同时若没有组织的结构框架，便无法实施领导，而在实施领导的过程中，又常常可能对组织进行调整。这就意味着管理实践中的管理过程是一个各种职能活动周而复始的循环过程，而且这个管理循环又是在大循环中套着小循环的。正是管理活动过程的复杂性决定了管理职能并不一定会按某种固定模式顺序进行。

第五节　管理与管理者

现代社会主要由各种不同类型的组织所构成，这些组织的共性是都有其特定的使命和预期目标，并且为了完成使命实现目标，组织都必须开展作业活动和管理活动，所以各类组织中的组织成员，按其在组织中的工作性质和地位差异可分为两大部分：从事作业活动的称为作业者，从事管理活动的称为管理者。本节主要对管理者及其相关方面进行探讨。

一、管理者及其分类

1. 管理者的概念

作业者是指在组织中直接从事具体的业务活动，且不承担对他人工作监督职责的人员，他们的任务就是做好组织分派的具体操作性工作。如生产线上的装配工人、医院的医生、学校的教师、商场的现场销售员、政府部门的具体办事员等。由于他们从事的是具体的作业活动，以自身的工作直接达成组织的目标。作业者是组织达成既定目标所必需的一种要素，受管理者支配。

管理者是指组织中行使管理职能，承担管理责任，指挥、协调他人完成具体任务的人员。其工作绩效的好坏直接关系到组织的成败兴衰。如公司的班组长、厂长；学校的系主任、院长；机关中的科长、处长、首席长官等。中、下层管理人员也可能有一些具体的业务工作，但他们的重点工作仍是监督、协调下属的工作活动，承担本部门的管理责任。所以，管理者是管理主体。

管理者与作业者的根本差异就是看其是否"指挥、协调他人"完成工作。作业者只从事具体的操作性活动，即只是从事作业活动；而管理者是从事管理活动，指挥他人更好地执行作业活动的人。他们的任务是设计和维护一个环境，使其中的人员更顺利地完成各自的目标任务进而有效地实现组织的预期目标。

2．管理者分类

为了更加深入地了解管理者，需通过对管理者的分类来进一步认识管理者。一般是按纵向的管理层次和横向的管理领域两个标准来分类的。

（1）按纵向管理层次分类。组织中的管理者按管理层次分为高层管理者、中层管理者和基层管理者三个层次。如图 1-1 所示。

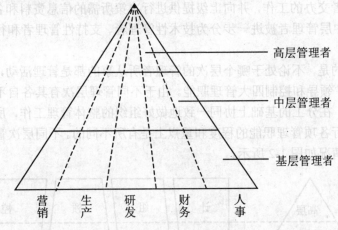

图 1-1　管理者类别示意图

高层管理者是指对整个组织负有全面责任的管理者，如公司的董事长或总经理、医院的院长、学校的校长、政府的最高行政长官等。高层管理者的主要责任是制定组织的总目标、总战略，掌握组织的大政方针，沟通与其他有关组织的关系，并评价其整个组织的绩效。对外他们代表组织并以"官方"身份出现在各种场合；对内他们拥有组织中的最高职务和最高职权并对组织的总体目标、整体利益、长远利益负责。一般来说组织高层管理者的工作绩效将决定一个组织的成败。

基层管理者是管理结构中最下层、最底层的管理者。由于汉语中的"下""底"都具贬义，而基础的"基"虽然是最下层，却具褒意，所以一般称这个层次的管理者为基层管理者。基层管理者又称为一线管理者，是指现场管理、协调作业活动的管理者，所管辖的仅仅是作业者，而不涉及其他管理者。如生产车间的班组长、饭店中的领班等，其主要职责是给下属操作人员分派具体工作任务，制订本班组的作业计划、直接指挥和监督现场作业活动，确保各项具体工作任务的有效顺利完成。与其他层次管理者相比，他们所得到的指令是具体的、明确的，有权调动的资源也是有限的。对上，要及时汇报具体工作任务的执行情况，反映工作中所遇到的问题，并请求支持；对下，是其下属的导师、教练和助手。基层管理者处于"兵头将尾"的地位，虽然位置不高，但是他们的工作成果直接决定了组织的具体工作绩效和质量，在组织中处于至关重要的地位。

中层管理者处于管理层级中承上启下的中间位置。中层管理者是指处于高层管理者和基层管理者之间的一个或若干个中间层次的管理人员，如公司的部门经理，工厂的车间主任等等，他们的主要职责就是贯彻执行高层管理者所制定的重大决策，监督和协调基层管理者的工作。他们一方面要接受高层管理者制定的组织的总体目标和全局计划，另一方面还要将其转化为本部门的细化目标和局部计划，并分解为更具体的目标和更精细的计划到具体的基层部门单位，更要把基层单位的反馈信息及时上报上级主管，供高层参考。与其他层次的管理者相比，中层管理者更加注重组织的日常管理，既需要贯彻执行高层管理者的意图，负责把任务落实到基层单位，并及时检查、督促和协调基层管理者的管理活动以确保目标的落实、任务的完成，又要高效顺利地完成高层管理者交办的工作，并向上级提供进行决策所需的信息资料和各种方案。在一般组织中，中层管理者被进一步分为技术性管理者、支持性管理者和行政性管理者三种。

值得注意的是，不论处于哪个层次的管理者所从事的都是管理活动，所行使的都是计划、组织、领导和控制四大管理职能。由于不同管理层次有其各自不同的管理权限、管理责任，在分工的基础上协同一致地做好组织的整体管理工作，所以，不同层次管理者在履行各项管理职能的程度和重点上是有所不同的。不同层次管理者各自管理职能的结构情况如图 1-2 所示。

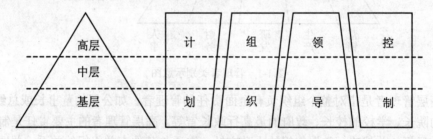

图 1.2　管理层次与管理职能之间的关系

高层管理者在计划、组织和控制职能上用的时间和花费的精力比较多，而基层管理者在领导职能上占用的时间和精力比较多，中层管理者居于两者之间。

即便是就同一管理职能而言，不同管理层次的管理者在管理工作中所表现出来的内涵也不是完全相同的。以计划职能为例，高层管理者所关心的是组织整体化、长远的战略规划，中层管理者更关心的应是组织的中期的、本部门的管理性计划，基层管理者则更侧重于短期的、本单位的业务和作业计划。

（2）按横向管理领域分类。管理者按横向的管理领域可划分为综合管理者和职能管理者。

综合管理者是指负责某一个组织的整体或组织中某个部门整体的全面活动的管理者，他们是这个组织或部门的主管，处于该组织或该部门管理活动管理层次的最高位置。如工厂的厂长、车间的主任等，他们对其所管辖的组织或部门的目标的实现负有整体性的全部责任，因而拥有这个组织或这个部门所必需的最高权力，有权指挥和支配整个组织或整个部门的全部职能活动和全部资源，而不是只对单一职能活动和单一资源储备负责的管理者。

不同规模大小的组织所需综合管理者的人数是有差别的。对一个小型的组织来说，可能只需要一个综合管理者。如一个小型公司中综合管理者只需总经理一人，由其一人全面负责管理包括生产、营销、人力资源和财务在内的所有经营活动。而对于一个大型组织来说，这是不能适应组织规模的管理需求的，如跨国公司，它可能会按产品类别分设若干个分部，这时，该组织所需要的综合管理者就不能只是一个公司总经理而理应包括各个分部的总经理了。

职能管理者，也称为专业管理者。是指负责组织中某种特定职能，某些特定专业方面的管理活动的管理者。如总工程师、财务处长、设备处长等。他只对组织管理中的某一职能或某一专业领域的活动目标负责，只在本职本专业中行使职权，指导工作，职能管理者大都具有某种专业或技术专长。就一般组织而言，职能管理者主要有行政管理者、财务管理者、人力资源管理者以及其他各种业务活动的管理者。

对现代组织来说，随着组织规模的不断扩大和环境的日益复杂，管理活动和业务活动的分工也变得日益重要，这将需要更多不同类型、不同专业领域的专业管理者。

二、管理者角色

角色原指表演者遵照剧本中的设计规定及导演谋划的规范要求，彻底脱离生活中的原本自我，在戏剧舞台上以剧中人物形式出现的表演形象。之所以借用角色这个词语，其根本是要求管理者在自身的职场生涯中，行使管理职能过程中必须完全脱离生活中的原本自我，其在组织中的管理行为是绝对受管理规范约束的。由此可见，管理者的角色是指作为一般的管理者在其组织系统内从事各种活动时的立场、行为、表现等的一种特定性归纳，它是管理者在管理情景中的特定行为规范。

1. 德鲁克的管理者的角色分类

美国著名管理学家彼得. F. 德鲁克于 1995 年提出了"管理者的角色"的概念。他认为管理是一种无形的力量，这种力量是通过各级管理者体现出来的。所以管理者所扮演的角色大体分为三类：

（1）管理一个组织，求得组织的生存和发展。为了做好这方面的工作，德鲁克认为管理者必须确定该组织是干什么的，应该有什么目标，如何采取积极措施实现目标；求得组织的最大效益；为社会服务和创造顾客。

（2）管理管理者。德鲁克认为正是对管理人员的管理才造就了一个企业，所以组织的上、中、下三个层次中，人人都是管理者，又都是被管理者，因此管理者必须确保下级的思想、意愿、努力朝着共同的目标前进；培养集体合作精神；培训下级，使其管理的技能得到提高；建立健全组织机构。

（3）管理工人和工作。这是管理者的基本职责，主要是激励组织成员发挥创造热情来求得组织的最佳效果，德鲁克认为要扮演好这一角色管理者必须认清两个趋势：关于工作，其性质是不断急剧变动的，既有体力劳动，又有脑力劳动，而且随着科技的发展，工作中脑力劳动所占比例会越来越大；关于人，要正确认识到有关人的"个体差异、完整的人、行为有因、人的尊严"，随着社会的进步，正确处理好各级各类人员之间的关系会变得越来越重要。

2. 明茨伯格的管理者的角色分类

20 世纪 60 年代末期，加拿大管理学家亨利·明茨伯格为了弄清管理者真正的工作情况，他用每人一周的时间跟踪五位最高管理者，并把他们的活动如实记录下来。其结果，他发现管理者的工作节奏很快，处理的问题很多，在每个问题上花费的时间很短，而且主要依靠口头上的沟通（如使用电话或开短会）和有关人士的网络，而极少用正式的书面文件。这些都与对管理者的传统看法完全不同，长期以来，人们常认为管理者都是在一个安静的环境中经过深思熟虑的思考，认真细致地处理来自多方面的信息，然后做出决策。

明茨伯格利用他的记录进行仔细地研究，出版了专著《经理工作的性质》。在这本专著中，他将管理者的活动分类归组，认为管理者在组织活动中扮演了十种角色，这些角色可分为三大类，即人际关系方面的角色、信息方面的角色和决策方面的角色。明茨伯格认为，管理者在组织中的"正式权威和地位"产生出管理者的三种人际角色，人际角色又导致了三种信息角色，人际角色和信息角色又使管理者能发挥出四种决策角色。这三类管理者的角色是一个相互联系、密不可分的有机整体。如图1-3所示。

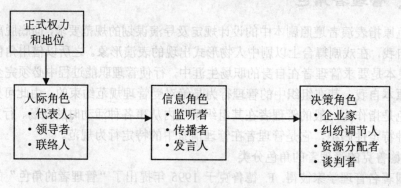

图1-3　管理者不同角色之间的关系

根据明茨伯格的理论，各角色的职责及其相应的典型特征活动如表1-2所示。

（1）人际角色。明茨伯格认为管理者的第一类角色是人际关系方面的角色。这类角色是以其在组织中的正式权力为基础，直接产生于管理者的职权和相应的地位。当管理者在处理与组织内部其他成员和其他利益相关者的关系时，就扮演着人际关系方面的角色。这类人际关系方面的角色可以进一步细化为代表人角色、领导者角色和联络人角色三种。

① 代表人角色。作为组织的管理者必须行使某些具有礼仪性质的职责。常见的如参加社会活动、出席社区集会或宴请重要客户等社交活动。在这类社会活动和业务活动的对外公开活动中，管理者就是以组织代表人的身份出现在公众面前的。

② 领导者角色。管理者是组织中行使管理职能，承担管理责任的，被要求在整个组织中或自身的部门中从事管理活动时扮演领导者角色，随时要指挥和激励下属，安排员工的组织活动，协调彼此的关系，协同其他成员共同确保组织目标的实现，这便是对内的领导者角色。

③ 联络人角色。管理者还需要扮演组织的联络者角色。不论是在组织内与他人的协同工作中，还是对外建立和维护外部利益相关者的良好互动关系时，都需要以组织联络者的角色出现，来进行活动，进而能够在组织的内外建立关系和网络。

表 1-2　明茨伯格的管理者角色理论

角 色		描 述	特 征 活 动
人际关系方面	代表人	象征性首脑；必须履行许多法律性或社会性的例行义务	迎接来访者；签署法律文件
	领导者	负责激励下属；负责人员配备、培训以及有关的职责	实际上从事所有的有下级参与的活动
	联络人	维护自行发展起来的外部关系和消息来源，从中得到帮助和信息	发感谢信；从事外部委员会的工作；从事其他有外部人员参加的活动
信息情报方面	监听者	寻求和获取各种内部和外部的信息，以便透彻地理解组织与环境	阅读期刊和报告，与有关人员保持私人接触
	传播者	将从外部人员和下级那里获取的信息传递给组织的其他成员	举行信息交流会；用打电话的方式传递信息
	发言人	向外界发布组织的计划、政策、行动、结果等	召开董事会；向媒体发布信息
决策制定方面	企业家	寻求组织和环境中的机会，制定"改进方案"以发起变革	组织战略制定和检查会议，以开发新项目
	纠纷调节人	当组织面临重大的、以外的混乱时，负责采取纠正行动	组织应对混乱和危机的战略制定和检查会议
	资源分配者	负责分配组织的各种资源——制定和批准所有有关的组织决策	调度、授权、开展预算活动，安排下级的工作
	谈判者	在主要的谈判中作为组织的代表	参加与工会的合同谈判

（2）信息角色。明茨伯格认为管理者必须扮演的第二类角色就是信息情报方面的角色。在这类角色中，管理者的主要责任是确保与其协调工作的下属及相关人员获取与他们在各自组织活动中特定工作职位相匹配、相适应的足够的相关信息数据和信息资料，从而能够顺利地完成他们的工作并达到预期目标的要求。这就要求管理者既是信息传递中心，又是相关的信息传播者和沟通渠道。管理者的信息角色可以进一步分化为监听者角色、传播者角色和发言人角色。

① 监听者角色。管理者首先应扮演的是信息的监听者角色。作为信息监听者，管理者要持续关注组织内外环境的变化以获得充足的对组织有用的相关信息。管理者通过接触下属以及所有相关人员来收集信息资料，并且从个人关系网络中获取对方主动提供的信息数据。管理者就是通过这种信息来了解和识别有关组织和本部门潜在的机会和威胁的。

② 传播者角色。管理者还应是信息的传播者。扮演这种角色时，关键职能和作用是将其作为监听者所获得的大量信息分配出去。管理者把重要的相关信息传播给组织中、部门中和其他相关人员。虽然管理者也有必要向他人隐藏某些特定的信息，但作为信息传播者的管理者角色，更重要的是必须确保其下属及相关人员具有必备的、

真实的信息及信息量，以便切实有效地实现组织目标。

③ 发言人角色。管理者的另一种信息角色是发言人角色。这一角色要求管理者应把有关信息传递给部门外、组织外的相关人士。如：要向董事长和股东说明组织的财务状况和战略方向；要向消费者保证组织在切实履行社会义务；要使政府有关部门及人员对组织的遵纪守法感到满意。

（3）决策角色。前两类管理者的角色，导致管理者第三类角色即决策角色的必然。信息的服务对象之一就是决策。信息角色获得的信息对管理者的决策有重大影响和作用。管理者的决策角色表现为企业家角色、纠纷调节人角色、资源分配者角色和谈判者角色。

① 企业家角色。决策方面角色的第一种是企业家角色。该角色要求管理者密切关注组织内外环境的变化并在事态发展中发现机会的基础上，立即做出相应的科学决策，通过创新和决策来发起和监督那些即将改进从而提高组织绩效的新项目、新市场和新途径。

② 纠纷调节人角色。纠纷调节人角色或称干扰应对角色是管理者决策类角色的第二种角色。组织的运行过程中不可避免地会随机发生某些冲突问题或突发事件，它们对组织的正常运转会造成不同程度的干扰。管理者以纠纷调节人的身份出现，尽量排除干扰解决纠纷。如平息客户的怒气、同不合作的供应商进行谈判以及调节和平息内部争端等。

③ 资源分配者角色。第三种决策角色是资源分配者角色。人力、财力、物力以及时间和信息等组织资源是组织运作的基本前提之一。而管理者的资源分配者角色要求管理者合理地使用、科学地配置组织资源，为实现组织目标而充分发挥有限资源的无限潜力作用。

④ 谈判者角色。最后是管理者的谈判者角色。无论是从管理者在组织中的地位及人际关系上看，还是从其掌握的有关信息来看，管理者都是谈判者的最佳人选。谈判人的这个角色表明了管理者的特定责任。一般由管理者以谈判者的角色出席相关场合，包括与组织内各部门及相关人员、本部门其他人员以及和组织以外的相关利益集团的谈判。

【延伸阅读】

成功的管理者与有效的管理者

美国组织行为学专家弗雷德·卢森斯（Fred Luthans）曾经对450多位管理者进行研究，他发现这些管理者都从事以下四种活动：

1. 传统管理：决策、计划和控制。观察到的行为有：指定目标、明确实现目标所要完成的任务，分配任务及资源、安排时间表等；明确问题所在，处理日常危机，决定做什么、如何做；考察工作，监控绩效数据，预防性维护工作等。

2. 沟通：交流例行信息和处理文书工作。观察到的行为有：回答常规程序性问题，接收和分派重要信息，传达会议精神，通过电话接受或者发出日常信息，阅读、处理文件、报告等，起草报告、备忘录等，以及一般的案头工作。

3. 人力资源管理：激励、惩戒、调解冲突、人员配备和培训。观察到的行为有：正式的奖金安排，传达赞赏之意，给予奖励，倾听建议，提供团队支持，给予负性的绩效反馈，制定工作描述，面试应聘者，为空职安排人员，澄清工作角色，培训，指导等（制定规章制度并依此进行奖惩不可能被观察到，所以这一范畴没有考虑）。

4. 网络联系：社交活动、政治活动和外界交往。观察到的行为有：与工作无关的闲谈，插科打诨，议论流言飞语，抱怨、发牢骚，参加政治活动以及搞搞小花招，应对外部相关单位，参加外部会议、公益活动等。

研究表明，"平均"意义上，管理者花费 32%的时间从事传统管理活动；29%的时间从事沟通活动；20%的时间从事人力资源管理活动；19%的时间从事网络活动。就是说，总体看来，管理者于四项活动中的每一项，平均大约花费 20%~30%的时间。

但是，不同的管理者花在这四项活动上的时间和精力显著不同。特别是，成功的管理者（以在组织中晋升的速度作为标志）花费更多的时间和精力在社交活动上，更多地参与到政治活动及与外界接触的活动中，联络感情，发展关系。相对来说，花费在日常沟通活动上的时间和精力较少，而花费在传统管理和人力资源管理活动上的时间和精力最少。也就是说，社交活动是成功的关键。有效的管理者（用工作成绩的数量和质量以及下级对其满意和承诺的程度作为标志）主要参与的活动是日常沟通和人力资源管理活动，而相对来说，传统的管理活动比例较少，社交活动最少。如表 1-3 所示。

表 1-3　平均的、成功的和有效的管理者每种活动的时间分布

	平均的管理者	成功的管理者	有效的管理者
传统管理	32%	13%	19%
沟通	29%	28%	44%
人力资源管理	20%	11%	26%
网络联系	19%	48%	11%

可以看出，成功的管理者与有效的管理者强调的重点不一样，事实上，他们几乎是完全相反的。这对晋升是基于绩效的传统假设提出了挑战，它生动地说明，社交和施展政治技巧对于在组织中获得更快的提升起着重要的作用。

三、管理者技能

管理者的管理绩效决定着组织的成败兴衰，而决定其绩效好坏的关键因素之一，就是管理者是否具备与其所在管理岗位相适应的管理技能。

技能是来源于知识、信息、实践和资质的特殊能力，它是人们把各种知识和业务应用于实践活动中所表现出来的能力。美国管理学学者罗伯特. L. 卡茨在《哈佛商业评论》上发表的"能干的管理者应具有的技能"的论文中，提出了管理者必须具备的三种技能是：技术技能、人际技能和概念技能。

1. 技术技能

管理者的技术技能是指管理者运用自身所掌握的某些专业领域内的有关工作程

序、技术和知识来完成一项特定工作任务所具备的能力，即人们通常讲的业务能力。它是管理者对相应专业领域进行有效管理的必备条件。对于管理者来说，因其所处的管理层次的差异，对特定专业技术的精通程度的要求也有一定的不同，但起码应当对该专业领域要懂行。离开了技术能力的支持，将很难与所主管的组织或部门内的专业技术人员进行有效的沟通，也无法对他们所管辖的业务范围内的各项管理工作和业务工作进行具体的指导，尤其会对他们的决策的及时性、有效性造成不利的影响。这种技术技能对管理活动的支持作用，对于基层管理者来说更为重要。管理者的技术技能可以通过学校的专业技术教育或组织在职培训获得，并在实际工作的实践中得以强化。

2. 人际技能

人际技能也称为"人事技能"，是管理者处理人事关系及人际关系的技能，包括理解、激励他人；能与他人有效沟通并和谐、愉快相处的能力。通俗地讲，人际技能就是管理者处理好人与人之间关系的能力，那么主要是指与哪些人之间的关系呢？纵向上包括与其上级的关系和与其下级的关系，横向上包括与组织内部其他部门、专业领域的关系，有时还涉及组织中的其他斜向关系和组织以外的相关组织及政府的关系。管理者必须具备人际关系技能，在同等条件下，人际技能可以有效地帮助管理者在工作中获得成功。

应当注意的是，人际技能不是为了关系融洽而去被动地迎合对方。它的根本是在复杂的利益关系中找到共同利益的基础，在纷繁的观点中找到共识，在共同利益的基础上激励他人协调一致。在以人为本的今天，人际技能对于各层次的管理者都是一种极其重要的基本功，没有人际技能的管理者是不可能做好管理工作的。

3. 概念技能

概念技能又称为构想技能。近年来也有人称之为管理者的决策技能，属管理者的核心能力范畴。概念技能是指其观察、理解和处理各种全局性的复杂关系的抽象能力，包括感知和发现环境中的机会与威胁的能力，对全局性、战略性、长远性的重大问题的处理与决断能力，对突发性紧张处境的应变能力等。具体来讲，管理者的概念技能包括管理者认知和理解事物的相互关联性进而找出关键问题的能力、确定和协调各方面关系的能力以及权衡不同的方案和内在风险的能力，并在此基础上，为确保组织目标的实现和相关利益者利益的获得而解决问题的能力。

管理者的概念技能归根到底是其自身的一种洞察能力和思维能力。在市场竞争日益激烈的条件下，最高管理层的决策能力以及组织的创新能力，无一不与管理者自身的概念技能紧密相关。

以上三种技能对任何管理者来说都是必不可少的，但因不同管理者在组织中担负的组织责任和面对管理情景差异的存在，不同层级管理者的技能结构是有一些区别的，如图 1-4 所示。

技术技能对于基层管理最重要，对于中层管理较为重要，对于高层管理较不重要。

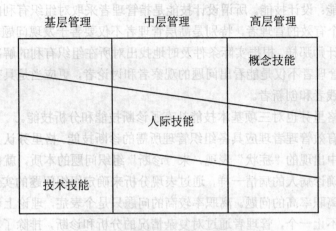

图 1-4　不同层次管理者的技能要求

组织活动的分工协作原则决定了技术技能在基层管理者技能结构中的重要地位。他们的主要职责是对作业活动的现场管理，技术技能是基层管理者科学、有效地进行现场指挥和现场监督的根本保障，离开了技术技能他们就根本胜任不了基层管理工作了。与之相反，对高层管理者而言，其主要职责不是现场管理而是战略决策管理，对技术技能的要求就不是十分重要了，若需要技术技能时，高层管理者可以充分利用其下属人员的技术技能资源，因而对高层管理者的技术技能要求不高。当然，对小型组织中的高层管理者来说，技术技能也是不容忽视的。

人际技能对于各个层次的管理者来说都是同等重要的。

人既是管理主体也是管理客体的第一构成要素，因此人际技能在各个层次管理者的技能结构中都占有至关重要的位置，特别是作为今天和未来的管理者其管理绩效的好与坏，都离不开人际技能这一重要因素。

概念技能对于高层管理者最重要，对于中层管理者较重要，对于基层管理者较不重要。

概念技能在高层管理者的技能结构中是核心的、首要的能力要素。或者说在各层级的管理者中，高层管理者尤其需要概念技能。因为，高层管理者所面对的管理问题是全局性的、长远性的，也是更具复杂性的，解决这些问题所涉及的因素更繁多，所牵扯的方面更广泛，所以管理者所处的管理层次越高，对概念技能的依赖性就越强。或者说，概念技能是考量高层管理者素质水平高低的重要尺度。与之相反，对基层管理者而言，概念技能的要求则相对较弱。

除了上述我们强调的管理者的三项技能以外，许多管理学学者也从各自的不同视角以及各自的理解提出了不同的观点。

德鲁克认为管理是特殊的工作，因而要求管理者具有特殊的技能，其中包括：做出有效的决策，在组织内部和外部进行信息交流，正确运用控制和测评，正确运用分析工具技能等。

孔茨和韦里奇在卡茨提出的管理者三项基本技能的基础上，提出了管理者应具备的一项新的技能：设计技能。所谓设计技能是指管理者采取对组织有利的方法解决问题的能力。一个有效的管理者，特别是高层管理者不仅要善于发现问题，而且必须像一个优秀的设计师那样，根据实际条件及时地找出对所在组织有利的解决问题的办法来。他们认为管理者不仅是能看出问题的观察者和讨论者，更应当是具有设计技能的解决问题的实践者和创新者。

管理学家格里芬也对三项基本技能补充了诊断技能和分析技能。

组织中的有效管理者理应具备组织管理所需的诊断技能。格里芬认为有效的管理者应根据组织中出现的"症状"表现，来"诊断"组织问题的本质，就像医学专家根据病人的症状确诊病人的病情一样，通过表现分析来确定组织问题的实质。例如发生了某部门员工离职率高的问题。离职率较高的问题只是个表症，理论上讲引起这个问题的因素可能不止一个，管理者通过对复杂情况的分析和诊断，排除了其他因素，证实了本质是该部门主管的人际技能较差。有了正确的诊断后对应措施就不是问题了。又如，公司某产品的销量大幅上升且超出了预想程度，作为一个有效的管理者，不能只因销量大增的事实对本公司有利就认定不是问题而只顾欢喜了。因这个"销量大增且超出预想"只是个表象，其背后的深层原因有许多种：本公司该产品定价过低、某种特定原因引起的市场需求增加、竞争对手的定价过高等。只有通过诊断找出销量剧增真正的本质原因，才能做出对公司有利的最佳选择。

分析技能与概念技能密切相关，它是诊断技能的补充与延伸。分析技能是指管理者在某一特定形势下鉴别关键变量过程中，分析问题与问题之间、表象与本质之间、因素与因素之间的相互关系，进而找出最应关注的关键因素的能力。诊断技能帮助管理者认识并理解其所处的形势，分析技能使管理者了解和判断其在该种形式下行动的方向。

分析技能与决策技能也有密切的联系。一般来讲分析技能并不涉及实质性的决定。从这个意义上看，分析技能是决策技能的基础和前置，而决策技能是分析技能的升华和后续。另外，在管理实践过程中，虽然分析者和决策者可能是同一个人，但在更多的情况下，分析主体和决策主体并不是同一个人。例如，在为新厂选址的整个过程中，相关管理人员要分析各个选点的优势及劣势，经过调查和预测提出建议和备选方案，这个过程主要是分析技能在起作用，而最终拍板定案是由决策层的决策者来进行的，这个过程虽不能说与决策者的分析技能毫无联系，但毕竟起主导作用的还是决策者的决策技能。

【小测验】

表 1-4 列出了如今的管理者应该具备的 22 种技能。请你回答：

1. 对每项技能的具体要求进行逐项解读。
2. 判断每一种技能分别属于技术技能、人际技能和概念技能中的哪种类别？
3. 判断每一种技能分别运用于哪些管理职能？

表 1-4　管理技能与管理职能的关系

管理技能	技能种类	管理职能			
		计划	组织	领导	控制
获取权利					
积极倾听					
评估跨文化差异					
预算					
选择有效的领导方式					
教练					
创建有效的团队					
授权					
设计富有挑战性的工作					
发展信任					
执行纪律					
访谈					
减少变革阻力					
管理时间					
指导					
谈判					
提供反馈					
解读组织文化					
主持有效果的会议					
审视环境					
设立目标					
创造性地解决问题					

【综合案例】

巨人集团：一路豪赌的大惑①

在中国乃至世界企业圈中，能够独立门户、开疆拓土的一代宗师们，几乎都没有太高的学历背景。因为往往学历越高、读书越多，便越是有理性精神，在机遇稍纵即逝的商海中，瞻前顾后、举棋不定，缺乏大风浪中豪情一搏的创业激情。而那些学历不高者，则顾忌较少，敢想敢为，埋头一冲，或许真的一跃而出，开创出一片新天地来。

史玉柱就属后者，一搏一赌风行中华大地。

然而，凡"赌"应忌"豪赌"。

巨人大事记：

① 转引自"巨人集团：一路豪赌的大惑". http://blog.icxo.com/read.jsp?aid=52284&uid=16463.

1984 年，史玉柱毕业于浙江大学数学系，分配至安徽省统计局。后到深圳大学攻读软件科学硕士。随即下海创业。

1989 年，推出桌面中文电脑软件 M-6401，4 个月后营业收入即超过 100 万元。随后推出 M-6402 汉卡。

1991 年，巨人公司成立，推出桌面中文电脑软件 M-6403。

1992 年，巨人总部从深圳迁往珠海；同年，巨人的汉卡销量一跃而居全国同类产品之首；史玉柱被评为"广东省十大优秀科技企业家"。中央领导纷纷视察巨人。

1992 年，38 层的巨人大厦设计方案出台。后来这一方案因头脑发热等原因一改再改，从 38 层到 54 层，再到 64 层，后来又蹿至 70 层。

1993 年，巨人推出 M-6405、中文笔记本电脑、中文手写电脑等多种产品。巨人成为位居四通之后的中国第二大民营高科技企业。下半年美国的王安电脑公司破产，史玉柱认为巨人需要新的产业支柱。

1994 年初，巨人大厦一期工程动土。史玉柱在一次全体员工大会上直截了当地剖析了巨人集团的五大隐患，并明确提出巨人"二次创业"的构想。同月， 巨人推出脑黄金，一炮打响。史玉柱当选"中国十大改革风云人物"。

1995 年 5 月 18 日，巨人在全国上百家主要的报纸上以整版广告的形式，一次性推出电脑、保健品、药品三大系列的 30 个新品，投放广告 1 个亿。不到半年，巨人集团的子公司从 38 家发展到了创纪录的 228 家，人员从 200 人骤增到 2000 人。同年，史玉柱被《福布斯》列为中国大陆富豪第 8 位。

1995 年 7 月，史玉柱宣布"创业整顿"。

1996 年初，史玉柱开始从全面出击转为重点战役，全力推广减肥食品"巨不肥"。

1996 年，巨人大厦资金告急，史玉柱被迫抽调保健品公司的流动资金填补到巨人大厦的建设中。保健品方面因为巨人大厦"抽血"过量，加上管理不善，迅速盛极而衰。

1997 年初，巨人大厦未按期完工，国内购楼花者纷纷上门要求退款，巨人与媒体的关系迅速恶化，媒体地毯式报道巨人财务危机。巨人被迫在杭州召开联合新闻发布会，公开向娃哈哈道歉，这一道歉风波，成为巨人大滑坡的一次标志性事件。不久巨人大厦停工，巨人名存实亡。

一、巨人起家——文弱书生的豪赌天性

如果史玉柱混迹于浩荡的人流中，人们会断定他是一介书生，而非决定 2000 多名员工命运的企业统帅，以及腰缠 5 亿元的新生代富翁。人们从他文静得近乎木讷的外表，怎么也不会想到他竟是"中国改革十大风云人物"之一。

➤ 子身闯深圳

1989 年 7 月，一位名叫史玉柱的安徽青年孤独地站在深圳宽敞而脏乱的大街上。当时的深圳已经作为特区开放了将近十年，每年有百万以上的劳工赶到这里"淘金"，南国风吹在每一位百无禁忌的"青年牛仔"身上，让略带海腥味的野心在钢筋水泥中蓬蓬勃勃地萌芽开放。7 年前，史玉柱以全县第一的成绩考进了浙江大学数学系；3 年前，他又考到深圳大学读软件科学管理，毕业后他被分配到安徽省统计局。可是，已经在深圳的创业氛围中浸泡了 3 年的史玉柱早已无法忍受内地机关单位的平静和呆板了，仅仅几个月后，他便毅然辞职，又回到了那片狂热而充满了机遇的热土地。

➤ **4000 元打 8400 元的广告，先欠你一半广告费**

此时史玉柱的行囊中，只有东挪西借的 4000 元以及他耗费 9 个月心血研制的 M-6401 桌面排版印刷系统软件。史玉柱长得瘦高文弱，一眼望去便是一副南方书生的模样，可是他却有着超出寻常的惊人的豪赌天性。这种天性在他日后的创业历程中将一再展现。便是在初到深圳的那几天，他作出了一生中的第一个豪赌决定，他给《计算机世界》打电话，提出要登一个 8400 元的广告"M-6401：历史性的突破"，唯一的要求是先发广告后付钱。"如果广告没有效果，我最多只付得出一半的广告费，然后只好逃之夭夭。"事后，他这样说。

13 天后，他的银行账号里收到了三笔总共 15 820 元的汇款。两个月后，他赚进了 10 万元。这是他经商生涯中的"第一桶金"，他把这笔钱又一股脑全部投进了广告，4 个月后，他成了一个默默发财的年轻的百万富翁。

➤ **市场认可的唯有技术**

1990 年 1 月，史玉柱一头扎进深圳大学两间学生公寓里，除了一星期下一次楼买方便面，他在计算机前呆了整整 150 个日日夜夜。这次他拿出来的是 M-6402 文字处理软件系列产品。当他天昏地暗地走出那间脏乱的学生公寓的时候，他发现家里的所有家具都已不翼而飞，数月未见的妻子不知去向。可是，他却站在了一个新的事业起点上。他从深圳来到珠海，这位身高 1.8 米、体重不到 120 斤的瘦长青年给自己的新技术公司起了一个很响亮的名字——"巨人"，他宣布，巨人要成为中国的 IBM，东方的巨人。

又一年，巨人已发展成了一家资本金超过 1 亿元的高科技集团公司。公司每年的销量以几何级的速度在增长，巨人的年度销售商大会成为了全国规模最大的电脑盛会。史玉柱又连续开发出中文手写电脑、中文笔记本电脑、巨人传真卡、巨人中文电子收款机、巨人财务软件、巨人防病毒卡等产品。

从 1992 年开始，巨人已赫然成为中国电脑行业的领头军，史玉柱也成为中国新一轮改革开放的典范人物和现代商界最有前途的知识分子代表，他被评为"中国十大改革风云人物""广东省十大优秀科技企业家"，获得珠海市第二届科技进步特殊贡献奖，获得奖金 63 620 元、一辆奥迪轿车和一套 100 平方米的住房。中央领导纷纷视察巨人，李鹏同志更是三顾巨人，表现出特殊的眷顾之意，先后题词"青年科技人才是国家的希望""巨人集团在软件开发领域取得重大成果"等。1994 年 6 月，江泽民同志视察巨人集团，在试写巨人中文手写电脑时，他说，"中国就应该做巨人"。

史玉柱的事业在此刻达到了前所未有的巅峰，而此时的他刚刚迈过而立之年。这个瘦长、讷言却又充满神奇色彩的安徽人几乎在最短的时间里成为全中国知识青年的偶像。

二、巨人大厦——将投资视作豪赌

1993 年是中国电脑业的灾难年，随着西方 16 国组成的巴黎统筹委员会的解散，西方国家向中国出口计算机禁令失效，康柏、惠普、AST、IBM 等国际著名电脑公司开始围剿中国硅谷——北京中关村：这是一场生死决战，也是一场并非势均力敌的争逐，手持大刀长矛的国内土著公司难抵船坚炮利的洋电脑，所以双方还未交火，胜负早有定论。

伴随电脑业步入低谷，史玉柱赖以发家的本行也受到重创。巨人集团迫切需要寻找新的产业支柱，由于当时全国正值房地产热，他决定抓住这一时机，因此一脚踏进房地产业。

1992 年，在事业之巅傲然临风的史玉柱决定建造巨人大厦，当时巨人的资产规模已超过 1 亿元，流动资金约数百万元。最初的计划是盖 38 层，大部分自用，并没有搞房地产的设想。这年下半年，一位中央领导来巨人视察，当他被引到巨人大厦工地参观的时候，四周一盼顾，便兴致十分高昂地对史玉柱说，这座楼的位置很好，为什么不盖得更高一点？就是这句话，让史玉柱改变了主意。巨人大厦的设计从38层升到了54层。

这时候，又一个消息传来，广州想盖全国最高的楼，定在63层。便有人建议史玉柱应该为珠海争光，巨人大厦要盖到64层，夺个全国第一高楼，成为珠海市的标志性建筑。

到1994年初，又一位中央领导要来视察巨人，不知哪位细心人突然想到，"64"这个数字好像不吉利，领导会不会不高兴，于是马上打电话给香港的设计单位咨询，一来一去，索性就定在了70层。

在当时，盖一座38层的大厦，大概需要资金2亿元，工期为两年，这对巨人集团来说，并非不能承受之重，可是，盖70层的大厦，预算就陡增到了12亿元，工期延长到6年。不但在资金上缺口巨大，而且时间一长，便也充满了各种变数。

可是，史玉柱却信心十足。当时巨人的M-6403汉卡在市场上卖得十分火爆，1993年的销量便比上年增长了300%，每年回报有3000多万元，如果保持这样的势头，盖楼的资金应该不成问题。

对于巨人大厦的筹资，史玉柱想"三分天下"——1/3靠卖楼花，1/3靠贷款，1/3靠自有资金。巨人大厦的楼花在初期卖得很火，从香港融资8000万元港币，从国内融资4000万元，短短数月获得现款1.2亿元。

三、进军保健品——军事化的狂赌

在外有强敌的情况下，创业不久的巨人集团内部也出现了管理和体制上的裂痕。史玉柱不同于那些没有文化而一夜暴发的乡镇企业家，没有智谋而仅仅靠胆量打天下，巨人是国内第一个明确提出"管理也是生产力"的现代企业，并在制度上形成了一种机制。同时，从很早开始，巨人就是一家很有危机意识的企业。就在江泽民同志视察巨人集团后的两个月，史玉柱在一次全体员工大会上便拉响了危机的警钟，他直截了当地剖析了巨人集团的五大隐患：创业激情基本消失、出现大锅饭机制、管理水平低下、产品和产业单一、开发市场能力停滞。这五大隐患，除了"产品和产业单一"这一条之外，直到巨人集团覆灭都没有得到根本性的改观，也成为世人日后评说巨人之败的缘由。

正是这次会议上，史玉柱明确提出巨人"二次创业"的总体目标：跳出电脑产业走产业多元化的扩张之路，以发展寻求解决矛盾的出路。他把新产业的目标确定在保健品和药品产业上，宣布将斥资5亿元，在一年内推出上百个新产品。

在楼花销售中大尝甜头的史玉柱发现做电脑实在太辛苦，迅猛成长中的国内市场有太多的暴利行业在诱惑着他，很快，具有商人特质的他选中了当时最为火爆的保健品行业。

当时的保健品行业基本上属于一个尚待培育成熟的市场，在太阳神、飞龙等企业的"广告催肥"下，1994年全国保健品市场的销售总收入达300亿元之巨，而且没有大的国际品牌参战。史玉柱的企图十分的明显，他希望通过新的扩张激发出新的创业激情，利用巨人的品牌优势快速攫取超额利润，并以此来缓解主导产业发展受阻以及管理机制上的矛盾。这样的方式在许多企业的成长史上屡试不爽，并帮助它们摆脱危机焕发新生。

> 在这一战略性大转移中，史玉柱犯下了一个错误：他没有采取有效的措施，稳定发家产业和已有项目——这些措施可以包括：与外资合作、资产股权化、获得跨国公司的技术支撑等等。相反，他希望齐头并进，最终造成了多线作战的局面。在当时，如果巨人集团确实已经定下了产业转移的战略目标的话，它完全应该对电脑公司和已开工的巨人大厦建设项目进行资产和管理上的剥离，使之独立运作。

1996 年初，史玉柱开始从全面出击转入重点战役。他发现减肥市场的潜力，因而决定全力推广减肥食品"巨不肥"，提出要打一场"巨不肥会战"。他成立会战总指挥部，亲任总指挥，下辖三大"野战军"，每支"野战军"率领七八个"兵团"，各"兵团"下面又有若干个"纵队"，总部还挑选精干人员组成"冲锋队"。总之，架势拉开，人马聚齐，史玉柱还搞了一个"阵前盟誓"，亲自高举酒杯为开赴前线的将士壮行。

就这样，从 2 月开始，以"请人民作证"为推广口号的"巨不肥会战"在全国各大中城市打响，巨人集团的广告再次铺天盖地地倾泻到各地媒体上。

史玉柱走上了一条多线开战，俱荣俱损的大冒进之路。他亲自挂帅，成立三大战役总指挥部，下设华东、华中、华南、华北、东北、西南、西北和海外八大方面军，其中 30 多家独立分公司改变为军、师，各级总经理都改为"方面军司令员"或"军长""师长"。

在动员令中，他写道：三大战役将投资数亿元，直接和间接参加的人数有几十万人，战役将采取集团军作战方式，战役的直接目的要达到每月利润以亿元为单位。组建 1 万人的营销队伍，长远的目标则是用战役锤炼出一批干部队伍，使年轻人在两三月内成长为军长、师长，能领导几万人打仗。

总动员令发布之后，整个巨人集团迅速进入紧急战备状态。5 月 18 日，史玉柱下达"总攻令"。这一天，巨人产品广告同时跃然于全国各大报，均为整版篇幅。由此"三大战役"全面打响。霎时间，巨人集团以集束轰炸的方式，一次性推出电脑、保健品、药品三大系列的 30 个产品，其中保健品一下推出 12 个新产品。继而，广告宣传覆盖 50 多家省级以上的新闻媒介，营销网络铺向全国 50 多万个商场，联营的 17 个正规工厂和 100 多个配套厂开始 24 小时运转。各地公司纠集 200 名财务人员加班加点为客户办理提货手续，由百辆货车组成的储运大军日夜兼程，营销队伍平均每周加盟 100 多名新员工。不到半年，巨人集团的子公司从 38 个发展到 228 个，人员从 200 人发展到 2000人。

如此大规模的闪电战术，确实创造了奇迹：30 个产品上市后的 15 天内，订货量就突破 3 亿元。更显赫的战果是，新闻媒介对巨人集团形成一次大聚焦，上百家新闻单位在 1 个月内把笔锋集中在巨人身上。其中，《人民日报》在半个月内，四次以长篇通讯形式报道了巨人，新华社 5 次发通稿。

然而，最后的市场结果是："三大战役"和此后的"秋季攻势"都未达到预期效果。相反到 1995年底，巨人营销形势严峻，集团财务状况吃紧，史玉柱立刻宣布进入"紧急状态"，各省总公司的一批总经理被撤职，巨人迎来有史以来最寒冷的冬天。

四、巨人的最后结局——类同于赌王最后一次退场

1996 年 9 月 11 日，巨人大厦终于浮出地面，完成地下室工程。11 月，相当于三层楼高的首层大堂完工。此后，巨人大厦将以每 5 天一层的速度进入建设的快速增长期。可史玉柱已经没钱了。

老天好像和史玉柱成心作对，巨人大厦非常不巧地建在三条断裂带上，为解决断裂带积水，大厦支柱必须穿越 40~50 米的砂土而达到岩石层，多投了 3000 万，大厦桩基为此竟达 65 米深。其间，珠海还发生两次水灾，大厦地基两次被泡，整个建设工期耽误 10 个月。

在 1996 年下半年，巨人集团财务运作日益窘迫，营销状况衰势尽现，员工士气不振，在整体状态疲软下，公司管理陷入混乱，9 月 21 日，巨人财务会议举行，监审委总裁李敏在会上指出总公司对子公司不同程度地失控，财务流失严重。财务账不能及时反映公司经营状况，特别是低价抛售货物，应收账款已结账，但仍挂在账上，有些人胆子更大，严重侵占公司财产。监事会周良正主席

在会上尖锐地指出,如何维护集团财产的安全,已是当前刻不容缓的事情。

尽管史玉柱勉力支撑,但他已回天乏力。直到 1997 年 1 月 12 日,危机总爆发。

从 10 月开始,位于珠海市香洲工业区第九厂房的巨人集团总部越来越热闹起来,一些买了巨人大厦楼花的债权人开始依照当初的合同来向巨人集团要房子,可是他们看到的却是一片刚刚露出地表的工程,而且越来越多的迹象表明,巨人集团可能已经失去了继续建设大厦的能力。这样的可怕消息一传十、十传百,像台风一样卷刮到并不太大的珠海市的每一个角落。那些用辛辛苦苦赚来的血汗钱买了大厦楼花、原本梦想着赚上一票的中小债主再也耐不住了。一拨一拨的人群拥进了巨人集团。

1997 年的 1 月,在一些人的记忆中似乎是一个灾难性的早春。上旬,如日中天的标王秦池的兑酒事件被曝光,引来传媒一片哗然;而到了中旬,南方便又爆出了巨人风波。

由于缺乏危机处理能力,巨人集团仅仅委派了律师与债权人和记者周旋,巨人与媒体的关系迅速恶化。于是种种原本在地下流传的江湖流言迅速地在媒体上被一一放大曝光:

巨人集团的资产已经被法院查封,总裁史玉柱称已没有资产可被查封了;

巨人集团总部员工已 3 个月未发工资,员工到有关部门静坐并申请游行;

巨人集团一位副总裁及 7 位分公司经理携巨款潜逃;

史玉柱沉痛承认在保健品开发上交了上亿元的学费……

那份楼花广告中的保险公司 100%担保承诺,也被披露是一个骗局。保险公司与巨人集团签署的保险协议其实在楼花广告推出之前已经宣告失效。大声喧嚣要"请人民作证"的巨人集团无法为自己作证。

这些耸人听闻的新闻真假参半、泥沙俱下,一时间让史玉柱百口难辩。就在这时,又发生了巨人被迫在杭州向娃哈哈道歉的事件。巨人在公众和媒体心目中的形象轰然倒塌,从此万劫不复。

> 最初的财务运作是良性循环的,但由于摊子铺得太大,又未赢得银行支持,结果巨人大厦和生物工程两个很好的项目,都争那么一点资金,捉襟见肘。如果前两年在财务运作上好一点,在管理上减少一些浪费,我们不至于陷入如此深重的危机,起码有喘息的机会。

其实,当时巨人集团所面临的危机并没有到绝杀的地步。

尽管巨人的保健品推广大战宣告失败,可是在市场上并没有完全丧失品牌信誉。实际上,巨人大厦已经完成地下工程,只需 1000 万元资金就可动起来,按当时的房地产建筑进度,5 天可以盖起一层,一层一层往上盖,兵临城下的债权人自可安心不少,诸多突发矛盾也可以化解。

史玉柱清醒地知道,缺少的仅仅是 1000 万元而已。可是,他就是没有能力筹措到这笔钱。1000 万元对不久前的巨人集团还算不了什么,就在半年前史玉柱到山东开会,青岛一个市场一个月交给总部的款项就达到了 1000 万元。史玉柱仰天悲鸣:"什么叫一分钱难倒英雄汉,这就是。巨人集团发展到现在,资产规模滚到 5 个亿,区区 1000 万元的小数目根本不算什么,可眼下这一关就是过不去。"

正如人们日后所注意到的,由于缺乏必要的财务危机意识和预警机制,巨人集团债务结构始终处在一种不合理的状态。史玉柱一向以零负债为荣,以不求银行自傲,在巨人营销最辉煌的时期,每月市场回款可达 3000 万元到 5000 万元,最高曾突破 7000 万元,以如此高额的营业额和流动额,他完全可以陆续申请流动资金贷款并逐渐转化为在建项目的分段抵押贷款,用这笔钱来盖巨人大厦。可是史玉柱却始终拒绝走这步棋，而是一味指望用保健品的利润积累来盖大厦，这无疑是造成巨人突发财务危机的致命处。

以冷眼待人，人自以冷眼待之。在危机爆发的那段时间，巨人集团平时很少与之打交道的银行在此刻自然袖手冷观，一直鼓励巨人"大胆试验、失败也不要紧"的地方政府也始终束手无策，拿不出任何有建设意义的方案。

【思考题】

1. 通过对于巨人集团盛衰过程的了解，谈谈你对"管理"的认识。
2. 分析本案例中，巨人集团在"做正确的事"和"正确的做事"两个方面的得失。
3. 在本案例中，作为管理者的史玉柱，他的哪些角色是成功的，哪些是失败的？
4. 分析史玉柱的管理技能。

【本章要点总结】

学习完本章内容，你应该能够：

1. 定义什么是管理。
2. 了解管理学研究的主要内容。
3. 理解管理学的特点。
4. 描述基本的管理职能。
5. 明确管理的基本问题。
6. 了解对于管理者按纵向和横向的分类。
7. 识别管理者所扮演的角色。
8. 描述管理者所需的技能。

第二章 计 划

第一节 决 策

【开篇案例】

王厂长的会议

王厂长是佳迪饮料厂的厂长，回顾8年的创业历程真可谓是艰苦创业、勇于探索的过程。全厂上下齐心合力，同心同德，共献计策为饮料厂的发展立下了不可磨灭的汗马功劳。但最令全厂上下佩服的还数4年前王厂长决定购买二手设备（国外淘汰生产设备）的举措。饮料厂也因此跻身国内同行业强手之林，令同类企业刮目相看。今天王厂长又通知各部门主管及负责人晚上8点在厂部会议室开会。部门领导们都清楚地记得4年前在同一时间、同一地点召开会议王厂长作出了购买进口二手设备这一关键性的决定。在他们看来，又有一项新举措即将出台。

晚上8点会议准时召开，王厂长庄重地讲道："我有一个新的想法，我将大家召集到这里是想听听大家的意见或看法。我们厂比起4年前已经发展了很多，可是，比起国外同类行业的生产技术、生产设备来，还差得很远。我想，我们不能满足于现状，我们应该力争世界一流水平。当然，我们的技术、我们的人员等诸多条件还差得很远，但是我想为了达到这一目标，我们必须从硬件条件入手：即引进世界一流的先进设备。这样一来，就会带动我们的人员、带动我们的技术等等一起前进。我想这也并非不可能，4年前我们不就是这样做的吗？现在厂的规模扩大了，厂内外事务也相应增多了，大家都是各部门的领导及主要负责人，我想听听大家的意见，然后再做决定。"会场一片肃静，大家都清楚记得，4年前王厂长宣布他引进二手设备的决定时，有近70%成员反对，即使后来王厂长谈了他近三个月对市场、政策、全厂技术人员、工厂资金等等厂内外环境的一系列调查研究结果后，仍有半数以上人持反对意见，10%的人持保留态度。因为当时很多厂家引进设备后，由于不配套和技术难以达到等因素，均使高价引进设备成了一堆闲置的废铁。但是王厂长在这种情况下仍采取了引进二手设备的做法。事实表明这一举措使佳迪饮料厂摆脱了企业由于当时设备落后、资金短缺所陷入的困境。二手设备那时价格已经很低，但在我国尚未被淘汰。因此，佳迪厂也由此走上了发展的道路。

王厂长见大家心有余悸的样子，便说道："大家不必顾虑，今天这一项决定完全由大家决定，我想这也是民主决策的体现，如果大部分人同意，我们就宣布实施这一决定；如果大部分人反对的话，我们就取消这一决定。现在大家举手表决吧。"于是会场上有近70%人投了赞成票。

决策对于一个企业至关重要。如何进行科学的决策？决策时应采取什么样的方式？考虑哪些因素？什么是民主决策？本案例提供了可供讨论的素材，请大家结合材料思考并讨论。

【思考问题】

1. 王厂长的两次决策过程合理吗？为什么？
2. 如果你是王厂长，在两次决策过程中应做哪些工作？
3. 影响决策的主要因素是什么？

一、决策的定义和原则

（一）决策的定义

关于决策（decision）的定义，不同的学者有不同的看法，目前较为典型的有两种：

一种定义是，"决策是为了达到某一特定的目标而从若干个可行方案中选择一个满意方案的分析判断和选择的过程。该定义较侧重于决策的基本过程"。其中的内涵有：

（1）要有明确的目标，这是决策的前提条件。

（2）要有多个可行的备选方案，这是科学决策的根本。从理论上讲，达成任何一项目标的途径通常都有若干条，而这若干条途径就是我们这里所说的备选方案。

（3）决策的重点在于科学地分析、判断与选择，这是决策质量的保证。

（4）决策的结果在于选择"满意"方案，而非"最优"方案。

为什么没有最佳方案，只有满意方案？这是因为我们所处的环境总是不断变化的，今天的最优选择到了明天可能就不是最优选择，而且由于人的能力有限，对外界信息的了解不可能是完全的，因此所选的备选方案也不可能"穷尽"其各种可能，那么基于不完全的信息所做出的决策也就谈不上是最优的。

另一种定义是，"决策是组织或个人为了实现某种目标而对未来一定时期内有关活动的内容、方向和方式的选择与调整过程"。该定义较全面地涵盖了决策的类型，其中的内涵包括：

（1）要有明确的目标，这是决策的前提。

（2）决策的范围既包括了活动的内容、方向，这是明确组织未来一段时期要"干什么"的战略性问题，也包括了活动方式的确定，这是明确组织未来一段时期要"怎么干"的战术性问题。

（3）决策的结果既可能是全新的零起点方案，也可能是基于原来已有方案基础上的适当调整，是一种追踪决策。

综合以上的定义，本书中对决策的定义是：管理者者运用科学的理论、方法和手段，识别并优化管理目标以及达成目标的行动方案，并予以实施，直到目标实现。其中的内涵包括：

①决策主体是管理者（既可以是单个的管理者，也可以是多个管理者组成的集体）。

②决策是为了达到一个预定的目标。确定目标是决策过程的第一步。决策所要解决的问题必须十分明确，所要达到的目标必须十分具体。没有明确的目标，决策将是盲目的。

③决策是在某种条件下寻求优化目标和优化达到目标的手段。

④决策是在若干个有价值的方案中选择一个作为行动方案。这里的所说的选择通常不是"是"与"非"的决断，而是一种"满意"的优化决断。

⑤决策要付诸实施的，通过方案的实施来实现预定的目标。

（二）决策的原则

1. 优化原则

决策的"优化"原则是针对"最优化"原则提出的。"最优化"的理论假设是把决策者作为完全理性化的人，决策是他以"绝对理性"为指导，按"最优化准则"行事的结果。这样的决策的制定是符合组织最佳的经济利益的，也就是说决策者被假定为追求组织利益的最大化。但由于组织处在复杂多变的环境中，要使决策者对未来一个时期作出"绝对理性"的判断，必须具备以下条件：

（1）对相关的一切信息能全部掌握。

（2）对未来的外部环境和内部条件的变化能准确预测。

（3）对可供选择的方案及其后果完全知晓。

（4）不存在时间和其他资源的约束。

显然，这四个条件对任何决策者，无论是个人还是集体，也不论素质有多高，都不可能完全具备，因此决策不可能是"最优化"的，我们所接受的决策方案只能是"足够好"的，或者说是"满意"的。但是管理者在制定决策的时候应遵循最优的过程，知道一个"好"的决策应该做哪些事情，应该具备哪些条件，我们在制定决策时尽可能向最优化靠近，所以决策的过程也是一个不断优化的过程。

2. 系统原则

运用系统理论进行决策，是科学决策的重要保证。系统理论是把决策对象看成一个系统，并以这个系统的整体目标为核心，追求整体效应为目的。为此系统原则要求在决策时，首先，应贯彻"整体大于部分之和"的原理，统筹兼顾，全面安排，各要素和单个项目的发展要以整体目标满意为准绳；其次，强调系统内外各层次、各要素、各项目之间的相互关系要协调、平衡配套，要建立反馈系统，实现决策实施运转过程中的动态平衡。早在中国的古代，我们的祖先就已经采用了系统决策的方法，给我们后人留下了宝贵的知识财富。

【延伸阅读】

一举三得

宋真宗时期（公元1015年），当时由于雷击，皇城失火，宏伟的昭应宫一夜之间被烧毁，变成了废墟。为了修复这些宫殿，宋真宗晋国公丁渭主持修复。修建工程浩大，任务繁重。从设计施工，到清理废墟，从挖土烧砖，到运输材料……需要解决一系列难题：一是取土困难，因为取土路途太远；二是运土以及运送其他材料问题；三是皇宫修复后废砖烂瓦的处理问题。丁渭经过周密地分析和研究，采用了如下方案：先把皇宫前的大街挖成若干条大深沟，利用挖出的土做原料烧砖；再将京城附近汴河里的水引入新挖的大沟中，使大批建筑用材料得以直接运抵宫前；等到新宫建成，用工地废墟杂土填平河沟，就地处理废砖烂瓦，重新修复原来的大街。这一方案通过挖河一举解决就地取土、方便运输、清理废墟三个问题，不仅取得了"一举三得"的效果，而且省费亿万。

3．信息原则

信息是决策的物质基础，而信息的准确、全面、系统、可靠和及时是科学决策的基础条件。信息原则要求在决策时，首先必须搜集大量的信息，保证信息的完整性，这样才能对信息进行归纳、选择，提炼出对决策有效的信息；其次必须提高信息质量，保证信息的准确性；最后，必须防止信息迂回、阻塞，保证信息的时效性。

4．可行性原则

为了使决策付之实施，决策必须切实可行。可行性原则要求决策者在决策时，不仅要考虑到需要，还要考虑到可能；不仅要估计到有利因素和成功的机会，更要预测到不利条件和失败的风险；不仅要静态地计算需要与可能之间的差距，还要对各种影响因素的发展变化进行定量和定性的动态分析。

5．集体与个人相结合的原则

坚持集体与个人相结合的原则，就是要充分发挥专家和智囊的作用，调动各方面的积极性和主动性，使决策建立在广泛民主的基础上，并在民主的基础上进行集中。这样一方面可以充分发挥各方面的专长，提高决策质量，防止个人决策的片面性；另一方面又为今后决策的实施提供了保证。本原则充分体现了决策科学化和民主化的客观要求。

6．反馈原则

反馈原则，就是建立反馈系统，用实践来检验决策和修正决策。由于事物的发展和客观环境的不断变化，决策者受知识、经验、能力的限制，致使决策在实施中可能会偏离预定目标，这就需要根据反馈情况采取措施，对原方案或目标加以相应的调整和修正，使决策趋于合理。

二、决策的类型

（一）根据决策影响的时间，分为长期决策与短期决策

长期决策是指有关组织今后发展方向的长远性、全局性的重大决策，又称为长期战略决策，如投资方向的选择、人力资源的开发和组织规模的确定等。

短期决策是为实现长期战略目标而采取的短期策略手段，又称为短期战术决策，如企业日常营销、物资储备以及生产中资源配置等的决策。

（二）按决策的重要程度，可分为战略决策、战术决策和业务决策

1．战略决策

战略决策是指事关组织兴衰成败的带全局性、长期性的大政方针的决策。如企业方针、目标与计划的制订，产品转向，技术改造和引进，组织结构的变革等。战略决策的特点是：影响的时间长、范围广，决策的重点在于解决组织与外部环境问题，注重组织整体绩效的提高。战略决策属于组织的高层决策，是组织高层领导者的一项主要职责。

2．战术决策

战术决策它是指执行战略决策过程中，在组织管理上合理选择和使用人力、物力和财力等方面的决策。如企业的销售、生产等专业计划的制订，产品开发方案的制订，

职工招收与工资水平，更新设备的选择，资源和能源的合理使用等方面的决策。战术决策的特点是：影响的时间较短，范围较小，决策的重点是对组织内部资源进行有效地组织和利用，以提高管理效能。这类决策主要是由组织的中层领导来负责。

3. 业务决策

业务决策又称为作业决策，是指为提高效率以及执行管理决策等日常作业中的具体决策。如基层组织内组织任务的日常分配、劳动力调配、个别工作程序和方法的变动等。业务决策的特点是：属单纯执行性决策，决策的重点是对日常作业进行有效地组织，以提高作业效率。这类决策一般由基层管理者负责。

（三）根据参与决策的主体，分为集体决策和个人决策

个人决策是指一个人作出的决策。个体决策的优点主要体现在决策速度快、责任明确等方面。

集体决策是多个人一起作出的决策。相对于个人决策，集体决策的优点主要是：（1）能更大范围地汇总信息；（2）能拟订更多的备选方案；（3）能得到更多的认同，提高满意度，利于决策的实施；（4）能更好地沟通；（5）能作出更好的决策等。但集体决策也有一些缺点，如花费较多的时间、产生"从众现象"及责任不明等。

【延伸阅读】

对群体决策产生消极影响的因素

群体决策的优势来源之一就是公开讨论，但一些行为因素却妨碍这种优势的产生，其主要表现在：

1. 求同的压力。即所谓的"随大流效应"。经过一定时间的讨论之后，意见一致的倾向在成员间可能突然加强。

2. 群体中主要气质类型的影响。

3. 地位歧视。结果导致地位较低的参与者受到地位较高的参与者的排挤而随波逐流，尽管他们深信他们的观点才是最正确的。

4. 被认为是某个问题领域专家的参与者企图影响他人的努力等等。

5. 宗派与集团。群体中往往分化成三人一帮、两人一伙，相互间缺乏共同利益，对问题的看法也不一致，一旦出现分裂，就很难重归于好，影响决策质量。

（四）根据对未来的把握程度（或对环境的可控程度），分为确定型决策、风险型决策、不确定型决策

确定型决策是指在稳定（可控）条件下进行的决策。在确定型决策中，各种可行方案的条件都是已知的，且每个方案只有一个确定的结果，易于分析、比较，以便确定方案。

风险型决策也称为随机决策，是指各种可行方案的条件大部分是已知的，但每个方案的执行都可能出现几种结果，各种结果的出现有一定的概率（客观概率），决策的结果只有按概率来确定，存在着风险的决策。

不确定型决策与风险型决策类似，每个方案的执行都可能出现不同的后果，但各

种结果出现的概率是未知的，完全凭决策者的经验、感觉和估计作出的决策（有一主观概率）。

风险与不确定性的区别：当人们面对的事件存在客观概率时，他面对的是一个有风险的事件；而当人们面对的事件很难知道客观概率，只能做主观上的臆测时，即为主观概率时，他面对的是一个不确定事件。

（五）根据决策问题的类型，分为程序化决策与非程序化决策

1. 问题的类型

组织的问题可分为例行问题和例外问题两类。例行问题又称为结构良好问题，是指那些重复出现的、日常的管理问题。有些问题挺直观，决策者的目标是明确的，问题是熟悉的，与问题相关的信息是容易确定和完整的。那些直观的、熟悉的和易确定的问题属于结构良好问题。

例外问题又称为结构不良问题，是指那些新的或不同寻常的、有关问题的信息含糊或不完整的问题。例如，组织结构变化、重大投资、开发新产品或开拓新市场、重要的人事任免等问题，这些都是偶然发生的、新颖的、性质和结构不明的、具有重大影响的问题，属于结构不良问题。

根据问题的性质，把决策分为程序化决策和非程序化决策。

2. 程序化决策与非程序化决策

程序化决策即在问题重复发生的情况下，决策者通过限制或排除行动方案，按照书面的或不成文的政策、程序或规则所进行的决策。这类决策要解决的具体问题是经常发生的，解决方法是重复的、例行的程序。例如，在组织对每个岗位的员工工资范围已经做出了规定的情况下，对新进入的员工发放多少工资的决策就是一种程序化的决策。实际上，多数组织的决策者每天都要面对大量的程序化决策。

程序化决策虽然在一定程度上限制了决策者的自由，使得个人对于"做什么和如何做"有较少的决策权，但却可以为决策者节约时间和精力，使他们可以把更多的时间和精力投入到其他更重要的活动中去。值得注意的是，为了提高程序化决策的效率和效果，必须对赖以处理问题的政策、程序或规则进行详细的规定，否则，即使是面对着程序化的问题或机会，决策者也难以快速地作出决策。

非程序化决策旨在处理那些不常发生的或例外的非结构化问题。如果一个问题因其不常发生而没有被包容在政策之中，或因其非常重要或复杂而值得给予特别注意时，就有必要作为非程序化决策进行处理。事实上，决策者面临的多数重要问题，如怎样分配组织资源，如何处理"问题产品"，如何改善社区关系等问题，常常都属于非程序化决策问题。随着在管理者地位的提高，所面临的非程序化决策的数量和重要性都逐步提高，面临的不确定性增大，决策的难度加大，进行非程序化决策的能力变得越来越重要，进行决策所需的时间也会相对延长。因此，许多组织都一方面设法提高决策者的非程序化决策能力，另一方面尽量使非程序化决策向程序化决策方向转化。有关程序化决策和非程序化决策在不同组织中的例子如表 2-1 所示。

表 2-1　程序化与非程序化决策在不同组织中的例子

决策种类	问　题	解决程序	例　子
程序化决策	重复的 例行的	各种规则 标准的运营程序 政策	企业：处理工资单 大学：处理入学申请 医院：准备诊治病人 政府：利用国产汽车
非程序化决策	复杂的 新的	创造性问题 解决方式	企业：引入新的产品 大学：建立新的教学设施 医院：对地方疾病采取措施 政府：解决通货膨胀问题

　　特别要指出的是，程序化决策与非程序化决策的划分不是绝对的，两者之间并没有严格的界限，在特定的条件下，两者还可以相互转化。例如，一项关于定价的程序化决策，可能会因为原料与产品供应情况、市场需求情况、竞争对手定价策略等方面的变化而转化为非程序化决策。同样，有关某项资源分配的非程序化决策也可能会因为信息的充分性而向程序化决策转化。在一个组织中，完全的程序化决策与完全的非程序化决策仅仅代表着事情存在的两个极端状态，在它们之间还存在着许多其他类型的决策状态。有些管理者往往认为例行的问题就要用固定的方法去执行和处理，没有认真去思考和分析，没有抓住事物本质的东西，使得我们的管理流于形式。我们通过一个管理小故事来进行说明。

【延伸阅读】

买　土　豆

　　张三和李四同时受雇于一家店铺，他们拿同样的薪水。一段时间后，不知道怎么回事，张三青云直上，又是升职又是加薪，而李四却仍在原地踏步。李四不满意老板的不公正待遇，终于有一天他到老板那儿发牢骚了。老板一边耐心地听着他的抱怨，一边在心里盘算着怎样向他解释清楚他和张三之间的差别。

　　"李四，"老板开口说话了，"您现在到集市上去一下，看看今天早上有什么卖的？"

　　一会儿工夫，李四便从集市上回来向老板汇报："今早集市上只有一个农民拉了一车土豆在卖。"

　　"有多少？"老板又问。

　　李四没问，于是赶紧戴上帽子又跑到集上，然后回来告诉老板："一共40袋土豆。"

　　"价格呢？"老板继续问他。

　　"您没有叫我打听价格。"李四委屈地申明。

　　"好吧，"老板接着说，"现在请您坐到这把椅子上，别出声，看看别人怎么说。"于是老板把张三叫来，吩咐他说"张三，您现在到集市上去一下，看看今天早上有什么卖的。" 张三也很快就从集市上回来了，他一口气向老板汇报说："今天集市上只有一个农民在卖土豆，一共40袋，价格是两毛五分钱一斤。我看了一下，这些土豆的质量不错，价格也便宜，于是顺便带回来一个让您看看。"

张三边说边从提包里拿出一个土豆，"我想这么便宜的土豆一定可以赚钱，根据我们以往的销量，40 袋土豆在一个星期左右就可以全部卖掉。所以我把那个农民也带来了，他现在正在外面等您回话呢。"

此时老板转向了李四，说："现在你知道为什么张三的薪水比您高了吧？"

李四无语。

所以管理者在发现问题、分析问题和解决问题的过程中，要善于透过事物的表象看到事物的实质，即在弄清楚怎么做的时候，更要弄清楚为什么要这么做。这样才能根据环境的变化不断调整自己的策略。

三、决策的程序

决策是一项复杂的活动，需要遵循科学的决策程序。在现实经济活动中，导致决策失败的最主要的原因是没有严格按照科学的程序进行决策。一般而言，决策过程（Decision-making Process）大致包括七个基本的步骤，如图 2-1 所示。

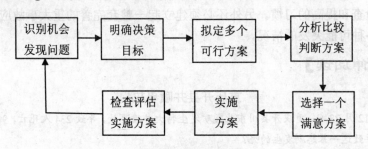

图 2-1　决策程序

（一）识别机会发现问题

决策不是做思维游戏，是为了解决一定问题所进行的管理活动，所以，决策必须围绕一定的问题来展开。当然一个组织中总是有许许多多的问题。所谓问题通常产生于目标与现实的差距，也即组织活动中产生的不平衡。一旦问题出现，则要从两个方面来进一步分析。首先，明确理想中应该出现的目标状态是什么，达到该状态必须具备哪些条件；然后，分析实际工作中出现问题的症状有哪些，为什么会出现这些症状，哪些症状需要解决，哪些是可以容忍的，需要解决的这些症状可不可以解决，哪些是企业自身可以解决的，哪些必须借助于外部才可以解决。理清了这些问题，才会有下一步该怎么办的思考。研究组织活动中存在的不平衡，要着重思考以下方面的问题：

（1）组织在何时何地已经或将要发生何种不平衡？这种不平衡会对组织产生何种影响？

（2）不平衡的原因是什么？其主要根源是什么？

（3）针对不平衡的性质，组织是否有必要改变或调整其活动的方向与内容？

在一个分了两个或两个以上的层次的组织中，仅仅将问题提出来是不够的，还必须在提出问题的基础上对众多的问题进行分析，以明确各个问题的性质，确定这些问题是涉及组织全局的战略性问题，还是只涉及局部的程序性问题。明确问题的性质是为了确定解决问题的决策层次，避免高层决策者被众多的一般性问题所缠绕而影响对重大问题的决策。

提出问题，并不是说决策者就只好坐等问题发生，等下级将发生的问题呈报在自己的面前。对决策者特别是高层决策者来说，清楚地认识到潜在的有可能发生的问题，对事物的发展进行超前的，正确的预测是尤为重要的，这就要求决策者必须主动地深入实际调查研究，及时发现新问题，提出新问题进而解决新问题，以保证组织的健康发展。

特别要指出的是，在现实社会中有不少的问题，由于信息持续地被误解或有问题的事件一直未被发现，信息的扭曲程度会加重。大多数重大灾难或事故都有一个比较长的潜伏期，在这一时期，有关的信息被人们错误地理解甚至不被重视，从而未能及时采取行动，导致灾难或事故的发生。加拿大管理学家明茨伯格认为，一件没有预料的事件可能引起故障，一个长久被忽视的问题可能导致一次危机。所以管理者应该居安思危，对组织的各项规章制度认真检查一下是否完善，是否存在漏洞，在执行的时候是否存在不到位的情况，并建立起一种不断完善的制度，使组织中的每个成员形成一种不断检查和提高的习惯。另外还必须建立起一整套完善的重大事故应急处理体系，应对各种可能突发的情况。

【延伸阅读】

重庆开县井喷事故①

2003 年 12 月 23 日，重庆开县川东北气矿发生特大井喷事故，导致 234 人死亡，900 多人受伤。是什么原因导致这一幕悲剧发生的呢？

是缺乏监管体系吗？不是。国家负责安全生产工作的国家安全监督管理局已经在全国 30 个省、市、区，包括新疆生产建设兵团，都成立了安全生产监督管理机构，约 60% 的地市、40% 的县市也都建立了安全生产监督管理机构。

是设备陈旧吗？不是。据称，中国的井控技术在世界范围内属一流，而发生事故的四川石油管理局则是中国井控技术的领先者；发生事故的川东钻井公司无论技术还是设备，都是一流的。作为天然气大省的四川，不仅生产天然气的技术水平和设备水平很高，而且在井控技术上也有全国最好的设备和专家。海湾战争后前往科威特油井灭火的中国救援队，主要就是由四川派出的。

既不缺乏规则，也不缺乏监管体系，技术设备又是一流的，却造成了伤亡两百多条人命的特大安全事故，为什么？

一、事故前预防机制的缺失，管理环节断链

重庆井喷事故的报道，油井的工作人员还是很尽力的：一个当班的班长，当时仍在坚持操作，试图关闭闸门；井队队长吴斌往井台上冲了三次，也没有成功，跪在地上大喊，但已回天无力，只好组织员工撤退。钻井队队员除了两位通知群众的队员牺牲外，没有伤亡，但吴斌的眼睛却受了重伤。工作人员的英雄行为没能挽救众多群众的生命。

天然气这种高危行业，管理部门并没有进行事先的安全和环保评估，而且执行也没有到位。

---

① 资料来源：汪中求著. 细节决定成败. 北京：新华出版社，2004.

据专家介绍，这种天然气井附近，生产部门应划出一个至少 500 米的安全距离，在 1 公里的范围之内不应有常住居民，而在井喷现场周围 30 米内便有六、七户人家，而周围 1 公里的范围内，则是村舍林立，鸡犬相闻，大约有数百户人家。

管理部门并没有对周边群众进行安全防范方面的教育和逃生培训。

开县当地老百姓甚至没有基本的常识：硫化氢是有臭味的气体，用湿布捂嘴，迎着风跑。不少村民在撤离之后，想起家里的猪没有喂，竟然穿过封锁线回家去看看。这次事故中伤亡最惨重的高桥镇的干部和村民都说：没有任何人曾经向他们宣传过井喷可能造成的危害以及事故发生后如何自救。

管理部门缺乏必要的沟通。石油管理部门除了办理征地手续、交税外，很少与当地居民直接打交道。

通讯设施的缺乏。晓阳村 6 组组长廖代宜事后说："要是有个高音喇叭，就不会死那么多人了。"难道从来就没有人考虑过"万一"吗？

二、事故后处理措施的不当

如果说事前预防机制有缺失，当事人能在事故中采取正确的措施，损失也不至于这么惨重。从专家们对事故调查的结果中，让我们看看事故中的一些失误：

起钻时泥浆液的密度不够，造成压力失衡。

顶驱没有及时抢接或抢接失败，导致井喷无法控制。

没有及时点火，导致硫化氢飘逸，有毒气体四散，当然这涉及管理体制问题，点燃井口不是基层的工人能决定的。

矿井出事后，井队首先把情况报告给上级——川东钻探公司，而地方政府部门没有及时得到消息，贻误了救援良机。高桥镇的干部周厚轩说："如果矿井把情况第一时间报告给我们，就会节约很多时间，就有可能挽回一些人的生命。"

（二）识别目标

发现问题，提出了问题，对问题进行了定性，这只不过是弄清了组织中有哪些问题有待解决以及应放在什么层次或部门解决的问题，而对问题应解决到什么程度，就应该是明确决策目标的问题了。

决策目标既是制定决策方案的依据，又是执行决策，评价决策执行效果的标准。决策目标也就是决策必须达到的水平。因而，决策目标首先必须定得合理。一项决策目标定得合理的标准应该是使该目标既能够达到得到，但又必须要经过努力才能够达到。目标定得大高，根本不切合实际，会使人望而却步，失去为之奋斗的信心与勇气，决策就会随之化为泡影。目标定得太低，不经过任何努力即可实现，人们就可能认为唾手可得而感到无所作为，随之丧失应有的压力和积极性。管理的实践经验已经证明，保持一定的工作压力是必要的，而形成工作压力的主要途径就是决策的目标和计划指标了。

其次决策目标必须正确，实践证明，失败的决策，往往是由于决策目标不正确或不明确。犹豫不决，通常也是由于目标很模糊或设立得不合理。

美国管理学家德鲁克曾在他所著的《有效的管理者》一书中举过这样一个例子：

1965 年 11 月间，美国整个东北部地区，从圣罗伦斯到华盛顿一带，发生过一次美国历史上最严重的全面停电事件，在大停电的那天早上，纽约市所有的报纸都没有出版，只有《纽约时报》出版了。原来在那天停电时，《纽约时报》当即决定把报纸改在赫德逊河对岸的纽华克印刷。当时，纽华克还没有停电。但虽有此英明决策，发行一百多万份的《纽约时报》，也只有不到半数的份数送到了读者手中。这其中有个原因。据说正好《纽约时报》上了印刷机后，时报总编辑忽然跟他的三位助手发生了争论，争论的问题只是某一英文单词如何分节。据说争论持续了 48 分钟之久，恰好占去了该报仅有的印刷时间的一半。争论的理由是该报制订有一套英文写作标准，印出的报纸绝不允许有任何文法上错误，就使得他在出现意外停电的情况时，认识不到保证时报每天的发行份数已成为更紧迫的目标，从而使上述正确决策未能有效贯彻实施。可见，目标对于正确决策起着多么大的决定作用。

（三）拟订多个可行方案

为了解决问题，实现既定的目标，管理者必须积极地寻找各种切实可行的方案，一般而言，找到的备选方案越多，决策的风险越小，决策的质量和正确率会越高。但是方案一般都不是显而易见的，需要决策者付出大量的努力和劳动才可能获得，而且为了提出更多更好的方案，仅凭决策者个人或少数人的经验与智慧远远不够，要充分调动他人的积极性和创造力，善于征询他人的意见。国外常通过头脑风暴法、德尔菲法等方法集思广益，收集富有创造性的方案。当然我们还应该牢记的是拟定的方案必须紧紧围绕所要解决的问题和决策的目标。

国外有一条管理人员熟悉的格言：如果看来只有一种行事方法，那么这种方法很可能是错的。要求多个可行方案的过程，通常是一个创新的过程。每个可行方案都要具有下列条件：

（1）能够实现预期目标；

（2）各种影响因素都能定性与定量地分析；

（3）不可控的因素也大体能估计出其发生的概率。

在制订可行方案时，还应满足整体详尽性和相互排斥性的要求。所谓整体详尽性，是指将各种可能实现的方案尽量都考虑到，以免漏掉那些可能是最好的方案。例如，20 世纪 60 年代美国顺利实施的阿波罗工程，就是在三种可能的方案中进行正确选择的结果。这三种方案是：

第一，直接发射飞船；

第二，在地球轨道上交会后向月球发射飞船；

第三，在月球轨道上交会后向月面发射登月舱。

前两个方案的研制难度和研制时间都不能保证实现 20 世纪 60 年代末把人送上月球的目标；第三个方案需要的助推火箭推力最小，实现的技术难度较低，最有可能保证实施上述目标。事实证明，这种决策是正确的。所谓相互排斥性就是说可行方案本身要尽量相互独立，不要互相包涵，当然更不应当为了选择硬凑出某个方案来。

（四）分析比较备选方案

这一步需要对前面拟订的所有方案逐一地进行评价，通常采用定量分析与定性分析相结合的评价方法。为了充分体现决策的科学性，降低经验主义的作用，应提倡通过多种定量化的分析手段的运用，实事求是，尊重数据，当然，定性分析方法在很多情况下也是必要的。

评价和比较的主要内容主要有以下几个方面：

（1）方案实施所需的条件是否已经具备，建立和利用这些条件需要组织付出何种成本，包括有形成本和无形成本；

（2）方案实施能给组织带来何种长期和短期的利益；

（3）方案实施中可能遇到的风险及活动失败的可能性。

（五）选择满意方案

在对所有方案的优劣信息都清楚以后，决策者最终要从其中选择一个相对满意方案作为实施方案。这时往往经验和决策者对待风险的态度会起较大的作用。因为理论上讲通过计算选择一个满意化程度最高的方案是非常简单的，但实践中往往这若干个方案的差别可能不是特别明显，或者说每个方案均有各自的优劣势，这个方案在某一方面较有竞争力，但在另一方面又显得欠缺，而另一方案可能正好相反。因此，到底如何取舍，有时取决于决策者的价值观、风险意识、审时度势的能力等。

【延伸阅读】

小张的困扰

小张大学马上就要毕业了，这几天他正为找工作的事烦恼，不是没有公司要，而是一下子有三个单位表示愿意接收他。A公司是一家民营企业，向他承诺月工资5000元，但没有奖金和福利；B公司是一家国有企业，愿支付给他的工资待遇是月工资1500元，每月和年底都有一定的奖金，提供"三金"，但晋升很难；C公司是一家合资企业，工资、奖金都与自己的业绩挂钩，公司提供培训和出国学习的机会，如果业绩出色，晋升的机会也很大。小张很为难，不知选哪家公司好。以团队为单位，讨论假如你是小张，你将如何选择？你作出相关选择时哪个条件（或因素）对你的影响最大？

（六）实施方案

将所决定的方案付诸实施是决策过程中至关重要的一步，应做好以下工作：

（1）制订相应的具体措施，保证方案的正确执行；

（2）确保有关方案的各项内容为参与实施的人充分接受和彻底了解；

（3）运用目标管理方法把决策目标层层分解，落实到每一个执行单位和个人；

（4）建立重要工作的报告制度，以便随时了解方案进展情况，及时调整行动。

要让组织中的每一位成员知道，他们每一个人都应该担负、并分享责任。没有任何事可以推托为"别人的责任"。任何人发现什么事该做，就应当仁不让，负起责任来。并禁止这样的行为：当时不指出问题所在，而事后只会指责、埋怨别人的行为。

（七）监督和评估

职能部门对各层次、各岗位的方案执行情况进行检查和监督，并将信息反馈给决策者；决策者根据反馈信息对偏差部分及时采取有效措施；对目标无法实现的应重新确定目标，拟订可行方案，并进行评估、选择和实施。

当你把工作布置给别人做，他们却没有做好时，你不要说："这些人是怎么回事？"而是问自己："我是怎么回事？我做了什么使这些人对我失信了？"原因是你没有建立一套追踪查询的制度。如果有，你布置的工作就一定会得到优先处理。如果他们根据过去的经验而认定你不会追踪查询，你所交代的工作就会落到最后，而且可能会永远留在那里。下属在期限之前完成了你所交代的工作，一定要给予感谢与鼓励。

【团队练习】

一次决策经历

每个团队的成员首先在小组内介绍自己的一次成功的决策或糟糕的决策，分析是什么导致了你的正确决策或决策失误。如购买大件学习物品、选课、制订学习计划等。以团队为单元，总结正确决策的共同特征，并给出正确决策的几点建议，然后与其他团队分享你们的想法。

四、决策模式

（一）理性决策（Rational Decision-Making）

"理性"一词，原本的意思是和感性相对的，指处理问题按照事物发展的规律和自然进化原则来考虑的态度，考虑问题、处理事情不冲动，不凭感觉做事情。管理中的理性决策，是指在管理决策中，经过理性的思考和运用科学的方法来研究和分析问题，从而作出决策的过程。它不是依靠人的直觉或凭借个人经验所做出的决定。理性决策的步骤：一是确定问题。找出实际情况同标准的偏差，研究发生问题的原因；二是寻求解决问题的方案。找出各种可能的方案，通过对比，分析各种方案的优劣；三是运用各种科学方法筛选出可行性方案，如通过系统分析法、模拟法等，确定一个解决问题的最好方案[①]。就是说，管理者会在特定的限制因素下进行基于组织价值最大化的选择，即决策的目的是为组织获取最大的经济效益。因此，理性决策模式有其基本的假设条件：

第一，决策者理性，即决策者充分了解决策目标，充分掌握一切决策方法，能全面地客观地分析问题，不为自己的感性因素所左右，始终保证决策的目的是组织的利益最大化。

第二，决策程序理性，即整个决策过程完全符合理性决策的全部步骤，这些步骤包括界定问题、明确决策准则、赋予决策权重、提出所有可行方案、评估方案和选定最佳方案。

第三，决策信息理性，即与决策相关的信息充分、正确。只有决策信息理性，才能保证决策者理性和决策程序理性，才能保证决策者选择的方案是最佳方案。

一个完美理性的决策者是完全客观和符合逻辑的，他会仔细地定义问题，会清晰地和具体地规定目标。不仅如此，理性的决策者还会一贯地选择那些可能实现目标最大化的决策方案。所以理性决策的最显著特点是锲而不舍地追求"最佳"的解决方案。但实际上完全理性的假设在现实经济生活中几乎不存在，因为人都是在不完全信息基础上做出的决策，而且决策者自身的能力是有限的，也很难完全超脱于自己的立场、

---

① 车文博主编. 心理咨询大百科全书. 杭州：浙江科学技术出版社，2001. 第 522 页.

情感等感性成分，因此当我们面对复杂问题时，完全理性是不可能的。但是理性决策实质上给我们描述了正确决策的理念和思路，它告诉了管理者在现实生活中科学决策所要遵循的原则和尽可能去追寻的条件。

（二）有限理性决策（Bounded Rationality）

最先对理性决策理论提出质疑的是赫伯特·西蒙（Herbert Simon），他在《管理行为》一书中指出，理性的和经济的标准都无法确切说明管理的决策过程，进而提出"有限理性"假设和"满意性"选择原则。因为影响决策者选择的不仅仅是经济因素，还有其他非经济因素，如个人的态度、情感、经验等。

有限理性决策的主要论点有：

第一，管理者所拥有的信息是不完整且不完美的。

第二，决策者往往面临的是高度不确定和极其复杂的现实环境，他的知识、时间、经验和能力是有限的。决策会受到决策者本身的价值观、组织的文化、过去的决策、职权等的影响。

第三，穷尽一切解决方案以备选是不可能的，在一定的满意度之上，寻求接近于最优解的边际成本的增加速度可能会大大超过边际满意度的增加速度，这使得管理决策最优化的努力得不偿失。

第四，现实的最佳决策是追求满意解，而非最优解。

有限理性决策理论认为，在绝大多数情况下，当问题被确定以后，决策者会寻找决策准则和替代方案，但所能找到的准则和方案是有限的，而决策者也会只注重那些容易找到和界定的替代方案，决策者对这些方案的评估也只注重找到一个"足够好"的方案，而不是去找一个"最好"的方案。

有限决策的观点并不意味着要我们要放弃理性原则，事实上，决策越接近完全理性，效果会越好。对管理者而言，完全理性揭示了决策的内在逻辑和方法，有限理性则在现实的基础之上对于决策的变量因素进行了简化处理，使得理性决策原则具有了实用性和操作性。

（三）直觉决策（Intuitive Decision-Making）

其实，我们每个人每天都在利用直觉进行日常问题的决策，比如，大多数人在挑选一件衣服时就常依赖于自己的直觉。直觉决策有时会起到重要的作用，比如，当客观事实很少且不相干，而我们又必须做出决策时；尽管事实摆在面前，但我们仍然不知道应当怎么做时；时间紧迫，不允许广泛收集信息时；几种方案均可行，且各自的优劣势不明显时。

根据直觉进行决策并不排斥理性，它不应是随意的猜测或主观臆测，它应该建立在广泛的实践经验基础之上，是对理性分析的补充，两者相辅相成。基于决策者的经验，以及积累的判断，研究者对管理者运用直觉进行决策进行了研究，识别出五种不同的直觉，这个结果描述如图 2-2 所示。

一个优秀的管理者应努力学会正确运用自己的直觉，在普通管理者尚未发觉之前就能感知到问题的存在，在最终决策时能够运用直觉对理性分析的结果进行检查，从而协助其做出正确的抉择。

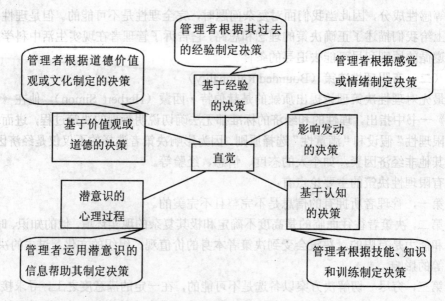

管理者根据其过去的经验制定决策

管理者根据道德价值观或文化制定的决策

管理者根据感觉或情绪制定决策

基于经验的决策

基于价值观或道德的决策

影响发动的决策

直觉

潜意识的心理过程

基于认知的决策

管理者运用潜意识的信息帮助其制定决策

管理者根据技能、知识和训练制定决策

图 2-2　五种不同的直觉决策

四、决策的基本方法

（一）集体决策方法

1. 头脑风暴法

在群体决策中，由于群体成员心理相互作用影响，易屈从于权威或大多数人意见，形成所谓的"群体思维"，群体思维削弱了群体的批判精神和创造力，损害了决策的质量。为了保证群体决策的创造性、提高决策质量，管理研究展开了一系列改善群体决策的方法，头脑风暴法是较为典型的一个。它是将解决某一问题有兴趣的人集合在一起，在完全不受约束的条件下，敞开思路，畅所欲言。研究表明，大家在无拘无束、相互激荡的情形下汇集的点子往往比一般方法所汇集的点子多 70%。头脑风暴是产生新观点的一个过程。

头脑风暴法的创始人英国人亚历克·斯奥斯本为该决策方法的实施提出了四项原则：

（1）独立思考，开阔思路，不重复别人的意见；

（2）意见建议越多越好，不受限制；

（3）对别人的意见不作任何评价；

（4）可以补充和完善已有的意见。

头脑风暴法的目的在于创造一种畅所欲言、自由思考的氛围，诱发创造性思维的共振和连锁反应，产生更多的创造性思维。这种方法的时间应安排在 1~2 个小时，参加者以 5~6 人为宜。

【延伸阅读】

你能够很好地组织一次"头脑风暴会"吗

以 10～15 人为一组，由你来指挥这个小组用 20 分钟的时间为下面的问题寻找尽可能多的答案。

问题："两个苹果轻重不同，在不用秤称的情况下，怎么知道哪个苹果重，哪个苹果轻？"（还可以提出其他的问题）

完成之后，请回答下面的问题进行自我测试。测试问题如下：

（1）所有的人都发言了吗？

（2）大家提出的答案重复的多吗？

（3）有人提出过让大家觉得可笑的答案了吗？

（4）如果有人提出过让大家觉得可笑的答案，这个答案引起了别人的评论了吗？评论的时间长吗？

（5）如果有人提出过让大家觉得可笑的答案后，他又继续提供答案吗？

（6）在整个过程中，大家的发言有较长时间的间断？

（7）在整个过程中，作为主持人，你是始终坐在一处负责记录，还是到处走动鼓励大家发言？

（8）你对每个人提出的答案都给予同样方式的肯定了吗？

（9）当你宣布结束时，还有人在想主意吗？还有人在讨论吗？

（10）整个过程的气氛热烈吗？

2．名义群体技术

名义群体技术（Normal Group Technique）是指在决策过程中对群体成员的讨论或人际沟通加以限制，这就是名义一词的含义。像召开传统会议一样，群体成员都出席会议，但群体成员首先进行个体决策。它的基本步骤是：

成员集合成一个群体，但在进行任何讨论之前，每个成员独立地写下他对问题的看法。

经过一段沉默后，每个成员将自己的想法提交给群体，然后每个人向大家说明自己的想法，直到每个人的想法都表述完并记录下来为止，在所有的想法都记录下来之前不进行讨论。

群体开始讨论，以便把每个想法搞清楚，并做出评价。

每一个群体成员独立地把各种想法排出次序，最后的决策是综合排序最高的想法。

3．德尔菲法

该方法又称为专家群体决策法，就是由一群专家来达成团队的决策。它是以匿名方式通过几轮函询征求专家的意见，组织预测小组对每一轮的意见进行汇总整理后作为参考再发给各专家，供他们分析判断以提出新的论证。几轮反复后，专家意见渐趋一致，最后供决策者进行决策。

德尔菲法的一般步骤：

（1）由工作小组确定问题的内容，并设计一系列征询解决问题的调查表；

（2）将调查表寄给专家，请他们提供解决问题的意见和思路，专家间不沟通，相互保密；

（3）专家开始填写自己的意见和想法，并把它寄回给工作小组；

（4）处理这一轮征询的意见，找出共同点和各种意见的统计分析情况；将统计结果再次返还专家，专家结合他人意见和想法，修改自己的意见并说明原因；

（5）将修改过的意见进行综合处理再寄给专家，这样反复几次，直到获得满意答案。

德尔菲法有这样几个优点：其一，避免了集体决策中面对面的争论，有利于新的意见和看法讲出来；其二，避免了面对面的集体决策可能形成的对权威的崇拜，有利于名不见经传的小人物的新思想、新观念、有价值的方案产生；其三，能较好地使参与决策的每个专家都能畅所欲言。当然，德尔菲法也存在着一定的不足之处，如决策时间较长，信息处理的工作量较大，不利于直接交流等。

4．电子会议法

该方法是名义群体法与计算机技术的结合，即：多人围坐在马蹄形的桌子旁，面前除了一台计算机终端以外，一无所有。问题通过大屏幕呈现给参与者，要求他们把自己的意见输入计算机终端屏幕上。个人的意见和投票都显示在会议室中的投影屏幕上。

主要优势是：匿名、可靠、迅速。与会者可以采取匿名形式把自己想表达的任何想法表达出来。参与者一旦把自己的想法输入键盘，所有的人都可以在屏幕上看到。与会者可以老老实实地表现自己的真实态度，而不用担心受到惩罚。而且这种决策方法决策迅速，因为没有闲聊，讨论不会离开主题，大家在同一时间可以互不妨碍的相互"交谈"，而不会打断别人。

（二）有关活动方向的决策

1．波士顿矩阵法

对于同时经营多项业务的公司，在公司有限的战略资源投向上面往往面临难题。由于资源的相对稀缺，为了使公司的产品、利润与外部的的市场机会之间达成充分的的适应性，就必须合理地在各项业务之间分配资源。在此过程中不能仅凭印象，认为哪项业务有前途，就将资源投向哪里，而是应该根据潜在利润分析各项业务在企业中所处的地位来决定，波士顿矩阵法就是一种著名的用于评估公司投资组合的有效模式。

波士顿矩阵法是由波士顿咨询集团（Boston Consulting Group，BCG）在20世纪70年代初开发的。本法将企业所有产品从市场增长率和相对市场份额角度进行组合，从这两个维度对企业的产品进行较为科学的分析和判断，为企业的投资决策提供依据。波士顿矩阵认为一般决定产品结构的基本因素有两个：即市场引力与企业实力。市场引力包括企业销售量（额）增长率、目标市场容量、竞争对手强弱及利润高低等。其中最主要的是反映市场引力的综合指标——市场增长率，这是决定企业产品结构是否合理的外在因素。企业实力包括市场占有率，技术、设备、资金利用能力等，其中市场占有率是决定企业产品结构的内在要素，它直接显示出企业竞争实力。销售增长率与市场占有率既相互影响，又互为条件：市场引力大，销售增长率高，可以显示产品发展的良好前景，企业也具备相应的适应能力，实力较强；如果仅有市场引力大，而没有相应的高销售增长率，则说明企业尚无足够实力，则该种产品也无法顺利发展。相反，企业实力强，而市场引力小的产品也预示了该产品的市场前景不佳。

市场增长率可以用本企业的产品销售额或销售量增长率。时间可以是一年或是三年以至更长时间。业务增长率对经营方向的选择的影响是双重的：它有利于市场占有率的扩大，因为在稳定的行业中，企业产品销售量的增加往往来自竞争对手市场份额的缩小；它决定着投资机会的大小，因为业务增长迅速可以使企业迅速收回投资，并为取得投资报酬提供有利机会。

相对市场份额可以用公式表示为：

本企业某种产品相对市场份额=该产品本企业市场份额/该产品最大竞争对手（或特定的竞争对手）的市场份额

相对市场份额的大小决定了企业获取现金的能力和速度，因为较高的相对市场份额可以为企业带来较高的销售量和销售利润，从而给企业带来较多的现金流量。

波士顿矩阵绘制如图 2-3 所示。图中，纵坐标市场成长率表示该业务的销售量或销售额的年增长率，用数字 0%～20%表示，并认为市场成长率超过 10%就是高速增长。横坐标相对市场份额表示该业务相对于最大竞争对手的市场份额，用于衡量企业在相关市场上的实力。用数字 0.1（该企业销售量是最大竞争对手销售量的 10%）～10（该企业销售量是最大竞争对手销售量的 10 倍）表示，并以相对市场份额为 1.0 为分界线。需要注意的是，这些数字范围可能在运用中根据实际情况的不同进行修改。然后将坐标图划分为四个象限，依次为"问题类（？）""明星类（★）""现金牛类（¥）""瘦狗类（×）"。企业全部产品按其业务增长率和相对市场占有率（相对竞争地位）的大小，在坐标图上进行定位，定位的结果即将产品划分为四种类型。不同类型的产品，企业应该采取不同的经营策略：

➤ 问题类业务（Question Marks）是指高市场成长率、低相对市场份额的业务。这往往是一个公司的新业务，为发展问题业务，公司必须建立工厂，增加设备和人员，以便跟上迅速发展的市场，并超过竞争对手，这些意味着大量的资金投入。"问题"非常贴切地描述了公司对待这类业务的态度，因为这时公司必须慎重回答"是否继续投资，发展该业务？"这个问题。只有那些符合企业发展长远目标、企业具有资源优势、能够增强企业核心竞争能力的业务才能得到肯定的口答。图中所示的公司有三项问题业务，不可能全部投资发展，只能选择其中的一项或两项，集中投资发展。

➤ 明星类业务（Stars）是指高市场成长率、高相对市场份额的业务，这是由问题业务继续投资发展起来的，可以视为高速成长市场中的领导者，它将成为公司未来的现金牛业务。但这并不意味着明星业务一定可以给企业带来滚滚财源，因为市场还在高速成长，企业必须继续投资，以保持与市场同步增长，并击退竞争对手。企业没有明星业务，就失去了希望，但群星闪烁也可能会耀花了企业高层管理者的眼睛，导致做出错误的决策。这时必须具备识别行星和恒星的能力，将企业有限的资源投入在能够发展成为现金牛的恒星上。

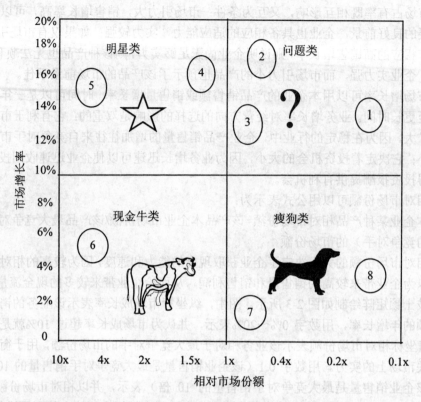

图 2-3 波士顿矩阵模型

➢ 现金牛类业务（Cash Cows）指低市场成长率、高相对市场份额的业务，这是成熟市场中的领导者，它是企业现金的来源。由于市场已经成熟，企业不必大量投资来扩展市场规模，同时作为市场中的领导者，该业务享有规模经济和高边际利润的优势，因而给企业带大量财源。企业往往用现金牛业务来支付账款并支持其他三种需大量现金的业务。图中所示的公司只有一个现金牛业务，说明它的财务状况是很脆弱的。因为如果市场环境一旦变化导致这项业务的市场份额下降，公司就不得不从其他业务单位中抽回现金来维持现金牛的领导地位，否则这个强壮的现金牛可能就会变弱，甚至成为瘦狗。

➢ 瘦狗类业务（Dogs）是指低市场成长率、低相对市场份额的业务。一般情况下，这类业务常常是微利甚至是亏损的。对于这种不景气的业务，企业应该采取收缩或放弃的战略。瘦狗业务存在的原因更多是由于感情上的因素，虽然一直微利经营，但就像人对养了多年的狗一样恋恋不舍而不忍放弃。其实，瘦狗业务通常要占用很多资源，如资金、管理部门的时间等，多数时候是得不偿失的。图中的公司有两项瘦狗业务，可以说，这是沉重的负担。

波士顿矩阵分析法将企业不同经营领域内的业务综合到一个矩阵中，使企业简单明了地了解它的每个经营业务在竞争中的市场地位，从而有选择地和集中地运用企业有限的资源。在战略没有发生变化的前提下企业可以清楚地判断自己各经营业务的机会和威胁，优势和劣势，判断当前的主要战略问题和企业未来的竞争地位。

【延伸阅读】

和达公司产品波士顿矩阵分析[①]

上海和达汽车零部件有限公司是由某国内上市公司与外商合资经营的生产汽车零部件的企业。公司于 1996 年正式投产，配套厂家有上海大众、一汽大众、上海通用、东风柳汽、吉利、湖南长风、武汉神龙等。

和达公司的主要产品分成五类，一是挤塑和复合挤塑类（密封条、侧嵌条、车顶饰条等）；二是滚压折弯类（车门导槽、滑轨、车架管梁等）；三是普通金属焊接类（汽车仪表板横梁模块）；四是激光焊接类（铝镁合金横梁模块）；五是排挡杆类（手动排挡总成系列）。

和达公司产品波士顿矩阵分析，如图 2-4 所示。

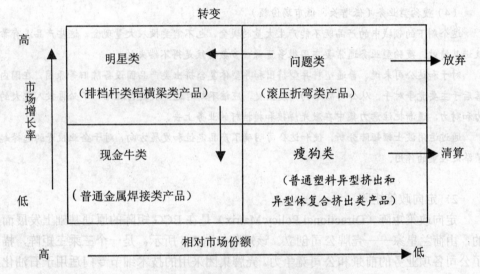

图 2-4　和达公司产品波士顿矩阵分析

（1）问题型业务（高增长、低市场份额）

处在这个领域中的是一些投机性产品。这些产品可能利润率很高，但占有的市场份额很小。公司必须慎重回答"是否继续投资，发展该业务？"这个问题。只有那些符合企业发展长远目标、企业具有资源优势、能够增强企业核心竞争力的业务才得到肯定的回答。

从和达公司的情况来看，滚压折弯类产品由于技术含量不高，进入门槛低，未来市场竞争程度必然加剧。所以对于这类产品，最好的选择就是舍弃。由于目前还能带来利润，不必迅速退出，只要目前依然保持必要的市场份额，公司不必再增加投入。当竞争对手大举进入时，可以舍弃。

（2）明星型业务（高增长、高市场份额）

这个领域中的产品处于快速增长的市场中并且占有支配地位的市场份额，但也许不会产生正现金流量。但因为市场还在高速成长，企业必须继续投资，以保持与市场同步增长，并击退竞争对手。

对于和达公司来说，铝横梁的真空电子束焊接系统是国内第一家，具有技术上的领先优势。因此企业应该加大对这一产品的投入，以继续保持技术上的领先地位。对于排挡杆类产品，由于国内

---

① 资料来源：赵晋. 波士顿矩阵分析在实际案例中的运用. 中国高新技术企业，2008.8.

在这个领域的竞争程度还不太激烈，因此可以考虑进入。和达公司应该把这类产品作为公司的明星业务来培养，要加大对这方面的资金支持，在技术上应充分利用和寻找国外已具有同等类似产品的厂商进行合作。

（3）现金牛业务（低增长、高市场份额）

处在这个领域中的产品产生大量的现金，但未来的增长前景是有限的。由于市场已经成熟，企业不必大量投资来扩展市场规模，同时作为市场中的领导者，该业务享有规模经济和高边际利润的优势，因而给企业带来大量现金流。

对于和达公司来说，其普通金属焊接类产品即是现金牛类产品。由于进入市场的时机较早，产品价格不错，每年能够给企业带来相当的利润。因此对于和达公司来说，对于金属焊接类产品，应该保持住目前的市场份额，把从这个产品中获取的利润投入到铝横梁和排挡杆的产品中去。

（4）瘦狗型业务（低增长、低市场份额）

这个剩下的领域中的产品既不能产生大量的现金，也不需要投入大量现金，这些产品没有希望改进其绩效。瘦狗型业务通常要占用很多资源，多数时候是得不偿失的。

对于和达公司来说，普通塑料异型挤出和异型体复合挤出类产品因设备陈旧等原因，在国内已落后于主要竞争对手。从公司战略的角度出发，应该不断对这一块进行收缩，不必再投入更大的精力和财力，逐渐把注意力集中在激光焊接和排挡杆的业务上去。

通过运用波士顿矩阵分析，使和达公司明确了产品定位和发展方向，对于企业投资的选择起到了举足轻重的作用。

2. 定向政策矩阵

定向政策矩阵（Directional Policy Matrix）是在 BCG 矩阵的原理基础上发展而成的，由荷兰皇家——壳牌公司创立。该矩阵如图 2-5 所示，是一个三乘三矩阵，描绘了公司各项业务的前景和公司竞争力。壳牌集团采用的技术细节专门适用于石油化工行业，但这一模型也广泛适用于任何多元化客户。与 BCG 矩阵不同的是，定向政策矩阵矩阵的轴线分别是市场展前景和经营单位相对竞争力，根据这两个变量的值为公司的每一项业务进行定位。

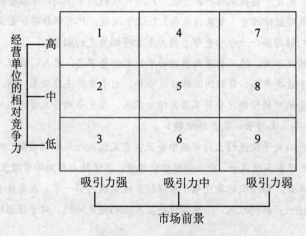

图 2-5　定向政策矩阵

市场前景由四个主要指标进行评：

（1）市场增长率；

（2）市场的质量；

（3）原料供应状况；

（4）环境因素。

经营单位相对竞争力使用以下三个标准来评价：

（1）市场地位；

（2）生产能力；

（3）研发能力。

市场前景由上述 4 个变量进行综合评价，给予吸引力强、中等和无吸引力三级评定；经营单位相对竞争力根据对 3 个变量的综合评价，给予强、中、弱三级评定。这两种标准、三个等级的组合，可把企业的经营单位分成九种不同类型。

➢ 处于区域 1 和 4 的经营单位竞争能力较强市场前景较好，应优先发展。

➢ 处于区域 2 的经营单位：市场前景看好，企业有一定的竞争能力，因此，应提供其所需资金，加强竞争能力。

➢ 处于区域 3 的经营单位市场前景虽好，但竞争力弱，应根据具体情况区别对待。

➢ 处于区域 5 的经营单位，一般有 2～4 个强有力的竞争对手。应分配足够的资源让他们随着市场的发展而发展。

➢ 处于区域 6 和 8 的经营单位市场引力不强且竞争力较弱，或虽有一定的竞争力但市场引力较弱。应缓慢放弃这些经营单位。

➢ 处于区域 7 的经营单位竞争力较弱但市场前景不容乐观。这些单位本身不应得到发展，但可利用它们的较强竞争能力为其他快速发展的单位提供资金支持。

➢ 处于区域 9 的经营单位市场前景暗淡且竞争能力较弱。应尽快放弃这些经营单位，把资金转移到更有利的经营单位。

（三）定量决策方法

1．确定型决策方法

确定型问题指的是那些状态相对确定，可选择方案确定、方案执行结果能够把握的问题。常用的评价方法有线性规划法和量本利分析法等。线性规划法是在一系列的约束条件下，求解目标函数的最大值或最小值的方法，它可以帮助决策者在限定的确定性条件下选取最优化的决策。线性规划法的具体内容及其应用详见运筹学相关内容，本教材不做重点讲述。这里主要以量本利分析法为重点，介绍确定型决策方法。

量本利分析法又称为盈亏平衡分析法、损益平衡分析法或保本分析法，这种方法是依据与决策方案相关的产品产销量、成本、利润之间的相互关系，来分析判断方案对企业盈亏产生的影响，评价和选择决策方案。通过盈亏临界分析，可以使企业明确：企业至少要销售多少产品才能保本；企业为实现一定的目标利润，需要销售多少产品；企业销售一定数量的产品，能够获得多少利润；企业经营的安全状况如何等。这种方法，在实际工作中具有很大的实用价值。

本量利分析法的关键在于确定盈亏临界点。盈亏平衡点是指企业在生产经营活动中所处的一种"收支平衡，不盈不亏"的状态，如图 2-6 所示。盈亏平衡点所对应的产量为保本产量。

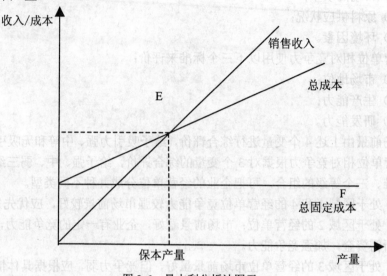

图 2-6　量本利分析法图示

设：S——销售收入

　　P——单价

　　Q——产量或销售量

　　F——固定成本

　　V——单位变动成本

　　M——利润

销售收入=单价×数量=固定成本+变动成本+利润=固定成本+单位变动成本×数量+利润

即　　　　　　　　　　　　$S = PQ = F + VQ + M$

（1）计算保本产量

在盈亏平衡点，M＝0，此时产量为保本产量，用 Q_0 表示，则有：

$$PQ_0 = F + VQ_0$$

$$Q_0 = F/(P-V)$$

只有大于 Q_0 的销售量和大于 PQ_0 的销售收入才能产生利润。

（2）计算达到目标利润的产量

设目标利润为 π，则 $PQ = F + VQ + \pi$

要达到 π 的产量为 $Q = (F+\pi)/(P-V)$

【例 2-1】　某企业生产某产品的总固定成本为 60 000 元，单位变动成本为每件 1.8 元，产品价格为每件 3 元。

求（1）保本点产量。

　（2）若目标利润为 10 万元，则此时的产量为多少？

解：（1）$Q_0 = F/(P-V) = 60\,000/(3-1.8) = 50\,000$

　　（2）$Q = (F+\pi)/(P-V) = (100\,000 + 60\,000)/(3-1.8) \approx 133\,334$（件）

2. 风险型决策方法

在实际工作中，当比较和选择活动方案时，如果未来情况不确定，但知道每种情况发生的概率，则需要用风险型决策方法。风险型决策最常见的是期望值法和决策树法。

（1）期望值法

当管理者面临的各备选方案中存在着两种以上的可能结果，且管理者可估计每一种结果发生的客观概率时，就可用期望值法进行决策，即根据各方案的期望值大小来选择行动方案。

各方案的收益期望值：

$$期望值 = \sum_{i=1}^{n} （方案在 i 状态下的预期收益）\times（方案 i 状态发生的概率）$$

【例 2-2】　某企业计划生产某新产品投放市场，其生产成本为每台 4 元，在定价时，人们提出了三种方案：每台 5 元、6 元、7 元。由于价格不同，其销售量将会有所不同，相应地其预期收益也不同。如表 2-2 所示列出了在不同的价格水平下可能的销量，要求据此对定价方案作出抉择。

首先，根据销售量、生产成本及定价，可计算出各方案在不同销路下可能获得的收益大小。预期收益=销售量×（售价−成本），各方案在不同销路下的预期收益如表括号中的数值。

然后，计算出各方案的收益期望值：

三种方案的期望值如表 2-2 所示。

表 2-2　不同方案的销路、概率及效益

状态 \ 方案	不同状态下的销量（万台）及收益			期望值（万元）
	畅销（0.25）	一般（0.50）	差（0.25）	
高价 7 元	30	25	20	90×0.25+75×0.5+60×0.25=72.75
	90=30×（7-4）	75=25×（7-4）	60=20×（7-4）	
平价 6 元	48	36	28	96×0.25+72×0.5+56×0.25=74
	96=48×（6-4）	72=36×（6-4）	56=28×（6-4）	
低价 5 元	100	60	46	100×0.25+60×0.5+46×0.25=66.5
	100=100×（5-4）	60=60×（5-4）	46=46×（5-4）	

最后，根据各方案期望值的大小，决定定价方案。由于平价方案期望值最大，所以，平价方案为决策方案。

（2）决策树法

决策树是一种形象的说法，它是利用一种形如树枝的图形，帮助决策者决策的一种方法。决策树法也是一种风险型决策方法。使用这种方法所需要的条件是决策者知道各种方案在各种不同状态下的损益值。以及每种方案在各种情况下发生的概率值。决策的基准仍然是期望利润最大化。决策树的图形通常如图 2-7 所示。其程序如下：

① 绘制决策树形图，一般从决策点开始，用符号□表示，然后引出方案分枝，在方案分枝处绘出自然状态结点，用○表示，然后再绘出各种自然状态分枝，并标上概率值。

② 计算期望值，将各方案的期望值相加。

③ 比较不同方案，选出期望值最大的那种方案。

④ 如果出现多个决策点的情况，一般遵循"先大后小"的原则。

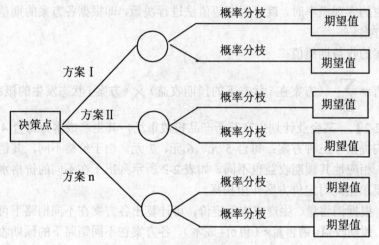

图 2-7　决策树图形

【例 2-3】　某企业为扩大某产品的生产，拟建设新厂，据市场预测产品销路好的概率为 0.7，销路差的概率为 0.3，有三种方案可供企业选择：

方案 1：新建大厂，需投资 300 万元。据初步估计，销路好时，每年可获利 100万元；销路差时，每年亏损 20 万元，服务期为 10 年。

方案 2：新建小厂，需投资 140 万无。销路好时，每年可获利 40 万元；销路差时，每年仍可获利 30 万元。服务期为 10 年。

方案 3：先建小厂，3 年后销路好时再扩建，需追加投资 200 万元，服务期为 7年，估计每年获利 95 万元。试选择方案，如图 2-8 所示。

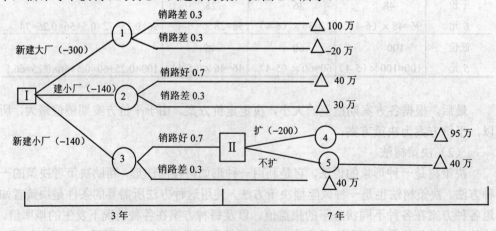

图 2-8　不同建设方案的决策树

计算方案点的期望收益值：

$$E1=[0.7×100+0.3×（-20）]×10-300=340 万元$$

$$E2=[0.7×40+0.3×30]10-140=230 万元$$

对于第三个方案由于出现了两个决策点，我们先计算第二个决策点，即先比较第四和第五个方案。

$$E4=95×7-200 = 465 万元$$

$$E5=40×7=280（万元）$$

$$E4＞E5$$

所以在第四和第五个方案中，我们选择第四个方案，即在销路好的情况下，先建小厂三年后在投资 200 万扩建。

所以　　　　$E3=（0.7×40×3+0.7×465+0.3×30×10）-140=359.5（万元）$

综合以上三个方案的期望收益，我们选择第三个方案。

3．不确定型决策方法

不确定型决策是指决策者在进行某项决策时，对影响这类决策相关因素的未来情况不仅不能完全确定，而且连出现诸种可能结果的概率也无法确切地进行预计的决策。

在不确定性决策中，常用的分析方法有：小中取小法、大中取小法、大中取大决策法、折中决策法。

1．小中取大法

小中取大法也称为悲观法、保守法、瓦尔德决策准则，采用这种方法的管理者对未来持悲观的看法，认为未来会出现最差的自然状态，因此不论采取哪种方案，都只能获取该方案的最小收益。这种方法的决策过程是：首先从每个方案中选出一个最小的收益值，然后再从中选出一个收益值最大的方案作为决策方案。

采用悲观决策准则，通常要放弃最大利益，但由于决策者是从每一方案最坏处着眼，因此风险较小。

【例 2-4】 设某企业为扩大 A 产品产量，经研究，针对三种可能出现的自然状态，拟订了三种不同的方案，对每个方案在三种自然状态下可能造成的损益，也作了初步的估计，如表 2-3 所示。

表 2-3　三种方案在不同状态下的损益表　　　　　单位：千元

扩大生产方案	可能出现的自然状态		
	销路较好	销路一般	销路差
方案甲	500	400	-100
方案乙	700	250	-200
方案丙	300	150	50

根据上表提供的数据，

（1）找出各个方案的"最小收益值"：

方案甲的最小收益值–100

方案乙的最小收益值–200

方案丙的最小收益值 50

（2）以最小收益值最大的方案为最优方案。通过比较可见，三个方案中，方案丙是这些最小收益值方案中收益最大的方案，所以应把方案丙作为最优的决策方案。

2．大中取大决策法

大中取大法又称为乐观法、大中取大原则、乐观决策法、冒险法、最大的最大收益法，采用这种方法的管理者对未来持乐观的看法，认为未来会出现最好的自然状态，因此不论采取哪种方案，都能获取该方案的最大收益。这种方法的思想基础是对客观情况按乐观态度，从最好的客观状况出发，去寻找出预期结果最好的方案。

大中取大决策的步骤：

（1）从各种决策方案中取一个最大收益值；

（2）从各个收益最大值的方案中，选取其中收益值最大的作为决策方案。

现根据上例，采用大中取大决策方法选取最优方案：

（1）从甲、乙、丙三个方案种分别取最大收益值为 500、700、300 千元。

（2）从三个收益值最大的方案中，选取其中收益值最大的方案乙作为决策方案。

3．最小最大后悔值法

决策者在选择了某种方案之后，若事后发现客观情况并没有按自己预想的发生，会为自己事前的决策而后悔。由此，产生了最小最大后悔值决策方法。

这种方法的分析程序：

（1）找出在不同自然状态下各个方案的最大收益值；

（2）计算在不同状态下的各个方案的后悔值，定义为：

后悔值=该情况下的各方案中的最大收益–该方案在该情况下的收益

（3）从各个方案的最大后悔值中选择最小的最大后悔值为最优方案。

【例 2-5】 设某企业准备生产一种市场上从未出现过的新产品，针对这种产品的市场需求量可能出现四种自然状态，拟订了四种不同的生产方案，对各个方案在四种自然状态下可能造成的损益，也作了初步的估计，如表 2-4 所示。

表 2-4　生产新产品的利润或亏损表　　　　　　　　　　单位：千元

生产方案	自然状态			
	需求量较好	需求量一般	需求量较差	需求量很差
方案甲	600	400	–150	–350
方案乙	800	350	–300	–700
方案丙	350	220	50	–100
方案丁	400	250	90	–50

根据上述资料，分析程序如下：

（1）找出在不同自然状态下（即需求量较好、需求量一般、需求量较差、需求量很差）各个方案的最大收益值：

　　　需求量较好时的最大收益值为：800 千元

　　　需求量一般时的最大收益值为：400 千元

　　　需求量较差时的最大收益值为：90 千元

　　　需求量很差时的最大收益值为：−50 千元

　　（2）计算在不同状态下的各个方案的后悔值，其计算公式为：

　　方案的后悔值＝最大收益值－该方案的收益值

　　根据有关数据，计算各个方案的后悔值如表 2-5 所示。

表 2-5　各方案后悔值表　　　　　　　　　　　　　　单位：千元

生产方案	各种自然状态下的后悔值				各方案中的最大后悔值
	需求量较好	需求量一般	需求量较差	需求量很差	
方案甲	200	0	240	300	300
方案乙	0	50	390	675	675
方案丙	450	180	40	50	450
方案丁	400	150	0	0	400

　　从上表可以看出，方案甲、乙、丙、丁的最大后悔值分别为 300、675、450、400 千元。

　　（3）从各个方案的最大后悔值中，选择最小的最大后悔值为最优方案。从表提供的数据看，方案甲的最大后悔值 300 千元最小，所以选择该方案为最优的决策方案。

　　4．折中决策法

　　折中决策法是指在不确定型的几种随机事件中，要求决策者对未来情况采取一种现实主义的折中标准，保持一定的乐观态度，但非盲目乐观。

　　具体做法：

　　（1）要求决策者根据实际情况和自己的实践经验确定一个乐观系数 a（0≤a≤1）。如果 a 的数值接近 1，则说明比较乐观；如果 a 的数值接近于 0，则说明比较悲观；

　　（2）计算每个被选方案的预期价值，其计算公式为：

　　预期价值＝最高收益值 × a ＋ 最低收益值 × （1−a）

　　（3）从各个被选方案的预期价值中选择最大的作为最满意方案。

　　【例 2-6】　某百货商场为了扩大营业额，拟订四种方案：

　　方案甲：在不增加设施的情况下，只增加经营品种；

　　方案乙：在原有营业面积内调整和增加柜台；

　　方案丙：开辟楼上，增加营业面积；

　　方案丁：在商场外增设销售服务网点。

　　以上各个方案在不同的市场需求状况下，其收益和亏损情况如表 2-6 所示。

　　假设该百货商场对扩大营业额比较乐观，把乐观系数定为 0.7，现要求采用折中决策法作决策分析。

表 2-6　某商场利润或亏损表　　　　　　　　　　单位：千元

决策方案	市场需求状况		
	畅销	平销	滞销
方案甲	300	200	5
方案乙	400	200	−10
方案丙	500	300	−15
方案丁	600	150	−20

根据上述资料，分别计算各备选方案的预期价值：

方案甲的预期价值＝（300×0.7）＋（5×0.3）＝211.5（千元）

方案乙的预期价值＝（400×0.7）＋（−10×0.3）＝277（千元）

方案丙的预期价值＝（500×0.7）＋（−15×0.3）＝345.5（千元）

方案丁的预期价值＝（600×0.7）＋（−20×0.3）＝414（千元）

根据以上计算结果，方案丁可获得最大的预期价值 414 千元，是最满意方案。

【综合案例】

"新可乐"败走麦城

1985 年 4 月 23 日，可口可乐公司董事长罗伯特·戈伊朱埃塔宣布了一项惊人的决定。在美国乃至世界商业史上，还从来没有哪一个商业决策能像可口可乐公司的决策那样引起如此巨大的震惊、骚动和争论。

戈伊朱埃塔说："即使是最好的也可以做得更好。"他宣布：经过 99 年的发展，可口可乐公司决定放弃它那一成不变的传统配方，因为现在消费者更偏好口味更甜的软饮料。为了迎合这一市场需求的变化，可口可乐公司决定更改配方调整口味，推出新一代可乐。

决策的背景及过程

直到 20 世纪 70 年代中期，可口可乐公司一直是美国饮料市场上无可争议的领导者，然而，从 1976～1979 年间，可口可乐在市场上的增长速度从每年递增 13% 猛跌至 2%。与此形成鲜明对比的是，百事可乐来势汹汹，异常红火。它先是推出了"百事新一代"的系列广告，以浓厚的理想主义色彩和澎湃的青春感召力为特色，将促销锋芒直指饮料市场最大的消费群体——年轻人。

在第一轮广告攻势大获成功之后，百事可乐公司仍紧紧盯住年轻人不放，继续拼命强化百事可乐的"青春形象"，又展开了号称"百事挑战"的第二轮广告攻势。在这轮广告中，百事可乐公司大胆地对顾客口感试验进行了现场直播，即：在不告知参与者是在拍广告的情况下，请他们品尝各种没有品牌标志的饮料，然后说出哪种口感最好。试验全过程现场直播。百事可乐公司的这次冒险成功了，几乎每一次试验后，品尝者都认为百事可乐更好喝。"百事挑战"系列广告使百事可乐在美国饮料市场所占的份额从 6% 狂升至 14%。

可口可乐公司不相信这一切会是真的，该公司也立即组织了口感测试，结果与"百事挑战"中的一样：人们更喜爱百事可乐的口味。表 2-7 反映出可口可乐与百事可乐的市场占有率的变化情况。

从表 2-15 可以看出，可口可乐公司在市场占有率的领先值从 20 世纪 50 年代的 200% 一路下滑至 1984 年的 2.9%，这充分说明百事可乐受欢迎的程度。

表 2-7　可口可乐与百事可乐在饮料市场所占份额（20 世纪 50 年代至 1984 年）

	20 世纪 50 年代	1975		1979		1984	
		市场占有率	领先值	市场占有率	领先值	市场占有率	领先值
可口可乐	可口可乐是百	24.2%	6.8%	23.9%	6.0%	21.7%	2.9%
百事可乐	事可乐的两倍	17.4%		17.9%		18.8%	

可口可乐公司市场调查部的研究表明，可口可乐独霸饮料市场的格局正在转变为可口可乐与百事可乐分庭抗礼的新格局。根据可口可乐公司市场调查部门公布的数据，1972 年，有 18% 的软饮料消费者只认可口可乐这一种品牌，只有 4% 的消费者非百事可乐不饮。10 年后则形势迥异，只有 12% 的消费者忠诚于可口可乐，而坚持只喝百事可乐不喝其他饮料的消费者比例几乎与可口可乐持平，达到 11%。

最令可口可乐公司气恼的是：可口可乐的广告费超出百事可乐 1 亿美元，可口可乐自动售货机数量是百事可乐的两倍，可口可乐的销售网点比百事可乐多，可口可乐的价格比百事可乐有竞争力……可为什么可口可乐的市场占有率就一直在下滑呢？

戈伊朱埃塔的主张

1980 年，可口可乐公司董事长保罗·奥斯汀已届退休之年，人们都认为可口可乐美国业务总裁唐纳德·基奥将出任董事长。但出人意料的是，保罗的继任者竟是罗伯特·戈伊朱埃塔。戈伊朱埃塔的背景与传统的可口可乐高层决策者大相径庭。他不是佐治亚州人，甚至不是美国南方人，他是古巴人，是哈瓦那一个富有的制糖厂厂主的儿子。16 岁那年，戈伊朱埃塔被父亲送往美国，就读于康涅狄格州一所著名的贵族子弟学校。刚到美国时，戈伊朱埃塔连英语都不会说，但他通过翻字典和看电影很快就学会了英语，而且最后还作为毕业生代表登台发表告别演讲。

1955 年，戈伊朱埃塔从耶鲁大学毕业，带着他的化学工程学士学位返回古巴。不过此时的戈伊朱埃塔已看不上父亲的蔗糖厂了，他选择了可口可乐公司设在古巴的研究实验室。1959 年，卡斯特罗执掌了古巴政权并大量没收外国在古巴的资产，戈伊朱埃塔被迫放弃了他在古巴的颇为自得的富裕生活，带着妻子和 3 个孩子逃往美国。飞机落地时，戈伊朱埃塔的口袋中仅剩下 20 美元了。

可口可乐公司收留了戈伊朱埃塔，他没有让可口可乐公司失望。这位几乎赤贫的古巴人对可口可乐公司忠心耿耿，很快成为一名干将。1968 年，他被调入可口可乐公司总部，开始参与高层决策工作。

即将退休的董事长奥斯汀本打算从可口可乐总部之外选择继任者，但可口可乐公司的老前辈、90 高龄的罗伯特·伍德罗夫对奥斯汀施加了压力，迫使他提名戈伊朱埃塔出任可口可乐公司董事长。

上任伊始，戈伊朱埃塔召开了可口可乐公司全球经理会议，声称可口可乐公司已经没有什么东西值得沾沾自喜了，他要求各位经理必须接受这一现实——可口可乐公司非变不可了。

这位可口可乐公司的新领导人宣布可口可乐公司进入了变革的新时代，变革的突破口选择为可口可乐公司那曾经是神圣不可侵犯的、但如今却不能适应时代变化的 99 年未变的配方。

市场调查

尽管可口可乐公司广告开销巨大、分销手段先进、网点覆盖面广，但从 20 世纪 70 年代末到 20

世纪80年代初，它的市场占有率一直在下滑，于是公司决定从产品本身寻找原因。种种迹象表明，口味是造成可口可乐市场份额下降的一条最重要的原因。这个99年秘不示人的配方似乎已经合不上今天消费者的口感了。于是，可口可乐公司在1982年实施了"堪萨斯工程"。

"堪萨斯工程"是可口可乐公司秘密进行的市场调查行动的代号。在这次市场调查中，可口可乐公司出动了2000名调查员，在10个主要城市调查顾客是否愿意接受一种全新的可口可乐。调查员向顾客出示包含有一系列问题的调查问卷，请顾客现场作答。例如，有一个问题是：可口可乐配方中将增加一种新成份，使它喝起来更柔和，你愿意吗？另一个问题为：可口可乐将与百事可乐口味相仿，你会感到不安吗？你想试一试新饮料吗？

根据调查结果，可口可乐公司市场调查部门得出了如下数据：只有10%～12%的顾客对新口味可口可乐表示不安，而且其中一半的人认为以后会适应新可口可乐。这表明顾客们愿意尝试新口味的可口可乐。

可口可乐公司技术部门决意开发出一种全新口感的、更惬意的可口可乐。1984年9月，他们终于拿出了样品。这种新饮料比可口可乐更甜、气泡更少，它的口感柔和且略带胶黏感，这是因为它采用了比蔗糖含糖量更多的谷物糖浆。可口可乐公司组织了品尝测试，在不告知品尝者饮料品牌的情况下，请他们说出哪一种饮料更令人满意。测试结果令可口可乐公司兴奋不已，顾客对新可口可乐的满意度超过了百事可乐。而以前的历次品尝测试中，总是百事可乐打败可口可乐。可口可乐公司的市场调查人员认为，这种新配方的可口可乐至少可以将公司在饮料市场所占的份额向上推动一个百分点，这意味着多增加2亿美元的销售额。

为了万无一失，可口可乐公司又倾资400万美元进行了一次规模更大的口味测试。13个大城市的19.1万名顾客参加了这次测试。在众多未标明品牌的可乐饮料中，品尝者们仍对新可口可乐青睐有加，55%的品尝者认为新可口可乐的口味胜过传统配方的可口可乐，而且在这次测试中新可口可乐又一次击败了百事可乐。

"新可乐"上市

新可口可乐马上就要投产了，但此时可口可乐公司又面临着一个新问题：是为"新可乐"增加一条生产线呢，还是用"新可乐"彻底取代传统的可口可乐呢？

可口可乐公司决策层认为，新增加生产线肯定会遭到遍布世界各地的瓶装商们的反对（可口可乐公司在美国生产可口可乐原浆，然后运到世界各地在当地分装入瓶中出售。从事这种灌装可口可乐业务的企业就是瓶装商），因为会加大瓶装商的成本。经过反复权衡后，可口可乐公司决定用"新可乐"取代传统可乐，停止传统可乐的生产和销售。

1985年4月23日，戈伊朱埃塔在纽约市的林肯中心举行了盛大的新闻发布会，正式宣布"新可乐"取代传统的可口可乐上市了。可口可乐公司向美国所有新闻媒介发出了邀请，共有200余位报纸、杂志和电视记者出席了新闻发布会。消息闪电般传遍美国。在24小时之内，81%的美国人都知道了可口可乐改变配方的消息，这个比例比1969年7月阿波罗登月时的24小时内公众获悉比例还要高。

"新可乐"上市初期，市场反应非常良好。1.5亿人在"新可乐"问世的当天品尝了它，历史上没有任何一种新产品会在面世当天拥有这么多买主。发给各地瓶装商的可乐原浆数量也达到5年来的最高点。

决策的后果

风云突变。虽然可口可乐公司事先预计会有一些人对用"新可乐"取代传统可乐有意见，但却没想到反对的声势如此浩大。

在"新可乐"上市4小时之内，可口可乐公司接到650个抗议电话。到1985年5月中旬，公司每天接到的批评电话多达5000个，而且更有雪片般飞来的抗议信件。可口可乐公司不得不开辟83条热线，雇佣了更多的公关人员来处理这些抱怨与批评。

有的顾客称可口可乐是美国的象征、是美国人的朋友，可如今却突然被抛弃了。还有的顾客威胁说将改喝茶水，永不再买可口可乐公司的产品。在西雅图，一群忠诚于传统可口可乐的人们组成了"美国老可乐饮者"组织，准备在全国范围内发动抵制"新可乐"的运动。许多人开始寻找已停产的传统可口可乐，这些"老可乐"的价格一涨再涨。到6月中旬，"新可乐"的销售量远低于可口可乐公司的预期值，不少瓶装商强烈要求改回销售传统可口可乐。

可口可乐公司的市场调查部门再次出动，对市场进行了紧急调查。结果他们发现，在1985 5月30日前还有53%的顾客声称喜欢"新可乐"，可到了6月，一半以上的人说他们不喜欢"新可乐"。到7月，只剩下30%的人说"新可乐"的好话了。

愤怒的情绪继续在美国蔓延，传媒还在煽风点火。对99年历史的传统配方的热爱被传媒形容成为爱国的象征。堪萨斯大学的社会学教授罗伯特·安东尼奥说："许多人认为可口可乐公司把一个神圣的象征给玷污了。"就连戈伊朱埃塔的父亲也站出来批评"新口乐"，甚至他还威胁说要不认这个儿子。

可口可乐公司的决策者们不得不认真考虑问题的严重性了。在一次董事会上，戈伊朱埃塔决定暂时先不采取行动，到6月的第4个周末再说，看看到那时销售量会有什么变化。

但到6月底，"新可乐"的销量仍不见起色，而公众的抗议却愈演愈烈。于是，可口可乐公司决定恢复传统配方的生产，其商标定名为Coca—Cala Classic（可口可乐古典）。同时继续保留和生产"新可乐"，其商标为New Coke（新可乐）。7月11日，戈伊朱埃塔率领可口可乐公司的高层管理者站在可口可乐标志下向公众道歉，并宣布立即恢复传统配方的可口可乐的生产。

消息传来，美国上下一片沸腾。ABC电视网中断了周三下午正在播出的节目，马上插播了可口可乐公司的新闻。所有传媒都以头条新闻报道了"老可乐"归来的喜讯。民主党只参议员大卫·普赖尔还在参议院发表演讲，称："这是美国历史上一个非常有意义的时刻，它表明有些民族精神是不可更改的。"华尔街也为可口可乐公司的决定欢欣鼓舞，"老可乐"的归来使可口可乐公司的股价攀升到12年来的最高点。

百事可乐公司美国业务部总裁罗杰尔·恩里克说：可口可乐公司推出"新可乐"是个灾难性的错误。是80年代的"爱迪塞尔"。

【思考问题】

你认为可口可乐公司决策存在哪些失误？

第二节　计　划

古人云："有备无患，凡事预则立，不预则废。"说的就是计划工作的重要性。管理是对资源进行优化配置的过程，要把资源协调好需要时间，且离不开计划，没有计划或计划不周会降低管理的效率，甚至直接影响到组织目标的实现。在日常生活中，许多组织应该说是有明确目标的，但总也不能达成目标，为什么？很大程度上是因为没有具体的实施计划使得许多目标成为"口号""空头支票"。因此，有效的计划工作是为达成目标而提供的一种合理的实现方向。正如哈罗德·孔茨指出："计划工作是一座桥梁，它把我们所处的这岸与我们要去的对岸连接起来，以克服这一天堑。"有效的计划能有效地配置资源；有效的计划有助于及时预见危险，发现机会，早作准备，防患于未然；有效的计划能提高效率，调动积极性；有效的计划是控制工作的基础。

一、计划的概念和性质

（一）计划的概念

计划有名词和动词两层含义。从名词意义上来讲，计划是对组织未来一段时期内活动的方向、内容及方式方法的预测与安排处理。从动词意义上来讲，计划是管理者为了实现决策所确定的目标，预先进行的行动安排。这种行动安排包括定义组织的目标，制定全局战略以实现这些目标，开发一个全面的分层计划体系以综合和协调各种活动，从时间和空间两个维度上进一步分解任务和目标，选择任务和目标的实现方式，规定进度，检查与控制行动结果。因此，计划既涉及目标（做什么），也涉及达到目标的方法（怎么做）。主管人员为在集体里一起工作的每个人设计环境，使每个人有效地完成任务，这时，他的最主要任务，是努力使每个人理解集体的总目标以及完成目标的方法。如果要使集体的努力有成效，大家一定要明白期望他们完成的是什么，这是计划工作的职能。而这项职能在所有管理职能中是最基本的。计划工作包括选择任务和目标，以及完成任务和目标的行动方案，这需要制定决策，也就是说，从各种可供选择的、将来的行动方针中进行挑选。因此，计划是对预先选好目标提供一种合理的实现方法。

当计划以书面的形式出现时，就是我们所说的计划书。计划书一般用 5W2H 法来编写。

5W2H 法由美国陆军兵器修理部首创，诞生于第二次世界大战中，由于易记、应用方便，曾被广泛用于企业管理和各项工作中。5W2H 都是英文的第一个字母，即通过设问来诱发人们的创造性设想，发问的具体内容可根据具体对象灵活应用：

（1）Why?（为什么？）为什么需要改革？为什么非这样做不可……

（2）What?（什么？）目的是什么？做哪一部分工作……

（3）Where?（何处？）从何入手？何处最适宜……

（4）When?（何时？）何时完成？何时最适宜……

（5）Who?（谁？）谁来承担？谁去完成？谁最适合……

（6）How?（怎样？）怎样去做？怎样做效率最高？怎样实施……

（7）How much?（多少？）要完成多少数量？成本多少？利润多少

这七问概括得比较全面，实际上把要做的事情可能遇到的问题都包括进去了。我国教育学家陶行知先生曾对 5W2H 法给予高度的评价，认为是指导我们工作的"好老师"，并作诗曰："我有几位好朋友，曾把万事指导我。你若想问其姓名，名字不同都姓何：何事、何故、何人、何时、何地、何去，好像弟弟和哥哥。还有一个西洋派，姓名颠倒叫几何。若向七贤常请教，甚是笨人不会错。"

除此之外，在一项计划书中还应说明计划有效的前提条件，以便在实施过程中明确在什么情况下需要修改计划；当实际情况与计划条件不符时应采取的措施，以增强计划的适应性。此外，为了便于在情况发生较大变化时，能够判断是应该放弃计划还是应该竭尽全力去创造条件完成计划，计划书中还应该说明进行这项工作或实现相应目标的意义或重要性。

计划的表现形式很多，目标、战略、政策、规章制度、预算、程序、规划等都属于计划的范畴。

（二）计划的性质

1．计划的目标性

计划工作致力于企业的目的或目标的实现。计划将人们的行动集中于目的或目标的实现，计划使得人们能够预测哪些行为有利于目标的实现，哪些行动会背离目标，哪些行动会彼此相互抵消，而哪些行动则与目标毫不相关。计划工作有利于组织或企业根据所要实现的目标，将人们的集体活动结合成一种彼此协调、相互支持、始终如一的力量，避免出现混乱和无序。可以说，没有计划的行动将是盲目的行动，而盲目的行动是难以实现目标的。

2．计划的先导性

计划工作在各项管理职能中处于领先地位。管理的组织、领导和控制职能都是为了促使和保证目标的实现，而旨在确定目标及实现目标的途径的计划职能就理所当然地成为必须首先实施的职能。主管人员只有在明确了目标之后，才能确定合适的组织结构和适当的人员配备，确定按照什么方针来指导和领导下级，确定采取什么样的控制方法。也就是说，为了有效地将各项管理工作做好，首先必须进行计划工作。

3．计划的普遍性

计划工作具有普遍性。组织中的管理者，无论职位高低、职权大小，都或多或少地需要进行计划工作。计划工作是各级主管人员的一个共同的职能，尽管这些人由于所处的位置和所拥有的职权不同，他们在从事计划工作中会有不同的特点和范围。另外，有研究表明，计划工作本身能够使人产生成就感，因而让下级人员从事计划工作特别有利于调动他们的积极性和主动性。

4．计划的效率性

计划工作要讲求效率，其效率是以实现组织目标所带来的收益，扣除执行计划所支出的费用以及各种非预期的代价之后的总额来衡量的。在这个效率概念中，既包括人们通常所理解的按照资金、工时或产品单位等表示的投入产出关系，也包括了诸如个人或群体的满意、组织的士气等评价标准。如果一项计划提高了产量，但却造成了职工的恐惧、不满和士气低落，那么这一计划的效率就不会很高。

实现组织目标有许多途径，我们必须从中选择尽可能好的方法，以最低的费用取得预期的成果，避免不必要的损失，并保持较高的效率。计划工作强调协调和节约，其重大安排都要经过经济和技术的可行性分析，使付出的代价尽可能合算。

二、计划的类型

依据不同的侧重点，我们可以将计划进行不同的分类，常见的计划分类方法有以下几种，如表2-8所示。

表2-8 计划的类型

分类标准	类 型
时间长短	长期计划
	中期计划
	短期计划
计划的广度	战略性计划
	战术性计划
计划的对象	综合计划
	部门计划
	项目计划
明确程度	指令性计划
	指导性计划
程序化程度	程序性计划
	非程序性计划

1. 按计划完成的时间，可将计划分为长期计划、中期计划和短期计划

一般地，把5年以上的计划称为长期计划，1年以内的计划称为短期计划，介于1年与5年之间的计划称为中期计划。长期计划体现了组织在较长时期的发展方向和方针，规定了组织各个部门在较长时期内从事某种活动应达到的目标与要求，绘制了组织长期发展的蓝图。例如，一个企业的长期计划要指出该企业的长远经营目标、经营方针和经营策略等。中期计划来自于长期计划，但比长期计划更具体和详细，它主要起协调长期计划和短期计划之间关系的作用。长期计划以问题和目标为中心，中期计划以时间为中心。

短期计划比中期计划更为具体与详尽，具体规定了组织的各个部门在目前到未来的各个较短阶段，应该从事何种活动，从事该活动应达到何种要求，因而为组织成员提供了短期内行动的依据与准则。如企业的年度销售计划就是短期计划。

在一个组织中，长期计划与短期计划之间的关系应是"长计划，短安排"，即为了实现长期计划中提出的各项目标，必须制订相应的一系列中短期计划并加以落实，而中短期计划的制定又必须围绕长期计划中的各项目标展开。

2. 按计划的广度，可将计划分为战略性计划与战术性计划

战略性计划是由高层管理者制定的具有全局性、长远性的指导性计划，它描述了组织在未来一段时期内总的战略构想与总的发展目标，以及实施的途径，决定了在相当长的时间内组织资源的运动方向，战略性计划涉及组织的方方面面，并在较长时间内对组织有指导作用。而战术性计划是在战略计划规定的方向、方针和政策范围内，

为确保战略目标的落实和实现，确保资源的取得与有效运用而形成的具体计划，它主要描述如何实现组织的整体目标，是战略计划的具体化。战略性计划具有全局性、指导性和长远性特点，战术性计划具有局部性、指令性和一次性特点；战略性计划侧重于确定组织宗旨、目标，战术性计划侧重于明确落实战略的各种措施和方法。

战略性计划涉及整个组织，战术性计划则局限于特定的部门或活动。

3．按计划的对象，可将计划分为综合计划、部门计划和项目计划

综合计划是指具有多个目标和多方面内容的计划，它可能关联到整个组织或组织中的大多数部门，一般年度预算计划是综合计划。部门计划是在综合计划基础上制定的，其内容较为专一，局限于某一特定的部门或某一特定的职能，一般是综合计划的子计划，是为了达到组织的目标而制订的分计划。如企业营销部门制订的年度销售计划，就是根据总生产计划制定的分计划。项目计划是针对组织的特定活动所作的计划，例如，某新产品的开发计划等。

4．按计划的明确程度，可分为指令性计划与指导性计划

根据计划的明确程度和约束力大小，计划可分为指令性计划和指导性计划。指令性计划是由上级下达的具有行政约束力的计划，它规定了计划执行单位必须执行的各项任务，其规定的各项指标没有讨价还价的余地。指导性计划是由上级给出的一般性的指导原则，具体如何执行具有较大灵活性的计划。现实生活中，指导性计划由于没有明确的要求，因而具有较好的灵活性，而且，由于指导性计划规定了一般性的指导原则，从而使其在多变的环境中具有较好的可控性。指导性计划的灵活性和可控性优点恰恰是指令性计划的局限性所在。

5．按计划的重复性，可分为程序性计划与非程序性计划

西蒙认为组织的活动可分为两类：一类是例行的重复出现的活动，对这类活动的决策称为程序化决策，与之相对应的计划工作就是程序性计划或常规计划，包括政策、标准方法和常规作业程序，所有这些都是用来解决常发性问题的。另一类活动是非例行的不重复出现的活动，对这类活动的决策称为非程序化决策，与之相对应的计划工作就是非程序性计划或专项计划。包括为特定的情况专门设计的方案、进度表等，它用来处理一次性的而非重复性的问题。

三、计划的编制

（一）计划编制的内容

计划编制的内容是指计划中所包含的构成要素及其内涵，而计划的分类是指按照不同的标志对计划进行的划分。

一般来说，编制一项完整的计划应由以下要素构成：

（1）目标：由一系列计划期内要实现的具体指标给出；

（2）任务：组织在计划期内要开展的具体活动内容；

（3）方针措施：组织在计划期内开展活动时所要采取的方针政策、行动方案、以及各种应急措施与备选方案；

（4）实施者：计划的具体执行者，即完成计划任务的部门或个人；

（5）步骤：计划期内各种组织活动的阶段性划分，是组织各项活动的开始与结束时间的给定及其衔接关系的说明；

（6）预算：计划期内组织的各种资源的配置方案，是对组织各部门或个人有权支配的人、财、物等资源量的具体规定。

有关计划构成的例子如表 2-9 所示。

表 2-9　计划构成表

要　素	规定内容	考虑因素	举例（销售计划）
目标	行动结果（以数量、质量指标表示）	生存与发展的需要、市场与环境的可能、自身条件与资源的制约。	实现年销售收入 5000 万元；本地市场占有率达到 50%；销售利润额达到 600 万元
任务	行动内容与实现目标的具体活动	目标与任务的因果关系	促销宣传；建立专卖店；向学校赠送部分产品以扩大影响；改进服务
方针措施	行动方针与措施及各种备选行动方案	实现目标的主要矛盾和解决矛盾的方法	批发优惠；现金付款优惠；销售提成折扣让利
实施者	执行任务的部门或个人	职能与分工，责权分配，资源分布等。	销售部负责促销、建立专卖店；生产部负责生产产品；公关部负责
步骤	各项活动开始与结束的时间及其衔接	任务的衔接关系及所需的时间跨度	3 月底前刊出广告；5 月底前建立 5 家专卖店
预算	任务所需资源数量	需要与可能提供的资源数量（现有与可开发的资源情况）	销售人员 10 人；服务人员 30 人；营业面积 300 平方米；流动资金 1000 万元；广告宣传费 300 万元

资料来源：黄津孚. 现代企业管理原理（第三版）. 北京：北京经济学院出版社，1996，11.

（二）计划编制的程序

为了保证计划编制的计划合理，确保能实现决策的组织落实，计划编制过程中必须采用科学的方法。

虽然可以用不同的标准把计划分成各种类型，计划的形式也是多种多样，但管理人员在编制任何完整的计划时，实质上都遵循相同的逻辑和步骤。这个逻辑如图 2-9 所示。

1. 估量机会

虽然估量机会要在编制实际计划之前进行，而这样做不是严格地属于编制计划过程的一个组成部分，但是，留意外界环境中和组织内的机会是编制计划的真正起点。我们应该初步地看一看将来可能出现的机会，并清楚而全面地了解这些机会，应该知道根据我们的优点和弱点我们所处的地位，应该明白我们希望去解决什么问题，为什么要解决这些问题，以及应该知道我们期望得到的是什么。我们要确立切合实际的目标，取决于对上述种种情况进行清醒地认识。编制计划需要实事求是地对机会的各种情况进行判断。

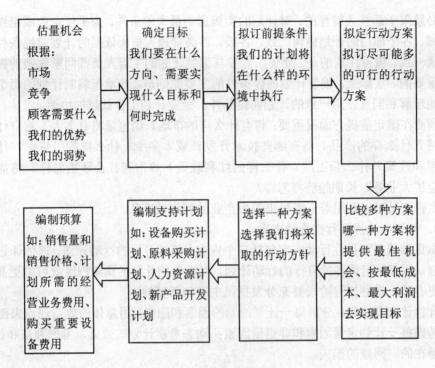

图 2-9　计划的编制程序

2．确立目标

分析了组织的现状之后，要回答"往何处去"这一问题，即要确定目标。目标是组织期望达到的最终结果。一个组织在同一时期可能有多个目标，但任何一个目标都应包括以下内容：

（1）明确的主题。如是扩大利润，提高顾客的满意度，还是改进产品质量？

（2）期望达到的数量或水平。如销售数量、管理培训的内容等。

（3）可用于测量计划实施情况的指标。如销售额、接受管理培训的人数等。

（4）明确的时间期限，即要求在什么样的时间范围内完成目标。

从表面上看，目标的制定并不难，但事实上，有很多因素限制了目标制订的科学性。首先，人们对目标的认识和理解可能会存在很大的差异。目标只有在被人们普遍认同并接受的情况下才容易付诸实施，而这是非常困难的。所以，在目标制订过程中，鼓励人们参与，多沟通、多讨论是必要的。

其次，环境的快速变化使得计划跟不上变化。这是客观事实，但以此否定计划的作用是绝对错误的。可以制订短期目标，然后经常检查目标的实施情况，不断修正计划目标，使之适应环境的变化。

然后，计划制订者的错误认识干扰。如短期行为倾向、过于强调避免风险而缺乏把握机会的能力，等等。

3．拟订前提条件

计划的前提条件就是计划实施时的预期的内外部环境条件。由于未来环境的复杂性，要搞清楚其每一个细节是不现实的，也是不经济的。因此，组织所要确定的计划前提必须限于那些关键性的、对计划的实施影响最大的条件。为了使企业或组织的各个领域、各个部门的计划协调一致，各级、各类管理人员所依据的计划前提条件也必须协调一致。值得注意的是，要使所有参与编制计划的主管人员都同意这些前提条件是很重要的。实际上，编制计划前提条件的主要原则是，凡承担编制计划的每个人越彻底地理解和同意使用一致的计划前提条件，企业计划工作就越加协调。

预测在确定前提方面很重要：将有什么样的市场？销售量将有多大？将有什么样的价格？什么样的产品？将有哪些技术开发？成本多少？什么样的工资率？什么样的税率和政策？什么新工厂？什么样的红利政策？政治和社会环境怎样？将如何筹集资金扩大业务？长期趋势将怎样？

主管人员可以利用若干资料来源为企业的预测做准备。

4. 拟订和选择可行性行动方案

拟订和选择可行性行动方案包括三个内容：拟订可行的行动计划、评估计划和选定计划。拟订尽可能多的可行的行动计划，对选中的计划的满意程度就可能更高，行动就更有效。计划拟订阶段要充分发扬民主和创新精神。

评价计划要注意：分析每一计划的制约因素和隐患；用总体的效益观点来衡量计划；考虑每一计划定量因素和非定量因素；动态考察计划的效果，考虑利益和损失，考虑潜在的、间接的损失。

5. 选择一种方案

计划工作的第五步是选定方案。这是在前四步工作的基础上作出的关键一步，也是决策的实质性阶段——抉择阶段。可能遇到的情况是，有时会发现同时有两个可取的方案。在这种情况下，必须确定出首先采取哪个方案，而将另一个方案也进行细化和完善，并作为后备方案。

在拟订和选择可行性行动方案时要充分发扬民主，尽可能考虑到多种情况，并详细地做好各方面的准备。但是到了选定方案的时候就一定要自己做决断，不能依靠你的部下或者员工来替你拿这个主意，这是每一个管理者千万要注意的。正所谓天下之事，虑之贵详，行之贵力，谋之贵众，断之贵独。

6. 拟订派生计划

在选定一个基本的计划方案后，还必须围绕基本计划制订出一系列派生计划来辅助基本计划的实施。例如，某大企业在作出新建一个分厂的决策后，这个决策就成为制订一系列派生计划的前提，各种派生计划都要围绕它来进行拟订。如人员的招聘和培训计划、材料和设备的采购计划、广告宣传计划、资金筹措计划，等等。

7. 用预算将计划数字化

计划的最后一个步骤就是要将之转化为预算，使之数字化。预算是用数字的形式表示的组织在未来某一确定期间内的计划，是计划的数量说明，是用数字形式对预期结果的一种表示。这种结果可能是财务方面的，如收入、支出和资本预算等；也可以是非财务方面的，如材料、工时、产量等方面的预算。预算是汇总各类计划的工具，同时也是衡量计划执行情况的重要标准，因此预算又常常被看做是一种重要的控制手段。

【延伸阅读】

隆 中 策

自董卓造逆以来，天下豪杰并起。曹操势不及袁绍，而竟能克绍者，非惟天时，抑亦人谋也。今操已拥百万之众，挟天子以令诸侯，此诚不可与争锋。孙权据有江东，已历三世，国险而民附，此可用为援而不可图也。荆州北据汉、沔，利尽南海，东连吴会，西通巴、蜀，此用武之地，非其主不能守；是殆天所以资将军，将军岂可弃乎？益州险塞，沃野千里，天府之国，高祖因之以成帝业；今刘璋弱，民殷国富，而不知存恤，智能之士，思得明君。将军既帝室之，信义着于四海，总揽英雄，思贤如渴，若跨有荆、益，保其岩阻，西和诸戎，南抚夷越，外结孙权，内修政理；待天下有变，则命一上将将荆州之兵以向宛、洛，将军身率益州之众以出秦川，百姓有不箪食浆以迎将军者乎？诚如是，则大业可成，汉室可兴矣。此亮所以为将军谋者也：惟将军图之。言罢，命童子取出画一轴，挂于中堂，指谓玄德曰：此西川五十四州之图也。将军欲成霸业，北让曹操占天时，南让孙权占地利，将军可占人和。先取荆州为家，后即取西川建基业，以成鼎足之势，然后可图中原也。

隆中策的第一步：确定组织目标——兴汉室，图中原，统一天下。

隆中策的第二步：制订分步实施方案，即确定分步计划的阶段目标：

先取荆州为家，形成"三分天下"之势；

再取西川建立基业，壮大实力，以成鼎足之状；

待天下有变，命一上将将荆州之兵以向宛、洛，将军身率益州之众以出秦川"，这样，"大业可成，汉室可兴矣"。

隆中策的第三步：确定实现目标的指导方针：北让曹操占天时，南让孙权占地利，将军可占人和。内修政理，外结孙权，西和诸戎，南抚彝、越，等待良机。

隆中策又进一步对敌、我、友、天、地、人做了极为细致透彻的分析，论证了为什么应当有这样的指导方针。

诸葛亮所作之隆中策并非主观臆断，而是在调查研究和预测的基础上，在于他准确、及时、充分地掌握信息。诸葛亮的信息来源，一靠交友，二靠云游，这才能做到知天下事、知天下人。

（三）编制计划的原则

计划工作的主要原则有：限定因素原则、许诺原则、灵活性原则和改变航道原则。

1. 限定因素原则

所谓限定因素，是指妨碍组织目标实现的因素，也就是说，在其他因素不变的情况下，仅仅改变这些因素，就可以影响组织目标的实现程度。限定因素原则可以表述如下：主管人员越是能够了解对达到目标起主要限制作用的因素，就越能够有针对性地、有效地拟订各种行动方案。限定因素原则有时又被形象地称为"木桶原理"。其含义是木桶能盛多少水，取决于桶壁上最短的那块木板条。限定因素原则表明，主管人员在制订计划时，必须全力找出影响计划目标实现的主要限定因素或战略因素，有针对性地采取得力措施。也就是我们常说的看问题要在众多矛盾抓住主要矛盾和矛盾的主要方面。

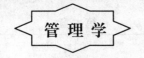

【延伸阅读】

纽约引爆点

纽约过去以脏、乱、差闻名,环境恶劣,同时犯罪猖獗,地铁的情况尤为严重,是罪恶的延伸地,平均每7个逃票的人中就有一个通缉犯,每20个逃票的人中有一个携带武器者。1994年,新任警察局长布拉顿开始治理纽约。他开始寻找切入点,他发现地铁是纽约最藏污纳垢的地方。于是,他从地铁的车箱开始治理:车厢干净了,站台跟着也变干净了,后来整个社区干净了,最后整个纽约变了样,变整洁漂亮了。现在纽约是全美国治理最出色的都市之一。这件事就被引申为"纽约引爆点"。

2. 许诺原则

在计划工作中选择合理的期限应当有某些规律可循。许诺原理可以表述为:任何一项计划都是对完成各项工作所做出的许诺,因而,许诺越大,实现许诺的时间就越长,实现许诺的可能性就越小。这一原则涉及计划期限的问题。那么合理的计划期限如何确定呢?关于合理的计划期限的确定问题体现在"许诺原则"上,即合理计划工作要确定一个未来的时期,这个时期的长短取决于实现决策中所许诺的任务所必需的时间。

3. 灵活性原则

在制订日计划的时候,必须考虑计划的灵活性。不能将计划制订在能力所能达到的100%,而应该制订在能力所能达到的80%。这是工作性质决定的。每天都会遇到一些意想不到的情况,以及上司交办的临时任务。如果你每天的计划都是100%,那么,在你执行临时任务时,就必然会挤占你业已计划好的工作时间,原计划就不得不延期了。久而久之,你的计划失去了严谨性,在上司的眼中,你就不是一个很精干的员工。必须指出,灵活性原则就是制订计划时要留有余地,至于执行计划,则一般不应有灵活性。例如,执行一个生产作业计划必须严格准确,否则就会发生组装车间停工待料或在制品大量积压的现象。

计划制订要有灵活性,但是在制订的时候要注意的是:不能总是以推迟决策的时间来确保计划的灵活性。因为未来的不确定性是很难完全预料的,如果我们一味等待收集更多的信息,尽量地将未来可能发生的问题考虑周全,当断不断,就会坐失良机,招致失败;还要注意的是计划的制订是一个较为系统的工程,各个计划之间往往是有关联性的。一个计划的改动可能导致全盘计划的改动甚至有落空的危险。例如,企业销售计划在执行过程中遇到困难,可能实现不了既定的目标。如果允许其灵活处置,则可能危及全年的利润计划,从而影响到新产品开发计划、技术改造计划、供应计划、工资增长计划、财务收支计划等许多方面,以致使企业的主管人员经过反复权衡之后,不得不动员一切力量来确保销售计划的完成。为了确保计划本身具有灵活性,在制订计划时,应量力而行,要留有余地。本身具有灵活性的计划又称为"弹性计划",即能适应变化的计划。

4. 改变航道原则

计划制订出来后,计划工作者就要管理计划,促使计划的实施,而不能被计划所

"管理"，不能被计划框住。必要时可以根据当时的实际情况作必要的检查和修订。因为未来情况随时都可能发生变化，制订出来的计划就不能一成不变，所以要定期检查计划。如果情况已经发生变化，就要调整计划或重新制订计划，就像航海家一样，必须经常核对航线，一旦遇到障碍就可绕道而行。故改变航道原理可以表述为：计划的总目标不变，但实现目标的进程（即航道）可以因情况的变化随时改变。这个原理与灵活性原理不同，灵活性原理是使计划本身具有适应性，而改变航道原理是使计划执行过程具有应变能力，为此，计划工作者就必须经常地检查计划，重新调整、修订计划，以此达到预期的目标。

（四）编制计划的方法

1．滚动计划法

滚动式计划方法是一种编制具有灵活性的、能够适应环境变化的长期计划方法。其编制方法是：在已编制出的计划的基础上，每经过一段固定的时期（例如一年或一个季度等，这段固定的时期被称为滚动期）便根据变化了的环境条件和计划的实际执行情况，从确保实现计划目标出发对原计划进行调整。每次调整时，保持原计划期限不变，而将计划期限顺序向前推进一个滚动期。滚动式计划编制过程如图2-10所示。

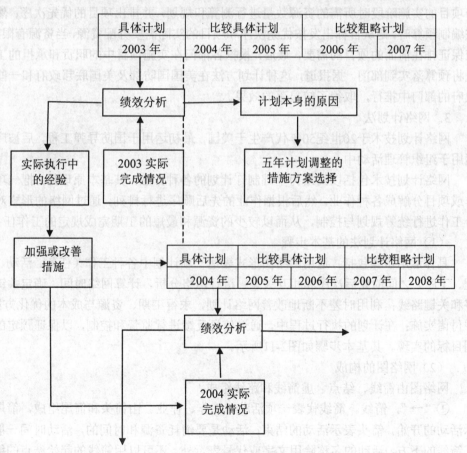

图 2-10 五年期的滚动式计划法

由于长期计划的计划期较长,很难准确地预测各种影响因素的变化,因而很难确保长期计划的成功实施。而采用滚动式计划方法,就可以根据环境条件变化和实际完成情况,定期地对计划进行修订,使组织始终有一个较为切合实际的长期计划作指导,并使长期计划能够始终与短期计划紧密地衔接在一起。

2．计划—规划—预算方法

这是20世纪60年代中期,美国国防部在编制国防部预算时创造的方法。传统的预算是分部门编制的,编制预算时,首先由下级部门提交下年度的预算报告,然后由上级预算部门根据资源的数量经过平衡后批准下达。下级部门在编制预算时,大多是在上年支出的基础上增列一笔数额,而上级部门在平衡预算时,通常采取不分青红皂白一律"砍一刀"的做法。这种传统的预算方法的缺点是预算既脱离组织的目标,又不反映计划实施的实际情况,因为计划是按项目实施的,而不是按职能部门实施的。因此,传统的预算方法难以做到按组织目标合理地分配资源。

计划—规划—预算方法完全是从目标出发编制预算的。计划开始时,首先,由最高主管部门提出组织的总目标和战略,并确定实现目标的项目。例如,美国国防部根据国家的战略目标,确定武器系统的研制项目,这一步称为计划;其次,分别按每一个项目的实施阶段时所需的资源数量进行测算和规划,并排出项目的优先次序;然后在编制预算时,是从目标出发按优先次序和项目的实际需要分配资源,当资源有限时,应保证排在前面的项目的需要;最后,根据各部门在实施项目中的职责和承担的工作量将预算落实到部门。据报道,这种计划方法在美国国防部及美国联邦政府和一些州政府的部门中推行,取得了较显著的效果。

3．网络计划法

网络计划技术于20世纪50年代产生于美国,最初运用于国防导弹工程,后被广泛运用于组织管理活动中。

网络计划技术包括以网络为基础制订计划的各种方法,其基本原理是:把一项工作或项目分解成各种作业,然后根据作业的先后顺序进行排列,通过网络的形式对整个工作进行统筹规划与控制,从而以较少的资源和最短的工期完成规定的工作任务。

（1）网络计划法的基本步骤

具体运用步骤包括:运用网络图形式表达一项计划中各种工作(任务、活动、过程、工序)之间的先后次序和相互关系;进行网络分析,计算网络时间,确定关键工序和关键路线;利用时差不断地改善网络计划,求得工期、资源与成本的优化方案,并付诸实施;在计划的执行过程中,通过信息反馈进行监督和控制,以保证预定的计划目标的实现。其基本步骤如图2-11所示。

（2）网络图的构成

网络图由箭线、结点、虚箭线和路线组成。

①"→",箭线。箭线代表一项活动、工作、作业。由箭头和箭尾组成,箭尾表示活动的开始,箭头表示活动的结束。活动是要消耗资源和时间的,活动时间一般写在箭线的下方,活动的名称除用文字或代号表示外,还可以用箭线的起始结点的编号和结束结点的编号来表示,一般写在箭线上面。箭线的长短与活动或作业所需的时间

无关，可长、可短、可弯曲，但不能中断。在网络图上，箭线把各个结点连接起来，以表明各项作业或各道工序之间的先后顺序和相互关系。

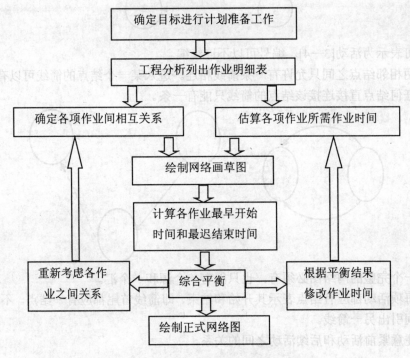

图 2-11　网络计划技术的基本步骤

②"○"，结点。结点用圆圈表示，代表某项活动的开始或结束。结点不占用时间，也不消耗资源，只是表示某项活动应当开始或结束的符号。网络图中的第一个结点称为始点，表示一项计划最初作业的开始；网络图中的最后一个结点称为终点，表示整个计划最终作业的结束；介于始点与终点之间的结点称为中间结点，表示中间各项作业的结束和开始。在绘制网络图时，对各个结点要按其先后次序进行统一编号，始点编号可从"0"开始，也可从"1"开始。

③"┈┈►"，虚箭线。虚箭线用带箭头的虚线表示，代表一种作业时间为零但实际上并不存在的作业或工序。它只是一个符号标识，既不占用时间也不消耗资源，它的作用是把两个结点之间的多项作业分开，以明确表示各项作业或各道工序之间的逻辑关系。

④路线。路线是指网络图中从始点开始，沿着箭头方向到达网络图终点为止，中间由一系列首尾相连的结点和箭线所组成的一条通道。在同一个网络图上，往往有多条时间长短不一的路线，其中，在路线上的各项作业时间之和最大的路线，称为关键路线，它直接影响整个计划完成的时间期限。除关键路线外，网络图上的其他路线均为非关键路线。关键路线在网络图中一般用粗线或红线加以标识。

（3）网络图的绘制

1）绘制的原则

①箭线一般指向右边，不允许出现循环。

②箭头结点的编号（j）要大于箭尾结点的编号（i）。活动可用两编号表示，例如：

就可表示为活动[3—4]。编号可以不连续编。

③两相邻结点之间只允许有一条箭线相连。进入某一个结点的箭线可以有多条，但其他任何结点直接连接该结点的箭线只能有一条。

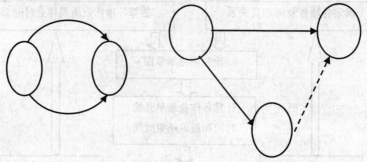

④一个完整的网络图必须有，也只能有一个源和一个汇。

⑤每项活动都应有结点表示其开始和结束，即箭线首尾都应有一结点。不能从一箭线中间引出另一箭线。

⑥注意紧前活动和后续活动之间的关系。

紧前活动	A	B
后续活动	C，D	D

下图表示活动 C、D 在 A 活动的后续，即必须先完成 A 活动之后才能进行 C、D 活动。

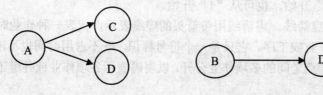

网络计划法应用举例如表 2-10 所示。

表 2-10 某工程活动描述

活动代号	活动描述	紧后活动	活动时间（周）
A	系统分析和总体设计	B，C	3
B	输入和输出设计	D	4
C	模块1详细设计	E，F	6
D	输入和输出程序设计	G，I	8
E	模块1程序设计	G，I	8
F	模块2详细设计	H	5
G	输入和输出及模块1	J	3
H	模块2程序设计	I，K	6
I	模块1测试	J	3
J	系统总调试	L	5
K	稳当编写	无	8
L	系统测试	无	3

根据网络技术法，该任务的基本绘制图形如图 2-12 所示。

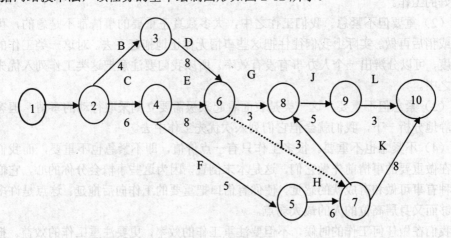

图 2-12 网络图

四、计划的实施

计划编制好之后，就涉及计划的实施。那么如何去实施自己的计划呢？现在的很多管理者也制订了自己的计划，但是他们在实施的时候总感觉自己的时间不够用。每天都忙得不可开交，不停地电话、邮件、会议，真的是连喝口水的工夫都没有，他们真的很勤奋也很积极，但管理者不应该成为救火队员。管理者最重要的是什么？抓住最重要和最紧急的事。计划实施的策略，就是你永远都要从最重要的事情开始做。

在管理学中有一条非常重要的定律叫巴莱多定律（也叫二八定律）。巴莱多定律是 19 世纪末 20 世纪初意大利经济学家巴莱多提出的。他认为，在任何一组东西中，最重要的只占其中一小部分，约占 20%，其余 80%尽管是多数，却是次要的，因此又称二八定律，以这条定律分析，在讨论会中，20%的人通常发表 80%的谈话；在销售公司里，20%的推销员带回 80%的新生意等等。我们在面对一大堆纷繁复杂的工作时，难免心存畏惧。有的人工作还没开始就泄气了，也有的人先做容易的，结果永远也完成不了最困难的。这时，你运用二八定律，从中找出两三项最重要的，各分配时间集中精力完成。

所以，在实施计划的时候，你就必须认真地设定好工作的顺序，不要打乱，坚决执行。现在许多管理者采用了一种较好的方法来制订计划，即把每天所要完成的任务按照轻重主次进行划分，如表2-11所示。

表 2-11　计划实施策略

重要				紧急
紧急	1		3	不重要
重要	2		4	不重要
不紧急				不紧急

（1）重要又紧急。这些事情比任何事情都要优先，是必须立刻去做或在近期内要做好的工作。

（2）重要但不紧急。我们工作之中，大多数真正重要的事情都不是急的，可以现在或稍后再做。实际上我们往往把这些事情无休止地拖延下去。对这一类工作的注意程度，可以分辨出一个人办事有没有效率。所以我门要注意把这类工作列入优先的行列之中。

（3）紧急但不重要。这一类是表面看起来极需要立刻采取行动的事情，但客观而冷静地分析一下，我们就会把它们列入次优先工作中去。

（4）不紧急也不重要。很多工作只有一点价值，即不紧急也不重要，而我们却常常在做重要的事情前先做它们，这是本末倒置，因为这些事情会分你的心，它们给你一种有事可做和有成就的感觉，使你有借口把重要的工作向后拖延。这点是许多能力不够而又身居高位的人的最大弱点。

我们在做任何工作的时候，不但要注重工作的效率，更要注重工作的效益。把太多的时间用在第三层和第四层行动上而不是用在第二层行动上是最大浪费时间。

【延伸阅读】

10 分钟提高效率

美国某钢铁公司总裁舒瓦普向一位效率专家利请教：如何更好地执行计划的方法。利声称可以给舒瓦普一样东西，在10分钟内能把他公司业绩提高50%。接着，利递给舒瓦普一张白纸，说："请在这张纸上写下你明天要做的6件最重要的事。"舒瓦普用了约5分钟时间写完。利接着说："现在用数字标明每件事情对于你和公司的重要性次序。"舒瓦普又花了约5分钟做完。利说："好了，现在这张纸就是我要给你的。明天早上第一件事是把纸条拿出来，做第一项最重要的。不看其他的，只做第一项，直到完成为止。然后用同样办法对待第2项、第3项……直到下班为止。即使只做完一件事，那也不要紧，因为你总在做最重要的事。你可以试着每天这样做，直到你相信这个方法有价值时，请将你认为的价值给我寄支票。"

一个月后，舒瓦普给利寄去一张2.5万美元的支票，并在他的员工中普及这种方法。5年后，当年这个不为人知的小钢铁公司成为世界最大钢铁公司之一。

【思考问题】

1. 为什么总裁舒瓦普有计划却难以执行？效率专家利的方法的关键在哪里？

2. 效率专家利认为"即使只做完一件事，那也不要紧，因为你总在做最重要的事"。你认为制订计划光是做最重要的事够吗？

3. 效率专家利用执行计划的方法使这个不为人知的小钢铁公司成为世界最大钢铁公司之一。为什么计划能有这么大的作用？

【综合案例】

北京2008年奥运会市场开发计划——北京2008年奥运会市场开发计划启动书[①]
序　言

2001年7月13日，当国际奥委会授予中国北京2008年奥运会主办权时，全世界的目光在此凝聚了。人们将永远记住这一历史时刻。从此，奥林匹克史册翻开了新的一页。

北京2008年奥运会将把中国和世界更加紧密地联系在一起，将把中华民族大家庭的心紧紧地凝聚在一起。

展望未来，机会无限。北京奥组委将力争把2008年奥运会办成一届最出色的奥运会。我们期望与工商企业通力合作，把中国介绍给世界，把世界邀请到中国。

申办期间北京奥申委做过的一次调查表明，94.6%的中国人支持北京申办奥运会。对赞助企业来讲，民众的这种高度支持和热情意味着极其广阔的宣传和展示空间。

对于国际企业来说，2008年奥运会为它们加强与中国的联系，拓展新的市场空间，提供一个强有力的平台。

对于中国的企业而言，2008年奥运会将是它们走向世界，一展身手的良机。它们将在关键技术、产品和服务领域展示自己，提升企业的形象和产品品牌。

新奥运之旅即将开始。它将引导企业步进无穷的商机，开拓充满希望的市场，融入最有活力的经济，走向生机勃勃的未来。

第一部分　北京2008年奥运会赞助计划

北京2008年奥运会的赞助计划是最为全面的一揽子计划，产品类别众多，营销期长达五年。赞助企业享有使用2008年奥运会、中国奥委会和中国奥运代表团品牌进行市场开发的权利。该计划力求巩固、加强和保护赞助企业的特有权利。

一、宗旨

北京2008年奥运会赞助计划的宗旨为：

遵守《奥林匹克宪章》，遵循奥林匹克理想和北京2008年奥运会"绿色奥运，科技奥运，人文奥运"的理念；

---

① 余敬，刁凤琴. 管理学案例精析. 北京：中国地质大学出版社，2006.

推动奥林匹克运动的发展，提升北京 2008 年奥运会和中国奥委会在国内外的形象与品牌知名度；

确保北京 2008 年奥运会获得充足、稳定的组织经费和可靠的技术和服务支持；

为中外企业提供独特的奥林匹克市场营销平台，鼓励中国企业广泛参与，通过奥运会市场营销提高企业形象和产品品牌；

为赞助商提供优质服务，使它们获得充分的投资回报，帮助赞助企业与中国奥林匹克运动建立长期的合作伙伴关系。

二、赞助层次

对北京 2008 年奥运会的赞助包括国际和国内两个方面：国际奥委会第六期全球合作伙伴计划在国际范围内对整个奥林匹克运动提供支持，包括支持北京奥运会。北京 2008 年奥运会赞助计划在主办国范围内对举办 2008 年奥运会提供支持。

北京 2008 年奥运会赞助计划包括三个层次：北京 2008 年奥运会合作伙伴、北京 2008 年奥运会赞助商、北京 2008 年奥运会供应商（独家供应商/供应商）。

每个层次设定了赞助的基准价位。在同一层次中，不同类别的基准价位也会有所差异，以体现不同行业之间的差别。具体价位将在销售过程中向潜在赞助企业做出说明。

北京奥组委的各级赞助商将为奥林匹克运动在全国的发展作出贡献；通过在技术、产品和服务等方面的赞助，支持北京奥组委的筹办工作，支持 2008 年奥运会的举办，支持中国奥委会以及中国奥运代表团。不同层次的赞助商享有不同的市场营销权。赞助商在主办国地域范围内享有市场开发的排他权（包括共同排他权）。

三、赞助商权益

赞助企业向北京奥组委、中国奥委会和中国奥运代表团直接提供有力的资金和实物支持。作为回报，赞助企业将享有相应的权益。

以下是北京奥组委给予赞助企业的主要回报方式：

➤ 使用北京奥组委和/或中国奥委会的徽记和称谓进行广告和市场营销活动；

➤ 享有特定产品/服务类别的排他权利；

➤ 获得奥运会的接待权益，包括奥运会期间的住宿、证件、开闭幕式及比赛门票，使用赞助商接待中心等；

➤ 享有奥运会期间电视广告及户外广告的优先购买权；

➤ 享有赞助文化活动及火炬接力等主题活动的优先选择权；

➤ 参加北京奥组委组织的赞助商研讨考察活动；

➤ 北京奥组委实施赞助商识别计划和鸣谢活动；

➤ 北京奥组委实施防范隐性市场计划，保护赞助商权益。

根据对奥林匹克运动和北京奥运会贡献的价值不同，合作伙伴、赞助商和供应商享有不同的权益回报。

四、赞助销售

（一）销售方式

坚持"公开、透明、公平"原则，根据行业的不同情况采取以下不同的销售方式：

公开销售：公告销售通知或公开征集企业赞助意向。

定向销售：向具备技术条件的企业发出征集赞助邀请。

个案销售：直接与符合技术条件的企业进行销售洽谈。

（二）销售步骤

主要采取以下步骤进行销售：

1）北京奥组委将征集情况通知企业或向企业征集赞助意向；

2）企业提交赞助意向书；

3）北京奥组委评估机构进行企业资格评审；

4）北京奥组委销售机构与企业洽谈赞助方案；

5）企业提交正式的赞助方案；

6）北京奥组委评估机构提出赞助商候选人；

7）北京奥组委确定赞助企业，报国际奥委会批准。

在实际操作中，以上步骤可根据需要增加或减少。

（三）销售进度

鉴于不同层次的赞助商对奥运会贡献的价值不同，销售进度也将体现投资差异。首先开始合作伙伴的销售。但根据销售进程，有可能同时进行不同层次的销售。

具体安排如下：

合作伙伴：2003 四季度～2004 四季度

赞助商：2004 二季度～2005 二季度

独家供应商/供应商：2004 四季度～2007 二季度

五、赞助商选择标准

选择赞助企业时，主要参照以下标准：

➤ 资质因素。赞助企业必须是有实力的企业，是行业内的领先企业；发展前景良好，有充足的资金支付赞助费用。

➤ 保障因素。能为成功举办奥运会提供充足、先进、可靠的产品、技术或服务。

➤ 报价因素。企业所报的赞助价格是选择赞助企业最重要的考虑因素之一。

➤ 品牌因素。企业具有良好的社会形象和企业信誉，企业的品牌和形象与奥林匹克理想和北京奥运会的理念相得益彰，产品符合环保标准。

➤ 推广因素。企业在市场营销和广告推广方面投入足够的资金和做出其他努力，以充分利用奥运会平台进行市场营销，同时宣传和推广北京 2008 年奥运会。

第二部分 特许计划

一、奥运会特许计划

奥运会特许经营是指奥组委授权合格企业生产或销售带有奥组委标志、吉祥物等奥林匹克知识产权的产品。为享有这一权利，特许企业将向奥组委交纳一定的特许权费，以此对奥运会作出贡献。

奥运会特许计划旨在推广奥林匹克理念和奥运品牌，为公众提供接触奥运的机会，激发奥运热情。历届传统的特许产品有纪念章、T 恤衫、棒球帽等具有庆祝和纪念意义的产品。如今的特许经营计划已发展成为一个完整的设计统一、品种丰富、品质优秀的商品计划，更好地宣传和推广奥运会的整体形象。

二、北京 2008 年奥运会特许计划

（一）北京 2008 年奥运会特许计划的宗旨

广泛传播奥林匹克精神，树立北京奥运会、中国奥委会的品牌形象；大力弘扬中国文化，宣传北京特色；努力为优秀中国企业参与奥运会市场开发提供机会；积极推广"中国制造"优质产品，打造"中国制造=高品质"品牌理念；最大化地为北京奥运会筹集资金。

（二）运营模式和发展阶段

北京奥运会特许经营计划将继续弘扬、推广奥林匹克品牌，同时加入中国元素、北京特色，塑造出独特的北京奥运品牌。在确定特许产品类别和品种时将紧紧围绕以上品牌内涵。

整个计划将围绕品牌管理的思路设计和管理特许产品，采取细分市场的营销策略，开发出高、中、低端不同层次的产品，以定位不同的目标顾客群。

整个计划由两部分组成：国内计划和国际计划。国内计划将在 2003 年下半年开始。国际计划在雅典 2004 年奥运会结束后开始。

所有特许产品的设计和制作都将遵循奥组委和中国奥委会编制的有关标志的图解手册和使用指南，这些手册中清楚地标明了中国奥委会商用标志和奥组委标志及徽记的使用规范。

1. 选择特许企业

在选择特许企业（生产或销售）时，我们将坚持以下原则：

通过市场调查、资质评估、实地考察等方式选择特许企业。重点考察内容包括资金实力、生产能力、质量管理、设计能力、环保标准、防伪措施、营销策略、销售渠道、物流管理、售后服务等。

特许企业应有相应的财务能力按时交纳特许权费。采取阶段性签约的模式。合同期满后，要对特许经营商生产和经营情况重新评估，以决定是否续约。

2. 特许权费的收取

对于每个特许企业都将收取入门费和最低保证金。入门费不得抵扣特许权费，最低保证金可抵扣特许权费。

（三）奥运会邮、币计划

1. 奥运会纪念邮票计划

奥运会纪念邮票计划将包括三个具体项目：普通邮票项目、个性化邮票项目和邮品。题材以体育（奥林匹克运动、国际奥委会形象、组委会形象、中国奥委会形象、奥运会项目、火炬接力、开闭幕式等）、文化（中国传统文化，北京传统文化和人文景观）、比赛场馆等内容为主。整体计划在 2003 年底开始，时间跨度为 5 年。

2. 奥运会纪念币计划

奥运会纪念币计划包括纪念币和流通币两个部分，题材以体育（奥林匹克运动、国际奥委会形象、组委会形象、中国奥委会形象、奥运会项目、火炬接力、开闭幕式等）、文化（中国传统文化，北京传统文化和人文景观）、比赛场馆等内容为主。

纪念币项目以金币、银币等贵重金属币为主；流通币项目主要是铜币、镍币、纸币等。纪念币计划也在 2003 年底开始，2008 年结束。

【思考问题】

1. 通过阅读本计划书，列出北京 2008 年奥运会赞助商计划的"5W2H"。

2. 为何本计划要划分不同赞助层次？选择赞助商与特许经营者的标准有何区别？

3. 2008 北京奥运会宗旨是如何体现在本计划中的？

第三节 战 略 管 理

一、战略及战略管理的概念

（一）战略及企业战略的概念

战略最初源自军事领域。"战略问题是研究战争全局的规律的东西"，战略则是指指导战争的谋略和计划。在我国，"战略"一词自古有之，先是"战"与"略"分别使用。"战"是指战斗和战争，"略"是指策略、谋略、计划。早在春秋时代，著名军事家孙武总结战争经验写成的《孙子兵法》，就蕴涵着丰富的战略思想，至今仍广泛流传。《辞海》中对战略一词的定义是："军事名词。对战争全局的筹划和指挥。"在西方，战略（strategy）一词来源于希腊语"strategos"及其演变而来的"stragia"。前者意为"将军"，后者意为"战役""谋略"，均指指挥军队的艺术和科学。近代以来，战略从军事学延伸到政治、经济、科技与社会领域。"随着应用领域的拓展，其涵义也变得越来越广泛。一般而言，战略是泛指重大的、带全局性的、规律性的或决定全局的谋划。构成战略的基本要点：

（1）战略首先指谋划和决策；

（2）谋划的主体是"组织"，这里的"组织"是指由人们组成的，具有共同的明确目的和系统性结构的实体，这个实体可以是一个国家、一支军队，也可以是一个企业、一个院所、一个学校或一个团体等；

（3）战略一般具有三个特性：全局性、长远性、纲领性。

【延伸阅读】

竞争战略之道

孙子曰：兵者，国之大事。死生之地，存亡之道，不可不察也。故经之以五事，校之以计，而索其情：一曰道，二曰天，三曰地，四曰将，五曰法。道者，令民与上

同意也，故可以与之死，可以与之生，而不畏危。天者，阴阳、寒暑、时制也；地者，远近、险易、广狭、死生也；将者，智、信、仁、勇、严也；法者，曲制、官道、主用也。凡此五者，将莫不闻，知之者胜，不知者不胜。

故校之以计，而索其情。曰：主孰有道？将孰有能？天地孰得？法令孰行？兵众孰强？士卒孰练？赏罚孰明？吾以此知胜负矣。

——《孙子兵法—始计篇》

欧美企业明确引入战略概念，大约始于 20 世纪中期。企业战略及战略管理的发展过程可概括为"20 世纪 50 年代的战略概念，到 60 年代的战略规划、70 年代的战略热潮、80 年代定位学派的形成、90 年代资源学派的涌现"（汤姆森、斯迪克兰德，2000）。相对于其他学科，战略管理的学科形成较晚，涉及对企业内部各项业务职能

的整体研究，是复杂、多面的战略现象的反映。因此，对企业战略及战略管理的内涵的看法很不一致，缺乏公认的定义。在众多的关于战略的定义中，被普遍接受的是明茨博格对于战略定义的独到认识。明茨博格提出战略的五个不同方面的定义，即战略是计划（plan）、计谋（ploy）、模式（pattern）、定位（position）和观念（perspective）。

在本书中把企业战略定义为：企业为适应未来环境的变化，对生产经营和持续与稳定发展中的重大问题进行的全局性、长远性、纲领性的谋划和决策。对于这一定义，可作如下理解：

（1）企业战略就是企业的谋划和决策；

（2）企业战略谋划的主体是企业；

（3）谋划的目的是企业为适应未来环境的变换，寻求持续与稳定发展；

（4）谋划的核心是具有全局性、长远性和纲领性的重大问题。

凡是符合上述概念及其要点的企业谋划都可称为企业战略。

（二）企业战略的构成要素

美国著名管理学家安索夫根据自己在美国洛克希德飞机公司等大型多种经营的公司里多年的管理实践以及在大学里的教学和咨询的经验，于 1965 年出版了著名的《企业战略》一书，提出了自己的企业战略观。他认为企业战略是贯穿于企业经营与产品和市场之间的一条"共同经营主线"，决定着企业目前所从事的、或者计划要从事的经营业务的基本性质。共同经营主线是指目前的产品、市场与未来的产品、市场之间的一种内在联系。

著名管理学家安索夫

在此基础上，他提出了企业战略由产品与市场范围、增长向量、竞争优势和协同作用四种要素构成。

1. 产品与市场范围

产品与市场范围说明企业属于什么行业以及在所处行业中的地位。由于大行业往往过宽，其产品和技术涉及很多方面，经营的内容也过于广泛，产品与市场的范围常常需要用分行业来描述，这样可以清楚地表达企业的共同经营主线。

2. 增长向量

增长向量又称为成长方向，它说明了企业经营运行的方向，即从现有产品与市场组合向未来产品与市场组合移动的方向，如表 2-12 所示。

表 2-12　企业增长向量矩阵

市场 ＼ 产品	现有产品	新产品
现有市场	市场渗透	产品开发
新市场	市场开发	多种经营

（1）市场渗透是通过扩大现有的产品或服务，在现有的市场上的份额达到企业

成长的目的。

（2）市场开发是为企业现有的产品或服务寻找新的消费群，打入新的区域市场。

（3）产品开发是面对现有的顾客，改进或改变产品或服务而提高销售。

（4）多种经营则独具特色，它的产品与市场都是新的，企业步入了一个新的经营领域。

在前三种选择，企业的共同经营主线是明晰的，要么是开发新的市场，要么是开发新产品，或是两者同时进行。但是，在多种经营中，共同经营主线就显得不够清楚了。

3．竞争优势

竞争优势说明是企业某一产品与市场组合的特殊属性，凭借这种属性可以给企业带来强有力的竞争地位。美国战略学家迈克尔·波特（Machel Porter）提出了三种可供选择的竞争优势，如图 2-13 所示。

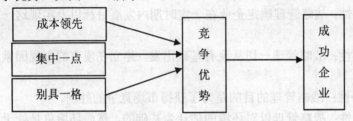

图 2-13　基本竞争战略

4．协同作用

协同作用常常被描述为 1+1＞2 的效果，这意味着企业内各业务单元联合起来所产生的效益要大于各个业务单元各自努力所创造的效益总和。安索夫将协同作用划分成：销售协同作用，即企业各种产品使用共同的销售渠道和仓库等；运行协同作用，即在一个业务单元里运用另一个单位的管理经验与专门技能。如果协同作用使用不当，也会产生负的协同作用，产生 1+1＜2 的结果，这就是所谓的内耗。

（三）战略管理的概述

1．战略管理的概念

战略管理是由美国企业家安索夫在其 1976 年出版的《从战略计划趋向战略管理》一书中首先提出来的。1979 年，安索夫又出版了《战略管理论》一书。安索夫认为：战略管理，是指将企业日常营运决策同长期计划决策相结合而形成的一系列管理业务。

美国学者斯坦纳认为，战略管理是确定企业愿景，根据企业外部环境和内部条件认定企业目标，保证目标的正确落实并使企业愿景最终得以实现的一个动态过程。

此外，还有其他许多学者和企业家也提出了对战略管理的不同见解。

综合不同学者和企业家的不同见解，战略管理可以归纳为两种类型，即广义的战略管理和狭义的战略管理。广义的战略管理是指运用战略对整个企业进行管理，其代表人物是安索夫。狭义的战略管理是指对战略管理的制定、实施、控制和修正进行的管理，其代表人物是斯坦纳。本节讲到的战略管理是从管理的计划职能着眼的，在定义上取狭义的战略管理。在狭义战略管理观下，战略管理包括以下几点含义：

（1）战略管理是决定企业长期问题的一系列重大管理决策和行动，包括企业战略的制定、实施、评价和控制。

（2）战略管理是企业制定长期战略和贯彻这种战略的活动。

（3）战略管理是企业处理自身与环境关系过程中实现其愿景的管理过程。

2．战略管理的特点

明白了战略管理的概念之后，我们来分析战略管理的特征。尽管战略学者对战略管理的内涵有不同的认识，但是，对于战略管理的特征，却基本上理解相似。概括起来，战略管理具有如下特征：

（1）总体性：战略管理是企业发展的蓝图，制约着企业经营管理的一切具体活动。

（2）长远性：战略管理通常着眼于未来 3～5 年或更长远的目标，考虑的是企业未来相当长一段时期内的总体发展问题。

（3）指导性：战略管理确定企业在一定时期内发展目标以及实现这一目标的基本途径。

（4）现实性：战略管理一切从现有基础出发，建立在现有的主观因素和客观条件基础上。

（5）竞争性：战略管理的目的是为了获得市场竞争的胜利。

（6）风险性：战略管理以对环境的估计为基础的，然而环境总是处于不确定的变化趋势中，任何战略管理都伴随有风险。

（7）创新性：企业内外环境的发展变化需要战略管理具有创新性，因循守旧的战略管理无法适应内外环境的发展变化。

（8）稳定性：战略一经制定后，在较长时期内要保持稳定，以利于贯彻执行。

战略管理必须与企业管理模式相适应：战略管理不应脱离现实可行的管理模式；同时，管理模式也必须适应战略管理的要求而调整。

战略管理与战术、策略、方法、手段相适合：一个好的战略管理如果缺乏实施的力量和技巧，也不会取得好的成绩。

3．战略管理的原则

战略管理有助于企业走向成功之路。但是，不正确的战略管理有时会适得其反。因此，战略管理要遵循科学的原则。一般认为，战略管理要遵循以下五条原则：适应环境原则；全过程管理原则；全员参与原则；整体最优原则；反馈修正原则。

（1）适应环境原则。企业是社会大系统的一个组成部分，它的存在和发展在很大程度上受企业内外各种环境因素的影响。这些环境因素有些间接作用于企业，如政治、法律、经济、技术、文化等；另外一些因素则直接作用于企业，如政府、顾客、供货商、债权人、股东、员工、竞争者等。战略管理就是要在清楚这些环境因素的基础上，分析机会和挑战，并采取相应的措施。所以，有人说，战略管理就是要实现企业与环境的和谐。

（2）全过程管理原则。战略管理是一个过程，大致包括以下步骤：战略制定；战略实施；战略控制；战略评价和修订。要想取得战略管理的成功，必须将战略管理作为一个完整过程来加以管理，忽视其中任何一个阶段都不可能取得战略管理的成功。例如，许多企业也制定了发展战略，但忽视了战略实施，从而使战略管理成为纸上谈兵。

（3）全员参与原则。由于战略管理是全局性的，并且有一个制定、实施、控制和修订的全过程，所以战略管理绝不仅仅是企业领导和战略管理部门的事，在战略管理的全过程中，企业全体员工都将参与。当然，在战略管理的不同阶段，员工的参与程度不一样的。在战略制定阶段，主要是最高层管理者的工作和责任；一旦进入战略实施的控制阶段，企业中基层管理者及全体职工的理解、支持和全心全意地投入是十分重要的。

（4）整体最优原则。战略管理要将企业视为一个整体来处理，要强调整体最优，而不是局部最优。整体最优原则体现在：

①战略管理不强调企业某一个局部或部门的重要性，而是通过制定企业的愿景、目标来协调各单位、各部门的活动，使它们形成合力。

②在战略实施过程中，企业组织结构、企业文化、资源分配方法等的选择，取决于它们对战略实施的影响。

③在战略评价和控制过程中，战略管理更重视各个部门、单位对企业实际愿景、目标的贡献大小。

（5）反馈修正原则。战略管理涉及的时间跨度较大，一般在 5 年以上。在战略实施过程中，环境因素可能会发生变化。此时，企业只有不断地跟踪反馈方能保证战略的适应性。也可以这么说，对战略管理的评价和修订意味着新一轮战略管理的开始。因此，战略管理实质上是一种滚动式管理，只有持之以恒，都能确保战略意图的实现。

4. 战略管理的层次

战略管理的层次如图 2-14 所示。

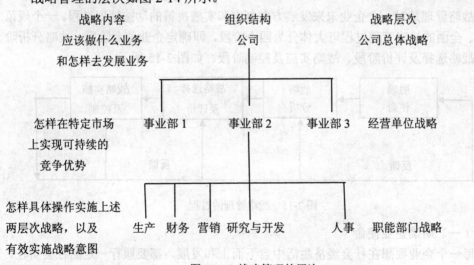

图 2-14　战略管理的层次

企业的目标是多层次的，它包括企业的总体目标、企业的各个层次的目标以及各经营项目的目标，各层次目标形成一个完整的目标体系。与此相对应的，应该有不同层次的战略。

（1）总体战略（Corporate Strategy）——是企业最高管理层指导和控制企业的一切行为的最高行动纲领，总体战略的对象是企业的整体。

总体战略解决的是企业应该在哪些经营领域进行生产经营活动的问题。因此从战略构成要素的作用来看，经营范围和资源配置属于总体战略的构成要素。

因此从战略内容来看，包括：

➤ 应该做什么业务（性质、宗旨；业务活动范围和重点）

➤ 怎样去发展这些业务（整体绩效、轻重缓急、合理组合）

（2）经营单位战略（Strategic Business Unit Strategy，SBU）——又称为事业部战略，是经营单位、事业部或子公司的战略。它是在企业总体战略的指导下，经营管理某一个战略经营单位的计划，是企业总体战略之下的子战略，它的目的是为了使企业在某一个特定的经营领域内取得较好的成果，为企业的整体目标服务。

它的基本内容包括：通过分析内外条件确定竞争优势，做好市场定位、顾客定位、产品定位，从而贯彻好企业的使命。

（3）职能部门战略（Functional Strategy）——是为贯彻、实施和支持总体战略与经营单位战略而在企业特定的职能管理领域制定的战略。一般包括：营销战略、人力资源战略、财务战略、生产战略、研发战略等。

公司战略、竞争战略与职能战略一起构成了企业战略体系。在一个企业内部，企业战略的各个层次之间是相互联系，相互配合的。企业每一层次的战略都构成下一层次的战略环境，同时，低一级的战略又为上一级战略目标的实现提供保障和支持。所以，一个企业要想实现其总体战略目标，必须把三个层次的战略结合起来。

二、战略管理的过程

战略管理是对一个企业未来发展方向制定和实施决策的动态管理过程。一个规范性的、全面的战略管理过程可大体分为四个阶段，即确定企业使命阶段、战略分析阶段、战略选择及评价阶段、战略实施及控制阶段。如图2-15所示。

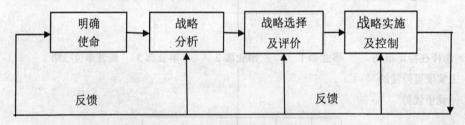

图2-15　战略管理的过程

（一）明确企业使命

每一个企业要想在社会经济生活中自下而上和发展，都要履行一定的社会责任，满足某种社会需求，扮演一定的社会角色，否则便无其存在的依据，更无从谈起如何发展。无论是新办企业或是在经营中作重大调整的企业，都要解决这个问题。对这个问题的回答就是确定企业使命。企业使命就是企业在社会经济生活中所担当的角色和责任，就是企业区别于其他企业而存在的理由。一般来说，绝大多数企业的使命是高度概括和抽象的，企业使命不是企业经营活动具体结果的表述，而是企业开展活动的方向、原则和哲学。

企业使命定义是从企业的实际出发，着眼于满足市场的某种需求，以市场需求为导向来定义，而不是以产品为导向来定义。例如，一家准备进入高新技术产业领域的公司可以将其使命定义为生产计算机。这一表述清楚地确立了企业的基本业务，即公司生存的目的，同时也限制了企业的活动范围，甚至可能剥夺了企业的发展机会。因为任何产品和技术都存在一定的市场生命周期，都会随着时间的推移而进入衰退阶段，而市场需求却是持久的。所以应将其使命定义为"向用户提供最的先进的办公设备，满足用户提高办公的效率的需求"，这一表述相对的比较模糊，但为企业经营活动指明了方向，就不会在未来计算机惨遭淘汰的时候失去方向，失去经营领域的边疆性。

在"营销近视"一文中，西奥多·莱维特（Theodore Levit）提出了下述观点：企业的市场定义比企业的产品定义更为重要。企业经营必须被看成是一个顾客满足过程，而不是一个产品生产过程。产品是短暂的，而需求和顾客则是永久的。

有些使命书则可能侧重描述企业的特征，如公司价值观、产品质量、提供的便利条件以及对待雇员的态度。如日本花王公司"清洁是社会繁荣的基石"，埃克森石油公司"以最有效和负责的方式提供高质量的石油化工产品和服务，创造优越的股东和顾客价值"。这样的使命陈述能够反映一个公司的经营哲学。

好的使命陈述有助于向组织外部公众，包括投资者、消费者和供应商树立良好的组织形象，使得他们对组织另眼相看并接受组织的存在。同时，好的使命陈述也会对雇员产生影响，使雇员忠诚于组织。企业产品导向与市场导向业务界定的比较如表2-15 所示。

表 2-13　企业产品导向与市场导向业务界定的比较

企　业	产品导向型界定	市场导向型界定	特　征
露华浓	我们生产化妆品	我们销售生活方式和自我表现，成功和地位，回忆、希望和梦想	强调顾客价值
迪尼斯	我们经营主题公园	我们提供幻想和娱乐，这是一个美国仍以其该有的方式有所作为的地方	
沃马特连锁店	我们经营折扣商店	我们提供满足美国中产阶级需要的产品和服务	
施乐	我们生产复印机、传真机和其他办公设备	我们通过扫描、存储、检索、改样、分发、打印和刊印文件使工作成效更高	
斯科特	我们销售草籽和化肥	我们提供赏心悦目的绿色草坪	
家庭仓库	我们销售工具和用于家庭修理及改善的产品	我们提供建议和解决方法，使笨手拙脚的持家人变为装修先生和装修女士	

【延伸阅读】

联邦速递公司的使命陈述

联邦速递公司尊崇"高素质的员工加优质服务带来利润"之原则。公司集全球空中、陆地运输工具为一体，通过对顾客需要速递与时效的物品提供值得信赖、颇具竞争优势的运输服务，取得了显著的经济效益。同样重要的是，对每一件速递品，公司都采用电子跟踪系统，实行监管。结账时，公司会附上每一件邮品的完整记录。我们为个人和社会提供帮助，讲究友好文明和专业化服务，尽力使每一位顾客满意。

麦当劳的使命陈述

在洁净友好的餐馆里为世界范围的广泛的快餐用户迅速提供有限种类的可口的、物有所值的热食。

（二）战略环境分析

1. 外部环境分析

影响企业的外部环境因素可分为两大类：一是宏观环境因素；二是行业环境因素。

（1）宏观环境分析（PEST 分析）

➤ 政治环境（Political）：政治法律环境是指影响企业制定战略、实施战略和控制战略的各种政治变量、政策变量和法律制度。它包括政治制度、政治体制、政府稳定性和法律环境等。

➤ 经济环境（Economical）：企业经济环境是指构成影响企业战略制定、战略实施和战略控制的各种经济变量及经济政策。它包括经济发展水平、经济结构、经济体制和经济政策等。

➤ 社会环境（Social）：企业社会环境是指影响企业战略制定、战略实施的各种社会文化因素。它包括人口压力与就业预期、人口迁移与人口年龄分布、价值观与社会文化氛围等。

➤ 技术环境（Technological）：技术环境是指企业所处的社会环境中的科技要素及与该要素直接相关的各种社会现象的集合。它包括社会科技水平、社会科技力量、国家科技体制、国家科技政策与科技立法等。

（2）行业环境

宏观环境因素对企业的影响往往是间接的、潜在的，而行业环境因素对企业的影响则是直接的、明显的。不但如此，而且宏观环境对企业的影响常常通过行业环境因素变化来对企业起作用。因此，行业环境分析是企业外部环境分析的核心和重点。

根据美国学者迈克尔·波特（Michael Porter）的研究，一个行业内部的竞争状态取决于五种基本竞争作用力，如图2-16 所示。这作用力汇集起来决定着该行业的最终利润潜力，并且最终利润潜力也会随着这种合力的变化而发生根本性的

迈克尔·波特

变化。一个公司的竞争战略的目标在于使公司在行业内进行恰当的定位，从而最有效

地抗击五种竞争作用力并影响它们朝向自己有利的方向变化。

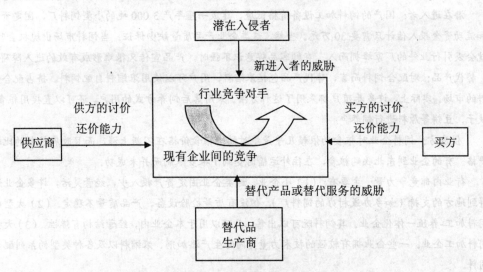

图 2-16 驱动行业竞争的五种力量

① 现有企业间的竞争研究。现有企业间的竞争状态取决如下因素：现有竞争者的力量和数量；产业增长速度；固定或库存成本；产品特色或转移购买成本；生产能力增加状况；竞争对手类型；战略利益相关性；退出成本。

② 入侵者研究。某一行业被入侵的威胁的大小主要取决于行业的进入障碍。影响行业进入障碍的因素主要有：规模经济；产品差别化；转移购买成本；资本需求；在位优势；政府政策。

③ 替代品生产商研究。主要包括两个内容：判断哪些产品是替代产品；判断哪些替代产品可能对本企业经营构成威胁。

④ 买方讨价还价能力研究。其影响因素主要有：买方是否大批量或集中购买；买方这一业务在其购买额中的份额大小；产品或服务是否具有合格的替代品；买方面临的购买转移成本的大小；本企业的产品、服务是否是买方在生产经营过程中的一项重要投入；买方是否具备"后向一体"化的策略；买方行业获利状况；买方对产品是否有充分的信息。

⑤ 供应商讨价还价能力研究。其影响因素主要有：要素供应方行业的集中化程度；要素替代品行业的发展状况；本行业是否是供方集团的主要客户；要素是否为该企业的主要投入资源；要素是否存在差别化或其转移成本是否低；要素供应者是否采取"前向一体化"的威胁。

迈克尔·波特教授的模型有助于人们深入分析行业竞争压力的来源，使人们更清楚地认识到组织的优势和劣势，以及组织所处行业发展趋势中的机会和威胁。

【延伸阅读】

依据五种力量模型对某市饲料行业的调查分析结论

顾客：目前工业饲料市场主要由小型养殖场组成，由于任何一个顾客都可以用粮食代替饲料，因此有很强的争价实力。

潜在进入者：国产的饲料加工设备价格低廉，建成一座年产 3 000 吨的小型饲料厂，固定资金和流动资金投入估计只需要 30 万元。当然，这类企业产品质量缺少保证。当饲料市场出现机会时，就会吸引行业外的厂家蜂拥而入。在顾客品牌意识不强时，产品宣传又很难形成有效的进入障碍。

替代产品：对配合饲料而言，替代产品包括浓缩料，用户可以使用浓缩料自配饲料，挤占配合饲料的市场。实际上，许多养殖户都采用了这种方法。采用落后饲养方式的用户，还可以直接用粮食、麸子、豆饼等原料进行饲养。

供应方：饲料企业对粮食的依赖几乎是绝对的。粮食价格在不断上涨，而且政府控制的比较严格。有的企业到东北收购粮食，在往外运输时受到了很多限制而并未成功。

行业内部竞争力量：主要有：（1）小企业。这类企业固定资产投入少，经营灵活，许多企业还得到地方的支持（如乡办或村办的饲料厂），但没有质量检验设备，产品质量不稳定。（2）大型的饲料加工-养殖一体化企业。其饲料既可以出售，又可以用于本企业内，经营结构有弹性。（3）大型饲料加工企业。一些企业拥有较强的技术力量，同时生产添加剂、浓缩料以及各种类型的系列配合饲料。

2. 内部环境分析

企业内部环境是指企业内部的物质、文化环境的总和，包括企业资源、企业能力、企业文化等因素，也称企业内部条件。即组织内部的一种共享价值体系，包括企业的指导思想、经营理念和工作作风。

内部战略环境是企业内部与战略有重要关联的因素，是企业经营的基础，是制定战略的出发点、依据和条件，是竞争取胜的根本。在《孙子兵法—谋攻篇》中，孙子曰："故曰：知己知彼，百战不殆；不知彼而知己，一胜一负；不知彼不知己，每战必殆"。因此，企业战略目标的制定及战略选择既要知彼又要知己，其中"知己"便是要分析企业的内部环境或条件。

企业内部环境分析的方法多种多样，我们在本书中重点介绍价值链分析方法。企业价值链理论是迈克尔·波特教授在 1985 年提出的，它一种寻求确定企业竞争优势的工具。他在对企业各项生产经营活动进行审查、分析和归类后提出：企业的经营可以视为一个由设计、生产、营销、交货以及对产品起辅助作用的各种价值活动的集合，这样的集合就叫做价值链。

企业的各种价值活动分为两类，基本活动（Primary Activities）和辅助活动（Support Activities）。如图 2-17 所示。

按价值活动的工艺顺序，基本活动涉及企业生产、销售、内部后勤、外部后勤、服务。

（1）内部后勤（Inbound Logistics）：与接收、存储和分配相关联的各种活动，如原材料搬运、仓储、库存控制、车辆调度和向供应商退货。

（2）生产运营（Operations）：各种输入转换成最终产品的活动。如机械加工、包装、设备维修等。

（3）外部后勤（Outbound Logistics）：与集中、存储和将产品发送给买方有关的各种活动，如产成品库存管理、产成品搬运和配送、送货车辆调度等。

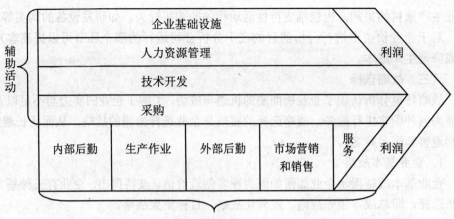

图 2-17 企业价值链：基本活动及辅助活动

（4）市场营销和销售（Marketing and Sales）：与传递信息、提供买方购买产品的方式和引导、巩固他们进行购买相关的各种活动，如广告、促销、销售队伍、渠道建设等。

（5）服务（Service）：与提供服务以增加或保持产品价值有关的各种活动，包括交易前、交易中、交易后的服务流程。如表 2-14 所示。

表 2-14 每一服务过程绩效的有效指标

交易前	交易中	交易后
	订单完成率	首次修复率
库存可得性	准时送货率	顾客投诉
交货期目标	退回订单数	退货/索赔
查询响应时间	延期送货	单据错误
	替代品数	配件可得性

每种基本活动可以进一步细分或组合，有助于企业的内部分析。

辅助活动涉及企业基础设施建设、人力资源、技术开发、采购等。

（1）企业基础设施（Firm Infrastructure）：企业基础设施支撑了企业的价值链条，包括企业的计划、财务、法律、信息系统、质量控制以及承载企业运营的组织结构和惯例等体系。

（2）人力资源管理（Human Resource Management）：包括各种涉及所有类型人员的招聘、雇佣、培训、开发和报酬等各种活动。人力资源管理不仅对基本和支持性活动起到辅助作用，而且支撑着整个价值链。

（3）技术开发（Technology Development）：包括基础研究、产品设计、媒介研究、工艺与装备设计等价值活动。

（4）采购（Procurement）：指购买用于企业价值链各种投入的活动，采购既包括企业生产原料的采购，也包括支持性活动相关的购买行为，如研发设备的购买等。

对于企业价值链进行分析的目的在于分析公司运行的哪个环节可以提高客户价值或降低生产成本。

（三）战略选择

战略环境分析认识了企业所面临的机遇与威胁，了解了企业的实力与不足以及企业能为何种顾客进行服务。战略选择的实质是企业选择恰当的战略，从而扬长避短，趋利避害和满足顾客。

1．企业基本战略

企业基本战略揭示企业如何如何为顾客创造价值。波特提出，企业有三种基本的战略选择，即总成本领先战略、差异化战略、目标集聚战略。

（1）总成本领先战略。这种战略的主导思想是以低成本取得行业中的领先地位。其表现形式是"人有我强"，但是这个强首先不是追求质量高，而是总成本低。按照这一基本方针，要求坚决建立起大规模的高效生产设施，全力以赴降低成本，尽量压缩各项管理费用。尽管质量、服务以及其他方面不容忽视，但贯穿于整个战略之中的是单位产品成本低于竞争对手。

为了成功地实施成本领先战略，所选择的市场必须对某类产品有稳定、持久和大量的需求，产品的设计要便于制造和生产，要广泛地推行标准化、通用化和系列化。这方面一个最典型的例子是美国的麦当劳快餐连锁店。麦当劳把快餐业的夫妻店式的旧经营方式，改造成为大批量、标准化的大规模工厂化生产，使每片肉、每片洋葱、每个圆面包和每根炸土豆条看起来都一模一样，并且在精确的加工时间内从全自动化的流程中生产出来。同时，适应大规模生产的要求，在产品质量、服务速度、清洁卫生、服务态度方面建立了严格的标准，从而树立了极高的信誉，确保了市场需求的持续稳定增长。

（2）差别化战略。所谓差别化战略就是使企业在行业中别具一格，其表现形式是"人无我有"，以经营特色获得超常收益。当然，差异化不是不讲成本，不过成本不是首要战略目标。差异化的实质是实现用户满意的最大化，从而形成对本企业产品的忠诚。这种忠诚一旦形成，消费者对价格的敏感程度就会下降，同时也会对竞争对手造成排他性，抬高进入壁垒。

实现差别化战略可以有多种方式，例如树立名牌形象，设计产品技术特点和性能特点，在顾客服务上别具一格，等等。近年来，我国电冰箱市场上的竞争，大多是采用差别化战略。随着电冰箱市场逐渐从卖方市场转向买方市场，各冰箱生产厂家在改进产品设计、增加产品功能、改善售后服务以及延长保修期等方面绞尽脑汁，不断推陈出新。电冰箱的花样不断翻新：增大冷冻室容积、表面喷漆改喷塑、风冷改直冷、抽屉式冷冻室、增加蓄冷器、立式压缩机改卧式压缩机、外接冷饮等等。不过应当强调，差别化战略并不意味着可以忽略成本，只是降低成本在此不是企业的根本战略目标。

（3）目标集聚战略。目标集聚战略是是同市场细分紧密关联的，通俗的说法就是市场定位。如果把经营战略放在针对某个特定的顾客群、某个产品链的一个特定区段或某个地区市场上，专门满足特定对象或者特定细分市场的需要，就是目标集聚。

目标集聚与上述两种基本战略不同，它是为特定的客户提供更为有效和更为满意的服务。所以，实施目标集聚战略的企业，可能在整个市场上并不占优势，但却能够在某一比较狭窄的范围内，要么在为特定客户服务时实现了低成本，要么针对客户的需要实现了差异化，还有可能在这一特定客户范围内低成本和差异化兼而有之。例如，近年来，随着我国农村改革的深入和市场经济的发展，一些县镇逐步形成了自己专一化经营的特色：河北安国县的中药材批发交易市场；山东寿光县的蔬菜批发交易市场；山东苍山县的大蒜批发交易市场；浙江温州市桥头镇的钮扣市场等，都已成为全国范围的颇有影响的专业市场。而这些地区的企业通过这种专一化经营获益匪浅。

大量的事实表明，企业应根据自己的情况，主要采取某一种类型的战略，并全力以赴，而不应当徘徊其间，丧失特色。

2．企业核心竞争力

企业除了要找寻到自己的基本战略外，还必须不断地发展自己。所谓战略就是要获取比竞争对手更为持久的竞争优势。企业持久竞争的源泉和基础在于核心能力。核心能力是在 1990 年由两位管理科学家哈默尔和普拉哈拉德在《哈佛商业评论》发表《企业核心能力》一文中提出的。他们认为"核心能力是组织内的集体知识和集体学习，尤其是协调不同生产技术和整合多种技术流的能力"。它的产生代表了一种企业发展的观点：企业的发展由自身所拥有的与众不同的资源决定，企业需要围绕这些资源构建自己的能力体系，以实现自己的竞争优势。一项能力是否能成为核心能力必须通过以下方面的检验。

（1）不是单一的技术或者能力，它是指某一组织内部一系列互补的技能和知识的结合，它具有使一项或多项业务达到竞争领域一流水平的能力。

（2）不是物理性资产，核心能力更多表现在专用性资产、组织结构、企业文化、积累知识等隐性和动态要素方面。

（3）核心能力特别有助于实现顾客所特别看重的价值，一项能力之所以是核心的，它给消费者带来的好处应是关键的。

（4）核心能力必须是企业独具的或者比任何竞争对手胜出一筹的，并且竞争对手难以模仿和替代的。

（5）核心能力必须具备延展性，他是企业向新市场延展的基础，企业可以通过核心能力的延展而创造出丰富多彩的产品。

企业核心能力是企业的整体资源，它涉及企业的技术、人才、管理、文化和凝聚力等各方面，是长期积淀而形成的能力，深深扎根于企业之中，是企业各部门和全体员工的共同行为。

【延伸阅读】

惠普之道：惠普核心竞争力

2002 年 5 月份惠普与康柏总值 236 亿美元的合并计划获得通过，在这个 IT 业最大的并购事件发展过程中，我们听到的最强有力的声音就是来自惠普前董事会主席兼执行副总裁 DickHackborn

的声明："在 Carly 的领导下，新惠普将仍然是改革创新的领导者，秉承以信任、团队精神、责任感及奉献精神为核心的企业文化。"

惠普公司由戴维·帕卡德（David Packard）和威廉·休利特（William Hewlett）于1939年创立，迄今已经有64年的历史，公司从538美元的资产发展成为现在拥有564亿美元资产、874亿美元年营业额的新惠普。惠普能够基业长青，主要在于著名的惠普之道（HP Way）。1957年惠普公司上市，就在这一年，休利特和帕卡德确立了一系列的公司宗旨和价值观。最初的宗旨共有6个（利润、顾客、业务领域、发展、职工和公民义务），其基本核心是"客户第一，重视个人，争取利润"。这些宗旨后来经过多次修改，并制定许多具体规划和实施办法，最终形成了被业界誉为"惠普之道（HP Way）"的惠普文化。什么是惠普之道？正如 Bill Hewlett 在《惠普之道》中指出的："这是由一种信念中衍生出来的政策和行动，这种信念是：相信任何人都在工作中追求完美的创造性，只要赋予他们适宜的环境，他们一定能成功。"所以惠普总是尽力营造宽松的氛围，管理层人员给每一个员工轻松、自我发展的机会，在管理领域做出最大的成绩。这是一种与人为善的价值观，她期望我们的员工能在工作中不断地发挥创造性和灵活性，不断地追求，鼓励他们做出卓越的奉献和成就。任何一个大型企业都不能靠个人的努力获得成功，因此要有很强的团队精神。惠普价值观还包括最重要的两点：一是信任和尊重个人，给员工自行做出决定的权利；还有一点就是员工首先要成为诚实正直的人，惠普公司在商业活动中始终遵循商业道德。每个员工进入公司都要受企业道德的宣传和教育，若在工作中出现了违反商业道德或职业道德的行为，会受到除名的惩罚。

在激光打印机的王国里有这样一个神话——"惠普现象"。HP 在中国激光打印机市场上"一枝独秀"的局面已持续多年。近年来，虽然有联想、方正、实达等国内厂商及 Lexmark、Xerox、Epson、Canon 等国际强手奋力冲击中国激打市场，但都没有从根本上撼动 HP 在市场上的垄断地位，其市场占有率一直居高不下。在激光打印机这样一个相对成熟稳定、竞争激烈的市场里，惠普一家的市场占有率居然达到了50%以上，比第二名足足高出5倍。这在其他行业几乎是一件无法想象的事情。在性能、耗材和价格方面都没有明显优势的惠普打印机如何能占有如此大的市场份额？

"我们并没有什么秘密，惠普只是在企业的管理流程中，及时把握市场变化，时时刻刻为用户着想，踏踏实实地做事，并不断超越自己，培养了惠普打印独特的核心竞争力。简单说，就是依据以市场（用户）需求为中心制定一切策略的营销理念，不断创新技术和产品。"中国惠普市场总监高建华道出个中秘籍，"这个秘密是公开的，大家都理解，但行动才最重要。我们不仅做了，可能比别人做得更细腻、更好一点"。

"客户第一，重视个人，争取利润"，惠普文化的核心观念就这样被惠普的员工在每天的工作中体现出来，变成了惠普公司的行为方式和特点，并最终形成了惠普独特的核心竞争力，创造了打印机的惠普神话。

正如西北航空公司的创始人哈伯如所说的"文化无所不在，你的一切，竞争对手明天就可能模仿，但他们不能模仿我们的文化"。

可以说，惠普之道是惠普能够持续成功的源泉，也是这么多年使惠普能够不断超越自我的根本原因，惠普之道就是惠普的核心竞争能力。

（四）战略实施

战略实施可能是战略管理中最困难、最重要的部分。在目前的竞争环境中，人们越来越认识到战略制定和战略实施中协同作用的重要性。战略的制定和实施，需要远见卓识、直觉和雇员参与。战略实施涉及多种工具的应用。一旦战略已经确定，就需要运用领导、组织、信息和控制系统以及人力资源管理的手段来加以落实。

1. 领导

领导是一种影响组织成员的思想和行动的能力和过程。领导能力包括说服、激励下属，以及变革公司价值观念和文化的能力。管理者可以通过向员工发表演说、发布公告、建立共同体（联盟）以及说服等形式使中层管理人员及其他员工接受其远见卓识。如果管理者能够使员工参与决策，战略实施可能更加容易，因为员工已洞悉战略并愿意为执行战略作出许诺。本质上，领导就是激励雇员采取新的行动。对于公司的某些战略而言，其核心可能就是向雇员渗透新的价值观和态度。

2. 组织设计

组织设计始于组织结构图（用图的形式表示公司机构的全貌），它涉及管理者的职责、权利的分层以及部门的一体化。组织设计还涉及权限的下放程度、任务设计等等。

3. 控制系统

控制系统包括奖励制度、资源分配预算、信息系统以及组织的政策、程序、规则等。公司通过这些制度的变革推定战略的实施。

4. 人力资源

组织的人力资源就是雇员。公司运用招聘、选拔、培训、调任、提升以及解雇等手段来实现战略目标。例如，培训员工理解新战略的意图和重要性，提高职员所需的专业技能和绩效。有时，必须让原有的员工离开其岗位而代之于新的职员。

【延伸阅读】

决策的执行的思考[①]

有些时候，企业领导者会被这种问题困扰：企业决策正确，但执行不力，结果没有达到预期的效果。究竟是什么原因导致执行成了管理中的"黑洞"？

一、为"实施决策"决策

某个大型国有企业因经营不善导致破产，被另一家企业收购。厂里的人都在翘首盼望新东家能带来什么先进的管理方法。出乎意料的是，他们只派了几个人来，而且只抓了一件事：把以前制定的制度坚定不移地、无条件地执行下去。结果，不到一年，企业就扭亏为盈了。

由此看来，一些领导者应当改变认识上的误区，不要以为自己做出了正确的决策，就一定能收到预想的效果。决策目标只是表明企业的一种主观愿望，而如何采取一系列恰当方式来落实决策才是关键。

为此，决策者要在以下几个方面采取具体行动：

1. 明确由谁来负责落实决策。只有明确了谁来负责执行决策，以及决策实施的时间期限，决策的落实才有初步的保障。许多企业在实施决策中陷入困境，就是因为没有打好基础，没有重视这个最基本、最简单的事情。

---

① 资料来源：王鸿春. 重视决策的执行. 中外企业文化. 2007，8.

2. 向决策的执行者说明决策。有的领导者宣布完他们的构想后，就主观臆断大家能够领会并遵从。其实，许多决策执行失败的原因，往往就在于大家并不了解决策的目的和意义，也不了解执行决策的具体要求。

3. 领导者必须培养部属的执行力。决策应在组织的每一级中产生，而且最初应开始于普通员工和一线管理人员……因为通过这类决策训练，下属员工更能了解每个决策的意图和深层次含义，从而更能自觉地执行决策。

4. 对决策实施的情况及时进行监督检查。IBM 前总裁郭士纳有一句话："人们不会做你希望的，人们只会做你监督和检查的。"监督和检查是一个企业把决策真正落到实处的关键。

二、为决策的实施积蓄力量

珍妮·丹尼尔·德克在《变革之魂》中说："要想使公司发生变革的第一件事是，你必须有足够的力量。"落实一项好的决策，实现预订目标，领导者的能力、意志都很重要。没有强大的领导力，就不会有好的执行。

1. 领导者是决策执行中最重要的力量。领导者的基本任务应该是组织人力资源、制定和实施企业发展战略、推进企业运营。这三项任务实际是相对独立的三个流程。许多人认为领导者的任务就是制定企业远景和策略，而执行是下属的事，领导者授权就行了，不必亲力亲为。其实并不尽然。领导者只有置身于执行过程中，才能准确及时地预见决策目标的可行性，根据执行的情况及时调整，这样，决策达到目标的可能性就大了。

2. 保持沟通。在落实某项决策过程当中，很容易出现冲突和不协调的现象。因此，领导者要密切关注执行层的各种变化，保持沟通，及时解决问题。

3. 修正决策。即便在事先已征求了相关人士的意见，定期地对决策进行回顾和反思也非常重要。有研究表明，决策真正成功的比率只有三分之一；其余的三分之一既不能称作成功，也不是彻底失败，而是所谓的"平局"；另有三分之一则是失败。反思决策时，一定要像当初制定决策时一样认真，目的是使一个错误的或者较差的决策在对企业组织没有产生真正损害之前得到修正。

4. 搜集反馈意见。即使是最好的决策也会碰到波折、未曾预料的障碍以及各种意外事件。对决策的系统性反思，可以让领导者充分认识到自己的实力与不足。反馈机制本身也是决策的一个组成部分，应在决策过程中拟订出来。

三、推行民主决策，获得广泛支持

民主决策可以获得最有效的决策信息，从而使决策得到最大可能的支持。在西方国家，目前推进企业民主决策的主要办法有以下三个：

1. 推行职工持股制度。20 世纪 70 年代以来，美、英、日等国的企业推行了一种职工持股计划，建立起了职工持股制度。美国上世纪 80 年代中期实行职工持股的企业已发展到 8000 家，约 1000 万雇员参与了这项计划。据统计，美国 1989 年用于赎买企业股份的信贷总额为 12 亿美元，而 1998 年增至 18 亿美元，增长 50%。

2. 职工代表进入决策机构的制度。这是职工代表直接参与企业重大问题决策的一种民主管理形式，有些专家认为这是企业民主管理的高级形式。以德国监事会内的职工代表制最为典型。德国企业的监事会是公司的最高决策机构，其主要职责是：决定公司的基本政策；任免理事会成员；监督理事会工作；决定理事会成员报酬。监事会下设理事会，它是企业的执行机构，负责企业日常的经营管理工作。理事会对监事会负责。

3. 开展合理化建议。其基本精神是动员全体职工为搞好企业献计献策。职工处在生产、经营的第一线，对情况最了解。日本丰田公司的"建议制度"是最有名的。

第四节 目标管理

【开篇案例】

这家酒业公司怎么了

不久前，为最大限度节约成本，增加利润，金帝酒业公司决定在整个公司内实施目标管理，根据目标实施和完成情况，一年进行一次绩效评估。

事实上，他们在此之前为销售部门制订奖金系统时已经用了这种方法。公司通过对比实际销售额与目标销售额，支付给销售人员相应的奖金。这样销售人员的实际薪资就包括基本工资和一定比例的个人销售奖金两部分。

销售大幅度提上去了，但是却苦了生产部门，他们很难及时完成交货计划。因此，销售部总是抱怨生产部不能按时交货。于是，公司高层管理者决定为所有部门和员工建立一个目标设定流程。生产部门的目标包括按时交货和库存成本两个部分。

为了实施这个新的方法他们需要用到绩效评估系统。他们请了一家咨询公司指导管理人员设计新的绩效评估系统，并就现有的薪资结构提出改变的建议。他们付给咨询顾问高昂的费用修改基本薪资结构，包括岗位分析和工作描述。还请咨询顾问参与制订奖金系统，该系统与年度目标的实现程度密切相连。他们指导经理们如何组织目标设定的讨论和绩效回顾流程。总经理期待着很快能够提高业绩。

然而不幸的是，业绩不但没有上升，反而下滑了。部门间的矛盾加剧，尤其是销售部和生产部。生产部埋怨销售部销售预测准确性太差，而销售部埋怨生产部无法按时交货。每个部门都指责其他部门存在的问题。客户满意度下降，利润也在急剧下滑。

【思考问题】

本案例的问题可能出在哪里？为什么设定目标（并与工资挂钩）反而导致了矛盾加剧和利润下降？

一、目标管理的基本思想

正如百米运动员的目标是距离起跑点 100 米处一样，任何一个组织要有效地运用其有限的资源，首先必须明确其目标。没有明确的目标，整个组织的活动就是杂乱无章的，更无从评价管理的效率与效果。因此，目标对各个组织而言都起着非常重要的作用。

【延伸阅读】

10 公里的旅程

曾经有人做过这样一个实验：组织三组人，让他们沿着公路步行，分别向 10 公里外的三个村子行进。

甲组不知道去的村庄叫什么名字，也不知道它有多远，只告诉他们跟着向导走就是了。这个组刚走了两三公里时就有人叫苦了，走到一半时，有些人几乎愤怒了，他们抱怨为什么要大家走这么远，何时才能走到。有的人甚至坐在路边，不愿再走了。越往后人的情绪越低，七零八落，溃不成军。

乙组知道去哪个村庄，也知道它有多远，但是路边没有里程碑，人们只能凭经验估计大致要走两小时左右。这个组走到一半时才有人叫苦，大多数人想知道他们已经走了多远了，比较有经验的人说："大概刚刚走了一半的路程。"于是大家又簇拥着向前走。当走到四分之三的路程时，大家又振作起来，加快了脚步。

丙组最幸运。大家不仅知道所去的是哪个村子，它有多远，而且路边每公里有一块里程碑。人们一边走一边留心看里程碑。每看到一个里程碑，大家便有一阵小小的快乐。这个组的情绪一直很高涨。走了七、八公里以后，大家确实都有些累了，但他们不仅不叫苦，反而开始大声唱歌、说笑，以消除疲劳。最后的两三公里，他们越走情绪越高，速度反而加快了。因为他们知道，要去的村子就在眼前了。

上述实验表明，要想带领大家共同完成某项工作，首先要让大家知道要做什么，即要有明确的目标（走向那个村庄）；其次要指明行动的路线，这条路线应该是清楚的、快捷的（如路标），也就是说，要提出实现目标的可行途径，即实现目标的方案。这些是有效开展工作的前提。确定目标及实现目标的行动方案是目标管理的核心任务。

（一）目标的概念

所谓目标（goals）是指标示一个组织各项管理活动所指向的终点，每一个组织都应有自己的目标。尽管不同的组织目标各异，但有一点应当是共同的，这就是追求效益。也就是说，要以尽可能少的人力和其他资源投入来实现尽可能多的产出。如果一个组织不能始终做到这一点，也就会逐渐丧失自己的存在价值。所以，目标不仅是一个组织的基本特征，还表明一个组织存在的意义。

（二）目标的特点

1. 目标的差异性

目标的差异性主要体现在不同性质的组织目标有所不同，比如，服务性组织与有形产品生产组织、企业与事业组织，由于它们的组织宗旨不同，因此其组织目标也不同。企业更加注重营利，事业单位则不以营利为主要目标。即使是相同性质的组织，由于自身资源与外部环境不尽相同，其组织目标也可能会有所不同，如同一行业中的不同企业追求的目标就不完全相同。

2. 目标的多元性

不同的组织会有不同的目标，在同一个组织内部，不同的部门也会有不同性质的多个目标。组织目标的多元性，是组织为了适应内外部环境的要求而导致的必然结果。组织目标的多元性要求管理者要协调处理好各类目标之间的关系。彼特·德鲁克提出，凡是成功的企业都会在市场、生产力、发明创造、物质和金融资源、人力资源、利润、管理人员的行为、工人的表现和社会责任方面有自己的一定的目标，如表 2-15 所示。

表 2-15 德鲁克提出的经营成功的企业所包括的各种目标

目标性质	目标内容
市场方面	应表明本公司希望达到的市场占有率或在竞争中应占据的地位
技术改进与发展方面	对改进和发展新产品，提供新型服务内容的认识与具体措施
提高生产力方面	有效地提高原材料的利用，最大限度地提高产品的数量和质量
物质和金融资源方面	获得物资和金融资源的渠道及有效的利用
利润方面	用一个或几个经济指标表明希望达到的利润率
人力资源方面	人力资源的获得、培训和发展，管理人员的培养及个人才能的发挥
职工积极性发挥方面	发挥职工在工作中的积极作用，激励和报酬等措施
社会责任方面	注意本公司对社会产生的影响，说明对社会应尽的责任

3.目标的层次性

从组织的总战略目标到每一个部门、每一个员工的工作目标，组织目标往往要经过逐层的分解与细化，一般来说，组织有多少个管理层次，目标就会经过多少层的分解与细化。从最高层的战略目标，经过部门目标，最后形成岗位目标。从而使得抽象的目标具体化，并成为指导每一个组织成员工作的标准。

4.目标的可接受性

组织目标的实施和评价主要是通过组织内部人员和外部公众来实现的，因此，组织目标必须被他们理解并符合他们的利益。但是，不同的利益集团有着不同的甚至是相互冲突的目标，因此，组织在制订目标时一定要注意协调。另外，组织目标表述必须明确，有实际的含义，不至于产生误解，易于被组织成员理解的目标也易于被接受。表 2-16 是组织所面对的不同公众的利益需求。

表 2-16 组织所面对的不同公众的利益需求

组织所面对的公众	公众的利益需求	企业目标
股东	红利	利润
员工	待遇	人均收入
消费者	功能、质量	销售量、质量、品种
竞争者	市场、资源	占有率
社区	环境、贡献	捐赠、环保
政府	税收、守法	税款、法规
新闻机构	公开、形象	企业形象

5.目标的可检验性

为了对企业管理的活动进行准确的衡量，组织目标应该是具体的和可以检验的。目标必须明确，具体地说，应将在何时达到何种结果。目标的定量化是使目标具有可检验性的最有效的方法。但是，由许多目标难以数量化，时间跨度越长、战略层次越高的目标越具有模糊性。此时，应当用定性化的术语来表达其达到的程度，要求一方面明确组织目标实现的时间，另一方面需详细说明工作的特点。

特别是越往基层，目标应该越能定量化，这样才便于考核。这里的定量化包括："什么事""什么时间""完成多少"等。

6. 目标的挑战性

所谓目标的挑战性，主要体现在制定的目标要有一定的高度，即起点要高，要求要高，要有一定的难度，如果目标订得太低，员工不需要付出太大的努力就可达到，则不体现目标的挑战性，但目标的挑战性要视工作的性质和内容而定，并要充分考虑到员工能否完成，如果目标订得太高，员工们即使是付出了最大的努力也无法达到，那么员工唯一能做的就是放弃努力或干脆不干，反而会适得其反。所以正确的目标应该如同挂在树上的苹果，能得到，但必须付出努力，要跳一跳，甚至要借助于其他工具方可得到。有挑战、能实现的目标，其本身就是对员工最好的激励。

总结以上的几点，我们总结出一个合理的目标应该具备以下几个特征，即目标表述的 SMART 方法。

S：明确 Specific、可拓展 Stretching

M：可衡量 Measurable

A：能达到 Attainable、可接受 Accepted

R：有关联 Relevant、能记录 Recorded

T：可追踪 Traceable、有时限 Time-boun

【延伸阅读】

目标表述实例剖析

"实现利润最大化"：标准与期限不清，无法衡量考核。

"增加销售收入与销售量"：目标不单一，产品需求弹性不足时两目标有矛盾。

"2008 增加 15%的广告费支出"：广告费支出增加只是活动而不是目的。

"成为行业研究开发领域先驱及技术领先者"：范围太宽不明确而难以操作。

"成为行业中最盈利企业"：最盈利的标准与水平是什么？

（三）目标管理的由来

目标管理（Management By Objectives，缩写为 MBO）是 20 世纪 50 年代中期出现于美国，以泰罗的科学管理和行为科学理论（特别是其中的参与管理）为基础形成的一套管理制度。凭借这种制度，可以使组织的成员亲自参加工作目标的制订，实现"自我控制"，并努力完成工作目标。而对于员工的工作成果，由于有明确的目标作为考核标准，从而使对员工的评价和奖励做到更客观、更合理，因而可以大大激发员工为完成组织目标而努力。由于这种管理制度在美国应用得非常广泛，而且特别适用于对主管人员的管理，所以被称为"管理中的管理"。

彼得. F. 德鲁克对目标管理的发展和使之成为一个体系作出了重大贡献。1954 年，德鲁克在《管理的实践》一书中，首先提出了"目标管理和自我控制"的主张。之后，他又在此基础上发展了这一主张，他认为，企业的目的和任务，必须化为目标，企业的各级主管必须通过这些目标对下级进行领导，以此来达到企业的总目标。如果一个范围没有特定的目标，则这个范围必定被忽视，如果没有方向一致的分目标来指导各级主管人员的工作，则企业规模越大，人员越多时，发生冲突和浪费的可能性就越大。德鲁克的主张在企业界和管理学界产生了极大的影响，对形成和推广目标管理起了巨大的推动作用。

（四）目标管理的概念与特点

目标管理（MBO）：员工与管理者根据组织面临的形势和社会需要共同确定一定时期内组织经营活动所要达到的总目标，然后层层落实，要求各部门主管人员以至每个员工根据上级制定的目标和保证措施，形成一个目标体系，并把目标完成的情况作为各部门或个人考核的依据。简言之，目标管理是让组织的主管人员和员工亲自参加目标的制订，在工作中实行"自我控制"并努力完成工作目标的一种管理制度或方法。

目标管理的概念可以从以下几方面的特点来理解：

（1）目标管理是参与管理的一种形式。目标的实现者同时也是目标的制定者，即由上级与下级在一起共同确定目标。首先确定出总目标，然后对总目标进行分解，逐级展开，通过上下协商。制定出企业各部门、各车间直至每个员工的目标；用总目标指导分目标，用分目标保证总目标，形成一个"目标—手段"链。

（2）强调"自我控制"。大力倡导目标管理的德鲁克认为，员工是愿意负责的，是愿意在工作中发挥自己的聪明才智和创造性的；如果我们控制的对象是一个社会组织中的"人"，则我们应"控制"的必须是行为的动机，而不应当是行为本身，也就是说必须以对动机的控制达到对行为的控制。目标管理的主旨在于，用"自我控制的管理"代替"压制性的管理"，它使管理人员能够控制他们自己的成绩。这种自我控制可以成为更强烈的动力，推动他们尽自己最大的力量把工作做好，而不仅仅是"过得去"就行了。

（3）促使下放权力。集权和分权的矛盾是组织的基本矛盾之一，唯恐失去控制是阻碍大胆授权的主要原因之一。推行目标管理有助于协调这一对矛盾，促使权力下放，有助于在保持有效控制的前提下，把局面搞得更有生气一些。

（4）注重成果第一的方针，采用传统的管理方法，评价员工的表现，往往容易根据印象、本人的思想和对某些问题的态度等定性因素来评价。实行目标，由于有了一套完善的目标考核体系，从而能够按员工的实际贡献大小如实地评价一个人。目标管理还力求组织目标与个人目标更密切地结合在一起，以增强员工在工作中的满足感。这对于调动员工的积极性，增强组织的凝聚力起到了很好的作用。

【案例讨论】

管理困境：《犯人船》上的管理实践

18世纪英国探险家到达澳大利亚并宣布其为英国属地，正值大英帝国向世界各地殖民时期，当时英国普通移民主要是到美国，为了开发蛮荒的澳洲，政府决定将已经判刑的囚犯运往澳洲，这样既解决了英国监狱人满为患的问题，又给澳洲送去了丰富的劳动力。

将犯人从英国运送到澳大利亚的船运工作由私人船主承包，政府支付长途运输囚犯的费用。一开始英国私人船主向澳洲运送囚犯的条件和美国从非洲运送黑人差不多，船上拥挤不堪，营养与卫生条件极差，囚犯死亡率极高。据英国历史学家查理·巴特森写的《犯人船》一书记载，1790 年到 1792 年间，私人船主送运犯人到澳洲的 26 艘船共 4082 名犯人，死亡为 498 人，平均死亡率为 12%。其中一艘名为海神号的船，424 个犯人死了 158 个，死亡率高达 37%。

这么高的死亡率不仅经济上损失巨大，而且在道义上引起社会强烈的谴责。罪不至死的犯人在海上运输中实际上面对了一次死刑的审判煎熬。政府如何解决这个问题呢？

一种做法是进行道德说教，让私人船主良心发现，改恶从善，不图私利，为罪犯创造更好的生活条件，亦即寄希望于人性的改善。但是，在人们为了 300% 的利润而敢上断头台的年代里，企图以说教来改变人性，无异于缘木求鱼。私人船主敢于乘风破浪，冒死亡的风险把罪犯送往澳洲是为了暴利。他们尽量多装人，给最坏的饮食条件，以降低成本增加利润，都是无可厚非的理性行为。而且，私人船主之间也存在竞争，大家都在拼命压低成本，谁要大发善心，恐怕也无法在激烈的竞争中生存下去。在这种情况下，要把运送罪犯死亡率的下降寄希望于人的善良是毫无用处的。

另一种做法是由政府进行干预，强迫私人船主富有人性地做事，也就是政府对最低饮食和医疗标准立法，并派官员到船上监督执法。但是，官员到这样的船上执法本身就是一件苦差，随时面临海难风险，不给高薪无人肯干，而且，贪婪成性又有点海盗作风的船主对这些官员也是会威逼利诱。于是，与船主同流合污，成了执法官员的理性选择。因为很少有官员愿意冒着被中途杀害扔到海里还被诡称为暴病而亡的巨大风险。政府的干预在这种特殊的执法环境下彻底失效。

问题似乎很难解决了。实际上，当时政府只是简单改变了制度选择：不按上船罪犯人数付费，而按实际送达罪犯人数付费。据《犯人船》记载，1793 年新制度实施后，立竿见影。第一批执行新制度的 3 艘移民船运送的 422 名犯人中，只有 1 人死于途中。以后这种制度普遍实施，按实际送达澳洲的人数及其健康状况支付费用，甚至奖金，船上罪犯的死亡率也下降到了 1%～1.5%。

私人船主的人性没变，政府也不用专门立法或监督，只是改变一下付费制度，一切问题就都解决了。按上船人数付费，船主就拼命多装人，至于有多少人能活着到澳洲与船主无关，而且若不给罪犯吃饱，省下来的食物还可在澳洲卖掉再赚一笔。按实际送达人数付费，实到人数才至关重要，这时船主就不想方设法多装人了，而是要多给每个人一点生存空间，要让他们吃饱，还要配备医生，带点常用药，以保证他们在长时间海上生活后仍能活下来。

上述的实践告诉我们，我们的目标管理和制度设计，并不是通过目标的设置和绩效的考核来进行压制性的管理，这样只能把人推向制度的反面。目标管理和制度设计而是要从人的思想和动机出发去引导他做有利于社会的事，把组织的目标和个人的目标有效的结合起来，而不是使两者背离。

正如亚当·斯密在《国富论》中写道："在人类社会的大棋盘上，每个个体都有其自身的行动规律，和立法者试图施加的规则不是一回事。如果它们能够相互一致，按同一方向作用，人类社会的博弈就会如行云流水，结局圆满，但如果两者相互抵牾，那博弈的结果将苦不堪言，社会在任何时候都会陷入高度的混乱之中。"

二、目标管理的基本过程

由于各个组织活动的性质不同，目标管理的步骤可以不完全一样，但一般来说，可以分为以下四步：

（一）建立一套完整的目标体系

实行目标管理，首先要建立一套完整的目标体系。这项工作一般是从企业的最高主管部门开始的，然后由上而下地逐级确定目标。上下级的目标之间通常是一种"目的—手段"的关系；某一级的目标，需要用一定的手段来实现，这些手段就成为下一级的次目标，按级顺推下去，直到基层的作业目标，从而构成一种锁链式的目标体系。制订目标的工作如同所有其他计划工作一样，非常需要事先拟定和宣传前提条件。这是一些指导方针，如果指导方针不明确，就不可能希望下级主管人员会制定出合理的目标来。此外，制订目标应当采取协商的方式，应当鼓励下级主管人员根据基本方针拟订自己的目标，然后由上级批准。目标体系应与组织结构相吻合，从而使每个部门都有明确的目标，每个目标都有人明确负责。其基本目标体系实施步骤如图 2-18 所示。

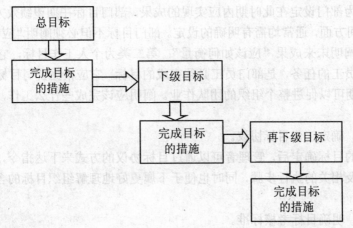

图 2-18　目标体系实施步骤

根据图 2-18 的描述，我们在应用目标管理的方法时，设定组织的目标主要采用以下的基本步骤：

（1）设定总体目标；

（2）提出完成总体目标的主要措施；

（3）下级部门分解总体目标；

（4）各部门提出实现目标的主要措施；

（5）部门把目标分解到个人；

（6）个人提出完成目标的主要措施；

（7）各级为各项目标设定测定标准。

那么在目标设定的过程中最重要的就是目标的分解，目标的分解要把握好两个重要的原则：

①组织的目标确立始于企业最高层直到组织机构的最低层和职位任职员工，并且必须和组织的总体战略保持高度的一致。

②主管分别与其每位下属员工共同讨论年度工作目标，达成共识，签订工作目标协议。

在两个原则的基础上，管理者要把目标进行有效的分解，其基本方法如下：

第一步，主管向下属说明团体和自身的工作目标。

第二步，下属草拟自己的工作目标，其基本要求是：

（1）工作目标必须有助于达到团体的工作目标；

（2）工作目标必须选自职责范畴；

（3）工作目标分解实施/行动计划。

第三步，主管与下属一起讨论工作目标，其基本要求是：

（1）分析工作条件/环境；

（2）工作目标必须有标准；

（3）工作目标必须有挑战性并可以达到。

其中组织中的工作目标分为两类：一类为部门工作目标，它通常以1年为期，根据公司目标为部门设定在此时期内应实现的成果。部门目标在期望绩效方面、重要成果方面、时间方面，通常均需有明确的设定。部门目标不但必须阐明"应该做什么？"而且还必须阐明未来成果"应该如何衡量"；第二类为个人工作目标，它是部门主管下达给部门员工的任务，是部门员工必须完成的目标，它应根据公司目标及部门目标来设定，以期可以促进整个组织的团队作业。阐明应该完成些什么工作，应于何时进行。

第四步，确定工作目标协议。

当组织的目标确定后，管理者可以通过目标协议的方式来下达指令，这样有利于明确责任人及相关的执行步骤，同时也便于下属更好地理解组织目标的含义，增强他们的认同感。

第五步，明确目标考核标准。

在目标进行有效的分解后，组织应该建立起一整套比较清晰的目标层次体系，基本体系如图2-19所示。

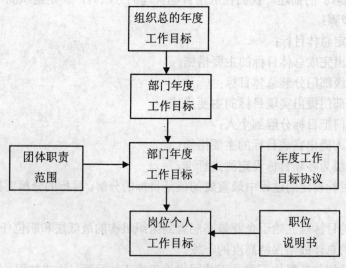

图2-19　组织目标层次体系

（二）组织实施

目标既定，主管人员就应放手把权力交给下级成员，而自己去抓重点的综合性管理。完成目标主要靠执行者的自我控制。如果在明确了目标之后，作为上级主管人员还像从前那样事必躬亲，便违背了目标管理的主旨，不能获得目标管理的效果。当然，这并不是说，上级在确定目标后就可以撒手不管了。上级的管理应主要表现在指导、协助。提出问题、提供情报以及创造良好的工作环境方面。

（三）检查和评价

对各级目标的完成情况，要事先规定出期限，定期进行检查。检查的方法可灵活地采用自检、互检和责成专门的部门进行检查。检查的依据就是事先确定的目标。对于最终结果，应当根据目标进行评价，并根据评价结果进行奖罚。经过评价，使得目标管理进入下一轮循环过程。

三、目标管理的优缺点

1. 目标管理的优点

目标管理作为一种行之有效的管理方法，受到国内外许多企业的青睐。

（1）通过目标管理，可使各项工作都有明确的目标与方向，从而避免了工作的盲目性，避免"磨洋工"和做无用功。

（2）目标管理调动了员工的主动性、积极性和创造性，同时由于强调自我控制、自主管理，并将个人利益与组织利益紧密联系在一起，因而提高了员工的士气。

（3）目标管理有助于实现有效控制，解决了控制中控制标准和控制手段等难点问题，使控制工作落到了实处。

（4）目标管理强调员工的参与，促进了上下级之间的关系改进与交流，改善了人际关系，有助于增强全体组织成员的团结合作精神与内部凝聚力。

2. 目标管理的缺点

在实际工作中，目标管理方法也存在一些问题，主要表现在：

（1）目标难以制订。因为目标的影响因素很多，若干个目标之间也难以平衡，而且目标的确定过程耗时耗力，使得组织内的许多目标难以定量化、具体化。因而在实际工作中，有的组织就走形式主义，草率从事，把目标管理变成了一种数字游戏。

（2）目标管理强调全体员工的共同参与，强调员工、部门、组织的协调一致；目标管理注重成果的考评，注重结果与奖惩的挂钩。因而容易使得部门、个人只关注自身目标的实现，而忽略相互协作与组织总体目标的实现，滋长本位主义和急功近利思想。

（3）不能按目标成果兑现奖惩。目标管理强调最终考核时要以目标的完成情况来对照奖惩协议给予相应的奖励或处罚。但是当完成的结果远远出乎预料时，比如，当员工超额完成目标时，管理者不愿多奖励；或者当员工未达到规定的目标时，碍于人情，惩罚措施也落不到实处。这样就会使目标管理流于形式。

因此，在实行目标管理法时，要注意：一是要建立、健全各项规章制度，改进领导作风和工作方法，使目标管理的推行建立在一定的思想基础和科学管理基础上；二是要长期坚持，常抓不懈，不断完善，使目标管理发挥预期的作用；三是要提高员工的职业道德水平，培养合作精神。同时要注意，开始实行目标管理时，目标方案的制订应尽可能完备，以保证事后奖惩的公正性。方案一旦确定，就应该具有严肃性，坚决执行，不能随意更改。

【综合案例】

某机床厂目标管理过程[①]

某机床厂从 1998 年开始推行目标管理。该厂首先对厂部和科室实施了目标管理。经过一段时间的试点后，逐步推广到全厂各车间、工段和班组。

第一阶段：目标制订阶段

1. 总目标的制订

通过内外分析，该厂提出了 200×年 "三提高" "三突破" 的总方针。即提高经济效益，提高管理水平和提高竞争能力；在新产品数目、创汇和增收节支方面要有较大的突破。在此基础上，该厂把总方针具体化、数量化，初步制订出总目标方案，并发动全厂员工反复讨论，最后由职工代表大会通过，正式制定出全厂 200×年的总目标。

2. 部门目标的制订

各部门的分目标由各部门和厂企业管理委员会共同商定，先确定项目，再制订各项目的指标标准。各部门的目标分为必考目标和参考目标两种。必考目标包括厂部明确下达目标和部门主要的经济技术指标；参考目标包括部门的日常工作目标或主要协作项目。其中必考目标一般控制在 2~4 项，参考目标项目可以多一些。目标完成标准由各部门以目标卡片的形式填报厂部，通过协调和讨论最后由厂部批准。

3. 目标的进一步分解和落实到个人

（1）部门内部小组（个人）目标管理，其形式和要求与部门目标制订相类似，拟订目标也采用目标卡片，由部门自行负责实施和考核。

（2）该厂部门目标的分解是采用流程图方式进行的。具体方法是：先把部门目标分解落实到职能组，职能组再分解落实到工段，工段再下达给个人。

第二阶段：目标实施阶段

1. 自我检查、自我控制和自我管理

目标卡片经主管副厂长批准后，一份存企业管理委员会，一份由制订单位自存。每一个部门、每一个人都有具体的、定量的明确目标，并对照目标进行自我检查、自我控制和自我管理。

2. 加强经济考核

虽然该厂目标管理的循环周期为一年，但该厂实行每一季度考核一次和年终总评定。

3. 重视信息反馈工作

（1）建立 "工作质量联系单" 来及时反映工作质量和服务协作方面的情况。尤其当两个部门发生工作纠纷时，厂管理部门就能从 "工作质量联系单" 中及时了解情况，经过深入调查，尽快加以解决。

（2）通过 "修正目标方案" 来调整目标。内容包括目标项目、原定目标、修正目标以及修正原因等，并规定在工作条件发生重大变化需修改目标时，责任部门必须填写 "修正目标方案" 提交企业管理委员会，由该委员会提出意见交主管副厂长批准后方能修正目标。

---

① 余敬，刁凤琴. 管理学案例精析. 北京：中国地质大学出版社，2006.

第三阶段：目标成果评定阶段

该厂采用了自我评价和上级主管部门评价相结合的做法，即在下一个季度第一个月的 10 日之前，每一部门必须把一份季度工作目标完成情况表报送企业管理委员会（在这份报表上，要求每一部门自己对上一阶段的工作做出恰如其分的评价）；企业管理委员会核实后，也给予恰当的评分；如必考目标为 30 分，一般目标为 15 分。每一项目标超过指标 3%加 1 分，以后每增加 3%再加 1 分。一般目标如果未完成但不影响其他部门目标完成的，扣一般项目中的 3 分，影响其他部门目标完成的则扣 5 分。加 1 分相当于增加该部门基本奖金的 1%，减 1 分则扣除该部门奖金的 1%。如果有一项必考目标未完成则扣至少 10%的奖金。

该厂在目标成果评定工作中深深体会到：目标管理的基础是经济责任制，目标管理只有同明确的责任划分结合起来，才能深入持久，才能具有生命力，达到最终的成功。

【思考问题】

1. 目标管理过程包括哪些环节？各环节的要点是什么？

2. 结合本案例，说明在目标管理实施过程中应注意什么？

3. 在总目标制订及其分解过程中，全员参与所起的作用有哪些？

4. 增加和减少员工奖金的发放额是实行奖惩的最佳方法吗？除此之外，你认为还有什么激励和约束措施？请分析之。

第三章 组 织

【开篇案例】

小宋的困惑

小宋毕业于国内某名牌大学的机电工程系，是液压机械专业方面的工学硕士。毕业以后，小宋到北京某研究院工作，其间因业绩突出而被破格聘为高工。

在我国科研体制改革大潮冲击下，小宋和另外几个志同道合者创办了一家公司，主要生产液压配件，公司的资金主要来自几个个人股东，包括小宋本人、他在研究院时的副手老黄，以及他原来的下属小秦和小刘。他们几个人都在新公司任职，老黄在研究院的职务还没辞掉，小宋、小秦、小刘等人则彻底割断了与研究院的联系。新公司还有其他几个股东，但都不在公司任职。

各人在公司的职务安排是，小宋任总经理，负责公司的全面工作，小秦负责市场销售，小刘负责技术开发，老黄负责配件采购、生产调度等。近年来公司业务增长良好，但也存在许多问题，这使小宋感到了沉重压力。

首先，市场竞争日趋激烈，在公司的主要市场上，小宋感受到了强烈的挑战。

其次，老黄由于要等研究院分房子而未辞掉在原研究院的工作，尽管他分管的一摊子事抓得挺紧，小宋仍认为他精力投入不够。

第三，有两个外部股东向小宋提建议，希望公司能帮助国外企业做一些国内的市场代理和售后服务工作。这方面的回报不低，这使小宋（也包括其他核心成员）颇为心动，但现在仍举棋不定。

第四，由于公司近两年发展迅速，股东们的收入有了较大幅度的增加，当初创业时的那种拼搏奋斗精神正在消退。例如，小宋要求大家每天必须工作满 12 小时，有人开始表现出明显的抵触情绪，勉强应付或者根本不听。

公司的业绩在增长，规模在扩大，小宋感到的压力也越来越大。他不仅感到应付工作很累，而且对目前的公司状况有点不知所措，不知该解决什么问题，该从何处下手。公司的某些核心成员也有类似的感觉。

【思考问题】

为使小宋的公司更上一个台阶并进入良性循环，你有何建议？

第一节　组织与组织设计

一、组织的概念

组织一词在我国古汉语中，原始的意义是编织的意思，即将丝麻织成布帛。
英文中的组织（organization），渊源于器官（organ），因为器官是自成系统的，具有特定功能的细胞结构。牛津大学辞典中的定义是："为特定目的所作的，有系统安排。"

从管理学的角度分析，组织有两种含义：一方面，组织是人类最一般的、常见的现象，如政府行政机构、军队、警察、工厂企业、公司财团、学校、医院、宗教党派、工会农会、学术行业等等组织，它代表某一实体本身。另一方面，组织是管理的一大职能，是人与人之间或人与物之间资源配置的活动过程。

1. 作为实体的"组织"（organization）

实际中的组织（organization）比比皆是，人们对组织认识的角度各有差别。组织之所以存在，是因为它能够满足人们在日常生活和社会生活中的种种需要，这些需要日益复杂化、多样化，仅仅通过孤立的个体活动无法自我满足，于是出现了人们的群体活动。在群体活动中，为了协调不同人的行为，就会按照一定的关系建立特定的规则。这种活动正式化、稳定化的结果就导致组织的出现。因此，组织是两个以上的人在一起为实现某个共同目标而协同行动的集合体。这个界定虽然简明，但也包含了任何一个组织的存在都必须具备的三个条件：

第一，组织是人的集合体。组织是由人组成的，同时组织活动也需要一定的物质资源。因此组织既是物质结构，又是社会结构。组织活动的资源配置是通过人来完成的，正是人群形成组织，没有人群便没有组织。

第二，组织是适应目标的需要。任何组织都有其基本的使命和目标，企业是为了生产产品、提供服务满足顾客需要。教育机构是为了培养人才，医院的存在是为病人提供健康服务的，等等。组织的使命和目标说明了组织存在的理由。

第三，组织通过专业化分工和协调来实现目标。组织的存在是由于有自身的使命和目标，这些使命和目标是社会所必需的，但单个人又不能完成的。为了完成自己的目标，组织必须开展实际的业务活动（统称作业工作）。由于专业化和分工是提高工作效率的根本途径，在每一类内部的功能和活动又会分解，每个人或群体负责做一些专门的工作。这样就把组织的目标、任务分解到各层次、部门、职位的工作，委托一定的群体、个人按照相应的规则去完成，从而形成组织的分工体系。

2. 作为活动过程的"组织"（organizing）

组织工作（organizing）作为一项管理职能是指在组织目标已经确定的情况下，将实现组织目标所必需进行的各项业务活动加以类组合，并根据管理宽度原理，划分出不同的管理层次和部门，将监督各活动所必需的职权授予各层次、各部门的主管人员，以及规定这些层次和部门间的相互配合关系。它的目的就是要通过建立一个适于组织成员相互合作、发挥各自才能的良好环境，从而消除由于工作或职责方面所引起的各冲突，使组织成员都能在各自的岗位上为组织目标的实现作出应有的贡献。

组织工作这个职能是由人类在生产劳动中需要合作而产生的，正如巴德所强调的那样，人类由于受到生理的、心理的和社会的种种限制，为了达到某种目的就必须进行合作，而合作之所以能有更高的效率、能更有效地实现某种目标，在多数情况下就是由于有了组织结构的缘故。因此，从组织工作的含义看，设计、建立并保持一种组织结构，基本上就是主管人员的组织工作职能的内容。具体来说，组织工作职能的内容包括以下四个方面：

第一，根据组织目标设计和建立一套组织机构和职位系统；

第二，确定职权关系，从而把组织上下左右联系起来；

第三，与管理的其他职能相结合，以保证所设计和建立的组织结构有效地运转；

第四，根据组织内外部要素的变化，适时地调整组织结构。

二、组织结构与组织设计

（一）组织结构的概念

管理学中的"组织结构"（Organization structure）指描述组织的框架体系。组织也是由结构来决定其形状。组织结构可以被分解为三种成分：复杂性、正规化和集权化。

复杂性（Complexity）指的是组织分化的程度。分工越细、组织层级越多、管理幅度越大，组织的复杂性就越高；组织的部门越多、分布越散，人员与事物之间的协调也就越难。

正规化（Formalization）是指组织依靠规则和程序引导员工行为的程度。组织中的规章条例越多，组织结构也就越正式化。

集权化（Centralization）考虑决策制定权力的分布。在一些组织中，决策是高度集中的；而在另外的一些组织中，决策权力被授予下层人员，这被称为分权化（Decentralization）。

（二）组织设计的原则

组织设计是管理学当中一个古老的问题，其实质是对管理人员的管理劳动进行横向和纵向的分工。管理劳动分工的必要性缘于管理者有效管理幅度的有限性。管理幅度决定了组织中的管理层次，从而决定了组织结构的基本形态。

在组织设计的过程中，还应该遵循一些最基本的原则，这些原则都是在长期管理实践中的经验积累，应该为组织设计者所重视。

1. 专业化分工原则

专业化分工是组织设计的基本原则。

20世纪初，亨利·福特（Henry Ford）通过建立汽车生产线而富甲天下，享誉全球。他的做法是，给公司每一位员工分配特定的、重复性的工作，例如，有的员工只负责装配汽车的右前轮，有的则只负责安装右前门。通过把工作分化成较小的、标准化的任务，使工人能够反复地进行同一种操作，福特利用技能相对有限的员工，每10秒钟就能组装出一辆汽车。

福特的经验表明，让员工从事专业化的工作，他们的生产效率会提高。今天，我们用专业化分工或劳动分工这类词汇来描述组织中把工作任务划分成若干步骤来完成的细化程度。

专业化分工的实质是：一个人不是完成一项工作的全部，而是把工作分解成若干步骤，每一步骤由一个人独立去做。就其实质来讲，工作活动的一部分，而不是全部活动。

20世纪40年代后期，工业化国家大多数生产领域的工作都是通过专业化分工来完成的。管理人员认为，这是一种最有效地利用员工技能的方式。在大多数组织中，有些工作需要技能很高的员工来完成，有些则不经过训练就可以做好。如果所有的员工都参与组织制造过程的每一个步骤，那么，就要求所有的人不仅具备完成最复杂的任务所需要的技能，而且具备完成最简单的任务所需要的技能。结果，除了从事需要较高的技能或较复杂的任务以外，员工有部分时间花费在完成低技能的工作上。由于高技能员工的报酬比低技能的员工高，而工资一般是反映一个人最高的技能水平的，因此，付给高技能员工高薪，却让他们做简单的工作，这无疑是对组织资源的浪费。

通过实行专业化分工，管理层还寻求提高组织在其他方面的运行效率。通过重复性的工作，员工的技能会有所提高，在改变工作任务或在工作过程中安装、拆卸工具及设备所用的时间会减少。同样重要的是，从组织角度来看，实行工作专门化，有利于提高组织的培训效率。挑选并训练从事具体的、重复性工作的员工比较容易，成本也较低。对于高度精细和复杂的操作工作尤其是这样。例如，如果让一个员工去生产一整架飞机，波音公司一年能造出一架大型波音客机吗？最后，通过鼓励专门领域中进行发明创造，改进机器，专业化分工有助于提高效率和生产率。

20世纪50年代以前，管理人员把专业化分工看做是提高生产率的不竭之源，或许他们是正确的，因为那时专业化分工的应用尚不够广泛，只要引入它，几乎总是能提高生产率。但到了60年代以后，越来越多的证据表明，好事做过了头就成了坏事。在某些工作领域，达到了这样一个顶点：由于专业化分工，人的非经济性因素的影响（表现为厌烦情绪、疲劳感、压力感、低生产率、低质量、缺勤率上升、流动率上升等）超过了其经济性影响的优势。

现在，大多数管理人员并不认为专业化分工已经过时，也不认为它还是提高生产率的不竭之源。他们认识到了在某些类型的工作中专业化分工所起到的作用，以及使用过头可能带来的问题。例如，在麦当劳快餐店，管理人员们运用专业化分工来提高生产和售卖汉堡包、炸鸡的效率。大多数卫生保健组织中的医学专家也使用专业化分工原则。但是，像奥迪康公司则通过丰富员工的工作内容，降低专业化分工程度而获得了成功。

【延伸阅读】

奥迪康公司（Oticon A/S）

奥迪康公司（Oticon A/S）是世界第三大助听器生产厂家。1987年，据公司下属的丹尼斯（Danish）工厂厂长拉斯（Larks Kolind）说，奥迪康公司又是世界上最保守、充满贵族气息的公司，"我们的办公室墙壁是硬木镶板墙，车库里有美洲虎汽车，公司等级制度森严"。但是，这种保守和僵化的组织结构导致了公司的衰落。仅1987年一年，奥帝康公司损失了4000万DKK（丹麦克朗，货币单位）。

奥迪康公司的竞争对手则实力雄厚，咄咄逼人。公司一位高级主管认为，"我们很难造出比SONY公司的数字式音响集成电路块更好的竞争产品，但我们必须创造出一些更好的东西"。管理层决定这些所谓"更好的东西"是指开发一种独特的组织结构，能给奥迪康公司提供其竞争对手不具备的灵活性。在所推行的改革中，包括工作再设计，缩减部门，创造灵活方便的工作空间。

今天，奥迪康公司的员工不再承担单一工作，他们可以从一系列不断变化的工作中自己选择，例如，一个工程师的基本职责是设计新颖的集成电路，同时，他还可以签约参加市场调查或编辑公司的业务通讯。现在公司由于实行兼职制，能够更充分地利用员工的多种技能，这在旧的组织结构中是做不到的。

奥迪康公司废除了公司总部一级的所有职能部门。公司废除了各种头衔，创立了一种没有上司和管理者的结构。取代部门和上司位置的是团队，他们为了共同的目标而努力工作。为了避免混乱，管理层保证使公司中每一位员工都了解公司的计划与战略安排。由于公司员工拥有共识，团结协作，管理层认为，公司员工的活动虽然独立进行，但他们保持一致和相互支持的机会大大增加了。

奥迪康公司的办公摆设发生了彻底的改变，现在每个人的工作空间完全相等，大家都没有固定的办公桌。每个人拥有一个便携式工作台——装在车轮上、带有抽屉的文件柜。需要某些人在一起工作时，项目团队便找来一些相邻的桌子，每个项目成员把自己的工作台移动到一张桌子上，这张桌子就成了他的"办公桌"。每张桌上都配有一台电脑，其中储备着一些必要的人事资料，并且能够提供电子邮件通信服务和公司的数据库。由于每位员工都持有移动电话，因此联系非常方便。

奥迪康公司公司总部分布着很多咖啡厅，柜台处是站着开会的场所，其原因如一位公司高级经营人员所说，"人站着的时候，不管思考还是工作，都能更好、更快、更灵活"。新型的组织结构给奥迪康公司带来了极大的灵活性。例如，它使新产品上市的时间缩短了一半。1992年，其销售额上升了13%，1993年则上升了23%；同时，1993年和1994年，公司利润居本行业之首。而且，员工们也很喜欢这种新的组织结构，尽管员工数量下降了15%，但态度调查表明，员工满意度居历史最高水平。

2. 统一指挥原则

统一指挥原则就是要求每位下属应该有一个并且仅有一个上级，要求在上下级之间形成一条清晰的指挥链。指挥链是一种不间断的权力路线，从组织最高层扩展到最基层，澄清谁向谁报告工作。它能够回答员工提出的这种问题："我有问题时，去找谁？""我对谁负责？"

个人只对一个上级汇报工作的原则贯彻得越彻底，在上级指示中发生矛盾的问题就越少，个人对最终成果的责任感也就越大。如果统一指挥原则遭到破坏，一个下属可能就不得不穷于应付多个主管不同命令之间的冲突或优先次序的选择。

不过，随着电脑技术的发展和给下属充分授权的潮流的冲击，现在，统一指挥原则的重要性大大降低了。现在一个基层雇员能在几秒钟内得到20年前只有高层管理人员才能得到的信息，过去只能由管理层作出的决策现在已授权给操作员工自己作决策。同样，随着计算机技术的发展，日益使组织中任何位置的员工都能同任何人进行交流，而不需通过正式渠道。而且，随着自我管理团队、多功能团队和包含多个上司的新型组织设计思想的盛行，指挥链的维持越来越无关紧要了。当然，许多组织仍然认为通过强化指挥链可以使组织的生产率最高，但今天这种组织越来越少了。

3. 控制幅度原则

控制幅度原则是指每一个管理职务有效地管理下属的人数是有限度的，但是确切的数目则因情况与要求的不同，以及对有效管理时间要求的影响而异。

一个主管可以有效地指导多少个下属？这种有关控制幅度的问题非常重要，因为在很大程度上，它决定着组织要设置多少层次，配备多少管理人员。在其他条件相同时，控制幅度越宽，组织效率越高，这一点可以举例证明。

假设有两个组织，基层操作员工都是 4096 名，如果一个控制幅度为 4，另一个为 8，那么控制幅度宽的组织比控制幅度窄的组织在管理层次上少两层，可以少配备800 人左右的管理人员。如果每名管理人员年均薪水为 40 000 美元，则控制幅度宽的组织每年在管理人员薪水上就可节省 3 200 万美元。显然，在成本方面，控制幅度宽的组织效率更高。但是，在某些方面宽幅度可能会降低组织的有效性，也就是说，如果控制幅度过宽，由于主管人员没有足够的时间为下属提供必要的领导和支持，员工的绩效会受到不良影响。

控制幅度窄也有其好处，把控制幅度保持在 5～6 人，管理者就可以对员工实行严密的控制。但控制幅度窄主要有 3 个缺点：第一，正如前面所指出的，管理层次会因此而增多，管理成本会大大增加。第二，使组织的垂直沟通更加复杂。管理层次增多也会减慢决策速度，并使高层管理人员趋于孤立。第三，控制幅度过窄易造成对下属监督过严，妨碍下属的自主性。

近几年的趋势是加宽控制幅度。例如，在通用电气公司和雷诺兹金属公司这样的大公司中，控制幅度已达 10～12 人，是 15 年前的 2 倍。汤姆·斯密斯是卡伯利恩公司（Co. Carboline）的一名地区经理，直接管辖 27 人，如果是在 20 年前，处于他这种职位的人，通常只有 12 名下属。

加宽控制幅度，与各个公司努力降低成本、削减企业一般管理费用、加速决策过程、增加灵活性、缩短与顾客的距离、授权给下属等的趋势是一致的。但是，为了避免因控制幅度加宽而使员工绩效降低，各公司都大大加强了员工培训的力度和投入。管理人员已认识到，自己的下属充分了解工作之后，或者有问题能够从同事那儿得到帮助时，他们就可以驾驭宽幅度的控制问题。

4. 权责对等原则

职责指担任该职位的人需要承担的责任和任务。在所有规范化管理的企业中，职责都是以岗位或职务的说明书的形式来加以记载和界定的。职权是指管理职位所固有的发布命令和希望命令得到执行的一种权力。职责和职权要对等，职责不可以大于或小于授予他的职权。组织中的每个部门和部门中的每个人员都有责任按照工作目标的要求保质保量的完成任务，同时，组织也必须委以之以自主完成任务所必须的权力。

职权分为三种形式，即直线职权、参谋职权和职能职权。

（1）直线职权。直线职权是指给予一位管理者指挥其下属工作的权力，也就是通常所说的指挥权。显然，每一管理层的主管人员都具有这种职权，只不过每一管理层次的功能不同，其职权的大小及范围不同而已。

（2）参谋职权。所谓参谋职权是指管理者拥有某种特定的建议权或审核权，可以评价直线方面的活动情况，进而提出建议或提供服务。

（3）职能职权。职能职权是指参谋人员或某部门的主管人员所拥有的原属直线主管的那部分权力。在纯粹参谋的情形下，参谋人员所具有的仅仅是辅助性职权，并无指挥权。但是，随着管理活动的日益复杂，主管人员仅依靠参谋的建议还很难做出最后的决定，为了改善和提高管理效率，主管人员就可能将职权关系作某些变动，把一部分原属自己的直线职权授予参谋人员或某个部门的主管人员，这便产生了职能职权。

职权与职责是相辅相成的，有职权就有职责。

现代社会，权责是统一的。职责是对使用权力最基本的要求，是使用权力者赖以存在的基础，是对权力的一种约束。如果有责无权，或者权力范围过于狭小，责任方就有可能会因为缺乏主动性、积极性或者他人的配合而导致无法履行责任，甚至无法完成任务；如果有权无责，或者权力不明确，权力人就可能不负责任地滥用权力，甚至助长官僚主义的习气，这势必影响到整个组织系统的健康运行。

5. 柔性经济原则

所谓组织的柔性，是指组织的各个部门、各个人员都是可以根据组织内外环境的变化而进行灵活调整和变动的。组织的结构应当保持一定的柔性以减小组织变革所造成的冲击和震荡。

组织的经济性是指组织的管理层次与幅度、人员结构以及部门工作流程必须设计合理，以达到管理的高效率。

组织的柔性与经济性是相辅相成的，一个柔性的组织必须符合经济的原则，而一个经济的组织必须使组织保持柔性。只有这样，才能保证组织机构既精简又高效，避免形式主义和官僚主义作风的滋长和蔓延。

（三）企业组织结构的形式

1. 直线制

直线制是一种最早也是最简单的组织形式。它的特点是企业各级行政单位从上到下实行垂直领导，下属部门只接受一个上级的指令，各级主管负责人对所属单位的一切问题负责。厂部不另设职能机构（可设职能人员协助主管人员工作），一切管理职能基本上都由行政主管自己执行。如图 3-1 所示。

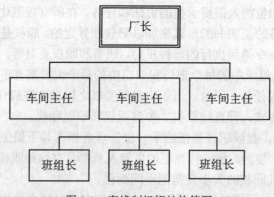

图 3-1　直线制组织结构简图

直线制组织结构的优点是：结构比较简单，责任分明，命令统一。缺点是：它要求行政负责人通晓多种知识和技能，亲自处理各种业务。这在业务比较复杂、企业规模比较大的情况下，把所有管理职能都集中到最高主管一人身上，显然是难以胜任的。因此，直线制只适用于规模较小，生产技术比较简单的企业，对生产技术和经营管理比较复杂的企业并不适宜。

2．职能制

职能制组织结构，是各级行政单位除主管负责人外，还相应设立一些职能机构。如在厂长下面设立职能机构和人员，协助厂长从事职能管理工作。这种结构要求行政主管把相应的管理职责和权力交给相关的职能机构，各职能机构就有权在自己业务范围内向下级行政单位发号施令。因此，下级行政负责人除了接受上级行政主管人员指挥外，还必须接受上级各职能机构的领导。如图 3-2 所示。

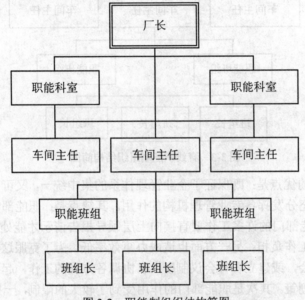

图 3-2　职能制组织结构简图

职能制的优点是能适应现代化工业企业生产技术比较复杂、管理工作比较精细的特点；能充分发挥职能机构的专业管理作用，减轻直线领导人员的工作负担。但缺点也很明显：它妨碍了必要的集中领导和统一指挥，形成了多头领导；不利于建立和健全各级行政负责人和职能科室的责任制，在中间管理层往往会出现有功大家抢，有过大家推的现象；另外，在上级行政领导和职能机构的指导和命令发生矛盾时，下级就无所适从，影响工作的正常进行，容易造成纪律松弛，生产管理秩序混乱。由于这种组织结构形式的明显的缺陷，现代企业一般都不采用职能制。

3．直线职能制

直线职能制，也称为生产区域制，或直线参谋制。它是在直线制和职能制的基础上，取长补短，吸取这两种形式的优点而建立起来的。目前，我们绝大多数企业都采用这种组织结构形式。这种组织结构形式是把企业管理机构和人员分为两类，一类是直线领导机构和人员，按命令统一原则对各级组织行使指挥权；另一类是职能机构和人员，按专业化原则，从事组织的各项职能管理工作。直线领导机构和人员在自己的职责范围内有一定的决定权和对所属下级的指挥权，并对自己部门的工作负全部责任。而职能机构和人员，则是直线指挥人员的参谋，不能对直接部门发号施令，只能进行业务指导。如图 3-3 所示。

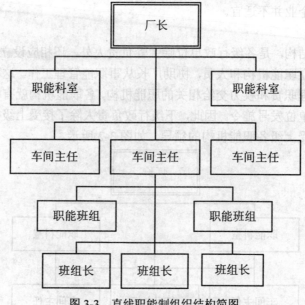

图 3-3　直线职能制组织结构简图

直线职能制的优点是：既保证了企业管理体系的集中统一，又可以在各级行政负责人的领导下，充分发挥各专业管理机构的作用。其缺点是：职能部门之间的协作和配合性较差，职能部门的许多工作要直接向上层领导报告请示才能处理，这一方面加重了上层领导的工作负担；另一方面也造成办事效率低。为了克服这些缺点，可以设立各种综合委员会，或建立各种会议制度，以协调各方面的工作，起到沟通作用，帮助高层领导出谋划策。其次是职能部门的作用受到了较大的限制，一些下级业务部门经常忽视职能部门的指导性意见和建议。

直线职能制一般在企业规模比较小、产品品种比较简单、工艺比较稳定、市场销售情况比较容易掌握的情况下采用。

4. 事业部制

事业部制最早是由美国通用汽车公司总裁斯隆于 1924 年提出的，故有"斯隆模型"之称，也称为"联邦分权化"，是一种高度（层）集权下的分权管理体制。它适用于规模庞大、品种繁多、技术复杂的大型企业，是国外较大的联合公司所采用的一种组织形式，近几年我国一些大型企业集团或公司也引进了这种组织结构形式。

事业部制是分级管理、分级核算、自负盈亏的一种形式，即一个公司按地区或按产品类别分成若干个事业部，从产品的设计、原料采购、成本核算、产品制造，一直到产品销售，均由事业部及所属工厂负责，实行单独核算，独立经营，公司总部只保留人事决策、预算控制和监督大权，并通过利润等指标对事业部进行控制。也有的事业部只负责指挥和组织生产，不负责采购和销售，实行生产和供销分立，但这种事业部正在被产品事业部所取代。还有的事业部则按区域来划分。产品事业部制如图 3-4 所示：

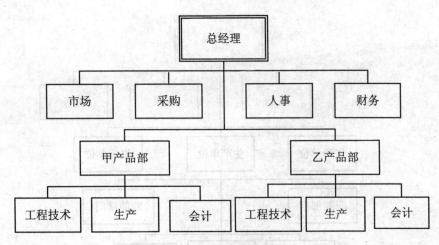

图 3-4　产品事业部结构简图

事业部型组织结构的优点是：（1）按产品或地区划分事业部后，总公司可以根据各个事业部的资料，对各产品和地区的情况有所了解，能够迅速作出反应。有利于公司的最高领导层摆脱日常行政事物，真正成为强有力的决策机构；（2）能加强公司所属各事业部领导人的责任心，充分调动他们搞好企业生产经营活动的积极性和主动性，增强企业生产经营活动的适应能力；（3）它有利于把联合化和专业化结合起来，一个公司可以经营种类很多的产品，形成大型联合企业，而每个事业部及其所属工厂，又可以集中力量生产某一种或几种产品，甚至也可以集中生产产品的某些零件，实现高度专业化；（4）每一个产品的地区事业部都是一个利润中心，总公司可以从每一个利润中心的盈亏而获知哪一个部门成绩较佳，每个事业部的负责人都要承担责任，容易调动积极性。

缺点是：容易使各事业部只考虑自己的利益，影响各事业部之间的协作；公司与各事业部的职能机构重叠，用人较多，费用较大。

5. 模拟分权制

这是一种介于直线职能制和事业部制之间的结构形式。

许多大型企业，如连续生产的钢铁、化工企业由于产品品种或生产工艺过程所限，难以分解成几个独立的事业部。又由于企业的规模庞大，以致高层管理者感到采用其他组织形态都不容易管理，这时就出现了模拟分权组织结构形式。所谓模拟，就是要模拟事业部制的独立经营、单独核算、而不是真正的事业部，实际上是一个个"生产单位"。这些生产单位有自己的职能机构，享有尽可能大的自主权，负有"模拟性"的盈亏责任，目的是要调动他们的生产经营积极性，达到改善企业生产经营管理的目的。需要指出的是，各生产单位由于生产上的连续性，很难将它们截然分开，就以连续生产的石油化工为例，甲单位生产出来的"产品"直接就成为乙生产单位的原料，这当中无需停顿和中转。因此，它们之间的经济核算，只能依据企业内部的价格，而不是市场价格，也就是说这些生产单位没有自己独立的外部市场，这也是与事业部的差别所在。如图 3-5 所示。

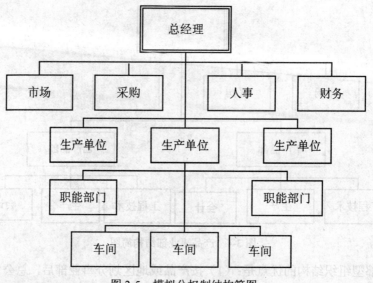

图 3-5　模拟分权制结构简图

　　模拟分权制的优点除了调动各生产单位的积极性外，就是解决企业规模过大不易管理的问题。高层管理人员将部分权力分给生产单位，减少了自己的行政事务，从而把精力集中到战略问题上来。其缺点是，不易为模拟的生产单位明确任务，造成考核上的困难；各生产单位领导人不易了解企业的全貌，在信息沟通和决策权力方面也存在着明显的缺陷。

　　6. 矩阵制

　　在组织结构上，把既有按职能划分的垂直领导系统，又有按产品（项目）划分的横向领导关系的结构，称为矩阵组织结构。如图 3-6 所示。

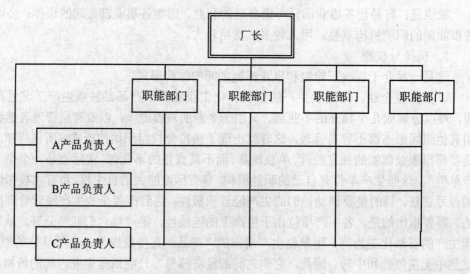

图 3-6　矩阵制结构简图

　　矩阵制组织是为了改进直线职能制横向联系差，缺乏弹性的缺点而形成的一种组织形式。它的特点表现在围绕某项专门任务成立跨职能部门的专门机构上，例如，组成一个专门的产品（项目）小组去从事新产品开发工作，在研究、设计、试验、制造各个不同阶段，由有关部门派人参加，力图做到条块结合，以协调有关部门的活动，保证任务的完成。这种组织结构形式是固定的，人员却是变动的，需要谁，谁就来，任务完成后就可以离开。项目小组和负责人也是临时组织和委任的。任务完成后就解散，有关人员回原单位工作。因此，这种组织结构非常适用于横向协作和攻关项目。

矩阵结构的优点是：机动、灵活，可随项目的开发与结束进行组织或解散；由于这种结构是根据项目组织的，任务清楚，目的明确，各方面有专长的人都是有备而来。因此在新的工作小组里，能沟通、融合，能把自己的工作同整体工作联系在一起，为攻克难关，解决问题而献计献策，由于从各方面抽调来的人员有信任感、荣誉感，使他们增加了责任感，激发了工作热情，促进了项目的实现；它还加强了不同部门之间的配合和信息交流，克服了直线职能结构中各部门互相脱节的现象。

矩阵结构的缺点是：项目负责人的责任大于权力，因为参加项目的人员都来自不同部门，隶属关系仍在原单位，只是为"会战"而来，所以项目负责人对他们管理困难，没有足够的激励手段与惩治手段，这种人员上的双重管理是矩阵结构的先天缺陷；由于项目组成人员来自各个职能部门，当任务完成以后，仍要回原单位，因而容易产生临时观念，对工作有一定影响。

矩阵结构适用于一些重大攻关项目。企业可用来完成涉及面广的、临时性的、复杂的重大工程项目或管理改革任务。特别适用于以开发与实验为主的单位，例如科学研究，尤其是应用性研究单位等。采用这种组织结构形式，选好项目负责人很重要。良好的项目负责人应该具备以下条件：

（1）具有选择、组织与领导不同技术人员成为一个有效工作组织的能力。

（2）对整个工程和产品所需的技术有全盘的了解。

（3）具有主持会议与沟通信息的能力。

（4）具有了解法律条文，可以与顾客磋商合约的能力。

（5）具有解决各组工作人员之间矛盾的能力。

（6）具有分析事物，提供简明扼要的资料给最高管理层决策采用的能力。

7．多维立体制

在矩阵组织结构的基础上再增加一些内容，就形成了多维立体组织结构。例如，在由产品和地区构成的矩阵组织结构的基础上，再增加按职能划分的管理机构，就构成了三维立体组织结构。多维立体型组织结构是由美国道康宁化学工业公司（Dow Corning）于1967年首先建立的。它是矩阵型和事业部制机构形式的综合发展，又称为多维组织。在矩阵制结构（即二维平面）基础上构建产品利润中心、地区利润中心和专业成本中心的三维立体结构。若再加时间维可构成四维立体结构。虽然它的细分结构比较复杂，但每个结构层面仍然是二维制结构，而且多维制结构未改变矩阵制结构的基本特征，多重领导和各部门配合，只是增加了组织系统的多重性。因而，其基础结构形式仍然是矩阵制，或者说它只是矩阵制结构的扩展形式。如图3-7所示。

这种结构形式由三方面的管理系统组成：

（1）按产品（项目或服务）划分的部门（事业部），是产品利润中心；

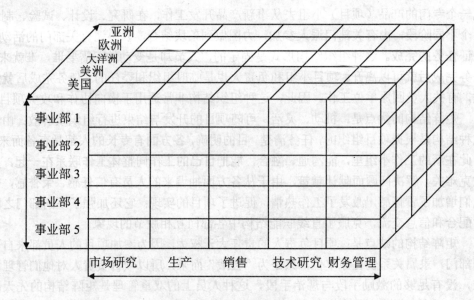

图 3-7　三维立体制组织结构

（2）按职能划分的专业参谋机构，是专业成本中心；

（3）按地区划分的管理机构，是地区利润中心。

在这种组织结构形式下，每一系统都不能单独做出决定，而必须由三方代表通过共同的协调才能采取行动。因此，多维立体型组织能够促使各部门从组织整体的角度来考虑问题，从而减少了产品、职能和地区各部门之间的矛盾。即使三者间有摩擦，也比较容易统一和协调。这种组织结构形式的最大特点是有利于形成群策群力、信息共享、共同决策的协作关系。这种组织结构形式适用于跨国公司或规模巨大的跨地区公司。

8．集团控股制

控股型组织，是在非相关领域开展多种经营的企业所常用的一种组织结构形式。集团控股型组织结构：通过企业之间控股、参股，形成由母公司、子公司和关联公司的企业集团。各个分部具有独立的法人资格，是总部下属的子公司，也是公司分权的一种组织形式。

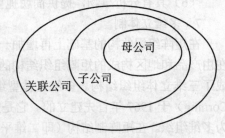

图 3-8　集团控股型组织结构

一些大公司超越企业内部边界的范围，在非相关领域开展多种经营，对各业务经营单位不进行直接管理和控制，只在资本参与的基础上进行持股控制和具有产权管理关系的结构形式。如图 3-8 所示。

对企业单位持有股权的大公司成为母公司：持股比例大于 50%为绝对控股；持股比例不足 50%但对企业经营决策发生实质性影响为相对控股；持股比例很低且对另一企业的生产经营没有实质性影响为一般参股。

母公司（或称集团公司）为集团核心企业。被母公司控制和影响的绝对和相对控股的企业为子公司，是集团紧密层；一般参股企业为关联公司，是集团半紧密层；通过长期契约和业务协作关系连接的协作企业为松散层。母公司凭借持股权向子公司派遣产权代表和董事、监事，通过在股东会、董事会、监事会中发挥积极作用来影响子公司经营决策。

集团控股制的优点是总公司对子公司具有有限的责任，风险得到控制；大大增加企业之间联合和参与竞争的实力。而缺点在于战略协调、控制、监督困难，资源配置也较难，缺乏各公司的协调，管理变得间接。

9．网络制

网络型组织结构是利用现代信息技术手段，适应与发展起来的一种新型的组织机构。

网络型组织结构是目前正在流行的一种新形式的组织设计，它使管理当局对于新技术、时尚，或者来自海外的低成本竞争能具有更大的适应性和应变能力。网络结构是一种很小的中心组织，依靠其他组织以合同为基础进行制造、分销、营销或其他关键业务的经营活动的结构。

在网络型组织结构中，组织的大部分职能从组织外"购买"，这为管理当局提供了高度的灵活性，并使组织集中精力做它们最擅长的事。

图 3-9 是管理当局将其经营的主要职能都外包出去的一种网络结构。该网络组织结构的核心是一个小规模的经理小组，他们的工作是直接监督公司内部开展的各项活动，并协调同其他制造、分销和执行网络组织的其他重要职能的外部机构之间的关系。图中的虚线代表这种合同关系。从本质上讲，网络型组织结构的管理者将大部分时间都花在协调和控制这些外部关系上。

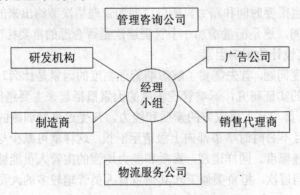

图 3-9　网络型组织结构图

网络型组织结构的优点在于极大地促进了企业经济效益实现质的飞跃：一是降低管理成本，提高管理效益；二是实现了企业全世界范围内供应链与销售环节的整合；三是简化了机构和管理层次，实现了企业充分授权式的管理。缺点是需要科技与外部环境的支持。

网络型组织结构并不是对所有的企业都适用的，它比较适合于玩具和服装制造企业。它们需要相当大的灵活性以对时尚的变化做出迅速反应。网络组织也适合于那些制造活动需要低廉劳动力的公司。

总之，各种组织结构形式都有其利与弊，企业究竟采用哪种形式，应该从实际出发。一般来说，选择企业组织结构形式，要考虑企业的目标、生产性质、规模大小、产品种类的多少，生产工艺特点以及市场大小等因素。

三、管理幅度与管理层次

管理幅度与管理层次是组织结构的基本范畴。管理幅度与管理层次是影响组织结构的两个决定性因素。幅度构成组织的横向结构，层次构成组织的纵向结构，水平与垂直相结合构成组织的整体结构。在组织条件不变的情况下，管理幅度与管理层次通常成反比例关系，即管理幅度宽，则管理层次少，反之亦然。

管理幅度与管理层次是进行组织设计和诊断的关键内容，组织结构设计，包括纵向结构设计和横向结构设计两个方面。纵向结构设计即管理层次设计，就是确定从企业最高一级到最低一级管理组织之间应设置多少等级，每一个组织等级即为一个管理层次。

（一）管理幅度

1. 管理幅度

管理幅度又称为管理跨度或管理宽度，指的是一名主管人员有效地监督、管理其直接下属的人数是有限的。当超过这个限度时，管理的效率就会随之下降。因此，主管人员要想有效地领导下属，就必须认真考虑究竟能直接管辖多少下属的问题，即管理幅度问题。超过管理幅度时，就必须增加一个管理层次。这样，可以通过委派工作给下一级主管人员而减轻上层主管人的负担。如此下去，便形成了有层次的结构。但是，上级主管人员减轻这份负担的同时，也带来了监督下一级主管人员怎样执行的工作负担，而监督也需要时间和精力。所以，增加管理层次节约出来的时间，一定要大于用于监督的时间，这是衡量增加一个管理层次是否合理的重要标准。

2. 管理幅度设计的影响因素

研究管理幅度问题，首先需要了解影响管理幅度的因素是什么？根据多位管理学家所进行的大量的实证研究，影响管理幅度的因素概括起来主要包括以下几个：

（1）主管人员与其下属双方的素质和能力。凡受过良好训练的下属不但所需的监督比较少，而且不必时时事事都向上级请示汇报，这样就可减少与其主管接触的次数，从而增大管理幅度。同样道理，素质和能力均强的主管人员能够在不降低效率的前提下，比在相同层次，担负类似工作其他主管人员管辖较多的人员而不会感到过分紧张。

（2）面对问题的种类。主管人员若经常面临的是较复杂、困难的问题或涉及方向性、战略性的问题，则直接管辖的人数不宜过多。反之，若主管人员大量面临的是日常事务，已有规定的程序和解决方法，则管辖的人数可以较多一些。

（3）工作任务的协调。工作任务相似及工作中需协调的频次较少，幅度可加大，组织层次也可减少。

（4）授权。适当的和充分的授权可以减少主管人员与下属之间接触次数和密度、节约主管人员的时间和精力，以及锻炼下属的工作能力和提其积极性。所以，在这种情况下，管辖的人数可适当增加。不授权、授权不足、授权不当或授权不明确，都需主管人员进行大量的指导和监督，因而管理幅度也不会大。

（5）计划的完善程度。事前有良好的计划，使工作人员都能明了各自的目标和任务，可减少主管人员指导及纠正偏差的时间，那么管辖的人数可以多一些，反之则不然。

（6）组织沟通渠道的状况。组织沟通渠道畅通，信息传递迅速、准确所运用的控制技术比较有效，对下属的考核制度比较健全，在这种情况下管理幅度可考虑加大一些。

此外，工作对象的复杂性、下属人员的空间分布，以及组织的稳定程度等因素也影响着管理幅度。

3．确定管理幅度的方法

确定管理幅度有两种方法：

（1）格拉丘纳斯的上下级关系理论。法国管理顾问格拉丘纳斯在一篇论文中分析了上下级关系后提出一个数学模型，用来计算任何管理幅度下可能存在的人际关系数。该理论区分了三种类型的上下级关系：直接的单一的关系、直接的多数关系和交叉关系。当管理幅度以算术级数增加时，主管人员和下属间可能存在的相互关系将以几何级数增加。因此，上下级相互关系的数量和频数减少，就能增加管理幅度。

【延伸阅读】

格拉丘纳斯经验公式：

$$C = n[2^{n-1} + (n-1)]$$

式中，C——可能存在的人际关系数；

n——管理幅度。

（2）变量依据法。这是洛克希德导弹与航天公司研究出的一种方法。该方法通过研究影响中层管理人员管理宽度的六个关键变量（职能的相似性、地区的相似性、职能的复杂性、指导与控制的工作量、协调的工作量和计划的量），把这些变量按困难程度排成五级，并加权使之反映重要程度，最后加以修正，从而提出建议的管辖人数标准值。

【延伸阅读】

变量依据法

①职能的相似性。指一名主管人员领导下的各部门或人员所执行的职能的异同程度。显然，下属职能相似程度高，则管理宽度可较大。

②地区的邻近性。指一位主管人员领导下的单位或个人在地理位置上的集中或分散程度。下属较为集中的，管理幅度可较大。

③职能的复杂性。指要完成的任务和要管理的部门的特点和工作性质的难易程度。

④指导与控制的工作量。它包括领导一方与被领导一方的工作能力、业务熟练程度、需要训练

的工作量、授权的多少，以及需要亲自关心的程度等。

⑤协调的工作量。指本单位与上级单位、同级单位之间，以及与下属各部门之间的协调配合所需花费的精力和时间。

⑥计划的工作量。指用来反映主管人员及其所在单位的计划工作职能的重要性、复杂性和时间要求。

在明确了决定管理幅度的变量依据之后，再将这些变量按困难程度分成五级，每级规定一个权数，表示影响管辖人数的重要程度。如表3-1所示。表中所列的权数是根据150个中层管理的实例得出的，这些权数具有一定的统计规律性。

表3-1 管理幅度诸变量对主管工作负担量

影响管理幅度的主要变量	工作量的级差与权数				
职能相似性	完全相同 1	基本相同 2	相似 3	基本不同 4	根本差别 5
地区临近性	完全在一起 1	同一办公楼 2	同一工厂办公楼不同 3	地区相同地点不同 4	不在同一地区 5
职能复杂性	简单工作 2	例行公事 4	稍微复杂 6	复杂多变 8	非常复杂而且多变 10
指导与控制工作量	管理训练工作量推广 3	管理工作量有限 6	适当的定期管理 9	经常持续管理 12	始终严密的管理 15
协调工作量	与他人关系较少 2	明确规定的有限关系 4	适当的便于控制的相互关系 6	相当密切的关系 8	相互间接触面广但又不重复的关系 10
计划工作量	规模与复杂性都很小 2	规模与复杂性有限 4	规模和复杂性中等 6	要求相当的努力有效政策指导 8	要求极大努力范围与政策均不明确 10

在此基础上，对若干个管理优秀的企业组织和对应的管理宽度进行分析，得出了一个由不同变量影响程度的权数总和所对应的建议管理宽度标准值表，供各级主管人员参照和对比，如表3-2所示。

表3-2 建议的管理幅度标准值表

管理幅度影响变量权数之和	22～24	25～27	28～30	31～33	34～36	37～39	40～42
建议的标准幅度	8～11	7～10	6～9	5～8	4～7	4～6	4～5

从上表可看出，权数总和越小，管理宽度越大，反之则越小。但是，需要注意表中尚有未考虑到的因素，诸如主管人员是否配备有助理或专员。

（二）管理层次

1. 管理层次

所谓管理层次，就是在职权等级链上所设置的管理职位的级数。当组织规模相当有限时，一个管理者可以直接管理每一位作业人员的活动，这时组织就只存在一个管理层次。而当规模的扩大导致管理工作量超出了一个人所能承担的范围时，为了保证组织的正常运转，管理者就必须委托他人来分担自己的一部分管理工作，这使管理层次增加到两个层次。随着组织规模的进一步扩大，受托者又不得不进而委托其他的人来分担自己的工作，依此类推，从而形成了组织的等级制或层次性管理结构。

从一定意义上来讲，管理层次是一种不得已的产物，其存在本身带有一定的副作用。首先，层次多意味着费用也多。层次的增加势必要配备更多的管理者，管理者又需要一定的设施和设备的支持，而管理人员的增加又加大了协调和控制的工作量，所有这些都意味着费用的不断增加。其次，随着管理层次的增加，沟通的难度和复杂性也将加大。一道命令在经由层次自上而下传达时，不可避免地会产生曲解、遗漏和失真，由下往上的信息流动同样也困难，也存在扭曲和速度慢等问题。此外，众多的部门和层次也使得计划和控制活动更为复杂。一个在高层显得清晰完整的计划方案会因为逐层分解而变得模糊不清失去协调。随着层次和管理者人数的增多，控制活动会更加困难，但也更为重要。

2. 管理层次的产生

当生产力十分低下，社会分工极其简单的时候，基本的生产劳动是个人的，计划、组织、实施、执行直至成果的享受，可能都是一个人。所谓的管理者也就是劳动者自己。随着生产力的进一步发展，人们的活动也复杂起来。

劳动的方式逐渐由个体向群体发展，一项工作往往需要有几个人一起做，有分工协作，这就出现了人与人之间的关系问题，出现了管理者与被管理者。

一开始，管理者与被管理者关系比较简单，管理者领导较多的人尚能有效实现目标。但随着生产力的发展，科技的进步，以及经济的增长，组织规模越来越大，管理者与被管理者的关系随之复杂化。为处理这些错综复杂的关系，管理者需要花费大量的时间和精力，而对于一个主管者来讲，其能力、精力和时间都是有限度的，例如，现代心理学研究定量证明：对于大多数人来说，同时思考两个以上问题时，思维效率将大大降低。因此，主管者要有效地领导下属，就必须考虑究竟能直接有效管辖多少下属的问题，即管理宽度问题。

3. 管理层次与管理幅度的关系

当组织规模一定时，管理层次和管理幅度之间存在着一种反比例的关系。管理幅度越大，管理层次就越少；反之，管理幅度越小，则管理层次就越多。这两种情况相应地对应着两种类型的组织结构形态，前者称为扁平结构，后者则称为锥型结构。一般来说，传统的企业结构倾向于锥型，偏重于控制和效率，比较僵硬。扁平结构则被认为比较灵活，容易适应环境，组织成员的参与程度也相对比较高。扁平结构与锥型结构各有利弊：

（1）扁平结构有利于缩短上下级距离，密切上下级关系，信息纵向流快，管理费用低，而且由于管理幅度较大，被管理者有较大的自主性、积极性、满足感，同时也有利于更好地选择和培训下层人员；但由于不能严密监督下级，上下级协调较差，管理宽度的加大，也加重了同级间相互沟通的困难。

（2）锥型结构具有管理严密、分工明确、上下级易于协调的特点。但层次增多，带来的问题也越多。这是因为层次越多，需要从事管理的人员迅速增加，彼此之间的协调工作也急剧增加，互相扯皮的事会层出不穷。管理次增多之后，在管理层次上所花费的设备和开支，所浪费的精力和时间也必然增加。管理层次的增加，会使上下的意见沟通和交流受阻，最高层主管员所要求实现的目标，所制定的政策和计划，不是下层不完全了解，就是上层传达到基层之后变了样。管理层次增多后，上层管理者对下层的控制变困难，易造成一个单位整体性的破裂；同时由于管理严密，而影响下级人员的主动性和创造性。因此，一般来说，为了达到有效，应尽可能地减少管理层次。

4. 管理层次的分工以及相互关系

在组织的纵向结构中，通过管理层次的划分，组织目标也随之作呈梯状的分化。因此，客观上要求每一管理层次都应有明确的分工。

一个组织中管理层次的多少，应具体地根据组织规模的大小，活动的点以及管理宽度而定。如前所述，一般来说，大部分组织的管理层次往往分为三层，即上层、中层、基层。

（1）对于上层来讲，其主要任务是从组织整体利益出发，对整个组织实行统一指挥和综合管理，并制订组织目标及实现目标的一些大政方针。

（2）中层的主要任务是负责分目标的制订、拟订和选择计划的实施方案、步骤和程序，按部门分配资源，协调下级的活动，以及评价组织活动成果和制订纠正偏离目标的措施等。

（3）基层的主要任务就是按照规定的计划和程序，协调基层员工的各项工作，完成各项计划和任务。美国 Sloan 管理学院提出一种叫做"安东尼结构"（Anthony Structure）的经营管理层次结构，该结构把经营管理分成三个层次，即战略规划层、战术计划层和运行管理层。这相当于我们上面所说的上层、中层、基层的划分法。这三个层次情况如表 3-3 所示。

表 3-3　经营管理层次

项目 \ 层次	战略规划层 上层	战术计划层 中层	运行管理层 基层
主要关心的问题	是否上马，什么时候上马	怎样上马	怎样干好
时间幅度	3～5 年	半年～2 年	周或月
视野	宽广	中等	狭窄
信息来源	外部为主，内部为辅	内部为主,外部为辅	内部
信息特征	高度综合	中等汇总	详尽
不肯定的冒险程度	高	中	低

从表 3-3 可看出，"安东尼结构"中的战略规划层考虑的是组织的全局性、方向性以及涉及与目标有关的大政方针问题，例如，一个项目要不要上马，什么时候上马

合适，这些都是一个组织中的最基本的决策问题。一旦决策失误，那么效率越高就意味着损失越大。战术计划层主要考虑的是在制定方针下怎样组织和安排，即要回答的是怎样上马的问题。而运行管理层关心的是怎样干好的问题，即具体实行计划、组织生产是他们的主要任务。

任何组织无论怎么划分其管理层次，各层次之间的相互关系总是一致的，即管理层次是自上而下地逐级实施指挥与监督的权力。较低层次的主管人员处理问题的权限由较高一级的主管人员给予规定。他必须对上级的决策作出反应，并且向他的上一级主管汇报工作。组织的上层管理在一般情况向更高一级的委派者负责。在西方国家，无论组织采取什么形式，上层主管只向业主或股东（代表）大会或董事会汇报工作。而在我国，尤其是在全民所有制性质的组织中，上层主管具有双重身份，既代表国家，又代表职工，因此，他必须向这个组织的上级管理机关以及职工代表大会汇报工作。随着社会主义市场经济体制的建立和完善，以及国有企业向现代企业制度的转变，这种情况将会有重大变化。

5. 管理层次的设计方法

管理层次设计一般可分为以下四个步骤进行：

（1）按照企业的纵向职能分工，确定基本的管理层次。首先，实行分散经营、分散管理的企业，总公司与分公司无疑是两个大的管理层次；总公司内部，有由主要领导人组成的战略决策层和由高层职能部门构成的专业管理层；分公司内部一般又分为经营决策层、专业管理层和作业管理层。这样，从总体上讲，共有 5 个基本的管理层次。如图 3-10 所示。

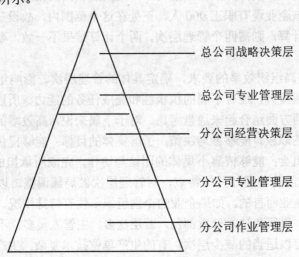

　　总公司战略决策层

　　总公司专业管理层

　　分公司经营决策层

　　分公司专业管理层

　　分公司作业管理层

图 3-10　五个基本管理层次（分散经营与管理的企业）

其次，在集中经营、集中管理的企业里，有的企业规模较小，技术简单，通常只要设置经营决策层、企业管理层和作业管理层三个层次就可以了。如图 3-11 所示。

（2）按照有效管理幅度推算具体的管理层次。假设某企业共有职工 900 人，有三个基本管理层次。中高层的管理幅度为 5～8 人；基层是 10～15 人。据以推算管理层次的过程如表 3-4 所示。

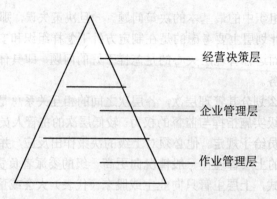

图 3-11　三个基本管理层次（集中经营与管理的企业）

表 3-4　管理层次与能够有效管理人数

管理层次	能够有效管理的人数	
	最少	最多
第一层	5	8
第二层	5×5=25	8×8=64
第三层	25×5=125	64×15=960
第四层	125×10=1250	——

　　由表中可以看出，当推算到第三层时，如果按照较大的幅度，能够有效管理的人数已达 960 人，该企业现有职工 900 人，正处在这个范围内，故设三个层次即可。但若按较小的幅度计算，则需四个管理层次。两个计算结果不一致，要通过下一步工作进行选择。

　　（3）按照提高组织效率的要求，确定具体的管理层次。影响组织效率的因素除了领导者的管理幅度外，还有下属的积极性和完成任务的能力。所以，确定具体的管理层次，应将这两方面结合起来通盘考虑。对于下属来说，高效率的组织应该是：下级有充分而明确的职权，能够参与决策，了解集体的目标；能够提供安全与地位，每个人都有发展的机会；能够依靠小集体的团结与协作，完成所承担的工作任务等等。

　　（4）按照组织的不同部分的特点，对管理层次做局部调整。以上所确定的管理层次，是就整个企业而言的。如果企业的个别组织单位有特殊情况，还应对其层次做局部调整，例如，科研和技术开发部门，若层次多、主管人员多，不利于发挥技术人员的创造性，就可以适当的减少层次。有的生产单位技术复杂，生产节奏快，人员素质又低，需要加强控制，在这样的条件下，适当增加层次则是必要的。

四、组织的发展趋势

（一）组织发展方向

　　近代组织有一个明显的变化趋势，即从常规企业向集团型和微型方向发展。究其原因，主要是市场竞争的结果。企业为了分散和减少风险，不得不联合起来，或干脆"以小卖小"，以充分发挥大企业和小企业的经营优势。

1．大企业的优势

第一，可以获得规模经济效益；

第二，可以充分发挥专业化管理的作用；

第三，可以实行多角化经营，将业务扩展到市场经济生活的各个领域，以增强势力，分散风险。

大型企业扩展的方向可以从三个方面考虑：

①横向扩展。其策略要点在于收购或兼并同类企业，其目的在于消除同行的竞争，提高自己的产品在市场上的占有率，以达到对市场的较好控制。此外，更可以集中资源，做更有效的运用。

②纵向扩展。其策略要点在于收购或兼并与业务有关的原料供应企业，或自己产品的分销企业。其目的在于确保原料充足和价格合理，利于市场拓销，可以稳定企业业务，有利于进行计划与协调工作。

③多元化扩展。这种扩展策略，其主要收购对象是与本身业务或行业毫无关联的企业，其目的在于将投资风险分散，将季节性波动的企业业务稳定下来，使企业的资源获得更佳的利用。

2．小企业的优势

第一，人员少而精，办事效率高；

第二，经营灵活，"船小调头快"，适应能力强；

第三，专业化程度高，有利于提高质量。

从现代微型企业的经营内容来看，小企业的发展有以下几种类型：

①科研型。即用自己的资金和设备进行产品研究和开发，并进行新产品经营。故也称为研究开发型小企业。一般来说，这类企业规模小，经营者既是股东，又是研究人员，年纪较轻，他们有专门的知识和技术，从事某一领域或某一方面的研究开发，目标明确，全力以赴。这种科技型企业经营者有旺盛的企业家精神，为达到自己的目的敢于冒险。这类企业往往发展速度很快，它们是新技术革命的开拓者。

②智力型。即指那些从事智力劳动，把为别人提供知识产品和知识服务作为主要经营内容的小企业。这类企业主要特点是人员少，智力高，资金少，产品中知识高度密集。

③物质产品型。即指那些以生产和经营某些零部件为主的微型企业。这类企业在现代微型企业中所占比重较大，它们拥有固定生产场所和专用设备，专业化程度非常高，其产品主要是为集团型大企业服务，因而它们对大企业有很大的依附性，但工艺先进，经营灵活，特点是产品更新速度快，对市场有很好的适应力。

④服务型。即指那些为物质生产部门和人们的物质、文化生活提供专门的劳务和产品，进行定向服务，满足某一方面特定要求的微型企业。现代社会对服务的要求越来越多样化，需要千千万万个企业提供多种多样的劳务和产品。这种服务型小企业集中在第三产业，它们是整个小型企业群体中的主要组成部分，经营范围非常广阔，企业形式也是形形色色、五花八门，为社会提供了非常广泛的就业机会。

⑤个体型。如果称之为企业，即是最小的微型企业。它们利用各种可以利用的时间和机会，以单个或几个人的形式，进行个体劳动，劳动场所可能就是自己的家。这

类企业的业主主要是一些大学生、工程师、教师、还有退休人员，它们主要从事一些咨询、中介、从事计算机的软件开发和新产品研究等以脑力劳动为主的活动。

（二）组织结构变化趋势

一个组织如果只保持今天的眼光，今天的优点和成就，必将丧失对未来的适应力。因为一切事物都在变化，维持现状，就不能在变化了的明天中生存。未来的企业组织如何变化，朝着什么方向变化，是人们关心和探索的问题。国内外许多有开拓精神的公司，都在对新的企业结构进行试验。

历来认为锥型结构的等级制度最有效，命令可以畅行无阻地层层下达，这是工业时代典型的企业管理形式。不过，这种管理系统依赖的条件是：现场要有大量精确的反馈，决策的性质大致相同。如果决策者面临的问题是重复性的，种类又不多，经理人员就能够收集到与它们有关的大量信息，而且能从以往的成败中积累有用的经验。

今天，森严的垂直等级制度正逐渐失效，因为它所依靠的两大根本条件已难以为继了。摆在决策者面前的问题，种类日见繁多，除了复杂的技术、经济决策外，政治、文化、社会责任也压得他们不胜其苦，而现场的反馈却越来越小。就绝对数量而言，领导部门从来没有掌握过这么多来自下层的信息，其数量之大，绝非一个经理能够吸收和处理。可是，与当前问题的规模和多样性相比，与越来越快的节奏相比，反馈又少得可怜。超工业革命大大分化了企业所处的经济、技术和社会环境，要求它更迅速地作出多种多样的反应。由于要求、机会和压力日益变化无常，从时间上讲，有关的信息更难逐级向上；或者说，最上层的领导更难以在任何一类问题上积累起大量的经验。上下之间的距离不单纯是层次过大或过多，还在于需要处理的数据种类越来越多了。

这样一来，就企业内部而言，决策的层次应该越来越低，才能见效。因此，公众参与势在必行。也就是说，企业管理权是从集中走向分散，企业的组织结构是从锥型走向扁平型。

一个良好的企业，必须有一个良好的组织结构。以著名的管理组织专家韦伯、法约尔等为代表，提出了建立良好的企业组织结构应遵循的一些原则，如严格的等级制度，命令和指挥的统一，合理的专业化分工，适当的控制幅度等，这种早期的原则实际上是建立锥型结构的原则。适合于一个相对稳定的外界环境。任何企业管理组织，总是要适应外界环境的要求、环境的变化，这就要求组织结构进行相应的变化，同时，企业管理组织结构也要适应经营战略的要求，为实现企业战略目标服务。现代企业的外界环境与以往传统企业的外界环境比较，发生了一系列变化，它形成了一系列新的特点，也加剧了现代企业外部环境的动态性、复杂性。企业为了求得自身的生存和发展，依据外界环境的变化和自身的条件，进行新的战略调整，环境发生更大变化，战略经营决策就要进行相应调整或重新决策。而且还要看到，现代企业经营的地理范围、产品范围扩大，形成跨地区、跨国界的经营，向世界发展。这样一来，过去那种锥型的管理组织结构就难以适应现代动态环境和经营的变化，必须寻找新的组织结构形式。扁平型组织结构就是在这种形势下产生的。

从国内外企业发展的情况分析，扁平型组织结构大体上有以下几种类型：

（1）分厂制代替总厂制。即把规模庞大、产品众多的企业，或按产品，或按生产工艺，或按销售方式，分解成若干个各自相对独立的分厂，享有相应的权力，总厂对分厂进行目标、计划等管理。分厂之间是平等的、横向联系的关系。

（2）分层决策制代替集中决策制。即各分厂或各独立经营的单位享有决策权，在总厂的整体目标指导下，按照自身的条件和特点进行决策，而不是由总厂进行包揽，改变过去那种集中统一的决策形式。

（3）以产品事业部代替职能事业部。实行事业部制，是从锥型向扁平型发展的一种重要形式。它是按计划、开发、生产、销售、财务等职能部门进行划分。现在，国外许多企业在这个基础上进一步发展，实行按产品划分，建立产品事业部。实行按产品来划分事业部，不仅让各产品事业部去管生产，而且管产品规划、研究开发、市场销售，并且加强各事业部的独立核算，这就使得各事业部具有更大的自主权。

（4）分散的利润中心制代替集中利润制。许多国家的企业把内部各部门按生产、销售特点划分为若干个利润中心，这种利润中心除承担一定利润任务外，可以依据自身情况进行独立的经营活动，成为一个相对独立的经营单位。这样，各个利润中心的建立，改变了过去那种只负责生产或销售，不负责盈亏，利润最后集中到企业总部才能反映经营的状况。

（5）研究开发人员的平等制代替森严的等级制。扁平型的组织结构还表现在企业内部研究开发人员与各级经营决策人员建立平等关系，可以在一起进行平等的、自由的讨论，而不是像锥型结构中等级森严，"官大一级压死人"。

随着现代企业管理组织结构的改革，还将出现许多不同形式的扁平型结构。我国的经济体制改革，从纵向管理体制上，就是要减少层次，改变政府包得太多，统的太死的现象，让企业在市场上成为独立的商品生产者和经营者，企业之间是平等交换关系，形成网络型管理。在企业内部，权力下放，建立分厂或成立事业部，划小核算单位，实行层层经济责任制，等等，这实际上也在改锥型结构为扁平型组织结构，有不少企业内部已形成了扁平型组织结构。

有人预测未来的企业组织可能有以下几个特点：① 组织将在一种动荡的环境中经营，组织必须经受住不断的变化和调整，从管理结构到管理方法都将是柔性的；② 组织规模日益扩大，日益复杂化，组织将需要采取主动适应型战略，以进行其动态自动调节过程而寻求新的状态；③ 科学家和专业人员的数量将增多，职工队伍素质不断提高，他们对组织的影响将不断扩大；④ 企业管理将重点放在说服而不是强迫职工参与组织的职能工作。

有人认为将来最有效的组织，不是官僚主义结构，而是可塑的"特别机构主义"。将来组织是由一些单元或组件构成，任务或目标完成后可以拆卸，甚至可以扔弃。构成组织的各单元之间并没有上下级关系，而只具有横向的联系。组织的决策也同产品和服务一样，即不是统一的和标准的，而是因时制宜的。

第二节　人力资源管理

一、人力资源管理过程

（一）什么是人力资源管理

人力资源管理是指企业运用现代管理方法，对人力资源的获取（选人）、开发（育人）、保持（留人）和利用（用人）等方面所进行的计划、组织、指挥、控制和协调等一系列活动，最终达到实现企业发展目标的一种管理行为。

人力资源管理的最终目标是促进企业目标的实现。阿姆斯特朗对人力资源管理体系的目标作出了如下规定：

（1）企业的目标最终将通过其最有价值的资源——它的员工来实现；

（2）为提高员工个人和企业整体的业绩，人们应把促进企业的成功当成自己的义务；

（3）制定与企业业绩紧密相连，具有连贯性的人力资源方针和制度，是企业最有效利用资源和实现商业目标的必要前提；

（4）应努力寻求人力资源管理政策与商业目标之间的匹配和统一；

（5）当企业文化合理时，人力资源管理政策应起支持作用；当企业文化不合理时，人力资源管理政策应促使其改进；

（6）创造理想的企业环境，鼓励员工创造，培养积极向上的作风；人力资源政策应为合作、创新和全面质量管理的完善提供合适的环境；

（7）创造反应灵敏、适应性强的组织体系，从而帮助企业实现竞争环境下的具体目标；

（8）增强员工上班时间和工作内容的灵活性；

（9）提供相对完善的工作和组织条件，为员工充分发挥其潜力提供所需要的各种支持；

（10）维护和完善员工队伍以及产品和服务。

（二）人力资源管理的内容

人力资源管理通常包括以下具体内容：

（1）职务分析与设计。对企业各个工作职位的性质、结构、责任、流程，以及胜任该职位工作人员的素质，知识、技能等，在调查分析所获取相关信息的基础上，编写出职务说明书和岗位规范等人事管理文件。

（2）人力资源规划。把企业人力资源战略转化为中长期目标、计划和政策措施，包括对人力资源现状分析、未来人员供需预测与平衡，确保企业在需要时能获得所需要的人力资源。

（3）员工招聘与选拔。根据人力资源规划和工作分析的要求，为企业招聘、选拔所需要的人力资源并录用安排到一定岗位上。

（4）绩效考评。对员工在一定时间内对企业的贡献和工作中取得的绩效进行考核和评价，及时做出反馈，以便提高和改善员工的工作绩效，并为员工培训、晋升、计酬等人事决策提供依据。

（5）薪酬管理。包括对基本薪酬、绩效薪酬、奖金、津贴以及福利等薪酬结构的设计与管理，以激励员工更加努力地为企业工作。

（6）员工激励。采用激励理论和方法，对员工的各种需要予以不同程度的满足或限制，引起员工心理状况的变化，以激发员工向企业所期望的目标而努力。

（7）培训与开发。通过培训提高员工个人、群体和整个企业的知识、能力、工作态度和工作绩效，进一步开发员工的智力潜能，以增强人力资源的贡献率。

（8）职业生涯规划。鼓励和关心员工的个人发展，帮助员工制订个人发展规划，以进一步激发员工的积极性、创造性。

（9）人力资源会计。与财务部门合作，建立人力资源会计体系，开展人力资源投资成本与产出效益的核算工作，为人力资源管理与决策提供依据。

（10）劳动关系管理。协调和改善企业与员工之间的劳动关系，进行企业文化建设，营造和谐的劳动关系和良好的工作氛围，保障企业经营活动的正常开展。

（三）人力资源管理的功能

现代企业人力资源管理，具有以下五种基本功能：

（1）获取。根据企业目标确定的所需员工条件，通过规划、招聘、考试、测评、选拔，获取企业所需人员。

（2）整合。通过企业文化、信息沟通、人际关系和谐、矛盾冲突的化解等有效整合，使企业内部的个体、群众的目标、行为、态度趋向企业的要求和理念，使之形成高度的合作与协调，发挥集体优势，提高企业的生产力和效益。

（3）保持。通过薪酬、考核，晋升等一系列管理活动，保持员工的积极性、主动性、创造性，维护劳动者的合法权益，保证员工在工作场所的安全、健康、舒适的工作环境，以增进员工满意感，使之安心满意的工作。

（4）评价。对员工工作成果、劳动态度、技能水平以及其他方面作出全面考核、鉴定和评价，为作出相应的奖惩、升降、去留等决策提供依据。

（5）发展。通过员工培训、工作丰富化、职业生涯规划与开发，促进员工知识、技巧和其他方面素质提高，使其劳动能力得到增强和发挥，最大限度地实现其个人价值和对企业的贡献率，达到员工个人和企业共同发展的目的。

（四）人力资源管理职责

人力资源管理职责是指人力资源管理者需要承担的责任和任务。加里·德斯勒在他所著《人力资源管理》一书中列举一家大公司人力资源管理者在有效的人力资源管理方面所负的责任，描述为以下十大方面：

（1）把合适的人配置到适当的工作岗位上；

（2）引导新雇员进入组织（熟悉环境）；

（3）培训新雇员适应新的工作岗位；

（4）提高每位新雇员的工作绩效；

（5）争取实现创造性的合作，建立和谐的工作关系；

（6）解释公司政策和工作程序；

（7）控制劳动力成本；

（8）开发每位雇员的工作技能；

（9）创造并维持部门内雇员士气；

（10）保护雇员的健康以及改善工作的物质环境。

（五）战略性人力资源管理

人力资源管理伴随着未来组织的网络化、灵活化、多元化和全球化趋势，在管理目标、管理职能、管理技术以及对管理人员的要求方面将会发生新的变化。在管理目标方面，未来的人力资源管理是战略性人力资源管理。

战略性人力资源管理，即围绕企业的战略目标而进行的人力资源管理。人力资源管理开始进入企业决策层，人力资源管理的规划和策略与企业经营战略相契合，不仅使人力资源管理的优势得以充分的发挥，更给企业的整个管理注入新的生机和活力。

战略性人力资源管理的特点主要体现在以下几个方面：

（1）在管理理念上，认为人力资源是一切资源中最宝贵的资源，经过开发的人力资源可以升值增值，能给企业带来巨大的利润。

（2）在管理内容上，重点是开发人的潜能，激发人的活力，使员工能积极、主动、创造性的开展工作。

（3）在管理形式上，强调整体开发，要根据企业目标和个人状况，为其做好职业生涯设计，不断培训，不断调整职位，充分发挥个人才能。

（4）在管理方式上，采取人性化管理，考虑人的情感、自尊与价值。

（5）在管理手段上，在人力资源信息系统等方面均由计算机自动生成结果，及时准确地提供决策依据。

（6）在管理层次上，人力资源管理部门处于决策层，直接参与企业的计划与决策。

二、工作分析与岗位设计

（一）工作分析

1．工作分析

工作分析也称为职位分析、岗位分析，工作分析的基本含义，是指采用一定的技术方法全面地调查和分析组织中各种工作的任务、职责等情况，并在这一基础上对各种工作的性质及特征做出描述，对担任各种工作所需具有的资格条件作出规定。

工作分析是人力资源管理工作的基础，其分析质量对其他人力资源管理模块具有举足轻重的影响。

通过对工作输入、工作转换过程、工作输出、工作的关联特征、工作资源、工作环境背景等的分析，形成工作分析的结果——职务规范（也称为工作说明书）。职务规范包括工作识别信息、工作概要、工作职责和责任，以及任职资格的标准信息，为其他人力资源管理职能的使用提供方便。

2．工作分析的方法

工作分析的方法大致分为以下几种：

（1）问卷调查法。问卷调查法是工作分析最主要的方法之一，调查内容包括工作任务、活动内容、工作范围、必需的知识技能等。由于问卷将直接反馈到人力资源部门，所以问卷的收集、分析等工作应该是保密的。同时，在问卷的格式上应尽量设计成单选式，尽量减少填充式内容。

这种方法的优点是费用低、速度快、调查范围广，而且能够规范化、数量化，有利于用计算机统计结果。缺点是问卷设计的水平高低直接影响调查结果，而且不容易了解调查对象的态度、动机等深层次信息。

（2）实地观察法。通过观察记录员工工作的流程和其他信息。在现场观察时，应尽量不引人注目，以保证观察的真实性。

运用该方法可以直观、全面地了解工作过程，所获得的信息比较客观准确。但实地观察法对脑力技能占主导的工作是不管用的，比如对财务分析人员的工作，光靠观察肯定并不能全面揭示这项工作的要求。

（3）面谈法。通常，工作分析人员先和员工面谈，帮助他们描述出自己履行的职责；然后再和直接管理者接触，检验从员工那里获得的信息是否准确。

这种方法易于控制，可获得更多的职务信息，适用于对文字理解有困难的人。该方法过程简单，但却能十分迅速地收集信息，并能通过与员工沟通后，缓解他们的工作情绪。不过缺点在于需要专门的技巧；比较费时、费力，工作成本高；被访者往往出于自身利益，有意无意地夸大或弱化某些职责，导致信息失真；工作分析人员的思维定势或偏见也会影响判断和提问。因此，该法不能单独使用，必须结合其他方法。

（4）工作日志法。可以让员工以工作日记的形式记录其日常工作活动，那么，这份日志就能很自然地揭示一项工作的全部内容。

采用此法所获取的信息可靠性较高。如，一个办公室主任的工作日志上可能按时间顺序写着请示、文件起草、文件签发、文件签收、布置工作、会议安排、对外联络、信访接待、内部协调等事项，一天的工作内容一目了然。但该方法同样要克服员工有意夸大工作重要性的问题，而且不适用于工作循环周期长、技术含量较高的专业性工作。

在实际工作分析中，通常会将以上几种方法结合使用。如，在分析事务性工作和管理工作时，可能会采用问卷调查法，并辅之以面谈和有限的观察。在研究生产性工作时，可能采用面谈和广泛的工作观察法。

3．工作分析的实施过程

（1）成立工作分析的工作组。工作组一般包括数名人力资源专家和多名工作人员，它是进行工作分析的组织保证。工作组首先需要对工作人员进行工作分析技术的培训，制订工作计划，明确工作分析的范围和主要任务。同时，配合组织做好员工的思想工作，说明分析的目的和意义，建立友好的合作关系，使员工对工作分析有良好的心理准备。

其次，工作组还需要确定工作分析的目标和设计职位调查方案。在一开始确定工作分析所获的信息的使用目的。信息的用途直接决定了需要收集哪些类型的信息，以及使用哪些方法来收集这些信息。在此基础上，工作组对信息调查方案进行设计，不同的组织有其特定的具体情况，可以采用不同的调查方案和方法。当然，如果能够把工作分析的任务和程序分解为若干工作单元和环节，那将更有利于工作分析的完成。

（2）收集与工作相关的背景信息。工作分析一般应该得到的资料包括：劳动组织和生产组织的状况、企业组织机构和管理系统图、各部门工作流程图、各个岗位办事细则、岗位经济责任制度等等。

（3）职位调查。职位调查是调查收集和工作相关的资料，为正确地进行编写职位说明书提供依据。

这个阶段的任务是根据调查方案，对组织的各个职位进行全方面的了解。收集有关工作活动、职责、工作特征、环境和任职要求等方面的信息。在信息收集中，一般可灵活地运用访谈、问卷、实地观察等方法来得到有关职位工作的各种数据和资料。职位调查是工作分析中十分必要的准备工作，它的真实程度以及准确性，直接关系到工作分析的质量。

（4）整理和分析所得到的工作信息。工作分析并不是简单机械地积累工作的信息，而是要对各职位的特征和要求做出全面说明，在深入分析和认真总结的基础上，创造性地揭示出各职位的主要内容和关键因素。

（5）编写职位说明书。职位说明书在企业管理中的作用非常重要，不但可以帮助任职人员了解其工作，明确其责任范围，还可为管理者的决策提供参考。一般而言，职位说明书由工作说明和工作规范两部分组成。工作说明是对有关工作职责、工作内容、工作条件以及工作环境等工作自身特性等方面所进行的书面描述；而工作规范则描述了工作对人的知识、能力、品格、教育背景和工作经历等方面的要求。当然，工作说明和工作规范也可以分成两个文件来写。

4．不同目标导向的工作分析侧重点

提高工作分析的效果与效率的方法之一是建立职位分析的目标导向，即指明确规定工作分析的具体目标及其成果的具体用途，以此作为构建整体职位分析系统的依据。不同目标导向的工作分析其强调的重点亦有所不同，如表 3-5 所示。

表 3-5　不同目标导向的工作分析侧重点

目标导向	工作分析的重点
以组织优化为导向的工作分析	强调对工作职责、权限的明确界定；强调将工作置于流程与战略分解体系中来重新思考该职位的定位；强调职位边界的明晰化
以人才甄选为导向的工作分析	强调对工作所需教育程度、工作经验、知识、技能与能力的界定，并确定各项任职资格要求的具体等级或水平
以薪酬为导向的工作分析	强调对与薪酬决策有关工作的评价性分析，包括职位在组织中的地位及对组织战略的贡献，工作所需要的知识、技能与能力水平，工作职责与任务的复杂性与难度，工作环境条件，工作负荷与强度的大小等
以绩效考核为导向的工作分析	强调对工作职责以及责任细分的准确界定，并收集有关各项职责与任务的重要程度、过失损害的信息，为考核指标的提取以及权重的确定提供基础
以培训开发为导向的工作分析	强调对工作典型样本、工作难点的识别；强调对工作中常见错误的分析；强调任职资格当中可培训部分的界定

（二）岗位设计

1．岗位设计的内涵

岗位设计是在工作分析的信息基础上，研究和分析工作如何做以促进组织目标的实现，以及如何使员工在工作中得到满意以调动员工的工作积极性。

岗位设计又称为工作设计，是指根据组织需要，并兼顾个人的需要，规定每个岗位的任务、责任、权力以及组织中与其他岗位关系的过程。它是把工作的内容、工作的资格条件和报酬结合起来，目的是满足员工和组织的需要。岗位设计问题主要是组织向其员工分配工作任务和职责的方式问题，岗位设计是否得当对于激发员工的积极性、增强员工的满意感以及提高工作绩效都有重大影响。

2．岗位设计的主要内容

岗位设计的主要内容包括工作内容、工作职责和工作关系的设计三个方面。

（1）工作内容。工作内容的设计是工作设计的重点，一般包括工作广度、深度、工作的自主性、工作的完整性以及工作的反馈五个方面：

第一，工作的广度。即工作的多样性。工作设计得过于单一，员工容易感到枯燥和厌烦，因此设计工作时，应尽量使工作多样化，使员工在完成任务的过程中能进行不同的活动，保持工作的兴趣。

第二，工作的深度。设计的工作应具有从易到难的一定层次，对员工工作的技能提出不同程度的要求，从而增加工作的挑战性，激发员工的创造力和克服困难的能力。

第三，工作的完整性。保证工作的完整性能使员工有成就感，即使是流水作业中的一个简单程序，也要是全过程，让员工能见到自己的工作成果，感受到自己工作的意义。

第四，工作的自主性。适当的自主权力能增加员工的工作责任感，使员工感到自己受到了信任和重视。认识到自己工作的重要，使员工工作的责任心增强，工作的热情提高。

第五，工作的反馈性。工作的反馈包括两方面的信息：一是同事及上级对自己工作意见的反馈，如对自己工作能力，工作态度的评价等；二是工作本身的反馈，如工作的质量、数量、效率等。工作反馈信息使员工对自己的工作效果有个全面的认识，能正确引导和激励员工，有利于工作的精益求精。

（2）工作职责。工作职责设计主要包括工作的责任、权力、方法以及工作中的相互沟通和协作等方面。

第一，工作责任。工作责任设计就是员工在工作中应承担的职责及压力范围的界定，也就是工作负荷的设定。责任的界定要适度，工作负荷过低，无压力，会导致员工行为轻率和低效；工作负荷过高，压力过大又会影响员工的身心健康，会导致员工的抱怨和抵触。

第二，工作权力。权力与责任是对应的，责任越大权力范围越广，否则两者脱节，会影响员工的工作积极性。

第三，工作方法。包括领导对下级的工作方法，组织和个人的工作方法设计等。工作方法的设计具有灵活性和多样性，不同性质的工作根据其工作特点的不同采取的具体方法也不同，不能千篇一律。

第四，相互沟通。沟通是一个信息交流的过程，是整个工作流程顺利进行的信息基础，包括垂直沟通、平行沟通、斜向沟通等形式。

第五，协作。整个组织是有机联系的整体，是由若干个相互联系、相互制约的环节构成的，每个环节的变化都会影响其他环节以及整个组织运行，因此各环节之间必须相互合作相互制约。

（3）工作关系。组织中的工作关系，表现为协作关系、监督关系等各个方面。

通过以上三个方面的岗位设计，为组织的人力资源管理提供了依据，保证事（岗位）得其人，人尽其才，人事相宜；优化了人力资源配置，为员工创造更加能够发挥自身能力，提高工作效率，提供有效管理的环境保障。

在 21 世纪，激励越来越受到管理者的重视，因为它是对员工从事劳动的内在动机的了解和促进，从而使员工在最有效率、最富有创造力的状态下工作。岗位设计直接决定了人在其所从事的工作中干什么、怎么干，有无机动性，能否发挥其主动性、创造性，有没有可能形成良好的人际关系等。优良的岗位设计能保证员工从工作本身寻得有意义与价值，可以使员工体验到工作的重要性和自己所负的责任，及时了解工作的结果，从而产生高度的内在激励作用，形成高质量的工作绩效及对工作高度的满足感，达到最佳激励水平，为充分发挥员工的主动性和积极性创造条件，组织才能形成具有持续发展的竞争力。

三、员工的招聘和培训

员工招聘是指按照企业经营战略规划的要求，把优秀、合适的人招聘进企业，把合适的人放在合适的岗位。组织需要招聘员工可能基于以下几种情况：新设立一个组织；组织扩张；调整不合理的人员结构；员工因故离职而出现的职位空缺等。

（一）企业在员工招聘中必须符合的要求

企业在招聘员工时必须符合以下几方面的要求：（1）符合国家有关法律、政策和本国利益；（2）公平原则；（3）在招聘中应坚持平等就业；（4）要确保录用人员的质量；（5）要根据企业人力资源规划工作需要和职务说明书中应职人员的任职资格要求，运用科学的方法和程序开展招聘工作；（6）努力降低招聘成本，注意提高招聘的工作效率。

【延伸阅读】

MBA 的第一课上什么？——未来经理人　诚信第一课

MBA 的第一课上什么？不是管理之道，也不是经营之术，而是"诚信"。昨天，复旦大学 MBA 新学员在他们开学伊始的培训活动中，喊出了"未来经理人，诚信第一课"的响亮口号。

复旦大学工商管理硕士项目主任苏勇接受记者采访时说，最近，美国发生了一系列的财会丑闻，"什么是职业经理人最重要的品质"，重新成为国内商界和学界共同关心的话题。复旦大学管理学院副院长吴立鹏表示，无数的实践都证明，我们的经济活动越来越需要诚信来支持，因此，对于经理人来说，诚信不仅是个人的优良品德，更是职业的需要。

据介绍，MBA 新学员要接受为期三天的室内培训和两天的野外拓展训练。记者看到，一些游戏在设计上有意识地融入了"诚信"这一主题。例如一种出牌游戏，出牌双方如果按照协议出牌，双方都能有较好的收益，一旦一方作弊，他能得高分，而对方吃亏，但在之后的出牌过程中，产生不信任的对方也开始作弊，最终两败俱伤。

苏教授说，玩过游戏后，学员会体会到，个人的信誉度影响到自己在团队中发挥的作用，进而影响到了团队的成败，这就如现实中的商业往来，在能力和诚信的天平上，诚信掌握着一票否决权。

来源：《新闻晨报》

【延伸阅读】

张亚勤：软件专业人才应具备四种素质

张亚勤自称是技术出身。他12岁进入中国科技大学少年班，是中国年纪最小的大学生，23岁完成的博士论文获美国乔治·华盛顿大学历史上唯一的满分，31岁获得电气和电子学领域全世界最高学术荣誉，成为IEEE100年历史上最年轻的院士。现任微软亚洲研究院院长、首席科学家。张亚勤每年都要到大学举行40～50场演讲，在教育部试办的35所示范性软件学院中，他兼任4所学院的名誉院长。

软件人才只要聪明就行吗？张亚勤的回答是否定的。他认为，软件专业的学生要具备四方面素质。

一是要掌握最简单的知识，因为软件理念是建立在基本模块上的。

二是要有团队合作精神，中国IT业有很多聪明年轻的人才，但团队合作精神不够，所以每个简单的程序都能编得很好，但编大型程序就不行了。微软开发Windows XP时有5000名工程师奋战了两年，有5000万行编码。软件开发需要协调不同类型、不同性格的人员共同奋斗，缺乏领军型的人才、缺乏合作精神是难以成功的。

三是要有激情，要热爱计算机、热爱软件。不热爱是难以坚持长久的。

四是要有长远的眼光和开放的心态，理解、跟踪全球的技术标准，而不是仅仅局限在中国。同时要学会和不同的人相处，这是一个人能否成功的关键。

（二）员工招聘的常用方法

常用的招聘方法有：面试、情景模拟、心理测试、劳动技能测试等。

1．面试

面试是测查和评价人员能力素质的一种考试活动。具体地说，面试是一种经过组织者精心设计，在特定场景下，以考官对考生的面对面交谈与观察为主要手段，由表及里测评考生的知识、能力、经验等有关素质的一种考试活动。

面试是公司挑选职工的一种重要方法。面试给公司和应招者提供了进行双向交流的机会，能使公司和应招者之间相互了解，从而使双方都可更准确做出聘用与否、受聘与否的决定。

"精心设计"使面试与一般性的交谈、面谈、谈话相区别。"在特定场景下"使面试与日常的观察、考察等测评方式相区别。日常的观察、考察，虽然也少不了面对面的观察与交谈，但那是在自然场景下进行的。"面对面地观察、交谈等双向沟通方式"，不但突出了面试"问""听""察""析""判"的综合性特色，而且使面试与一般的口试、笔试、操作演示、背景调查等人员素质测评的形式也区别开来了。

面试的具体形式包括个别面试、小组面试和成组面试。

2. 情景模拟

情景模拟法是美国心理学家茨霍恩等首先提出的。

所谓情景模拟就是指根据被试者可能担任的职务,编制一套与该职务实际情况相似的测试项目,将被试者安排在模拟的、逼真的工作环境中,要求被试者处理可能出现的各种问题,用多种方法来测评其心理素质、潜在能力的一系列方法。它是一种行为测试手段。由于这类测试中应试者往往是针对一旦受聘可能从事的工作做文章,所以也被称为"实地"(intray)测试。面试官将为他们提供一种有代表性的模拟情况,需要他们完成应聘岗位上的典型任务,然后对其工作质量进行分析。

情景模拟假设解决方法往往有一种以上的方法,而且测评主要是针对被试者明显的行为以及实际的操作,另外还包括两个以上的人之间相互影响的作用。一般情况下,这种测试有时间限制。应试者必须对要做的工作安排轻重缓急,然后在规定的时段内完成尽可能多的任务。

情景模拟需要了解组成工作重要方面的子工作。因此,需要对工作进行调查研究。方法大致有在职面谈和关键事件法两种。

情景模拟可以包括许多内容,但它主要的内容有公文处理、与人谈话、无领导小组讨论、角色扮演以及即席发言等。

3. 心理测试

所谓心理测试就是通过一系列的科学方法来测量被评者的智力水平和个性方面差异的一种科学方法。心理测试的内容包含能力测试、人格测试和兴趣测试。

4. 劳动技能测试

对应聘人员所应聘的职位所需的劳动技能进行测试,包括专业知识测试、操作技能考查等。

(三)员工招聘的来源

根据招聘员工的来源,可以把员工的选拔分为内部选拔和外部招聘。

1. 内部选拔

内部选拔是指对企业内部员工按其具备的胜任力进行合理的岗位配置。内部选拔是人员选拔的方法之一,与之相对应的是外部选拔。

内部选拔在大规模企业比较常见,这种方式的特点是费用极少,能极大地提高员工士气,申请者对公司相当了解,适应公司的文化和管理,能较快进入工作状态;而且可以在内部培养出一人多能的复合型人才。

(1)内部选拔的类型。在企业中,内部选拔是经常发生的,当一个岗位需要招聘时,管理人员首先想到的是内部选拔是否能解决该问题。内部选拔有两种类型:

① 内部提升:当企业中有些比较重要的岗位需要招聘人员时,让企业内部的符合条件的员工从一个较低级的岗位晋升到一个较高级的岗位的过程就是内部提升。

内部提升应遵循以下原则:

第一,公开、公平、公正;

第二,任人唯贤;

第三,有利于调动大部分员工的积极性;

第四，有利于提高生产率。

② 内部调用：当企业中需要招聘的岗位与员工原来的岗位层次相同或略有下降时，把员工调到同层次或下一层次岗位上去工作的过程称之为内部调用。

内部调用应遵循以下原则：

第一，尽可能事前征得被调用者的同意；

第二，调用后更有利于工作；

第三，用人之所长。

（2）内部选拔的优缺点。内部选拔的主要优点是：

① 内部提升给员工提供发展空间和上升机会，有利于增强企业凝聚力，留住人才；而内部调用使员工得到更多的锻炼机会，了解企业更多的业务，增加更多的技能，是培养人才的一种有效手段，是内部提升前的准备。

② 有利于激励员工奋发向上；

③ 较易形成企业文化；

④ 人员熟悉，降低部分用人风险；

⑤ 员工对新岗位容易熟悉，可缩短适应期；

⑥ 费用低廉，手续简便。

其主要缺点是：自我封闭，不易吸收优秀人才，不易吸收优秀文化，不利于创新，有可能使企业缺少活力。一句话，具有近亲繁殖的一切缺点。另外还可能影响员工的工作积极性。

2. 外部招聘

外部招聘是指将外部具有企业需要的胜任力的人招聘进来并安置在合适的位置上。

（1）外部招聘的目的

① 补充初级岗位。

② 获取现有员工不具备的技术。

③ 获得能够提供新思想的并具有不同背景的员工。

④ 解决组织现有人力资源的不足。

⑤ 为组织发展储备人才。

（2）外部选拔的主要途径

① 大中专院校及职业技工学校。这是招收应届毕业人才的主要途径。各类大中专院校可提供中高级专门人才，职业技工学校可提供初级技工人才。单位可以有选择地去某校物色人才，派人分别到各有关学校召开招聘洽谈会。为了让学生增进对企业的了解，鼓励学生毕业后到本企业来工作，征募主持人应当向学生详细介绍企业情况及工作性质与要求，最好印发公司简介小册子，或制成录像带、印刷介绍图片。

② 人才市场。用人单位可花一定的费用在人才市场摆摊设点，应征者前来咨询应聘。这种途径的特点是时间短、效率高。缺点是，很难招聘到高级人才和专门人才。

③ 职业介绍所。普通工人、低级管理人员可利用职业介绍所来获得，通常职业介绍所对用人企业不收费也很热心。

④ 报纸广告。各种人才都可以通过在当地发行量大的报纸上刊登招聘广告来获取。报纸广告招聘的优点是适应面广，见效快，当招聘岗位较多时也很经济。报纸广告招聘周末版效果最好。

⑤ 网上招聘。网上招聘是选拔中高级人才和储备人才的一种好的途径。

⑥ 猎头招聘。高级人才和特殊人才最好通过好的猎头公司猎取。不过费用较高，通常要付该职位年薪的 20%。

⑦ 员工介绍。缺点是容易形成复杂的人际关系。

⑧ 其他。如电视广告、户外广告等。

（3）外部招聘的优缺点

外部招聘具有以下优点：

① 候选人员来源广泛，具备各类条件和不同年龄层次的求职人员，有利于满足企业选择合适人选的需要。

② 有利于组织吸收外部先进的经营管理观念、管理方式和管理经验，内外结合不断开拓创新。

③ 对外招聘管理人员，在某种程度上可以缓解内部候选人竞争的矛盾。当有空缺位置时，一些人往往会通过自我"打分"而有被入选提拔的希望。如果参与竞争的人条件大致相当，竞争比较激烈，但却又都不太合适，在这种情况下，从外部选聘就可以缓解这一矛盾，使未被提拔的人获得心理平衡。

外部招聘也有许多局限性，主要表现在：

① 对应聘者的测评有一定风险，应聘者实际水平和能力很难准确判别，因此不称职者会占有一定或相当比例。

② 应聘者带来的文化可能与企业文化有冲突。

③ 应聘者入选后对组织的各方面情况需要有一个熟悉的过程，即不能迅速进入角色开展工作。

④ 如果组织中有胜任的人未被选用或提拔，外聘人员的做法会挫伤组织员工的积极性。如果形成外聘制度，则更需慎重决定，因为其影响面可能更大。

（四）员工培训

培训是一种有组织的管理训诫行为。为了达到统一的科学技术规范、标准化作业，通过目标规划设定、知识和信息传递、技能熟练演练、作业达成评测、结果交流公告等现代信息化的流程，让员工通过一定的教育训练技术手段，达到预期的水平提高目标。

在培训的过程中，要注意受训者的学习曲线和信息的反馈，及时的听取受训者的信息，能够帮助组织提高今后的培训效果，减少不必要的支出。

1. 培训的目的

培训的出发点和归宿是"企业的生存与发展"，可以把企业培训概括为这样一个三位一体的目的，即通过企业或员工履行教育培训的责任和权力，使企业工作富有成效，使企业维持生存和发展。其目的具体如下：

（1）适应企业外部环境的发展变化。企业的发展是内外因共同起作用的结果。

一方面，企业要充分利用外部环境所给予的各种机会和条件，抓住时机；另一方面，企业也要通过自身的变革去适应外部环境的变化。

企业不是一个封闭的系统，而是一个不断与外界相适应的升级系统。这种适应并不是静态的、机械的适应，而是动态的、积极的适应，这就是所谓的系统权变观。外因通过内因起作用，企业要在市场竞争中立于不败之地，关键在于企业内部的机制问题。企业的生存和发展有归结到人的作用上，具体可落实到如何提高员工素质、调动员工的积极性和发挥员工的创造力上，具体可落实到如何提高员工素质、调动员工的积极性和发挥员工的创造力上。企业作为一种权变系统，作为企业主体的人也应当是权变的，即企业必须不断培训员工，才能是他们跟上时代，适应技术及经济发展的需要。

（2）满足员工自我成长的需要。员工希望学习新的知识和技能，希望接受具有挑战性的任务，希望晋升，这些都离不开培训。因此，通过培训可增强员工满足感。事实上，这些期望在某种情况下可以转化为自我实现诺言。期望越高，受训者的表现越佳。反之，期望越低，受训者的表现越差。这种自我实现诺言现象被称为皮格马利翁效应。

（3）提高绩效。员工通过培训，可在工作中减少失误，生产中减少工伤事故，降低因失误造成的损失。同时，员工经培训后，随着技能的提高，可减少废品、次品，减少消耗和浪费，提高工作质量和工作效率，提高企业效益。

（4）提高企业素质。员工通过培训，知识和技能都得到提高，这仅仅是培训的目的之一。培训的另一个重要目的是使具有不同价值观、信念，不同工作作风及习惯的人，按照时代及企业经营要求，进行文化养成教育，以便形成统一、和谐的工作集体，使劳动生产率得到提高，人们的工作及生活质量得到改善。要提高企业竞争力，企业一定要重视教育培训和文化建设，充分发挥由此铸就的企业精神的巨大作用。

2．培训的原则

（1）参与。在培训过程中，行动是基本的，如果受训者只保持一种静止的消极状态，就不可能达到培训的目的。为调动员工接受培训的积极性，日本一些企业采用"自我申请"制度，定期填写申请表，主要反应员工过去5年内的能力提高和发挥情况和今后5年的发展方向及对个人能力发展的自我设计。然后由上级针对员工申请与员工面谈，互相沟通思想、统一看法，最后由上级在员工申请表上填写意见后，报人事部门存入人事信息库，作为以后制订员工培训计划的依据。同时，这种制度还有很重要的心理作用，它使员工意识到个人对工作的"自主性"和对于企业的主人翁地位，疏通了上下级之间思想交流的渠道，更有利于促进集体协作和配合。

（2）激励。真正要学习的人才会学习，这种学习愿望称之为动机。一般而言动机多来自于需要，所以在培训过程中，就可应用种种激励方法，使受训者在学习过程中，因需要的满足而产生学习意愿。

（3）应用。企业员工培训与普通教育的根本区别在于员工培训特别强调针对性、实践性。企业发展需要什么、员工缺什么就培训什么，要努力克服脱离实际，向学历教育靠拢的倾向。不搞形式主义的培训，而要讲求实效，学以致用。

（4）因人施教。企业不仅岗位繁多，员工水平参差不齐，而且员工在人格、智力、兴趣、经验和技能方面，均存在个别差异。所以对担任工作所需具备的各种条件，各员工所具备的与未具备的亦有不同，对这种已经具备与未具备的条件的差异，在实行训练时应该予以重视。显然，企业进行培训时应因人而异，不能采用普通教育"齐步走"的方式培训员工。也就是说要根据不同的对象选择不同的培训内容和培训方式，有的甚至要针对个人制订培训发展计划。

【延伸阅读】

宏基育才不惜血本①

宏基一向被我国台湾省IT业视为最佳"人才培育所"，一是因为它本来就人才济济，二是宏基对人才培养从来都是不遗余力。宏基每年都花大钱让高层主管充电，对公司的技术人才培养则采取"正向引导"模式，以加薪、鼓励的方式让员工更上一层楼。而随着知识对于企业的重要性越来越强，宏基也在人才培养方面不断加码。

据台湾地区媒体报道：与台湾省其他IT企业相比，宏基的特别之处就是自己拥有一家出色的培训教学机构——"标竿学院"，它与美国在国际管理方面排名第一的Thunderbird学院合作，让台湾省内的专业人士可就近拿下Thunderbird的学位。

对于自己的育才之道，宏基人力资源总处协理游英基指出，除开展与其他企业类似的在职培训外，宏基与它们不同的地方还有两点：

一是让高层主管接受国际化与经营管理的培训，像他们在标竿学院一年多的桑德博课程，每人的学费就高达50万元人民币，而"泛宏基集团"就有10位主管由公司出资参加，也就是说他们的学费总计高达500万元人民币，而且根据上课时间的需要，一律给这些主管放"公假"。

此外，宏基还会为一到两位高层主管出资，让他们到著名的企业高级培训班上课。不过，要享有上述两种"福利"，职位至少也要到协理级以上。

二是对技术人才的培养，宏基一年也要花上数十万元人民币。由于宏基已转型成为行销服务公司，因此员工身怀专业认证对于开展业务相当重要。为此，宏基鼓励相关员工到外面或在公司内部上课，所有相关认证费用不但由公司出资，考得认证后，还有加薪或职务升迁等种种奖励。

针对目前最为出名的两种认证——微软MCSE和思科的CCIE，宏基都各有一套对策，MCSE学费较低，而且可在台湾省内参加考试，每人花费约为2500元人民币，宏基基本上是以鼓励方式让相关员工参与。4年来，宏基员工通过这一认证的已破百人。

对于思科CCIE认证，由于过关难，加上费用贵，包括上课及赴国外考证的费用，每人前后需花费数十万元，因此宏基指定部分员工参加。到目前为止，宏基已派出6人考证，已有4人通过认证，宏基也因此成为了思科在我国台湾的金牌经销商。

游英基表示，一般IT企业对员工做这种培训投资前，都会先和员工签约，规定他们最低的"服役"期限，但宏基则采用正向引导方式，不签这种合约，反而以加薪与职务升迁等鼓励员工留下。而一直以来，接受这种培训的员工几乎没有一个跳槽。

为了这次的行销服务转型计划，宏基还打算对所有员工进行全面培训，如所有员工都要上"关键时刻"（Moment of Truth）的课程，以提高服务品质。同时更新增所谓的"短期出国指派"，因为

---

① 新浪网 http://tech.sina.com.cn/it/m/2002-06-25/122519.shtml.

现在公司要实行全球行销服务策略，采购也不再只针对向省内或国内，因此需要培养国际化采购能力，故轮流派人短期进驻海外，以增强他们的工作能力。

3. 培训的方法

培训方法有讲授法、角色定位演示法、基本研讨法、视听教育法、角色扮演法和案例研究法、模拟与游戏法等。各种教育培训的方法具有各自的优缺点，为了提高培训质量，往往需要将各种方法配合运用。

【延伸阅读】

培训的方法[①]

（1）讲授法

讲授法（Lecture）是人们最熟悉的培训方法，因为它是学校最基础、最主要且最重要的教学手段。讲授法是由培训者向受训者讲授知识，是最传统的培训方式。

讲授法最大的优点就是可以系统地将知识教给员工，只要教材选得恰当、讲授主次分明，就可以清晰地传递知识。并且可以将大量的知识在短时间内传授给员工，也可以将深奥难懂的理论知识讲解清楚。培训者还可采取提问和讨论等方式活跃氛围，引导受训者主动思考。

但是，讲授法常常被指责为冗长而无实践的讲授，认为仅是系统地讲授知识，而没有提供实践的机会，导致知识只停留在理论层面。这种批评是值得深思的，过于依赖讲授法，确实会让知识流于形式，而难转化到实际工作中。同时，培训的效果在很大程度上受到培训师的影响，如果培训人的讲授索然无味，或是毫无重点的胡侃一通，必将收效甚微。

无论如何，讲授法是一种重要的培训方法，并且其他方法不可取代。但由于它的局限性，应与其他方法配合，方能进一步强化培训成果。

（2）案例方法

在案例方法（Case Method）中，向受训人提供关于某个问题的书面描述，这个问题可以是现实的，也可以是虚拟的。受训人根据提供的资料，分析整个问题，并且提出解决方案。受训人可以通过讨论得出方案，也可以自己独立思考。案例方法并不是要教给受训人一个"正确"的解决方法，而是培养受训人分析问题和解决问题的能力，并且提供一些有益的思路。

Chris Argyris（1980，1986）指出案例方法有五个特点：运用组织的实际问题、尽量让受训人陈述看法、对教师的依赖降至最低、教师很少回答"对"或"不对"、教师可创造适当程度的戏剧场面来推进案例研究。从这些特点中可看出，案例方法重在分析一些实际问题，并且尽可能地让参与者提出方案，教师的作用是引导。

无论案例是真实的或是虚构的，都贴近于现实情况，所以案例分析也就是在模拟解决一个实际问题。这种培训的好处在于可以大胆地尝试解决某个问题，而不需承担风险。因此，可以多次分析案例，在不同的案例中培养分析问题和解决问题的能力，而在现实工作中，不可能有这样丰富的场景。并且通过相互交流，可以激发灵感、打开思路，从而完善思维模式。

由于案例不存在唯一的正确答案，也没有评价方案优劣的标准，并且也看不到方案真实的效果，所以很大程度上依赖于培训人和受训人自身的素质。在 EMBA 班里开展一次案例分析，和在焊工班组里开展一次案例分析，那结果肯定完全不同。培训人能否有效引导，受训人之间能否相互激发，

[①] 宋联可，杨东涛. 备战：部署人力资源战略规划. 北京：机械工业出版社，2006.

都影响着培训效果。

（3）在职培训

在职培训（On the Job Training，OJT）是让受训者对熟练员工进行观察和提问，然后再模仿他们的行为得到学习。在职培训的基本假设是：员工可以通过观察和提问得到学习。一个成功的OJT方案应该设定学习目标、列出要学习的知识和技能、设计OJT过程、熟练工人应向受训者讲解、给予受训人实践的机会并反馈信息，不然OJT很容易流于形式，而让受训者错失学习机会。

在职培训是一种有效的培训方式，很多工作都是通过这种方式学习，几乎所有的新员工都会接受不同形式的在职培训。绝大多数工作都难通过书面系统描述，并且很多工作细节也不可能在其他培训方法中详尽，而通过在职培训可以观察到最真实的工作情境，随时发现学习点，可以迅速地让员工掌握新的技巧和熟悉工作环境。这种方法非常省钱，因为培训者边干边教，而受训者边干边学，较少耽误正常工作。同时，还能及时反馈受训者的学习情况。

但是，由于熟练员工本身不是专业的培训师，没有什么培训技巧，也不容易抓住关键点讲授。因而很大程度上靠受训人自己观察和提问。对于陌生的工作，受训人的观察很难发现一些重要的操作行为，往往只看到了表面现象，而不知其中奥妙。还有一些受训人由于心理因素或性格原因，不喜欢提问，即使喜欢提问的员工也不一定问到"点"上。所以受训人的观察和提问可能收效较慢，而且难于深入。在职培训最重要的一个缺陷是，很多工作细节无法通过观察和提问来学习。

（4）角色扮演

角色扮演（Role Playing）是在设计的一个接近真实情况的场景中或情景下，指定受训者扮演特定的角色，借助角色的演练来体验该角色，从而提高解决该类问题的能力。在特定场景下，受训者不受任何限制地即兴表演，"剧情"随着参与者的表现而自由转换，直到培训者终止或是受训者感到完成这一任务。表演结果，培训者和其他参与者都可加以评论，相互商讨，从中受益。

受训者扮演特定角色即兴表演，受训者亲身参与，并共同决定着"剧情"发展，因此参与者有极大的兴趣投入，并主动从中学习。由于只是扮演，受训者可尝试采用不同的态度或不同的性格，看结局有什么样的变化。角色扮演提供了观察和感受不同方式处理问题的机会。培训者和其他受训者都可对表演给予评价和建议，表演者也可参加到讨论中，信息及时反馈，表演者从中认识到处理问题的得失。表演者亲身扮演角色，对角色的处境、困难、顾虑、思路都有了切身体会，不管将来会处于这个角色的位置还是其相关位置，都有利于他顺利地解决问题。Scott Meyers认为，角色扮演可以训练人们体察他人情绪的敏感性。在角色扮演中，最突出的特点就是人与人之间的直接交流，这非常有利于培养人际关系方面的技能，因此，在培训公关人员、销售人员时常常采用这种方法。角色扮演让参与者有机会处理工作中可能出现的情况，提供了难得的实践机会。并且，这种方式非常省钱，几乎不需要什么物质成本。

培训者的指导非常重要，如果没有事先准备好关于学习者可学到什么内容的概括性说明，那参与者在完成表演后很难有进一步提高，也就是说，仅仅是其真实行为的再现，而没有提高行为的有效性。如果受训者扮演后得不到应有的反馈，他们常常认为这是浪费时间。由于对角色扮演的认识不够，一些受训者会认为只是个游戏，而另一些受训者则干脆不愿参与，这反而令培训者陷于被动，所以执行起来有一定的困难。如果给受训者事先的指导较少，可能会导致表演失误，从而引起尴尬和挫败感，反而会打击受训人今后的工作信心。最后，角色扮演需要的时间较长，每轮表演只能让较少的人参与，这种培训方法比较耗时。

（5）行为模仿

行为模仿（Behavior Modeling）是先向受训者展示正确的行为，再要求他们在模拟环境中扮演角色，根据他们的表现，培训者不断地提供反馈，受训者在反馈的指导下不断重复工作直至能熟练完成任务。这种培训方法的基本思路是，受训人看到任务的执行过程，并在反馈信息下不断重复实践，直到熟练完成任务。具体地讲，行为模仿有四个步骤：第一，建立模式，向受训者展示正确的行为，可以通过电影、录像等现代手段，也可以通过真人扮演；第二，角色扮演，让每个受训者扮演其中角色，演习正确的行为；第三，不断强化，培训者根据受训者的表现，给予表扬、建议等反馈，强化受训者的行为；第四，鼓励受训者在将来的工作中采用正确的行为。

行为模仿和角色扮演的相似之处在于，都要扮演某个角色，都要表演某些场景。但两者又有着重要区别，角色扮演是在某种场景下自由发挥表演，而行为模仿则要求受训者必须以正确的行为处理问题，并且一旦出错就被要求重复演习直至正确。也就是说，行为模仿是告诉了受训人正确的方法，并要求掌握这种正确方法。

由于与角色扮演比较相似，所以角色扮演的许多优点在此方法中也有体现。一个完全区别于角色扮演的优点是，学习并实践正确的方式。在这种培训中，受训人一开始就清楚什么是正确的处理方式，并在实践中不断地模仿正确行为，通过不断强化后，让这种行为自然而然地在将来工作中体现。所以行为模仿适用于那些能明确识别正误的、有规范操作程序的、简单且程序化的行为。

这种培训方法最大的缺点就是，从一开始就限制了受训人的思维。受训人首先看到了正确的行为方式，潜意识中会努力地向其靠拢，并且也被鼓励效仿。而事实上，解决一个问题一般有多种方式，可能还存在其他更好的方法，但可能存在的更优方法在一开始就被扼杀。而且，现实情况是复杂的，所教授的正确方法不一定在任何情况下都适用，由于受训人没有做过这方面的思考，当发生"非正常"情况时往往束手无策。

（6）视听培训

视听培训是利用幻灯、电影、录像、录音、电脑等视听材料进行培训。这些视听材料可以调动人的视觉和听觉，促进学习效果。视听材料可以到市场上购买，开发出了许多音像资料，并且是专门用于培训，较专业；也可以自己制作，根据组织的实际情况和具体要求，制作出符合组织需求的音像资料。购买或制作视听材料时，一定要明确培训的需求，是需要哪方面的内容、需要什么程度的资料。在播放前，要说明培训的目的，让受训者思路清晰地接受新知，而不是像看电影一样一带而过。播放完后，培训者要进行讲解，对其中的难点和重点进行剖析，补充说明，强化学习效果。最好还能引起受训者讨论，让他们对某些关键问题做进一步的思索。

由于视听培训调动了人的多重感观，易引起受训人的兴趣，印象深刻。视听材料最大的一个优点，是可以跳过某个片段或是重复某个片段，培训者可以方便地根据培训需求进行选择。对于不重要的内容可以跳过，对于重要的内容不但可以重放，还可对某一细节暂停或放大等以便于进一步详细了解。作为永久保存的资料，可以重复使用，大大简化了培训工作。

视听材料的出现，提供了培训师"偷懒"的机会。一些培训师过于依赖，不管适用与否，都倾于使用。而一些重要的内容不一定出现在视听材料中，培训者如不额外讲解，会使之遗漏。同时，视听材料是永久性资料，如不注意更新，一些内容容易过时。视听材料毕竟是单方面的演示，不能结合现场的氛围和学习的需要转变，所以培训者有责任根据培训情况进行补充和说明。

（7）电脑化指导

电脑化指导（Computer-Based Instruction，CBI）指使用电脑，通过操练/辅导、游戏、模拟过程或网络对受训者进行指导。操练是基于实践的事实和程序进行提问和回答的演练。电脑先是对一个问题做出解释，然后提出一系列相关或类似问题让受训者解答，电脑再判断正误，并给予正确的指导。游戏是对工作中的情形进行描述，由受训者分析该如何处理。根据受训者的答案，电脑给出相应的可能结果及反馈信息。电脑模拟训练让受训者操作或维护某个设备，根据电脑显示的内容，受训人做出反应，电脑再判断他的反应是否正确。网络培训，培训课程储存在网上，各地的受训人都可利用网络浏览器进入网站接受培训。

随着电脑的普及，越来越多的工作依赖电脑，培训领域也越来越关注如何运用电脑提高培训质量和数量。运用电脑可以实现交互式培训，受训者与电脑直接交流，电脑像老师一样，可以教授知识、提出问题、分析问题、解答问题、指出关键点，受训者则可自由地向电脑提问、反复训练，而不用有所顾忌。运用电脑实现了自我调速式学习，每个人的学习进度不同，可以根据个人情况自由地选择课程，可以随时学习，可以选择性学习，可以重复学习。无论在电脑上犯了什么错误，最多是重新开始，而不需承担任何风险，这给受训人提供了大胆尝试、多次反复的机会，有利于进一步了解不同方式的效果，有利于加深学习印象。由于不用承担风险，又可无数次反复运用，当系统建立后，使用的平均成本是相当低的。电脑可以融入声音、图像、动画等，大大丰富了学习的内容，增加了学习的趣味性。如果通过网络学习，电脑的优势会更加明显，因为它消除了地域限制和时间限制，任何地区的人可在任何时间进行学习。最后，电脑的快速、精准等特性，无疑提高了培训的质量。

但从另一方面说，建立一套电脑化的指导系统是比较昂贵的。通过外界购买或建立一套网络培训系统，一般都必须支付一笔不菲的费用。如果是自己设计和建立，不但花费较大，而且也很费时。在使用之后，人们容易对电脑化指导形成依赖，但电脑毕竟不能代替人。受训者与培训者交流的机会大大减少，如果通过网络学习，甚至没有机会与培训者交流。无论电脑如何智能、程序设计得如何完善，人的作用总是无法取代的。

（8）工作轮换

工作轮换（Job Rotation）是让受训者在多个部门之间轮流工作，使他们有机会接触和了解到组织其他工作的情况。Kenneth Wexley 和 Gary Latham（1981）指出，要提高轮换计划的成功率，应当根据每个人的情况制订工作轮换计划，应当将企业的需求和个人的兴趣、能力等结合起来考虑，从事时间应根据学习进度而定。

工作轮换主要用于对管理人员的培训，让其在晋升到更高职位前了解各个部门的运作情况；同时，也有组织将其用于培训新进员工，让其在培训的过程中找到适合自己能力和兴趣的岗位。对于管理人员而言，工作轮换是一次可贵的全面了解组织的机会，通过在各个部门工作一段时间，熟悉各部门的情况，一旦上任，能很快地上手工作。同时，平时各个部门都是相对独立，但是当经过一轮培训后，利于发现相互关系，有利于今后协调各部门工作，促进部门间的合作。工作轮换也是对受训者的考验，各部门的主管从不同角度来观察受训者，从而综合评价候选人各方面的能力，为晋升决策做出重要参考。工作轮换对于管理人员和新员工还有一个重要作用，就是让受训人找到最适合自己的岗位和发展方向。

虽然工作轮换有诸多优点，但也容易走入培养"通才"的误区。员工被鼓励到各个岗位工作，他们将花费不少时间熟悉和学习新的技能，把此当成一项主要工作。过度轮换，虽让员工掌握更多的技能，却不能专于某一方面。所以工作轮换常常被认为是用于培训管理人员，而非职能专家。

（9）企业外培训

企业外培训是通过企业外的组织对受训者进行培训。企业外的组织可以是学校，也可以是培训机构。与学校相关的培训计划，可以是脱产学习、半脱产学习或在职学习，根据学习要求而定。脱产学习可以让员工专心学习，在一段时间内集中而快速地掌握知识或技能，但会耽误工作，组织将为此付出较高的代价，员工回来时岗位也有被别人顶替的危险；在职学习不需要脱离岗位，可以边工作边学习，虽然不会太大地影响工作，但人的精力和时间有限，工作和学习的冲突会不时出现，解决不好反而会两头耽误；半脱产学习介于两者之间，其利弊也各占一半。与培训机构相关的培训计划，可以送员工到培训机构参加培训，也可以请培训机构来企业。前者费用较少，但受益人少，而且培训不是专门针对本企业；后者费用较高，但受益人多，并且可以根据企业情况提出相应要求。

企业外培训借助外部力量，可以汲取外界新的知识、技能和信息，向企业输送新鲜的氧气。如果是送员工出去培训，其过程也是与相关人士交流的过程，加以利用，还可为企业引入新项目、新业务，甚至是新的人才。

由于不是企业自己设计的培训，针对性不一定强，可能学员学到的东西最后很少在企业中运用，甚至毫无作用。并且受训者很可能将其作为增强个人素质的机会，反而会增加受训者跳槽的砝码。

（10）其他培训方法

培训的方法是相当多的，培训方法主要针对普通员工，学术界和实践界都相继开发出了许多培训方法。程序化教学（Programmed Learning），用系统的方法传授工作技能，先向受训者提出问题或事实，让受训者回答，然后反馈信息，可以采用书或电脑作为教学手段。自我指导学习法，让受训者自己全权负责的学习方式，不需要任何指导者。研讨会法，培训者组织受训者以团体的方式，对工作中的问题进行讨论，并共同得出结论。工作指导培训（Job Instruction Training），分步骤地列出应如何进行工作，对每一步骤的关键点进行描述，培训者先讲解并演示任务，受训者一步步执行，出现错误立即纠正。价值观培训，帮助员工树立正确的价值观，宣传企业的价值观。多样化培训，随着员工队伍多样化趋势的出现，组织实施多样化培训，促进相互理解，尽可能消除多样化带来的沟通困难和障碍。读写能力培训，主要是向半文盲员工提供阅读和写作方面的培训，也可向出国人员提供该培训。艾滋病等疾病教育，向雇员介绍疾病方面的基础知识，增加自我保护意识，消除不必要的顾虑。

四、员工的绩效管理

（一）绩效管理简介

绩效是指具有一定素质的员工围绕职位的应付责任所达到的阶段性结果以及在达到过程中的行为表现。

所谓绩效管理是指管理者与员工之间在目标与如何实现目标上所达成共识的过程，以及增强员工成功地达到目标的管理方法以及促进员工取得优异绩效的管理过程。绩效管理的目的在于提高员工的能力和素质，改进与提高公司绩效水平。

绩效管理首先要解决几个问题：

（1）就目标及如何达到目标需要达成共识。

（2）绩效管理不是简单的任务管理，它特别强调沟通、辅导和员工能力的提高。

（3）绩效管理不仅强调结果导向，而且重视达成目标的过程。

绩效管理所涵盖的内容很多，它所要解决的问题主要包括：如何确定有效的目标？如何使目标在管理者与员工之间达成共识？如何引导员工朝着正确的目标发展？如何对实现目标的过程进行监控？如何对实现的业绩进行评价和对目标业绩进行改进？绩效管理中的绩效和很多人通常所理解的"绩效"不太一样。在绩效管理中，我们认为绩效首先是一种结果，即做了什么；其次是过程，即是用什么样的行为做的；第三是绩效本身的素质。因此绩效考核只是绩效管理的一个环节。

绩效管理是通过管理者与员工之间持续不断地进行的业务管理循环，实现业绩的改进，所采用的手段为 PDCA 循环，如图 3-12 所示。

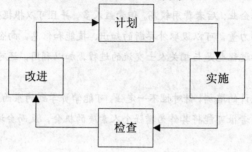

图 3-12　绩效管理的 PDCA 循环

（二）绩效管理的侧重点

绩效管理的侧重点体现在以下几个方面：

1. 计划式而非判断式

① 着重于过程而非评价

② 寻求对问题的解决而非寻找错处

③ 体现在结果与行为两个方面而非人力资源的程序

④ 是推动性的而非威胁性的

2. 绩效管理根本目的在于绩效的改进

① 改进与提高绩效水平

② 绩效改进的目标列入下期绩效计划中

③ 绩效改进需管理者与员工双方的共同努力

④ 绩效改进的关键是提高员工的能力与素质

⑤ 绩效管理循环的过程是绩效改进的过程

⑥ 绩效管理过程也是员工能力与素质开发的过程

（三）为什么要实施绩效管理

实施绩效管理，从某种意义上说，是企业对自己目前现状做出的反思与展望。

企业喜欢把更多的时间花在目前正在进行的工作上，却很少花时间对过去做出反思，很少去总结过去的成败得失，而是一门心思地往前走，生怕因为总结过去而耽误了赚钱，耽误了发展。

以前的观念是"别老坐在这里了，赶快去干活吧"，而现在人们更多是提倡"别忙着干，先坐下来想一想"。相比，笔者更喜欢后一句话，因为它告诫人们在做一件事情的时候不要忙乱，而是要想好了再做，这样才能保证始终在做正确的事情，而不仅仅是把事情做正确。

做好这个工作，也算是对企业过去一段时间进行了一个系统的总结，将总结的结果形成一个系统的报告，便于企业发现问题，及时调整，积蓄力量以便更快更高效地发展。所以，企业应在实施绩效管理之前好好地总结一下管理中存在的问题，找出问题的症结所在，把它放到绩效计划当中，作为绩效管理的努力方向加以解决。

（四）绩效管理流程

1．制订考核计划

（1）明确考核的目的和对象。

（2）选择考核内容和方法。

（3）确定考核时间。

2．进行技术准备

绩效考核是一项技术性很强的工作。其技术准备主要包括确定考核标准、选择或设计考核方法以及培训考核人员。

3．选拔考核人员

在选择考核人员时，应考虑的两方面因素：

第一，通过培训，可以使考核人员掌握考核原则，熟悉考核标准，掌握考核方法，克服常见偏差。

第二，在挑选人员时，按照上面所述的两方面因素要求，通常考虑的各种考核人选。

4．收集资料信息

收集资料信息要建立一套与考核指标体系有关的制度，并采取各种有效的方法来达到。

5．做出分析评价

（1）确定单项的等级和分值。

（2）对同一项各考核来源的结果综合。

（3）对不同项目考核结果的综合。

6．考核结果反馈

（1）考核结果反馈的意义

绩效管理的目标是通过绩效评估和反馈，将员工的行为塑造成企业倡导的行为，帮助员工提高，从而提高组织的绩效。

奖金的多少只能让员工知道自己做得好不好，但并不知道好在什么地方，差在何处，哪些行为需要坚持，哪些行为需要避免。

还要打破传统"面子"观念的束缚。中国传统文化强调，人与人之间讲究和谐，要给他人留"情面"，最忌讳的是当面指出他人的不足，更多是靠本人"悟"出来。可人的悟性有高有低，并不是每个人都能深刻理解目标和结果的价值。

（2）考核结果反馈面谈

绩效考核实质上是组织的管理者与员工之间的一项管理沟通活动，而绩效反馈面谈则为管理者和员工提供了一个更为正式的、面对面的平等沟通机会。通过这种沟通，使管理者可以进一步了解员工的实际工作情况，协助员工提升业绩；员工也可以了解到管理者的管理思路和计划，有利于促进管理者与员工之间相互了解和信任，提高管理的渗透力和工作效率。

① 面谈前，管理者和员工都必须有充分的事前准备

管理者的准备工作主要集中在两个方面：一是时间、地点的准备和安排；二是相关材料的分析和准备。

管理者应与员工事先商讨双方都能接受的时间，选择安静、轻松的小会客厅实施面谈。在进行绩效面谈的时候，管理者最好能够拒绝接听任何电话，停止接待来访的客人，以避免面谈受到不必要的干扰。

管理者应注意安排好双方面谈时的空间距离和位置，双方成一定夹角而坐，可以给员工一种平等、轻松的感觉。

管理者在设计面谈计划时，应该考虑以下问题：设计开场白；确定该次面谈所要达到的目的等。由于绩效反馈面谈针对的主要内容是上一阶段绩效评价的结果，这个过程必然是围绕着评价员工上一阶段工作情况展开的。所以，管理者需要收集整理面谈中需要的信息资料，包括员工的《职位说明书》《计划工作表》《绩效评估表》等。

此外，管理者应该让员工也做好面谈准备。绩效面谈是经理和员工两个人共同完成的工作，只有双方都做了充分的准备，才可能收到预期效果。

② 面谈时，管理者应灵活运用正面和负面反馈

正面的反馈是要让员工知道他的表现达到或超过了经理的期望，得到了经理的认可。要强化员工的正面表现，使之在以后的工作中不断发扬光大，继续为公司作出更多的贡献。

在表扬和激励员工时，要让员工真实地感受到你确实对他的表现很满意。你的表扬确实是真情流露，而不是套近乎，拉关系。只有这样，员工才会把你的表扬当成激励，在以后的工作中更加卖力。

而且，表扬一定要具体。要对员工所做的某件事有针对性地提出表扬，而不是笼统地说"你表现很好"就完事。

对于负面的反馈，要注意以下几点：

一是要具体描述员工存在的不足，对事不对人，描述而不作判断。不能因为员工的某一点不足，就做出员工"如何不好"之类的感性判断；要客观、准确、不指责地描述员工行为所带来的后果，员工自然就会意识到问题的所在。

二是要以聆听的态度听取员工本人的看法，而不是一直喋喋不休地教导；与员工共同商定未来工作中如何加以改进，并形成书面材料。

管理者在不得不对下属进行较为严厉的批评时，可以考虑采用"汉堡法"：最上面一层面包如同表扬；中间夹着的馅料如同批评；最下面的一块面包最重要，即要用肯定和支持的话语结束。

首先应表扬特定的成就，给予真心的肯定。表现再不好的人也有值得表扬的优点，千万别说"你这个人不行"，而应给以真诚的赞美，这样有助于建立融洽的气氛。

然后提出需要改进的特定的行为表现，指出不足和错误，提出让员工能够接受的改善要求。最后以肯定和支持的语气结束，和员工一起制订绩效改进计划，表达对员工未来发展的期望。

③ 面谈结束前，管理者应制订员工改进辅导计划

面谈结束前，管理者勿忘以下工作：首先，要帮助员工制订培训规划，与员工一起做好全面的培训规划与设计，并做好培训效果的考核，保证培训达到预期效果；其次，要做好职业辅导，帮助下属员工进行职业生涯规划，把员工自身发展的需求变为不断提高绩效的动力。

7. 考核结果运用

绩效考核结果的运用是绩效管理中关键的一环，如果结果运用得当，对绩效考核的实施会有极大的推动作用；而如果运用不得当的话，则可能会使整个绩效管理起不到任何作用。考核结果的运用，也可以说就是进入绩效管理的流程。

（五）绩效管理带来的困惑

1. 把绩效考核当做绩效管理

只是把考核结果作为决定员工的薪酬、奖金和升迁或降职的依据，并没有认识到绩效管理的重要性。

2. 管理者认为绩效管理是人力资源部门的事情

管理者没有意识到绩效管理是一个系统，没有认识到绩效目标的实现是企业目标实现的基础，每一个管理者绩效目标的实现是由员工绩效目标的实现来支持。

3. 人力资源经理地位尴尬、内功修炼不够

人力资源经理在组织实施绩效管理时力度跟不上，在推销绩效概念和绩效管理体系的实施上遇到了很大的障碍，处于尴尬的地位。

4. 绩效管理流于形式，各级管理者对绩效管理有抵触情绪

由于不能系统地看待绩效管理，不能将绩效融合在管理的过程中，只是为管理者提供了简单乏味的绩效考核表，空洞且缺乏说服力。

（六）巧妙地运用绩效管理策略

（1）需要建立合理的利益分配机制，同时注意发挥和保护员工的工作积极性。

在任何一个企业，薪酬制度、绩效考评制度以及晋升制度是人力资源管理的三大镇山之宝，它们与每位员工的收益息息相关，一套科学系统的培训计划也是企业提供的福利之一。如果你能让员工感到，在这个企业工作，能获得终身就业能力，能得到尽量全面的能力展示和提升，能得到与付出相对应的合理收益，那么，一点眼前的利益还值得他去追求吗？所谓高薪养廉就是这个道理，在现代企业中，"薪酬=现金收入+各种福利+培训计划+晋升机会+社会地位"等。企业正是依靠这些制度，合理地输血、换血，才得以留住人、留能人，保持永续的活力与动力。

（2）奖罚分明，把握尺度，严肃处理员工的违规事件。

建立《奖惩制度》是企业的管理手段之一，它制定的目的在于"奖励积极努力、业绩突出的 A 类，培训指导迷茫、摇摆的 B 类，坚决处理屡教不改的 C 类"。当一切防治手段都使用后，仍然出现员工违规事件，这时，企业管理人员就该以事实为依据，以《奖惩制度》为准绳，把握尺度，严肃处理所发生的事件。

（3）在建立合理的激励机制时需要避免出现以下两种情况：一是考核 A，奖励 B。即对 A 进行严格考核，但把奖励给了实际没被真正考核到的 B，这就是没能区别投机取巧的人所导致的。通常投机取巧的人善于做表面工作，而踏实做事的人反而不擅长这些，结果一考核，踏实的人反而不合格，而投机取巧的人却合格了，奖励就这样被窃取。二是只奖励成功者，不奖励失败者。这样的激励机制将会导致"只重视结果，不重视精神和思想"，对企业文化是一种挫伤，容易让成功者骄傲，而让失败者更加气馁。

（4）经济和物质上的激励并非全部的激励方式，有多种激励途径可供选择：激励是提高执行力最有效的方法之一，以下几类激励是常用的激励方式。

➤ 听觉激励：中国人喜欢把爱埋在心里，如果你想赞美下属，就一定要说出来。

➤ 视觉激励：把优秀员工的照片和事迹在公司内部杂志和光荣榜上刊登出来，让大家都看到，以此激励这些获奖者及其他员工。精神价值其实就是无形资产，有什么理由对创造了无形资产的人不进行奖励呢？

➤ 引入竞争：讲团队精神不是不讲究竞争，但竞争又不同于斗争，这样既达到了激励双方的目的，又不伤和气。用爱惜的心态批评下属，指出其错误并帮助他改正，这更是一种令人刻骨铭心的激励。

➤ 合理授权：这是最高的激励方式之一，能帮助下属自我实现。但在授权时应把授权内容书面鉴定清楚，授权后要进行周期性的检查，防止越权。

（5）建立起绩效管理体系以后，严格执行绩效考核并在绩效考核过程中掌握一些基本原则，设计出结合企业实际情况的绩效考核指标，并掌握绩效考核的全过程。按照以下几条绩效考核原则组织开展考核工作：

第一，绩效考核体系应该围绕企业的整体计划建立，绩效考核一定不能脱离关键业务。绩效考核围绕战略规划的重点，就是要设计一套关键绩效指标（KPI）。

第二，绩效考核体系营造一种机会公平的环境，使大家能在同样的平台上展开公平竞争，并且获得公平的回报。实践中这种机会上的平等，就是必须充分考虑各类员工工作性质的差异，确保大家都能从企业的成长中获得价值。

第三，在绩效考核体系中体现个人与团队的平衡，执行力并不是简单的由个人来达成的，而是由组织来达成的。因此，执行力的强化就必须在个人和组织之间形成一种平衡关系，既不至于因强调个人英雄主义而削弱了组织的力量，又不至于因强调团队而淹没了个人的特性和价值体现。在实际考核中，要做到部门绩效的提高可使本部门员工受益，个人有突出贡献者能够得到区别于普通员工的奖励，这样就能够鼓励更多的员工为公司整体绩效的提高各尽所能。

总之，绩效管理需要从建立绩效管理体系、设计科学的绩效管理流程、完善绩效管理制度、合理设立绩效指标、严格执行绩效考核、结合多种形式（物质与非物质）激励员工、定期修正绩效考核制度等方面提高执行力，以提升企业绩效，实现公司发展的战略目标。

五、薪酬与福利

（一）薪酬

1. 薪酬

薪酬是员工向其所在单位提供劳动或劳务而获得的各种形式的酬劳或答谢。

薪酬的实质是一种公平的交易或交换关系，是员工在向单位让渡其劳动或劳务使用权后获得的报偿。一般来说，薪酬包括直接以现金形式支付的工资（如基本工资、绩效工资、激励工资）和间接地通过福利（如养老金、医疗保险）以及服务（带薪休假等）支付的薪酬。

2. 薪酬的构成

薪酬包括基本薪酬、奖金和福利三个部分。

（1）基本薪酬（basic pay）：基本薪酬是根据员工所承担或完成的工作本身或者是员工所具备的完成工作的技能向员工支付的稳定性报酬，是员工收入的主要部分，也是计算其他薪酬性收入的基础。

在西方国家，传统上来讲基本薪酬分为薪金（salary）和工资（wage）两种类型。薪金（也称薪水）是管理人员和专业人员（即白领职员）的劳动报酬。按照西方的法律，一般实行年薪制或月薪制，这些职员的薪金额并不直接取决于工作日内的工作时间的长短，加班没有加班工资。工资是体力劳动者（即蓝领员工）的劳动报酬，一般实行小时工资制、日工资制或月工资制。员工所得工资额直接取决于工作时间长短。法定工作时间以外的加班，必须付加班工资。但是现在随着蓝领与白领的工作界限的日益模糊，并且由于企业为了建立一整套的管理理念，培养雇员的团队精神，他们把基本工资都叫薪水，而不再把雇员分成薪水阶层和工资阶层。

（2）奖金（bonus）：奖金就是为了奖励那些已经（超标）实现某些绩效标准的完成者，或为了激励追求者去完成某些预定的绩效目标，而在基本工资的基础上支付的可变的、具有激励性的报酬。它可以从两个角度去理解，即奖金被用于：

第一，对已完成的超额、超标准的绩效进行奖励。

第二，对预定的绩效目标进行激励。

简单地说，奖金就是为了奖励完成者和激励追求者所支付的报酬，其支付依据主要是绩效标准。

①绩效薪酬：绩效薪酬是对员工超额工作部分或工作绩效突出部分所支付的奖励性报酬，旨在鼓励员工提高工作效率和工作质量。它是对员工过去工作行为和已取得成就的认可，通常随员工业绩的变化而调整。其中包括"绩效加薪""一次性奖金"和"个人特别绩效奖"三种比较常用的形式。

②激励薪酬：相对于绩效薪酬，那部分用来对预定的绩效目标进行激励的奖金支付方案我们称为"激励薪酬"，其中包括对个人、团队和组织的激励计划。用于衡量业绩的标准有成本节约、产品数量、产品质量、税收、投资收益、利润增加等，不计其数。激励工资有短期，也有长期。

激励薪酬与绩效薪酬是不同的。激励薪酬是一种提前将收益分享方案明确告知员工的方法，它是以支付工资的方式影响雇员将来的行为；而绩效工资则侧重于对过去突出业绩的认可。激励工资制度在实际业绩达到之前已经确定，通常雇员对于超额完成财务目标后所能得到的红利非常清楚，而对绩效工资往往不会提前知道。另外，两者的最大区别在于：绩效工资通常会加到基本工资上去，是对基本工资永久的增加。而激励工资是一次性付出，对劳动成本不形成永久的影响。雇员业绩下降时，激励工资也会自动下降。

（3）福利（welfare）：这部分薪酬通常不与员工的劳动能力和提供的劳动量相关，而是一种源自员工组织成员身份的福利性报酬。福利因国家的不同而不同，像亚洲的韩国、日本、中国等国都会发放各种津贴和补贴作为福利。津贴是对劳动者在特殊条件下的额外劳动或额外费用支出给予补偿的一种工资形式。补贴是为保证职工工资水平不受物价上涨或其他变动因素影响而支付的各种补贴。这在欧美是较少的，他们的福利更多地表现为非货币形式，比如休假、服务（医疗咨询、员工餐厅）和保障（医疗保险、人寿保险和养老金）等。当前，福利已日益成为薪酬的重要形式，它对于吸引、保有员工有着不可替代的作用。

薪酬构成形式没有固定统一的模式和组合比例，不同国家、地区和企业应根据实际需要和可能的条件，制定自己的薪酬标准。

（二）福利

1. 福利的内涵

福利是员工的间接报酬。一般包括健康保险、带薪假期或退休金等形式。这些奖励作为企业成员福利的一部分，奖给职工个人或者员工小组。

福利必须被视为全部报酬的一部分，而总报酬是人力资源战略决策的重要方面之一。从管理层的角度看，福利可对以下若干战略目标作出贡献：协助吸引员工；协助保持员工；提高企业在员工和其他企业心目中的形象；提高员工对职务的满意度。与员工的收入不同，福利一般不需纳税。由于这一原因，相对于等量的现金支付，福利在某种意义上来说，对员工就具有更大的价值。

福利适用所有的员工，而奖金则只适用于高绩效员工。福利的内容很多，各个企业也为员工提供不同形式的福利，但可以把各种福利归为以下几类：补充性工资福利、保险福利、退休福利、员工服务福利。

目前的趋势是福利在整个报酬体系中的比重越来越大。

2. 福利的内容

福利的内容很多，现行职工福利的内容大体可以分为四个部分：

（1）为减轻职工生活负担和保证职工基本生活而建立的各种补贴制度。如职工生活困难补贴、冬季职工宿舍取暖补贴、独生子女费、探亲假路费、职工丧葬补助费、供养直系亲属抚恤费、职工病伤假期间救济费、职工住房补贴等。

（2）为职工生活提供方便而建立的集体福利设施。如职工食堂、托儿所、理发室、浴室等。

（3）为活跃职工文化生活而建立的各种文化、体育设施。如图书馆、阅览室、体育活动场所等。

（4）兴建职工宿舍等。

有些福利项目不是供所有职工享受的，据此可分为：

① 全员福利，对所有职工享有的。

② 特种福利，如对高层人员的轿车、飞机、星级宾馆出差待遇。

③ 特困补助，针对特别困难家庭。

企业应合理划分各类、各级员工的福利项目范围，既要雪中送炭，又要锦上添花。

第三节　职业生涯管理

一、什么是职业生涯管理

职业生涯管理是现代企业人力资源管理的重要内容之一，是企业帮助员工制定职业生涯规划和帮助其职业生涯发展的一系列活动。职业生涯管理应看做是竭力满足管理者、员工、企业三者需要的一个动态过程。在现代企业中，个人最终要对自己的职业发展计划负责，这就需要每个人都清楚地了解自己所掌握的知识、技能、能力、兴趣、价值观等。而且还必须对职业选择有较深了解，以便制定目标、完善职业计划；管理者则必须鼓励员工对自己的职业生涯负责，在进行个人工作反馈时提供帮助，并提供员工感兴趣的有关组织工作、职业发展机会等信息；企业则必须提供自身的发展目标、政策、计划等，还必须帮助员工作好自我评价、培训、发展等。当个人目标与组织目标有机结合起来时，职业生涯管理就会意义重大。因此，职业生涯管理就是从企业出发的职业生涯规划和职业生涯发展。

职业生涯管理（Career Management）包含两重含义：

第一，自我职业生涯管理（Individual Career Management）——个人为了满足自己发展的要求，根据自己的实际，依托现在的组织，寻求职业自我完善的过程。

第二，组织职业生涯管理（Organizational Career Management）——组织针对个人和组织发展需要所实施的、旨在开发员工的潜力、留住员工、使员工能自我实现的一系列管理方法。

二、职业生涯发展的阶段及其特点

（一）金斯伯格的职业生涯发展理论

美国著名的职业指导专家、职业生涯发展理论的先驱和典型代表人物——金斯伯格（Eli Ginzberg）研究的重点是从童年到青少年阶段的职业心理发展过程。他将职业生涯的发展分为幻想期、尝试期和现实期三个阶段。

1. 幻想期

处于 11 岁之前的儿童时期。儿童们对大千世界，特别是对于他们所看到或接触到的各类职业工作者充满了新奇、好玩的感觉。此时期职业需求的特点是：单纯凭自己的兴趣爱好，不考虑自身的条件、能力水平和社会需要与机遇，完全处于幻想之中。

2. 尝试期

11~17 岁，这是由少年儿童向青年过渡的时期。此时起，人的心理和生理在迅速成长发育和变化，有独立的意识，价值观念开始形成，知识和能力显著增长和增强，初步懂得社会生产和生活的经验。在职业需求上呈现出的特点是：有职业兴趣，但不仅限于此，更多地和客观地审视自身各方面的条件和能力；开始注意职业角色的社会地位、社会意义以及社会对该职业的需要。

3. 现实期

17 岁以后的青年年龄段。即将步入社会劳动，能够客观地把自己的职业愿望或要求，同自己的主观条件、能力以及社会现实的职业需要紧密联系和协调起来，寻找合适于自己的职业角色。此期所需求的职业不再模糊不清，已有的具体的、现实的职业目标，表现出的最大特点是客观性、现实性，讲求实际。

金斯伯格的职业发展论，事实上是前期职业生涯发展的不同阶段，也就是说，实际上揭示了初次就业前人们职业意识或职业追求的发展变化过程。

（二）格林豪斯的职业生涯发展理论

美国心理学博士格林豪斯（Greenhouse）的研究侧重于不同年龄段职业生涯所面临的主要任务，并以此为依据将职业生涯划分为五个阶段：职业准备阶段、进入组织阶段、职业生涯初期、职业生涯中期和职业生涯后期。

（1）0～18 岁为职业准备阶段。主要任务是发展职业想象力，对职业进行评估和选择，接受必须的职业教育。

（2）18～25 岁为进入组织阶段。主要任务是在一个理想的组织中获得一份工作，在获取足量信息的基础上，尽量选择一种合适的、较为满意的职业。

（3）25～40 岁为职业生涯初期。学习职业技术，提高工作能力；了解和学习组织纪律和规范，逐步适应职业工作，适应和融入组织；为未来的职业成功做好准备，是该期的主要任务。

（4）40～55 岁是职业生涯中期阶段。主要任务是需要对早期职业生涯重新评估，强化或改变自己的职业理想；选定职业，努力工作，有所成就。

（5）从 55 岁直至退休为职业生涯的后期。继续保持已有职业成就，维护尊严，准备引退，是这一阶段的主要任务。

（三）萨柏的职业生涯发展阶段理论

萨柏（Donald E. Super）是美国一位有代表性的职业管理学家。萨柏的职业生涯发展阶段理论是一种纵向职业指导理论，重在对个人的职业倾向和职业选择过程本身进行研究。

萨柏以美国白人作为自己的研究对象，把人的职业生涯划分为五个主要阶段：成长阶段、探索阶段、确立阶段、维持阶段和衰退阶段。

1. 成长阶段（0～14 岁）

主要任务：认同并建立起自我概念，对职业的好奇占主导地位，并逐步有意识地培养职业能力。

萨柏将这一阶段，具体分为 3 个成长期：

（1）幻想期（10 岁之前）：儿童从外界感知到许多职业，对于自己觉得好玩和喜爱的职业充满幻想和进行模仿。

（2）兴趣期（11～12 岁）：以兴趣为中心，理解、评价职业，开始作职业选择。

（3）能力期（13～14 岁）：开始考虑自身条件与喜爱的职业是否相符合，有意识地进行能力培养。

2．探索阶段（15～24 岁）

主要任务：通过学校学习进行自我考察、角色鉴定和职业探索，完成择业及初步就业。

此阶段也可分为 3 个时期：

（1）试验期（15～17 岁）：综合认识和考虑自己的兴趣、能力与职业社会价值、就业机会，开始进行择业尝试。

（2）过渡期（18～21 岁）：正式进入职业，或者进行专门的职业培训，明确某种职业倾向。

（3）尝试期（22～24 岁）：选定工作领域，开始从事某种职业，对职业发展目标的可行性进行实验。

3．建立阶段（25～44 岁）

主要任务：获取一个合适的工作领域，并谋求发展。这一阶段是大多数人职业生涯周期中的核心部分。

（1）尝试期（25～30 岁）：个人在所选的职业中安顿下来。重点是寻求职业及生活上的稳定。

（2）稳定期（31～44 岁）：致力于实现职业目标，是个富有创造性的时期。

职业中期可能会发现自己偏离职业目标或发现了新的目标，此时需重新评价自己的需求，处于转折期。

4．维持阶段（45～64 岁）

主要任务：这一长时间内开发新的技能，维护已获得的成就和社会地位，维持家庭和工作两者间的和谐关系，寻找接替人选。

5．衰退阶段（65 岁以上）

主要任务：逐步退出职业和结束职业，开发社会角色，减少权利和责任，适应退休后的生活。

（四）职业生涯发展的三、三、三理论

廖泉文教授在"中国人力资源管理教学与实践第五届年会暨研讨会"上提交了关于职业生涯管理与职业发展的论文，文章提出了职业发展阶段论中一个较独特的理论，即人生发展阶段的"三、三、三理论"。美国的一些著名学者提出的职业发展阶段论均将人的职业发展阶段简单地分为几个硬性的年龄阶段，廖泉文教授提出的"三、三、三理论"是一种弹性的、开放的、动态的划分方法。

1．职业生涯发展的第一个"三阶段"

人生的第一个"三阶段"：输入阶段、输出阶段、淡出阶段。输入是指对知识、信息、经验的输入，输出是指输出服务、知识、智慧和其他产品。这一划分方式不同于美国的萨柏、金斯伯格、格林豪斯等人的那种将职业生涯阶段硬性地按年龄进行划分，也不同于施恩的九阶段理论在按年龄划分基础上增加了重叠的部分，且并没有提出重叠的原因、背景、特点和处理对策。人生三大阶段是一个弹性边界，弹性产生的原因受教育程度、工作行业、职位高度、身体状况和个人特质、成就欲望等因素所影响。相比较美国几位著名学者的职业生涯阶段划分的方法而言，这种弹性的划分方法更加具有个性化（因人不同）、弹性化（因教育背景不同）、开放化（因工作性质不同）等特点，更加适合当前迅速发展的人性特质对职业生涯发展影响的现实。表 3-6 是职业发展的第一个"三阶段"。

表 3-6 表达的输入阶段与输出阶段的交线是一个动态和开放的状态，是柔性而非硬性的划分。

表 3-6　职业生涯的"三、三、三"理论

阶段	输入阶段	输出阶段	淡出阶段
时间	从出生到从业前	从就业到退休前	退休以后
主要任务	输入信息、知识、经验、技能，为从业做重要准备；认识环境和社会，锻造自己的各种能力	输出自己的智慧、知识、服务、才干；进行知识的再输入、经验的再积累、能力的再锻造	精力渐衰，但阅历渐丰、经验渐多，逐步退出职业，适应角色的转换。该阶段是夕阳无限好阶段，有更加广阔的时空以实现以往的夙愿

2. 职业生涯发展的第二个"三阶段"

职业生涯发展的第二个"三阶段"主要是指输出阶段中职业发展的阶段。这一阶段的发展特点与第一个人生三大阶段一样，依然是弹性的、开放的、动态的，有显著的个性化特征和受多维环境因素和个体因素影响的结果。表 3-7 表达的是输出阶段的三段论。

表 3-7　输出阶段的三段论

		个人的工作状态	职业环境状态
输出阶段	适应阶段	对领导：我要服从你的领导 对同事：我要与你协同工作 对自己：我要使自己表现出色	适应工作硬软环境，个体与环境，个体与同事相互接受，此时进入职业
	创新阶段	独立承担工作任务 努力作出创造性贡献 向领导提出合理化建议	受到领导和群众认可，进入视野辉煌阶段
	再适应阶段	由于工作出色获得晋升 由于发展空间小而原地踏步 由于自身骄傲或工作差错受到批评	个体要调整心态，再适应变化了的环境；此时属于职业状态分化的阶段，领导和同事看法不一

人生的输出阶段是人的一生最重要的阶段，也是人的职业生涯成功与否的决定性阶段。这一个阶段孕育着职业生涯的成功与失败，饱含着人生的酸甜苦辣。人生所有的沧海桑田的体会均在这一阶段，这里既包含着个性的特质、智慧、勤勉、欲望、健康、能力、毅力等诸多个体要素的影响，也包括环境与人文的影响，如机遇、父辈家庭背景、社会关系、毕业学校、学术导师的成就和支持、关键人物的态度、配偶的素

质水平、个人小家庭的和睦、朋友、人生导师的指导等因素。

3．职业生涯发展的第三个"三阶段"

职业生涯发展的第三个"三阶段"主要是指再适应阶段中职业发展的阶段。"再适应阶段"在现实中每一个人都要遇到，职业一次成功的人很少，都要经历 "再适应阶段"，这一阶段不是人生最辉煌的阶段，却是人生到达辉煌的必经阶段。表 3-8 表达的是再适应阶段的三段论。

表 3-8　再适应阶段的三段论

		职业状况
再适应阶段	顺利晋升	面临着新的工作环境的挑战，新的工作技能的挑战，原同级同事的嫉妒，领导会提出新的要求，表面的风光隐藏着一定的职业风波
	原地踏步	此时会有倚老卖老的不求上进的状态出现，挂在口头边的话是"此事我早已了解"或"我再熟悉不过了"，对同事的发展出现心理不平衡，此时如作职业平移或变更更适合
	下降到波谷	由于个体原因或客观原因，遭受上级批评，或受降级处分，工作状态进入波谷，此时如能重新振奋精神，有希望进入第二次"三三三"发展状态

人们在进入职业阶段后，首先是适应环境、适应工作；其次是去工作、去创新，展示自己，但这一阶段不可能延续至人生的淡出阶段，即退休阶段。在人生最重要的输出阶段，当你具备独立工作能力时，通常遇到三种情况：即顺利晋升、原地踏步和下降波谷的情况。这三个阶段是人生的关键时期，需要智慧和勇气，需要虚心和学习，需要帮助和支持。

再适应阶段是重新调整自己，使自己的思路、工作态度、工作行为更加适应自己的工作硬环境和工作软环境，更加适应个人的职业状况，在各种不同际遇中去寻找柳暗花明又一村的佳境，在千回百转中去攀登职业的高峰。这一阶段，比任何时候都更需要智慧，更需要导师，更需要容忍和让步，更需要毅力和沉着，更需要素质和内涵的支撑。表 3-9 是对再适应阶段一个简单的对策分析。

表 3-9　对策分析

再适应阶段的对策分析	顺利晋升——谦虚、谨慎、更加努力，执著去追求成功
	原地踏步——寻找新的切入点，寻求各种支持，调整个体的心态，大胆尝试新的工作方法
	下降到波谷——不躁不馁，重新振奋，适当平移和变更职业，再学习并重新构建人力资本，寻求机会重新开始

职业发展的"三、三、三理论"突出职业发展经历的大、中、小三个阶段，有一环扣一环的内涵，图 3-13 表示了这种包含关系。

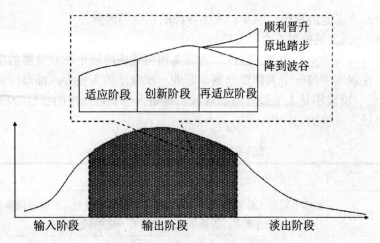

图 3-13　职业发展的三、三、三理论

职业发展的"三、三、三理论"突出职业发展经历的大、中、小三个阶段，有一环扣一环的内涵。

三、组织职业生涯管理

组织职业生涯管理的意义在于：首先，制定职业生涯管理政策，支持或鼓励员工自我职业生涯管理，培养有竞争力的员工；其次，通过组织职业生涯管理，体现出对员工利益的关怀，使员工忠诚于组织，留恋组织。

具体可以采用以下一些方法：

（1）从员工个人发展角度：给个人提供自我评估的工具和机会

（2）从组织角度：

①发布内部劳动力市场信息

②设置潜能评价中心

③实施发展项目

公司应结合员工职业发展目标为员工提供能力开发的条件。能力开发的措施可以包括培训、工作实践和业务指导制度等。

公司可以根据实际情况，提供各种形式有针对性的培训并鼓励员工自我培训。培训要以员工的职业发展为前提，对培训的持续投入并不意味着会产生应有的效果。例如，一家大型的民营进出口集团老总抱怨，对员工进行了高投入的 MBA 管理培训，这些培训选择在当今大陆上顶级的高等院校，但接受完培训的员工却不愿留在企业，纷纷跳槽，另谋高就。盲目的员工培训只能是事倍功半，是对员工本人的职业发展的漠视，也是对组织自身的损害和未来的发展缺乏责任。企业的战略目标、员工的职位要求存在偏差，培训的员工的知识与其个人的个性、能力、价值取向都是对员工进行培训要考虑的必要因素。

在工作实践方面可以是扩大现有工作内容或工作轮换。扩大现有工作内容指在员工的现有工作中增加更多的挑战性或更多的责任。即安排执行特别的项目、在一个团队内部变换角色、探索为顾客提供服务的新途径等。工作轮换是指在集团的几种不同职能领域中为员工做出一系列的工作安排，或者在某个单一的职能领域或部门中为员工提供在各种不同工作岗位之间流动的机会。

业务指导制度则是让公司中富有经验、生产率较高的资深员工担任导师，为经验较少的员工提供业务指导。业务指导关系不仅对被指导者有利，同时可以提高指导者的能力，使他们共同进步。

④设计可能的职业发展路径（职业通道）

根据公司业务、人员的实际情况，建立若干员工职业发展通道（即职系），可以包括管理、技术或营销等。使具有不同能力素质、不同职业兴趣的员工都可以找到适合自己的上升路径，避免所有人都拥挤在管理跑道上。公司应明确不同职系的晋升评估、管理办法以及职系中不同级别与收入的对应关系，给予员工不断上升的机会。企业传统的职业生涯通道是建立在企业的职务登记体系的基础之上，是一种官本位的职业生涯管理制度。现代人力资源管理往往倡导建立多元化的职业生涯通道，为同一个员工提供职务等级和职能等级两种不同的职业生涯通道，即一位员工可以选择成为企业中的管理者，也可以选择成为企业中具有核心专长和技能的专家，专家在企业中也可以获得和管理者同样的报酬待遇、权限、地位和尊重。

【延伸阅读】

选择"马屁股"的过程——职业规划赢在起点

现代铁路两条铁轨之间的标准距离是4英尺又8.5英寸（合1.44米），为什么采用这个标准呢？原来，早期的铁路是由建电车的人所设计的，而4英尺又8.5英寸正是电车轨的标准。

那么，电车轨的标准又是从哪里来的呢？追究下去，人们发现电车轨道标准来自于马车的轮距标准。

马车又为什么要用这个轮距标准呢？原来英国马路辙迹的宽度是4英尺又8.5英寸，所以，如果马车用其他轮距，它的轮子很快会在英国的老路上撞坏。

这些辙迹又是从何而来的呢？从古罗马人那里来的。因为整个欧洲，包括英国的长途老路都是由罗马人为他们的军队所铺设的，而4英尺又8.5英寸正是罗马战车的宽度。

可以再问，罗马人为什么以4英尺又8.5英寸为战车的轮距宽度呢？原因很简单，这是牵引一辆战车的两匹马屁股的宽度。原来是马屁股决定了千年后的现代铁路铁轨宽度。

故事到这里还没有结束，美国航天飞机燃料箱两旁有两个火箭助推器，因为这些助推器造好之后要用火车运送，路上又要通过一些隧道，而这些隧道的宽度只比火车轨道宽一点，因此火箭助推器的宽度要由铁轨宽度来决定。

所以，最后的结论是：美国航天飞机火箭助推器的宽度，竟然是由两千年前两匹马屁股的宽度所决定的。

美国经济学家道格拉斯·诺思在此基础上，划时代地创建了马屁股理论——"路径依赖"理论，并因此获得了1993年的诺贝尔经济学奖。他认为，"路径依赖"类似于物理学中的惯性，事物一旦进入某一路径，就可能对这种路径产生依赖。这是因为，经济生活与物理世界一样，存在着报酬递增和自我强化的机制。这种机制使人们一旦选择走上某一路径，就会在以后的发展中得到不断的自我强化。

我们职业生涯发展过程中也存在着"路径依赖"，一旦我们选择了"马屁股"，我们的人生轨道就可能只有 4 英尺 8.5 英寸宽了。即使我们不满意这个宽度，但是却很难从惯性中抽身而出……美国有一间著名的管理咨询公司对 100 位退休老人做过一次问卷调查，其中有一道题是："回顾你的一生，你最大的遗憾是什么？"你绝对想不到这些白发苍苍的老人是怎样回答的，也绝对想不到对于他们来说一生最大的遗憾是什么？他们之中竟然有 90%的人这样回答："我一生之中最大的遗憾是选错了职业！"这也是路径依赖！

实际上路径依赖是无法摆脱的，但我们可以选择一个适合自己的"马屁股"。这有许多方法可以帮助我们做出这个选择。

【综合案例】

血案与危机①

某年某月某日晚，某省著名女企业家，B 公司总经理王女士，被该企业工人李某杀害，血案引起很大震动。

材料一：李某，21 岁，B 公司员工。记者在案发后采访时十分惊讶：该人，一米八的个子，五官端正，衣冠楚楚，哪像个杀人犯！那么他为何对总经理起了杀机呢？

李某，单身，急于交女友。但由于企业内部引入竞争机制，重奖重罚，优胜劣汰；李因竞争不利，被挤到车间搬运工的岗位，报酬少、地位低，自觉没面子。他多次申请调换工种，均被拒绝。后来直接找到王总经，也被断然拒绝。他消沉了。女朋友又找不到，他归罪于"搬运工"没面子、没地位、没金钱。他气愤了，终于染上酗酒的恶习。某日，在企业的舞会上，他借酒壮胆，对某女工说脏话还动手动脚，受到扣发一个月奖金的处罚……

此后，李某工作不守规章，装卸物料乱扔，严重影响了生产秩序。车间严主任要其整理好混乱的现场，他便说："给多少奖金？人家领班一个月数千元奖金，我怎没奖金？"严主任说："清洁现场是你分内工作，要什么奖金？"李大骂："放屁！"严主任说："你敢骂人？"李说："骂算什么，我还揍你呢！"便抓起茶杯向严主任头上砸去，严主任闪过。茶杯打在墙上反弹回来的碎片却将其头部划出一道口子鲜血直流。为此，王总决定扣李三个月的奖金，以示惩处……

此后，李某又找王总要求调到有面子、奖金高的岗位。王总以企业的有关规定予以拒绝。案发当天，李某请了几个朋友喝酒，边喝边发泄怨气，喝到几分醉，竟冲进企业办公室找正在开会的王总经理等领导论理。李某劈头说："王总，给不给调工作！"王总说："现在正研究重大问题，今天不谈。"几位到会的领导七手八脚将李赶出办公室。李某气愤不过，跑去抓来一把刀，硬闯进办公室，大叫："姓王的，今天你不给我调工作，就白刀子进，红刀子出！"王总还是那句话："今天不谈"。叫大家进去继续开会，不理李某。大家软硬兼施又把李某赶出办公室。为防万一，报告了派出所。

派出所迅速采取措施，将李某拘留。李某不服，提出申诉。于是派出所按法律规定，限他第二天把申诉书和保金送来，李某同意后被放回。李某当即直奔总经理室，借车间有事叫走严主任之后，总经理室只剩市场部主任和王总两人，李乘机抽出刀向王总头部猛砍九刀，当场致死。

材料二：王总曾就读于某大学企业管理系，受过西方管理学理论系统教育。对西方管理十分偏爱，特别是泰勒的"胡萝卜＋大棒"的名言，常不离口。王总相信，"管理必须是非分明，黑是黑，

---

① 资料来源：华宏 MBA 网 http://www.hhmba.com/article/article_110.html.

白是白，该奖的奖，该罚的罚。严格管理是不能让步，不能退却的"。王总对下属不但要求严，而且对下属一视同仁，依章办事，从不徇私，人称"铁女人"。

材料三：B公司是生产某种工业零部件的企业，引进了国外先进技术，多年来生产、销售均比较顺利，王总认为成功的主要经验是对生产主要操作者按生产数量和质量科学计算奖金。奖励讲一个"信"字，奖金虽然越来越高，但企业始终照数计奖，鼓励了工人的生产积极性。主工序奖金与次工序的奖金，生产好的班次与差的班次的奖金额拉开了很大的距离。管理人员的奖金也远低于主工序工人的奖金，真正做到了"向第一线倾斜"。同时，保持了剧烈的竞争机制，生产线的领班或操作工，生产绩效最后一名者要降职，并提升绩效最好的操作者取而代之，真正做到了"优胜劣汰"，竞争上岗。

材料四：案发之时，企业正面临一个意外的危机，由于韩国的同类产品大量涌入市场（据说是走私入境），价格十分低廉，企业的许多老主顾相继失去，出现突发性的销售危机。当时厂领导正日夜研究对策，但一时尚无有效的对策。近期以来，管理层内部的摩擦时有发生，工人脱班现象也不断出现。由于订单减少，存货量迅速上升；如果减少产量，工人的奖金必然大幅度下降，影响情绪，企业已处于进退两难的境地。

【思考问题】

假如在上述血案与危机发生之后，你临危受命，受聘为该公司总经理，面对如此局面，你将做何思考？并采取何种对策？

【本章要点总结】

1. 描述组织结构的三个要素（成分）。
2. 组织设计的基本原则。
3. 企业组织结构的形式及其特点。
4. 管理幅度与管理层次的关系。
5. 员工招聘内部选拔与外部选拔的优缺点。
6. 人力资源管理、工作分析以及岗位设计的概念。
7. 绩效管理的侧重点。
8. 组织职业生涯管理的方法。

第四章 领 导

两种方式相比谁优谁劣

某市建筑工程公司是一个大型施工企业，下设一个工程设计研究所，三个建筑施工队。研究所由 50 名高中级职称的专业人员组成，施工队有 400 名正式职工，除少数领导骨干外，多数职工文化程度不高，没受过专业训练，在施工旺季还要从各地招收 400 名左右农民工补充劳动力的不足。张总经理把研究所的工作交给唐副总经理直接领导、全权负责。唐副总经理是一位高级工程师，知识渊博，作风民主，在工作中总是认真听取不同意见，从不自作主张、硬性规定。公司下达的施工设计任务和研究所的科研课题，都是在全体人员共同讨论、出谋献策、取得共识基础上，做出具体安排的。他注意发挥每个人的专长，尊重个人兴趣、爱好，鼓励大家取长补短，相互协作，克服困难。在他领导下，科技人员积极性很高，聪明才智得到了充分发挥，年年超额完成创新计划，科研方面也取得了显著成绩。

公司的施工任务，由张总经理亲自负责。张总经理作风强硬，对工作要求严格认真，工作计划严密，有部署、有检查，要求下级必须绝对服从，不允许自作主张，走样变形。不符合工程质量要求的，要坚决返工、罚款；不按期完成任务的扣发奖金；在工作中相互打闹、损坏工具、浪费工料、出工不出力等破坏劳动纪律的都要受到严厉的批评、处罚。一些人对张总的这种不讲情面、近似独裁的领导方式很不满意，背后骂他"张军阀"。张总深深地懂得，若不迅速改变职工素质低、自由散漫的习气，企业将难以长期发展下去，于是他亲自抓职工文化水平和专业技能的提高。在张总的严格管理下，这支自由散漫的施工队逐步走上了正轨，劳动效率和工程质量迅速提高，第三年还创造了全市优质样板工程，受到市政府的嘉奖。张总经理与唐副总经理这两种完全不同的领导方式在公司中引起人们的讨论。

你认为张总经理与唐副总经理各自采用的领导方式是什么？两种方式相比谁优谁劣？

不论我们讨论一个什么样的组织，军队、学校、企业、国家、社团等，领导似乎都是决定组织有效性的关键要素。因此，领导也就成为专业研究和讨论以及杂志报纸评论的焦点话题。我们曾听到这样的抱怨，"我们需要更多的领导"，然而，支撑领导地位的组织等级制度和正式权力正受到越来越多的挑战。我们习惯于将领导等同于权力、影响和身份地位，但是，领导行为又会在组织结构的各个层次都能够发现。领导者拥有工作头衔和工作环境，这些标志着他们的身份地位，只是，扁平化组织结构、团队工作方式、知识性工作的增加以及虚拟网络结构的兴起都弱化了传统的、基于组织等级的领导地位。正因为一直以来领导对组织的生存与顺利成长具有深远的影响，领导才会有这么多的讨论和争议，那么，究竟管理职能中的领导在组织中起到什么样的作用，领导要做些什么样的工作，如何才能成为一个好领导，他们是如何开展领导工作的，假若领导工作确实有其规律性和特点，那么，它们又是什么呢？本章就将领导这一职能展开论述。

第一节　领导职能基础

一、关于领导

（一）领导的定义

关于领导的定义有很多种，在这里我们综合概括各种定义的本质：

领导是个体运用非强迫性手段影响其他人自愿努力去完成群体或组织目标的过程。（或影响组织成员的活动，使其努力实现组织目标的过程。）

这个定义包括两层含义：

1. 领导的本质是人际影响，即影响其他群体成员的态度或行为。影响下属的方法虽然有多种，但是运用强制手段便不能叫领导。领导意味着下属乐意接受影响、愿意听从指挥、愿意付出努力，领导者必须有追随者。

2. 领导的目的是群体或组织目标的实现。下属之所以愿意接受领导者的影响是因为他们认识到这样做有利于群体或组织目标的实现，而群体或组织目标的实现与其自己的利益息息相关。

（二）领导与管理

根据上述定义，领导与管理有什么区别呢？在生活中，很多人认为这两个词是同义的，其实不然。

首先，领导是管理职能的一个方面，领导者和管理者在组织中扮演不同的角色，作出的贡献也不同。领导者有追随者，管理者有下属。比如，我们说领导与管理在类似活动上的侧重点不同，管理意味着操纵事情（计划）、维持秩序（组织）、控制偏差（控制）；领导意味着前进、指南、带领追随者探索新领域。管理者通过计划与预算处理复杂问题，他们设置目标、确定完成任务的方法、分配资源以实现目标，相反，领导者首先规划组织的远景以引导下属的行为，然后开发创新战略去实现远景。

其次，从本质上说，管理是建立在合法的、有报酬的和强制性权力的基础上对下属命令的行为。但是，领导更多的是建立在个人影响力和专长权以及模范作用的基础之上。因此，一个人可能既是管理者，也是领导者；一个人可能是领导者但不一定是管理者，非正式组织中最具影响力的人就是典型的例子，组织没有赋予他们职位和权力，他们也没有义务去负责企业的计划和组织工作，但他们却能引导和激励、甚至命令自己的成员。一个人也可能是个管理者，但并不是个领导者。领导者的本质是被追随者的追随与服从，它不是由组织赋予的职位和权力所决定的，而是取决于追随者的意愿。因此，有些握有职权的管理者可能没有追随者的服从，也就谈不上真正意义上的领导者。如果非正式组织中有影响力的人能参加企业正式组织的管理，会大大有益于管理的成效。对不具备领导才能的人应该从管理队伍中剔除出去。

（三）领导的作用及工作内容

计划与组织工作做好了，也不一定能保证组织目标的实现，因为组织目标的实现要依靠组织全体成员的努力。配备在组织机构各种岗位上的人员，由于在个人目标、需求、偏好、性格、素质、价值观、工作职责和掌握信息量等方面存在很大差异，如何合作，在相互合作中产生的各种矛盾和冲突如何解决，这些都需要有权威的领导者进行领导、指导员工，通过沟通增强人们的相互理解，统一人们的思想和行动，激励每个成员自觉的为实现组织目标共同努力。管理的领导职能是一门非常奥妙的艺术，它贯彻在整个管理活动中。在中国，领导者的概念十分广泛，不仅组织的高层领导、中层领导要实施领导职能，基层领导也要实施领导职能，而担负领导职能的人要做人的工作、重视工作中人的因素的作用。概括起来，领导要做好以下三方面的工作：

1. 先行、指挥

领导者不是站在群体的背后推动群体前进，而是站在群体之前引导群体，要鼓舞、引导群体，自己就得先行，就像置身于一个难以辨认方向的沙漠中，一般成员不知该向何处去，这时就需要领导起到先行的作用，帮助人们认清所处的环境和形势，指明活动的目标和达到目标的途径，领导者只有用自己的行动带领人们为企业目标而努力，才能起到指挥的作用。

2. 协调、指导

在许多人协同工作的集体活动中，即使有了明确的目标，也因个人的才能、理解能力、工作态度、进取精神、性格、作风、地位等不同，加上外部各种因素的干扰，人们在思想上产生各种分歧、行动上偏离目标的情况是不可避免的。因此，就需要领导者来协调人们之间的关系和活动，指导下属在实践中执行好组织的决策，朝着共同的目标前进。

3. 沟通、激励

没有人与人之间的沟通就不可能实行领导。领导者只有通过向部属传达感受、意见和决定才能对其施加影响；部属也只有通过沟通才能使领导者正确评估他自己的领导活动，并使领导者关注部属的感受与问题。在现代企业中，尽管大多数人有积极工作的愿望和热情，但也未必能自动地长久地保持下去。这是因为劳动是谋生的手段，人们需求的满足还受到种种限制。如果一个人的学习工作和生活遇到了困难、挫折和不幸，某种物质和精神的需要得不到满足，就必然影响工作的热情。在复杂的社会生活中，企业的每一个职工都有各自不同的经历和遭遇，怎样才能使每一个职工都保持旺盛的工作热情、最大限度地调动他们的工作积极性呢？这就需要有通情达理、关心群众的领导者来为他们排忧解难、激发和鼓舞他们的斗志，发掘、充实和加强他们积极进取的动力。

二、人性假设理论

要想对下级实施正确的领导，必须具备一个前提——正确的认识和对待下级。所有领导者必须回答一个共同的问题：人性的本质是什么？这就是所谓"人性的假设"。

现代管理思想的发展，实际上也体现了组织中管理人员对人性及其行为的看法在发展变化。

关于人性假设的理论很多，但归纳起来有五种，即经济人假设、社会人假设、自我实现人假设、复杂人假设和观念人假设。

麻省理工学院心理学教授薛恩就各种管理思想对人性的假设作了如下的分析，他把科学管理的人性观称为理性的"经济人"，人际关系学派的人性观称为"社会人"，人力资源学派的人性观称为"自我实现人"，而组织行为学的形成，又把权变观点引入了管理领域，提出"复杂人"的观点。人是复杂而有差异的，不能用一个固定的模式进行管理，针对人们不同的特点应采取不同的方法。而马克思、恩格斯把唯物论和辩证法应用于研究人本身，发现人具有自然属性、社会属性和思维属性。于是形成了"观念人假设"——人的行为受其观念的巨大影响。理想、信念、价值观、道德观对人力资源开发管理是十分重要的因素。

（一）经济人假设

经济人假设观点认为人主要是为经济利益而生存的。古典经济学家亚当·斯密最早提出了这一假设，工人是追求高工资的经济人，大多数都是懒惰的、尽可能地逃避工作；没有什么雄心壮志、也不喜欢负什么责任；不能克制自己，很容易受别人影响；为了满足基本的生理和安全需要，选择那些在经济上获利最大的事去做。大多数的个人目标与组织目标是相矛盾的，为了达到组织目标必须靠利益的驱使和外力的严格管制。人群大致分为两类，多数人符合上述假设，少数人能克制自己，这部分人应当负起管理的责任。因而追求最大利润的企业家，关心的是如何提高生产率，完成任务，对员工主要是应用职权，发号施令，一方面靠金钱的收买与刺激，一方面靠严密的控制、监督和惩罚迫使其为组织目标努力。

（二）社会人假设

这一观点认为人不只是为经济利益而生存，而且有社会方面的需求。一些行为科学家认为，古典经济学和古典管理学派把人只看成经济人并不正确。工作条件和工资报酬等并不是影响劳动生产率的第一位原因。人不单纯为了追求经济利益，而且还有社会方面、心理方面的需求，即追求人与人之间的友情、安全感、归属感和受人尊重等，人是独特的社会动物，只有把自己完全投入集体之中才能实现彻底的"自由"。他们还指出，工业化造成了"社会解体"和"不愉快的个人"。为了解决这一矛盾，就要考虑人的社会和心理方面的需求，以便合理地组织与管理，保持社会的"稳定"，并提高劳动生产率。管理人员不能只把目光局限在完成任务上，而应当注意对人关心、体贴、爱护和尊重，建立相互了解、团结融洽的人际关系和友好的感情。在进行奖励时，应当注意集体奖励，而不能单纯采用个人奖励。由计划、组织、经营、指引、监督的作用变为上级和下级之间中间人的作用，应当经常了解工人感情和听取意见并向上级发出呼吁。

（三）自我实现人假设

自我实现人假设观点认为，人除了社会需求外，还有一种想充分运用自己的能力、发挥自己才智的欲望。所以人是自动、自发而且能自我克制的，外在的命令、控制有时反而会引起反感，使人感到是一种"威胁"而难以适应。人力资源学派的人性观认为，人不仅希望为组织作出贡献，而且也能够作出真正的贡献。如何使工作变得有意义、富有吸引力，足以引起自豪感，就不需要其他外来的激励，人可以自我激励。管理自我实现人应重在创造一个使人得以发挥才能的工作环境，此时的管理者已不是指挥者、调节者和监督者，而是起辅助者的作用，从旁给予支持和帮助。对自我实现人主要是给予来自工作本身的内在激励，让他担当具有挑战性的工作，担负更多的责任。在制度上应给予更多的自主权，让工人参与管理和决策，并共同分享权力。

（四）复杂人假设

薛恩提出的"复杂人"概念，认为人是复杂的而且是高度可变的；人的动机模式很复杂，不仅人与人之间有差异，而且同一个人在不同的组织或同一组织的不同部门中，其动机也可能是不同的；人们通过他们的组织经验还可能学到新的动机，以及人能对各种不同的管理策略作出反应。因此，一个成功的管理者必须是个好的诊断师，了解每个人的个别差异。对不同的人，在不同的情况下采取不同的措施，即一切随时间、条件、地点和对象变化而变化，不能一刀切。

（五）观念人假设

马克思、恩格斯把唯物论和辩证法应用于研究人本身，发现人具有自然属性、社会属性和思维属性。人属于自然界，这是人的自然化。人统治自然界，这是自然界的人化。人的本质是客观的，因而是可以认识的。人的本质并不是单个人所固有的抽象物。在其现实性上，它是一切社会关系的总和。人的社会性有四个方面的含义：

1. 人不能离群索居，必须在社会中生存。

2. 人除了生存需要外，还存在着许多社会需要。这些需要来自于社会，也只能通过社会得到满足，并存在着客观的社会尺度。

3. 社会尺度是指我们的需要和享受是由社会产生的，因此，我们对于需要和享受是以社会的尺度去衡量的。具体而言，人的需要带有时代性和阶级性。这是前面四种人性假设所没能涉及的。

4. 人的全面发展取决于社会的高度发展。人与动物的本质区别是能够思维，有思想。根据恩格斯的观点，认识过程可分为 3 个阶段——第一阶段是感性阶段，即对个别事物的感觉知觉表象；第二个阶段是知性阶段，即对事物之间关系进行分析综合归纳演绎；第三个阶段是理性阶段，即通过辩证思维形成概念并研究概念的本性。第一、二阶段是人和动物所共有的，第三阶段才是人所独有的，辩证思维才是人本质的反映。辩证的思维，正因为它是以概念本性的研究为前提，只对于人才是可能的，并且只对于较高发展阶段上的人才是可能的。于是形成了"观念人假设"——人的行为受其观念的巨大影响。理想、信念、价值观、道德观对人力资源开发管理是十分重要的因素。

三、领导理论

关于领导的研究主要有三种观点，这些理论观点的产生是循序渐进的，是随着历史的进程慢慢发展的。

领导特质理论：领导特质理论的研究者认为他们可以识别有效领导者（有效领导的标准一般被界定为完成任务，这是领导理论和研究的实践性目标）的个性特征和其他品质，进而，人们可以选择拥有这些特质标志的人，并把他们提升到领导位置。领导特质理论一直流行到 20 世纪 40 年代。

领导风格理论：试图描绘不同的领导行为模式以识别有效和无效的领导模式，从而提高对领导者的培训和开发。领导风格理论一直流行到 20 世纪 60 年代。

权变理论：权变理论认为领导行为的有效性取决于组织和文化环境，这些环境也可以促进领导意识和训练领导技能。权变理论一直统治到 20 世纪 80 年代。

当然在 20 世纪 80 年代后，又有一些新型理论出现，这个我们会作为专题讨论来讲。

（一）特质定位理论

人们寻求优秀领导者的特质受到伟人理论的影响。伟人理论的历史观点认为：社会和组织的命运掌握在强有力的、拥有特质的人（男性）手中。这种观点很明显是错误的。伟人理论关注政治人物，认为领导者通过他们的个性力量控制和指导其他人的生活，达到领导职位，影响其他人。伟人天生就是领导者，并取得权力，而不管社会、组织或者历史环境如何。因此，所进行的研究关注并识别这些特殊人群的特质。美国专家拉尔夫·斯托格迪尔回顾了成百项有关特质的研究成果，并汇编如下：

➤ 强烈的责任感
➤ 关注完成任务
➤ 活力和坚持追求目标
➤ 解决问题的冒险性和创造性
➤ 在社会环境中的开创性
➤ 自信
➤ 自我认知
➤ 接受决策和行动结果的意愿
➤ 承担人际压力的意愿
➤ 承受迟滞和挫折的意愿
➤ 影响他人行为的能力
➤ 构建社会机制并进行控制的能力

也有一项研究成果研究领导者需要具备以下 15 种必要的特质：

判断力	主动	正直	洞察力	活力
驱动力	人际交往技巧	决策能力	独立能力	情感稳定性
公平	抱负	奉献精神	目标性	相互合作

对于上面两项研究提出的这些特质，我们难以提出质疑。我们难道说领导者应该缺乏责任感、创造性、自信、判断力、驱动力以及缺少抱负吗？这两项研究都将"活力"作为一项重要的品质。但是，前者指出冒险精神、自信、压力承受能力以及体系构建属于领导者的特质，而后者却没有提到这些。后者提出正直、洞察力、公平和相

互合作也是领导者的特质，而前者没有提到这些。

这些研究并不能建立领导特质的持续一致的框架。随着研究的发展以及对更多组织的研究，大量的领导特质会被识别。不同的研究会产生不同的研究成果。从 20 项有关领导特质的研究中，我们可以总结出 8 种领导的特质。这些特质中有一半仅仅在一项研究中得到识别，只有少数几种特质在 4 项或者更多的研究调查中得到证实，而且只有"智力"能力曾在十多项的研究中得到证实。也就是说，从有效领导者身上鉴别出来的特质至少有上百种，并未找到完全一致的那些特质，而且，进一步对更多的组织和领导者进行研究会发现新的特质，如按这种特质清单选拔领导者，没有人能够符合当领导者的条件。更严重的问题是，这些特质中有许多是模糊的。承受迟滞的意愿？构建社会机制的能力？人际交往能力？抱负？人们很难知晓在进行领导选择时如何运用领导特质理论？怎么衡量或者什么标准就可以肯定被选拔的人有承受迟滞的意愿、构建社会机制的能力、人际交往能力以及抱负？也就是说对领导者特质测定的信度和效度不够令人满意。

这样，直到 1950 年对明确领导特性的尝试才有了一点点价值，也出现了一些一般性的结果。根据以下的衡量标准，领导者一般会得到高分：

能力——智力，相关知识，口头表达能力。

社交性——参与，相互协作，声望。

激励——开创性和持续性。

随着研究者的注意力转移到领导行为模式，进而转向组织环境研究，领导特质渐趋为人们所遗弃。但是，尽管存在这些明显的问题，人们依然相信领导者的特殊品质还是可以加以识别的。因此，我们近来已经看到领导特质理论研究的复兴。具有讽刺意味的是：领导特质理论依然是一种当代的观点。

【延伸阅读】

经过多年一直存在的领导特质理论[①]

英国国家健康服务机构关注实施针对医疗现代化的雄心勃勃的政府计划，委托一家管理咨询公司 Hay Group 来识别高级领导者所需要的品质。根据对 150 位首席执行官和总裁的研究，这种领导品质框架识别出 15 种品质，并分成三类，用以突出"有效和杰出的领导者"：

➢ 个人品质

自信

自我意识

自我管理

进行改进的驱动力

正直

➢ 设置方向

抓住未来

---

① 资料来源：Department of Health，NHS Leadership Qualities Framework，Modernization Agency，The NHS Leadership Centre London，2002.

灵活的智力

洞察力

政治敏锐性

追求结果的动力

➤　传递服务

领导人们进行变革

勇于承担责任

授权他人

有效的、战略性的影响

协作式的工作

除了"招募和选择领导者"，这个框架也用于个人发展、职业规划、继任计划、绩效管理和评估以及"评价公司领导的能力"。

为什么会成为当代的观点呢？因为随着研究的深入，人们发现，虽然并不是所有的有效领导者都必须具备上述所有的特质，但是很多有效领导者还是具有某些共有的特质，最重要的是这些特质不像人的肤色、种族或性别都是与生俱来的，有效领导所需的特质通过自身的学习和努力是可以培养的。那么，去寻求有效领导所需具备的一些特质就显现出它的价值，因为知道了这些特质，我们就可以通过学习和努力去培养这些特质，成为有效领导者也就多了一些可能。

【延伸阅读】

他适不适合做领导[①]

某民营医药公司的老总，当他的公司面临重大危机时，资金周转不灵，急需资金帮助公司渡过难关。这时，一个朋友挺身而出，拿了百万余元垫进来，帮公司渡过难关。老总感激他，将他提拔为副总，主管营销和后勤，并分给 5%的股份。副总性格稍微内向，办事认真，古板，让他负责装修，与预算相比还为公司节省了两万余元。让他主管后勤，每个月两部车的开销也能节省 800 多元。他做事很仔细，连汽车维修是在哪个汽修厂，他有时都打电话去核实。他最近炒掉几个员工，使老总感到不安。因为这些员工在老总看来很不错。其他的员工对副总颇有微词，不少员工向老总反映，副总很小气，连一百多元的应酬费有时都不给签单报销。如果还是让副总主管的话有些优秀的员工也想离职。副总主管营销一年多，业绩起色不大。为稳定员工，老总只好自己又接管营销。为鼓励士气，老总给了 3000 元给副总，让他分发给下属，但始终都没有分发下去。

副总到底适不适合呆在目前的职位上？

（二）领导行为理论

当特质模式遭遇困境时，人们开始转向研究领导者实际工作中可观察的行为，研究领导、管理和监督模式，认为领导者做什么和怎样做是领导效果的决定因素，只要其行为得当就能取得好的领导效果。与特质理论的天赋观点相比，该理论认为领导风

---

① 陈国海. 组织行为学（第二版）. 北京：清华大学出版社，2006.

格和行为是可以学习和训练来提高的，为领导者培训提供了广阔的天地。也就是人们的注意力从根据个性品质选择领导者转向训练和培训领导者采取恰当的行为模式。

领导行为论试图从研究领导者的行为特点与绩效的关系，来寻找最有效的领导风格。以前的学者主要从是否让下属参与决策、领导者更关心绩效、还是更关心群体关系等三个方面研究领导行为。

1. 领导连续统一体理论

该理论主要从是否让下属参与决策来研究领导行为。领导涉及在一组织中行使权力，该理论把在引导人的过程中，领导人对所获得的权力的用权方式称作领导方式或领导风格。在人类历史上，记载了领导人的各种不同的领导风格，从强制、威胁和要求到花言巧语、恳求、贿赂和乞讨，从彻底的独裁至完全的民主，各种领导方式形成了一个连续统一体。"领导行为连续统一体"理论是坦宁鲍姆和施密特在 1958 年 3～4 月号的《哈佛商业评论》上发表的《怎样选择领导模式》一文提出的。他们指出领导行为是包含了各种领导方式的连续统一体。在独裁式的领导行为和民主式的领导行为的两种极端的领导方式中间，还有多种领导方式。在其模型中列举了七种有代表性的领导风格，模型如图 4-1 所示。

以领导者为中心　　　　　　　　　　　　　　　　　　　　以下属为中心

领导者的职权运用						
					下属的自由度	
领导者做出决策，由下属执行	领导者做出决策，但在下属接受决定前做出适当解释	领导者做出决策，并允许下属提出问题	领导者提出决策的设想，然后交由下属讨论修改	领导者提出问题，并征求下属意见建议，然后做出决定	领导者规定界限，在限定的范围内由下属做出决定	领导者和下属在组织限定的范围内共同做出决定

图 4-1　领导方式的连续统一体理论

（1）领导者做出决策，由下属执行。在这种方式中，领导者确认一个问题，考虑各种可供选择的解决方案，从中选择一个向下属宣布以便执行。他可能考虑，也可能不考虑下属对他的决策的想法，但不管怎样，他不给下属参与决策的机会，下级只能服从他的决定。

（2）领导者做出决策，但在下属接受决定前做出适当解释。在这种方式中，领导者不是简单的宣布这个决策，还要做适当的解释。这样做是表明他意识到下属中可能有某些反对意见，通过阐明这种决策将给下属带来利益以争取他们的支持。

（3）领导者做出决策，并允许下属提出问题。在这种方式中，领导者做出决策，但他向下属提供一个有关他的想法和意图的详细说明，并允许提出问题，这样，他的下属可以更好地了解他的意图和计划。这个过程使领导和他的下属能深入探讨这个决策的意义和影响。

（4）领导者提出决策的设想，然后交由下属讨论修改。在这种方式中，允许下属对决策发挥某些影响作用。确认问题和决策的主动权仍操纵在领导者手中。

（5）领导者提出问题，并征求下属意见建议，然后做出决定。在这种方式中，虽然确认问题和决策仍由领导者来进行，但下属有建议权。下属可以在领导者提出问题后，提出解决问题的方案，领导者从他自己和下属提出的方案中选择出较为满意的。这样做的目的是充分利用下属的知识和经验。

（6）领导者规定界限，在限定的范围内由下属做出决定。在这种方式中，领导者把决策权交给下属。在这样做以前，领导解释需要解决的问题，并给要做的决策规定界限。

（7）领导者和下属在组织限定的范围内共同做出决定。在这种方式中，下属有极度的自由，唯一的界限是组织所做的规定。如果领导参加了决策过程，也往往以普通成员的身份出现，并执行下属所做的任何决定。

图 4-1 中所示的七种领导风格，没有哪一种总是正确的或错误的，也没有哪一种是最好的或是最坏的，在不同的领导者、下属和情境之中，有不同的最适合的领导风格。此外，组织环境和社会环境也会对领导风格产生影响。他们认为，一个成功的领导者，不一定是专权的人，也不一定是放任自由的人，而是能够针对不同环境采取恰当措施的人。比如，一个好的化学实验室主任，在涉及危险化学品的使用时，他是专制的，但涉及制定研究方向与计划时，他又是民主的。

【延伸阅读】

用毛泽东兵法治商——中国最神秘企业家任正非[①]

2005 年《时代周刊》评价说，现年 61 岁的任正非显示出惊人的企业家才能，他在 1988 年创办了华为公司。这家公司已重复当年思科、爱立信卓越的全球化大公司的历程。如今这些电信巨头已把华为视为"最危险"的竞争对手。

任正非很喜欢读《毛泽东选集》，一有闲工夫他就琢磨毛泽东的兵法怎样成为华为公司的战略。而此前任正非在部队期间就是"学毛著标兵"。华为的发展无不深深打上传统权谋智慧和"毛式"斗争哲学的烙印。其内部讲话和宣传资料字里行间跳动着战争术语，极富煽动性，以至于有人说进入华为的人都被洗了脑。

最典型的一个例子是华为初期"农村包围城市"战略的运用。1992 年，华为自主研发出交换机及设备。当时，阿尔卡特、朗讯、北电等洋巨头把持着国内市场。任正非以"农村包围城市"的战略迅速攻城略地。通信设备价格也直线下降。1996 年，华为开始在全球依法炮制蚕食欧美电信商的市场。

华为的员工说，任正非对管理的天才领悟来自于他对人情世故、人心人性的深刻洞察。他对直接领导的华为高层，态度往往显得暴躁和不留情面。人们对任正非总是能够摸准产业脉动的战略判断能力表示深深的佩服。任正非在华为的地位至今无人可以代替，而他本人对现代董事会的决策机制不以为然，这从《华为基本法》中显而易见："高层重大决策从贤不从众，真理往往掌握在少数人手里。"华为的整个机制散发出一种封闭的、极端推崇权威的气息，似乎与一家现代化的高科技公司有点不协调。

---

① 陈国海. 组织行为学（第二版）. 北京：清华大学出版社，2006.

2. 管理方格理论

（1）领导行为四分图

1945 年起，美国俄亥俄州立大学工商企业研究所在斯多格迪尔和沙特尔两位教授的领导下，对大型组织的领导行为做了一系列深入研究。他们用高度概括的方法，通过对一千多种描述领导行为的因素进行筛选，最后归并为两类主要领导行为。一类称为主导型结构，以工作为中心的行为：关注完成工作。由领导确立组织目标和抓好组织，严格要求下属，确保其努力达到目标。另一类关心型，以员工为中心的行为：关注关系和员工需要。领导和下属的相互关系体现为互相信任、互相尊重，上级关心并考虑下属的意见和感情，通过参与管理来调动人的积极性。主导型结构和关心型领导行为是两种不同的领导方式，互相结合可形成四种基本领导风格，如图 4-2 所示。

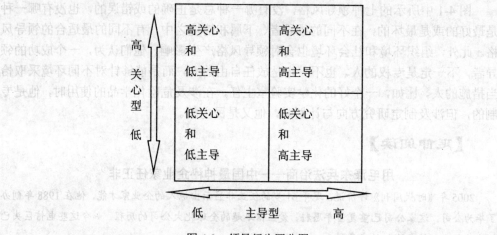

图 4-2　领导行为四分图

一位管理者可能是高主导兼高关心，也可能是低主导兼低关心，或此高彼低。领导行为是这两类行为的具体结合。一个两方面都高的领导人，其工作效率及领导有效性必然较高。用四分图研究领导行为是从两个角度考察领导方式的首次尝试，为研究领导行为指出了一个新的途径。

（2）管理方格理论

在俄亥俄四分图的基础上，布莱克和莫顿于 1964 年提出了管理方格理论。他们用一张九等分的方格图组成了一个两维矩阵。横坐标表示管理者对生产的关心程度，纵坐标表示对人的关心程度，纵横坐标共组成了 81 个小方格，每一小方格代表一种领导方式。其中有五种典型的领导风格，如图 4-3 所示。

（1）贫乏型管理 1.1：管理者对生产和对人都很少关心。

（2）任务型管理 9.1：管理者对生产高度关心，但对人则很少关心。

（3）乡村俱乐部型管理 1.9：管理者友好待人、态度轻松，但对生产则很少关心。

（4）组织人型管理 5.5：管理者折中地在关心人和关心生产两者间取得平衡。

（5）协作型管理 9.9：管理者对生产和对人的关心都有高标准的要求，通过与职工的互敬互信，依靠群体的协作来取得成果。

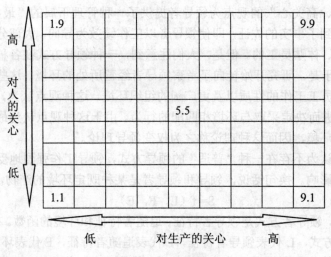

图 4-3　管理方格图

【延伸阅读】

无效和有效的主管[①]

"这种对人们进行关注的领导方式完全正确，但是奢侈的。我承担着进行生产的压力，而且当我提高产量时，我就可以有时间关注员工并帮助他们解决问题。"

一位有名的研究者雷西斯·里克特把持有上面看法的主管看成是无效的主管。而他所指的更有效的主管是这样的：

"我们获得高产出的一种方式是通过让人们按照他们希望的方式来完成工作，只要他们能完成目标就可以。我相信他们会从无聊空闲中抽出时间进行工作，从而使他们觉得自己有一些特殊的价值，不仅仅是使工厂的机器运转。事实上，我告诉他们，如果你觉得工作厌倦了，那么就休息几分钟……如果你使员工没有那种被追逐的感觉，那么他们就会努力地在需要的时间完成工作。"

"我从来不自己做任何决策。哦，我想，自从我来到这，我曾经做过两项决策。如果人们了解他们的工作，我会让他们自己做决策。我相信授权式的决策。当然，如果有一些事情影响整体的决策，那么两名副经理，三名部门主管，有时还加上部门主管的副手到这儿一起进行讨论。我并不认为任何事情都是这样解决的。毕竟，一旦监督层和管理层达成一致，那么这些政策思想在向员工传达时就不会有任何麻烦。"

"我的工作是和员工，而不是同工作打交道。我是否进行工作并不重要，存在的可能是，如果你真的关注员工，人们将会更好地完成工作。知道员工的名字并提供许多帮助是重要的，但是那还不够。你真的需要详细地了解每一个人，知道他的问题出在哪儿。大部分时间，我在员工的办公桌旁同员工讨论事情，而不是在办公室里。有时我坐在废纸篓上，或者是斜靠在文件夹上，这都是非常不正式的。人们似乎不喜欢进办公室谈话。"

（三）环境匹配理论

领导连续统一体的七种领导风格并没有最好的领导方式。而俄亥俄州的研究通过

---

① 资料来源：Rensis Likert，New Patterns of Management，McGraw-Hill，New York.

采用"高主导、高关心"的观点为领导者提供了一种管理下属的"最好的方式"。这种思想建议得到了事实的佐证，即使领导者以工作绩效为导向，大部分人也喜欢他们的领导是关心、体贴员工的。但是，人们注意到，一种领导方式在各种环境中可能并不那么有效。于是，研究开始转向了考察领导者经营所处的环境。这些环境因素包括所领导的人、员工工作的性质以及更广阔的组织环境。这种观点认为，领导者必须能够诊断环境，进而决定采取与环境相匹配的行为。由于这种观点认为最好的领导模式取决于具体的环境，因而这种理论称之为权变领导理论。

权变理论认为不存在一种"普适"的领导方式，领导工作强烈地受到领导者所处的客观环境的影响。换句话说，领导和领导者是某种既定环境的产物，即

$$S = f(L, F, E)$$

具体地说，领导者方式是领导者特征、追随者特征和环境的函数。在上面公式中，S 代表领导者方式，L 代表领导者特征，F 代表追随者特征，E 代表环境。

领导者的特征主要指领导者的个人品质、价值观和工作经历。如果一个领导者决断力很强，并且信奉 X 理论，他很可能采取专制型的领导方式。

追随者的特征主要指追随者的个人品质、工作能力、价值观等。如果一个追随者的独立性较强，工作水平较高，那么采取民主型或放任型的领导方式比较适合。

环境主要指工作特性、组织特征、社会状况、文化影响、心理因素等。工作是具有创造性还是简单重复，组织的规章制度是比较严密还是宽松，社会时尚是倾向于追随服从还是推崇个性等，都会对领导方式产生强烈的影响。

菲德勒所提出的权变理论被视为较完整的情景领导理论，并受到许多人的肯定和认同。菲德勒提出了一个"有效领导的权变模型"，其中包括了两种基本领导风格和三种情景因素，三种情景因素又分别可组成八个明显不同的环境，领导方式与环境类型相适应，才能获得有效的领导。

1. 两种领导风格

菲德勒确认了两种领导风格：一种为任务导向型（类似于以工作为中心和主导型结构行为），另一种为关系导向型（和以职工为中心及关心型的行为相似）。他还认为，领导行为的方式是领导人个性的反映，基本上不大会改变。所以，一个领导人的领导风格究竟是任务导向还是关系导向是可以确定的。他使用了一种名叫 LPC 的问卷表（该问卷也叫"最不受欢迎的同事"问卷，LPC，即 Least-Preferred-Coworker，此问卷的主要内容是询问领导者对最难合作的同事的评价。如果领导者对这种同事的评价大多用敌意的词语，则该种领导趋向于工作任务型的领导方式，低 LPC 型；如果评价大多用善意的词语，则该种领导趋向于人际关系型的领导方式，高 LPC 型。）来测定一个人的领导风格，所谓 LPC，即你最难与之共事的人。每个管理人员和领导通过对 LPC 的描述可判断其领导风格。

【延伸阅读】

最不愿与之共事的同事（LPC）分级表

想一想跟你一起共事最难把工作干好的那个人吧。他可以是现在跟你一起工作的人，也可以是

你过去认识的人，他未必一定是你最不喜欢的人，可却是跟他一块最难把事办成的人。请你描述一下对你来说，他是什么样子的。请利用如下的菲德勒的 LPC 问卷中的 16 对意义截然相反的形容词来描述他。每对形容词间分成 8 个等级，除由这对形容词所代表的两种极端情况外，还有一些中间状态。请圈出最能代表你要描述的那个人真实情况的等级数。

菲德勒的 LPC 问卷:

快乐——	8 7 6 5 4 3 2 1	——不快乐
友善——	8 7 6 5 4 3 2 1	——不友善
拒绝——	8 7 6 5 4 3 2 1	——接纳
有益——	8 7 6 5 4 3 2 1	——无益
冷淡——	8 7 6 5 4 3 2 1	——热情
紧张——	8 7 6 5 4 3 2 1	——轻松
疏远——	8 7 6 5 4 3 2 1	——亲密
冷漠——	8 7 6 5 4 3 2 1	——热心
合作——	8 7 6 5 4 3 2 1	——不合作
助人——	8 7 6 5 4 3 2 1	——敌意
无聊——	8 7 6 5 4 3 2 1	——有趣
好争——	8 7 6 5 4 3 2 1	——融洽
自信——	8 7 6 5 4 3 2 1	——犹豫
高效——	8 7 6 5 4 3 2 1	——低效
郁闷——	8 7 6 5 4 3 2 1	——开朗
开放——	8 7 6 5 4 3 2 1	——防备

要是你的小计分是 64 分或更高，你就可以算是一位把处理好与人的关系放在首位的领导，小计分是 57 分或更少，你就是一位更重视完成任务的领导。

2. 三种情景因素

（1）上下关系，即领导者能否得到下属的信任、尊重和喜爱，能否使下属自动追随他。

（2）职位权力，即领导者所处的职位提供的权力是否明确和充分，是否得到上级和整个组织的有力支持。

（3）任务结构，即群体的工作任务是否规定明确，是否有详尽的规划和程序，有无含糊不清之处。

菲德勒的理论模型是将三种主要的因素加以组合，得出八种不同的环境类型，并对 1200 多个团体进行了调查，找出了不同环境类型下最适应、最有效的领导类型，其结果如图 4-4 所示。

菲德勒的研究结果表明，在对领导者有利和最不利的环境类型下，如类型 1、2、3 和 8，采用任务导向型效果较好；在对领导者环境条件一般的情况下，采用关系导向型较有效。比如，一架将着陆的飞机，整个机组任务明确，机长上下关系明确、职权充分，属于环境类型 1，这时机长只要下命令就可以了，根本不用征询机组人员是否要降落，如何降落。又比如，一个外面调来的新任厂长，虽然职权很大，任务明确，但没有良好的上下关系，属于类型5，这位厂长最明智的选择是先以关系导向来处理问题，别一上来就发号施令。

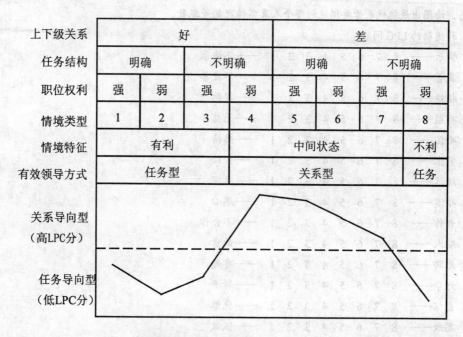

上下级关系	好				差			
任务结构	明确		不明确		明确		不明确	
职位权利	强	弱	强	弱	强	弱	强	弱
情境类型	1	2	3	4	5	6	7	8
情境特征	有利				中间状态			不利
有效领导方式	任务型				关系型			任务

图 4-4　不同环境下的有效领导类型

对照上面谈到的各种领导理论，我们是否能回答："领导者是具有特殊品性的人吗"这个疑问？

人们对于领导的讨论如此多，以致泛滥成灾，使领导的概念模糊不清，人们很难辨清这个概念。为了消除诸如准道德和无可指责的一些联想，像"爱国主义""大肆宣传和玩游戏""从不要求你的下属做一些你自己不愿做的事情"规则，"不要放弃""结实的下颚，率真的眼睛，坚定的眼神"，并且"如果——你能成为一个优秀的男人"，人们得出简单的事实：领导是对其他人施加某种影响以使他们行动协调一致，从而实现一种目标，如果他们只依靠自身的特征，他们或许难以实现。

导致人们对一些事情达成一致的因素是多样的，各有不同。在最表层，这些因素包括诸如声音、身高和外貌、宗教信仰、信任、忠诚以及勇敢。在更深的而且相当重要的层次，领导取决于恰当的理解被领导者的需要和观点以及领导所处的环境。领导也取决于良好的时机。希特勒既不是无所不知的、可以信赖的，也不是真诚的，他的身高是不突出的，而且外貌接近于令人厌恶，但是他理解这些规则并且充分地运用这些规则。许多好的喜剧演员据说也是这样。

第三节　激　励

每个管理人员都面临一个问题，他们对某项任务的完成负有责任，但个人无法把一切工作都承担下来，而又能做好，他必须依靠其下属人员，借助于别人的努力来完成任务。下属员工需要些什么才能负起责任呢？员工需要些什么工具？什么刺激？什么安全保障才能真正承担起责任的重担？怎样才能期望员工对这一要求做出响应？管理者需要做的是引导人们为完成各自的任务而努力，这就是激励的挑战。

一、激励的概念和过程

激励：影响人们的内在需要或动机，从而加强、引导和维持行为的一个反复的过程。用通俗一点的话来说，激励就是调动人的积极性。正如李·艾科卡所说："经营管理实际上就是调动人的积极性。"

动机是推动、引导、维持个体行为的内部生理、心理因素的总和。构成动机的因素有多种，它们都可能在某一时间段启动并维持人的行为。

关于激励的过程，曾经由李剑锋博士提出一个多维动机模型，这个模型揭示了人的行为的一般过程，而激励的实质就是通过影响人的需要或动机达到引导人的行为的目的，所以，激励是与人的行为过程紧密联系在一起的，如图 4-5 所示。

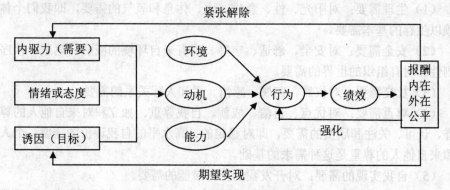

图 4-5　多维动机模型

从这个多维动机模型我们可以看出，一定行为的产生与很多因素有关，了解到这些相关因素后，管理人员就可以对症下药地设置某些条件来影响员工的行为，这也就是激励的过程和意义。

首先，动机的基础是需要。而需要是个体的一种缺乏状态，当人的需要未得到满足时，心理上会产生一种不安和紧张状态，这种缺乏驱使人去行动，以解除紧张状态。

其次，越来越多的证据开始表明情绪和态度也可以成为推动行为的动机。人们经常看到有人因为爱或恨而杀人，因为愤怒而攻击。20 世纪 60 年代，心理学家汤姆金斯就提出了情绪的动机理论。关于这方面的知识，在行为科学里谈得比较多，而是否是主要的动机因素尚有待探索。

众多研究也表明，人的行为更多地被可能的结果所拉动。人们努力的目的是想得到某些积极诱因，如食物、饮料、爱情、名誉、地位、金钱等，同时回避某些消极诱因，如痛苦、焦虑、挫折、饥饿等。

此外，个体的行为除了受动机的支配外，还受外部环境状况的影响。动物实验发现，已经吃饱、停止进食的小鸡看到另一只非常饥饿、刚刚开始进食的小鸡时，也会跟着吃，而且会多吃 50%。对于人来说也是同样的。如果一名员工想晋升当经理，但公司短时期内不会有空缺职位，他也只是想想而已；而一旦确定有空缺时，他的行为一定会发生变化。

当然了，某人一定行为的产生，必须具备相应的能力。

一个人的努力假如说导致了梦想实现，如获得期望已久的回报，这种努力就会得到正强化。在以后的日子里，他可能会更加努力。

二、激励的主要理论

（一）内容型激励理论

内容型激励理论基本上是围绕如何满足员工的需要进而调动其工作积极性开展研究，也称需要理论。这方面比较成熟的理论主要有马斯洛的需要层次论、赫茨伯格的"双因素论"、奥尔德弗的 ERG 理论。

1. 马斯洛的需要层次论：亚伯拉罕·马斯洛认为，我们拥有五种先天的需要或动机。

（1）生理需要：对阳光、性、食物、水、休息和氧气的需要，即我们个体和集体赖以生存的基本需要。

（2）安全需要：对安全、舒适、宁静、没有来自环境的威胁、遮蔽、秩序、可预测性和对有组织的世界的需要。

（3）社交需要：对依靠、归属、感情、爱和人际关系的需要。

（4）尊重需要：对优点、自信、成就、自我尊重、独立和对来自他人的尊重、声誉、认可、关注和欣赏的需要，即对稳定的、高水平的自我评价的需要，个人的能力和来自他人的尊重是这种需求的基础。

（5）自我实现的需要：对开发我们全部潜能的需要。

如果我们的生理需要和安全需要得不到满足，那么我们就无法生存。如果我们对爱和尊重的需要得不满足，我们就会感觉卑微和无助，而这些需要一旦满足，我们就会信心十足。马斯洛认为，自我实现和超越是人类的终极目标。（但在组织行为学文献中，精神的、形而上学的超越概念一直以来都受到冷落。）马斯洛还认为，追求自我实现的人很少，而塑造环境使人们朝着这个方向努力是一项充满挑战的任务。（在马斯洛的需要层次论里其实还包括自由质询和表达的需求，一直没有得到重视。但是，这种需求的作用不管从广义的文化背景而言（关于这种自由存在国家之间的差异）还是从组织情境而言都相当重要。在这些情况中，质询和表达总是会受到程序、规则和社会标准的限制。）

这几种需要并非处于同等地位的，而是存在着不同等级的关系。它们的重要程度的层次结构如图 4-6 所示。

马斯洛认为，需要的这种等级结构具有以下特征：

➤ 除非需要层级中较低层次的需要得到了或多或少的满足，否则，较高层次的需要就不会发挥作用。当你溺水（生理需求面临被剥夺）的时候，你并不会担心鲨鱼的袭击（安全受到威胁）。

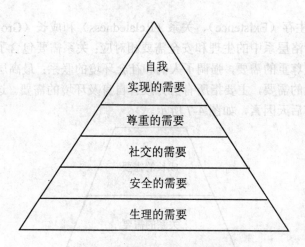

图 4-6　马斯洛的需要层次模型

➢　已经被满足的需要不再起到激励作用。如果你吃饱喝足又很安全，我们就很难以用提供食物和衣物的方式来刺激和指导你的行为。

➢　需要得不到满足会影响精神健康。缺乏自我尊重和来自他人的尊重就无法维持某种人际关系，不能发展个人的能力，这些都会导致挫折感、焦虑和意志消沉。

➢　在我们的内心中存在着使需要等级不断向高层次发展的需要，一旦较低层次的需要得到或多或少的满足，我们便会朝着更高层次需要的满足而努力。

➢　自我实现的需要会产生更强烈的激励效果。马斯洛认为，自我实现者会体会到"高峰体验"。当你拥有一次这种体验后，你会想要更多这样的体验。可见，自我实现需要的实现方式不同于其他需要。

马斯洛的需要层次理论并不是说人的激励的发展是僵化的。他只是以此来描述在理想的社会状态和组织环境中（当然，这种状况比较难以实现）可能发生的情形。

对马斯洛的批评主要集中在下面几个方面：

（1）对需要的五个层次的划分似乎过于机械。

（2）需要并不一定依循等级层次递增。

（3）许多行为的后果可能与满足一种以上的需要有关（如适当的薪酬不止能满足生理和安全的需要，也能满足自尊的需要）。

（4）一个人的自我观感会影响需要层次体系对个人动机的激励力，有人满足了低层次的需要后，不一定就会对高层次的需要有所渴求。

但是马斯洛的思想在当代仍然是有影响力，尤其是当我们认识到行为取决于一系列动机时，这种影响表现得尤其明显。马斯洛的理论仍然会在如奖酬政策、管理风格和工作设计等管理实践中发挥作用。在马斯洛时代之后出现的许多管理潮流，如工作丰富化、全面质量管理、商务过程重建、自我管理团队、新型领导和员工授权等，都融合了马斯洛关于实践激励方式的思想。

2. ERG 理论

在马斯洛提出需要层次论后，耶鲁大学的著名学者奥尔德弗又提出了另一种需要层次论，称为 ERG 激励理论。该理论把马斯洛的需要层次压缩为三个层次。字母 E、

R、G 分别代表生存（Existence）、关系（Relatedness）和成长（Growth）三词。生存的需要它和马斯洛层系中的生理和安全需要相对应；关系需要包含了马斯洛理论中的归属和赢得他人尊重的需要，强调了人们和社会环境的联系；最高层次的成长包括了自尊和自我实现的需要，主要指所有努力改善自身及环境的需要。这些需要，不仅有先天因素，也有后天因素，如图 4-7 所示。

图 4-7 奥尔德弗的 ERG 理论模型

ERG 激励理论假设激励行为是遵循一定的等级层次的，在这一点上虽然和马斯洛提出的观点相类似，但又有两个重要的区别。其一，ERG 理论认为在任何时间里，多种层次的需要会同时发生激励作用。它承认人们可能同时受赚钱的欲望（生存的需要）、友谊（关系的需要）学习新的技能的机会（成长的需要）等多种需要的激励。其二，ERG 理论明确提出了"气馁型回归"的概念。马斯洛理论认为人的低层次的需要满足后，就会上升为更高层次的需要，受高层次需要的激励。可是奥尔德弗认为，如果上一层次的需要一直得不到满足的话，个人就会感到沮丧，然后回归到对低层次需要的追求。

就 ERG 理论与马斯洛理论比较，有观点认为："阿尔德弗的 ERG 理论在需要的分类上并不比马斯洛的理论更完善，对需要的解释也并未超出马斯洛需要理论的范围。如果认为马斯洛的需要层次理论是带有普遍意义的一般规律，那么，ERG 理论则偏重于带有特殊性的个体差异，这表现在 ERG 理论对不同需要之间联系的限制较少。"

3. 双因素理论

双因素理论是由心理学家赫茨伯格所提出。在 1950 年代，他通过对 200 名工程师和会计师的访谈，深入研究了人们希望从工作中得到什么。他要求受访者详细描述哪些因素使他们在工作中感到特别满意及受到高度激励，又有哪些使他们感到不满和消沉。他惊讶地发现，与满意和不满意相关的因素是两类完全不同的因素。例如"低收入"通常被认为会导致不满，但"高收入"却不一定被归结为满意的原因。

这个发现使赫茨伯格对传统的"满意——不满意"相对立的观点提出了修正。传统的看法认为满意和不满意是一个单独连续体相对的两端，但是，赫茨伯格认为，满意的对立面是没有满意，不满的对立面是没有不满。

传统的观点：

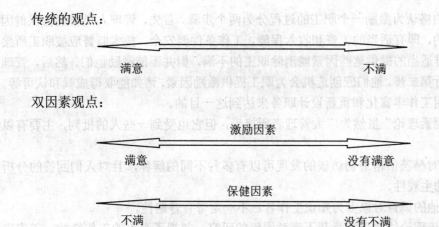

双因素观点：

激励因素

满意　　　　　　　　　　没有满意

保健因素

不满　　　　　　　　　　没有不满

赫茨伯格把从满意到没有满意的这类因素称为激励因素。比如成就、认可、工作自身、责任、进步和成长等。它们是和工作内容相关联的内在因素。

在不满和没有不满这个连续体间的那类因素称为保健因素，它们是和工作环境相关联的外在因素，如监督、工作条件、人际关系、薪金、安全、公司的政策和行政管理等。

赫茨伯格及其同事以后又对各种专业性和非专业性的工业组织进行了多次调查。他们发现，由于调查对象和条件的不同，各种因素的归属有些差别，激励因素和保健因素都有若干重叠现象，如赏识属于激励因素，基本上起积极作用；但当没有受到赏识时，又可能起消极作用，这时又表现为保健因素。工资是保健因素，但有时也能激发职工的积极性。但总的来看，激励因素基本上都是属于工作本身或工作内容的，保健因素基本都是属于工作环境和工作关系的。这两类因素与员工对工作的满意程度之间的关系如图4-8所示。

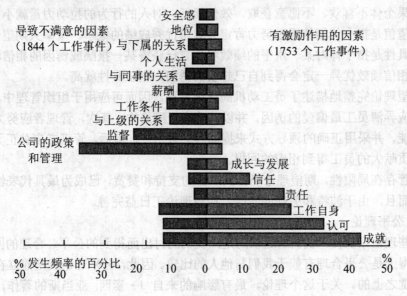

图 4-8　赫茨伯格双因素激励理论

赫茨伯格认为激励一个职工的过程分为两个步骤。首先，管理人员要确保保健因素是适当的，即有适当的工资和收入保障，工作条件要安全，技术监督应被职工所接受等。通过适当的提供这些因素能消除职工的不满，但并不能激励他们。然后，管理人员应进行第二步，他们应创造机会为职工提供激励因素，诸如能取得成就和认可等。他们提倡用工作丰富化和重新设计职务来达到这一目的。

"双因素理论"虽然为广大管理者所接受，但它也受到一些人的批判，主要有以下几点：

（1）对赫茨伯格最初访谈的发现可以有多种不同的解释，且对人们回答的分析带有极大的主观性。

（2）他的调查对象多为知识工作者，不一定带有普遍性。

（3）该理论注重于满意和不满意因素的研究，忽视了个人的工作绩效，工作满意与否不一定与工作绩效有直接的联系。

但不管研究人员对此理论如何评价，该理论对管理人员的影响还是很大的，它使管理者认识了在工作场所激励的重要性。

（二）过程型激励理论

过程型激励理论着重对行为目标的选择，即动机的形成过程进行研究，主要包括弗鲁姆的期望理论、亚当斯的公平理论和洛克的目标设置理论。强化理论属于调整型激励理论，着重对达到激励的目的，即调整和转化人的行为进行研究。

1．期望理论

美国杰出管理学家维克多·弗鲁姆全面地诠释了诱因对行为的拉动过程。期望理论认为，动机强度取决于效价、期望值和工具性三者的乘积，即

$$动机 = 效价 \times 期望 \times 工具性。$$

效价是指个体对某一目标或诱因的偏爱程度。某一客观对象如金钱、地位、汽车等，如果个体不喜欢、不愿意获取，效价就低，对人的行为的拉动力量就小。

期望值是指个体相信通过努力肯定会取得优秀成绩的概率。概率大期望值就高。

工具性是指个体对某一水平的绩效将使自己获得某一报酬或诱因的相信程度。如果个体相信绩效优异一定会得到自己想要的诱因，则工具性就高。

期望理论完整地描述了员工动机的详细过程，因而可应用于组织管理中。首先，管理者应弄清员工最偏爱的诱因，并以此确立报酬结构。其次，管理者应努力开发员工的才能，并采用正确的领导方式来提高其绩效水平。最后，管理者应公正无私，要让那些贡献大的员工得到相应的回报。

尽管存在局限性，期望理论仍得到广泛的支持和赞赏，已成为最具代表性的动机理论。而且，由于波特和劳勒的修改，期望理论正日益完善。

2．公平理论

一些理论家认为，我们所追求的是因我们的付出而得到的公平、合理的回报。什么才算得上是公平合理有赖于我们与他人的比较。因此，公平理论就是建立在公平对待的知觉之上的。关于这个理论，最有影响的来自 J·泰西. 亚当斯的著作，公平理论描述了日常生活中常见的现象：即人们通常都有一种要求受到公平对待的感觉，这

个理论主要讨论报酬的公平性对人们工作积极性的影响。

人们将通过两个方面的比较来判断其所获报酬的公平性，即横向比较和纵向比较。横向比较就是将自己得到的回报（薪水、认可）和付出（时间、精力和思想）分别与他人的回报和付出进行比较，以此来评价自己是否受到了公平对待。当以下等式成立时，公平就成立了：

我得到的回报（减我的成本）/我的努力和贡献=你得到的回报（减你的成本）/你的努力和贡献

回报可以包括一系列有形和无形的东西，包括薪水、地位象征、福利、提升机会、满意度和工作保障。输入则包括你认为你所投入的东西，包括时间、经验、技能、教育、努力、忠诚和承担义务。这个理论并没有讨论这些不同因素间的相互权重和因果关系，因为这方面要取决于个体的知觉。

除了"自己"与"别人"的横向比较外，还存在着自己的目前与过去的比较，当下面的式子成立时，认为基本公平，否则，感觉不公平：

目前我得到的回报（减我的成本）/目前我的努力和贡献≥过去我得到的回报（减我的成本）/过去我的努力和贡献

当不公平产生时，你会怎样消除不公平感？让我们想象一下，假如你在一家餐馆工作，你发现，同样的工作，某人每天比你多挣 5 元。为了减少不公平感，你可能会采取如下的七种策略：

(1) 改变自己的回报（我要说服经理给我加薪）。

(2) 调整自己的输入（我不会像以前那样努力地工作）。

(3) 改变参照对象的现状（我要说服经理削减他的工资）。

(4) 改变参照对象的输入（我要把困难的活留给他做）。

(5) 与其他人进行比较（小王的收入和我一样多）。

(6) 解释不公平（他在这里工作的时间比较长）。

(7) 离开（我要重新找份工作）。

策略的选择是个很敏感的话题，但公平理论并不讨论个体将会选择哪种策略。但每种选择都会产生不同的短期和长期影响。同经理争辩、减少投入或者把困难的工作交给别人去做，这些策略可能会在短期内减少不公平感，但从长期来看，这些行为会对你在公司的人际关系和工作情况产生影响。

20 世纪 60 年代，实验室的研究成果支持了公平理论，同时还证实了当人们获得过高回报时，他们会更加努力的工作来减少不公平感。在现实环境中的进一步研究也证实了公平理论的预测。有趣的是，就管理角度而言，公平感会产生更高的工作满意度和组织承诺。

当然，公平理论也存在一些问题。例如，在计算公平率时，需要考虑大量定性和定量的变量。这些变量取决于个体的知觉，因而难以进行客观的权衡或测量。在衡量公平时，不同的人会有不同的时间标准：短期的衡量不同于长期的衡量。在忍耐力上也因人而异，并不是每个人都会对特定水平的不公平做出相同反应。你对不公平的解释将会对你的行为反应产生影响。

作为一种心理学观点，公平理论也忽视了更广泛的社会和组织情境。进行社会比较的基础，它存在很大变化。一些人与同事做比较，一些人则与其他组织、部门和其他国家的员工进行比较。并不存在什么基本原理使人们以此为依据去选择某个特定的比较基础。

3．目标设置理论

洛克于 1967 年提出目标设置理论。该理论认为，设置达到目标是一种强有力的激励，是完成工作的最直接的动机，也是提高激励水平的重要过程。外来的刺激如奖励、工作反馈、监督的压力等都是通过目标来影响动机。目标导致努力，努力创造工作绩效，绩效增强自尊心和责任心，从而产生更高的目标。另一管理学家休斯更认为成长、成就和责任感都要通过目标的达成而满足个人的需要。因此，重视目标和争取完成目标是激发动机的重要过程。

洛克等从实验中还发现，从激励的效果来说，有目标比没有目标好，有具体的目标比空泛的、号召性的目标好，有能被执行者接受而又有适当难度的目标比唾手可得的目标好。有学者还认为，遇到难度很高、复杂的目标，可以把它划分为若干阶段性的目标，通常称为"小步子"。通过"小步子"的逐一完成，最后达到总目标。这是完成艰巨目标的有效方法。

此外，目标按其性质可分为硬性目标和软性目标。硬性目标是指比较容易观测和衡量的目标，如销售额。软性目标是比较难观测和衡量的目标，如团队协作。一般地说，硬性目标比较容易被员工所知觉，而软性目标比较容易被员工所忽视。随着组织的发展，组织可能会逐步的由原来的重视硬性目标，过渡到既重视硬性目标，又重视软性目标。如一些销售公司对营销员的报酬结构由原来的底薪加提成改为底薪加奖励的做法，就反映了这种考虑。

第四节　沟　　通

在许多文化中，交谈是一种社会需要，社会不提倡沉默（在这一点上芬兰有所不同）。通常，只要一个人不说话了，其他人就会取而代之。进行交谈可以传递大量信息。我们向你询问时间，你回答我们，信息就得以传递，人际沟通得以实现。然而，相比于这个事例，真正的沟通要微妙得多，有趣得多，也要复杂得多。更值得提出的是，在当代，沟通在任何组织中都起着非常重要的作用，对于管理者来说，每天的工作更是离不开沟通。

一、沟通的概念及其过程

人际沟通模型：编码和解码

我们先来关注一下人际沟通，它对于理解组织的行为有重要意义。关于沟通其他方面，例如运用不同的媒介、网络以及组织间沟通已经有更多的研究详细介绍了它们的重要性。我们会发现，沟通的基本原则有很广泛的应用。

沟通：指一个信息的发送者通过选定的渠道把信息传递给接收者的过程。这一过程可用图 4-9 来表示。

当人们之间需要进行沟通时，沟通的过程就开始了。

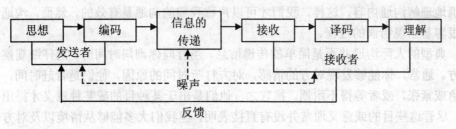

图 4-9　沟通过程

1．信息发送者

信息发送者即需要沟通的主动者要把自己的某种思想或想法（希望他人了解的）转换为信息发送者自己与接收者双方都能理解的共同"语言"或"信号"，这一过程就叫编码。没有这样的编码，人际沟通是无法进行的，就像不会讲英语的中国人就无法与只会讲英语的人进行沟通一样。一个组织中，如果组织的成员没有共同语言，也就使组织成员之间的有效沟通失去了良好的基础。

2．信息传递渠道

编码后的信息必须通过一定的信息传递才能传递到接收者那里。信息传递渠道有许多，如书面的备忘录、计算机、电话、电报、电视、互联网等。选择什么样的信息传递渠道，既要看沟通的场合、互相同意和方便、沟通双方所处环境、拥有的条件等，也与选择所用渠道的成本有关。各种信息沟通渠道都有利弊，信息的传递效率也不尽相同。因此，选择适当的渠道对实施有效的信息沟通是极为重要的。

3．信息接收者

信息接收者先接收到传递而来的"共同语言"或"信号"，然后按照相应的办法将此还原为自己的语言即"译码"，这样就可以理解了。在接受和译码的过程中，由于接受者的教育程度、技术水平以及当时的心理活动，均会导致在接收信息时发生偏差或疏漏，也会导致在译码过程中出现差错，这样就会使信息接受者发生一定的误解，这样就不利于有效的沟通。

4．噪声与反馈

人们之间的信息沟通还经常受到"噪声"的干扰。无论是在发送者方面，还是在接收者方面，噪声就是指妨碍信息沟通的任何因素。例如：

（1）噪声或受到限制的环境可能会妨碍一种明确的思路形成。

（2）由于使用了模棱两可的符号可能造成编码、译码的错误。

（3）传递过程中各种外界的干扰。

（4）心理活动导致了错误发送或接收。

（5）价值观不同导致无法理解双方的真正意思。

（6）信息渠道本身的物理性问题。

而反馈则是检验信息沟通效果的再沟通，有利于信息发送者迅速修正自己的信息发送，以便达到最好的沟通效果。

我们并不是消极的进行沟通。我们会对传递的信息进行处理，或者将这些信息进行解码。在某种程度上，我们会按照对方的意图来理解沟通内容，对应的，对方也会准确地理解沟通内容，这样，我们才可以声称我们的沟通是有效的。然而，沟通是一个很容易出现错误的过程。

典型的人际沟通并不是简单的传递信息。当有向你询问时间时，请仔细观察一下对方。通常，你能够发现对方的情感，对方打听时间的原因，他们是否赶时间，是否焦急或紧张，或者等得不耐烦。换言之，他们是出于某种目的或某种意义才提出问题的。尽管这些目的或意义通常并没有直接表明，但我们大多能够从情境以及对方的行为中推测出来。

对你的回应也能够做出同样的分析。你的回应至少说明你愿意提供帮助，你的回应也可能意味着某种友谊，或者暗示着你与对方关注着同样的问题（我们可能要迟到了：电影什么时候开始）。但是，你的回应也可能暗示着某种沮丧或恼怒："比你上次问我的时候多了五分钟！"因此，沟通并非传递信息那样简单。人际沟通是一个包含了意义交换的过程。理解是对信息沟通成功与否的检验。如果信息为人理解，沟通就是成功的。反之，信息不能为人理解，沟通就是失败的。

二、沟通方式

按沟通所借用的媒介的不同，沟通可划分为语言沟通与非语言沟通，语言沟通又分为口头沟通与书面沟通。

（一）口头沟通方式

口头沟通主要是指面对面的交谈、小组讨论、电话或其他情况下以讲话形式出现的沟通方式。

口头沟通的主要优点在于：第一，口头沟通费时较少，可以迅速地相互交换彼此思想，迅速地了解对方的反馈意见；能够随时提出问题和回答问题，提高沟通效率；第二，面对面口头沟通时，彼此可以直接从对方脸部表情、手势和说话时的语气等表达方式了解对方的真实情感。另外，有些管理人员书面表达能力较差，而口头表达能力较强，因而比较愿意采用口头沟通方式。

然而，口头沟通也有其自身缺点：第一，口头讲话时可能会因思考不周而无法全面系统阐明问题或因遣词造句的疏忽而造成不必要的误解；第二，有些人还可能因口齿不清而影响沟通效果；第三，由于种种原因（如自身口头表达能力差，对信息发送者权威的敬畏等），许多信息接受者提不出应提的问题，因而只得到一些囫囵吞枣的或断章取义的信息，从而可能导致代价高昂的错误；第四，口头沟通如不做记录，则易造成事后口说无凭、容易遗忘等缺点。

（二）书面沟通方式

书面沟通信息往往显得比较严肃和正式，而且可以避免口头沟通带来的问题。

书面沟通表达的优点在于：第一，用词比较准确，并便于归档保存，可供随时查阅。第二，书面沟通可以使许多人同时了解信息，提高信息传递速度和扩大信息传递范围。第三，它便于反复查阅、斟酌、理解。

　　书面沟通的缺点：第一，虽然用书面形式沟通信息，使人们有可能去仔细的推敲，但常常达不到预期的效果。写得不好会词不达意，反而需要事后用更多的书面和口头的信息来澄清，这样既增加了沟通的费用，也引起了混乱。第二，书面沟通也无法确知信息是否送达。一方面可能由于管理者对书面报告不重视，对书面的东西处理不及时，有的干脆不看一眼就归入档案；另一方面也可能由于有的书面报告千篇一律而受冷落，或书面文件堆积如山来不及处理而搁置起来。第三，书面沟通最大的弱点还是在于无法迅速得到对方真实的反馈意见。

　　（三）非语言沟通方式

　　除了使用口头、书面形式的沟通外，还可以使用其他含蓄的非语言沟通方式。当我们的情绪被激发起来时，从人体解剖学看来，人体的哪个部位能够扩大十倍？答案当然是眼睛瞳孔。当我们注意某个我们感兴趣的物体时——一个图像、一种味道或一个人——我们的瞳孔就会扩散。当我们失去兴趣时，我们的瞳孔也会收缩。由此可见，对于浪漫主义小说家所指的"黑色的清澈水池"，这种非语言行为是存在生理学基础的。

　　当我们与他人面对面交流时，我们会通过信号、表情、动作、姿态以及我们无意识采用的言语特殊习惯来不断地传递和接受信息。换言之，非语言沟通是伴随我们的语言沟通产生的。我们通过非语言沟通编码并传递我们的情感和情绪以及情感强度。

　　非语言行为丰富多彩且各不相同，下面列出了它的主要维度。

➢　眼睛行为（眼睛行为学）

➢　面部表情

➢　姿势

➢　肢体动作（举止神态学）

➢　声音的语调和音调（辅助语言）

➢　距离（空间关系学）

　　有位心理学家对语言沟通和非语言沟通在沟通中的使用比率进行了研究，总结出如下公式：

　　　　　　信息的传递100%=7%语言+38%语音+55%态势

　　由此可见，非语言沟通在信息传递中的作用非同一般。

　　人际距离和空间是非语言沟通的重要表现之一。美国心理学家爱德华·霍尔提出四种人际距离带：

　　亲密带（0～0.5米），如亲子行为、恋人、角斗、护理、抚慰、保镖等。

　　个人距离带（0.米～1.25米），其中0.5～0.8米是亲密朋友交往的距离带，0.8～1.25米是普通朋友交往的距离带。

　　社会带（1.25～3.50米），未曾相识或一般相识、公事公办、应酬或初步了解。

　　公共带（3.5～7.50米），如庆典、演讲时的主持者与听众、交警与行人。

语言沟通：谈话控制和倾听技巧

"语言"这个词是导致编码和解码困难的另一个因素。语言意味着"使用文字"，它可以是口头的，也可以是书面的。因此，"语言同意"和"语言警告"可以是口头的或书面的沟通，它们与语言沟通形成对比，而语言沟通则是我们下一部分的重点。

大部分沟通都包括信息或意义的交换。我们如何获得我们想要的信息？我们可以通过一系列提问技巧来获得。表中列出了主要的问题类型，该表还标注出了我们在日常生活中无意识使用的谈话控制。运用这些知识不仅可以使我们更易于分析他人的谈话控制方法，也能够使我们更易于有意识的决定如何更有效地控制我们自己的谈话。

问题类型	示例	运用
封闭的	你喜欢这个电影吗？	获得"是"或"否"的回答；获得事实信息；建立谈话控制
开放的	你觉得这个电影怎样？	引入一个话题；鼓励进一步的讨论；与他人保持交谈
试探性的	你能再多向我介绍一些吗？	跟随某个开放问题；获得更多的信息；显示出兴趣
反射性的	你觉得这个表演很糟糕？	显示出兴趣和关注；鼓励进一步的感情和情绪表露
多样性的	你对这个电影有何看法？	
	演员的表演不错吧？	
	你会不会觉得结局有点突然？	令听者迷惑；使他们能够选择要回答的
领导性的	你没看见有人离开屋子吗？	获得你期望的答案（不然，你为什么要问？）
假设性的	如果——又会怎样？	鼓励创造性的思考

工作面试中的非语言暗示

当你坐下来时，身体稍稍朝前倾，这说明你表露出兴趣。使用张开手这个姿势——手掌朝上——来传递你的真诚。时常保持视线联系，但每次不要超过60%的时间，否则你会看上去像在生气。但是，如果你这样做的时间比例每次不足30%，你可能会显得神情不定或者烦躁不安。

不要用防御性的坐姿——两手交叉在身前，膝盖紧靠在一起，用手掩着嘴部——这会看上去有些神经质或不安。同样的，也不要坐立不安或玩弄头发，或者发狂似地大笑。最重要的是，不要萎靡不振地坐在椅子上，胳膊搭在脑后，挑衅地注视对方。这会让你的面试者感到威胁，会让你显得傲慢且难以相处。

在上述的人际间的沟通方式的基础上，组织沟通方式更为广泛，通常涉及的人也更多。从组织层面，沟通还可以分为正式沟通和非正式沟通两大类。

（一）正式沟通

正式沟通是指通过正式的组织程序所进行的沟通。它是组织沟通的一种主要形式，一般与组织的结构网络和层次相一致。在正式沟通中根据信息的流向，又可分为自上而下的沟通、自下而上的沟通和横向沟通，它们分别又是组织内部纵向协调和横向协调的重要手段。

1. 自上而下的沟通

这是上级领导者或机构按照组织的隶属关系向下级机构的沟通。这种自上而下的沟通的主要目的是使雇员了解组织的经营目标，改变雇员的态度以形成与组织目标一致的观点并加以协调，从而消除雇员的疑虑和不稳定心理。根据美国 TPF&C 咨询公司的调查研究表明，雇员最希望从公司获得的信息主要有以下几种：

（1）使雇员意识到他们所做的工作是整个公司必不可少的重要部分的信息。

（2）公司的财务状况。

（3）公司盈利与他们自身利益的关系。

（4）为什么要解雇员工。

（5）公司的产品和服务对消费者、环境和经济发展意味着什么。

（6）公司对不同性别、年龄和社会背景的雇员是否公平对待。

（7）工资报酬是如何确定的。

（8）提高生产率与他们利益间的关系。

一旦雇员从组织中未获得及时充分的满意信息，他们往往会借助于其他内部和外部的渠道，如小道、工会或大众媒介，从而产生他们自己的猜测，对公司的生产经营活动采取抵制或消极态度。

因此，根据这家公司的研究，组织内部向下沟通主要包括以下几个方面：

（1）对分配给雇员的任务及其工作方法要给予明确、详细的工作描绘和指导。

（2）从组织总体经营战略出发，向雇员说明如何和为什么要使其工作与组织总目标相一致。

（3）向雇员介绍有关组织过去、现在、将来的各方面情况，同时说明组织的有关规章制度及工作程序。

（4）对雇员工作绩效的评估应着重于其实际完成工作的好坏，排除性别、年龄、社会背景等其他因素干扰。

（5）组织理念设计要着重于培养雇员为组织的成功经营尽心尽力的意愿。自上而下的沟通中常存在以下问题：

①信息的分享不够。在条块分割的封闭的组织结构中，上级组织对下级组织可能有发不完的文件、开不完的会议，以致造成信息泛滥。但到了基层单位或部门，情况可能发生完全不同的变化。领导可能并不认为与下级部门、与群众分享足够量的信息是"组织活力的源泉、组织关系的黏合剂、组织功能的润滑油、组织机体的防腐剂"，他可能把上级的文件束之高阁，不予传达；也可能把"一班人"的讨论以"不够成熟"或"时机未到"为借口，列作组织一般成员了解之"禁区"。组织成员不知领导在想些什么、做些什么、筹划些什么，是许多组织习以为常的严重事实。组织沟通的根本任务是消除组织和组织成员对于自身环境的"不确定性"，而处于朦胧的不确定状态，人是无法行动的。

②信息冗余量过大。无休止的套话和老话是引起信息冗余量过大的直接原因。有些组织领导者讲话或做指示，套话连篇，不接触实际，不触及问题本质，话说了不少，

但信息量很少。还有些领导向下级部门、组织成员传达文件、布置工作时，总是照本宣科，造成组织成员对有的领导者的讲话产生反感，"上边做报告，下边嘁嘁闹"，使沟通不成功。

③信息精确度较低。较大组织的自上而下的沟通常要经过较多的层次，这就不可避免地会影响信息的精确度。这主要由于组织内各级领导者个人理解上的差异，会对同一信息赋予各不相同的意义，这种现象可以从他们对上级报告、文件的选择和解释上反映出来。所以，为确保信息的精确度，自上而下的沟通应多用"一竿子到底"的方法。

④动态信息过少。有的领导者不注意经常把"新鲜"的信息、变化了的信息告诉下级部门或组织成员，常常拖拖拉拉，一误再误。不失时机地向组织成员的大脑注入"新鲜"信息是保持组织活力的最重要的方法之一。组织与自身环境处于不停地相互影响和作用之中，组织成员有必要掌握与自身利益密切相关的动态信息，从而才能保证组织具有活力。

2．自下而上的沟通

这是下级机构或人员按照组织的隶属关系与上级机构或领导者进行的沟通。这种沟通不仅是组织成员向领导、下级向上级反映自己的要求、愿望，提出批评、建议的正常渠道，而且可以对执行上级指令做出回馈反应，使上级了解其信息被接受和执行的程度，为上级修正指令和制定新的决策指令提供资料。

自下而上的沟通一般有两种形式：一是上级向下级征求意见，包括调查、召开座谈会、汇报会，设置意见箱、建立来信来访的接待制度、设立接待日制度、同下级进行一些不拘形式的闲谈等。二是下级主动向上级反映情况，提出意见和建议。下级可以通过正式的途径向上级反映，也可以通过一些非正式途径。领导者对自下而上的沟通态度要谦虚，认真倾听各方面意见和建议，力争从这条渠道中获取尽可能多的真实信息。领导者还应明白，自下而上的沟通有时对信息的精确度也有影响，这是因为信息经过层层过滤之后可能扭曲和走样，以致到达领导者手中已不是正确而又准确的信息了。为此，要特别要求下级部门在自下而上的沟通中坚持实事求是，如实反映情况，不能报喜不报忧，更不能为迎合上级部门的需要而去歪曲事实，作虚假报告。要把这些作为组织纪律明确规定下来。

3．横向沟通

这是组织中同级部门或同级领导者之间的沟通。它对于组织的全面协调和合作是十分必要的，所以是一个组织内经常采取的沟通形式。一个组织内各部门之间，总有或多或少的相互联系和依赖，经过有效的横向沟通之后，能够和谐同步地完成组织目标。横向沟通与上边所讲的两种纵向沟通不同，它不是通过命令、指示，而是通过协商、合作来解决问题的。例如，在组织的高层领导中，有主管生产或经营的，也有主管人事或财务的，他们之间必须经常相互沟通以便及时协调，才能有效地完成组织各方面的任务。

在实际组织沟通中，这些自上而下、自下而上和横向沟通往往是同时、交叉进行的。因此，当我们考察某个组织沟通的渠道时，应把不同走向的沟通联成一个网络，同时注意它们各自的作用和相互的影响。

（二）非正式沟通

组织中除了正式沟通外，还存在着非正式沟通。非正式沟通是指正式制定的规章制度和正式组织程序以外的各种沟通渠道。非正式沟通带有一定的感情色彩，它就像蜿蜒的小道似的在整个组织机构内盘绕着，其分支伸向各个方向，因而缩短了正式的垂直和水平交往的路线。

非正式沟通一般有四种方式。即单线式、流言式、偶然式和集束式。单线式是通过一长串的人把信息传递给最终的接受者。流言式是人积极主动地寻找和告诉其他人。偶然式是一个不规则的过程，某A在这个过程中随机地把信息传递给别人（如F、D、J等），然后F、D、J又按同一方式告诉别人。集束式是某A把信息告诉经过选择的人，此人又依次把信息转告其他经过选择的人。在管理人员中间，大多数的非正式沟通都是按照这一类型进行的。

非正式沟通的主要功能是传播职工（包括管理和非管理人员）所关心和与他们有关的信息，它取决于职工的社会和个人兴趣和利益，与组织正式的要求无关。与正式沟通相比，非正式沟通有下列几个特点：

（1）非正式沟通信息交流速度较快。由于这些信息与职工的利益相关或者是他们比较感兴趣的问题，再加上没有正式沟通那种程序，信息传播速度大大加快。

（2）非正式沟通的信息比较准确。据有关研究，它的准确率可高达95%。一般说来，非正式沟通中信息的失真主要来源于形式上的不完整，而不是提供无中生有的谣言。人们常常把非正式沟通（俗称小道消息）与谣言混为一谈，这是缺乏根据的。

（3）非正式沟通效率较高。非正式沟通一般是有选择地、针对个人的兴趣传播信息。正式沟通则常常将信息传递给并不需要它们的人。组织管理人员的办公桌上往往堆满了一大堆毫无价值的文件。

（4）非正式沟通可以满足职工的需要。由于非正式沟通不是基于管理者的权威，而是出于职工的愿望和需要。因此，这种沟通常常是积极的、卓有成效的，并且可以满足职工们安全的需要、社交需要、尊重的需要。

（5）非正式沟通有一定的片面性。非正式沟通中的信息虽然一般比较准确，但有时也会被夸大、曲解，造成失真，因而需要慎重对待。

不管人们怎样看待和评价非正式沟通，它都是客观存在的，并且在组织中扮演着重要的角色。管理人员应该怎样对待非正式沟通呢？

（1）管理人员必须认识到它是一种重要的沟通方式，任何否认的态度都会铸成大错，企图消灭、阻止、打击的措施也是不明智的。

（2）管理人员可以充分地利用非正式沟通为自己服务，管理人员可以"听"到许多从正式渠道不可能获得的信息，"知道"谁在传播这些信息，谁最喜欢这些信息，管理人员还可以将自己所需要但又不便从正式渠道传递的信息，利用非正式沟通进行联络。

（3）对非正式沟通信息中的错误通过非正式渠道进行更正往往效果更好。

一般来说，处理失真信息的方法常有以下三种：

（1）采取不理睬的态度，相信"事久自然明"。这种方法往往需要较长的时间，有时会在短期内造成更大的混乱，因此较少被采用。

（2）采取进攻型的策略，指出失真信息的错误所在，并且尽可能地告诉所有的人。但是，这种方法有可能导致火上浇油，局面越发不可收拾。

（3）采取侧翼包抄的战术，不提及和重复错误信息，而用事实反驳。例如，组织中谣传某人在一次事故中一只手被截，为了澄清事实，管理人员可以公布每周事故报告，只需简单的说明本周没有发生任何事故即可。对比起来，这种方法比较有成效。但值得注意的是，在反驳谣言时，无论如何不能重复或直接引用谣言。在反驳中引用谣言，只会使人们相信谣言，甚至有些可能仅仅只听进错误的信息。

组织领导者对非正式沟通一定要引起充分的注意。非正式的沟通如果运用得好，可以作为正式沟通的补充，有利于密切人们之间的感情，从而有助于完成组织目标。但非正式沟通运用得不好，也会涣散组织，从而给工作带来意想不到的危害。

三、沟通的障碍及其克服

无论是语言的或非语言的沟通、组织正式的或非正式的沟通、内部与外部的沟通，如果希望达到预期的目标，那么克服沟通中存在的障碍就尤为重要。关于引起沟通障碍的因素，我们从沟通过程这个框架来分析，如此，沟通中的障碍就可能存在于信息发送者方面，或存在于传递过程中，或在接受者方面，或在信息反馈方面。沟通过程中一旦出现障碍就会使沟通成为空话，甚至造成双方的误会。

（一）沟通的障碍

1. 发送者方面可能出现的障碍

发送者方面出现的沟通障碍一般是由于对信息含义理解不同、表达不够清楚、编码失误等造成的。语言只是个符号系统，本身并没有任何意思，它仅仅作为我们描述和表达个人观点的符号或标签。每个人表述的内容常常是由他独特的经历、个人需要、社会背景等决定。而且，语言表达的不准确性还不仅仅表现为符号，语言常常能挑动各种各样的感情，这些感情可能会歪曲信息的含义。

2. 沟通过程中可能出现的障碍

信息沟通一定要通过媒介，在一定的渠道中进行。因此，沟通过程的障碍可能由于媒介选择与信息信号选择不匹配而导致无法有效传递；或信息渠道过于差、负荷过于重等导致传递信息的速度下降以致丧失迅速决策的时机；或因为传递的技术有问题导致信息传递失误等。

3. 接收者方面出现的障碍

接收者在接受信息时会因为自己本身的问题造成沟通中的障碍。对于接收者有这样一种现象：接受的有选择性。这种现象是指人们拒绝或片面地接受与他们的期望不相一致的信息。研究表明，人们往往听或看他们感情上有所准备的东西，或他们想听到或看到的东西，甚至只愿意接受中听的，拒绝不中听的。有人曾做过这样一个实验，请一家公司的 23 位主管回答"假如你是公司总裁，你认为哪个问题最重要"，结果每个主管都认为从全公司角度出发，自己所负责的部门最重要。销售经理说营销是个大问题，生产经理认为产品是生命，人事经理则回答说在现代的管理中，人是中心。

4．反馈过程中出现的障碍

反馈在沟通的有效性中扮演着极为重要的角色，因为沟通过程中的障碍不可能完全没有，故而需要沟通双方或诸方建立一个信息反馈渠道，以便修正大家的行为从而使沟通向更有效方面演化。一般而言，不设反馈的沟通称为单向沟通，设有反馈的沟通称为双向沟通。反馈过程中可能出现的障碍有：反馈渠道本身设置如何，能否有效运作等，如有的企业设置了领导信箱，但从来不打开；反馈过程中还可能出现信息失真、传递技术和编译码存在问题等，如有人利用反馈渠道将虚假信息反馈上去造成许多麻烦。

（二）如何克服沟通中的障碍

信息沟通的障碍要完全消除是不大可能的，但是要尽量的克服障碍。一般而言，信息沟通的改进可以从以下几个方面着手：

1．信息发送者方面

（1）信息发送者必须对他想要传递的信息有清晰的想法，这就意味着进行沟通的第一步必须阐明信息的目的，并制订实现预期目的的计划。

（2）要考虑信息接受者的需要。无论何时，信息都要适用，或在短期内，或在较远的未来，沟通内容对于接受者来说都要有价值。

（3）人常说，音调组成音乐，同理，信息沟通中的声音语调、措辞以及讲话内容与讲话方式之间的和谐一致等都会影响信息接受者所做出的反应。当然一定要注意信息传达时表露出的感情问题。

2．沟通过程方面

对于要传达的信息和要达到的目的，是选择口头沟通还是书面沟通，直接沟通还是间接沟通，面对面沟通还是电子沟通，正式沟通还是非正式沟通，都至关重要，因为每种方式的沟通都各有所长，与沟通双方、要传达的信息特点和要达到的目的匹配才能提高沟通的效率。前面我们已经对各种沟通方式的特点和优缺点做了详细的介绍。

3．接收者方面

对于接收者，首先是要尽量避免自己有选择的接收，要能站在对方的立场想问题。当然，不论是发送者还是接收者，认真聆听在有效沟通中是很重要的。信息沟通是沟通双方互动的一个过程，沟通者要求对方能够倾听他们的话，还要求能够被对方理解，聆听在现代也被认为是一种能够加以开发的技能。

4．反馈方面

只传递而没有沟通的情况屡见不鲜，这是因为信息只有被接收者理解了，沟通才算是成功的。除非发送者得到反馈，否则他就决不会知道信息是否为人所理解。我们可以通过提问、询问以及鼓励信息接收者要对信息有所反响等方式来取得反馈。

另外，我们说，还有很多细节的方法与原则可以克服沟通障碍以改善沟通，因为针对不同的沟通内容、沟通者、沟通环境、沟通技术，沟通会表现出不同的特点与问题，当然不能一一罗列，也不可能一一罗列，这需要大家在沟通中体会、学习，提高

沟通技能。

四、冲突管理

日常生活和工作中存在很多沟通问题，问题严重时往往会导致冲突和纠纷。冲突对任何组织而言也是不可避免的，那么什么是冲突？冲突具有什么样的性质和危害？怎么处理冲突？下面就围绕冲突的相关问题展开论述。

（一）冲突的定义及其类型

冲突是指一方（包括个体、群体或组织）认识到另一方正在或将要采取阻碍、危害自己目标实现的行动的过程。

人们对冲突是好是坏的认识经历了一个发展过程。传统观点认为，所有的冲突都是不良的、消极的，它常常作为暴乱、破坏、非理性的同义词，应该避免的。而人际关系学派观点认为，对于所有团体和组织来说，冲突都是与生俱来、自然发生的现象。由于冲突无法避免，人际关系学派建议接纳冲突，使它的存在合理化。而相互作用观点不仅接受而且鼓励冲突的存在。它认为，融洽、和平、安宁、合作的组织容易对变革的需要表现出静止、冷漠和迟钝。因此，该理论认为鼓励管理者维持一种冲突的最低水平，这能够使团体保持旺盛的生命力，善于自我批评和不断创新。近年来，人们对冲突的研究又有了一些成果。

一般来说，根据影响可将冲突分为建设性冲突与破坏性冲突。建设性冲突是指对组织有益的冲突，也就是说，冲突的解决会给组织带来一些积极的变化。研究表明，冲突的积极影响表现在：①提高生产率；②促进更好的沟通；③改进决策过程。破坏性冲突是指对组织有害的冲突。冲突数量与冲突效果大致有下面的关系。

根据水平可将冲突分为人际冲突、群际冲突和组织间冲突。人际冲突是指两个或两个以上的个体之间的冲突。群际冲突是指两个或两个以上的群体之间的冲突。组织间冲突是指两个或两个以上的组织之间的冲突。

1. 人际冲突

个体之间的冲突大量存在于各类组织中，下面先分析人际冲突的原因。

人际冲突的原因比较复杂。常见的有以下几个方面：

（1）人格特质。研究发现，A型人格的个体比B型人格的个体更容易和别人发生矛盾；自我监控高的个体比自我监控低的个体更倾向于合作。

（2）缺乏信任。两个人之间越是相互猜疑，越会产生冲突；越信任对方，越会相互合作。信任分为两种：第一，基于认知的信任，是指个体认识到对方可以信赖、非常可靠；第二，基于感情的信任，是指个体之间真诚关心对方。决定基于感情的信任的因素是要有两个人之间互动的频率以及相互帮助的状况等。

（3）批评不当。例如，有时某些人批评的目的不是为了把工作做好、帮助对方提高，而是为了攻击对方、引起对方的愤怒。

（4）归因失误。当个体的利益受到他人的侵害，他会去弄清对方为什么如此行动。如果确认对方是故意的，就会产生冲突和敌意；如果对方不是故意的，冲突发生的概率就会很小。

2. 群际冲突

群际冲突包括横向冲突和纵向冲突两个方面。前者是指同一组织层次不同部门之间的冲突，后者是指不同组织层次之间的冲突。下面主要分析横向冲突。

部门间冲突的主要原因有以下七种：

（1）目标不相容。目标不相容是指一个部门目标的实现常常阻碍另一个部门目标的达成。最明显的例子发生在营销与制造两个部门。例如，营销部门希望增加产品线的广度以适应多样化的市场需求，制造部门则希望减少产品线的广度以节省成本；营销部门的目标是顾客满意，制造部门的目标是生产效率，如表 4-2 所示。

（2）差异化。差异化是指不同部门的员工具有不同的价值观、态度、行为规范、教育和兴趣等。这些差异影响部门间的沟通，从而导致冲突。例如，销售部门和研发部门的员工就存在着多方面差异：推销员常常交友广泛，科研人员则没有时间进行社交活动；推销员往往学历偏低，工程师则学历较高。

表 4-2　营销部门与制造部门的目标冲突

项目	营销部门意见	制造部门意见
生产线广度	顾客需求经常变化	生产线太广，成本太高
新产品导入	新产品是我们的血液	不必要的设计变化，禁止实行
生产流程	我们需要快速反应	我们不希望经常变化
物流	为什么没有足够的库存	我们不能保持大量库存
质量	为什么做不到低成本、高质量	为什么必须提供效用少、价格贵的产品

（3）任务依赖性。随着两个部门相互信赖程度的增加，潜在的冲突就会增多。对于共有关心来说，部门间经常互动，因此冲突最少。具有后续关系和交互关系的两个部门，员工如果不经常进行沟通，共享信息，协调得不好，双方就会产生冲突。

（4）资源稀缺。冲突的另一个主要来源是两个部门的成员都认识到资源有限，并为此而竞争。假如组织缺乏足够的资金、设备、技术、人员等资源，每个部门就会为了各自的目标而争夺这些资源，从而造成冲突。

（5）权力分布。权力大小不同经常成为冲突的根源，尤其是当实际的工作关系并未反映出权力的真实基础时。例如，权力很大的生产部门被权力较小的工程部门告知做什么、怎么做时，会感到很没有面子。特别是如果生产部门的技术人员的能力超过了工程部门人员的能力，能够胜任工程部门的工作任务，生产部门的人员便可能挑剔工程部门的毛病并报告上级，这将造成两个部门的冲突。

（6）不确定性。一般来说，当部门间关系的不确定性增加，冲突就会增多。例如，如果环境发生了很大变化或者出现了新的问题，需要重新确定每个部门的职责、重新研究问题的解决程序，部门间的界限就会变的模糊。此时，为了争夺更多的权力与利益，部门间的大小冲突会时有发生。

（7）报酬体系。报酬体系决定着部门间冲突或合作的程度。研究发现，如果部门经理的工资与奖金依赖于整个组织目标的实现水平，部门间的合作就会增加，反之，如果部门经理的报酬取决于所在部门的绩效，部门间的冲突就会增加。

（二）冲突解决方式

解决冲突的方式有多种。根据关心自己利益和关心他人利益两个维度，可以把这些方式分为竞争、合作、折中、回避和妥协五种。自己利益的满足依赖于个体目标的坚决或不坚决；他人利益的满足取决于个体的合作或不合作。

1．强制。指以牺牲对方利益为代价而满足自己的需要，指坚决不合作的行为，努力实现自己的目标而不理会他人的利益。例如管理者运用职权解决争端。当管理者需要对重大事件做出迅速处理，并且处理方式可以忽略其他人的态度时，这种方式会取得很好的效果。

2．合作。使用该方式旨在试图能够实现双方的最大利益，使用合作方式时冲突倾向于被认为是有益的，冲突各方之间公开对话，积极沟通并理解双方差异，对有利于双方的各种解决办法进行认真考虑。当客观上不存在时间压力，冲突各方欲建立持久的良好关系，双方具有共同的利益且问题十分重要不可能妥协折中时，合作是冲突处理的最佳办法。

3．回避。回避方式是指不坚决、不合作的行为，代表着一种远离冲突、忽视不一致的冲突解决方式。当问题不太严重、或者双方情绪极为激动并需要时间恢复平静、或者没有足够的信息和能力去解决、或者解决后可能招致不良后果的冲突，选择这一策略就十分有价值。

4．迁就。迁就方式是指合作但不坚决的行为，代表着一种无私追求长远利益从而达到维持和谐关系的目的。对于一些问题对别人来说更重要、对自己无关大局，这样的冲突可以采取迁就方式，这样可以减少树敌，树立良好形象。

5．折中。折中方式是指中等程度的坚决与合作行为，要求双方都做出一定有价值的让步的方式。当双方的力量都很强大、目标重要但无法达到双赢而解决冲突的、时间较为紧迫时，折中是最佳策略。

【综合案例】

杰出的领导艺术家：杰克·韦尔奇[①]

在 GE（美国通用电气公司是美国、也是世界上最大的电器和电子设备制造公司，它的产值占美国电工行业全部产值的 1/4 左右。通用电气公司的总部位于美国康涅狄格州费尔菲尔德市。GE公司由多个多元化的基本业务集团组成，如果单独排名，有 13 个业务集团可名列《财富》杂志 500 强。这家电气公司是由老摩根在 1892 年出资把爱迪生通用电气公司、汤姆逊—豪斯登国际电气公司等三家公司合并组成。1960 年，韦尔奇加盟 GE，并成为马萨诸塞州皮茨菲尔德的一位初级工程师。37 岁时，韦尔奇成为集团行政主管，1979 年担任副董事长。1981 年经过 9 年的考评，韦尔奇接替雷金纳德·琼斯就任通用电气公司（GE，General Electric）第 8 任总裁，此时的通用电气已走过了 117 年历史。从 1981 年韦尔奇就任总裁到 1998 年，GE 各项主要指标一直保持着两位数的增长。从所创下的股东收益方面来看，无论是微软公司的比尔·盖茨、英特尔的安德鲁·格罗夫，还是沃伦·巴菲特或者沃尔玛零售大王山姆·沃顿，都无法同杰克·韦尔奇相比。18 年来，尽管其他

① 陈国海. 组织行为学（第二版）. 北京：清华大学出版社，2006.

许多公司在严峻的全球经济中像多米诺骨牌一样纷纷倒台，它们的总裁也像走马灯似地频繁变换，可是韦尔奇始终领导着通用电气公司，并创造了收入和收益的一个又一个奇迹。）公司，从秘书到司机、工人，每个人都管韦尔奇叫杰克，每个人都时常看到他急匆匆地穿过走廊，从底层货架上拿起他要买的东西；每个人都经历过手伸进钱袋碰到奖金的惊喜之事。韦尔奇说："关于 GE 的故事中有一点被忽略了，那就是非正式的价值。我以为这是个了不起的创见，人们可能不知道它的意义所在。"

那些聚会——从每年的 1 月同 500 名最高管理人员在佛罗里达州的博卡拉顿举行的会议，到每月一度的哈德逊河畔克罗顿的会议——使得他有机会收集到未经过滤的一手资料。在这些聚会里，他制定或突然改变公司的议事日程，就公司的战略对公司十几个部门的负责人提出问题并加以考验，在所有人面前露出并发表咄咄逼人的意见。从接过总裁权柄开始，韦尔奇就利用各种非正式方式，如聚会等，与公司员工进行交流并随时处理公事。

韦尔奇比大多数人更懂得"突然"一词的价值。他每周都突然视察工厂和办公室。匆匆安排与比他职位低好几级的经理共进午餐。他还通过传真无数次地向上至高级经理、下至钟点工人的公司员工发出他那独具个人魅力的"手谕"——手写便条。两天后，原件就会寄到他们手中。在这些便条里，他有时说些鼓励和鞭策的话，有时则是要求员工做一些事情。比如韦尔奇很欣赏的一位高级经理——工业用钻石业务的负责人伍德伯恩，因为不愿其女儿换学校，婉拒了韦尔奇给他的一次升迁机会。韦尔奇在写给他的私人便笺中写道："比尔，我们喜欢你有很多原因——其中一个原因就在于你是一个非常特别的人。这样做，对于你本人和你的家人都有好处。将钻石生意经营成一项伟大的业务，坚持你的优先考虑。"这封便笺对伍德伯恩很重要："这表明韦尔奇看重我并非因为我是一名经理，而作为一个人。"伍德伯恩说。

在他人眼中，韦尔奇是一个既令人敬畏又从无废话的领导。无论是给雇员、经理、总裁，还是给董事会的信函，韦尔奇从不用套话。对于韦尔奇手下 20 多名直接负责人来说，每一次加薪或减薪，每一份奖金，每一次优先认股权的授予，总要伴随着一次关于期望和表现的坦诚交谈。高级副总裁盖利说："韦尔奇总能刚柔并济，恩威并施。当他交给你奖金或优先认股权时，他同时也会让你知道他在来年想要的东西。"

然而至关重要的是韦尔奇熟练地运用奖励来激励下属。尽管有一年 GE 的增薪幅度定为 4%，但在无职务晋升的情况下，基本薪水却在一年之中增加了 25%，现金奖金在一年中的增幅达到基本薪水的 20%～70%之间不等。韦尔奇还大大扩充了优先认股权的范围。以前只有高级经理以上的人员才有资格得到，但现在 GE 固定雇员的 1/3 即约 27 000 人都持有认股权。

没有什么事情能像审阅现金奖金的 GE 雇员名单那样让他兴奋不已——并不是因为公司的股票表现多好，而是因为他把财富放进那些他并不熟悉的人手中。韦尔奇说："这意味着每个人都得到了奖励，而不光是我们几个人。这是件了不起的事。我们正在改变他们的命运和生活。他们有了孩子的学费或买下了第二栋房子。这才是乐趣所在，我们人人富有，我们人人富翁。"

一、生产人才的专家

在美国，韦尔奇被认为是全世界最贵重的企业家，因为他"生产"的是人才。

许多华尔街专家和 GE 公司投资者，都把韦尔奇看做是世界上最有价值的公司最重要的要素。韦尔奇将一生中的大部分时间花费在与人有关的问题上。他认为，他的一生中最大的成就莫过于培育人才。

在 1976 年就加入通用电气董事会的米切尔森体会尤深。他说:"我参加过好几家公司的董事会,但是通用电气是与众不同的。它的独特之处不仅表现在培养领导人的机制上。这在很大程度上是因为韦尔奇的真知灼见。"在韦尔奇的领导下,通用电气每年投资 8 亿美元用于培训领导层的发展,这大概是它研发费用的一半。

韦尔奇说:"GE 公司是由人才经营的,我最大的成就就是发现了这些人才,我不懂如何制造飞机引擎,我也不知道在周四晚上 9 点 NBC 应播放什么节目。我们在英国有项有争议的保险业务,我不想做那项业务,但是那个给我提建议的人想干,我相信他。"韦尔奇凭外表就能叫出至少 1000个以上高级经理的名字,并知道他们负责什么。他还亲自面试申请 GE 公司 500 个最高职位是人,而其他大公司很少会这样做。韦尔奇对人的重视是无止境的。

韦尔奇对人才的选拔不注重学历和资历。比如,在决定一个管理 7800 名财务人员的关键职务的人选时,韦尔奇跳过了其他几名候选人,而选择了 38 岁的丹尼斯·达莫曼。他中选的原因在于他处理棘手任务的能力给韦尔奇印象很深。韦尔奇坚持认为:"关键在于你能干什么。"韦尔奇对人及其表现能力的关注,在公司每年 4~5 月的会议上得到充分的表现。他和他的 3 名高级经理一起前往 GE 的 12 个业务部门,现场评审公司 3000 名高级经理的工作进展,对最高层的 500 名主管则进行更严格的审查。

韦尔奇还定期亲自在 GE 公司总部的培训中心给未来的经理们讲课。人们常常可以看到这样的情形:将近 40 个小时,这位年届 63 岁,已谢顶的老人边听边讲,根本不用讲稿,也不用做笔记。在过去 17 年中,韦尔奇曾 250 次出现在这样的教室里,向 GE 公司大约 15 000 名经理和行政管理人员授课。韦尔奇希望每一位潜在的领导者具有以下特点:能量巨大、善于激励他人、天生富有竞争性和表现这些品质的技巧。在这个课堂里,学员们看到了韦尔奇身上的一切:管理学理论家、战略思想家、商学教师和公司偶像。虽然他出生于工人家庭,但仍成功地攀上了公司的顶峰。听过他讲课的任何一名学员在离开教室时绝不会无动于衷。

二、结果导向

韦尔奇重视"底线"和结果是有名的。当年他新官上任三把火,公开宣称凡是不能在市场维持前两名的实业,都会面临被卖或被裁撤的命运。裁起员工来,韦尔奇绝不心软。

很多通用的员工抱怨韦尔奇的要求太严。无论在生产上打破多少纪录,韦尔奇总嫌不够。员工就像柠檬,被韦尔奇把汁挤干了。

很多年前,有一位通用的中层主管在韦尔奇面前第一次主持简报,由于太紧张,两腿发起抖来。这位经理也坦白地告诉韦尔奇:"我太太跟我说,如果这次简报砸了锅,你就不要回来算了。"

在回程的飞机上,韦尔奇叫人送一瓶最高级的香槟和一打红玫瑰给这位经理的太太。韦尔奇的便条写道:"你先生的简报非常成功,我们非常抱歉,害得他在最近一个星期忙得一塌糊涂。"任何一个好的领导人,都应该懂得用"棒子和胡萝卜"原理去获得一个好的结果。在这方面,韦尔奇是高手。

【思考题】

1. 韦尔奇具有哪些领导品质?

2. 谈谈韦尔奇的领导风格。

3. 韦尔奇的某些领导行为(如裁员、对工作的苛刻、威严、过重的工作压力)是道德的吗?为什么?能得到什么启示?

【综合案例】

为什么高工资没有高效率

A公司是一家生产电信产品的公司。在创业初期，依靠一批志同道合的朋友，大家不怕苦不怕累，从早到晚拼命干。公司发展迅速，几年之后，员工由原来的十几个人发展到几百人，业务收入由原来的每月十来万发展到每月上千万。企业大了，人也多了，但公司领导明显感觉到，大家的积极性越来越低，也越来越计较。

A公司的老总张成一贯注重思考和学习，为此特别到书店买了一些有关成功企业经营管理方面的书籍来研究，他在介绍松下幸之助的用人之道一文中看到这样一段话："经营的原则自然是希望能做到'高效率、高薪资'。效率提高了，公司才可能支付高薪资。但松下先生提倡'高效率、高薪资'时，却不把高效率摆在第一个努力的目标，而是借着提高薪资，来提高员工的工作意愿，然后再达到高效率。"他想，公司发展了，确实应该考虑提高员工的待遇，一方面是对老员工为公司辛勤工作的回报，另一方面是吸引高素质人才加盟公司的需要。为此，A公司重新制定了报酬制度，大幅度提高了员工的工资，并且对办公环境进行了重新装修。

高薪的效果立竿见影，公司很快就聚集了一大批有才能的人。所有的员工都很满意，大家的热情高，工作十分卖力，公司的精神面貌也焕然一新。但这种好势头不到两个月，大家又慢慢回复到懒洋洋、慢吞吞的状态。这是怎么了？

【思考题】

1. A公司的高工资没有换来员工工作的高效率，公司领导陷入两难的困惑境地，既苦恼又彷徨不知所措。那么症结在哪儿呢？

2. 如何扭转这种局面。

【综合案例】

某公司的辞职现象

A公司是一家中等规模的广告公司，员工总数50人左右，下设总经办、业务部、设计部、工程部等部门。由于部门经理负责制，并且也没有单设人力资源管理部门，公司普通员工的招聘、录用和解聘手续基本上都是由部门经理一手操办，总经理王明一般只需要在最终决议上签一个名就行了，他对基层员工的个人情况也不甚了解，有的甚至连名字都叫不出。一贯以来王明都奉行"充分放权"原则，对各部门的内部管理基本上很少过问，与普通员工之间也很少进行单独谈话。

两年前，王明任命原总经理助理郑杰为业务部经理。从那以后，他发觉这个部门的人员流动性比原来大了许多，很多业务员做了半年不到就换了，并且一些元老级的主管也相继离开了公司，虽然两年来公司开辟了不少新的市场和经营领域，整体的盈利情况也还过得去，但细心的王明同时也发现一些熟悉的老主顾的名字也渐渐从订单上消失了，对此王明一直有点纳闷，但碍于制度他又不好过问。

两个月前，在一次招标会上他偶然遇到了不久前刚从公司业务部辞职的一位项目主管小李，现在小李已经是另一家大型广告公司的部门经理。在闲谈中小李告诉王明，郑杰作为总经理助理曾经确实干得很出色，但是要他来主持部门的工作却并不合适，他不善于处理与下级的关系，对于业务员费尽千辛万苦争取来的客户，他总要想办法据为己有，对犯错误的下属也过于苛刻，许多员工都忍受不了这样的上级而最终选择跳槽。

【思考题】

1. 为什么总经理孙明是在人员辞职后才发现的问题？
2. 如何改善这种情况？

【本章要点总结】

1. 定义领导，了解领导的作用及工作内容。
2. 理解领导与管理的区别。
3. 了解卓有成效的领导者应具备哪些基本素质。
4. 各个阶段领导理论的内容。
5. 如何成为有效领导者。
6. 马斯洛需要层次论对我们工作的实际意义。
7. 双因素论和公平理论的内容及启示。
8. 不同的沟通方式各自的特点和适用性。
9. 正式沟通和非正式沟通的各自功能以及两者的联系。
10. 沟通过程中可能发生哪些障碍以及如何克服。
11. 冲突的类型及引起冲突的原因。
12. 冲突解决方式。

第五章　控　制

【开篇案例】

借钱回家的大学生

我是大学里一个班级的班主任。当第一次有学生在期末找我借钱买车票回家的时候，我还没把这事放在心上。但是当类似的事情第二次、第三次出现的时候，我真的感到非常诧异，就向同学了解这个情况。同学告诉我，那个找我借钱的学生已经半个多月没饭钱了，天天跟着同学蹭饭，期末了，要买回家车票，但是大家都没有多余的钱借给他了，实在没办法，才去找老师。我很奇怪，他家不是贫困家庭啊！同学笑道："他家里本来学期初期一次性给够了一学期的花销，在班上绝对算是宽裕的，所以花钱大手大脚，到最后一个月才发现没钱了，又不敢再向家里要，只好先借来应急、先预支下学期的了。"

后来看到媒体有不少类似的报道，揭示大学生在消费方面有不同程度的失控现象，随意性较大，"前半学期下馆子，后半学期吃泡面"属于常见现象。因此，"每到学期末的时候，许多大学生就面临着生活费断档的问题，甚至连回家的路费都没有了"。这一现象一度引起广泛热议。有人认为，时代不同了，不能再以父辈乃至祖辈的观念要求现在的年轻人。但是更多人对这些大学生的消费观念表示忧虑，认为还是应该保持中华民族勤俭节约的传统美德，尤其是在花父母辛苦挣来的钱的时候。

【思考问题】

你的身边是否也有这种现象呢？对于这一现象，你怎么看？

第一节　控制的概念

人们对于上述案例所描述的现象，一般是从消费观念的角度去评析的。随着社会的进步、生产能力的不断提高和财富的日益增长，人们的生活方式正在发生很大变化，消费观念也正在经历一个时代的更新。争论的各方都有自己的道理，这里我们不深入讨论。其实，懂得管理的道理之后，这一现象完全可以从管理的角度进行分析，因为这件事的实质其实在于一个大学生对于自己的经济资源如何支配的问题，它涉及管理当中的两个关键词：第一，计划；第二，控制。关于计划，我们已经能够理解，一个大学生，当他于学期初从父母那里得到一个学期的生活费的时候，应该对这笔费用制订一个使用计划，明确在这个学期，有多少花费是必需的，包括吃饭所需、购买学习资料所需、与亲友通信联系所需、回家的路费等。除此之外，留下一笔固定的不动的费用，以应付可能随时出现的意料之外的必需的花销，剩下的，就属于可随意支配的费用。考虑到一个学期的时间长度，应该把可随意支配的重要费用按月或者按周进行划分，丰俭程度根据自身情况确定。这样一来，一学期的费用花销就很明确了。以后要做的，就是照着计划去实施。在实施过程中，也许完全在计划范围内，也许会出现与计划不相符的情况而导致超支，这个时候，就需要发挥管理中控制职能的作用了。

控制是对各项活动进行监视，从而保证各项活动按计划进行并纠正各种显著偏差的过程。如果以驾驶汽车来比喻管理活动的话，我们可以把"控"理解为对于方向的掌控，把"制"理解为对于速度的调整：如果失去对于方向的掌控，汽车很容易偏离应有的路径，撞上墙壁或者摔下山崖；如果没有对于速度的调整，也非常容易出现交通事故。"控"与"制"的结合，保证了管理活动能够安全顺利地实现预期目标。因此，对于管理来说，如果没有控制，管理的其他努力，都有可能使得个人或组织离开设定的目标愈来愈远，甚至于产生灾难性的后果。

控制是管理职能环节的最后一环，也是非常重要的一环。它和管理的其他职能一道，共同构成了一个完整的、持续进行的管理循环链，如图 5-1 所示。

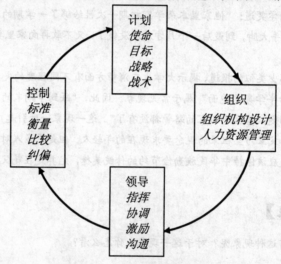

图 5-1　管理职能循环链

在常规的管理运作中，控制的目的主要在于确保行动与计划的目标和步骤保持一致，最终实现计划的顺利达成。但是它的前提在于计划的目标和步骤与实际是完全相符的。管理中，由于在制定目标和步骤的时候，对于实际将要出现的情况以及各方面起作用的因素及其作用程度有可能估计不足，因此计划的目标可能是错误的，或者计划的方法和步骤可能是无法实现的。当实际运作中这种情况被发现或证实之后，如果继续按照既定的计划进行，就可能出现南辕北辙的结果。因此，在这种情况下，控制的作用就必须体现在对于计划的恰当修正上面，以修正后的计划重新指导运作。由此可以看出，所谓控制，并不是呆板、机械地按图施工，而是在现实情况的基础上，根据总体的管理运作原则，以更高层次的管理目标为指导，使计划和运行动态适应，保证最终管理目标得以实现的过程。

第二节　控制的基本过程

如上所述，控制过程实质上是一个使计划和运行动态适应的过程。对于不同的控制对象，控制过程基本上都有三个步骤：第一，制定控制目标，建立控制标准；第二，衡量实际工作，获取偏差信息；第三，分析偏差原因，采取矫正措施，如图 5-2 所示。

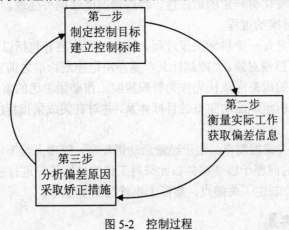

图 5-2　控制过程

一、制定控制目标，建立控制标准

计划是控制的基础。管理过程的第一步就是要制订计划。由于计划的主要目的是给出行动的方针、目标和步骤，是行动的指导性方案，不同于用于控制的标准。所谓标准，是一整套用于检查和衡量工作的过程及其结果的规范。标准通过一系列可衡量（测量）的参数，具体地规定出某一特定工作所应该达到的要求，为控制工作提供明确的依据。所以说，计划是控制的基础，但计划一般不直接用于控制，而是需要将计划所要达到的目标要求转化为控制的目标，再根据控制的目标制定控制的标准，依据此标准进行管理控制。

1. 制定控制标准的要求

控制标准是控制目标的表现形式，是测定实际工作状况的基础。对照控制标准，管理人员可以对工作绩效好坏做出判断。

标准是多种多样的，可以是定量的，如用实物数量、规格、金额、时间等来表示，也可以是定性的。无论什么样的标准，都要求是行之有效的，也就是要能清楚反映工作所要求达到的状态。由于标准是根据计划目标确定的，因此对于标准的评价就是据此进行控制之后，最终成果是否达到计划的要求。

通常来说，行之有效的控制标准需要满足如下的基本要求：

（1）简明性。标准的量值、单位、可允许的偏差范围要有明确的说明，对标准的表述要通俗易懂，便于理解和把握。

（2）适用性。控制标准的建立必须考虑到工作人员的实际情况，标准不能过高也不能过低，要让绝大多数员工经过努力可以达到，保持一种挑战性和可达性的平衡。

（3）公正性。即建立的标准应尽可能地体现协调一致、公平合理的原则。制定出来的各项控制标准既不相互冲突，又对每个组织成员一视同仁，没有特殊化。

（4）可行性。即标准要便于对实际工作绩效的衡量、比较、考核和评价。当出现偏差时，能找到相应的责任部门。

（5）一致性。所建立的标准既要在一段时期内保持不变，又要具备有一定的弹性，能够对环境的变化有一定的适应性，特殊情况能够例外处理。

2．制定控制标准的过程

控制标准的制定是一个科学决策过程。这一过程的展开包括以下步骤：

第一步，确定控制对象。"控制什么"是在决定控制标准之前首先需要妥善解决的问题。组织活动的成果应该优先作为管理控制工作必须考虑的重点对象。基于此，管理者需要明确分析组织活动完整的目标体系，并对有关成果指标的完成情况进行考核和控制。

第二步，选择关键控制点。由于经营活动很复杂，管理人员不可能专注于所有问题，必须选择关键的问题予以观察并以此来对工作的进展情况进行控制。俗语说，"牵牛要牵牛鼻子"，控制住了关键点，实际上也就控制了全局。

【延伸阅读】

逃离高笼的袋鼠

有一天动物园的管理员们发现袋鼠从笼子跑了出来，于是开会讨论，一致认为笼子的高度过低，从而导致袋鼠从笼子跳了出来。所以他们决定将笼子的高度由原来的 10 米加高到 20 米。谁知道第二天，他们发现袋鼠依旧能够跑到了外面来，所以他们又决定再将高度加到 30 米。然而，没料到第三天居然又看到袋鼠全跑到了外面，于是管理员们大为紧张，决定一不做二不休，索性将笼子的高度加到 100 米。这下子看你还能跳出如来佛的神掌？

第四天，神了，袋鼠还是从笼子跑了出来。

一天，袋鼠和它的好朋友长颈鹿聊天。"你们看，这些人会不会再继续加高你们的笼子呢？"长颈鹿问。"很难说，"袋鼠说，"如果他们再继续忘记关门的话！"

以上寓言说明，事有"本末""轻重""缓急"，袋鼠逃走可能有很多原因，在这里直接导致问题已经出现的原因（忘记关门）是急，其他潜在的因素（樊笼高度）是缓，没有抓住关键点，管理当然就不得要领了。控制是什么？控制就是抓住事情的"本末""轻重""缓急"。其实，我们只要界定问题，选择好正确的控制方法，那么，问题就已经解决了一半。选择控制关键点的能力是一种管理艺术，由于良好的控制来源于控制点的正确选择。这种选择或决策能力也就成为判断管理者控制水平的一个主要标志。在选择关键控制点的过程中，管理人员可以对自己提出下列问题：什么是最好的反映本组织目标的指标？什么信息能让我最快最准确地了解工作进展情况？什么信息能让我最好地确定关键的偏差？什么信息能告诉我谁对成功或失败负全部的责任？什么样的标准在控制工作中成本最低？适用的信息要符合什么标准？

第三步，明确制定控制标准的方法。有些情况下，可以把计划过程中形成的可考核的目标直接作为控制标准，这是制定控制标准最为简单的方法。但在更多的时候，我们往往需要通过一些科学的方法将某一计划目标分解为一系列具体可操作的控制标准。

控制标准可分为定量标准和定性标准两大类。定量标准便于度量和比较，是控制标准的主要表现形式。

定量标准主要分为：

实物标准：产品数量、废品数量、材料损耗等。

价值标准：单位成本、销售收入、利润等。

时间标准：工时定额、交货期等。

对于难以定量表达的控制对象，如有关产品和服务质量、组织形象等方面的衡量一般都采用定性的标准。尽管定性标准具有非定量性质。但实际工作中为了便于掌握这些方面的工作绩效，有时也尽可能地采用一些可度量的方法。例如产品等级、合格率、顾客满意度等指标就是对产品质量的一种间接衡量。

任何一项具体工作的衡量标准都应该根据有利于组织目标实现的总要求来加以制定。制定控制标准常用的方法有统计方法、经验估计法、工程方法三种：

（1）统计计算法。即根据企业的历史数字或者对比同类企业的水平，运用统计学方法来确定企业各方面工作的标准。利用本企业的历史性统计资料为某项工作确定标准，具有简便易行的好处。但为了克服局限性，通常还需要考虑行业的平均水平，并研究竞争企业的经验。

（2）经验估计法。对于新近从事的或缺乏统计资料的工作，可以由管理人员或对该项工作熟悉的人员凭借经验、判断和评估来为之建立标准，称为经验标准。利用这种方法建立控制标准时，需要充分了解情况、广泛收集意见，并经过科学地综合，制定出一个相对先进合理的标准。

（3）工程方法。通过对工作情况进行客观的分析，并以准确的技术参数和实测数据为基础制定而成的标准，称为工程标准。严格地说，工程标准的建立需要充分的数据积累，也需要有严密的论证分析能力。

由于控制的对象不同，控制标准的类型很多。企业究竟要以何种方法制定何类控制标准，这取决于所需衡量的绩效及其影响因素的领域和性质。

二、衡量实际工作，获取偏差信息

理想的控制与纠偏方式应当保证企业经营活动中的偏差都能在产生之前就被发现。但在现实生活中很难做到这一点。因为，并非所有的管理人员都能预估可能出现的问题，也并非所有的偏差都能在产生之前被预见。最满意的控制方式是：及时掌握偏差是否产生并判定其影响程度，在偏差产生之后迅速采取必要的纠偏行动。因此，这里的基础性工作是进行有效的绩效测量。管理者在测量实际工作成效的过程中应注意以下几个问题：

1. 确定适当测量方式

对照标准测量实际工作成效，是控制过程的第二步。测量业绩的目的是为了取得控制对象的有关信息。管理者在着手进行业绩测量前，应该对需要测量什么、如何测量、间隔多长时间进行测量和由谁来测量等做出合理安排。

（1）测量的项目。首先要确定什么是测量工作最为重要的方面。业绩测量应该围绕构成好绩效的重要特征项来进行。管理者应该避免仅仅侧重于测量那些容易测量的项目，而忽略那些实际上相当重要的项目。

（2）测量的方法。管理者可通过如下几种方法来获得实际工作绩效方面的资料和信息。一是管理者通过亲自视察获得真实而全面的信息；二是利用报表和报告。如果质量比较高，就可以节约管理者大量的时间；三是抽样调查，可节约调查成本和时间；四是通过召开会议，让各部门汇报各自的工作近况及遇到的问题，这有助于加强沟通和协作。另外，对于组织中经常存在的一些无法直接测量的工作，他们的绩效有时可通过某些现象做出推断。例如，从员工的合理化建议增多或许可推断出企业民主化管理有所加强，从员工工作热情下降也可推断出管理中可能存在不当之处。总之，在测量实际工作成绩的过程中必须多种方法结合使用，以确保所获取信息的质量。

（3）测量的频度。即间隔多长时间进行一次业绩测量。对不同的测量项目，测量的频次可能不一样。有效的控制要求确定适宜的测量频度。频度过高，不仅会增加控制的费用，而且还会引起有关人员的不满，对组织目标的实现产生负面影响；但测量和检查的次数过少，则有可能造成许多重大偏差不能被及时发现，不能及时采取纠正措施，从而影响组织目标和计划的完成。例如，对产品质量的控制常常需要以件或小时、日等较小的时间单位来进行，而新产品开发活动的成绩则可能需要以月或更长的时间单位来测量。

（4）测量的主体。指参加测量工作成效的人员。测量业绩的主体不一样，控制工作的类型也就形成差别。例如目标管理被称为是一种"自我控制"方法，就是因为工作的执行者同时也是工作成果的测量者和控制者。相比之下，由上级主管或职能人员进行的测量和控制是一种强加的、非自主的控制。

2. 建立有效的信息反馈系统

对实际工作情况进行评价的目的，是为控制提供有用的信息，为纠正偏差提供依据。然而，并不是所有评价业绩的工作都直接由负责制定纠偏措施的管理人员或部门进行。因此，有必要建立有效的信息反馈系统，使反映实际工作情况的信息既能迅速地收集上来，又能适时地传递给恰当的管理人员，并且能够纠偏指令迅速地传达到有关人员手里，以便及时对问题做出处置。

信息要能有效地服务于管理控制工作，需要符合三项基本要求：

第一，信息的及时性。首先要保证信息收集的时效性，促使组织成员养成重视信息收集意识，培养他们掌握信息收集方法。其次，信息的加工、检索和传递工作也要及时跟上。否则信息的使用价值就会丧失，会给组织带来有形或无形的损失。

第二，信息的可靠性。管理人员必须依靠准确、可靠的信息才能对工作中的问题做出正确的决策。

第三，信息的适用性。收集信息的目的是为了利用信息。事实上信息不足和信息过多同样都有害。因此，工作人员对工作评价中所获得的信息进行整理分析，并保证在管理者需要的时候能提供尽量精炼而又满足控制要求的信息。

3. 检验标准的客观性和有效性

测量工作成效是以预定的标准为依据来进行的，这就出现了一个问题：偏差究竟是执行中出现了问题还是标准本身存在问题呢？如果是前者，需要对于执行中出现的问题进行纠正；如果是后者，则要修正和更新预定的标准。因此，利用预定的标准去检查各部门、各阶段和每个人工作的过程，也同时是对标准的客观性和有效性进行检验的过程。

对标准的客观性和有效性进行检验，目的是要确定对标准执行情况的测量能否取得控制需要的信息。在为控制对象确定标准的时候，人们可能只考虑一些次要的非本质因素，或者只重视了一些表面的因素。因此，利用既定的标准去检查人们的工作，有时候并不能达到有效控制的目的。评价过程中的检验就是要辨别并剔除那些不能有效控制提供信息及容易产生误导作用的不适宜标准，以便根据控制对象的本质特征制定出科学合理的控制标准。

三、分析偏差原因，采取矫正措施

对实际工作成效进行衡量后，下一步就应该将测量结果与标准进行对比。如果没有偏差，在确认控制标准水平适当的情况下，将工作绩效作为成功经验予以总结并用于指导今后其他方面的工作；如果有偏差，则要分析造成偏差的原因并采取纠正措施。根据偏差的可控程度以及环境变化程度不同，应采取不同的纠偏措施。具体如图 5-3 所示。

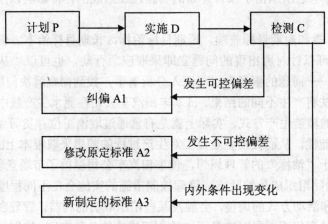

图 5-3 针对不同偏差原因的不同纠偏措施

在需要采取纠正措施的场合，为了保证控制行动的针对性和有效性，需要在制定和实施纠正措施过程中注意下述几个问题：

1. 找出偏差产生的主要原因

管理运行过程往往是复杂的，导致偏差产生的原因可能多种多样。想要达到逐一纠正出现的每种偏差因素是不现实的，因此评估和分析偏差时，主要应该针对导致偏差产生的主要原因。

偏差纠正措施的确定要以正确分析的偏差原因为依据。偏差来自测量结果与测量标准不一致，产生误差的原因有可能是执行过程不力，可能是原来的计划的标准有问题，也可能是内、外部环境发生了预料之外的变化。这就要求工作人员要认真了解偏差的信息并对影响因素进行深入、透彻的分析，真正透过表面现象找出造成偏差的深层原因，为"对症下药"制定纠偏措施提供根本保证。

2. 选择适当的纠偏措施

针对偏差产生的主要原因和所确定的纠正对象，管理者在控制工作中可采用的处理措施有三种：第一，如果由于工作不力，控制的办法主要是纠正，即通过采取有力措施，确保工作和目标的接近或吻合；第二，若计划的标准有问题，控制工作则主要是按实际情况修改计划目标；第三，若是组织内、外部环境出现了预料之外的重大变化，致使计划失去客观的依据，那么就应该启动备用计划或重新制订新的计划。以上第二和第三种措施都是着眼于对计划的不同程度的调整。因此，统称"调适"。由此可见，管理控制的措施包括"纠正"和"调适"这两大类别。

在控制措施的选择与实施过程中，管理者需要特别注意的问题是：

（1）保持纠偏方案的双重优化。既要提高控制措施效用，同时也要降低纠偏方案的成本。通过对各种纠偏方案的分析比较，找出相对最优的方案，以实现追加投入最少、成本最小、解决偏差效果最好的目的。

（2）充分考虑原有计划实施的影响。管理控制的实施将会使企业经营活动方向发生或大或小的调整，这类似"追踪决策"。因此，管理者在制定和选择控制方案的时候，就需要充分考虑组织由于原有计划的实施已经造成的种种影响以及人员思想观念的转变等问题。

（3）长期目标和短期目标兼顾。短期目标治标，长期目标治本。管理者采取纠正偏差的措施，可以针对所出现的问题立即采取应急行动，也可以"从问题的症状——问题的原因——问题的根源"层层深入分析着手，找到彻底解决问题的突破口。不同的思路和做法将产生不同的结果。日本丰田汽车公司在流水生产线中实行在制品"零"安全储备的精益生产方式，实际上就是有意通过取消工位存货等做法，加大工序出现问题的可能性，从而促使企业员工对生产过程的隐患采取根本上的解决措施。这种"治本"重于"治标"的管理思想，使丰田汽车公司赢得了市场竞争力。

（4）注意消除组织成员的疑惑。管理控制措施的实施会在不同程度上引起组织结构、人员关系和活动方式的调整，会触及某些组织成员的利益。管理者在控制工作中要充分考虑和处理组织成员对准备采取的纠正措施的各种态度，特别是要注意消除执行人员的疑虑，争取更多的人理解、赞同和支持这项纠正措施，避免可能出现人为的障碍。

应当注意到，纠正偏差并不是控制过程的一个独立步骤，它只是其他管理职能参与控制工作并发挥作用的一个连接点。管理过程是一个完整的系统，控制工作的职能与其他职能相互交叉、共同作用，构成一个统一的整体。

第三节 控制的类型

按照控制活动的时间顺序、目的、对象、内容、主体等方面的不同，可以把控制分为不同的种类，并由此梳理总结形成多种控制方法与技术。为更好地理解控制方法和技术，我们把从不同角度进行的控制分类总结，如表 5-1 所示。

表 5-1 控制分类

分 类 依 据	控 制 类 别
根据控制的时机	前馈控制、同期控制、反馈控制
根据控制的机制	官僚控制（又称直线控制、制度控制）、市场控制、团体控制（文化控制）
根据控制的主体	正式组织控制、群体控制、自我控制
根据控制的财务特性	预算控制、非预算控制
根据控制的作用点与控制对象的关系	间接控制、直接控制
根据管理目标	质量控制、进度控制、成本控制、绩效控制、士气控制
根据管理对象	人：人力资源控制 机：设备控制 料：物料控制 法：程序控制 环：环境控制 时间：进度控制 信息：信息控制
根据管理活动（流程）	供应商管理控制、市场营销控制、产品研发控制、生产运营管理控制、客户关系管理控制、财务管理控制、人力资源控制、信息管理控制等

随着管理控制所关注的角度和使用的方法不同，控制的类别还可以不断增加。在管理过程中，管理者都或多、或少，有意识或无意识地运用着以上控制方法，各种控制类型之间也是相互交叉、渗透。不同控制方法的组合运用，体现出不同的管理风格，获得不同的控制效果。由于内容和篇幅的限制，本书主要介绍以下几种控制方法和技术：

一、前馈控制、同期控制、反馈控制

最常见的一种分类，是根据控制时机的不同进行分类，即分为前馈控制（先期控制）、同期控制（实时控制、现场控制）和反馈控制（事后控制）。

【延伸阅读】

扁鹊的医术

魏文王问名医扁鹊说："你们兄弟三人，都精通医术，到底哪一位最好？"扁鹊答："长兄最好，中兄次之，我最差。"文王再问："那么为什么你最出名呢？"扁鹊答："长兄治病，是治病于病情发作之前。由于一般人不知道事先能铲除病因，所以他的名气无法传出去；中兄治病，是于病情初起时。一般人以为他只能治轻微的小病，所以他的名气只及本乡里；而我治病于病情严重之时。一般人都看到我在静脉上穿针管放血、在皮肤上敷药等大手术。所以，以为我的医术高明，名气因此响遍全国。"

这则寓言传说非常形象地表示了前馈控制、同期控制和反馈控制三种不同的控制类型的特点与作用。对于这三种控制类型，我们可以通过图 5-4 进行比较。

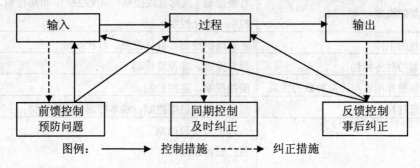

图 5-4　三种控制的比较

1. 反馈控制

所谓反馈控制，就是把一个系统或一个过程的输出信息返回信息的输入端，与输入信息的期望的目标值进行比较，如果有偏差，找出偏差的原因，然后针对其原因采取纠正措施，实现过程的控制。简言之，管理中的反馈控制是针对行动的结果与计划目标的差异所采取的控制，在对差异进行比较分析之后，对于未达到的要求采取补救措施，并总结经验和教训，以便在重复或类似的管理过程中获得更好的结果。

这样的控制方式的特点是，当信息反馈出我们的控制特性或要求发生变化时，差异或者偏差已经发生，这些已发生的偏差，有些是可以通过调整或者弥补以使其回到我们所要求的状态中来，实现我们的计划和目标，但在很多情况下，已经发生的偏差是不可逆转的。并且，无论是否可以弥补，事后发现的偏差，都必然会为其易造成的损失付出增加的成本。这种类型是属于事后的调整，因而具有滞后性。尽管这样，这种类型的控制却是在我们现实生活中的一种非常普遍的控制类型之一，有时甚至是唯一可用的控制手段。这时候管理者唯一能做的就是找出原因，采取补救措施，并总结经验和教训。例如，火灾事故已经发生，就只能尽力扑救、减少损失，并于事后去追究单位负责人的责任，总结经验，避免再犯；生产中某批产品已经产生很高的废品率，就只能对过程的工艺参数进行调整，保证下一批次的产品能降低废品率；一种产品已经滞销，就只能找出滞销原因，想办法处理积压产品，并相应作出减产或转产的决定。凡此种种，都属于典型的反馈控制。

2. 同期控制

同期控制，就是在工作进行的同时实行控制，所以又叫同步控制、实时控制或现场控制。

当某项活动一开始，管理者亲临现场，对活动过程中的某些环节，按照预先确定的标准进行检查，或者针对工作中出现的问题，运用自己的经验指导操作，或者与相关人员共同商议改进工作。

同期控制的基本原理可以用图 5-5 的例子说明。假定在 P_1 点狗发现 X 轴上的兔子 X_1，便对准 X_1 追击，而兔子沿着 X 轴到 X_2，那么位于 P_2 的狗就要对准 X_2。兔子不断往前跑，狗只有不断调整方向才能追上兔子。狗的运动轨迹就形成一条"追捕曲线"。这条曲线上的每一点的切线都是指向兔子的，由于兔子的跑动，狗在不断地采取措施，调整前进的方向，以便达到尽快抓住兔子的目的。由此可见，同期控制的本质是无数事后控制的综合，不断采取措施，不断得到反馈，不断调整和采取新的措施。

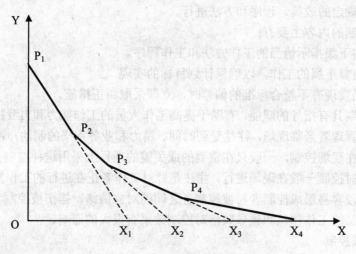

图 5-5 狗追兔子示例

在许多经营管理活动中，利用各种先进的信息技术手段就有可能获得实时信息，从而实行实时控制。例如，航空公司把飞机航班、飞行路线和日期等资料输入数据库并与各售票点实时联网后，就能随时随地获得各航班座位的详细资料，使电子机票成为可能。又如沃尔玛通过全球联网的管理信息系统能够把每个月的新销售额的数据立即传送到数据中心，从而立即取得有关库存、销售量、总利润及其他各种数据资料。在医院实行查病房制度，进行临床检查，实际上现场控制。

【延伸阅读】

目 视 管 理

目视管理是典型的同期控制，如交通灯、斑马线等各种道路交通信号、标记等，采用生动的图表、醒目的颜色等，使得信息共享、视觉化、易于正确传递，从而易理解、易沟通、易执行、易发现问题、易找出原因，有助于尽快达成共识、采取出色行动、缩短管理循环时间。因此，目视管理使得管理过程透明化，让管理方法、管理状态清晰明了、一目了然，有斑马线行人才可横穿马路；

方法简单，如绿灯行、红灯停，谁都能正确判断；还可以甄别问题，如有的工厂要求工人将废品、次品、合格品放在不同颜色的容器中，现场管理人员很容易目测生产过程的质量水平。目视管理是以公开化和视觉显示为特征的管理方式。

目视管理包括以下内容：

（1）看板、管理图表、公布栏

（2）标识、标志、标记

（3）重点标准、重点训练、核查表格

（4）整理整顿、利用空间

（5）定置管理

（6）美化管理

同期控制是一种主要为基层人员所采用的控制方法，通过在现场的指挥与监督，保证组织按规定的政策、程序和方法进行。

同期控制的内容主要有：

（1）向下级指示恰当的工作方法和工作程序。

（2）监督下属的工作，以确保计划目标的实现。

（3）当发现有不符合标准的偏差时，立即采取纠正措施。

同期控制具有指导的职能，有助于提高工作人员的工作能力和自我控制能力。但是由于需要管理者亲临现场，往往受到时间、精力和业务水平的制约，管理者不可能时时事事都在现场控制，一般只在重要的或关键的项目上采用这种控制类型。

由于实时控制一般在现场进行，往往是针对工作者正在进行的工作发现问题，进行纠正，比较容易形成控制者与被控制者之间的对立情绪，挫伤被控制者的积极性。因而管理人员的工作作风和领导风格对控制效果有很大的影响。

3. 前馈控制

反馈控制的时间滞后性带来已产生的损失，同期控制在控制者和被控制者之间容易产生对立，这表明至少从理论上讲，它们不是最好的控制方法。最好的控制方法应该避免产生这样的问题。符合这样的要求的控制方法，是一种未来导向的控制方法，也就是前馈控制。所谓前馈控制是工作正式开始前，对要进行的工作将会产生各种偏差的预测和评估，并针对这些情况采取一定的预防措施，其目的是将可能出现的偏差预先排除的一种控制方法。前馈控制是一种"未雨绸缪"的控制方法，是防患于未然的控制，又称事先控制或者预先控制。

与另外两种控制方式相比较，前馈控制的相对优点表现在：首先，前馈控制是在工作开始之前进行的，可以防患于未然；其次前馈控制是在工作开始之前针对某项行动所依赖的条件进行控制，不是针对具体人员。因而不易造成面对面的冲突，易于被员工接受并付诸实施。

事实上，在实际的管理工作中，为了使得工作能够顺利进行，尽可能减少损失，降低控制成本，管理人员都会尽可能主动采取措施以保证控制工作的预见性。例如，组织总要制定一系列规章制度让员工遵守，以这种事前对基本行为的规范来保证工作的顺利进行。再如当公司的销售预测显示销售额将下降到期望值以下时，管理人员就会重新分析市场形势，制订新的广告宣传计划、推广计划、新产品引进计划等以改善销售的预期结果。

前馈控制的可靠性依赖于对系统运行环境的准确预测和对系统运行机理的正确认识。这种认识越准确，制定的前馈控制措施越具有针对性，控制的可靠性越强。但是，由于环境变化的动态特性即系统本身的复杂性，管理者对环境和系统的认识需要不断进行修正，因此前馈控制希望达到的效果往往难以完全实现。

总的说来，三种控制方式各有优缺点。有效的管理控制不能只依靠某一种控制方式，而必须根据情况将各种方式各有侧重地结合起来使用，以取得综合控制效果。

三种控制类型各有千秋。当你看了下面的故事后，一定会得到启发。

【延伸阅读】

八佰伴公司破产案

1997年9月18日，负债总额达1613亿日元的八佰伴日本公司宣告破产，成为日本战后流通业最大的一宗破产个案。接着2000年11月，在一片讨债声中，八佰伴（香港）有限公司也宣布清盘，其中国香港和澳门的10家分店即刻关门停业。八佰伴曾奇迹般地"从零到亿万"，又令人震撼地烟消云散。个中的成功与失败值得现代企业深思和借鉴。

破产原因简要分析：

（1）低估了开发海外市场的风险。20世纪90年代，八佰伴在全球16个国家拥有400多家百货公司，在亚洲金融风暴中债务缠身而破产。

（2）低估了非核心业务的风险。八佰伴主业是百货业，后来背离百货业，而且扩张到地产、饮食、食品加工和娱乐业，这些辅业变成负资产，成为八佰伴的沉重负担。

（3）举债过度，缺乏银行支持。八佰伴主要依赖负债经营，通过庞大的营业额与现金流支持生存和发展。当资金周转困难时，没有大银行的支持，发行400亿日元的债券无法偿还。

本案例中，导致八佰伴破产的原因可以从多个方面去分析。这里，主要运用前馈控制和同期控制的原理进行分析：开发海外市场和发展非核心业务，是许多公司做大做强所采用的手段，但是业务扩张之前必须做好充分的准备工作，例如对所要进入的领域进行详尽的调研，确定公司是否有实力在该领域取得竞争优势，以及要进入该领域进行发展必须解决的关键问题，对于已经预见到的和尚未认识到的问题，公司应该在哪些方面做好应对的准备……这些是属于前馈控制方面必须做的准备，而对于开发海外市场和发展非核心业务风险的低估，证明了八佰伴前期控制的不到位；公司最后三年，对"财务报表到处是水分"没有及时核实，被假信息误导，酿成扩张过度的决策大错，最后回天乏力，以破产告终，这是在同期控制方面的糟糕表现。冰冻三尺，非一日之寒，管理工作中对于控制职能的缺失，必然导致最终难以达到期望中的绩效表现，甚至于给组织带来灭顶之灾。

二、官僚控制（直线控制）、市场控制、团体控制

洛杉矶加利福尼亚大学管理学者廉姆·奥奇认为，对组织进行的控制，可以在广义上，也就是战略层次上，将控制活动分为三种类型：直线控制（也叫官僚控制）、市场控制和团队控制。

（1）官僚控制（Bureaucratic Control），也译为"直线控制"，就是运用章程、规则、法规和权威来规范人们的行为，主要通过预算、统计报告、审计、财务、绩效评估等手段，利用组织的力量对行为和行为的结果进行规范。典型的案例如工作规范，预算控制。官僚控制实际就是强调"用制度进行管理"。

（2）市场控制（Market Control），即使用外在市场机制，如价格竞争和相对市场份额，在系统中建立使用标准。也就是将业务部门看做利润中心，运用价格机制与其他的中心交换资源，并通过考核经济活动的业绩来对组织的行为进行规范。适用于产品或服务非常明确或确定，以及市场竞争激烈的公司，换句话说，借助经济力量，通过价格机制来规范员工的行为。

（3）团体控制（Clan Control）。与前两种控制不同，团体控制属于组织学习性控制，是基于人们相同的价值观、目标和相互信任基础上的控制。当组织的成员具有同样的价值观和目标并相互信任时，群体规范和凝聚力就会在组织控制中发挥更大作用。因此，团体控制使用企业文化手段，如共享的价值观、承诺、传统、信念来控制行为，关键在于共享的价值观和成员之间的相互信任。最典型的案例如中国工农红军，正是用"共产主义"的崇高理想与打土豪分田地的现实行动以挽救中国危亡、拯救中华民族的正义，激励了多少英雄儿女投身没有工资、只有危险的事业之中。这实际上是一种"文化控制"。

以上三种控制方法在组织管理中一般不是单独使用的。多数组织选择强调官僚或集团控制，并辅之以市场控制的方法。但是也有企业选择强调市场控制。控制的组合方式当以组织管理者从组织的经营管理理念为出发点，以达成最为有效的控制效果为目标，根据组织实际情况进行选择。

【延伸阅读】

海尔的 SBU

1998 年 9 月 8 日，张瑞敏开始在海尔内部推行"内部模拟市场"，让上道工序与下道工序之间进行商业结算，下道工序变成上道工序的市场。2000 年，张瑞敏将"内部模拟市场"的概念探索成为"SBU（Strategical Business Unit）理论"。他的管理目标是至 2008 年把 3 万名员工都变成自主经营的 SBU，把外部市场压力转到内部，内部相互之间的关系不再只是上下级的关系、管理与被管理的关系，而变成了市场的关系。

成为 SBU 的四个要素是：市场目标、市场订单、市场效果、市场报酬。每位员工都要有市场目标和市场订单（包括内部市场订单），他完成的市场订单要有市场效果，最后根据该效果取得报酬。"海尔靠 SBU 把企业所有流程的参与者老板化，期望的是这些 SBU 以一个经营者身份做好自己所在点位的所有工作，最终希望每一个 SBU 产生效益，由此 SBU1+SBU2+……产生海尔集团的这个大 SBU 的高效发展"。

张瑞敏认为，企业能够持续成功的关键在于保持持续的激情，保持持续激情的关键在于"两创"，一是创业，二是创新。只有创业没有守业，天天创业，每天从零开始，自己给自己施加压力。只要没有了这种精神，离破产只有一步之遥。许多企业在发展壮大到一定规模后会出现"大企业病"：机能失调，响应不灵，活力退化。SBU 管理法的作用就是推倒企业内部之间的墙，让每个职工都直面市场；不是以行政的方法，而是以市场的方法激发职工的主动性和创造性。

第四节　有效的控制系统

组织建立起一整套控制系统，并非是为了例行公事，而是希望这套控制系统起到应有的作用，保障目标的顺利达成。因而控制虽然关注过程，但归根结底是成果导向的。这个成果当然同时包括效果与效率。为了实现效果和效率，控制工作本身就被赋予了有效性的要求。一般而言，有效的控制应具备如下的特性。

一、控制应该是准确的

控制的准确性体现在：

1．控制的意图和手段与组织目标的吻合度。有的时候控制工作测量及反馈实践所引导行为与组织目标指引的方向不一致，这种现象在管理学中被称做"目标移置"。如交通警察经常用对违反交通规则的行为处以罚款的手段来教育肇事者，维护交通安全，可是如果把罚款当任务来执行，或定有罚款指标，则显然属于目标移置，违背了原来的本意。

2．控制标准的客观准确。准确的控制标准是依据目标的要求，根据客观实际情况，由目标的规定转化而来的，必须具备合理性和可行性。如果标准不够准确，控制难免出现偏差。

3．偏差信息的准确性。毫无疑问，不准确信息的控制系统将会导致管理者采取错误的行动。

4．采取准确的纠正措施。有效的控制系统不仅指出显著的偏差，同时建议采用合适的纠正行动。一个适宜的系统应当能揭示出在哪些环节上出了差错，谁应对此负责，并能确保采取某些纠正措施。只有通过适当的计划工作、组织工作、人员配备和领导工作等来纠正那些揭露出来的实际偏离计划的情况，才能证明该控制系统是正确的。

在很多的情况下，对于偏差的纠正，仅仅针对出现偏差的作业面是不够的，难以产生持续的良性的效果。准确的控制不仅关注出现偏差的点位或者区域，更应该从全局的视角出发，进行系统性的纠偏。

比如说对于产品生产质量的控制，传统的控制方法主要关注的是最终的产品检验，但是这种控制方法只是控制了出厂产品的质量，不能起到降低废品率的作用，况且对于大批量产品也无法做到100%的检验。对此贝尔实验室的休哈特博士指出："产品质量不是检验出来的，而是生产制造出来的，质量控制的重点应该放在制造阶段，从而将质量控制从事后把关提前到制造阶段。"休哈特于1924年提出了SPC即统计过程控制（Statical Process Contral）理论，利用统计技术对生产过程的各个阶段进行监控，发现过程异常，及时告警，从而达到保证产品质量的目的。休哈特的方法使得大量的产品性能保持一致，质量控制效果得以提高，SPC理论也为现代质量管理思想的发展奠定了基础。但是仅仅运用统计的方法对生产过程进行控制就能从根本上解决质量问题吗？爱德华兹·戴明博士的回答是否定的。戴明认为：要从根本上解决质量问题，必须建立质量管理机制，他强调，"大多数的质量问题是管理者的责任，不是工人的责任，因为整个愚蠢的生产程序是由管理者制定的，工人被排除在外"。因此，质量应该由最高管理层负责领导，质量控制应该"从工厂的地板上移到每位高层管理者的办公桌上"。戴明的质量管理思想极大地提升了日本的质量管理水平，使得日本的产品在短短几年的时间之内超越美国，雄霸世界。他的质量管理理论，经朱兰、费根保姆等人的进一步发展，奠定了形成了系统化的 TQM（Total Quality Manage）、TQC（Total Quality Control）或 CWQC（Company-Wide Quality Control）体系，为管理的理论与实践的发展作出了巨大的贡献。

【延伸阅读】

戴明博士质量管理十四条

《十四条》的全称是《14条转变管理的原则》。这是戴明先生针对美国企业领导提出来的。从美国各刊物所载原文来看，无论是次序还是用语，都各有差异。这可能是因为在十多年的时间里，戴明本人在不同场合有不同的强调的缘故。

第一条　创造产品与服务改善的恒久目的

最高管理层必须从短期目标的迷途中归返，转回到长远建设的正确方向。也就是把改进产品和服务作为恒久的目的，坚持经营，这需要在所有领域加以改革和创新。

第二条　采纳新的哲学

必须绝对不容忍粗劣的原料、不良的操作、有瑕疵的产品和松散的服务。

第三条　停止依靠大批量的检验来达到质量标准

检验其实是等于准备有次品，检验出来已经是太迟，且成本高而效益低。正确的做法，是改良生产过程。

第四条　结束只以价格为基础的采购习惯

价格本身并无意义，只是相对于质量才有意义。因此，只有管理当局重新界定原则，采购工作才会改变。公司一定要与供应商建立长远的关系，并减少供应商的数目。采购部门必须采用统计工具来判断供应商及其产品的质量。

第五条　持续地及永不间断地改进生产及服务系统

在每一活动中，必须降低浪费和提高质量，无论是采购、运输、工程、方法、维修、销售、分销、会计、人事、顾客服务及生产制造。

第六条　建立现代的岗位培训方法

培训必须是计划的，且必须是建立于可接受的工作标准上。必须使用统计方法来衡量培训工作是否奏效。

第七条　建立领导力

经理的工作不是监督，而是用领导力来领导。管理的目标是帮助人、机器和设备做更好的工作。

第八条　驱走恐惧心理

所有同事必须有胆量去发问、提出问题或表达意见。

第九条　打破部门之间的围墙

每一部门都不应只顾独善其身，而需要发挥团队精神。跨部门的质量圈活动有助于改善设计、服务、质量及成本。

第十条　取消对员工的标语训词和告诫

激发员工提高生产率的指标、口号、图像、海报都必须废除。很多配合的改变往往是在一般员工控制范围之外。因此这些宣传品只会导致反感。虽然无须为员工订下可计量的目标，但公司本身却要有这么一个目标：永不间歇地改进。

第十一条　取消工作标准及数量化的定额

定额把焦点放在数量，而非质量，是不断改进的巨大障碍。要改变对待人的方式态度，用信任和领导力代表控制。公司规章制度要针对95%可信任的员工。

第十二条　消除打击员工工作感情的因素

任何导致员工失去工作尊严的因素必须消除，管理人员的责任必须从单纯的数字目标转化到质量。这意味着要废除年度个人目标或排名绩效考核和目标管理。

第十三条　建立有力的教育及自我提高计划

最大的改进来自系统内工作人员的头脑，因此所有员工都要不断接受训练及再培训。学习是员工和公司明日生存的保障。

第十四条　采取行动实现转变

实现转变不是一件容易的事，管理层应该针对前面的十三点内容，付诸实施。最高管理层在实现转变中扮演着决定性的作用。但是仅仅依靠管理层是不够的，要把实现转变作为公司每一个人的工作。

纵观"十四要点"，概括起来就是形成明确的理念和方向，然后建立系统，以驱动相应改善管理的行为，并用配套的文化来保证系统更好运作。可以看出，戴明在管理方面的核心理念就是"不断改善"和"享受工作乐趣"。戴明博士有一句颇富哲理的名言："质量无须惊人之举。"他平实的见解和骄人的成就之所以受到企业界的重视和尊重，是因为若能有系统地、持久地将这些观念付诸行动，几乎可以肯定在全面质量管理上就能够取得突破。

二、控制应该是及时的

控制的目的是为了纠正组织运行过程中出现的对于目标的偏离，减少损失，并总结经验，杜绝失误或损失重复发生。从控制的时间上来讲，控制措施越早，控制效果越好，也就是前面提到过的，前馈控制优于同期控制，同期控制优于返回控制。"亡羊补牢，为时未晚"，但是亡掉一只羊就赶快补牢，与等到所有的羊都亡完了再去补牢，效果差别是很大的。当然，最好的效果当是补在未亡之前。

在组织管理中，由于往往面临很多复杂的不可预测的因素，事实上像小说中的诸葛亮一样料事如神是不可能的。所以在控制工作中，最为重要的是建立起一套控制机制，及时搜集可能导致问题出现的各种信息，以备在问题刚刚出现，甚至于有可能导致问题出现的苗头的时候，就立刻启动矫正行动，以避免问题或偏差的累积。因此，统计方法在管理中得到普遍应用。对于运行数据进行的统计并不仅仅表示过去和现在已经发生的状况，更重要的在于，统计数据揭示出一种变化的趋势，如果这种变化趋向于突破预期的安全界限，管理者就必须高度重视，对于引起这种趋势变化的原因就要进行分析，并采取相应对策促使其回归到安全状态。

三、控制应该是经济的

组织的任何一种有组织、有目的的活动都会产生相应的成本，控制也不例外。由于资源的有限性，控制的成本支出在组织看来，应该是值得的。相对的经济性既然是控制系统的一个限定因素，自然就在很大程度上决定了主管人员不可能进行面面俱到的精确控制，而只能在他们认为是重要的或者关键环节上选择一些关键因素来进行控制。

这个说法并不意味着其他因素不在控制范围之内，它意味着运行中的各种因素被划分为两类：常规因素和例外因素。常规因素不作为控制重点，是因为通过组织的规范化运作，组织已经做到了在正常下不会出现大的问题，不需要花费特别的成本去进行重点控制。而例外因素则涉及某些不可预测的关键性的变量，必须单独给予额外的关注。

控制的经济性要求并不意味着如果控制成本太大，组织就应该放弃控制。比如，一个造纸企业，因为对外排放的污染物治理成本很高，就以经济性为由，放弃对污染物的治理，仍由其排放到自然环境中，造成生态环境的破坏。除了道德和伦理考虑以外，在成本的衡量上面，就企业而言，它不仅要考虑短期的成本与收益，更应该考虑长期的成本与收益。因此，有效控制的经济性要求不能简单化，应该结合各方面的要求进行全面的考察与权衡，是在组织的战略目标能够保证得以实现的基础上的成本控制。

四、控制应该与组织的战略与组织结构相协调

一切的组织管理工作都应该是以组织的战略为目标，以组织的结构与员工的实际情况为基础，控制工作也不例外。离开了前者，控制会迷失方向；忽略了后者，控制就成了纸上谈兵。

如果公司的战略是生产成本导向的，控制工作会在达到成品最基本要求的前提下，尽可能减少开支与费用，尽可能扩大生产规模；如果公司的战略是属于高端精品战略，控制工作的原则就会是不惜工本，力求尽善尽美；如果是顾客导向的，控制的依据就是顾客的需要和期望。美国通用电器前总裁杰克·韦尔奇为公司制定了著名的"数一数二"战略，意指通用要经营的业务的市场占有率应在行业内"数一数二"，否则就放弃。在这种战略指导下，公司引入了先进的 6σ 管理模式，要求"无论在产品制造还是在服务方面的缺陷或者瑕疵都低于百万分之四"。韦尔奇指出："对于质量，你不能保持一种平静的、理性的态度，你不得不以一种近乎疯狂的态度去实施它。"

但是管理控制工作的实施主体是人，所控制的所有环节也是由人进行操作的，组织中的人除了有自己独特的能力、个性等特征，有自己的利益期望之外，他还是属于整个组织机构中某个特定的部门，拥有某个特定的职位，这决定了他必须扮演某种特定的角色。同时，他还要受到大大小小的组织文化和社会文化的影响。控制工作如果忽略了人的因素的复杂性，就很难达到希望的目标。例如一个学校，要想严格考场纪

律，严令监考教师严抓学生作弊行为，同时对于出现作弊行为学生的班主任进行惩罚，扣发津贴，并对该生所在的系进行批评。这样做的结果无疑使得监考老师投鼠忌器，不敢真正进行严格的控制。

要进行有效的控制，必须使得组织的机构和制度与控制的要求相适应。由专门的控制部门主导的控制只能做到局部的、事后的控制，真正有效的控制应该由全员参与，将控制运用到业务的作业层面，建立起自主控制、小组控制的常规机制。与此相适应的是管理制度的全面改进，每一项工作的责、权、利的设计都应该明确地有利于控制绩效的提高。为此，组织可能面临着组织机构设计的重构与再造。不从机构和制度设计上进行改造，仅仅靠管理者的号召和呼吁，靠发动一场表面上轰轰烈烈的运动，是无助于提高控制的绩效的。

【综合案例】

施温自行车公司的衰败

伊格纳茨·施温（Ignaz Schwinn）于 1895 年在芝加哥创办了施温自行车公司（Schwinn Bicycle Co.），后来成长为世界上最大的自行车制造商。在 20 世纪 60 年代，施温公司占有美国自行车市场 25%的份额。

爱德华·施温是创始人伊格纳茨的长孙，1979 年他接过公司的控制权，那时，问题已经出现，而糟糕的计划和决策又使已有的问题雪上加霜。

在 20 世纪 70 年代，施温公司不断投资于它的强大的零售分销网络和品牌，以便主宰 10 挡变速车市场。但是进入 80 年代，市场转移了，山地车取代 10 挡变速车成为销量最大的车型，并且轻型的、高技术的、外国生产的自行车在成年的自行车爱好者中日益普及。施温公司错过了这两次市场转换的机会，它对市场的变化反应太慢，管理当局专注于消减成本而不是创新。结果，施温公司的市场份额开始迅速地被更富于远见的自行车制造商夺走，这些制造商销售的品牌有特莱克（Trek）、坎农戴尔（Cannondale）、巨人（Giant）和钻石（Diamondback）。

或许，施温公司最大的错误是没有把握住自行车是一种全球产品，公司迟迟未能开发海外市场和利用国外的生产条件。一直拖到 70 年代末，施温公司才开始加入国外竞争，把大量的自行车转移到日本进行生产，但到那时，不断扩张的台湾地区的自行车工业已经在价格上击败了日本生产厂家。作为对付这种竞争的一种策略，施温公司开始少量进口中国台湾省制造的巨人牌（Giant）自行车，然后贴上施温商标在美国市场上出售。

1981 年，当施温公司设在芝加哥的主要工厂举行罢工时，公司采取了也许是最愚蠢的行动。管理当局不是与工人谈判解决问题，而是关闭了工厂，将工程师和设备迁往中国台湾省的巨人公司自行车工厂。作为与巨人公司合伙关系的一部分，施温公司将所有的一切，包括技术、工程、生产能力都交给了巨人公司，这正是巨人公司要成为占统治地位的自行车制造商所求之不得的。作为交换条件，施温公司进口和在美国市场上以施温商标经销巨人公司制造的自行车。正如一家美国竞争者所言："施温将特许权盛在银盘上奉送给巨人公司。"

到 1984 年，巨人公司每年交付给施温公司 70 万辆自行车，以施温商标销售，占施温公司年销售额的 70%。几年后，巨人公司利用从施温公司那里获得的知识，在美国市场上建立了他们自己的商标。

到 1992 年，巨人公司和中国内地的自行车公司，已经在世界市场上占据了统治地位。巨人公司销售的每 10 辆山地车中，有 7 辆是以自己的商标出售的，而施温公司怎么样了？当它的市场份额在 1992 年 10 月跌落到 5%时，公司开始申请破产。

【思考题】

1. 从案例资料来看，施温公司对市场情况的控制属于控制类型中的哪一种？为什么？

2. 从施温公司对于市场逐渐失去控制，乃至于最后彻底破产的过程，分析为什么它对市场的控制是无效的？

【本章要点总结】

学习完本章内容，你应该能够：

1. 定义什么是控制。

2. 掌握控制过程的三个步骤。

3. 掌握前馈控制、同期控制、反馈控制的分类，以及它们各自的特点。

4. 了解官僚控制、市场控制、团体控制的分类及其内容。

5. 掌握有效的控制应具备的特性。

第六章　管理理论发展历程

第一节　古典管理理论

　　每一项管理理论的产生和发展都离不开其特定的政治、经济、社会、文化和科学技术环境。18 世纪到 19 世纪的工业革命使以机器为主的现代意义上的工厂成为现实，工厂以及公司的管理越来越突出，20 世纪初到 20 世纪 30 年代，以泰勒（F. W. Taylor）的"科学管理"、法约尔（H. Fayol）的"一般管理理论"和马克斯·韦伯（M. Weber）的"组织理论"为代表，形成了古典管理理论。

一、泰勒的科学管理理论

（一）弗雷德里克·泰勒（Frederick Winslow Taylor，1856～1915）简介

　　一个在死后被尊称为"科学管理之父"的人；一个影响了流水线生产方式产生的人；一个被社会主义伟大导师列宁推崇备至的人；一个影响了人类工业化进程的人；一个由于视力被迫辍学的人；一个被工人称为野兽般残忍的人；一个与工会水火不容，被迫在国会上作证的人；一个被现代管理学者不断批判的人。

弗雷德里克·泰勒
Frederick Winslow Taylor

　　这个人就是弗雷德里克·泰勒，美国古典管理学家、科学管理的主要倡导人，管理思想发展史中最重要，同时也是最富有争议的人。

　　1856 年 3 月 20 日，泰勒出生在美国费城一个富有的律师家庭，中学毕业后考上哈佛大学法律系，但因眼疾而不得不辍学。1875 年，他进入一家小机械厂当徒工，1878 年转入费城米德瓦尔钢铁厂（Midvale Steel Works）当机械工人，他在该厂一直干到 1897 年。在此期间，由于工作努力，表现突出，很快先后被提升为车间管理员、小组长、工长、技师、制图主任和总工程师，并在业余学习的基础上获得了机械工程学士学位。1881 年，泰勒开始在米德瓦尔钢铁厂进行劳动时间和工作方法的研究，为以后创建科学管理奠定了基础。同年，在米德瓦尔开始进行著名的"金属切削试验"，经过两年初步试验之后，给工人制定了一套工作量标准。米德瓦尔的试验是工时研究的开端。泰勒的这些经历，使他有充分的机会去直接了解工人的种种问题和态度，并看到提高管理水平的极大的可能性。

　　1898～1901 年间，泰勒受雇于伯利恒钢铁公司（Bethlehem Steel Company），取得了一种高速工具钢的专利，并进行了著名的"搬运生铁块试验"和"铁锹试验"。

搬运生铁块试验，是在这家公司的五座高炉的产品搬运班组大约 75 名工人中进行的。这一研究改进了操作方法，训练了工人，结果使生铁块的搬运量提高 3 倍。铁锹试验是系统地研究铲上负载后，研究各种材料能够达到标准负载的铁锹的形状、规格，以及各种原料装铁锹的最好方法的问题。此外泰勒还对每一套动作的精确时间做了研究，从而得出了一个"一流工人"每天应该完成的工作量。这一研究的结果是非常杰出的，堆料场的劳动力从 400～600 人减少为 140 人，平均每人每天的操作量从 16 吨提高到 59 吨，每个工人的日工资从 1.15 美元提高到 1.88 美元。金属切削试验延续了 26 年，进行的各项试验超过了 3 万次，80 万磅的钢铁被试验用的工具切削成屑，总共耗费约 15 万美元。试验结果发现了能大大提高金属切削机工产量的高速工具钢，并取得了各种机床适当的转速和进刀量以及切削用量标准等资料，如图 6-1 为伯利恒钢铁公司。

图 6-1　伯利恒钢铁公司（1896）

1901 年后，他更以大部分时间从事咨询、写作和演讲等工作，来宣传他的一套管理理论——"科学管理"。他的著作包括《计件工资制》（1895 年）、《工厂管理》（1903 年）、《科学管理原理》（1911 年）、《在美国国会听证会上的证词》（1912 年）等。泰勒一生致力于科学管理，但他的做法和主张并非一开始就被人们所接受，相反还受到包括工会组织在内的人们的抗议。例如一位名叫辛克莱的年轻的社会主义者写信给《美国杂志》主编，指责泰勒"把工资提高了 61%，而工作量却提高了 362%"。泰勒也遇到了来自管理部门以及伯利恒公民的反对。美国国会于 1912 年举行对泰勒制和其他工场管理制的听证会，在那里，泰勒面对多半怀有敌意的国会议员们，不得不捍卫自己的观点。泰勒在众议院的委员会作的精彩的证词，向公众宣传了科学管理的原理及其具体的方法、技术，成为他对其科学管理原理所做的最好说明，引起了很大的轰动。

1915 年 3 月 21 日泰勒去世。他的墓碑位于一座能俯视费城钢铁厂烟囱的小山上，墓碑上刻着："科学管理之父——弗雷德里克·温斯洛·泰勒。"泰勒是带着郁闷的心情离开这个世界的，他生前殚精竭虑研究的科学管理原理和方法，由于受到曲解使得推行举步维艰。国会听证会上国会议员和调查人员无休止地盘问，特别是几次发生的针对推行泰勒制的工人罢工风潮，更是伤透了这位骨子里同情工人并付出了艰巨劳动的思想者的心。为了排除人们的疑虑，这位不善言辞的人不得不屡屡长途旅行，为其理论和方法进行说明和辩护，而正是一次外出发表演讲的归途中，他在通风的卧铺车厢感染了肺炎，不久被夺去了 59 岁的生命。

泰勒所处的时代，特别是 19 世纪的最后数 10 年中，美国工业出现前所未有的资本积累和工业技术进步。但是，发展、组织、控制和管理这些工业资源的方式非常低劣；其次，劳动者的潜力未得到充分发挥；再者，当时工人和资本家之间的关系严重激化，劳资关系的对立严重：资本家对工人态度蛮横，过着奢侈的生活，而工人生活艰苦，不断用捣毁机器和加入工会组织领导的大罢工来争取自己的权利。以上三方面严重阻碍了生产效率的提高。

泰勒一生大部分的时间所关注的，就是如何提高生产效率。这不但要降低成本和增加利润，而且要通过提高劳动生产率增加工人的工资。泰勒对工人在工作中的 "磨洋工" 问题深有感触。他认为 "磨洋工" 的主要原因在于工人担心工作干多了，可能会使自己失业，因而他们宁愿少生产而不愿意多干。泰勒认为，生产率是劳资双方都忽视的问题，部分原因是管理人员和工人都不了解什么是 "一天合理的工作量" 和 "一天合理的报酬"。此外，泰勒认为管理人员和工人都过分关心如何在工资和利润之间的分配，而对如何提高生产效率而使劳资双方都能获得更多报酬则几乎无知。概而言之，泰勒把生产率看做取得较高工资和较高利润的保证。他相信，应用科学方法来代替惯例和经验，可以不必多费人们更多的精力和努力，就能取得较高的生产率。

泰勒在他的主要著作《科学管理原理》（1911 年）中提出了具有划时代意义的科学管理理论。泰勒的科学管理理论，使人们认识到了管理学是一门建立在明确的法规、条文和原则之上的学科，它适用于人类的各种活动，从最简单的个人行为到经过充分组织安排的大公司的业务活动。科学管理理论对管理学理论和管理实践的影响是深远的，直到今天，科学管理的许多思想和做法仍被许多国家参照采用。

（二）科学管理理论思想精要

泰勒对科学管理作了这样的定义，他说："诸种要素——不是个别要素的结合，构成了科学管理，它可以概括如下：科学，不是单凭经验的方法；协调，不是不和别人合作，不是个人主义；最高的产量，取代有限的产量；发挥每个人最高的效率，实现最大的富裕。"这个定义，既阐明了科学管理的真正内涵，又综合反映了泰勒的科学管理思想。

1．工作定额原理

在当时美国的企业中，由于普遍实行经验管理，由此造成一个突出的矛盾，就是资本家不知道工人一天到底能干多少活，但总嫌工人干活少，拿工资多，于是就往往通过延长劳动时间、增加劳动强度来加重对工人的剥削。而工人，也不确切知道自己一天到底能干多少活，但总认为自己干活多，拿工资少。当资本家加重对工人的剥削，工人就用 "磨洋工" 消极对抗，这样企业的劳动生产率当然不会高。

泰勒认为管理的中心问题是提高劳动生产率。为了改善工作表现，他提出：

（1）企业要设立一个专门制定定额的部门或机构，这样的机构不但在管理上是必要的，而且在经济上也是合算的。

（2）要制定出有科学依据的工人的 "合理日工作量"，就必须通过各种试验和测量，进行劳动动作研究和工作研究。其方法是：选择合适且技术熟练的工人；研究这些人在工作中使用的基本操作或动作的精确序列，以及每个人所使用的工具；用秒表记录每一基本动作所需时间，加上必要的休息时间和延误时间，找出做每一步工作的最快方法；消除所有错误动作、缓慢动作和无效动作；将最快最好的动作和最佳工具组合在一起，成为一个序列，从而确定工人"合理的日工作量"，即劳动定额。

（3）根据工作定额完成情况，实行差别计件工资制，使工人的贡献大小与工资高低紧密挂钩。

在制定工作定额时，泰勒是以"第一流的工人在不损害其健康的情况下，维护较长年限的速度"为标准，这种速度不是以突击活动或持续紧张为基础，而是以工人能长期维持的正常速度为基础。通过对个人作业的详细检查，在确定做某件事的每一步操作和行动之后，泰勒能够确定出完成某项工作的最佳时间。有了这种信息，管理者就可以判断出工人是否干得很出色。

2. 挑选头等工人

为了提高劳动生产率，必须为工作挑选头等工人，这既是泰勒在《科学管理原理》中提出的一个重要思想，也是他为企业的人事管理提出的一条重要原则。

泰勒指出，健全的人事管理的基本原则是使工人的能力同工作相适应，企业管理当局的责任在于为雇员找到最合适的工作，培训他们成为第一流的工人，激励他们尽最大的力量来工作。为了挖掘人的最大潜力，还必须做到人尽其才。因为每个人都具有不同的才能，不是每个人都适合于做任何一项工作的，这和人的性格特点、个人特长有着密切的关系。为了最大限度地提高生产率，对某一项工作，必须找出最适宜干这项工作的人，同时还要最大限度地挖掘最适宜于这项工作的人的最大潜力，才有可能达到最高效率。因此对任何一项工作必须要挑选出"第一流的工人"即头等工人，然后再对第一流的人利用作业原理和时间原理进行动作优化，以使其达到最高效率。

对于第一流工人，泰勒是这样说明的："我认为那些能够工作而不想工作的人不能成为我所说的'第一流的工人'。我曾试图阐明每一种类型的工人都能找到某些工作，使他成为第一流的工人，除了那些完全能做这些工作而不愿做的人。"所以泰勒指出，人具有不同的天赋和才能，只要工作合适，都能成为第一流的工人。而所谓"非第一流的工人"，泰勒认为只是指那些体力或智力不适合他们工作的人，或那些虽然工作合适但不愿努力工作的人。总之，泰勒所说的第一流的工人，就是指那些最适合又最愿意干某种工作的人。所谓挑选第一流工人，就是指在企业人事管理中，要把合适的人安排到合适的岗位上。只有做到这一点，才能充分发挥人的潜能，才能促进劳动生产率的提高。这样，重活、体力活，让力气大的人干，而精细的活只有找细心的人来做。

对于如何使工人成为第一流工人，泰勒不同意传统的由工人挑选工作，并根据各自的可能进行自我培训的方法，而是提出管理人员要主动承担这一责任，科学选择并不断地培训工人。泰勒指出："管理人员的责任是细致地研究每一个工人的性格、脾气和工作表现，找出他们的能力；另一方面，更重要的是发现每一个工人向前发展的可能性，并且逐步地系统地训练，帮助和指导每个工人，为他们提供上进的机会。这样，使工人在雇用他的公司里，能担任最高、最有兴趣、最有利、最适合他们能力的工作。这种科学地选择与培训工人并不是一次性的行动，而是每年要进行的，是管理人员要不断加以探讨的课题。"在进行搬运生铁的试验后，泰勒指出：现在可以清楚的是，甚至在已知的最原始的工种上，也有一种科学。如果仔细挑选了最适宜于干这类活计的工人，而又发现了干活的科学规律，仔细选出来的工人已培训得能按照这种科学去干活，那么所得的结果必然会比那些在"积极性加刺激性"的计划下工作的结果丰硕得多。可见，挑选第一流工人的原则，是对任何管理都普遍适用的原则。

3. 标准化原理

泰勒认为，科学管理是过去曾存在的多种要素的结合。他把老的知识收集起来加以分析组合并归类成规律和条例，于是构成了一种科学。工人提高劳动生产率的潜力是非常大的，人的潜力不会自动跑出来，怎样才能最大限度地挖掘这种潜力呢？方法就是把工人多年积累的经验知识和传统的技巧归纳整理并结合起来，然后进行分析比较，从中找出其具有共性和规律性的东西，然后利用上述原理将其标准化，这样就形成了科学的方法。用这一方法对工人的操作方法、使用的工具、劳动和休息的时间进行合理搭配，同时对机器安排、环境因素等进行改进，消除种种不合理的因素，把最好的因素结合起来，这就形成一种最好的方法。

泰勒还进一步指出，管理人员的首要责任就是把过去工人自己通过长期实践积累的大量的传统知识、技能和诀窍集中起来，并主动把这些传统的经验收集起来、记录下来、编成表格，然后将它们概括为规律和守则，有些甚至概括为数学公式，最后将这些规律、守则、公式在全厂实行。在经验管理的情况下，对工人在劳动中使用什么样的工具、怎样操作机器，缺乏科学研究，没有统一标准，而只是凭师傅教徒弟的传授或个人在实际中摸索。泰勒认为，在科学管理的情况下，要想用科学知识代替个人经验，一个很重要的措施就是实行工具标准化、操作标准化、劳动动作标准化、劳动环境标准化等标准化管理。这是因为，只有实行标准化，才能使工人使用更有效的工具，采用更有效的工作方法，从而达到提高劳动生产率的目的；只有实现标准化，才能使工人在标准设备、标准条件下工作，才能对其工作成绩进行公正合理的衡量。

要让每个人都用正确的方法作业，对工人操作的每一个动作进行科学研究，用以代替传统的经验方法。为此应把每次操作分解成许多动作，并继而把动作细分为动素，即动作是由哪几个动作要素所组成的，然后再研究每项动作的必要性和合理性，去掉那些不合理的动作要素，并对保留下来的必要成分，依据经济合理的原则，加以改进和合并，以形成标准的作业方法。在动作分解与作业分析的基础上进一步观察和分析工人完成每项动作所需要的时间，考虑到满足一些生理需要的时间和不可避免的情况而耽误的时间，为标准作业的方法制定标准的作业时间，以便确定工人的劳动定额，即一天合理的工作量。

泰勒不仅提出了实行标准化的主张，而且也为标准化的制定进行了积极的试验。在搬运生铁的试验中，泰勒得出一个适合做搬运工作的工人，在正常情况下，一天至少可搬47.5吨铁块的结论；在铲具试验中，他得出铁锹每次铲物在重21磅时，劳动效率最高的结论；在长达26年的金属切削试验中，他得出影响切割速度的12个变数及其反映它们之间相关关系的数学公式等，为工作标准化、工具标准化和操作标准化的制定提供了科学的依据。

所以，泰勒认为标准化对劳资双方都是有利的，不仅每个工人的产量大大增加，工作质量大为提高，得到更高的工资，而且使工人建立一种科学的工作方法，使公司获得更多的利润。

4. 差别计件工资制

在差别计件工资制提出之前，泰勒详细研究了当时资本主义企业中所推行的工资制度，例如日工资制和一般计件工资制等，其中也包括对在他之前由美国管理学家亨利·汤提出的劳资双方收益共享制度和弗雷德里克·哈尔西提出的工资加超产奖金的制度。经过分析，泰勒对这些工资方案的管理方式都不满意。泰勒认为，现行工资制度所存在的共同缺陷，就是不能充分调动职工的积极性，不能满足效率最高的原则。例如，实行日工资制，工资实际是按职务或岗位发放，这样在同一职务和岗位上的人不免产生平均主义。在这种情况下，"就算最有进取心的工人，不久也会发现努力工作对他没有好处，最好的办法是尽量减少做工而仍能保持他的地位"。这就不可避免地将大家的工作拖到中等以下的水平。又如在传统的计件工资制中，虽然工人在一定范围内可以多干多得，但超过一定范围，资本家为了分享迅速生产带来的利益，就要降低工资率。在这种情况下，尽管工人努力工作，也只能获得比原来计日工资略多一点的收入。容易导致这种情况：尽管管理者想千方百计地使工人增加产量，而工人则会控制工作速度，使他们的收入不超过某一个工资率。因为工人知道，一旦他们的工作速度超过了这个数量，计件工资迟早会降低。

于是，泰勒在 1895 年提出了一种具有很大刺激性的报酬制度——"差别工资制"方案。其主要内容是：

（1）设立专门的制定定额部门。这个部门的主要任务是通过计件和工时的研究，进行科学的测量和计算，制定出一个标准制度，以确定合理的劳动定额和恰当的工资率，从而改变过去那种以估计和经验为依据的方法。

（2）制定差别工资率。即按照工人是否完成定额而采用不同的工资率。如果工人能够保质保量地完成定额，就按高的工资率付酬，以资鼓励；如果工人的生产没有达到定额就将全部工作量按低的工资率付给，并给以警告，如不改进，就要被解雇。例如，某项工作定额是 10 件，每件完成给 0.1 元。又规定该项工作完成定额工资率为 125%，未完成定额率为 80%，那么，如果完成定额，就可得工资为 20×0.1×125%=1.25（元）；如未完成定额，例如哪怕完成了 9 件，也只能得工资为 9×0.1×80%=0.72（元）。

（3）工资支付的对象是工人，而不是根据职位和工种，也就是说，每个人的工资尽可能地按他的技能和工作所付出的劳动来计算，而不是按他的职位来计算。其目的是克服工人"磨洋工"现象，同时也是为了调动工人的积极性。要对每个人在准时上班、出勤率、诚实、快捷、技能及准确程度方面做出系统和细微的记录，然后根据这些记录不断调整他的工资。

泰勒为他所提出的差别计件工资制，总结了许多优点，其中最主要有以下三点：

第一，有利于充分发挥个人积极性，有利于提高劳动生产率，能够真正实现"高工资和低劳动成本"。

第二，由于制定计件工资制与日工资率是经过正确观察和科学测定的，又能真正做到多劳多得，因此这种制度就能更加公平地对待工人。

第三，能够迅速地清除所有低能的工人，吸收适合的工人来工作。因为只有真正好的工人，才能做到又快又准确，可以取得高工资率。泰勒认为这是实行差别计件工资制最大的优点。

为此，泰勒在总结差别计件工资制实施情况时说："制度（差别计件工资制）对工人士气影响的效果是显著的。当工人们感觉受到公正的待遇时，就会更加英勇、更加坦率和更加诚实，他们会更加愉快地工作，在工人之间和工人与雇主之间建立互相帮助的关系。"

5. 劳资双方的密切合作

泰勒在《科学管理原理》一书中指出："资方和工人的紧密、亲切和个人之间的合作，是现代科学或责任管理的精髓。"他认为，没有劳资双方的密切合作，任何科学管理的制度和方法都难以实施，难以发挥作用。

那么，怎样才能实现劳资双方的密切合作呢？泰勒指出，必须使劳资双方实行"一次完全的思想革命"和"观念上的伟大转变"。泰勒在《在美国国会的证词》中指出："科学管理不是任何一种效率措施，不是一种取得效率的措施；也不是一批或一组取得效率的措施；它不是一种新的成本核算制度；它不是一种新的工资制度；它不是一种计件工资制度；它不是一种分红制度；它不是一种奖金制度；它不是一种报酬职工的方式；它不是时间研究；它不是动作研究……我相信它们，但我强调指出这些措施都不是科学管理，它们是科学管理的有用附件，因而也是其他管理的有用附件。"

泰勒进一步宣称，"科学管理在实质上包含着要求在任何一个具体机构或工业中工作的工人进行一场全面心理革命——要求他们在对待工作、同伴和雇主的义务上进行一种全面的心理革命。此外，科学管理也要求管理部门的人——工长、监工、企业所有人、董事会——进行一场全面的心理革命，要求他们在对管理部门的同事、对他们的工人和所有日常问题的责任上进行一场全面的心理革命。没有双方的这种全面的心理革命，科学管理就不能存在"；"在科学管理中，劳资双方在思想上要发生的最大革命就是：双方不再把注意力放在盈余分配上，不再把盈余分配看做最重要的事情。他们将注意力转向增加盈余的数量上，使盈余增加到使如何分配盈余的争论成为不必要。他们将会明白，当他们停止互相对抗，转为向一个方面并肩前进时，他们的共同努力所创造出来的盈利会大得惊人。他们会懂得，当他们用友谊合作、互相帮助来代替敌对情绪时，通过共同努力，就能创造出比过去大得多的盈余。"

也就是说，要使劳资双方进行密切合作，关键不在于制定什么制度和方法，而是要实行劳资双方在思想和观念上的根本转变。如果劳资双方都把注意力放在提高劳动生产率上。劳动生产率提高了，不仅工人可以多拿工资，而且资本家也可以多拿利润，从而可以实现双方"最大限度的富裕"。

例如，在铁锹试验中，每个工人每天的平均搬运量从原来的 16 吨提高到 59 吨；工人每日的工资从 1.15 美元提高到 1.88 美元。而每吨的搬运费从 7.5 美分降到 3.3 美分，对雇主来说，关心的是成本的降低；而工人关心的则是工资的提高，所以泰勒认为这就是劳资双方进行"精神革命"，从事合作的基础。

6. 建立专门计划层

泰勒指出："在老体制下，所有工作程序都由工人凭他个人或师傅的经验去干，工作效率由工人自己决定。"由于这与工人的熟练程度和个人的心态有关，即使工人能十分适应科学数据的使用，但要他同时在机器和写字台上工作，实际是不可能的。泰勒深信这不是最高效率，必须用科学的方法来改变。为此，泰勒主张："由资方按科学规律去办事，要均分资方和工人之间的工作和职责"，要把计划职能与执行职能分开并在企业设立专门的计划机构。泰勒在《工厂管理》一书中为专门设立的计划部门规定了 17 项主要负责的工作，包括企业生产管理、设备管理、库存管理、成本管理、安全管理、技术管理、劳动管理、营销管理等各个方面。所以，泰勒所谓计划职能与执行职能分开，实际是把管理职能与执行职能分开；所谓设置专门的计划部门，实际是设置专门的管理部门；所谓"均分资方和工人之间的工作和职责"，实际是说让资方承担管理职责，让工人承担执行职责。这也就进一步明确资方与工人之间、管理者与被管理者之间的关系。

泰勒把计划的职能和执行的职能分开，改变了凭经验工作的方法，而代之以科学的工作方法，即找出标准，制定标准，然后按标准办事。要确保管理任务的完成，应由专门的计划部门来承担找出和制定标准的工作。

具体说来，计划部门要从事全部的计划工作并对工人发布命令，其主要任务是：

（1）进行调查研究并以此作为确定定额和操作方法的依据。

（2）制定有科学依据的定额和标准化的操作方法和工具。

（3）拟订计划并发布指令和命令。

（4）把标准和实际情况进行比较，以便进行有效的控制等工作。在现场，工人或工头则从事执行的职能，按照计划部门制定的操作方法的指示，使用规定的标准工具，从事实际操作，不能自作主张、自行其是。泰勒的这种管理方法使得管理思想的发展向前迈出了一大步，将分工理论进一步拓展到管理领域。

7. 职能工长制

泰勒不但提出将计划职能与执行职能分开，而且还提出必须废除当时企业中军队式的组织而代之以"职能式"的组织，实行"职能式的管理"。

泰勒认为在军队式组织的企业里，工业机构的指令是从经理经过厂长、车间主任、工段长、班组长而传达到工人。在这种企业里，工段长和班组长的责任是复杂的，需要相当的专门知识和各种天赋的才能，所以只有本来就具有非常素质并受过专门训练的人，才能胜任。泰勒列举了在传统组织下作为一个工段长应具有的几种素质，即教育、专门知识或技术知识、机智、充沛的精力、毅力、诚实、判断力或常识、良好的健康状况等。但是每一个工长不可能同时具备这 9 种素质。但为了事先规定好工人的全部作业过程，必须使指导工人干活的工长具有特殊的素质。因此，为了使工长职能有效地发挥，就要进行更进一步细分，使每个工长只承担一种管理的职能。为此，泰勒设计出 8 种职能工长，来代替原来的一个工长。这 8 个工长 4 个在车间、4 个在计划部门，在其职责范围内，每个工长可以直接向工人发布命令。在这种情况下，工人不再听一个工长的指挥，而是每天从 8 个不同工长那里接受指示和帮助。

泰勒的职能工长制是根据工人的具体操作过程进一步对分工进行细化而形成的。他认为这种职能工长制度有三个优点：

（1）每个职能工长只承担某项职能，职责单一，对管理者培训花费的时间较少，有利于发挥每个人的专长。

（2）管理人员的职能明确，容易提高效率。

（3）由于作业计划由计划部门拟订，工具和作业方法标准化，车间现场工长只负责现场指挥与监督，因此非熟练技术的工人也可以从事较复杂的工作，从而降低了整个企业的生产费用。

尽管泰勒认为职能工长制有许多优点，但后来的事实也证明，这种单纯"职能型"的组织结构容易形成多头领导，造成管理混乱。所以，泰勒的这一设想虽然对以后职能部门的建立和管理职能的专业化有较大的影响，但并未真正实行。

8. 例外原则

所谓例外原则，就是指企业的高级管理人员把一般日常事务授权给下属管理人员，而自己保留对例外的事项一般也是重要事项的决策权和控制权，这种例外的原则至今仍然是管理中极为重要的原则之一。

泰勒认为，规模较大的企业不能只依据职能原则来组织和管理，而必须应用例外原则。所谓例外原则，是指企业的高级管理人员把一般的日常事务授权给下级管理人员去负责处理，而自己只保留对例外事项、重要事项的决策和监督权，如重大的企业战略问题和重要的人员更替问题等。泰勒在《工厂管理》一书中曾指出："经理只接受有关超常规或标准的所有例外情况的、特别好和特别坏的例外情况、概括性的、压缩的及比较的报告，以便使他得以有时间考虑大政方针并研究他手下的重要人员的性格和合适性。"

泰勒提出的这种以例外原则为依据的管理控制方式，后来发展为管理上授权原则、分权化原则和实行事业部制等管理体制。

（三）科学管理理论的实践应用

泰勒的科学管理理论并不是脱离实际的，其几乎所有管理原理、原则和方法，都是经过自己亲自试验和认真研究所提出的。它的内容里所涉及的方面都是以前各种管理理论的总结，与所有管理理论一样，都是为了提高生产效率，但它是最成功的。它坚持了竞争原则和以人为本原则。竞争原则体现为给每一个生产过程中的动作建立一个评价标准，并以此作为对工人奖惩的标准，使每个工人都必须达到一个标准并不断超越这个标准，而且超过越多越好。于是，随着标准的不断提高，工人的进取心就永不会停止，生产效率必然也跟着提高；以人为本原则体现为这个理论是适用于每个人的，它不是空泛的教条，是实实在在的，是以工人在实际工作中的较高水平为衡量标准的，因此既可使工人不断进取，又不会让他们认为标准太高或太低。以人为本是科学发展的一个趋势，呆板或愚昧最终会被淘汰。

科学管理理论很明显的是一个综合概念。它不仅仅是一种思想，一种观念，也是一种具体的操作规程，是对具体操作的指导。它们是：首先，以工作的每个元素的科学划分方法代替陈旧的经验管理工作法；其次，员工选拔、培训和开发的科学方法代替先前实行的那种自己选择工作和想怎样就怎样的训练做法；再次，与工人经常沟通以保证其所做的全部工作与科学管理原理相一致；最后，管理者与工人应有基本平等的工作和责任范围。管理者将担负起其恰当的责任，而过去，几乎所有的工作和大部分责任都压在了工人身上。

20世纪以来，科学管理在美国和欧洲大受欢迎。利用甘特图表进行计划控制，创建了世界第一条福特汽车流水生产线，实现了机械化的大工业，大幅度提高了劳动生产率，出现了高效率、低成本、高工资和高利润的局面等都是科学管理理论应用的成功案例。当然，泰勒的科学管理理论也有其一定的局限性，如研究的范围比较小，内容比较窄，侧重于生产作业管理；另外泰勒对于现代企业的经营管理、市场、营销、财务等都没有涉及；更为重要的是他对人性假设的局限性，即认为人仅仅是一种经济人，这无疑限制了泰勒的视野和高度，但这些也正是需要泰勒之后的管理大师们创建新的管理理论来加以补充的地方。

【延伸阅读】

对科学管理的形成作出贡献的其他人：

1. 卡尔·巴思（Carl. G. Barth 1860～1939）

卡尔·巴思是出生于挪威的美国工程师，是泰勒最早、最能干和最亲密的助手。巴思在数学方面有很深的造诣，他协助泰勒进行金属切削试验以及工时研究、疲劳研究，并且在工厂中实行泰勒制。珀森博士在《先进管理》一书中曾对巴思作了如下的评价："巴思是美国所曾产生过的两个最伟大的管理工程师中的一个（另一个是泰勒）。……泰勒具有远见。……但他不愿意过问细节。他在这方面需要一些能干的助手。巴思是这些助手中最能干的。……这样说似乎是公证的，这两种类型的天才的结合，使得每个人都能发挥出更多的创造性。"

2. 亨利·甘特（HenryGantt 1861～1919）

亨利·甘特是泰勒在创建和推广科学管理制度时的亲密合作者，是科学管理运动的先驱者之一；同时，他又很重视工业中人的方面的贡献。其主要有四方面：①提出了一种"工作任务和奖金"的工资制度；②制定了用于生产控制的各种图表，特别是甘特图；③强调对工人进行培训；④强调工业民主和更重视人的劳动方式。

3. 吉尔布雷思夫妇（Frank Gilbreth 1868～1924；Lillian. M. Gilbreth 1878？～1972）

吉尔布雷思夫妇在动作研究、疲劳研究、制度管理等方面作出了出色的成绩，特别是动作研究是他们作出最大贡献的领域。为了进行有关工人操作动作的研究，他们将工人的动作分解为常用的18种"动作基本元素"，并用不同的符号、名称和颜色表示，其目的是为了减少不必要的动作，提高加工速度。吉尔布雷思夫妇还很重视企业中人的因素，他们把当时西方社会科学各学科以及生理学、心理学、教育学等学科的知识用来改进和扩大工人的能力，以便为提高生产率服务。

4. 路易斯·布兰代斯（Louis. D. Brandeis 1856～1941）

路易斯·布兰代斯是美国的一位律师和美国最高法院的法官。他对管理思想的最大贡献是在1910年的美国东部铁路运费率案件中宣传了科学管理制度，当东部铁路公司向州际商业委员会提出要求增加运费时，布兰代斯代表货物托运人反对任意增加运费。他说只要铁路采取有效的管理方式，其节省的远超过从运费中所得到的。在商量涨价意见听证会中，用什么称呼泰勒等人倡导的新的管理理论和方法时，与会人一致同意采用布兰代斯提出的"科学管理"这一名称，以后这一名称得到普遍应用。

5. 亨利·福特（Henry Ford 1863～1947）

亨利·福特是美国的汽车制造业和科学管理的实行者，流水线大量生产管理技术的倡导者。他在生产和管理上的最大成就就是把科学管理原理应用于生产，首创了流水线大量生产方式。福特在人事管理方面也有所创新。他采用高工资吸引和保持生产率最高的工人，他将之称为利润分享和效率工程。他的这种做法大大促进了生产率的提高，从而使劳动力成本在产品成本中的比重相对下降。

二、法约尔的一般管理理论

（一）亨利·法约尔（Henri Fayol，1841～1925）简介

泰勒的科学管理开创了西方古典管理理论的先河，在其被传播之时，欧洲也出现了一批古典管理的代表人物及其理论，其中影响最大的首推法约尔及法约尔的一般管理理论。

亨利·法约尔（1841～1925），欧洲的一位极为杰出的经营管理思想家，是直到20世纪上半叶为止，欧洲贡献给管理运动的最杰出的大师，被后人尊称为"现代经营管理之父"。

他最主要的贡献在于三个方面：从经营职能中独立出管理活动、提出管理活动所需的五大职能和 14 条管理原则。这三个方面也是其一般管理理论的核心。

亨利·法约尔
Henri Fayol

1841 年，法约尔出生在法国的一个资产阶级家庭。

1856～1858 年期间，他就读于里昂公立中等学校。

1858～1860 年期间，他就读于圣艾蒂安国立矿业学院。

1860 年毕业后，他进入科门特里富香博公司担任工程师，并显示出他的管理才能。

1868 年，当该公司的财务状况极为困难，公司几乎濒于破产时，法约尔被任命为总经理。他按照自己关于管理的思想和理论对公司进行了改革和整顿，关闭了一些经济效益不好的冶金工厂，并吸收资源丰富的新矿来代替资源枯竭的老矿。他于 1891 年吸收布列萨克矿井，1892 年吸收了德卡斯维尔的矿井加工厂并把新的联合公司命名为康曼包公司。1900 年他吸收了东部煤区的莱得莱维尔矿井，并克服了种种困难，把原来濒于破产的公司整顿得欣欣向荣。在第一次世界大战期间，他领导的公司为战争提供了大量资源。公司培养了一批管理、技术和科学上的骨干力量，到 1918 年法约尔 77 岁退休时，该公司已能在财务和经营上立于不败之地，至今仍是法国中部最大的采矿和冶金集团的一部分。

从 1918 年退休后到 1925 年去世这段时间里，法约尔致力于普及自己的管理理论。在这时期，他主要从事两项工作。第一项是创办一个管理学研究中心。这个中心

每周都要举行一次有作家、哲学家、社会活动家、工程师、政府官员和实业界人士参加的会议。法约尔的许多权威著述都是在这里逐步形成的。第二项工作是试图说服政府对管理原则多加注意。

法约尔的研究与泰勒的不同在于：泰勒的研究是从工厂管理的一端——"车床前的工人"开始实施，从中归纳出科学的一般结论，重点内容是企业内部具体工作的效率；而法约尔则是从总经理的办公桌旁，以企业整体作为研究对象，创立了他的一般管理理论。他认为，管理理论是"指有关管理的、得到普遍承认的理论，是经过普遍经验并得到论证的一套有关原则、标准、方法、程序等内容的完整体系；有关管理的理论和方法不仅适用于公私企业，也适用于军政机关和社会团体"，这正是其一般管理理论基石。

法约尔的著述很多，1916 年出版的《工业管理和一般管理》是其最重要的代表作，标志着一般管理理论的形成。

但是，不仅是在美国，就是在法国，在法约尔生前的很长一段时间里，法约尔的管理思想并没有引起人们的足够重视。在美国，直到 1949 年伦敦皮特曼公司出版康斯坦斯·斯托尔斯的译本时，人们才比较全面地接触到法约尔的管理思想。在法国，法约尔思想未被重视的原因有二：其一，当时法国对美国派往法国的军队在建造船坞、修路和建立通信线路等方面运用泰勒制所取得的成绩和效率感到极为惊异，所以当时的法国陆军部命令陆军所管辖的所有工作都必须研究和应用泰勒的科学管理原理。其二，当时在法国有两位学者即亨利·勒夏特利埃和夏尔·费雷曼维尔，他俩把泰勒的管理著作译成了法文并在法国建立了一个"泰勒主义"组织，在法国普及和推广泰勒的科学管理理论。上述两方面原因使得在法国，人们更多地接触了泰勒的科学管理理论，反而不了解法约尔的管理思想。一直到法约尔去世前不久，"泰勒主义"组织才与法约尔的管理学研究中心合并为法国组织全国委员会，使得法国的两大管理学的组织联合起来，法约尔的管理思想才逐渐被人们所认识。

（二）一般管理理论思想精要

法约尔的一般管理理论是西方古典管理思想的重要代表，后来成为管理过程学派的理论基础（该学派将法约尔尊奉为开山祖师），也是以后各种管理理论和管理实践的重要依据，对管理理论的发展和企业管理的历程均有着深刻的影响。管理之所以能够走进大学讲堂，全赖于法约尔的卓越贡献。一般管理思想的系统性和理论性强，对管理五大职能的分析为管理科学提供了一套科学的理论构架，来源于长期实践经验的管理原则给实际管理人员巨大的帮助，其中某些原则甚至以"公理"的形式为人们接受和使用。因此，继泰勒的科学管理理论之后，一般管理也被誉为管理史上的第二座丰碑。

1. 区别经营和管理

法约尔区别了经营和管理，他认为这是两个不同的概念，管理包括在经营之中。通过对企业全部活动的分析，法约尔将管理活动从经营职能中提炼处理，成为经营的 6 项职能，即企业的全部活动可以分为以下 6 种：

（1）技术活动（生产、制造、加工）。

（2）商业活动（购买、销售、交换）。

（3）财务活动（筹集和最适当地利用资本）。

（4）安全活动（保护财产和人员）。

（5）会计活动（财产清点、资产负债表、成本、统计等）。

（6）管理活动（计划、组织、指挥、协调和控制）。

不论企业大还是小、复杂还是简单，这6种活动（或者说基本职能）总是存在的。这些职能并不是相互割裂的。法约尔指出，它们之间实际上相互联系、相互配合，共同组成一个有机系统来完成企业生存与发展的目的。技术活动指生产方面的系列活动，有生产、制造和加工3种具体活动；商业活动指流通方面的系列活动。比如购买、销售等；财务活动考虑的是如何积累资本和利用资本，实现最少投资最大产出；安全活动要求确保财产安全和企业员工的人身安全；会计活动包括清理财产、计算成本等方面的活动；管理活动包括计划、组织、协调等方面的活动。由于上述6种职能都需要具有相关方面的才能，而企业员工作为各个职能的具体执行者，则必须具备这些能力才能胜任上述职能。

法约尔先将企业的共性摆出来，然后指出前5种活动都不负责制定企业的总经营计划，不负责组织，不负责协调各方面的力量和行动，而这些至关重要的职能应属于管理。

因此，法约尔定义管理就是实行计划、组织、指挥、协调和控制。

2．倡导管理教育

法约尔认为管理能力可以通过教育来获得，"缺少管理教育"是由于"没有管理理论"，每一个管理者都按照他自己的方法、原则和个人的经验行事，但是谁也不曾设法使那些被人们接受的规则和经验变成普遍的管理理论。

3．管理的职能

法约尔指出："管理，就是实行计划、组织、指挥、协调和控制；计划，就是探索未来、制订行动计划；组织，就是建立企业的物质和社会的双重结构；指挥，就是使其人员发挥作用；协调，就是连接、联合、调和所有的活动及力量；控制，就是注意是否一切都按已制定的规章和下达的命令进行。"

（1）计划

法约尔强调"管理应当预见未来"。他认为，如果说预见性不是管理的全部的话，至少也是其中一个基本的部分。

计划工作表现的场合有许多，并且有不同的方法。它的主要表现、明显标志和最有效的工具就是行动计划。行动计划既反映出了所要达到的结果，又指出了所遵循的行动路线、通过的阶段和所使用的手段。拟订行动计划的依据是：

第一，企业的资源，如厂房、工具、原料、资本、人员、生产能力、销售渠道、公众关系等。

第二，目前正在进行的工作的性质和重要性。

第三，企业的未来发展趋势，它部分地取决于技术的、商业的、财政的及其他的条件。

这些条件都在变化，所以计划是每个企业最重要、也是最困难的工作之一。它涉及所有的部门和所有的活动——特别是管理活动。在制订计划时，要考虑到下级管理人员以至一般工人的意见，这样才能使所有的资源不致被遗漏，从而有利于企业的发展。法约尔的这种想法事实上是以后盛行的"参与管理"思想的萌芽。

法约尔还认为一个好计划应具有以下特点：

① 统一性，每项计划不仅有总体计划还有具体的计划。

② 连续性，不仅有长期的计划还有短期的计划。

③ 灵活性，能应付意外事件的发生。

④ 精确性，应尽量使计划具有客观性，不带主观的臆测。

制定长期计划是非常重要的，这是法约尔对当时管理思想的一个比较大的贡献。

（2）组织

法约尔指出好的计划需要有好的组织。组织是对企业计划执行的分工。组织一个企业就是为企业的经营提供所有必要的原料、设备、资本、人员。

组织大体可以分为物质组织和社会组织两大部分。在配备了必要的物质资源以后，人员或社会组织就应该能够完成它的 6 项基本职能，即进行企业所有的经营活动。

（3）指挥

指挥是一种以某些工人品质和对管理一般原则的了解为基础的艺术。

法约尔要求指挥人员要做到：

① 透彻了解自己的手下人员。领导者至少要做到了解他的直接部下，明白对每个人可寄予什么期望，给予多大信任。

② 淘汰没有工作能力的人。领导是整体利益的裁决者与负责者，只有整体利益迫使他及时地执行这项措施。

③ 十分通晓约束企业和雇员的协议。在各项工作中，领导者起双重作用：在职工面前，他起到维持企业利益的作用；在厂主面前，他起到维护职工利益的作用。

④ 做好榜样。领导做出榜样，是使职工对领导者的管理心悦诚服的最有效的方法之一。

⑤ 对组织的账目定期进行检查，并使用概括的图表来促进这项工作。

⑥ 召开会议。把主要的助手召集起来，参加酝酿统一领导和集中力量搞好工作的会议。

⑦ 不要在工作的细节上花费精力，在工作细节上耗费大量时间是一个大企业领导的严重缺点，领导者不应因关心小事情而忽视了重大的事情，工作组织得好，就能使领导者做到这一点。

（4）协调

协调就是使企业的一切工作都要和谐地配合，以便于企业经营的顺利进行，并且有利于企业取得成功。

法约尔说："协调就是指企业的一切都要和谐地配合，这样做的目的就是使企业的工作能够顺利地进行，并有利于企业获取成功。协调的另一种功能就是使职能的社会组织机构和物资设备机构之间保存一定的比例。这个比例是每个机构高效、保质保量完成任务的保证……总之，协调的目的是为了事情和行为都有一个合适的比例。"

法约尔还提出了关于判断企业需要进行协调工作的依据：

①各部门不了解而且也不想了解其他部门，各部门在进行工作时好像它本身就是工作的目的和理由，不革新整个企业，也不关心毗邻的部门。

②在一个部门内部，各部门、各科室之间，与各不同部门之间一样存在着一堵墙，互不通气，各自最关心的就是使自己的职责置于公文、命令和通告的保护之下。

③谁也不考虑企业整体利益，企业里没有勇于创新的精神和忘我的工作精神。

法约尔认为，解决这一问题的最好方法就是部门领导每周的例会。召开例会的目的是根据企业工作进展情况讲明企业发展方向，明确各部门之间应有的协作，利用领导们出席会议的机会来解决共同关心的各种问题。通常，例会不涉及制定企业的行动计划，会议要有利于领导们根据事态发展情况来完成这个计划，每次会议只涉及一个短期内的活动，一般是一段时间，在这一周内，要保证各部门之间行动协调一致。

部门领导会议是协调工作不可或缺的方法。如果没有它，那么任务完成得不好的可能性就大，有了它并不是正常工作的绝对保证，还需要领导懂得很好使用这一方法，能够使用各种工作方法是一种艺术，是管理人员应该具有的才能之一。

（5）控制

控制就是要证实一下是否各项工作都与已定计划相符合，是否与下达的指标及已定规则相符合。法约尔认为，控制的目的在于指出工作中的缺点和错误，以便纠正并避免重犯。

对物、对人、对计划都可以进行控制。从管理的角度来看，应确保企业有计划并且确实执行，而且更要及时地加以修正。

当某些控制工作显得太多、太复杂、涉及面太大，不易由部门的一般人员来承担时，就应该让一些专业人员来做，即设专门的检查员、监督员或专门的监督机构。

最好做到不管对什么工作都能够回答以下问题："怎样进行控制呢？"由于控制作用于各种性质的工作和各级工作人员，所以控制有许多不同的方法，像管理的预测、组织指挥和协调一样，控制这一要素在执行时总是需要有持久的专心工作精神和较高的艺术。

4．管理的一般原则

为了使管理者能很好地履行各种管理职能，法约尔提出了管理的14项一般原则。

（1）劳动分工原则

法约尔认为，劳动分工属于自然规律。劳动分工不只适用于技术工作，而且也适用于管理工作。应该通过分工来提高管理工作的效率。但是，法约尔又认为："劳动分工有一定的限度，经验与尺度感告诉我们不应超越这些限度。"

（2）权力与责任原则

有权力的地方，就有责任。责任是权力的孪生物，是权力的当然结果和必要补充。这就是著名的权力与责任相符的原则。法约尔认为，要贯彻权力与责任相符的原则，就应该有有效的奖励和惩罚制度，即"应该鼓励有益的行动而制止与其相反行动"。实际上，这就是现在我们讲的权、责、利相结合的原则。

（3）纪律原则

法约尔认为纪律应包括两个方面，即企业与下属人员之间的协定和人们对这个协定的态度及其对协定遵守的情况。法约尔认为纪律是一个企业兴旺发达的关键，没有纪律，任何一个企业都不能兴旺繁荣。他认为制定和维持纪律最有效的办法是：①各级好的领导。②尽可能明确而又公平的协定。③合理执行惩罚。因为"纪律是领导人造就的。……无论哪个社会组织，其纪律状况都主要取决于其领导人的道德状况"。

（4）统一指挥原则

统一指挥是一个重要的管理原则，按照这个原则的要求，一个下级人员只能接受一个上级的命令。如果两个领导人同时对同一个人或同一件事行使他们的权力，就会出现混乱。在任何情况下，都不会有适应双重指挥的社会组织。与统一指挥原则有关的还有下一个原则，即统一领导原则。

（5）统一领导原则

统一领导原则是指："对于力求达到同一目的的全部活动，只能有一个领导人和一项计划。……人类社会和动物界一样，一个身体有两个脑袋，就是个怪物，就难以生存。"统一领导原则讲的是，一个下级只能有一个直接上级。它与统一指挥原则不同，统一指挥原则讲的是，一个下级只能接受一个上级的指令。这两个原则之间既有区别又有联系。统一领导原则讲的是组织机构设置的问题，即在设置组织机构的时候，一个下级不能有两个直接上级。而统一指挥原则讲的是组织机构设置以后运转的问题，即当组织机构建立起来以后，在运转的过程中，一个下级不能同时接受两个上级的指令。

（6）个人利益服从整体利益的原则

对于这个原则，法约尔认为这是一些人们都十分明白清楚的原则，但是，往往"无知、贪婪、自私、懒惰以及人类的一切冲动总是使人为了个人利益而忘掉整体利益"。为了能坚持这个原则，法约尔认为，成功的办法是："①领导人的坚定性和好的榜样；②尽可能签订公平的协定；③认真的监督。"

（7）人员的报酬原则

法约尔认为，人员报酬首先"取决于不受雇主的意愿和所属人员的才能影响的一些情况，如生活费用的高低、可雇人员的多少、业务的一般状况、企业的经济地位等，然后再看人员的才能，最后看采用的报酬方式"。人员的报酬首先要考虑的是维持职工的最低生活消费和企业的基本经营状况，这是确定人员报酬的一个基本出发点。在此基础上，再考虑根据职工的劳动贡献来决定采用适当的报酬方式。对于各种报酬方式，法约尔认为不管采用什么报酬方式，都应该能做到以下几点：①它能保证报酬公平；②它能奖励有益的努力和激发热情；③它不应导致超过合理限度的过多的报酬。

（8）集中的原则

法约尔指的是组织的权力的集中与分散的问题。法约尔认为，集中或分散的问题是一个简单的尺度问题，问题在于找到适合于该企业的最适度。在小型企业，可以由上级领导者直接把命令传到下层人员，所以权力就相对比较集中；而在大型企业里，在高层领导者与基层人员之间，还有许多中间环节，因此，权力就比较分散。按照法约尔的观点，影响一个企业是集中还是分散的因素有两个：一个是领导者的权力；另一个是领导者对发挥下级人员的积极性态度。"如果领导人的才能、精力、智慧、经验、理解速度……允许他扩大活动范围，他则可以大大加强集中，把其助手作用降低为普通执行人的作用。相反，如果他愿意一方面保留全面领导的特权，一方面更多地采用协作者的经验、意见和建议，那么可以实行广泛的权力分散。……所有提高部下作用的重要性的做法就是分散，降低这种作用的重要性的做法则是集中"。

（9）等级制度原则

等级制度就是从最高权力机构直到低层管理人员的领导系列。而贯彻等级制度原则就是要在组织中建立这样一个不中断的等级链，这个等级链说明了两个方面的问题：一是它表明了组织中各个环节之间的权力关系，通过这个等级链，组织中的成员就可以明确谁可以对谁下指令，谁应该对谁负责。二是这个等级链表明了组织中信息传递的路线，即在一个正式组织中，信息是按照组织的等级系列来传递的。贯彻等级制度原则，有利于组织加强统一指挥原则，保证组织内信息联系的畅通。但是，一个组织如果严格地按照等级系列进行信息的沟通，则可能由于信息沟通的路线太长而使得信息联系的时间长，同时容易造成信息在传递的过程中失真。

（10）秩序原则

法约尔所指的秩序原则包括物品的秩序原则和人的社会秩序原则。对于物品的秩序原则，他认为，每一件物品都有一个最适合它存放的地方，坚持物品的秩序原则就是要使每一件物品都在它应该放的地方。贯彻物品的秩序原则就是要使每件物品都在它应该放的位置上。

对于人的社会秩序原则，他认为，每个人都有他的长处和短处，贯彻社会秩序原则就是要确定最适合每个人的能力发挥的工作岗位，然后使每个人都在最能使自己的能力得到发挥的岗位上工作。为了能贯彻社会的秩序原则，法约尔认为首先要对企业的社会需要与资源有确切的了解，并保持两者之间经常的平衡；同时，要注意消除任人唯亲、偏爱徇私、野心奢望和无知等弊病。

（11）公平原则

法约尔把公平与公道区分开来。他说："公道是实现已订立的协定。但这些协定不能什么都预测到，要经常地说明它，补充其不足之处。为了鼓励其所属人员能全心全意和无限忠诚地执行他的职责，应该以善意来对待他。公平就是由善意与公道产生的。"也就是说，贯彻公道原则就是要按已定的协定办。但是在未来的执行过程中可能会因为各种因素的变化使得原来制定的"公道"的协定变成"不公道"的协定，这样一来，即使严格地贯彻"公道"原则，也会使职工的努力得不到公平的体现，从而不能充分地调动职工的劳动积极性。因此，在管理中要贯彻"公平"原则。所谓"公平"原则就是"公道"原则加上善意地对待职工。也就是说在贯彻"公道"原则的基础上，还要根据实际情况对职工的劳动表现进行"善意"的评价。当然，在贯彻"公平"原则时，还要求管理者不能"忽视任何原则，不忘掉总体利益"。

（12）人员的稳定原则

法约尔认为，一个人要适应他的新职位，并做到能很好地完成他的工作，这需要时间。这就是"人员的稳定原则"。按照"人员的稳定原则"，要使一个人的能力得到充分的发挥，就要使他在一个工作岗位上相对稳定地工作一段时间，使他能有一段时间来熟悉自己的工作，了解自己的工作环境，并取得别人对自己的信任。但是人员的稳定是相对的而不是绝对的，年老、疾病、退休、死亡等都会造成企业中人员的流动。因此，人员的稳定是相对的，而人员的流动是绝对的。对于企业来说，就要掌握人员的稳定和流动的合适的度，以利于企业中成员能力得到充分的发挥。"像其他所有的原则一样，稳定的原则也是一个尺度问题"。

（13）首创精神

法约尔认为："想出一个计划并保证其成功是一个聪明人最大的快乐之一，这也是人类活动最有力的刺激物之一。这种发明与执行的可能性就是人们所说的首创精神。建议与执行的自主性也都属于首创精神。"法约尔认为人的自我实现需求的满足是激励人们的工作热情和工作积极性的最有力的刺激因素。对于领导者来说，"需要极有分寸地，并要有某种勇气来激发和支持大家的首创精神"。当然，纪律原则、统一指挥原则和统一领导原则等的贯彻，会使得组织中人们的首创精神的发挥受到限制。

（14）人员的团结原则

人们往往由于管理能力的不足，或者由于自私自利，或者由于追求个人的利益等而忘记了组织的团结。为了加强组织的团结，法约尔特别提出在组织中要禁止滥用书面联系。他认为在处理一个业务问题时，用当面口述要比书面快，并且简单得多。另外，一些冲突、误会可以在交谈中得到解决。"由此得出，每当可能时，应直接联系，这样更迅速、更清楚，并且更融洽"。

（三）一般管理理论的实践应用

"没有原则，人们就处于黑暗和混乱之中；没有经验与尺度，即使有最好的原则，人们仍将处于困惑不安之中。"在这里，法约尔阐明管理作为一门科学与一种艺术之间的关系，即理论是可以指导实践的，问题在于如何应用这个理论，再好的管理理论，如果不懂得如何去应用，也是没有用处的。要使管理真正有效，还必须积累自己的经验，并适宜地掌握合理运用这些原则的尺度。

管理必须善于预见未来。法约尔十分重视计划职能，尤其强调制定长期计划，这是他对管理思想作出的一个杰出贡献。他的这一主张，在今天看来仍像在他那个时代一样重要。面对剧烈变化的环境，计划职能更为关键。许多企业缺乏战略管理的思维，很少考虑长期的发展，不制定长期规划，其结果多为短期行为，丧失长远发展的后劲，埋下了不稳定的隐患。

尽管法约尔早就提出了"管理能力可以通过教育来获得"的思想，但今天，企业界的许多领导人仍然信奉"经验至上主义"，认为"实践和经验是取得管理资格的唯一途径"，在企业运营中，他们推崇经验管理，墨守成规，轻视管理培训，最终导致在企业快速成长阶段，管理能力不足和管理人才匮乏的并存局面。通过管理教育，可以迅速提升管理层的管理能力，也可以迅速造就急需的管理人才，这是世界级大企业的公认准则。企业的所有管理人员均应该接受必要的管理培训，这也是企业得以良性发展的重要基准。

"向管理要效益"已逐渐成为企业的共识。计划、组织和控制等术语已被众多的管理者所熟知，但理应记住，管理职能绝不是在真空中起作用的，而是在实践中得到运用和强化的。将法约尔的这些朴素的管理原则和职能落到实处才是企业走向成功的基石。

法约尔与泰勒的科学管理理论并不是矛盾的，只不过是从两个方面来看待和总结管理实践的。这些管理的职能和原则对企业而言，是"为和不为"的问题，而不是"能和不能"的问题；实质上也是企业维系长期的有效竞争的平台，有之未必然，无之必不然。

三、韦伯的组织理论

（一）马克斯·韦伯（Max Weber，1864~1920）背景简介

马克斯·韦伯是同泰勒和法约尔同一历史时期，并且对西方古典管理理论的确立作出杰出贡献的德国著名社会学家和哲学家。

马克斯·韦伯
Max Weber

1864 年韦伯出生在德国爱尔福特的一个中产阶级家庭，1882 年进入海德堡大学攻读经济学和法律，之后又就读于柏林大学。在此期间，他还曾入军队服役，1888 年参与波森的军事演习，因而对德国的军事生活和组织制度有相当的了解，这对他今后建立组织理论有相当的影响。1891 年，他以《中世纪贸易公司史论》的论文获得博士学位，1894 年获得海德堡大学的教授资格。1897 年韦伯患上神经分裂症，一连 9 年都未能做任何工作。1904 年他再次露面，并出版了他的名著《新教徒论与资本主义精神》。他的主要著作大多是在后来的年代及死后发表的。1920 年 6 月 4 日韦伯逝世，当时他的主要著作《社会和经济组织理论》尚未写完。

韦伯是一位现代社会学的奠基人，他在组织管理方面有关行政组织的观点对社会学家和政治学家都有着深远的影响。他不仅考察了组织的行政管理，而且广泛地分析了社会、经济和政治结构，深入地研究了工业化对组织结构的影响。他提出了所谓理想的行政组织体系理论，其核心是组织活动要通过职务或职位而不是通过个人或世袭地位来管理。他的理论是对泰勒和法约尔理论的一种补充，对后世的管理学家，尤其是组织理论学家有重大影响，因而在管理思想发展史上被人们称之为"组织理论之父"。

（二）组织理论的思想精要

1. 理想的行政组织体系

行政组织体系又被称为官僚政治或官僚主义，与汉语不同，它并不带有贬义。韦伯的原意是通过职务或职位而不是通过个人或世袭地位来管理。要使行政组织发挥作用，管理应以知识为依据进行控制，管理者应有胜任工作的能力，应该依据客观事实而不是凭主观意志来领导，因而这是一个有关集体活动理性化的社会学概念。

　　韦伯的理想行政组织结构可分为三层，其中最高领导层相当于组织的高级管理阶层，行政官员相当于中级管理阶层，一般工作人员相当于基层管理阶层。企业无论采用何种组织结构，都具有这三层基本的原始框架。

　　韦伯指出，现代的行政组织存在着一种正式的管辖范围的原则，这种管辖范围一般是由规则（即法律或行政规定）来确定的。这意味着：按行政方式控制的机构目标所要求的日常活动，是作为正式职责来分配的；执行这些职责所需要的权力是按一种稳定的方式来授予的，并且由官员通过肉体的、宗教的或其他的强制手段来严格地加以限制；对于正常而持续地履行职责和行使相应权利的方法应有所规定，只有按一般规定符合条件的人才会被雇佣。这三项要素在国家范围构成为一个行政组织体系的机关，在经济领域则构成为一个行政组织体系的企业。

　　至于"理想的行政组织体系"中所谓"理想的"，并不是指最合乎需要的，而是指组织"纯粹的"形态。在实际生活中，可能出现各种组织形态的结合或混合，但韦伯为了进行理论分析，需要描绘出一种理想的形态。作为一种规范典型的理想的行政组织体系，有助于说明从小规模的创业性管理向大规模的职业性管理的过渡。其之所以是理想的，是因为它具有如下特性：

　　（1）任何机构组织都应有确定的目标。机构是根据明文规定的规章制度组成的，并具有确定的组织目标。人员的一切活动，都必须遵守一定的程序，其目的是为了实现组织的目标。

　　（2）组织目标的实现，必须实行劳动分工。组织为了达到目标，把实现目标的全部活动进行划分，然后落实到组织中的每一个成员。在组织中的每一个职位都有明文规定的权利和义务，这种权利和义务是合法化的，在组织工作的每个环节上，都是由专家来负责的。

　　（3）按等级制度形成的一个指挥链。这种组织是一个井然有序且具有完整的权责相互对应的组织，各种职务和职位按等级制度的体系来进行划分，每一级的人员都必须接受其上级的控制和监督，下级服从上级。但是他也必须为自己的行动负责，这样，作为上级来说必须对自己的下级拥有权力，发出下级必须服从的命令。

　　（4）在人员关系上，他们之间是一种指挥和服从的关系。这种关系不是由个人决定，而是由职位所赋予的权力所决定的，个人之间的关系不能影响到工作关系。

　　（5）承担每一个职位的人都是经过挑选的，也就是说必须经过考试和培训，接受一定的教育获得一定的资格，由需要的职位来确定需要什么样的人来承担。人员必须是称职的，同时也是不能随便免职的。

　　（6）该人员实行委任制，所有的管理人员都是委任的，而不是选举的（有一些特殊的职位必须通过选举的除外）。

　　（7）管理人员管理企业或其他组织，但他不是这些企业或组织的所有者。

　　（8）管理人员有固定的薪金，并且有明文规定的升迁制度，有严格的考核制度。管理人员的升迁是完全由他的上级来决定的，下级不得表示任何意见，以防止破坏上下级的指挥系统，通过这种制度来培养组织成员的团队精神，要求他们忠于组织。

　　（9）管理人员必须严格地遵守组织中的法规和纪律，这些规则不受个人感情的影响，而适用于一切情况。组织对每个成员的职权和协作范围都有明文规定，使其能正确地行使职权，从而减少内部的冲突和矛盾。

韦伯认为，合法型统治是官僚组织结构理论的基础，因为它为管理的连续性提供了基础，担任管理职务的人员是按照他对工作的胜任能力来挑选的，具有其合理性；领导人具有行使权力的法律手段；所有的权力都有明确的规定，任职者不能滥用其正式权力。合法型统治是以一种对正规形式的"法律性"以及对那些升上掌权地位者根据这些条例发布命令的权力的信任作为基础的。这种组织的管理制度不仅具有合法的公认权威性，并且具有"理性"，即能够实现最佳管理目标。

2. 权力的分类

韦伯指出，任何一种组织都必须以某种形式的权力为基础，才能实现其目标，只有权力才能变混乱为有序。如果没有这种形式的权力，其组织的生存都是非常危险的，就更谈不上实现组织的目标了，权力可以消除组织的混乱，使得组织的运行有秩序地进行。

韦伯把这种权力划分为三种类型：第一种是理性的、法定的权力。指的是依法任命，并赋予行政命令的权力，对这种权力的服从是依法建立的一套等级制度，这是对确认职务或职位的权力的服从。第二种是传统的权力。它是以古老的、传统的、不可侵犯的和执行这种权力的人的地位的正统性为依据的。第三种是超凡的权力。它是指这种权力是建立在对个人的崇拜和迷信的基础上的。韦伯在《社会和经济组织的理论》一书中指出：三种纯粹形态的合法权力，它们各自的合法性依据如下：

（1）法定的依据。其依据是对标准规则模式的"合法性"的信念，或对那些按照标准规则被提升到有权指挥的人所具权力的信念（法定权力）。

（2）传统的依据。其依据是对古老传统的不可侵犯性和对传统执行权力的人的地位的正统性信念（传统权力）。

（3）超凡的依据。其依据是对个别人特殊和超凡的神圣、英雄主义或模范品质的崇拜（超凡权力）。

韦伯认为，这三种纯粹形态的权力中，传统权力的效率较差，因为其领导人不是按能力来挑选的，仅是单纯为了保存过去的传统而行事。超凡权力过于带感情色彩并且是非理性的，不是依据规章制度而是依据神秘或神圣的启示，所以这两种权力都不宜作为行政组织体系的基础，只有理性和法律的权力（合法权利）才能作为行政组织的基础。因为理性的合法权利具有较多的优点，如有明确的职权领域；执行等级系列；可避免职权的滥用；权力行使的多样性等。这样就能保证经营管理的连续性和合理性，能按照人的才干来选拔人才，并按照法定的程序来行使权力，因而是保证组织健康发展的最好的权力形式。

3. 理想的行政组织的管理制度

韦伯认为，管理就意味着以知识和事实为依据来进行控制。"领导者应在能力上胜任，应该依据事实而不是随意的来领导"。他指出：最纯粹的应用法定权力的形态是应用于一个行政组织管理机构的。只有这个组织的最高领导由于占有、被选或被指定而接任权力职位，才能真正发挥其领导作用，每一个官员都应按下列准则被任命和行使职能，这些准则包括：

（1）他们在人身上是自由的，只是在与人身无关的官方职责方面从属于上级的权力。

（2）他们按明确规定的职务等级系列组织起来。

（3）每一职务都有明确规定的法律意义上的职权范围。

（4）根据契约受命，即原则上建立在自由选择之上。

（5）候选人是以技术条件为依据来挑选的，在最合乎理性的情况下，他们是通过考试获得的、通过证书确认的专业业务资格的，他们是被任命而不是被选举的。

（6）他们有固定的薪金作为报酬，绝大多数有权享受养老金，雇佣当局只有在某些情况下（特别在私营组织中）才有权对这些官员解雇，但这些官员则始终有辞职的自由。工资等级基本上是按等级系列中的级别来确定的。此外，还根据"身份地位"的原则。

（7）这个职务是任职者唯一的，或至少是主要的工作。

（8）它成为一种职业，存在着一种按年资或成就或两者兼而有之的升迁制度。升迁由上级的判断来决定。

（9）工作中官员完全同"行政管理物资分开"，并且不能滥用其职权。

（10）他在行使职务时受到严格而系统的纪律的约束和控制。

这种类型的组织，在盈利经济的企业里，或者在慈善机构或者任何其他追随个人的思想目的或者物质目的的企事业里，以及在政治的或者僧侣统治的团体里，都同样可以应用。例如，在私人诊所以及在修道院医院和教会医院里，其官僚体制在原则上是相同的。也就是说，典型地把"职务"工作和"私人"活动区分开来，都是典型的官僚体制的现象。同样，大的资本主义企业，而且企业越大情况越是如此，政党和官僚体制的军队的运作，也毫不逊色。

在官僚体制中，专业业务资格的范围在日益扩大，即使政党和工会的官员也需要专业的知识。为实现其目标所需要的全部活动都被划分为各种基本的专业，作为任务分配给组织中的各个成员。经过这样最大限度的分工，在组织中的每一个环节上，都由拥有必要职权的专家来完成其任务。因此，组织规定每一个成员的职权范围和协作形式，以使得各成员能正确行使职权，减少冲突，从而使它在精确性、稳定性、纪律性和可靠性方面都优于其他组织形式，所以是最好的一种组织形式。

韦伯认为，在所有的领域里（国家、教会、军队、政党、经济企业、利益集团、协会、基金会等），"现代的"团体形式的发展一般是与官僚体制的行政管理的发展和不断增强相一致的。尽管有形形色色的表面上看来是对立的机构，会议制的利益代表机构也好，议会的委员会也好，"苏维埃"也好，名誉官员或陪审员也好，或者不管什么机构也好，所有持续的工作都是由官员们在办公机关里完成的。我们的整个日常生活都纳入这个框架之内。人们只能在行政管理的"官僚体制化"和"外行化"之间进行选择，而官僚体制化的行政管理优越性的强大手段是：专业知识，这是它所固有的特别合理的基本性质。

总的来说，合理的官僚体制的一般运作方式表现如下：

第一，存在着固定的通过规则，即法律或行政规则普遍安排有序的机关权限的原则。也就是说：①对为了官僚体制统治机构的目的所需要的、经常的工作，进行固定的分工，作为职务的义务。②对为了履行这些义务所需要的命令权力，同样进行固定的分割，并且通过规则对赋予它们的（有形的、宗教的或其他的）强制手段，划清固定的界限。③为经常性的和持续的履行这样分析的义务和行使相应的权利，通过招聘具有一种普遍规定的资格的人员，有计划地事先做好安排。这三个因素在公法的管理里构成一种官僚体制"行政机关"的存在，在私有经济的管理中，则构成一种官僚体制"企业"的存在。

第二，存在着职务等级的和审级的原则，也就是说，有一个机构的上下级安排固定有序的体系，即上级监督下级。这种类型充分发展时，这种职务等级是按照集权体制安排的。等级和审级的原则同样存在于国家和教会的机构里，也存在于所有其他官僚体制的机构里，如大的政党组织和私人的大企业里，不管人们对私人的审级机构是否称为"机关"。

第三，存在着行政管理档案制度原则。现代职务的执行是建立在档案（保存着原始文件和草案）和建立在一个各种各样的常设官员和文书班子的基础之上的。在一个机关里工作的全体人员和相应的物资机构以及档案机构组成一个"办事处"。现代的机关组织原则上把办公室与私人住所分开。因为它从根本上把职务工作作为一个分离出来的领域同个人的生活范围分开，把职位上的财物同官员的私有财产分开。今天，这种状况既存在于公众的机关里，也存在于私人经济的企业里，而且在私人企业里，这种状况也在扩大到处于领导地位的企业家本人身上。

第四，职务工作，至少是一切专门化的职务工作，这里的现代职务工作，一般是以深入的专业培训为前提的。这也同样愈来愈适用于私人经济企业的现代的管理者和职员，也适用于国家的官员。

第五，职位得到充分发展时，职务工作要求官员要投入他的整个劳动力，尽管他在办公室里履行义务的工作时间标准可能有固定的界限。这作为正常情况，也同样是在公众的和私人的职位上漫长发展后才得到的产物。从前，在所有情况下，一般正好相反，完成业务是"次要的职务"。

第六，官员职务的执行，是根据一般的、固定的、有说明的、可以学会的规则进行的。因此，这些规则的知识就是一种特殊的学问，而官员们可以拥有这种学问。

韦伯认为，对于官员们内在的和外在的地位来说，合理的官僚体制具有下述后果：

其一，职务就是"职业"。这首先表现在要求有明确规定的、在很长时间内往往要投入整个劳动力的培训过程和进行一般规定的专业考试作为聘任的先决条件。此外，还表现在官员地位的义务性质上。例如，政府的官员至少在充分发展的现代国家里，不被视为一个管理者个人的侍役。但是主教、牧师、传教士，从本质上讲，今天也不再是一种纯粹是个人魅力的体现者而已经成为一个服务于客观目的的官员。

其二，官员个人地位的形成就可以有多种方式：

——现代官员，不管是公众的官员也好，是私人的官员也好，同被管理者相比，总是力争享有一种特别高等级的社会评价。他的社会地位是通过等级制度的规定保证的。由于所规定的专业培训价钱昂贵和官员受等级惯例约束，官员主要出身于享有社会和经济特权的阶层的地方，一般而言，官员实际的社会地位是最高的。任职资格一般受拥有受教育机会的约束，受教育专利的影响，自然提高了官员社会地位中的等级因素。而且它还个别地——如在德国的军队里——在规定中得到着重的、明确的承认：吸收晋升的候补官员取决于官员团体（军官团）成员的赞同（"选举"）。类似的促进官员的行会式封闭的现象，也典型地存在于过去的世袭制的官员里，特别存在于俸禄制的官员里。

——官员是由一个上级机关任命的。由被统治者选举的官员不再是纯粹官僚体制的人物了。当然，选举形式的存在，不意味着背后就没有隐藏着某一种任命。不过无论如何，通过被管理者选举任命官员改变着等级服从的僵化性。一位由被管理者任命的官员对于他的上司官员，原则上讲是独立自主的，因为领导他的职位不是"由上"而来的，而是由下而来的，或者他并不依附于他的职务等级上的上级机关，而是依附于党的当权派（政党的党魁），党的当权派也决定着他的前程。

——一般存在着职位的终身制，至少在公众的和与之相接近的机构里如此，即使在可以解聘或者定期重新批准的地方，职位的终身制也被视为实际规则的前提条件。在私有企业里，一般这也是官员的特征，正好同工人形成对照。然而，这种法定的或实际的终身制并不像过去很多统治形式里看做官员对职务的"占有权"，而是凡在产生法律保障不被随意罢免或调动的地方，法律保障的目的仅仅是：为严格客观的、没有个人考虑的履行有关具体职务的责任提供保证。

——官员定期拿到货币报酬，一般采用固定的薪金和退休金这种年老保障的形式。薪金原则上不是根据按照劳动效益采用工资形式来衡量，更多的是"等级性的"，也就是说，根据职能的方式（"官阶"）和根据职务工龄来衡量。

——与机构的等级制度相适应，官员的"仕途生涯"是由底层的、较不重要的、报酬较少的职位，逐渐向上安排的。一般官员当然力争尽可能机械地固定晋升的条件，在专业考试制度发达的情况下，专业考试成绩便对官员产生了重要的影响。

（三）组织理论的实践应用

韦伯提出的官僚组织结构其实是一种效率很高的组织形式，因为它能在技能和效率的基础上，使组织内人们的行为理性化，具有一致性和可预测性。今天各种各样的组织，不管是工厂、学校、机关、医院或是军队，都或多或少地具有官僚集权组织的某些特征。尽管官僚组织结构有较多的缺陷，但从纯技术的角度看，官僚制强调知识化、专业化、制度化、标准化、正式化和权力集中化，确实能给组织带来高的效率。

但是，今天人们却也经常在批评官僚组织结构理论。人们把官僚制度，官僚主义、官僚作风作为组织效率低下的代名词。对于官僚制度的批评，主要有以下几个方面：

（1）诸多假设的有效性问题。比如说，官僚组织结构理论强调建立等级系统，认为它有助于促进纪律和加强统一指挥原则，而且官僚组织结构理论是以技术为根据来选择候选人的。在这里，官僚组织结构理论就隐含着这样一个假设前提：当上级与下级之间出现不协调时，上级的判断必然比下级的判断正确。显然，这个假设存在着明显的缺陷。因为上级并不可能总是比下级正确。又比如说官僚组织结构理论强调人际关系的非人格化，决策者决策时考虑的只能是规章和程序、合理性和效率。在这里，隐含着的一个假设前提是：组织中只存在正式组织的框架，否认人的感情等非正式组织方面的因素对管理者决策的影响。显然，这个假设前提也是不能完全成立的。

（2）人们对官僚组织结构理论最激烈的批评是它过分地强调执行规章制度。当然，任何一个组织都要有一定的规章制度，以规范组织和组织成员的行为。但是，过分地强调规章制度也会抑制创造力、革新精神。它使得组织的"官僚"们在遵守规章制度的借口下不做与现实不相关问题的决策；不过早地做决策；不做其他人会做的决策。对于官僚们来说，只要按章办事就不会犯错误，至于说如何才能提高组织的效率，则不是他们所要考虑的事情。久而久之，官僚组织中的"官僚"们就形成了这样的行为规范：求稳定和坚持原则对个人成功是至为重要的；宁可把冒险的决策推给别人也不愿意自己冒可能犯错误的风险；否定一个建议比肯定一个建议更安全；慢慢研究比马上决定更为稳妥。其结果，就形成了人们所批评的效率低下的"官僚主义"和"官僚作风"了。

四、对古典管理理论的评价

古典管理理论代表人物泰勒、法约尔、韦伯从三个不同角度，即车间工人、办公室总经理和组织来解决企业和社会组织的管理问题，为当时的社会解决企业组织中的劳资关系、管理原理和原则、生产效率等方面的问题，提供了管理思想的指导和科学理论方法。古典管理理论是人类历史上首次用科学的方法来探讨管理问题，反映了当时欧洲和美国社会的生产力发展到一定的阶段对管理上的要求。

（一）古典管理理论的意义

（1）古典管理理论确立了管理学是一门科学。通过科学研究的方法能发现管理学的普遍规律，古典管理理论建立的管理理论使得管理者开始摆脱了传统的经验和凭感觉来进行管理。

（2）古典的管理理论建立了一套有关管理理论的原理、原则、方法等理论。古典管理理论提出了一些管理的原则、管理职能和管理方法，并且主张这些原则和职能是管理工作的基础，对企业管理有着重大的指导意义，也为总结管理思想史提供了极为重要的参考价值。

（3）古典管理学家同时也建立了有关的组织理论。韦伯提出的官僚组织理论是组织理论的基石，因此，他被人们称为组织理论之父。韦伯提出了一种官僚管理体制的设想，而且，他们还就应当建立组织的结构，以及维护这种组织结构的正常运行，提出了一系列的原则。今天企业管理的组织结构虽然变得更加复杂，但是，古典组织理论设计的基本框架仍未失去其存在的意义。

（4）古典管理理论为后来的行为科学和现代管理学派奠定了管理学理论的基础，当代许多管理技术与管理方法皆来源于古典的管理理论。古典管理学派所研究的问题有一些仍然是当今管理上所要研究的问题，这是对古典的管理思想的继承和发展。

（二）古典管理理论存在的问题

古典的管理理论是人类历史上首次用科学的方法来探讨管理问题，实质上反映了当时社会的生产力发展到一定的阶段对管理所提出的要求，要求管理适应生产力的发展。反过来管理思想的发展，管理技术和方法的进步，又进一步地促进了生产力的发展。由于历史的局限性，古典管理理论尚存在着一定的不足之处。这些不足之处主要表现在以下几个方面：

（1）首先是古典管理理论基于当时的社会环境，对人性的研究没有深入进行，对人性的探索仅仅停留在"经济人"的范畴之内。

泰勒对工人的假设是"磨洋工"，而韦伯把职员比作"机器上的一个齿牙"。在古典管理理论中没有把人作为管理的中心，没有把对人的管理和对其他事物的管理完全区别开来；而在现代管理理论中，人是管理研究的中心课题，而正是因为对人性的深入探索，才使得现代管理理论显得丰富多彩。

（2）古典管理理论对组织的理解是静态的，没有认识到组织的本质。

韦伯认为纯粹的官僚体制应当是精确的、稳定的、具有严格的纪律的组织。当代的组织理论家们普遍认为，韦伯所倡导的官僚组织体制只适合于以生产率为主要目标的常规的组织活动，而不适合于从事以创造和革新为重点的非常规的非常灵活的组织活动。

法约尔认为："组织一个企业，就是为企业的经营提供所必要的原料、设备、资本、人员。大体上说，可以分为两大部分：物质组织与社会组织。"当时人们认为，组织就是人的集合体。例如，一个企业组织，就认为是经营管理者与职工的集合体；一个医院，就是医生与病人的集合体等。由此可见，法约尔的组织概念还停留在对组织的表象和功能的表述上，并没有抓住组织的本质进行深入的研究。而后来的巴纳德不是从组织结构的角度，而是从行为的角度对组织下定义。他反对把组织看成是人的集团，他说："组织不是集团，而是相互协作的关系，是人相互作用的系统。"

（3）古典管理理论的着重点是组织系统的内部，而对企业外部环境对组织系统的影响考虑得就非常少。

古典管理理论研究的着重点是企业的内部，把如何提高企业的生产率作为管理的目标，这对企业提高生产率是有相当大的指导意义的。然而任何一个组织系统都是在一定的环境下生存发展，社会环境在不断变化，企业的生存发展是在不断地和环境变化进行相互作用下前进的，企业的经营管理必须要研究外部环境的因素和企业的之间相互适应关系，使管理行为和手段都随着社会环境的变化而变化。这些都是古典管理理论没有进行研究的，由于古典管理理论对组织环境以及环境的变化的考虑较少，因此对管理的动态性未予以充分的认识和关注。

第二节　现代管理理论阶段

一、霍桑试验与人际关系学说

1924年11月，美国国家研究委员会提供了一项科研赞助资金，让专家研究，在现实的工作情况下，如何提高生产效率。这个项目的实验地在著名的西方电气公司的霍桑工厂。

西方电气公司成立于 1869 年，由格雷（E. Gray）和巴顿（E. N. Barton）创立，专门生产电信器材，在 20 世纪 20 年代，该公司是美国最大的电子设备供应商之一。1905 年西方电气公司主要制作车间从芝加哥市中心搬到郊区，建立了霍桑工厂。该工厂是一个自给自足的小城市，有医院、消防队、洗衣店等，拥有 25 000 个工人，到 1921 年已经拥有了自己的运输铁路。图 6-2 是 1925 年美国西方电气公司下属的位于芝加哥附近的工厂的情景。

图 6-2　美国西方电气公司下属的位于芝加哥附近的工厂

霍桑工厂的工作条件非常优越，工人享受医疗和养老金保障。按理说，这样的条件在当时的社会背景下已经是非常的优厚了，工人应该在这里安心的工作。但事实上，这里的劳资关系却一直很紧张，工人的生产效率也很不理想。公司的管理者一直想研究和解决这个问题。有一部分管理者认为，工厂的效率不佳是因为照明不好导致了工人的疲劳，所以建议提高工厂的照明强度。在此基础上，工厂的管理者和专家开始了霍桑试验的第一阶段。

第一阶段：工场照明试验（1924年11月～1927年4月）。试验是选择一批工人分为两组：一组为"试验组"，先后改变工场照明强度，让工人在不同照明强度下工作；另一组为"控制组"，工人在照明度始终维持不变的条件下工作。试验者希望通过试验得出照明度对生产率的影响，具体结果是：当实验组照明度增大时，实验组和控制组都增产；当实验组照明度减弱时，两组依然都增产，甚至实验组的照明度减至0.06烛光时，其产量亦无明显下降；即使照明减至如月光一般时实验组有两个女工仍能维持生产的高效率。研究人员又试验不同的工资报酬、福利条件、工作与休息的时间比率等对生产效率的影响，也没有发现预期的效果。研究人员面对此结果感到茫然，失去了信心，这个试验似乎以失败告终。但这个试验得出了两条结论：

（1）工场的照明只是影响工人生产效率的一项微不足道的因素。

（2）由于牵涉因素太多，难以控制，且其中任何一个因素足以影响试验结果，故照明对产量的影响无法准确测量。

1927 年哈佛大学工商管理学院梅奥教授接受了霍桑工厂管理者的邀请，并组织了一批哈佛大学的一些人类学家、生理学家、统计学家，西方电气公司的有关管理人员组成了一个新的研究小组，开始了第二阶段的霍桑实验。

第二阶段：继电器装配室试验（1927 年 8 月～1928 年 4 月）。实验目的总的来说是查明福利待遇的变换与生产效率的关系。但经过两年多的实验发现，不管福利待遇如何改变（包括工资支付办法的改变、优惠措施的增减、休息时间的增减等），都不影响产量的持续上升，甚至工人自己对生产效率提高的原因也说不清楚。

乔治·埃尔顿·梅奥
George Elton Mayo

梅奥他们对实验结果进行归纳，排除了四种假设：

（1）在实验中改进物质条件和工作方法，可导致产量增加。

（2）安排工间休息和缩短工作日，可以解除或减轻疲劳。

（3）工间休息可减少工作的单调性。

（4）个人计件工资能促进产量的增加。

但是梅奥等人把前两轮的实验报告做了一次深入的研究后发现工人的心理状况对生产效率有影响。导致生产效率上升的主要原因如下：

（1）轻松的氛围以及备受关注的自豪感。实验开始时六名参加实验的女工曾被召进部长办公室谈话，她们认为这是莫大的荣誉。正如一位女工表示的："平时监督管理人员都看着我们，我们哪敢偷懒啊。这次就不一样，你们在的时候我们觉得很自由，我们聊天你们也没有训斥我们。我们真的很高兴能被你们选中的，你们不知道，我的那些工友可羡慕我们了。"

（2）成员间良好的相互关系。实验组的六名女工是自由结合的（先挑选出两名女工，再让她们挑选另外四名），由于是按照自己的意愿去选择的，所以她们的关系非常融洽，在实验的过程中经常相互帮助。图6-3是六名女工在继电器装配室试验的情景。

图6-3　1930年六名女工在继电器装配室试验的情景

第三阶段：大规模的访问与调查（1928～1931年）。两年内他们在上述试验的基础上进一步开展了全公司范围的普查与访问，调查了2万多人次，发现所得结论与上述试验所得相同，即"任何一位员工的工作绩效，都受到其他人的影响"。

研究人员把参加访谈计划的工人安置在专门的实验室中，工厂相关的管理人员都回避。研究人员按照事先拟定好的提纲，就公司的领导、制度、福利、报酬等问题询问职工的个人意见。在开始的时候，工人都心有顾忌，害怕自己说的话会传到管理者耳中去。研究人员经过反复的对话和耐心的解释，逐渐消除了工人的惧怕心理。工人开始谈自己的心里话，而且工人很多时候并不是按照专家的问题来回答，他们往往要说自己认为重要的事情。

从这以后梅奥等人改变了以往的谈话方式，和工人更多地以自由谈话的方式，并通过各种方法激发工人参与的积极性。这种访谈一直持续了两年，工人和研究人员之间的关系越来越融洽，他们把研究人员当作自己的贴心人。谈话涉及的方面越来越多，所谈问题的程度越来越深。令人惊奇的是，在这两年多的时间里，工人的工作热情和工作效率竟然大幅度地上升了。这次实验相对以往的实验有了很大的突破，主要表现在以下几个方面：

（1）工人的心理状态会影响工人的生产效率。在这次访谈中，工人可以自由发表自己的意见表达自己的情绪。这样缓解了工人心中的不满，虽然在访谈过程中工人的工作条件和报酬并未发生改变，但工人感觉得到了尊重，心情变的愉快，能够以更大的热情投入到工作中。

（2）管理者应改变自己的管理方式。研究人员认识到，工人由于关心自己个人问题而会影响到工作的效率。所以管理人员应该了解工人的这些问题，为此，需要对管理人员，特别是要对基层的管理人员进行训练，使他们成为能够倾听并理解工人的访谈者，能够重视人的因素，在与工人相处时更为热情、更为关心他们，经常耐心地倾听工人的想法，甚至是工人的牢骚和抱怨。当出现问题时不应盲目的指责下属，应当寻找其行为后的根源，并以适当的方式处理。这样能够促进人际关系的改善和职工士气的提高，从而真正解决问题。

（3）在这次实验上采用的自由访谈方法，后来发展成为现代人力资源管理中最常用的技术方法之一。

经过以上三个阶段的实验，可以说已经找到霍桑工厂工人效率不佳的原因了。但是梅奥等人并不满足。他们认为除了人的心理因素会影响效率外，人与人之间的关系也可能会对生产效率产生影响，于是梅奥等人开始了第四阶段的实验。

第四阶段：接线板接线工作室试验（1931～1932年）。以集体计件工资制刺激，企图形成"快手"对"慢手"的压力以提高效率。公司当局给他们规定的产量标准是焊合7312个接点，但他们完成的只有6000～6600个接点。试验发现，工人既不会为超定额而充当"快手"，也不会因完不成定额而成"慢手"，当他们达到他们自认为是"过得去"的产量时就会自动松懈下来。其原因是，生产小组无形中形成默契的行为规范，即工作不要做得太多，否则就是"害人精"；工作不要做得太少，否则就是"懒惰鬼"；不应当告诉监工任何会损害同伴的事，否则就是"告密者"；不应当企图对别人保持距离或多管闲事；不应当过分喧嚷，自以为是和热心领导等。根本原因则有三：一是怕标准再度提高；二是怕失业；三是为保护速度慢的同伴。这一阶段的试验，还发现了"霍桑效应"，即对于新环境的好奇和兴趣，足以导致较佳的成绩，至少在初始阶段是如此。

通过四个阶段历时近八年的霍桑试验，梅奥等人认识到，人们的生产效率不仅要受到生理方面、物理方面等因素的影响，更重要的是受到社会环境、社会心理等方面的影响，这个结论的获得是相当有意义的，这对"科学管理"只重视物质条件，忽视社会环境、社会心理对工人的影响来说，是一个重大的修正。

根据霍桑试验，梅奥于1933年出版了《工业文明中人的问题》一书，提出了与古典管理理论不同的新观点，主要归纳为以下几个方面。

（1）工人是"社会人"，而不是单纯追求金钱收入的"经济人"。梅奥等人指出，工厂中的工人不是单纯追求金钱收入的，作为复杂社会系统成员，金钱并非刺激积极性的唯一动力，还有社会方面、心理方面的需求。这就是追求人与人之间的友情、安全感、归属感、受人尊重等。因此，不能单纯从技术和物质条件着眼，必须首先从社会、心理方面来鼓励工人提高生产率。

（2）企业中除了"正式组织"之外，还存在着"非正式组织"，这种非正式组织是企业成员在共同工作的过程中，由于具有共同的社会感情而形成的非正式团体。这种无形组织有它特殊的感情、规范和倾向，左右着成员的行为。古典管理理论仅注重正式组织的作用，这是很不够的。非正式组织不仅存在，而且同正式组织是相互依存的，对生产率的提高有很大影响。

（3）新型的领导在于通过对职工"满足度"的增加，来提高工人的"士气"，从而达到提高效率的目的。生产率的升降，主要取决于工人的士气，即工作的积极性、主动性与协作精神，而士气的高低，则取决于社会因素特别是人群关系对工人的满足程度，即他的工作是否被上级、同伴和社会所承认。满足程度越高，士气也越高、生产效率也就越高。所以，领导的职责在于提高士气，善于倾听和沟通下属职工的意见，使正式组织的经济需求和工人的非正式组织的社会需求之间保持平衡。这样就可以解决劳资之间乃至整个"工业文明社会"的矛盾和冲突，提高效率。

梅奥等人的人际关系学说的问世，开辟了管理和管理理论的一个新领域，并且弥补了古典管理理论的不足，更为以后行为科学的发展奠定了基础。

【专栏知识】

一、社会人假设

人们在工作中得到的物质利益，对于调动人们的生产积极性只有次要意义，人们最重视在工作中与周围的人友好相处。良好的人际关系对于调动人的生产积极性是决定性因素。

社会人假设的管理措施：

1. 重点放在关心人、满足人的需要上。

2. 重视职工之间的关系，培养和形成职工的归属感和整体感。

3. 提倡集体奖励。

4. 管理人员应在职工和上级之间起着联络人的作用。

二、正式组织与非正式组织的区别

正式组织：企业组织体系中的环节，是为了实现企业总目标而担当着明确职能的机构。特征：

（1）对个人具有强制性。

（2）以效率和成本为主要标准，要求企业成员为了提高效率、降低成本而确保形式上的协作。

非正式组织：企业职工在工作中产生的人际关系、共同的情感，自然形成一种行为准则或惯例。特征：

（1）具有非强制性，但影响很大。

（2）以感情为主要标准，要求成员遵守人际关系中形成的非正式的、不成文的行为准则。

三、对梅奥人际关系学说的评价

贡献：梅奥的人际关系学说克服了古典管理理论的不足，奠定了行为科学的基础，为管理思想的发展开辟了新的领域，成为管理学的第二个里程碑，行为科学由此而兴起。

局限性：

（1）过分强调非正式组织的作用。

（2）过多地强调感情的作用，似乎职工的行动主要受感情和关系支配。

（3）过分否定经济报酬、工作条件、外部监督、作业标准的影响。

【思考问题】

1．你是怎样认识人是"社会人"这一假定？

2．你赞成还是反对正式组织理论？为什么？

二、组织行为理论

（一）、马斯洛（Abraham Maslow）的需要层次理论（hierarchy of needs theory）

美国心理学家马斯洛（Abraham Maslow，1908～1970年）通过大量的研究，提出了人的需要层次结构，他把人的需要分为五类：

1．生理的需要（Physiological Needs）

这是保证人生存的最基本的需要，包括衣、食、住、行、医疗保健等需要，如果不满足这些需要，人便无法生存。

2．安全的需要（Safety Needs）

一旦最基础的生理需要得到满足以后，人就会产生更高一级的安全需要，比如作业过程中的安全保障措施、职业病的预防等。

3．社交的需要（Social Needs）

美国心理学家马斯洛
Abraham Maslow

这一层次的需要包括两个方面的内容。一是友爱的需要，即人人都需要伙伴之间、同事之间的关系融洽或保持友谊和忠诚；人人都希望得到爱情，希望爱别人，也渴望接受别人的爱。二是归属的需要，即人都有一种归属于一个群体的感情，希望成为群体中的一员，并相互关系和照顾。感情上的需要比生理上的需要来的细致，它和一个人的生理特性、经历、教育、宗教信仰都有关系。

4. 尊重的需要（Esteem Needs）

人人都希望自己有稳定的社会地位，要求个人的能力和成就得到社会的承认。尊重的需要又可分为内部尊重和外部尊重。内部尊重是指一个人希望在各种不同情境中有实力、能胜任、充满信心、能独立自主。总之，内部尊重就是人的自尊。外部尊重是指一个人希望有地位、有威信，受到别人的尊重、信赖和高度评价。马斯洛认为，尊重需要得到满足，能使人对自己充满信心，对社会满腔热情，体验到自己活着的用处和价值。

5. 自我实现的需要（Self-actualization Needs）

这是一种最高境界的需要，最能体现人的存在的价值。正如马斯洛所说"人希望越变越完美的欲望，人要实现他所能实现一切的欲望"。

同时，马斯洛认为：第一，这五种需要有等级层次之分，生理的需要是最低等级的需要，自我价值实现的需要是最高层次的需要。第二，人在某一阶段的需要取决于他已经得到的和尚未得到的，只有尚未得到的、尚未满足的需要才能够影响他后一阶段的行为。也就是说，只有尚未满足的需要才产生激励作用，已经满足的需要则不再产生激励作用。第三，人在某一段时期可以同时有多种不同层次的需要，但这些需要一定有轻重缓急之分，那么在这一阶段人表现出来的行为通常取决于其主导需要，即最希望满足的需要。

（二）双因素理论（Motivation-hygiene Theory）

1. 双因素理论基本内容

美国心理学家弗雷里克·赫兹伯格（Frederick Herzberg）于1959年在其出版的《工作与激励》一书中提出双因素激励理论。他把影响人的行为的因素分为两类：

一类是保健因素（Hygiene Factors），保健因素的满足对职工产生的效果类似于卫生保健对身体健康所起的作用。保健从人的环境中消除有害于健康的事物，它不能直接提高健康水平，但有预防疾病的效果；它不是治疗性的，而是预防性的。保健因素包括公司政策、管理措施、监督、人际关系、物质工作条件、工资、福利等。当这些因素恶化到人们认为可以接受的水平以下时，就会产生对工作的不满意。但是，当人们认为这些因素很好时，它只是消除了不满意，并不会导致积极的态度，这就形成了某种既不是满意、又不是不满意的中性状态。

弗雷德里克·赫茨伯格
Frederick Herzberg

另一类是激励因素（Motivators），赫茨伯格认为那些能带来积极态度、满意和激励作用的因素就叫做"激励因素"，这是那些能满足个人自我实现需要的因素，包括：成就、赏识、挑战性的工作、增加的工作责任，以及成长和发展的机会。如果这些因素具备了，就能对人们产生更大的激励。

赫茨伯格认为传统的激励假设，如工资刺激、人际关系的改善、提供良好的工作条件等，都不会产生更大的激励，它们能消除不满意，防止产生问题，但是应该看到这些传统的"激励因素"是来自于工作的外部因素，它并没有从根本上去激发人的积极性，它的作用是有限的也是不持久的。只有从人的内心深处去激发才能真正具有激励作用，也才能够持久，而这些因素主要是工作本身或工作内容。

按照赫茨伯格的意见，管理当局应该认识到保健因素是必需的，不过它一旦使不满意中和以后，就不能产生更积极的效果。只有"激励因素"才能使人们有更好的工作成绩。但是这并不是说保健因素就不重要，激励因素要发挥作用，离不开工作条件、工资刺激、人际关系的改善等保健因素的满足。

2. 双因素激励理论的争论

有些西方行为科学家对赫茨伯格的双因素激励理论的正确性表示怀疑。有的行为科学家认为赫茨伯格所做试验中设计的问卷没有考虑到人们的一般的心态：人们总是把好的结果归结于自己的主观努力而把不好的结果归罪于客观条件或他人身上。另外，被调查对象的代表性也不够，事实上，不同职业和不同阶层的人，对激励因素和保健因素的反应是各不相同的。实践还证明，高度的工作满足不一定就产生高度的激励。许多行为科学家认为，不论是有关工作环境的因素或工作内容的因素，都可能产生激励作用，而不仅是使职工感到满足，这取决于环境和职工心理方面的许多条件。

但是，双因素激励理论促使企业管理人员注意工作内容方面因素的重要性，特别是它们同工作丰富化和工作满足的关系，因此是有积极意义的。赫茨伯格告诉我们，满足各种需要所引起的激励深度和效果是不一样的。物质需求的满足是必要的，没有它会导致不满，但是即使获得满足，它的作用往往是很有限的、不能持久的。要调动人的积极性，不仅要注意物质利益和工作条件等外部因素，更重要的是要注意工作的安排，量才录用，各得其所，注意对人进行精神鼓励，给予表扬和认可，注意给人以成长、发展、晋升的机会。随着温饱问题的解决，这种内在激励的重要性越来越明显。

（三）X、Y理论（Theory X，Theory Y）

这是基于对人性的不同看法划分的几种理论。其中美国麻省理工学院教授道格拉斯·麦格雷戈（Douglas Mcgregor，1906～1964年）在1960年发表的《企业中的人的因素》中提出了关于对人性的看法的两个理论：X理论和Y理论。

道格拉斯·麦格雷戈
Douglas Mcgregor

1. X理论

该理论对人性的基本假设是：

（1）人的天性是好逸恶劳，且尽可能逃避工作。

（2）人天生没有主动承担责任的愿望。

（3）人缺少集体意识，对组织和他人漠不关心。

（4）人天生宁愿受人支配，且很容易被欺骗。

（5）一般人都胸无大志，习惯于平平稳稳，墨守成规。

X理论假设人对于工作的基本评价是负面的，即从本质上来说，人都是不喜欢工作的，并且一有可能就逃避工作；一般人都愿意被人指挥并且希望逃避责任。基于对人性的这种看法，管理者常用的就是"胡萝卜加大棒"式的管理方式。即认为要想实现组织的最终目标，就必须以经济报酬来使人们服从和作出绩效，并应以权力与控制体系来保护组织本身及引导员工，管理重点在于提高效率，完成任务。其管理特征是订立各种严格的工作规范，加强各种法规和管制。

2．Y理论

该理论对人性的基本假设是：

（1）人并非天生就厌恶工作，工作对人来说是一种满足。

（2）在适当条件下，人不但接受而且主动地承担职责。

（3）有机会，人能将个人目标与组织目标统一起来。

（4）人们愿意、也能够通过自我管理和自我控制来完成自己认同的组织目标。

（5）大多数人都具有较高的解决组织问题的想象力和创造性。

基于此观点，要求管理工作中实行以人为中心的、宽容的、民主的管理方式，将个人目标与组织目标结合起来，发挥个人的积极性、创造性。

可见，X理论和Y理论实质上代表了对人性的两种不同的看法因此采取的管理方法也不相同。

（1）X理论把人的行为视为机器，需要外力作用才能产生，Y理论把人视为一个有机的系统，其行为不但受外力影响，而且也受内力影响。这是两种截然不同的世界观和价值观。

（2）按X理论来看待员工的需要，进行管理就要采取严格的控制、强制方式，即高压政策，被动执行。

（3）按Y理论来看待工人的需要，管理者就要创造一个能多方面满足工人需要的环境，使人们的智慧、能力得到充分发挥，以更好地实现组织和个人的目标——激发潜能，自我管理。

麦格雷戈本人认为Y理论更抓住了人的实质特点，坚信Y理论假设比X理论更加有效。可是遗憾的是，这一信念并未被实证所证实。

3．超Y理论

该理论是在 X 理论、Y 理论之后由美国管理心理学家约翰·莫尔斯（J.J.Morse）和杰伊·洛希（J.W.Lorsch）提出的一种新的管理理论。

X 理论和 Y 理论产生后，在西方管理界引起不同的反响。有一些专家因此展开了进一步的研究，他们选择了工作效率高的亚克龙工厂和史脱克顿研究室与工作效

杰伊·洛希
Jay W. Lorsch

率低的哈特福工厂和卡媒研究室进行研究。研究结果表明：亚克龙工厂和卡媒研究室实施 X 理论，采取严密的组织，订立各种严格的工作规范，加强各种法规和管制理，结果由于人员素质不同，效果并不一样。工人较多的亚克龙工厂效率高，而研究员较多的卡媒研究室效率则低。另外史脱克顿研究室和哈特福工厂实施 Y 理论，实验结果则相反。这说明了 X 理论并不一定是毫无用处，而 Y 理论也不一定是普遍适用的。

那么，影响管理效率高低的因素到底是什么？人们应如何去选择管理的方式呢？莫尔斯和洛希又进行了追踪研究，选择了两个都是高效率单位的亚克龙工厂和史脱克顿研究所进行了对比研究。亚克龙工厂和史脱克顿研究所的组织特点有许多的不同，所处的工作环境的差异也很大，但是这两个组织都有效地完成了各自的组织任务。究其原因，是因为亚克龙工厂和史脱克顿研究所都能根据各自任务和人员的特点，选择适合自身发展的组织形态。说明组织与任务之间的适合，关系到企业的效率。

这说明管理中的人性假设并不能简单地用X理论或者Y理论一网打尽，现实的人性应该比某一种一厢情愿的假设更加复杂。由此，他们提出了超Y理论，其主要观点有：对不同的人应采取不同的管理方式，对不同的环境应采取不同的管理方式。比如，有的员工愿意用正规的规章制度来约束自己，愿意完成自己的额定工作，但不愿过多地参与决策或承担责任，那么，这种人通常应以X理论为基础来管理。反之，当员工有愿意承担责任的愿望且有工作热情和创造性，期望得到较多的个人发展空间和机会时，则应以Y理论为指导来实施管理。

【案例讨论】

油漆厂工人为什么闹事

钱兵是某名牌大学企业管理专业毕业的大学生，分配到宜昌某集团公司人力资源部。前不久，因总公司下属的某油漆厂出现工人集体闹事问题，钱兵被总公司委派下去调查了解情况，并协助油漆厂高厂长理顺管理工作。

到油漆厂上班的第一周，钱兵就深入"民间"，体察"民情"，了解"民怨"。一周后，他不仅清楚地了解到油漆厂的生产流程，同时也发现工厂的生产效率极其低下，工人们怨声载道，他们认为工作场所又脏又吵，条件极其恶劣，冬天的车间内气温只有零下8°，比外面还冷，而夏天最高气温可达40°。而且他们的报酬也少得可怜。工人们曾不止一次地向厂领导提过，要改善工作条件、提高工资待遇，但厂里一直未引起重视。

钱兵还了解了工人的年龄、学历等情况，工厂以男性职工为主，约占92%。年龄在25~35岁之间的占50%，25岁以下的占36%，35岁以上的占14%。工人们的文化程度普遍较低，初高中毕业的占32%，中专及其以上的仅占2%，其余的全是小学毕业。钱兵在调查中还发现，工人的流动率非常高，50%的工人只工作1年或更短的时间，能工作5年以上的不到20%，这对生产效率的提高和产品的质量非常不利。

于是，钱兵决定将连日来的调查结果与高厂长做沟通，他提出了自己的一些看法："高厂长，经过调查，我发现工人的某些起码的需要没有得到满足，我们厂要想把生产效率搞上去，要想提高产品的质量，首先得想办法解决工人们提出的一些最基本的要求。"可是高厂长却不这么认为，他恨铁不成钢地说："他们有什么需要？他们关心的就是能拿多少工资，得多少奖金，除此之外，他们什么也不关心，更别说想办法去提高自我。你也看到了，他们很懒、逃避责任、不好好合作，工作是好是坏他们一点也不在乎。"

但钱兵不认同高厂长对工人的这种评价，他认为工人们不像高厂长所说的这样。为进一步弄清情况，钱兵采取发放问题调查问卷的方式，确定工人们到底有什么样的需要，并找到哪些需要还未得到满足。他也希望通过调查结果来说服厂长，重新找到提高士气的因素。于是他设计了包括15个因素在内的问卷，当然每个因素都与工人的工作有关，包括：报酬、员工之间的关系、上下级之间的关系、工作环境条件、工作的安全性、工厂制度、监督体系、工作的挑战性、工作的成就感、个人发展的空间、工作得到认可情况、升职机会等。

调查结果表明，工人并不认为他们懒惰，也不在乎多做额外的工作，他们希望工作能丰富多样化一点，能让他们多动动脑筋，能有较合理的报酬。他们还希望工作多一点挑战性，能有机会发挥自身的潜能。此外，他们还表达了希望多一点与其他人交流感情的机会，他们希望能在友好的氛围中工作，也希望领导经常告诉他们怎样才能把工作做得更好。

基于此，钱兵认为，导致油漆厂生产效率低下和工人有不满情绪的主要原因是报酬太低，工作环境不到位，人与人之间关系的冷淡。

【思考问题】

（1）高厂长对工人的看法属X理论吗？钱兵的问卷调查结果又说明了对人的何种假设？

（2）根据钱兵的问卷调查结果，请你为该油漆厂出点主意，来满足工人们的一些需求。

4. Z型组织理论

Z理论（theory z）由日裔美国学者威廉·大内（Willam Ouchi）于20世纪80年代提出的一种新型管理理论。这一理论的提出是鉴于美国企业面临着日本企业的严重挑战。大内选择了日、美两国的一些典型企业进行研究，发现日本企业的生产率普遍高于美国企业，而美国在日本设置的企业，如果按照美国方式管理，其效率便差。根据这一现象，大内提出了美国的企业应结合本国的特点，向日本企业的管理方式学习，形成自己的一种管理方式。他把这种管理方式归结为Z型管理方式。

威廉·大内
William Ouchi

Z型管理方式的主要内容是：

（1）终身雇佣制。长期雇佣职工，即使经营不佳的一般也不解雇工人，要采取别种方法渡过难关，对职工的职业保证会使人更加积极地关心企业利益。

（2）缓慢的评价和晋升。对职工要经过较长时间的考验再作全面评价，不因"一时一事"为根据对职工表现下结论。

（3）分散与集中决策。企业的重大决策，要先由生产或销售第一线的职工提出建议，经过中层管理人员把各种意见集中调整、统一后上报，最后再由上一级领导经过调查研究后作出比较正确的决策，执行决策时要分工负责。

（4）含蓄的控制，但检测手段明确正规。基层管理者一方面要敏感地抓住问题实质，就地解决，另一方面要在上报情况前，协同有关部门共同制定出解决问题方案。

（5）融洽管理人员与职工的关系。全面关心职工生活，把对生产任务和工作设计的要求同职工劳动生活质量结合起来，让职工在工作中得到满足，心情舒畅。

（6）让职工得到多方面的锻炼。不把职工局限在狭窄的范围内，既注意培养职工的专业知识能力，又注意使职工获得多方面的工作经验，对生产技术和社会活动能力都要进行长期全面的考查。

三、管理理论丛林

第二次世界大战以来，随着现代自然科学和技术日新月异，生产和组织规模急剧扩大，生产力迅速发展，生产社会化程度不断提高，管理理论引起了人们的普遍重视。许多学者和实际工作者在前人的理论与实践经验的基础上，结合自己的专业知识，去研究现代管理问题。由于研究条件、掌握材料、观察角度以及研究方法等方面的不同，必然产生不同的看法和形成不同的思路，从而形成了多种管理学派。美国管理学家孔茨将管理理论的各个流派称之为"管理理论丛林"。1961年，他提出了六个学派，到1980年，孔茨又认为，这一"丛林"又枝叶繁生，至少可划分为十个学派。尽管各学派彼此相互独立，但他们的基本目的是相同的。

（一）**管理过程学派**

该学派的基本观点是：

（1）管理是一个过程，即让别人同自己去实现既定目标的过程。

（2）管理过程的职能有五个：计划工作、组织工作、人员配备、指挥、控制。

（3）管理职能具有普遍性，即各级管理人员都执行着管理职能，但侧重点则因管理级别的不同而异。

哈罗德·孔茨
Harold Koontz

（4）管理应具有灵活性，要因地制宜，灵活应用。

该学派主张按管理职能建立一个作为研究管理问题的概念框架。法约尔被认为是这个学派的创始人。第二次世界大战后，该学派的观点得到了很多学者和从事实际工作的管理人员的支持和接受。但由于对管理职能的分类有所不同，出现了各种不同的流派。

孔茨和奥唐奈合著的《管理学》是战后这一学派的代表作。

（二）**人际关系学派**

这一学派是从20世纪60年代的人类行为学派演变来的。这个学派认为，既然管理是通过别人或同别人一起去完成工作，那么，对管理学的研究就必须围绕人际关系这个核心来进行。这个学派把有关的社会科学原有的或新近提出的理论、方法和技术用来研究人与人之间和人群内部的各种现象，从个人的品性动态一直到文化关系，无所不涉及。这个学派注重管理中"人"的因素，认为在人们为实现其目标而结成团体一起工作时，他们应该互相了解。

（三）**群体行为学派**

该学派注重研究的是组织中群体的行为，包括群体的文化、行为方式和行为特点等，也称为组织行为学派。

该学派主张以人与人之间的关系为中心来研究管理问题。该学派把社会科学方面已有的和新近提出的有关理论、方法和技术用来研究人与人之间以及个人的各种现象，从个人的个性特点到文化关系，范围广泛，无所不包。该学派注重个人、注重人的动因，把人的动因看成为一种社会心理现象。其中有些人强调处理人的关系的重要性，有些人认为管理就是领导，还有不少人则着重研究人的行为与动机之间的关系，以及有关激励和领导的问题等。

该学派同人际关系行为学派密切相关，但它关心的主要是一定群体中的人的行为，而不是一般的人际关系和个人行为；它以社会学、人类文化学和社会心理学为基础，而不是以个人心理学为基础。该学派着重研究各种群体的行为方式，从小群体的文化和行为方式到大群体的行为特点，均在研究之列。有人把该学派的研究内容称为"组织行为"研究。该学派的最早代表人物和研究活动是梅奥和霍桑试验。20世纪50年代，阿吉里斯提出了"不成熟—成熟交替循环的模式"。

（四）经验和案例学派

通过分析经验（各种实际案例）来研究管理。

代表人物：彼得·德鲁克（Peter F. Drucker，1909～2006年）

美国当代著名经济学家和管理学家《商业周刊》称其为"当代不朽的管理思想大师"，《经济学人周刊》称其为"大师中的大师"代表作：《管理的实践》、《管理：任务、责任实践》、《有效的管理者》等。

该学派主张通过分析经验（通常是一些案例）来研究管理学问题。该学派认为，通过分析、比较和研究各种各样成功和失败的管理经验，就可以抽象出某些一般性的结论或原理，以有助于学生和从事实际工作的管理者理解管理原理，并使之学会有效地从事管理工作。

彼得·德鲁克
Peter F. Drucker

很多学者认为，该学派的主张实质上是传授管理学知识的一种方法，称为"案例教学"。实践证明，这是培养学生分析问题和解决问题的一种有效途径。

理论上的主要贡献：

（1）提出了"目标管理"思想。

（2）主张使用比较方法研究和概括企业管理经验。

（3）概括了企业管理的组织机构。

（4）明确了管理的性质和任务。

（5）提出了有效的管理方法。

（五）合作社会系统学派

该学派把组织作为一个合作的社会系统来研究，它显然试图对人际关系和群体行为学派的观点做出修正。

该学派认为，人的相互关系就是一个社会系统，它是人们在意见、力量、愿望以及思想等方面的一种合作关系。管理人员的作用就是要围绕着物质的、生物的和社会的因素去适应总的合作系统。

社会系统学派最早的代表人物是美国的切斯特·巴纳德（Chester Barnard，1886～1961年），美国的高级经理人员和管理学家，被后人尊称为"现代管理理论之父"。代表作：《经理的职能》。

切斯特·巴纳德
ChesterI Barnard

巴纳德的主要贡献：

（1）提出了社会的各种组织都是一个协作系统的观点。他认为，组织的产生是人们协作愿望导致的结果。人们个人办不到的许多事，协作就可办到。

（2）分析了正式组织存在的三种要素，即成员协作的意愿、组织的共同目标及组织内的信息交流。

（3）提出了权威接受理论。过去的学者是从上到下解释权威的，认为权威都是建在等级系列活组织地位基础上。而巴纳德则是从下到上解释权威，认为权威的存在必须以下级的接受为前提。至于怎样才能接受，需具备一定的条件。

（4）对经理的职能进行了新的概括。经理应主要作为一个信息交流系统的联系中心，并致力于实现协作努力工作。

巴纳德组织理论涉及的范围极其广泛，他对后来决策理论学派、系统管理学派等的形成产生了重要影响。

（六）社会技术系统学派

这是一个较新的管理学派，认为管理中只分析社会系统是不够的，还需要研究技术系统对人的影响。

这是较新出现的学派，其创始人是英国的特里斯特。该学派认为，要解决管理问题，只分析社会合作系统是不够的，还必须分析研究技术系统对于社会系统的影响，以及对个人心理的影响。该学派认为，组织的绩效以至管理的绩效，不仅取决于人们的行为态度及其相互影响，而且也取决于人们工作所处的技术环境。管理者的主要任务之一就是确保社会合作系统与技术系统的相互协调。该学派特别注重于工业工程、人——机工程等方面问题的研究。

（七）系统学派

近年来，许多管理学家都强调管理学研究与分析中的系统方法。他们认为系统方法是形成、表述和理解管理思想最有效的手段。所谓系统，实质上就是由相互联系或相互依存的一组事物或其组合所形成的复杂统一体。这些事物可以像汽车发动机上的零件那样是实物，也可以像人体诸组成部分那样是生物的，还可以像完整综合起来的管理概念、原则、理论和方法那样是理论上的。尽管我们给理论规定出界限，以便更清楚地观察和分析它们，但是所有的系统都同它们的环境在相互起作用，因而都受到其环境的影响。

（八）决策理论学派

该学派的基本观点是，由于决策是管理者的主要任务，因而应该集中研究决策问题，而管理又是以决策为特征的，所以应该围绕决策这个核心来形成管理理论。支持这个学派的学者多数是经济学家和数学家。该学派的代表人物是曾获诺贝尔经济学奖的西蒙，其代表作是《管理决策新科学》。

当代决策理论学派的视野已大大超出关于评价比较方案过程的范围。他们把评价方案仅仅当成考察整个企业活动领域的出发点，决策理论不再是单纯地局限于某个具体决策上，而是把企业当作一个"小社会"来予以系统地、广泛地考察，因而又涉及社会学、心理学、社会心理学等多种学科。

赫伯特·西蒙
Herbert Alexander Simon

（九）数学学派或"管理科学"学派

尽管各种管理理论学派都在一定程度上应用数学方法，但只有数学学派把管理看成是一个数学模型和程序的系统。一些知名的运筹学家或运筹分析家就属于这个学派。这个学派的人士有时颇为自负地给自己取上一个"管理科学家"的美名。这类人的一个永恒的信念是，只要管理、或组织、或计划、或决策是一个逻辑过程，就能用数学符号和运算关系来予以表示。这个学派的主要方法就是模型。借助于模型可以把问题用它的基本关系和选定目标表示出来。由于数学方法大量应用于最优化问题，可以说，它同决策理论有着很密切的关系。当然，编制数学模型决不限于决策问题。

（十）权变管理学派

这个学派强调，管理者的实际工作取决于所处的环境条件，因此管理者应根据不同的情境及其变量决定应采取何种行动。

弗雷德·卢桑斯
Fred Luthans

权变管理理论（Contingency Theory of Management）是在20世纪70年代开始形成的一种管理理论，而在此之前的管理研究倾向于寻求普遍适用的管理方法。所谓权变，就是具体情况具体分析，根据不同的内外环境情况权衡变通。其核心思想是：在管理中要根据企业所处的内外条件随机应变，没有什么一成不变、普遍适用的"最好的"的管理理论与方法。即应根据不同的情况采取不同的最合适的管理模式、方案或方法。该理论又被称之为管理的相对论。该理论的价值在于，它强调了不存在简单的和普遍适用的管理原则。相反，管理者的工作包含着不同的和变化的情景，管理者所采取的行动应当适合所处的情景。

1976年美国的卢桑斯（F. Luthans）教授通过环境变量与管理变量之间的函数关系系统概括了权变管理理论。他认为，管理变量=F（环境变量）。管理变量包括管理过程变量、计量变量、行为变量和系统变量，环境变量包括外部环境和内部环境。迄今为止研究者们至少识别出100多种不同的权变变量，其中最普遍应用的权变变量为组织规模、任务技术的例行程度、环境的不确定性以及个体差异。权变理论在提出以后的几十年内，其理论价值和应用价值日益为管理实践所证实，故而得到了越来越多的人的支持，成为具有重大影响的管理学派之一。

（十一）经理角色学派

这是最新的一个学派，同时受到管理学者和实际管理者的重视，其推广得力于亨利·明茨伯格。这个学派主要通过观察经理的实际活动来明确经理角色的内容。对经理（从总经理到领班）实际工作进行研究的人早就有，但把这种研究发展成为一个众所周知的学派的却是明茨伯格。

亨利·明茨伯格
（Henry Mintzberg）

明茨伯格系统地研究了不同组织中5位总经理的活动，得出绪论说，总经理们并不按人们通常认为的那种职能分工行事，即只从事计划、组织、协调和控制工作，而是还进行许多别的工作。

明茨伯格根据他自己和别人对经理实际活动的研究，认为经理扮演着10种角色：

1．人际关系方面的角色有3种：

（1）挂名首脑角色（作为一个组织的代表执行礼仪和社会方面的职责）。

（2）领导者角色。

（3）联系人角色（特别是同外界联系）。

2．信息方面的角色有3种：

（1）信息接受者角色（接受有关企业经营管理的信息）。

（2）信息传播者角色（向下级传达信息）。

（3）发言人角色（向组织外部传递信息）。

3．决策方面的角色有4种：

（1）领导者角色。

（2）故障排除者角色。

（3）资源分配者角色。

（4）谈判者角色（与各种人和组织打交道）。

第七章 管理伦理

波音公司的 CEO 丑闻①

2003 年 12 月 1 日，当时的波音公司董事长兼首席执行官菲尔·康迪特突然宣布辞职。据悉，其辞职的直接原因是财务部门出现道德丑闻：首席财务官麦克·希尔斯为争取国防部一项价值 220 亿美元合同，从国防部官员达林·杜云那里获得了竞争对手空中客车的报价。康迪特的离职让一连串的丑闻画上一个句号，而正是这些丑闻导致波音公司损失了很多有利的合同，危害了公司其他业务，并损害了公司的声誉。于是波音公司董事会决定，召回已经退休的波音前副总裁哈里·斯通塞福，任命他接替波音董事长兼首席执行官的职位。

这位新任命的 CEO 果然不负众望，一上任就带领波音公司打了个漂亮仗，波音宣布获得一份价值 96 亿美元的美国海军战机合同。斯通塞弗自任职以来，埋身于为公司重塑形象，摆脱过去的丑闻污点之中，为此，斯通塞福受到了业界的一致好评。在他就任期间，波音公司的股价飙升了 52 个百分点。同时促成了波音公司与麦道公司的合并。

然而，就在众人都以为斯通塞福能在 2006 年 5 月年满 70 岁之际，抱着光环圆满退休时，一封无声的匿名信却犹如一个重磅炸弹炸开了花。斯通塞福终因与公司女高管的性丑闻事件而晚节不保。

事件发生得似乎有些蹊跷，一名员工截留了斯通塞弗给女当事人的信件，并写成一封匿名举报信发给了波音几位董事会成员以及法律和道德事务负责人。

据波音公司内部调查显示，女当事人为公司驻华盛顿的副总裁黛布拉·皮博迪（Debra Peabody），在公司工作了 20 年，时年 48 岁，已离婚。两人关系纯属"双方自愿"，并未影响到公司业务。同时，调查也表明，两人的关系没有对该女高管的职位或薪酬造成影响。斯通塞福在波音公司的人事档案表明，斯通塞福时年 68 岁，已婚，有两个子女和两个孙子。

在斯通塞福对其性丑闻事实供认不讳后，董事会作出决定，让斯通塞福递交辞呈，并任命现任首席财务官，56 岁的詹姆斯·贝尔担任临时首席执行官。至于该事件的女主角，公司表示若她愿意，仍可留在公司继续任职。

波音公司董事长普拉特说道："我们不得不承认他确实非常有才干，作出该决定也着实让我们为难了一阵子。"不过，普拉特表示，尽管该事件并未影响到公司的正常运作，但严重损害了公司的声誉，为今后的发展带来了不必要的尴尬。此外，不正当关系也很容易造成该高管在组织中的不公正行为。

在性丑闻被曝光几天后，刚刚跟斯通塞福过完 50 周年结婚纪念日的妻子，向法院递交了离婚申请书，要求获得公平合理的收入和财产。另据《纽约邮报》称，为了 3 个月的激情，斯通塞弗失去的股票奖励总额高达 3800 万美元。

---

① 改编自"丑闻击倒波音两任 CEO"，《国际金融报》，2005.3.10.

【思考问题】

1. 在斯通塞福事件上，你认为应该如何处理个人隐私（感情）问题与公司伦理问题？
2. 匿名举报是否符合公司伦理？是否应该鼓励？

第一节　伦理的困境

一、伦理的概念

在我国，"伦"、"理"这些字出现很早。早在公元前 6 世纪左右，在我国早期的历史文献《周易》、《尚书》等著作中，就已经出现这些字，当时这些字大都单用，还未将"伦"和"理"联在一起。"伦"字在当时含有"辈"的意思。许慎《说文解字》说："伦，从人，辈也，明道也；理，从玉，治玉也。"就是说，伦是指可区分的人的辈分，理则是指玉石的纹理，以后引申开去，伦含有类、序等意，而理则有了道理意思。意思是说人们在处理人际关系或各种事物时，能够做到区分清楚、处置得当、恰如其分，这也就符合道理，容易获得社会和所处人群的认可。

"伦"、"理"二字连用，在我国最早见于战国末期的《礼记·乐记》中。《乐记》中说："乐者，通伦理者也。"对此，东汉学者郑玄曾解释说："伦，犹类也；理，犹分也。"这里的伦理，就明确有了分类条理的意思，是说人的行为必须符合一定的社会秩序，合乎一定的条理规则。《孟子·滕文公上》："后稷教民稼穑，树艺五谷，五谷熟而民人育。人之有道也，饱食煖衣逸居而无教，则近于禽兽。圣人有忧之，使契为司徒，教以人伦，父子有亲，君臣有义，夫妇有别，长幼有序，朋友有信。"这里的"父子"、"君臣"、"夫妇"、"长幼"、"朋友"，就是指社会中人与人的关系，称为"五伦"；而"亲"、"义"、"别"、"序"、"信"，则是用以调整、处理"五伦"关系的道德原则和规范。

在汉代，"伦理"一词被广泛使用。贾谊的《新书》中就有"以礼义伦理，教训人民"之语。董仲舒的《春秋繁露》中有"行有伦理"等语。刘安等著的《淮南子》曾说："经古今之道，治伦理之序。"这些，都已有了我们现在所认为的"伦理"的含意了。

《现代汉语词典》对于"伦"的解释为：①人伦；②条理，次序；③同类，同等。"人伦"的含义主要是人与人之间的关系及行为准则，在传统的意义上讲即上文提到的"五伦"；"条理，次序"涉及为人做事的先后关系处理，也就是说，对于事务重要性的价值判别问题；而"类、等"的含义的实质在于人与自然（区别于人的其他事物类别）的关系，以及在人类社会里面不同角色、不同归属、不同地位的人群之间的相互关系问题。综合起来，"伦"的意思主要是指"关系"。

所以，"伦理"指的是人处理各种关系时应当遵循的道理和规则。它涉及从个人、组织、国家到广义的人类，如何去处理与之相关联的各种各样、纷繁复杂的关系系统的问题。在现代日常的语汇中，作为处理各种关系的道理和规则的"伦理"二字，常常和"道德"联系在一块，以至于有人把它们两者等同起来。其实从语义上面来看，"伦理"与"道德"是有区别的，"伦理"主要强调客观存在着一系列道理和规则，而"道德"则直接表达出对于各种关系处理方式的主观价值判断。但是在由于现代社会普遍的语言习惯中，"伦理"与"道德"的意义已经习惯性地联系在一起了，为了避免与日常的语言和思维习惯发生混淆，我们在这里也并不做严格的区分。

人类行为可以分为三个区域：法律行为、自由选择行为和伦理行为，如图 7-1 所示。通过对于这三者的比较，我们可以更清楚地明白什么是伦理。

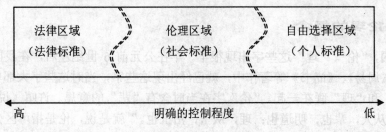

图 7-1　人类行为的三个区域

第一个区域我们称之为"法律区域"，即所有的价值观和行为准则都可以在法律条文中找到相应的规定，法官可以此作为依据来判决个体或组织是否存在罪行或者过错。例如，公司必须照章纳税，开车必须先考取驾驶执照等等。第三个区域是自由选择区域。在这个区域里，各种不同的行动选项可以依据个人的价值准则或者其他情景因素来进行选择，法律或者别人都无权干预，并且在各个不同的可选方案之间，不存在明显的在价值观念上面的对错之分，即不存在对其他人的利益的直接影响。比如一个大学生选择学习什么专业、一个人的宗教信仰、公司根据需要决定招收多少名员工等。

处于这两个区域之间的是伦理区域。这里，没有具体的法律规定，但人们的行为涉及对于他人的影响，因而受到道德准则的约束。这些道德准则不具备强制性，但是会在无形中引导人们或组织的行为。在这个区域里，一个合情合理的决策必须是合法，同时在道义上可以为社会所接受。比如扔掉一袋垃圾，本身是很正常的行为，但是在城市里随意丢弃，则损害了公共卫生，污染了环境，要受到社会道德的谴责。

对于人类行为的这三种划分意味着：法律规定了一个社会中最基本的行为准则，遵守法律是对于人们处理各种关系时的基本要求。正常情况下，在是否遵守法律的决策判断上，只可能有一种选择，而不存在别的选择。因此，法律标准对于行为有着高度明确的控制，一般情况下不在社会伦理的讨论范围之内。哪怕法律本身是值得质疑的，在未正式修改之前，身在这个社会中的人们，也应该在这个标准的框架之内行事。而法律区域之外，则都是属于不受干涉的行为，但是不受干涉并不一定意味着是不受指责。自由选择区域内的行为是不受指责的，对于这些行为，也许存在不同评价，但这些评价都不涉及是非善恶对错之类。伦理区域内的行为，是需要慎重考虑的，因为如果行为选择不当，可能受到社会伦理的指责。甚至可能存在两难的情况：无论做何种选择，都可能受到社会伦理的责难，这时候，决策人就陷入了我们在下文要讨论的伦理困境。

　　要注意伦理区域与法律区域和自由选择区域之间的界限有的时候不是绝对明确、泾渭分明的。某些时候法律的规定未必是合乎伦理的,比方说古时候对于犯罪的人实施残害其身体的肉体刑罚,在当时是符合法律标准的,但是这些刑罚却是极不人道的,会受到历史的谴责。有的时候,法律也会受到伦理的影响,例如偷盗,在任何文明社会都是违反法律的,但有的时候,或许因为犯罪人是迫于生存需要的无奈选择,因而为社会伦理所同情,在司法上可能会宽恕其罪行。在另外一些情况下,自由选择的行为也可能变为伦理问题。如个人的衣着,选择着正装还是背心拖鞋,原本全凭个人喜好,别人无权过问,但是如果在正规的商务或者社交场合,背心拖鞋的着装则体现出对于别人的不尊重,并大大损害其本人或者所属团体或组织的形象,因而会受到舆论的谴责。

　　简而言之,当个体或组织的行为有可能伤害或有益于他人或其他组织时,伦理问题就会显现出来。我们知道,管理是管理者合理运用一切可利用的资源,包括人力资源和物质资源,去卓有成效地实现被管理主体的目标的过程。在这个过程中,必然涉及对各种各样的人与事的处理,必然涉及对某些人有利对某些人不利的情况。因此,可以说,伦理问题和管理是密切结合的,伦理问题贯穿于整个管理的过程中。也正因为这样,管理当中的伦理问题越来越引起人们的关注。特别是 20 世纪八九十年代以来,管理学家几乎把伦理提到了关系企业或组织生存与发展的至高地位,认为"企业通过竞争焕发活力,依靠伦理而得以生存";"优秀企业的秘诀在于懂得人的价值观和伦理,懂得如何把它们融合到公司战略中"等,这些观念越来越成为管理界的共识。有人甚至指出,如果说泰勒的科学管理、梅奥的行为科学是管理科学发展史上的两个里程碑,那么,管理伦理学就是管理科学发展史上的第三个里程碑。面对当今社会的历史巨变,面对 21 世纪经济和社会发展的要求,管理伦理既显示了伦理学亘古常新的生命活力,又预示着当代管理科学发展的新动向。

　　作为一种社会意识,管理伦理与社会形态、经济关系及特定时代的文化背景有着直接关系,这反映出管理伦理的历史性。但与此同时,不同时代、不同国家和地区、不同体制的社会组织中,其管理伦理有着某种共同的或相一致的地方。同一时代,不同国家、不同社会背景下的管理伦理也有某些共通之处,否则社会公共秩序就无法维持,当今世界的共同发展、国际的贸易与合作业就无法进行。透过种种五光十色的表象和形式层面的东西,就可以发现在各国和各地区的管理伦理中,存在看许多共同的东西,诸如民主、效率、公平、人道等范畴。正是这些蕴藏于各民族、各国、各地区管理伦理深层的东西,构成了管理伦理的普遍性。正是基于这一出发点,本章将探讨管理中那些普遍的伦理行为表现和原则。

二、组织的伦理困境

　　在组织管理中,管理者需要面对大量的决策问题。很多的决策问题都牵扯到某种伦理准则。由于伦理准则并不是以法典的形式出现,所以对一个特定的行为常常会出现不同的看法,正确与否,往往莫衷一是。在有些情况下,组织所面临的任何一个选择都有可能产生不道德的后果,此时便产生了所谓的"伦理困境"(Ethical Dilemma)。

此时，是非的界限并不总是清清楚楚的。

以下是六个特定的伦理困境的讨论：

在一个组织中所必须做出伦理抉择的个体被称为伦理代理人（Moral Agent）。如果你是一位伦理代理人，面对下面所列的伦理困境，你将作出何种选择？

1. 一位人际关系很好，工作也蛮有成就的同事偷偷地告诉你他感染上了艾滋病。虽然这并没有影响到他的工作，但你十分担心他将来的身体情况，也担心同事们一旦知道他的病情，会如何对待他。这时你会：

A. 告诉他及时地向你通报他的病情，对其他同事，你则保持缄默。

B. 调动其工作，使其远离同事，一个人工作。

C. 召开部门会议，将其病情通告大家，了解他们对这个人继续留在组织中的感受。

D. 征求人力资源管理部门经理的意见，然后再决定如何处理。

2. 单位进行调整，你必须裁减你所领导的部门的人员。通告对人力资源管理部门的具体要求进行研究之后，你发现，如果那两位都已经超过60岁的员工同时退休的话，问题就变得非常简单了。这时，你的做法会：

A. 什么招呼也不打，完全根据业绩和工作年限来决定裁员名单。

B. 与两位员工面谈，征求他们对提前退休的看法。

C. 召开全体员工大会，征求大家意见，看谁愿意辞职或是提前退休。

D. 直接裁掉年纪大的员工。

3. 一位同事近日遇到了两件不幸之事：母亲去世了，丈夫又要跟他离婚。你非常同情她的境遇，此时她的工作也遇到了麻烦。她为你提供了一些不确切的数据，你据此写了一封工作总结报告。但这份报告遭到了经理的严厉批评，他要求你对此作出解释。你会如何做？

A. 对此作出道歉，并对不实之处进行改正。

B. 直截了当地告诉上司，导致报告出现问题的原因是她所提供的数据。

C. 告诉上司，你的同事遇到了麻烦，需要帮助。

D. 告诉上司，由于你的工作太忙，没有抽出时间来检查这些数据。

4. 公司最近新聘任了一位经理，学历层次和你相同。你不喜欢这个人，将其视为你事业上的竞争对手。一天，你碰见一位朋友，他非常了解上任的经理。从他的口中你了解到，新经理求职书中所说的在哈佛读书一事纯属虚构，他连大学都没有上过。他之所以这样做，完全是为了获得现在的职位。你会如何做？

A. 向你的上司揭露他的谎言。

B. 不透露他的姓名，向人力资源部门经理询问应如何处理。

C. 保持缄默，公司也许失察，相信纸包不住火的道理，他的谎言终将败露。

D. 直接告诉他，你已经知道了他的所有底细，让他自己看着办。

5. 由于在会计部门的工作变动，你发现公司在服务项目上存在着许多收费的现象。你的上司告诉你，如果退回这些多收的费用，将严重影响公司的盈利。你所在的公司是由政府来管理的，监察部门并没有发现这些问题。老板们异口同声说，这件事绝对不会暴露，他们将采取措施来改正这些错误，并保证以后此类的事情绝对不会再次发生。你会如何做？

A. 与检查部门联系。

B. 以匿名或其他方式，将此事公布于众。

C. 保持沉默，自己的命运掌握在人家的手中。

D. 与老板一起努力，制订一项计划，查找公司的错误，确定退款时间表，以减轻公司罪责。

6. 某日清晨，你收到了竞争对手公司一位满怀怨气员工寄来的该公司新产品发展计划和样品。你将：

A. 将计划扔掉。

B. 将样品寄到本公司研发中心分析。

C. 通知你的竞争对手所发生的一切。

D. 向公安机关报告。

【思考问题】

处在以上的伦理困境中，你将如何进行决策？作出这样的决策，你的家人或朋友可能作出的反应是什么？

伦理问题之所以错综复杂，其中的一个原因是，组织面临着这样的问题，即"我的行为应该向谁负责？"以及"我应该把谁放在更加重要的位置上？"在这类问题上，由于营利性组织和非营利性组织之间存在着较大的差别，为了不至于混淆，本章以下讨论都以营利性组织（即工商企业，或称为公司）为考察对象。

对于企业而言，考虑"向谁负责"以及"谁更重要"的问题，一般而言，典型地表现在企业伦理困境的如表 7-1 所示的几个方面：

表 7-1　典型的企业伦理困境

伦理方面	困境问题举例
企业与员工	集体主义，还是个体主义
员工与员工	相互团结，还是相互监督
企业与顾客	要确定的利润，还是不确定的顾客
企业与竞争者	对手以不道德方式竞争，对我造成巨大威胁，要不要以牙还牙
企业与社区	除开市场因素考虑外，企业有必要对于社区承担额外责任吗
企业与政府	企业是否应该（或以何种方式）影响政府涉及相关利益的决策
企业与环境	治理排污的巨大成本超出了企业的盈利能力，企业怎么办

"向谁负责"以及"谁更重要"的问题的另一面就是："可以不对谁负责？"以及"谁更加不重要？"这些问题于一个有抱负与责任心的企业都是很难回答的。解决这样的问题其实涉及一个企业的价值观问题。

企业价值观，是指企业在追求经营成功过程中所推崇的基本信念和价值判断标准，是企业决策者对企业生产经营的目标、手段、规则和约束的取向所做出的选择，是为员工所接受的共同观念。价值观是价值主体在长期的工作和生活中形成的对于价值客体的总的根本性的看法，是一个长期形成的价值观念体系，具有鲜明的评判特征。当鱼与熊掌不可兼得的情况下，为什么"舍鱼而取熊掌"？因为熊掌比鱼更有价值。这就是价值观的具体体现。价值观决定了不同事物在决策者眼中的重要程度，也决定了企业行为的取舍。

美国学者托马斯·J. 彼德斯和小罗伯特·沃特曼指出："我们研究的所有优秀公司都很清楚他们主张什么，并认真地建立和形成了公司的价值准则。事实上，如果一个公司缺乏明确的价值准则或价值观念不正确，我们很怀疑它是否有可能获得经营上的成功。"泰伦斯·狄尔和爱伦·肯尼迪也指出："对那些具有上述特征（指共同价值观）的公司来说，共享的价值观决定了该公司的基本特征，使其与众不同。这样，对组织中的人来说，他们就有了一种个性感，他们会感到与众不同。更重要的是，价值不仅在高级管理人员心目中，而且在公司绝大多数人的心目中，成了一种实实在在的东西，正是这种把人们聚集在一起的意识，使得共享的价值产生了效用。"

国内外经营较成功企业的经验表明，企业能否有一个正确的价值观，直接关系到企业的生存和发展，关系到企业与社会和自然的关系。许多有影响的企业，都注重价值观的塑造，并号召企业职工创造性地工作，自觉推崇和尊重自己企业的价值观。

美国卡特波勒公司："在 48 小时之内向全世界任何地方提供零件修配服务"——这是千方百计满足顾客需要的具有代表性的承诺。

国际商用机器公司（IBM）："IBM 就是服务"——这是面向人，重视人的精神。

日本电器公司："让一切都充满活力"——这是奋发向上、自强不息的意识。

应该说，企业价值观是一个涉及很广的价值判断系统，以上列举的仅仅是该企业在某一方面的价值观念，反映了企业在某一方面的行为导向。共享的价值观念使得企业管理者和员工在遇到与之相关的伦理问题的时候，能够根据相应的价值判断作出共同认可的选择。

【延伸阅读】

惠普的企业宗旨和公司价值观

在 20 世纪 90 年代以前，惠普（Hewlett-Packard）的企业宗旨是设计、制造、销售和支持高精密电子产品系统，以收集、计算、分析资料、提供信息、帮助决策、提高个人和企业的效能。90年代后，第二任总裁 J. 杨提出，以上企业宗旨在电子时代还可以，但在信息时代需要加以修改。为此，惠普花费了 400 万美元求助于咨询公司，得到了现今企业宗旨：创造信息产品，以便加速人类知识的进步，并且从本质上改变个人和组织的效能。公司把它作为自己发展的"引擎"。

1939 年，由美国斯坦福大学的比尔·惠利特和戴夫·帕卡德两人的姓联合命名的惠普公司初期生产的是产品价格低、性能好的声波振荡器。到 1942 年，员工仅有 60 人，1960 年销售额突破 6000万美元，到 1997 年，销售额高达 428 亿美元，利润达 31 亿美元，在《财富》500 强中排名第 47位。企业由最初生产声波振荡器的小公司发展到以电脑打印机为主，电脑设备、电子仪器品种跨国公司。惠普公司在长达半个多世纪的经营中，强大的企业文化系统在促进企业业绩增长方面起到关键作用。

公司创立伊始，公司的创立者们就明确了其经营宗旨：瞄准技术与工程技术市场，生产出高品质的创新性电子仪器。在这一经营宗旨上,惠利特与帕卡德建立起了共同的价值观和经营理论,这一价值观与经营理论同时体现在他们聘用与选拔公司人才中,换言之,他们是按这一价值观标准来聘用和选拔公司人才的。他们对公司员工大力灌输企业宗旨和企业理念,使之成为惠普公司的核心价值观。惠普公司的价值观就是:企业发展资金以自筹为主,提倡改革与创新,强调集体协作精神。在这一核心价值观基础上,公司逐渐形成了具有自己鲜明特色的企业文化。这种被称为"惠普模式"的企业文化是一种更加注重顾客、股东、公司员工的利益要求,重视领导才能及其他各种惠普激发创造因素的文化系统,在这一文化系统中,惠普模式注重以真诚、公正的态度服务于消费者。在企业内部提倡人人平等与人人尊重。

在实际工作中,提倡自我管理、自我控制与成果管理,提倡温和变革,不轻易解雇员工,也不盲目扩张规模,坚持宽松的、自由的办公环境,努力培育公开、透明、民主的工作作风。惠普的企业文化及其在此之上所采用的经营方式极大地刺激了公司的发展,有力促进了公司经营业绩增长,公司在 20 世纪 50～60 年代纯收入就增加了 107 倍,仅从 1957～1967 年公司股票市场价格就增加了 5.6 倍。投资回报率高达 15%。进入 90 年代,惠普公司重点发展计算机,时至今日,它已成为全球最大的电脑打印机制造商。

随着公司规模的不断扩大,公司的企业文化培育出更为丰富的文化内涵。同时,随着社会经济的进步、市场环境的变化,惠普公司也在不断变革着自身的文化体系,90 年以来,企业新一代决策者们保留了原有文化体系那些被认为是惠普企业灵魂的核心价值观,并根据经济发展现状,废止了一些不合时宜的东西,加入新的内涵。约翰·科特认为"改革后形成的新型企业文化,其主流的确是对市场经营的新环境的合理反馈。这种与新的市场环境的适应性显然是一种充分合理的适应性。因此,它也是一种比原有企业文化更高、更好的适应市场经营环境的企业文化。"

在这种"更高更好"的企业文化推动下,惠普在 90 年代又得到了空前发展。1992 年收入达 16 亿美元,1993 年达 20 亿美元,1994 年达到 25 亿美元,1995 年后,收入进一步加快,年收入从 31 亿美元增加到 1997 年的 428 亿美元。惠普的发展说明企业文化的强大推动力。公司提倡人人尊重与人人平等,注重业绩的肯定,对员工表示出信任和依赖,倡导顾客至上的经营观,以向顾客提供优质且技术含量高的产品,有效解决顾客的实际困难,极力为公司股东服务,这些准则和价值观为企业的发展奠定了坚实的基础。

—— 摘自 MBA 智库百科

看来伦理问题是一个系统性的问题,解决伦理困境不能依靠管理者的就事论事,也并不是完全靠"良心"去进行判断就可以的,因为与企业相关的各个方面都会对企业提出"良心"方面的要求,从而使管理者左右为难。但是,伦理问题又的确是一个企业面临的重大问题,能否妥善地处理这方面的问题是对于企业经营管理水平和能力的考验。企业的价值观不是玩虚的,不决定于企业管理者怎么说,而取决于他怎么做,它体现在伦理管理的每一个具体的细节上面,尤其是对于伦理困境的处理上面。每一个管理者都不能对此掉以轻心。

三、伦理决策依据的准则

管理者们经常会遇到类似上节中提到的棘手的伦理问题,而解决的方法主要是依据建立在价值观基础之上的伦理准则。与管理伦理相关的伦理准则主要有功利主义原则（Utilitarian Approach）、个体主义原则（Individualism Approach）、道德——权利原则（Moral-rights Approach）和公平原则（Justice Approach）四种：

1. 功利主义原则

功利主义作为一种系统的伦理学说及其道德原则，最主要的创始人和代表人物是18世纪末、19世纪初英国哲学家 Jeremy Bentham 和 John Stuart Mill。Bentham 在其《道德与立法原理导论》一书中，首先使用了功利原则（Principle of utility）这一概念，并在该书 1822 年 7 月的作者注释中，明确指出功利原则这一名称可以加上或替换成"最大幸福原则"，认为这一表述最简单也是最详尽地表述了功利原则的要旨，即"所有利益当事人的最大幸福"。Bentham 在给功利原则下定义时指出，所谓功利原则，就是"赞成或不赞成任何一种行为，其根据都在于这一行为是增多还是减少利益当事人的幸福"，换言之，是"促进还是阻碍利益当事人的这种'幸福'"。Mill 在其《功利主义》一书中对功利主义作了这样的界定："承认功用为道德基础的信条，换言之，最大幸福主义，主张行为的是与它增进幸福的倾向为比例，行为的非与它产生不幸福的倾向为比例。"说得通俗一点，能产生功用的就是道德的，肯定一切能增进幸福的行为，否定一切产生不幸福的行为。那么，什么是幸福呢？无论是 Bentham 还是 Mill 都认为，幸福就是快乐的同义语，"幸福是指快乐与免除痛苦；不幸福是指痛苦和丧失掉快乐"。在这种认识的基础上，功利主义依据趋乐避苦的原则来调整个人与他人、个人与社会的关系。

根据这个原则，管理所遵循的决策原则完全取决于最后结果，在对不同的决策方案可能产生的后果进行评估之后，管理者选择的应该是能够为最大多数人谋取最大的利益的那个方案。不难理解，功利主义是一种集体主义的解决方案，主张为了大多数人的最大利益，少数的个体应该做出让步或者牺牲。

2. 个体主义原则

个体主义关注问题的出发点与集体主义不同，它首先关注作为个体的人类生命价值和权利的重要性，而不仅仅是作为一个社会成员的重要性。个体主义认为自爱是人性中最根本的力量（这里的"自爱"指的是确立个体的自我在价值上优先的天然愿望），因为从根本上来讲，人类的存在是依靠人类自我保存的本能来支撑的，是立足于自利基础之上的存在。个体主义并不简单等同于利己主义，恰恰相反，个体主义认为，只有珍视自己生存利益的人才有可能设身处地为别人着想，为利他提供最坚实的生命基础。从理论上来说，人人都是追求自我价值的，通过个体追求自我完善和个体之间的相互适应的过程，整个社会都会从中受益。

个体主义的管理伦理是以平等和契约为基本解决方案的，认为组织和员工在法律上是平等的主体，双方既不是绝对的利己，也不是绝对的利他，而是互利的关系。在个体与组织的选择性权衡中，往往倾向于更加照顾个体的利益。这是因为个体与组织在法律意义的平等，并不意味着双方在力量上面的对等。当双方发生利益冲突的时候，他们的力量对比往往悬殊，而组织更容易利用其拥有的强大各种资源去损害个体的利益，而这个被损害的个体有可能是组织中的任何一个人。所以，从长远来看，只有在组织中每一个具体的个体的合法利益能够得到切实的保障的前提下，才能真正实现组织的整体利益。

从长期的角度来看，个体主义的解决方案效用最好，因为它可以是个体趋于诚实和完善。种瓜得瓜，种豆得豆，在生意中撒谎和欺骗只能换来撒谎和欺骗，在工作中的不诚实行为只能为个体带来个人难以承受的严重后果。所以从个体的利益出发，要想取得别人的尊重和诚心，人们只能以诚相待。

3．道德——权利原则

道德——权利原则认为，人类拥有基本的权利和自由，这些权利和自由不能由于个人的决策而被剥夺。基于此，正确的伦理决策应该是最大限度地保护与决策相关之人的权利。

下列问题通常与道德——权利原则相关：

（1）意愿自由权。不管我们做出何种决策，都必须充分尊重个人的意志。

（2）个人隐私权。个人有权对自己工作之外的私人的各种信息予以保密，别人不得干涉。

（3）保持良知权。对于那些有悖于他们道德或宗教准则的指令，个人有权拒绝执行。

（4）言论自由权。个人可以坦诚地对他人的法律或伦理行为做出评价。

（5）获得公正信息和待遇权。个人有权获知不带偏见的信息并受到公正的待遇。

（6）安全生活权。个人有权在健康和安全不受到威胁的状态下生活。

在进行伦理决策时，管理者应避免干涉个人的基本权利。对员工进行监听破坏了个人的隐私权；性骚扰触犯了个人的公正待遇权；而言论自由权对于那些站出来勇敢地揭发公司违法行为的雇员则提供了有力的保护。

4．公平原则

公平原则认为，伦理决策必须建立在公平、公正的基础上。管理伦理中的公平原则有如下三种：

（1）分配公平。即对待不同的人不应该带有个人的偏见，每个人都是平等的，都应该受到相同的待遇。所以当不同的员工以相同的质量完成相同的工作时，他们得到的工作报酬就应该是相同的。但是如果考虑到他们之间其他的投入不相同，比如说责任的差异，在综合计算报酬的时候也应该体现出来。

（2）程序公平。程序公平才能切实保证结果公平。程序公平首先体现在管理规章制度的制定过程，这个过程应该有相关各方人员共同参与、协商制定，以充分体现相关各方利益的公平性。制度应该是明确的和具有连续性的，执行过程也应该公平有效。也就是说，程序公平是一种全过程的程序公平，应贯穿于从规则的出台到规则的贯彻、落实的始终，直到最终确保结果公平的实现。

（3）补偿公平。即如果由于集体或者制度运行的原因无法避免地造成对个人的伤害，个人应该得到相应的补偿。更进一步说，对于个人无法控制的事件，个人不应该承担责任。

【延伸阅读】

关于"以人为本"

近些年来，"以人为本"成为国内包括政府以及各类企事业单位管理中最为常见的口号之一，尤其涉及管理伦理问题或者进行组织文化建设的时候，几乎言必谈"以人为本"。那么"以人为本"究竟是个什么样的管理理念呢，它对于管理而言真的有实际的意义吗？

就"以人为本"思想的起源来看，现在的研究比较一致赞同该词源自《管子》："夫霸王之所始也，以人为本，本理则国固。"它和后来孟子的"民为贵，社稷次之，君为轻"的重民思想，以及晏婴提出的"卑而不失尊，曲而不失正者，以民为本也"的民本思想，同被视为我国传统文化中人本主义的发源和承袭。

讨论以人为本的问题，一定要弄清楚两个问题：首先，什么是"本"。以人为本的"本"可能有如下两种理解，第一，"根本（基本）"，指事物的基础，即事物之所以存在的最重要的支撑；第二，"本钱"，指为了获得某种产出而进行的投入。其次，这个"人"指的是谁。作为一个经济实体的营利性组织，或者说企业，它所面对的"人"，大约有这么几种：出资人、员工、顾客、供应商、中介机构、竞争者、政府、社会公众。

一般的企业对于这个问题的理解，基本上是沿袭中国传统文化中的"以民为本"概念，即以员工为本，因为企业的一切工作，都是由员工去完成的，以员工为本的管理理念，更容易激发起员工的主人翁意识，使得他们不是被动地接受管理，从而从"要我做"变为"我要做"，主动地把自己的工作和命运同企业的绩效、企业的生存与发展联系起来，使管理更富有人情味，因而取得更好的管理效果。

有的企业将以人为本的"人"定义为顾客，宣称企业一切行为以顾客的需要出发，一切为了顾客，一切为顾客服务。

在管理学理论研究中，对"以人为本"的阐释，以周三多在《管理学——原理与方法》（第四版）一书中的论述最具代表性。周三多在该书中的表述为"人本原理就是以人为中心的管理思想"，主要观点包括："职工是企业的主体；职工参与是有效管理的关键；现代管理的核心是使人性得到最完美的发展；管理的根本目的是服务于人。"

【思考问题】

1. 结合伦理决策的准则，谈谈你如何理解"以人为本"的管理理念？
2. 你认为这一理念在组织的管理伦理中有实际的意义吗？理由是什么？

第二节 影响管理伦理的因素

所有管理决策都是由管理者做出，并最终反应或实施于其他人的，因此管理者个人的人格完善程度及其对他人品格或行为的理解、判断和预测会在很大的程度上影响其对于管理伦理方案的选择。在组织管理中，人的因素是非常重要的一个影响因素，它和组织中的价值观、目标和管理制度等共同对于管理者做出决策起着决定和制约作用。所以管理伦理问题既是一个个人问题，也是一个组织问题。伦理问题本身所显示出来的伦理强度也会对于管理者做出决策产生影响。

一、工作者因素

组织中的伦理决策总是同工作者相关的。工作者在工作中必然会体现出自己个人的个性和行为习惯。个人的需求、信仰、教育背景和家庭影响都会对一个管理决策的形成起到非常重要的作用。人的个性特征，如自私的程度、自信心和独立性等都将影响管理者做出理性的伦理决策。

美国道德心理学家、教育家劳伦斯•科尔伯格在 20 世纪 80 年代初提出，个人的道德水平存在着一个发展过程，这个发展过程即学习明辨是非与善恶及实践道德规范的过程。他把这一过程总结为包括三层次六阶段的道德发展阶段模型。其具体内容如表 7-1 所示。

表 7-1 科尔伯格的道德发展阶段模型

道德发展层次	层次特征描述	道德发展阶段	阶段特征描述
层次 1 前惯例期	并没有道德观念，凡事只会着重个人利益和只为满足自己而行事	阶段 1 避罚服从取向	所谓对的，就是绝对服从规则和权威，避免惩罚和造成物质损失
		阶段 2 个人功利取向	所谓对的，就是被他人所赞赏，并因赞赏而取得的相应的利益
层次 2 惯例期	道德观念是以他人的标准作判断，以此作为发展自我道德观念的方向，希望得到别人的认同	阶段 3 寻求认可取向	所谓对的，就是应该扮演一个好角色，关心别人，珍惜别人的感情，与伙伴保持忠诚和信赖，激励遵守规则和期望
		阶段 4 遵守法规取向	所谓对的，就是对社会尽职尽责，恪守社会秩序，维护社会或群体的福利
层次 3 后惯例期	道德观念已超越一般人及社会规范，对自我有所要求	阶段 5 社会法制取向	所谓对的，就是维护基本权利、价值和合法的社会契约，甚至它们与所属群体的具体规则和法律相冲突时也如此
		阶段 6 普遍伦理取向	尽管法律有所限制，不过若因此而无法实践自己的道德观念，纵使犯法也在所不惜，因为那些法律是有违其建立的原意

上述的道德发展阶段模型是经过柯尔伯格及其同事在美国进行 30 年的追踪研究和在世界各地进行的跨文化研究的结果所证明的。这一模型对于管理伦理的理论和实践具有深远的影响和可信的借鉴价值。在前惯例层次，工作者采纳的是自我中心的观点。处于这一层次的个体不考虑他人利益，非常关注外部的奖励和惩罚，为避免出现不利的后果和获取个人利益，他们会服从于权威。从组织的角度来说，那些采用强权和独裁的领导模式，而员工被动地完成工作任务的组织可以归入这个层次；在惯例层次，工作者意识到人所享有的情感、协议和期望高于物质的利益，能设身处地地考虑

问题，承担对他人的责任，意识到制度和秩序的必要性，据以确定角色和规则。对于这个层次的工作者，主要采用鼓励协作的领导模式，激发员工发扬团队精神；后惯例层次，又称为道义层，处于这个层次的工作者采纳了一种超前的社会观——这是一种理性的个体意识到价值和权利优于社会依附和契约的观点，懂得道德本质或懂得尊重人是作为目的而不是手段这一基本道德前提，并依据个人所认可的价值观和行为准则而行动，当法律或规章与其自我价值观或行为准则相悖时，他们服从的是后者而不是前者。自我价值观比其他的伦理标准要重要得多，如果管理者奉行的是这种原则，那他通常会采用富有改造力和实用的管理模式，关注下属的需要，鼓励他人为自己着想，同时用更高的伦理标准来要求自己。员工有权力，也有动力去建设性地参与组织的管理。

研究结果表明，人的道德发展路径是以前后衔接的方式逐次通过 6 个阶段的，而不是跳跃式地前进。并且，不存在道德水平持续发展的保障，发展可能会停止在任何一个阶段上。大部分的成年人（也就是组织所面对的工作者）的道德终极发展水平处于第二个层次，这意味着人们相信，其职责就是承担责任和实现别人对自己的期望。而对于一个管理者来讲，他的道德发展水平达到的阶段越高，他就越倾向于采取符合道德的行为。在美国成人中，约有 20%的人达到了伦理发展的第三个层次。一旦人们达到这个层次，他们就会依据一种独立的伦理准则行事，对组织内或组织外部的人的看法和观点全部予以忽略。

道德发展阶段仅仅从观念判断的层面上衡量了一个人的价值标准，它对于人的行为有着深刻的影响，但是研究者发现，知道什么是对的，并不必然导致相应的行为出现，一种行为的出现，除了价值观的影响外，还受人的个性影响。人的个性有多种表现形式，受不同的因素影响。在管理学里面，通常认为，有两种个性变量影响着人们的行为，这些行为的依据是个人的是非观念。这两种个性变量是自我强度和控制中心。

自我强度是衡量个人自信心强度的一种个性度量。自我强度得分高的人比得分低的人更可能克制冲动，并遵循自己的判断。也就是说，自我强度高的人更可能做他们认为正确的事。我们可以预料自我强度高的管理者比自我强度低的管理者，将在道德判断和道德行为之间表现出更大的一致性，而自我强度低者更可能屈从于各种压力而干一些自己并不认同的事情。

控制中心是衡量人们相信自己掌握自己命运程度的个性特征。具有内在控制中心的人，认为他们控制着自己的命运；而具有外在控制中心的人则认为他们一生中会发生什么事完全取决于运气和社会客观因素。从道德的观点来看，具有外在控制中心的人不大可能对他们行为的后果负个人责任，更可能依赖外部力量。相反，具有内在控制中心的人，则更可能对其行为后果承担责任，并依据自己的内在是非标准来指导自己的行为。具有内在控制中心的管理者将比那些具有外在控制中心的管理者，在道德判断和道德行为之间表现出更大的一致性。

二、组织因素

上一节我们对管理伦理中工作者个人的因素进行了剖析。现在我们再对作为整体的组织，在管理伦理方面的影响因素进行研究。我们认为，组织对其管理伦理方面的影响因素主要来自三个方面：即是组织的目标、组织管理制度以及组织文化。由于组织文化将在后文有专门的章节讨论，在此主要讨论前两个因素。

1. 组织目标

由于对组织的管理是围绕着组织目标的制定和实现的，组织的目标方向为组织管理的其他一切方面定下了基调，所以组织对于管理伦理的影响首先体现在它的目标和使命上面。在本书的第一章我们曾经引用过德鲁克为管理界定的三项任务：

（1）本机构的特殊目的和使命（不论本机构是一个工商企业还是医院或大学）。

（2）使工作富有活力并使职工有成就。

（3）处理本机构对社会的影响和对社会的责任。

此三项任务对于组织来讲有着同等的重要性，偏废了任何一项，都会使组织的发展出现问题。事实上，它揭示的是在现代社会中，组织目标的日益多元化的问题，非营利性组织的目标多元化容易理解，这里重点讨论营利性组织（工商企业）。

对于营利性组织而言，组织的特殊目的和使命首先在于经济上的成就，这是毫无疑问的。问题在于，其他目标任务（比如员工成就和社会责任）与之的关系，到底是独立的还是包含从属的。换句话说，企业制定和达成对员工和社会的责任目标，是否都是为了经济利益服务的？为此，我们需要考察一下企业的动机。

动机产生于未满足的需要。这一论断虽然源自对于人类心理学的研究，但是企业作为由人组成的机构，它不是像机器那样由外部输入指令进行操控，被动地运转的。恰恰相反，企业的行为是能动地，它能自觉地对于环境状况进行分析判断，独立决定自己的行动方向、内容和步骤，并能对自我进行不断调控，更为重要的是，它具备一般物质和机器所不具备的创造性。因此，企业在人们眼中总是被赋予某种人格形象的。就是说，企业的行为像人一样，是以某种"心理"过程为基础的，而"心理"运动过程总会产生需求并不断寻求对需求的满足。

既然如此，我们可以将企业的需要与人的需要一道进行一下对比研究。在现代心理学领域，对于人类动机的研究，比较著名的是马斯洛的需要层次理论。我们发现，马斯洛区分的 5 种需要层次，同样可以对于企业进行映射，对比如表 7-2 所示。

表 7-2 人与企业的需要层次映射

人的需要层次	企业需要层次映射
自我实现	超脱于别人的期望和评价，实现企业或其经营管理者想要达到或追求的理想目标
尊重	受到尊重与否反映出企业的社会力量和价值
归属与爱	企业需要与社会建立感情的联系，需要融入社区或团体，并在其中获得某种地位
安全	企业需要对于经营中的各种风险保持足够的抗拒能力
生理	维持企业运转的基本盈利，保持企业的基本生存

不是所有的人都会具有 5 个层次的需要，这在企业也是适用的。有的企业直到倒闭，也仅仅只是受低级需要的驱使，而有的企业则会表现出更高层次的需要（这个层

次上的差别可能主要跟企业的所有者或管理者的需要层次相关）。不同的企业，对于不同层次的需要的强弱也是不同的，在某种情境之下，会有某种需要居于主导地位。

对企业来说，盈利的需要不仅仅体现在低层次的维持基本生存上，安全、尊重甚至自我实现都可能包含着对盈利的要求（当然，作为较高层次的需要，除盈利之外，必然还有其他的要求。比如受人尊重，除了企业应该在经济上获得成功之外，社会责任、企业创新、企业领导力、国际影响力等都是需要考虑的因素），所以对盈利的追求是企业行为的必然动机，只是如果它是唯一动机的话，那么它只能是低层次的企业。

通过对企业需要层次的分析，我们不难发现，除了盈利之外，企业还应该有能够证明其社会存在的其他目标，这些目标不应该是为了盈利的需要而改头换面地出现的，而是真实的，能够独立发挥对于企业行为的导向作用的。

单一利润目标导向的企业，在面临伦理决策的时候，主要考虑的是经济利益的最大化。比如污染物排放问题，明知道排出去会对环境造成巨大灾难，但是由于污染物排放前的处理要增加企业成本，相应地减少企业利润，单一利润目标导向的企业就会选择眼前一己之私利而不惜破坏环境。但是从长远看，它对于环境的污染破坏了整个社会的利益，大大降低社会对它的好感、信任和尊重，将会有针对该企业的不利舆论不断出现，压力持续加重，该企业终究会受到因其伦理行为所带来的报复性惩罚。

所以，目标的层次在根本上决定了企业的层次，也决定了企业的发展前途。

2. 组织管理制度

组织的目标层次并不会自动按其设计的方式实现其目标，也不会必然保证组织的管理伦理有正确的处理方式。因为我们知道，组织的一切工作都是通过有机的组织机构的设计，进行相应的工作分解落实，并且由承担相应职能的工作者实际执行并完成的。这里面可能出现两种问题从而影响组织的管理伦理：第一，工作者的道德发展阶段就整体而言并不统一均衡。组织的管理伦理可能因部分工作者个人道德水平低下而受到影响。第二，组织的管理制度所形成的价值和行为的导向，可能会偏离它应该的方向。比如说，一家公司确立了以顾客利益为导向的行为准则，制定了一整套的服务标准，但是对于工作人员的考核却全权取决于上级领导，而上级领导对工作者的评判是基于主观好恶的，可以想见，该公司的员工最可能的行为不是根据行为准则的要求做好顾客服务，而是想方设法获得领导个人的好感。因此，对组织来说，组织结构和制度（尤其是行为规范制度和绩效评价及分配制度）的设计方式和执行力度，会在很大的程度上影响组织的管理伦理的表现。

正式的规则和制度可以减少模糊性。职务说明和明文规定的道德准则可以促进行为的一致性。研究不断表明，上级的行为对个人道德或不道德行为具有最强有力的影响。人们注视着管理当局在做什么，并以此作为什么是可接受的和期望于他们的行为的标准。有些绩效评价系统仅集中于成果，但也有一些评价系统既评价结果，也评价手段。在仅以成果评价管理者的地方，则会增加使人们"不择手段"地追求成果指标的压力。与评价系统紧密相关的是报酬的分配方式、奖赏和惩罚越依赖于具体的目标成果，管理者实现那些目标和在道德标准上妥协的压力就越大。此外，时间、竞争、成本和工作的压力越大，管理者就越有可能放弃他们的道德标准。

三、问题强度

影响管理者道德行为的最后一个因素是道德问题本身的强度，它取决于以下六个因素：

（1）某种道德行为对受害者的伤害有多大或对受益者的利益有多大。例如，销售人员对于一家公司的采购负责人以个人友情的名义赠送一些低价值的纪念品，一般来讲并无太大疑义；但是如果馈赠物品的价值金额增加，人们有理由怀疑这些馈赠在收受者做出相关决定的时候会有多大程度受其影响；如果接受馈赠的价值超过一定的限度，则构成了违法，因为这个大额甚至巨额的馈赠成了一宗损公肥私的违法交易当中的一个重要条件。

（2）有多少人认为这种行为是邪恶的（或善良的）。比如，十几年来，中国移动通信行业一直向手机异地用户收取高额的长途加漫游费用，而事实上一个用户到异地拨打或接听电话基本上不产生额外的成本。在世界上大多数国家都不存在漫游费这一收费项目。新华网在 2008 年 1 月 3 日推出关于"如何看待电信部门收取手机漫游费"的调查，一天之内投票的 2600 多名网友中 92.2%的人认为应该取消手机国内漫游费。

（3）行为实际发生并造成实际伤害（或带来实际利益）的可能性有多大。比如一家医院拒绝为无力负担医疗费用的病人进行治疗，如果病人后来自行痊愈了，可能医院不会承受太大的指责。但是如果病人因未能得到及时的救治而死亡，消息经媒体公开以后，该医院肯定会受到社会舆论的强烈谴责。

（4）行为和其预期后果之间的时间间隔有多长。比如，一般的建筑物，其结构寿命标准在 50 年以上，而建筑质量存在问题的则会大大减少其寿命。用了几个月就倒塌的建筑物，与用了 20 年倒塌的建筑物相比较，人们对于前者的谴责会大大地强于后者。

（5）你觉得行为的受害者（或受益者）与你（在社会上、心理上或身体上）挨得多近。一般来讲，挨得越近，对于相关的伦理反应会越强。像上面提到的建筑物质量问题，如果就发生在你所在的城市，甚至于就在你所居住的小区，相比如果是发生在印度或者刚果，你的关注程度是不一样的。

（6）道德行为对有关人员的影响的集中程度如何。例如，安全事故在许多行业内都可能发生，偶发的安全事故一般不会引起人们对于行业的整体质疑，但是一种行业内过于频繁集中的事故就会招致社会对于该行业管理者的强烈谴责。据我国安全监管局统计显示，2003 年，全国煤矿发生伤亡事故 4143 起，死亡 6434 人；2004 年，全国煤矿发生死亡事故 3639 起，死亡 6027 人；2005 年，全国煤矿共发生死亡事故 3341 起，死亡 5986 人；2006 年全国煤矿共发生事故 2945 起，死亡 4746 人……以上事故统计让人触目惊心，中国煤矿被视为最危险的行业之一，煤矿的安全管理问题引起了全社会的高度关注。

根据以上原则，人们所受的伤害越大，或者认为行为是邪恶的舆论越强，或者行为发生并造成实际伤害的可能性越高，或者从行为到后果的间隔时间越短，或者观察者感觉与行为受害者越接近，伦理问题的强度就越大。总的来说，这 6 个要素决定了道德问题的重要性。当一个道德问题对管理者越重要时，我们就越有理由期望管理者采取更道德的行为。

第三节　伦理的管理

一、企业的社会责任

在第一章，我们曾经引用过管理学家德鲁克的观点，认为为了使机构能执行其职能并作出贡献，管理必须完成三项同等重要而又极不相同的任务，其中第三条为：处理本机构对社会的影响和对社会的责任。关于组织的社会责任的问题已经成为组织管理当中的一个绝对不容忽视的问题，它正越来越引起现代社会各类组织管理者的重视。

企业社会责任（Corporate Social Responsibility）的定义，一直以来存在着多种多样说法，到现在也还没有办法进行统一。因此本书把一些主要的定义列入下表，供读者参考：

到目前为止，国际社会对企业社会责任的理解还不统一，国际机构对其定义至少有两百多种，造成这种状况的原因除了大家对企业社会责任的视角、形式的认识不同外，更重要的是企业社会责任的内涵和外延随着社会经济的发展而不断地变化。对于企业是否应该承担额外的社会责任，该承担多少社会责任，一直是一件引起广泛争议的事情。

表 7-3　企业社会责任的不同定义

年份	学者/机构	企业社会责任定义
1953	霍瓦德·R. 博文（Howard R. Bowen）	商人按社会的目标和价值向有关政策靠拢，做出相应的决策，采取理想的具体行动的义务
1963	约瑟夫·M. 麦克格尔（Joseph M. Mcguire）	企业社会责任要领意味着企业不仅仅有经济和法律义务，而且还对社会负有超过这些义务的某些责任
1975	凯思·戴维斯（Keith Davis）和罗伯特·L. 布卢姆斯特朗（Robert L. Blomstrom）	企业社会责任是指决策在谋求企业利益的同时，对保护和增加整个社会福利方面所承担的义务
1976	雷蒙德·鲍尔（Raymond Bauer）	企业社会责任是认真思考公司行为对社会的影响
1987	埃德温·M. 爱泼斯坦（Edwin M. Epstein）	企业社会责任就是要努力使企业决策结果对利益相关者产生有利的而不是有害的影响
1991	斯蒂芬·P. 罗宾斯（Stephen P. Robbins）	企业社会责任是指超过法律和经济要求的、企业为谋求对社会有利的长远目标所承担的责任
1993	哈罗德·孔茨（Harold Koontz）和海因茨·韦里克（Heinz Weihrich）	公司的社会责任就是认真地考虑公司的一举一动对社会的影响
1998	世界可持续发展企业委员会（World business Council for Sustainable Development）	企业社会责任是企业针对社会（既包括股东也包括其他利益相关者）的合乎道德的行为

20 世纪初，美国公司开始出现了公司所有权与控制权分离的情况，企业管理者掌握了公司控制权。由于信息不对称，企业管理者能利用公司控制权去追求股东利益之外的目标。企业管理者行使公司控制权的责任问题引起了美国理论界的广泛重视。哥伦比亚大学法学院教授贝利（Berle，1931）认为：企业管理者掌握公司控制权，只能以股东的利益作为唯一目标，企业管理者是企业股东的受托人，其掌握的公司控制权是原本属于股东拥有的，股东的利益优于企业其他利益关系者的利益。然而哈佛大学法学院教授多德（Dodd，1932）则认为：企业财产的运用是深受公共利益影响的，除股东利益外，企业受到外部的压力，同时承受其他利益相关者的利益；企业管理者应建立对雇员、消费者和广大公民的社会责任观；公司控制权要以实现股东利益和社会利益为目标。贝利与多德关于公司控制权责任争论的焦点在于：公司控制权是以实现股东利益为唯一目的，还是除股东利益之外，还有社会利益。

贝利与多德关于公司控制权责任的论争，最后以贝利的认输而结束，但关于企业社会责任的争论则从未停息，企业社会责任的论争进入经济责任观和社会责任观的论争阶段。

以上争论涉及企业利益相关者的边界问题。利益相关者是指在企业的内部和外部，任何受组织决策和行动影响的个人或组织。这些相关群体与企业息息相关，或受企业影响，或反过来影响企业。利益相关者根据与企业的联系的紧密程度分为第一级和第二级相关者。

第一级利益相关者是与企业发生最直接关系的，包括雇员、股东、投资者、供应商和顾客。没有他们，公司根本就不能存在。他们通过正式的契约形式与企业在市场交易的过程中发生关系，约束着企业的战略和管理者的政策制定。其中，雇员、股东、投资者和供应商的利益是由公司的管理效率来加以保障的，就是说，公司通过对这些利益相关者所提供的资源加以利用，获得利润，然后回报他们。顾客所关注的是质量、价格、安全性、产品和服务的可得性。任何这些重要的利益相关者如果对公司严重不满，公司的生存就会受到威胁。

第二级利益相关者是社会中间接受企业影响的或者直接受企业次级影响的群体，包括政府、社区、行业协会、媒体、社会和政治团体。把他们归为第二级并非表示他们较第一级而言不那么重要，而是表示他们与第一级的利益相关者之间存在着这样的差别：企业与第一级相关者的关系主要是通过市场发生的，而与第二级的关系则是非市场的。

【延伸阅读】

企业社会责任的古典观

哈佛大学教授莱维特（Theodore Levitt，1958）教授认为：企业承担社会责任是一个危险的行为。社会问题让企业来解决，就必须赋予企业更大的权力，企业将逐渐演变为具有支配地位的经济、政治和社会权力中心，这是十分危险的。追求利润是企业的责任；解决社会问题是政府的责任。莱维特进一步（1965）指出：企业承担社会责任是企业参与政治的一种体现。企业参与政治会影响企业的成长性，企业注重了政治，就会轻视了企业产品的品质，就会影响企业的名誉及它在市场上的竞争，使企业陷入严重的困境。

经济学家和诺贝尔奖获得者米尔顿·弗里德曼（Milton Friedman）认为：当经理将组织资源用于"社会产品"时，他们是在削弱市场机制的基础。有人必须为这种资产的再分配付出代价。如果社会责任行为降低了利润和股息，那么股东受损失。如果必须降低工资和福利来支付社会行为，那么雇员受损失。如果用提价来补偿社会行为，那么消费者受损失。如果市场不接受更高的价格，销售额便下降，那么企业也许就不能生存，在这种情况下，组织的全部组成要素都将受损失。弗里德曼进一步指出，当职业管理者追求利润以外的目标时，他们隐含地将自己作为非选举产生的政策制定者。他怀疑企业经理是否具有决定社会应当是什么样的专长。

企业社会责任的社会观

P. 普拉利在其所著的《商业伦理》一书中，认为"在最低水平上，企业必须承担三种责任：（1）对消费者的关心，比如能否满足使用方便，产品安全等要求；（2）对环境的关心；（3）对最低工作条件的关心。""最低的道德要求意味着企业应为公众提供高质量的产品和服务，而不危及基本的公共福利和共同的未来。赚钱与接受一定限度的道德要求是可以结合起来的"。

日本学者金泽良雄（1988）也认为，企业"作为自由经济的承担者，需确立与新时代相适应的社会主体性。企业、产业及地区的各个领域，对经济危机、环境、土地、国民福利问题等许多领域的问题，不能不做出积极的反应"。

卡罗尔（Archie B. Carroll）认为，一个真正对社会负责任的企业要追求利润、遵守法律、重视伦理、广施慈善。

美国普金斯研究所（The Bookings Institution）高级研究员布莱尔（Margaret M. Blair）认为企业管理者的任务在于使企业创造最大化的社会总价值，而不仅是最大化的股东投资回报，他们必须全面考虑企业的决策和行为对企业所有利益相关者的影响。

【思考问题】

对于众说纷纭的企业社会责任观，你更加认可哪一种观点呢？你认为企业应该承担法律和经济要求之外的社会责任吗？原因是什么？如果应该承担社会责任，到底应该承担哪些方面的呢？

对企业社会责任仍存在着诸多争议，每个人对企业社会责任的理解也不尽相同。有学者对于美国较为成功地履行了企业社会责任的企业进行研究，认为它们一般都比较注意处理好以下几种关系：

1. 经济目标与社会目标的关系

企业是一个为利润而营运的经济组织。经济目标是企业的首要目标，经济目标是社会目标的基础，企业如果没有经济条件，就不可能完成社会责任所要求的社会项目，就不能达到企业的社会目标。虽然企业的社会目标有助于企业的经济目标，但企业的社会目标只能促进而不能替代企业的经济目标。

2. 法律要求与社会要求的关系

企业必须遵守法律的要求。在美国，企业的法律体系包括三个部分：第一，公司法律体系，如《公司法典》《商业公司法》；第二，保护利益相关者的法律体系，如《反歧视公约》《同工同酬公约》《最恶劣形式的童工公约》；第三，社会法律体系，如《经济、社会和文化权利公约》《公司权利和政治权利公约》等。企业的法律责任是企业社会责任的基础。企业遵守法律要求是企业承担社会要求的最低要求。企业不去履行法律责任就不可能去履行社会责任。

3. 股东利益与其他利益相关者的关系

企业管理者必须为股东创造尽可能多的利润，因为股东的投资回报是决定股东投资企业的主要因素。然而企业管理者不应把股东作为唯一的利益相关者，而应考虑所有的利益相关者，不能忽视任何一位利益相关者。企业的管理者应增加企业的整体利益，实现所有利益相关者的整体利益，而不是某一位利益相关者的利益。

4. 企业责任与社会责任的关系

企业应积极预防社会责任问题的发生，一旦发生社会责任问题，企业应勇于去承担。企业有责任纠正那些由他们引起的不良的社会影响。例如，20 世纪初生产石棉的美国 Manville 公司，当时有权威科研机构研究表明，长期呼吸石棉纤维，容易使人虚弱，甚至导致癌症、肺病等病症。然而 Manville 公司不去寻求改善员工工作条件的办法，他们认为，给工人更多的补偿比改善安全工作条件费用更低。Manville 公司不负责任的行为最终使其被迫支付 2.6 亿美元的法律诉讼调停费。Manville 公司忽视社会责任，不敢去承担社会责任的做法，最终受到了应有的惩罚。

5. 企业契约与社会契约的关系

企业是一系列契约关系的总和。企业的利益相关者存在着一种复杂的契约关系，履行利益相关者的契约义务是企业的社会责任。企业与社会之间也存在着一种契约关系，企业有义务在企业与社会这一广泛的社会契约中进行详细的解释。社会契约要求企业的行为必须符合社会的期望。社会契约要求企业有责任为社会和经济的改善尽自己的义务。美国经济发展委员会（The Committee for Economic Development）认为："今天我们已经清楚社会和企业之间的契约关系正在不断发生本质的变化，企业被要求比以前承担更多的社会责任，并为更广阔的人类价值服务。"

二、组织伦理问题应对机制

管理人员，尤其是高层管理者有责任在组织中形成一种伦理环境，以实现伦理的制度化方式来促成伦理性决策。管理者应该运用伦理概念并把它们同组织的日常活动结合起来。有学者研究指出，可以采取以下方式来做到这一点：

（1）制定组织伦理准则。伦理准则是表明一个组织基本价值观和它希望雇员遵守的道德规则的正式文件。一方面，道德准则应尽量具体，以向雇员表明他们应以什么精神从事工作；另一方面，道德准则应当足够宽松，从而允许雇员们有判断的自由。要对员工强调声明：对公司的忠诚不等于不当行为或不当行动可获宽恕。孤立地看，道德准则不大可能比公关声明更进一步。它的效果很大程度上取决于管理当局是否持支持态度，以及如何对待违反准则的雇员。当管理当局认为它很重要，经常重复和强调它的内容，并当众谴责违反准则的人时，准则便能为一个有效的道德计划提供强有力的基础。伦理准则当然不仅应用于商业性企业，而且也应对所有组织中的人的行为以及他们日常生活中的行为进行指导。

（2）严格对于员工的甄选。由于个人处于不同的道德发展阶段并拥有不同的个人价值体系和性格，一个组织的雇员甄选过程（包括面试、笔试、背景测试等），应当用来剔除道德上不符合要求的求职者。然而，这并非易事，即使在最好的情况下，是非标准很成问题的人也可能被录用。这是可以预料的，但如果加强其他方面的控制，由此产生的问题也许并不严重。关键在于，通过在甄选过程中对于员工提出的伦理要求，传达组织的伦理准则，从而使得员工在进入组织以后，在工作中会考虑到组织的伦理要求，从而自觉按照这个要求去做。同时，甄选过程则也被视为是了解个人道德发展水平、个人价值准则、自我强度和控制中心的一个机会。

（3）建立综合的绩效评价体系。当绩效评价仅以经济成果为焦点时，任何人都可能为达目的不择手段。一个组织如果想使它的管理者坚持高道德标准，它必须在绩效评价过程中包含这方面的内容。例如，对一位经理的年度评价除了包括他在多大程度上达到了传统的经济指标的评估，还应包括他的决策总的来讲在多大程度上符合组织的道德准则的评估。不用说，如果这位经理在经济指标方面看起来不错，但在道德行为方面得分不高，就应当受到恰当的处罚。

（4）独立的社会审计。一种重要的制止非道德行为的因素是害怕被抓住的心理。按照组织的道德准则评价决策和管理的独立审计，提高了发现非道德行为的可能性。这种审计可以是一种便常性评价，类似财务审计一样；或者是抽查性质的，并不预先通知。一个有效的道德评价计划应包括这两种方式。为了保证正直，审计员应对组织的董事会负责，并直接将审计结果呈交董事会。这不仅给了审计员一个警告，而且减少了那些被审计的组织报复审计员的机会。

（5）正式任命伦理委员会。伦理准则仅仅进行一番书面表述肯定是不够的，对实现伦理制度化有关键作用的，是要任命一个由企业内部和外界的理事组成的伦理委员会。这个委员会的职能可以包括：第一，举行定期会议讨论伦理问题；第二，处理伦理决策的"灰色区"；第三，把准则向组织的全体成员传播沟通；第四，对可能出现的违反准则的行为进行检查；第五，实施准则；第六，奖赏遵守准则者，处罚违反准则者；第七，任命道德咨询员。当雇员面临困境时，他们能够向咨询员寻求指导；第八，不断审议和不断更新准则；第九，把委员会的活动向理事会汇报。

（6）高层管理领导的作用。道德准则要求高层管理以身作则，因为正是高层管理者建立了伦理和文化的基调。在言行方面，他们是表率。当然，他们所做的可能比所说的更为重要。例如，如果高层管理者将公司资源作为己用，扩大他们的费用支出，给予朋友优待，或从事类似的行为，他们等于向全体雇员暗示这些行为是可以接受的。高层管理还可通过他们的奖罚来建立文化基调。选择谁或什么事作为提薪奖赏或晋升的对象，将向雇员传递强有力的信息。以不正当的方法取得重大成果的某位经理，他的提升表明那些不正当的方法是可取的。另一方面，当揭发错误行为时，管理当局不仅必须惩罚做错事的人，而且还要公布事实，让人人看到结果。这就传递了另一条信息："做错事要付出代价，行为不道德不是你的利益所在。"

在管理人员培训计划中列入伦理学的教学内容。越来越多的组织正设立研讨会、专题讨论会和类似的培训项目，尝试改善道德行为。但对这些道德培训项目并非没有争论，主要的争论是道德培训是否是行之有效的。批评者强调，由于人们在年轻时就形成了自己的价值体系，所以教授道德的努力是无意义的。而支持者却指出，一引进研究表明，价值准则可以经过童年后的学习获得。此外，一些证据也增强了他们的信心。这些证据表明，讲授解决道德问题的方法能使道德行为产生实质差别，这种培训提高了个人道德发展水平，即使没有取得任何结果，至少这种道德培训增强了对经营道德问题的意识。

【综合案例】

光荣公司：无知还是有意冒犯[①]

1996 年 5 月初，天津一家日本独资公司——天津光荣软件有限公司接到一套游戏软件的加工任务。这套名为《提督的决断》的软件是日本横滨总公司发来的。

按照设计要求，这套游戏软件表现的是第二次世界大战时德、日、意与同盟国中、英、法、美诸国之间展开陆、海、空全方位大战的情形。其中所有的人物都按照历史人物真实的形象对号入座。让人刺眼的是，日本头号战犯东条英机、山本五十六、冈村宁次都以"将军"、"战将"的身份位列其中，而且在他们的形象之下都有描述他们"战绩"的文字介绍。当然，这其中还有臭名昭著的"大和号"战舰。

在游戏中，日方一旦胜利，以东南亚背景为特征的城市建筑物上随即升起日本的太阳旗，同时全场出现日本军人一片欢呼的场面。而由日本横滨总公司提供的希特勒、隆美尔、希姆莱等德国人物照片，也被要求完全按照照片形象制作到电脑游戏中。

由于发现该软件中大量充斥宣扬、美化日本军国主义的内容，该公司 4 名职员认为有伤民族感情，拒绝制作这套软件，并建议日方经理将其退回日本，但遭到了日方管理人员的反对。他们的举措引起了国内多家媒介的关注和广泛讨论。

其实，这套软件并非第一次出现在中国。它的第一版早在 1995 年就出现在上海的游戏市场上。该年 6 月，上海华东师范大学 3 名大学生看到有人玩这种游戏，便给上海市委写信，希望有关方面引起重视。上海市新闻出版局会同公安局等有关部门进行了认真调查，判定这套游戏软件存在不良倾向，将使不了解第二次世界大战历史的青少年受到错误引导，影响青少年正确历史观的形成。因此，上海市明确批示全面禁查该软件。

接着，在该年 9 月，北京光荣软件公司也接到了类似任务，当时正逢纪念反法西斯战争胜利 50 周年之际，该公司全体员工一致抵制，使该软件退回了日本总公司。

据说，日本光荣公司是一家专以历史为蓝本制作电脑游戏的公司，他们的许多软件已经出现在中国市场上。从表现来看，"光荣公司"事件似乎是该公司内部的事，深究起来却反映了一种极为深刻的问题。日本这家公司对历史的"游戏"与日本国内一些右翼势力修改教科书、否认侵略战争、参拜靖国神社等是一脉相承的。电子游戏软件是一种文化产品，其中包含了很多非商业性因素。像"光荣公司"出现的这种情况，在中国人看来，如果不是因为无知，那就是一种有意的"冒犯"。而我们不禁要

---

① 苏勇，陈小平. 管理伦理学教学案例精选. 上海：复旦大学出版社，2001.

问：一个跨国经营的公司是否应把这种敏感的政治观点渗透到其跨国经营、管理中呢？

任何游戏都有一种"游戏规则"。作为跨国公司而言，遵守基本的商业伦理道德是取信于所在国消费者、打开市场的一张"入场卷"。它不仅能为跨国公司的产品赢得更广泛的市场，也能使跨国公司树立良好的形象，建立长期、稳定的经济关系。事实上，这样的成功范例比比皆是，如可口可乐、麦当劳、摩托罗拉等，在中国都保持着商业经营中最基本的商业伦理道德。为了尊重印度人的风俗、文化、宗教信仰与民族感情，麦当劳甚至放弃了它最拿手的牛肉汉堡包。但有一些国家如日本、韩国的一些企业多次出现丧失基本商业伦理道德的事情，这与这些企业经营管理者缺乏长远眼光、缺乏跨国经营的素质是分不开的。

对于跨国公司的经营者来说，公司经营的目的不是为了用经济手段施加政治影响，而是为了获得更大的经济效益。如果一家公司因不遵守基本的商业伦理道德而遭到一国人民的抵制和反对，那它就是自毁城池。

天津"光荣公司"事件最后也导致了 11 名员工愤然辞职。中国社会各界对他们的举动普遍表示理解、赞赏和支持。许多人士认为，这一事件反映了当今开放环境中，尤其是跨国经营中许多深刻的问题，值得人们深思和反省。

【思考题】

1. 请判断光荣公司的企业价值观。它在文中的行为触及了哪种伦理准则？

2. 就本文所述事件而论，你认为一家公司应该具备什么样的社会责任观？

3. 对于愤然辞职的 11 名员工，结合学习过的影响管理伦理的因素，分析他们做出的选择是基于哪些因素？

【本章要点总结】

学习完本章内容，你应该能够：

1. 定义什么是伦理。

2. 了解人类行为的三个区域划分。

3. 理解管理伦理困境及企业价值观的作用。

4. 伦理决策依据的四个准则。

5. 理解影响管理伦理的各种因素。

6. 了解不同的企业社会责任观。

7. 了解组织实现制度化应对伦理问题可以采取的方式。

第八章 组织文化

宜家的家居文化与企业文化

如果宜家的产品能用简单这两个字来形容的话，那么这家公司的组织结构同样是简单的。宜家家居中国地区总经理龙必成用了"不正式"和"轻松"这样的字眼来形容宜家的管理风格，他坚信，"越接近顾客越有发言权"。

目录营销是宜家家居重要的营销方式，宜家的产品目录册全球发行为1.3亿册，是目前世界上最大的出版物之一。与产品目录册相比，宜家在制定管理手册上似乎没怎么费力气。龙必成总经理谈到宜家的管理时说："我们没有很多纸上的条文，因为条文越多，灵感会越少。"

宜家的组织结构非常简单，除总部外，北京、上海各有店长，然后按产品分成几个部门，设有经理，再有就是销售人员。从上到下不过三四层，是一种典型的扁平化组织结构。龙必成说："在宜家，没有那么多领导。"

表里如一也许是最自然的选择，宜家的产品、宜家的人和宜家的公司都能透露出同一个信息：简单、开放、明快。

去宜家店，除了购物之外，更多的是一种游览和体验，因为宜家的布局、产品摆放都超出了一般商店的范畴，这里给消费者提供了一种轻松的环境，并处处激发人们的灵感和创意。

龙必成认为，购物不是必须的，而应是一种享受。值得注意的是，这句话同样适用于员工如何看待在宜家的工作。

在谈到如何与一些跨国的高科技公司进行人才竞争时，龙必成认为，宜家的工作本身是非常吸引人的，每天接触的都是美好的事物，这是一个好的开始。同时，零售业是一项与人打交道的职业，注重交流，在这方面，每个人都有极大的潜力值得去挖掘。最重要的是，宜家是全球化的公司，在中国公司，有很多不同国籍的员工在一起工作，交流不同的文化并诞生新的文化。中国的员工也有机会到其他国家的宜家公司去学习和工作。

龙必成衡量一个企业是否成功的标准也很简单和有趣，他说："在北京和上海，我们乘坐出租车，几乎每个司机都知道宜家是什么，在什么地方，不用解释和指路，这就是成功的企业，我和我的员工都为此而感到自豪。"

宜家独具特色的文化定位让它在行业中迅速脱颖而出。这也说明，现代管理已经进入了文化管理阶段。

第一节 组织文化的内涵

一、组织文化的概念

文化是一个外来词，在德文中为 kultur，在英文和法文中为 culture，它们都源于拉丁文中的 cultura 一词，原意有耕作、培养、教育、发展、尊重的意思，后来人们就把它引申为个人修养、社会知识、艺术作品和一定时代的社会生活等。在中国古代，"文化"的含义是"人文化成"和"以文教化"，这与西方"文化"一词中的培养、教育、改变之意相吻合。《易经》中有"观乎人文，以化成天下"之说，意思就是要以文化典籍和礼仪道德来教化民众。《辞海》对文化的释义是："从广义来说，指人类社会历史实践过程中所创造的物质财富和精神财富的总和；从狭义来说，指社会的意识形态以及与之相适应的制度和组织结构。"

组织文化作为一种理论提出，是 20 世纪 70 年代末 80 年代初的事情。组织文化管理就是以文化为根本手段进行的管理。在人类管理历史上，采用过各种不同的手段进行管理。中国的儒家以道德、法家以刑法、道家以无为作为根本手段进行管理，西方也采取了多种手段进行管理，有以法律、制度、目标、市场、财务等为根本手段的管理。各种手段在管理的不同阶段上和不同环境中都发生过积极的作用。

第二次世界大战后，日本经济迅速崛起，于是一些管理学家对日本企业的管理进行了研究，发现日本的管理重视人的工作，重视价值观问题。通过进一步研究，发现这样的管理方法背后存在着一个深厚的文化底蕴。从而发现在组织管理方面，文化和价值观比管理组织制度、管理理论和方法更起作用。于是，组织文化被明确地提出来了，并越来越受到各方面的重视。

今天，组织文化作为组织生存与发展必须的管理方式已经在各界达成立共识。有人认为，组织文化是组织的一项资源；有人认为组织文化是组织的一整套制度；有人认为，组织文化是组织制度之外的所有文化现象的总和；也有人把组织文化分为广义和狭义两大类：广义的组织文化通常是指组织的物质文化、制度文化、精神文化、行为文化和环境文化的综合统一。狭义的组织文化，通常是指组织的精神文化，即组织在长期生产经营实践中逐渐形成的组织价值观、理念、愿景、精神、道德、习惯、风尚的综合与统一。

国外的学者对组织文化的定义也不尽相同。威廉·大内认为："一个公司的文化由其传统和风气所构成。此外，文化还包含一个公司的价值观，如进取性、守势、灵活性——即确定活动、意见和行动模式的价值观。"托马斯·彼德斯和小罗伯特·沃特曼指出："所谓公司文化包含为数不多的几个基本原则，这些原则是算数的，必须严肃对待，它们代表了公司存在的意义。"特雷斯·迪尔和阿伦·肯尼迪认为，组织文化由价值观、神话、英雄和象征凝聚而成，这些价值观、神话、英雄和象征对公司的员工具有重大的意义。河野义弘认为，组织文化是组织成员所共有的价值观，共同的观念、意见、决定的方法，以及共同的行为模式之总和。

可见，组织文化通常专指以价值观念为核心的组织价值体系及由此决定的行为方式。这些价值体系和行为方式渗透并体现在组织的一切经营管理活动中，构成组织的精神支柱，形成组织的惯例、传统。它不像产品、设备那样以实物形态呈现在人们面前，独立于人体之外，看得见，摸得着，容易改变。相反，它以一种无形的力量蕴藏于员工的思想和行动之中，又作为一种氛围笼罩着整个组织；它虽不以实物形态存在，却不易改变，组织无时无刻不感受到它的存在。

综合以上各种观点，我们认为组织文化是指组织在长期生产经营过程逐步形成的、为全体员工所认同并遵守的、带有本组织特点的整体价值观念、经营哲学、道德规范、行为准则、管理制度以及员工行为方式与组织对外形象的体现的总和。

二、组织文化的特征

1. 个性与共性的统一

在市场经济条件下，组织是个独立的经济实体。组织文化的产生和发展要和组织自身的生产经营行为相适应。它反映了人们从事组织经济活动的观念和方式。组织文化取决于组织发展的历史，所处的社会、地理、经济及行业环境，自身经营管理的特点，组织全员尤其是组织高级领导人员的素质及价值取向等因素。因此，不同的组织具有不同的文化特点，组织文化具有独特性。不同社会、不同民族、不同地区的不同组织，其文化风格各有不同，即使两个组织在环境、设施设备、管理组织、制度手段上可能十分相近甚至一致，在文化上也会呈现出不同的特色和魅力。就本质上来讲，组织文化是整个社会文化的一部分，是社会文化的一种亚文化。组织作为市场经济和文明社会的产物，其文化中体现着市场经济的一般规律，渗透着人类文明的共同意识，不同组织的文化也具有很多共同性。不仅一个地区、一个行业的组织文化具有相同的地方；一个国家内的组织文化，如美国组织文化、日本组织文化、中国组织文化等由于受各自社会经济发展状况和民族文化的共同影响，也呈现共同性，存在着共有的组织文化模式。文化的真正意义在于文化的特殊性、区别性。共性文化的培育和传播相对容易；而要建设个性文化则相对较难，个性文化一旦形成就会产生巨大感召力和影响力，它是组织文化生命力之所在。

2. 抽象性与具体性相统一

组织文化中的基本经营理念和管理哲学通常是概念性的。优秀的组织文化旨在树立共同的价值观，引导大家追求卓越，追求成效，追求创新。它只给人们提供一种指导思想、一种行为的规则，它不会告诉人们每个问题用什么具体方式和方法去处理，它只会告诉人们应根据什么样的指导思想去处理每个具体问题。因此，它是一种抽象性的概念。但是，组织文化又是由各种具体的观念、习俗、习惯、传统等浓缩、凝结、升华而成。抽象的使命、愿景、宗旨、精神等因素通过各种有形的载体，如人的行为方式、组织的各种规章制度、经营政策、组织生产经营的过程、商品的运动等体现出来。组织员工的每一具体言行都在不同的角度具体体现着组织文化，同时也感受到组织文化的导向、激励和制约作用。在多数情况下，组织文化决定着人们的行为方式，为人们提供行为的动力。人们常常通过有形具体的事物来观察、分析、研究和建立组织内在文化。

3. 强制性与非强制性的统一

组织文化不是强制人们遵守各种硬性的规章制度和纪律，而是强调文化上的"认同"，注重人的自主意识和主动性，通过启发人的自觉意识达到自控和自律。一个组织的价值观、道德观等在为全体员工普遍接受后，会作为一种群体意识融合于员工的精神世界，成为员工自觉遵守的准则。因此，认同了某种文化，这种文化便具有非强制性。当然，非强制性之中也包含有某种"强制性"，即软性约束。对少数人而言，一种主流文化一旦发挥作用，即使他们并未产生认同或达成共识，也同样受这种主流文化的氛围、风俗、习惯等非正式规则的约束。违背这种主流文化的言行是要受到舆论谴责或制度惩罚的。所以威廉大内说，这种文化可以部分地代替发布命令和对工人进行严密监督的专门方法，这样既能提高劳动生产率，又能发展工作中的支持关系。

4. 稳定性与变革性的统一

一种积极的组织文化，尤其是居核心地位的价值观念的形成往往需要很长时间，需要先进人物起楷模作用，需要一些引发事件，需要领导者的耐心倡导和培育等。一旦形成，它就会成为组织发展的灵魂，不会朝令夕改，不会因为组织产品的更新、组织机构的调整和领导者的更换而发生根本性的变化，它会长期在组织中发挥作用。当然，稳定性是相对的，根据组织内外经济条件和社会文化的发展变化，组织文化也应不断地得到调整、完善和升华。尤其是当整个社会处于大变革和大发展、组织制度和内部经营管理发生剧烈变动的时期，组织文化必须也必然通过新旧观念的冲突而发生大的变革，从而适应新的环境、条件和组织目标。"适者生存，优胜劣汰"，组织文化是在不断适应新的环境中得以发展并充满生机和活力的。

三、组织文化的基本功能

组织文化不仅强化了传统管理的一些功能，而且还具有很多传统管理不能完全替代的功能。这些功能主要包括以下几个方面：

1. 凝聚功能

组织文化的凝聚功能，是指当一种组织文化被本组织成员认同之后，达成一种共识，它就会成为一种黏合剂，从各方面把组织成员团结起来，在共同认识的基础上，使组织具有一种巨大的向心力和凝聚力。组织文化的核心部分是组织全部成员共同创造的一种精神文化，它包含的价值观、组织精神、群体意识、道德规范、行为准则等内容，应该说与组织成员的前途和命运、与他们的一言一行息息相关，因而对组织成员形成一种强大的吸引力，使成员在认同本组织文化之后，乐于发挥自己的聪明才智，为组织的发展贡献自己的力量。正如一个民族不可隔断，是有赖于共同的文化、共同的心理等因素一样，组织文化作为全体职工普遍接受的价值观，同样也是凝聚员工的力量。它像一根纽带，把员工个人的追求和组织的追求紧紧联系在一起，像磁石一般，将分散的员工个体力量聚合成团队的整体力量。组织文化与职工间的良性循环，造就出朝气蓬勃、负有使命感的集体，这是组织兴旺发达的力量源泉。组织文化的这种凝聚功能尤其在组织的危难之际和创业、开拓之时更显示出其巨大的力量。

2. 导向功能

组织文化的导向功能，指的是组织文化能对组织整体和组织每个成员的价值取向及行为取向起导向作用，使之符合组织的目标。组织文化的导向方法，与传统管理中单纯强调硬性的纪律或制度有所不同，它强调通过组织文化的塑造来引导组织成员的行为，使人们在一种文化的潜移默化中接受共同的价值观念，自觉地把组织目标与个人目标有机地结合起来。组织文化的导向功能主要表现在对组织成员的思想行为起导向作用，把组织每个职工的思想行为引导到组织所确定的文化态势和组织目标上来。由于组织价值观是赢得了组织多数人的认同的，因此，这种导向功能对多数人来讲是建立在自觉的基础之上的。他们能够自觉地把自己的一言一行与组织价值观经常对照进行检查，纠正偏差，发扬优点，改正缺点，使自己的行为基本符合组织目标的要求。对少数未认同的人来讲，这种导向功能就带有某种"强制"性质。组织的目标、规章制度、传统、风气等迫使他们按照组织整体价值取向行事。

3. 激励功能

组织文化的激励功能是指组织文化通过精神刺激使组织成员从内心产生一种情绪高昂、发愤进取的效应。如何激励职工，激励和提高职工的劳动积极性，是长期以来每一位组织管理者都在思考的一个问题。组织文化理论对此提出了一种新的思路，它通过创造一种群体气氛使员工受到熏陶和感染，激发起高涨的工作热情和高度负责的责任心，进而产生一种甘愿为本组织奉献的精神。因为组织文化特别是组织价值观向人们展示了组织存在的意义和员工工作的价值。人们理解了组织存在的意义和自己工作的意义后，就会产生一种更好的工作的努力倾向，产生更大的工作动力；另外，组织文化把尊重人作为它的中心内容，重在理解人、关心人、尊重人，从各个方面树立员工的主人翁地位。而职工一旦从情感上真正感受到自己的主人翁地位，就会产生强烈的使命感、持久的驱动力，更努力的工作以报效组织。同时，在组织文化的激励下，员工积极工作，将自己的劳动融化到集体事业中去，共同创造和分享组织的荣誉和成果，本身又会得到自我实现，从中受到激励。所以，一种积极的组织文化具有良好的激励功能，能够在组织成员的行为心理中持久地发挥作用，使员工士气步入良性循环轨道，并长期处于最佳状态。

4. 约束功能

组织文化的约束功能指是指一种优秀的组织文化确立之后，对组织每个成员的思想和行为具有约束和规范作用。这种约束力是无形的。它以潜移默化的方式，形成一种群体道德规范和行为准则。如果成员的思想、行为与组织目标、价值观念不一致，某种违背组织文化的言行一经出现，就会受到群体舆论和感情压力的无形约束，就会感到孤独、恐惧，以至于会受到良心的谴责。同时使员工产生自控意识，达到内在的自我约束。组织文化的约束作用与传统管理对员工的约束不同。组织文化建设虽然并不排斥见诸于文字或规章制度的"硬性"约束，但更强调的是不成文的"软约束"，是靠一种传统，一种风气，一种环境来规范员工的行为。组织为了进行正常的生产经营管理，必须制订出一系列的管理制度，但通常它所涉及的方面是有限的，而且一旦形成制度以后就很难再随时修改，因而便很少能顾及人的复杂的实际情况与多种需要，很难焕发出组织成员的积极主动性。因此，组织文化更注重组织管理中的精神、价值、传统等"软性因素"，注重用这些"软因素"来对职工行为进行"软约束"。有时这种不见诸于规章制度的无形的"软约束"比有形的"硬约束"具有更强大、持久和深刻的影响。

5. 辐射功能

组织文化的辐射功能指组织文化不仅对本组织产生影响，而且通过各种形式和渠道在社会上产生巨大的影响。一个组织的文化一旦发展较为成熟，形成较为固定的模式后，就不仅在组织内发挥作用，而且也会通过各种方式对社会产生影响。这种组织文化的辐射作用可以分为两个方面：一是组织形象的辐射作用。一个组织文化建设较好的组织，必然会树立起自己的良好形象，这种良好的组织形象不仅会对该组织的生产经营带来有形和无形的效益，而且也会对组织所在的社区、行业乃至社会的文化产生辐射作用，带动和影响整个地区或行业的文化进步，而且也使该组织的知名度及信誉度大为提高；二是通过组织人员对外交往所产生的辐射作用。组织存在于社会之中，组织人员要与社会上各种人打交道，供销人员要四方奔走，接待人员有各种应酬，即使组织的门卫、电话总机接线员，也会因为其本身的职业特点，和许许多多的人产生直接和间接的联系，在这种情况下，该组织职工言行举止、待人接物，无不反映出本组织的文化特点和质量，会给社会公众留下深刻的印象。优秀的组织文化能够优化组织在公众中的形象。优秀的组织文化不仅能够使组织获得政府的信任和支持，还能够取得合作者的信任和帮助。

四、组织文化的分类

组织文化是一个复杂的开放系统。不同的内外环境会造就不同的组织文化。严格地说，每个组织的成长环境都有差异，因此每个组织的文化特质都不尽一致。但是，当我们对不同的组织文化构成要素和影响要素进行必要的抽象，可以发现很多相近或相同的文化特质，据此就可以对千差万别的组织文化进行大致的分类。

（一）从行业特点分类

1. 强人文化

顾名思义就是强者的文化。它存在于高风险、快反馈的行业。如证券、广告、体育运动及娱乐业等行业。它要求组织成员要有坚强的意志，有承担风险、接受考验的性格，有极强的竞争意识和进取精神，对于成功和挫折的考验都有极大的承受能力。强人文化的突出特征一是崇尚个人明星、个人英雄，二是对机遇特别敏感。强人文化的优点是对高风险的事业和环境有很强的适应性和承受力，不怕失败，敢于决断，面对竞争充满动力。其缺点是追求短期行为和效益，争做个人英雄，公司的价值观必须服从价值观。因而理性不足，非理性有余，成员急躁，急功近利，缺乏思考，思想与行为不成熟。

2. 拼搏与娱乐文化

存在于行业风险很小，但绩效反馈极快的组织。如房地产经纪公司，计算机公司、汽车批发商、大众消费公司等。凡是风险很小、但生产与销售绩效很快就能反映出来的组织，属于这类文化。这类文化的特点是过程具有调整性，并不是一次决定成败，可以通过绩效反馈，作多次调整而追求达到理想的效果。其特征一是行动就是一切，做什么是确定了的，只要努力去做就一定能达到目的；二是崇尚群体的力量，肯定只有群体才能赢得世界；三是着迷有利于群体的刺激性活动，群体的活动充满了踊跃的气氛。这文化对工作和生活都很重视认真、行动迅速，群体协作精神较强，适合于完成工作量大且需反复调整的工作。不足之处是缺乏深层思考和敏感反映的一面，常常使胜利者对自己采取行动的后果不能作长远的预测，使今天的成功成为明天失败的根本原因。

3. 赌博文化

又称之为赌汉文化，往往在风险大、反馈慢的行业中存在。如石油、采矿、航空、航天、原创性新产品开发行业。它表现为决策过程需要反复权衡和深思熟虑，一旦决策作出便坚持到底、强力推进，在没有反馈的情况下也必须坚持到底，就此一搏。其特征一是对于理想、信念坚定不移，认为理想和信仰总有一个合适的成功机会，只要敢于坚持便必定能够成功；二是敬重权威、技术能力、逻辑和条理性，在长时间得不到反馈的情况下，权威的力量和技术能力，成为困难中支持人们的信念和用行动去创造未来的力量；三是以例行的会议为主要仪式，层级关系分明，决策由上而下做出，不能容忍不成熟的行为。这种文化中，人们重视理想和未来，具有极强的风险意识，可能带来高质量产品的开发和高科技的发明。赌博文化适合高风险高收益产生长远后果的组织。但这种文化往往缺乏激情、节奏缓慢、按部就班、容易产生官僚主义。

4. 过程文化

过程文化是一种低风险、慢反馈的文化类型。这类文化一般形成于特别要求注重过程的行业。如学校、制药公司、金融保险业、公共事业公司等。这种文化的核心价值是完善的技术、科学的方法，做到过程和具体细节完全正确。过程文化的特征一是崇尚过程的细致、细节、周到，强调按程序办事。二是使每一件小事都得到认真处理，一个电话、一段新闻记录、一份报告、一份文件都会放在重要位置予以认真对待；三是严格的等级关系，等级关系的变动不仅意味着工作任务、职责、权限的变动，而且体现为一切标志物的变动。过程文化的优点是强调过程的重要性，它养成了文化的细致性、周密性和周到性的性格。但这文化容易导致程式化、保守、因循守旧、繁琐和忘记大局。具有这种文化的组织，一般员工循规蹈矩，严格按程序办事，缺乏创造性，因为收入尚好，流动率较低，组织整个效率低下但却具有相当的稳定性。

（二）按内容特质上分类

1. 目标型组织文化

即以组织的最高目标为核心理念的组织文化类型。具有这类文化的组织，在产品开发、市场营销、内部管理上都追求最高、最强、最佳，力争卓越、创造一流是组织的最高精神境界，是组织的基本经营宗旨和管理哲学。

2. 竞争型组织文化

即以竞争为核心理念的组织文化类型。处于竞争异常激烈行业中的组织，往往注重外部市场环境对组织的影响，经常与竞争对手进行比较，在改进产品和服务上殚精竭虑，拓宽市场面，延长经营半径，扩大市场占有率。这些组织把增强组织的竞争意识和竞争能力作为建设组织文化的重点，从组织精神的表述到组织经营管理的方式方法等，到处都渗透着竞争精神，体现组织追求卓越、赢得优势的价值追求。

3. 创新型组织文化

即以创新为核心理念的组织文化类型。在这种类型的组织文化中蕴涵着强烈的创新意识、变革意识和风险意识，一切从未来着眼，求新求变。一般在高科技组织中这种文化特征表现得比较明显。

4. 务实型组织文化

即以求真务实为核心理念的组织文化类型。在务实成为文化主流的组织中，表现出浓厚的说实话、办实事、重实效、一切唯实、不拘形式、反对浮夸和虚假作风的特征，把工作实绩作为考核一个人的唯一尺度。把组织工作效率和经济效益高低作为衡量各项工作的唯一标准，组织内部从领导到员工都有一种鲜明的诚实性格和脚踏实地的工作作风。

5. 团队型组织文化

即以团队精神为核心理念的组织文化类型。它强调以人为中心，倡导集体主义精神和团结协作精神。其组织行为特征是，一般采用集体决策方式，在工作中强调个人目标与集体目标的一致性，鼓励员工和谐相处、爱厂如家，把精诚团结作为取得经营优势和谋求组织发展的根本。

（三）从发育状态上分类

1. 活力型组织文化

此种类型的组织文化具有活力，挑战精神较为旺盛。新点子源源不断地产生，顾客导向，充分收集外部的信息，自发地产出构想，具有自由豁达的风气；无畏失败，能承受失败；上下级距离短，沟通良好，集思广益；对工作的责任感强。

2. 独裁活力型组织文化

此种类型的文化政策卓越，尊重人性。这种形态多发生在初创期的组织，领导者具有革新取向，全体员工有活力，并且信赖领导。

3. 官僚型组织文化

这种类型的文化固执、谨慎、保守。在信息收集方面，注重理论，内部导向；构想产生是技术导向和领导导向；本位主义强烈，派系思想严重。

4. 僵化型组织文化

这种文化中的成员只做习惯性的事情，崇尚惯例；具有"安全第一"的价值倾向；信息收集内部导向，有创意的建议少。

5. 独裁僵化型组织文化

由于独裁者政策决定不符合环境要求，成员丧失士气，成为僵化的风气；上层有逢迎奉承的人围绕着，成员都仰赖上面，行为平庸，缺乏自我思考。

【延伸阅读】

企业文化的动物世界①

持续成长的公司，尽管战略和运营总在不断适应变化的外部世界，但始终是相对稳定的核心理念在决定其命运。这犹如动物长期形成的秉性——决定了它将怎样直面自然界的挑战。

在自然界，各物种所具有的活动习性是在长期的生存遭遇中形成的，"物竞天择"就意味着只承认"竞争力"。新华信正略钧策管理咨询近期向业界推出的《2007：中国企业长青文化研究报告》，就是这样一份颇有"丛林法则""图腾文化"的中国企业众相图。

---

① 王缨. 节选自《中外管理》2008年3月刊.

该报告的特别之处，是它第一次将挑选出来的 34 家中国优秀企业，依据它们的公司氛围、领导人、管理重心、价值取向等四方面的文化特征，类比动物界生灵的运动特性而呈现出了具有自然崇拜的四种文化：象文化、狼文化、鹰文化、羚羊文化。解读这份报告可以看到，作者是希望通过分析优秀企业的理念及其在经营过程中的渗透和执行，来展现它们成功的文化轨迹和性格魅力。

在这个"动物世界"里，展现了不同的文化气质。

象文化——人本型企业文化。中国企业里表现了这样的特征：企业的工作环境是友好的，领导者的形象犹如一位导师，企业的管理重心在于强调"以人为本"，企业的成功则意味着人力资源获得了充分重视和开发。报告对这类企业文化的代表提供了 10 家企业，它们是万科、青啤、长虹、海信、远东、雅戈尔、红塔、格兰仕、三九和波司登。

狼文化——活力型企业文化。狼群中有着强烈的危机感，它们生性敏捷而具备攻击性，重视团队作战并能持之以恒。狼性精神，是一种强者精神。报告认为在狼文化特征的企业里，充满活力，有着富于创造性的工作环境；领导者往往以革新者和敢于冒险的形象出现；企业最为看重的是在行业的领先位置；而企业的成功就在于能获取独特的产品和服务。华为、国美、格力、娃哈哈、李宁、比亚迪、复星、吉利，都是中国企业狼文化的典型代表。

鹰文化——市场型企业文化。具有鹰文化的企业氛围是结果导向型的组织，领导以推动者和出奇制胜的竞争者形象出现，企业靠强调胜出来凝聚员工，企业的成功也就意味着高市场份额和拥有市场领先地位。这类公司以联想、伊利、TCL、平安、光明、春兰、喜之郎、小天鹅、雨润、思念等公司为代表

羚羊文化——稳健型企业文化。羚羊的品性是在温和中见敏捷，能快速反应但绝不失稳健。这类文化的代表性企业有如海尔、中兴、苏宁、美的、汇源、燕啤等企业。由于以追求稳健发展为最大特征，因此这类企业的工作环境规范；企业靠规则凝聚员工；企业强调运营的有效性加稳定性；企业的成功是凭借可靠的服务、良好的运行和低成本。

当然，并非一个企业在归为某类文化时就不具有其他文化的因素，同时，基业长青是所有企业的终极梦想，但正是最为突出的文化性格对它的生命延续产生了重大影响。而持续成长的公司，尽管它们的战略和运营总在不断调整以适应变化的外部世界，但始终是相对稳定的核心理念在决定其命运。这就犹如某种动物长期形成的秉性——决定了它将怎样直面自然界的挑战

第二节 组织文化的结构

结构是系统内部各组成部分的排列组合方式。一般认为组织文化由四个部分组成，分别是物质文化、行为文化、制度文化和精神文化。其中，精神文化处于核心位置，它从根本上决定了其他文化的具体内容和表现形式

一、精神文化

深层的精神文化是现代组织文化的核心层，指组织在生产经营中形成的独具本组织特征的意识形态和文化观念。它主要包括组织精神、组织伦理、价值观念、组织目标等。

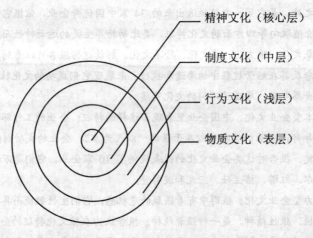

精神文化（核心层）

制度文化（中层）

行为文化（浅层）

物质文化（表层）

图 8-1　组织文化的结构

1. 组织精神

组织精神是组织群体在长期生产经营中形成的一种信念和不懈追求，是某一特定组织基于自身具有的性质、任务、宗旨、时代要求和发展方向，为使组织获得更大发展，经过长期精心培育而逐步形成的，它是组织价值观体系的外化，它用简洁明了的语言，表现出组织在一切行为和一切观念中的主导意识，体现了组织的价值取向。组织精神作为组织神圣不可改变的信念，必须成为组织每一个员工的行动指南。一个组织的力量来自全体员工的力量，要把这些不同年龄、不同性格、不同心态甚至不同民族、不同国籍的人维系在一起，只有靠倡导一种共同的组织信念或组织精神。这种共同的组织信念或组织精神，将引导组织全体员工走向一个共同的目标。

2. 价值观

组织价值观是一个组织的员工在长期生产经营实践中形成的对本组织生产经营行为、职工的工作行为及组织的公众形象等总的看法，是一个长期形成的较全面的价值观念体系，它表现为一种较稳定的心理定势和文化积淀。它是职工对某事或某项行为的一种深层的认定，而不是一种浅表的或一时一事的好恶。它是组织职工根据自身的文化背景，例如所受教育的种类和程度，自己的信仰、为人处世的准则，以及对组织领导风格、经营行为的领会和感悟后加以综合而形成的一种观念体系，是一种组织群体人格的人生价值追求。它与组织精神互为表里，构成组织文化核心。组织价值观可谓是组织精神的内核和底蕴，而组织精神则是组织价值观的一种表现形态。

3. 伦理道德

组织的伦理道德是用以调整组织内部以及组织与社会各种关系的行为规范的总和。组织是一个小社会，存在着组织与员工、员工与员工、员工与管理者、组织与社会等等多方面的复杂的社会关系。正确处理和协调好这些关系，促进组织的健康发展，就必须有相应的行为规则。组织伦理道德融入了社会伦理道德的基本精神和要求。它主要通过组织的管理者、经营者及普通员工的道德水平和道德素质、组织的服务行为、组织经营的商品、组织内外部的人际关系等方面体现。

组织伦理道德大多数通过有关的"守则""准则""条例""制度"以及其他各项

规章固定下来，从而使组织伦理道德具有更大的约束力。但组织伦理道德与规章制度存在着功能上的区别。前者要求组织员工"应该怎样做"，但不是靠强制来实现的，后者的要求是"必须这样做"，它是一种对禁止性后果的确认，是靠强制力量实现的。

二、制度文化

制度文化是具有本组织文化特色的各种规章制度、道德规范和职工行为准则的总称。它是一种强制性的文化。

任何一个群体都必须有一定的行为准则。员工的思想水平、价值观念、道德标准及性格爱好、行为方式各不相同，所有这些都影响着员工对组织、对工作的态度，从而影响着员工的工作效率和整个组织的经营绩效。因此，建立组织制度的目的在于协调生产、规范组织活动及员工行为，以提高组织工作效率。

制度文化在组织文化建设中起着一种保证组织文化风格的作用，一个组织的经营宗旨、管理风格、目标追求都需要制度来加以保证，而从众多制度的背后，可以找出该组织的文化风格。

制度突出特点是强制性，营造组织制度氛围就是制定并贯彻组织各项规章制度，强化组织成员的行为规范，引导和教育员工树立组织所倡导的统一的价值观念，使员工顾全大局，自觉地服从于组织的整体利益。组织的规章制度主要包括组织的领导制度、人事制度、劳动制度和奖惩制度。

组织的领导制度规定着组织领导结构、领导者的权限、责任及具体的实施方式，是组织的基本制度。它不仅受到生产力的影响和文化的制约，还受到政治体制的影响。不同的组织领导体制，反映着不同的组织的文化。现代组织实行分权管理制，组织的领导权在董事会、经理和监事会三者之间分配，三者之间权责分明、权利制衡，有效地贯彻了民主集中制原则，避免由于权力过分集中造成的决策失误，使领导更加科学化。

人事制度包括用工制度和晋升制度，它关系到组织人力资源的充足程度、使用效率、员工的素质和组织内部的人际关系。是组织的重要制度之一。现代组织非常重视人力资源，认为组织之间的竞争主要集中在人才之间的竞争。因此，人事制度是否合理直接关系到组织在社会上的竞争力，是组织成功的重要影响因素。

劳动制度包括组织的安全管理、劳动时间和劳动纪律，它是组织生产顺利进行的必要保证。

奖惩制度是员工的行为导向，通过奖励和惩罚向员工明确表明组织所倡导和禁止的东西，以此规范组织员工的行为。

制度的内容必须具有合法性、统一性和准确性。既要适应整个社会文化的大环境，适应组织职工的心态，又要考虑本组织的文化特点。不同制度之间要协调统一，表达准确、清晰。

三、行为文化

组织的行为文化是指组织员工在生产经营、学习娱乐中产生的活动文化。它包括组织经营、教育宣传、人际关系、文娱体育活动中产生的文化现象。它是组织经营作风、精神面貌、人际关系的动态体现，也折射出组织精神和组织的价值观。

组织员工是组织的主体，组织员工的群体行为决定组织整体的精神风貌和组织文明的程度。因此，组织员工的群体行为的塑造是组织文化建设的重要组成部分。

行为文化对员工行为的导向和制约作用，主要是通过行为规范来体现的。所谓行为规范，是指一个组织通过内部文化的长期影响和熏陶，加上领导者的有意倡导和长期培育，而形成的一种不见诸于文字，更非硬性规定，但却对行为有一定约束力的准则。这种准则不是从外部来约束人的行为，也不是通过一定的奖惩制度保证来约束人们的行为，而是主要通过观念的作用，来引导人们自觉地意识到哪些行为是好的，哪些是不好的；哪些是对的，哪些是错的。从而自觉地对自己的行为加以制约和调整，并通过个人良好行为来进一步建设优秀的组织文化。

行为规范对员工的约束作用，与组织制度对员工行为的制约是不同的。规章制度对员工行为的制约往往是就大的、原则性方面而言，如果违反了，就会给组织造成损害，就不能成为一名合格的员工，而且要受到一定的惩罚。而行为规范是从观念上来对员工施加影响的"软约束"，员工遵守了规章制度，可以成为组织的一名合格员工，但也仅仅就是合格而已，还不能成为一名优秀员工。要想成为一名优秀员工，除了很好地遵守规章制度以外，还需自觉地遵守组织的行为规范，以更好地提高自身素质，维护组织形象。

四、物质文化

物质文化是组织员工创造的产品和各种物质设施等所构成的器物文化。它是一种以物质为形态的表层组织文化，它将组织所创造的文化品位、文化理念通过物质设施和产品表达出来，以其直观形象被更多的人所感知。

物质文化的载体是物质文化赖以存在和发挥作用的物化形态。物质文化的载体主要有：

1. 组织容貌（包括被人工改造过的自然环境）

这是组织文明的一种标志和象征。从厂房的建筑造型、色彩装饰到利用空间的结构布局，从环境整洁到各种物品安排是否井然有序，都能反映出一个组织的管理水平和风格，体现了组织文化个体性的特点。

2. 劳动环境的优化

这不仅能提高生产效率、保证劳动安全，而且还能相应的提高工人的劳动兴趣，激发员工对组织的忠诚感、义务感和责任感。

3. 生活娱乐设施

包括文娱场所、体育设施、图书馆、职工学校等。美化生活娱乐环境，能使职工感到组织这个大家庭的和谐、温暖，增强组织凝聚力。组织产品中的文化价值和文化作用，是现代产品观的重要部分，它透过一般认为的产品物质功能和使用价值，着重于产品中所包含的文化价值和文化影响。这些文化价值和文化影响貌似无形，但却实实在在影响到产品的声誉和销路。

4. 组织的产品

组织不仅通过有目的的具体劳动，把意识中的许多表象变为具有实际效用的物品，更重要的是在这一过程中，不时地按照一种文化心理来塑造自己的产品，使产品的使用价值从一开始就蕴含着一定的文化价值。组织生产的产品和提供的服务是组织生产的经营成果，它是组织物质文化的首要内容。组织文化范畴所说的产品文化包含有三层内容：产品的整体形象，产品的质量文化，产品设计中的物化因素。

组织文化的结构不是静止的，它们之间存在着相互的联系和作用。

首先，精神层决定了行为层、制度层和物质层。精神层是组织文化中相对稳定的层次，它的形成是受社会、政治、经济、文化以及本组织的实际情况、组织管理理论等的影响。精神层一经形成，就处于比较稳定的状态。精神层是组织文化的决定因素，有什么样的精神层就有什么样的物质层。

其次，制度层是精神层、物质层和行为层的中介。精神层直接影响制度层，并通过制度层影响物质层。基于领导者和员工的组织哲学、价值观念、道德规范等，使他们制定或形成一系列的规章制度、行为准则来实现他们的目的，来体现他们特有的精神层的内容。在推行或实施这些规章制度和行为准则的过程中，从而形成独特的物质层，并以特有的价值取向和精神反映在其行为中。制度层的中介作用，使得许多卓越的组织都非常重视制度层的建设，使它成为本组织的重要特色。

第三，物质层和制度层是精神层的体现，精神层虽然决定着物质层、制度层和行为层，但精神层具有隐性的特征，它隐藏在显性内容的后面，它必须通过一定的表现形式来体现。它们的精神活动也必须付诸实践。因此，组织文化的物质层和行为层就是精神层的体现和实践。物质层和制度层以其外在的形式体现了组织文化的水平、规模和内容。因此，当我们看到一个组织的工作环境、文化设施、规章制度，就可以想象出该组织的文化精髓。

组织文化的物质层、制度层、行为层和精神层是密不可分的，它们相互影响、相互作用，共同构成组织文化的完整体系。其中，组织的精神层是最根本的，它决定着组织文化的其他三个方面。

第三节　组织文化的建设

建设组织文化是一项复杂而艰巨的系统工程，一种优秀的组织文化的构建不像制定一项制度、提一个宣传口号那样简单，它需要组织有意识、有目的、有组织地进行长期的总结、提炼、倡导和强化。因此，在建设组织文化的过程中，必须根据组织文化发展规律的要求，按照科学的程序和原则办事，克服主观盲目性，增强自觉性。

从组织文化的理论出发，根据当前我国组织的现实状况，组织文化建设可按下列几个步骤进行：

1. 调查研究

组织文化建设的主体是组织成员。而每一个组织由于历史、行业、地区等各种因素，其成员的构成状况也不尽相同，摸清组织成员的队伍构成、文化状况、心理状态、基本特点，是建设组织文化的必要前提，所以，建设组织文化，应首先搞好调查研究，把握组织现有的文化状况及影响组织文化的各种因素，为组织文化的定格做好准备。唯有如此，方能在以后的一些步骤中做到心中有数，有的放矢。

2. 总体规划

总体规划可增强创立组织文化工作的计划性，有助于明确创立组织文化的目的性，增强创立组织文化的有效性。总体规划的基本内容：提出创立组织文化的目标、宗旨及其意义，从宏观上提出物化发展的走向，给本组织文化定位；提出准确的物化价值观；依据组织的个性特色，以组织价值观为中心，提出组织精神、组织哲学、文化信念等精神文化目标；结合经营战略目标，明确物质文化要达到的目标；提出切实可行的行为文化方案；对组织原文化给予客观公正评价，提出要继承的传统。

3. 定格设计

组织文化的定格设计，即在分析总结组织现有文化状况的基础上，充分考虑到组织属性、组织领导者的个人修养和风范、员工素质及其需求特点、组织的优良传统及其成功经验、组织现有文化理念及其适应性、组织面临的主要矛盾和所处地区环境等因素的影响，用确切的文字语言，把肯定的组织价值观念表述出来，成为固定的理念体系。

一般由组织领导者进行组织，广泛发动群众，自上而下、自下而上地反复酝酿、讨论，组织文化专家帮助进行提炼概括，然后经组织领导者和组织员工共同确认，最后确定下来。

4. 员工认同

为了增强职工的组织意识，要确定组织的目标，明确组织每个成员为实现目标应遵循的行为准则和权利义务。要巩固无形的组织价值观念，必须寓无形于有形之中，把它渗透到组织的每一项规章制度、政策及工作规范、标准和要求当中，体现在各种活动和礼仪之中，使员工从事每一项工作、参与每一项活动都能够感受到组织文化在其中的引导和控制作用。此外，还应加强精神灌输和舆论宣传。如制作厂徽、厂旗、厂服，创作厂歌让大家歌唱，创办组织文化宣传刊物，开展组织文化的理论研究和旨在宣传组织文化的活动，使组织形成浓厚的舆论氛围。从各个方面增强职工的集体意识，让员工潜移默化地接受新的价值观，并逐渐用以指导自己的行为。

5. 领导垂范

组织领导者的模范行为是一种无声的号召，对组织文化的形成有着直接影响。组织领导的言行会对职工产生强大的示范效应，从而影响组织文化建设。组织领导者应该以身作则、积极倡导。工作实践中要积极宣传、示范，身体力行，让员工看到组织提倡什么、反对什么，以及应以什么样的准则和规范从事工作。如果领导者不去倡导和身体力行，组织文化在员工中就得不到强化，久而久之，只能流于形式，陷入空谈，经过精心设计的先进文化也会逐渐恢复到原有的落后状态中去。

6. 树立英雄人物

英雄人物是组织文化的精髓，可以作为一种活的样板，以生动具体的形象体现本组织文化的精髓，把抽象的精神层面的文化内涵形象化，对组织文化的成型和强化起着极为有效的作用。英雄们是一种象征，是员工们心目中有形的精神支柱。每逢组织发展的关键时刻，员工们便会注视着英雄人物的言行，以此来决定自己的行为导向。组织的英雄人物数量不宜太多，也不宜经常更换，对英雄人物的选择要坚持高标准，他不仅要有劳动模范那样对工作的献身精神，还要能在自己的言行中体现出组织的价值观念。

7. 完善文化网络

组织文化建设的实践证明，文化网络能够传递大量的信息，在一种文化的形成中往往起着正式组织所无法替代但又必不可少的作用。在组织文化的建设中，要重视各种非正式组织和团体的作用，如切实抓好各种协会、联谊会、兴趣小组等，使之能起到交流信息、提高素质、密切关系、寓教于乐的作用。除此之外，还要善于发现和引导某种特定的文化网络。如同乡关系、同学关系、师徒关系等，利用这些方面来传播对组织发展有益的信息，促进组织的稳定和发展。

8. 完善提高

组织文化定格并在实践中得到巩固以后，尽管其核心的和有特色的内容不易改变，但随着组织经营管理实践的发展、内外环境的改变，组织文化还是需要不断充实、完善和发展。组织领导者要依靠群众，积极推进组织文化建设，及时吸收社会文化和外来文化中的精华，剔除本组织文化中沉淀的消极成分，不断对现有文化进行提炼、升华和提高，从而更好地适应组织变革与发展的需要。

组织文化的完善提高，既是组织文化建设一个过程的结束，又是下一个过程的开始，是一个承上启下的阶段。组织文化建设与组织文化的演变规律相适应，是一个不断积累、传播、冲突、选择、整合、变革的过程，循环往复，永无休止。组织文化建设不是经过一两次循环就能完成的，它与组织文化的运动相适应，是没有止境的。

【延伸阅读】

惯性的挑战①

企业文化建设就是对企业文化的"稳定性"实施变革。而恰是"稳定性文化"阻碍了企业的管理变革。

任何一家企业都希望自身的发展过程始终是兴旺发达、基业长青的，但是，企业无时无刻不在面临着挑战，而所有的挑战都来自于外部市场环境的变化。

因此，管理变革就成为企业不得不随时面对的任务与课题。

但是，许多企业的管理变革又极难显现效果，甚至推进变革步骤都非常困难。这是为什么，又该如何应对呢？

这其中很重要的原因，就在于不少企业领导者还不太清楚：管理变革是需要建立在对企业文化的变革这一基础上的；而文化的变革，则会受到企业文化特质中的"稳定性"影响。实际上，企业文化的稳定性是企业管理变革实施过程中的一大障碍。

一个企业长期历史形成的、逐步被全体员工接受的共同价值观与行为模式的文化形态，有其非常强的稳定性，这种稳定性是企业大多数员工的心理惯性、思维惯性和行为习惯导致的。因此，任

---

① 宝山. 节选自《中外管理》2007 年 10 月刊.

何管理变革首先要考虑的就是这种企业文化的稳定性,并与其进行不懈的斗争。

有一个小故事说:从前,有一位勇猛的将军,他年轻的时候特别喜欢饮宴,每次都喝得酩酊大醉,一边东摇西晃,一边同女人调笑。他总是到离家有一段距离的一个村子里享受放荡生活,通常一周光顾一次。他的青春年华就这样一天天地虚度,武艺也渐渐荒废了。终于,有一天早上,将军的母亲狠狠地训斥了他一顿,责怪他不该像一个花花公子那样无所事事。母亲情真意切的话令他猛醒,他感到惭愧万分,向母亲发誓再也不去那个村子了。从此,他拼命训练,立志向善,渐渐成为一个品行优秀的人。一天傍晚,在进行了整日的野外训练后,将军又累又乏,伏在他的爱驹上睡着了。马儿本来应该驮他回家,但这天恰好是周末,也就是以前他去那个村子游乐的时间。受过主人良好调教的马竟一路带他往从前的乐土去了。当将军醒来时,他发现自己违背了对母亲的誓言,又到了他不该到的地方,他忍不住掉下泪来。他凝视着自己的马,经过长久的沉默,他终于拔出剑来,杀死了它。

变革是艰难的。无论一场变革可能为你带来多大的好处,它都会使你失去一些古老的、你所熟悉的、让你感到舒服的东西。其中最不容易做到的就是对旧习惯的根除,因为旧习惯是有很强的稳定性的。人的行为习惯如此,企业的行为习惯也如此,业已形成的企业文化的稳定性就更是如此。企业的领导者必须清楚:改变人们的行为是一个巨大的挑战,改变企业文化的稳定性同样是一个巨大的挑战。

【综合案例】

TCL 企业文化新说[①]

TCL 集团经过十多年的发展,在改革开放的有利环境中,依靠人的敬业奉献和不懈努力,从无到有、从小到大,在完全没有国家资本金投入的情况下,跻身中国最大的十家电子企业行列,创造了一个民族企业高速成长的神话。但 TCL 也很清楚地认识到:目前企业正处在一个发展的关键时期,企业面对的是一个日益开放和竞争日趋激烈的市场,在全球经济一体化的大趋势下,面对国外企业的直接竞争,企业现状和外部经济环境已发生了巨大变化,以往促使成功的各种因素,并不足以保证今后能继续获得成功。只有锐意变革、创新进取,提高经营管理水平,改革经营体制,整合企业文化,才能建立和保持企业的竞争优势,进而把建设成为真正有能力参与国际竞争的大型企业。

TCL 集团是由一个小型地方国有企业发展起来的,目前虽然已经发展到比较大的规模,但与国外企业相比,TCL 的整体基础还是比较薄弱的,企业还有许多和现代企业管理体制及市场经济机制不相适应的地方。为此,集团公司提出二次创业,确立了具体的目标和任务,并在许多方面取得了明显进展,完成了部分企业的体制改革,开发了新技术和新产品,实施了综合经营战略,在更新经营观念、建立新的经营机制以及企业文化建设方面,也正在有条不紊地推进。

在市场方面,公司从计划经济过渡到市场经济,已形成了买方市场,但是近年来市场有效需求的增长正在下降。据国内贸易部提供的资料,我国消费市场高速增长一直是带动我国经济增长的主要动力,但消费市场增长率逐年下降。过去由高速增长的市场带动起来的经济增长格局已发生变化,大部分消费品供过于求,造成许多产品领域过度竞争,像彩电、VCD 等,都面对供过于求的过度竞争市场,这势必将淘汰一部分企业,而且这种淘汰的趋势正在加快,市场竞争更趋激烈。

在竞争对手方面,早期中小规模、经营管理不善、产品落后、营销能力不强的企业已逐步被淘

---

① 中国人力资源开发网 www.chinahrd.net/zhi.sk/jt.page.asp?articleid=71739

汰，现在面临的主要对手有三类：第一类是原来基础好、经营机制转换比较早的大型国有控股企业，如联想、方正、长虹、海尔、康佳、海信等；第二类是近年来由新的经营机制发展起来的民营或混合型经济企业，如华为、创维、厦华、步步高、爱多、侨兴等；第三类是跨国公司在华所设企业，如索尼、东芝、松下、贝尔、LG、飞利浦等。与这些国际跨国企业和已完成经营机制转换的国内大型企业相比，在企业综合实力、经营管理水平、技术开发能力等方面并没有优势。在经营机制、营销战略、应变能力、经营成本等方面，与民营、混合型经济企业相比，也没有多少优势可言。

另外，市场竞争也对企业提出了更高的要求。在以往，企业凭借自己某些方面的优势，就能争得一席之地。1993年TCL上彩电项目时，在技术、生产方面并无优势可言，只是将市场的优势和经营体制的优势比较好地发挥起来，然后再逐步在很短的时加强产品开发和生产能力，使得TCL在很短的时间内崛起。但若在今天的市场环境下，按这种方式搞同样一个新项目，几乎是不可能的，因为企业所面临的对手与市场已发生了变化。现在，企业要在市场竞争中生存发展就必须具备综合优势，必须适应经济发展和市场竞争的要求，不断提高经营管理水平和竞争力。

正是因为这种严酷的竞争现实，一大批曾经辉煌的中国企业现已陷入困境。北京一家杂志社做了一个调查，中国首届100名优秀企业家所代表的企业，十年后存活下来的只有15%左右。究其原因，其中重要的一点是这些企业未能适应市场不断变化发展的要求，在经营管理上缺乏变革创新，从而在竞争中逐步丧失了自己的优势。国际知名企业微软公司总裁有句名言："我的企业离破产只有12个月。"他的意思是说，如果企业无法不断地创新进步，也许一年后就不复存在。一个在国际信息业独执牛耳的企业尚且有这种危机意识，何况一个正在成长的企业？更应不断地给自己敲响警钟，在企业内部建立一种危机忧患意识。

因此，进行经营变革以提高竞争力，这是关系企业生存发展的大问题。正是基于以上考虑，在危机忧患意识的驱动下，全面开展了企业经营变革和管理创新活动，要为自身争取更大的生存和发展空间。

公司领导认为，企业文化是企业领导和员工共同遵循的价值观。企业文化应该是全体员工思想观念的提升概括，而不完全是一种从上到下的灌输。经营变革、管理创新的过程，就是企业经营理念的实践和传播过程。经营变革、管理创新一方面要对企业过去成功的经营思想、观念、方法、体制等进行回顾和总结，使之更广泛地为企业员工理解和接受；另一方面则应根据企业的发展目标和发展战略，积极主动地改善不足之处，提高经营管理水平，更新经营观念，建立更有效率的组织结构，以获得更大的成功。同时，全体员工在向企业发展目标共同努力的过程中，逐步达成对共同的价值观和共同的行为准则的共识，从而形成能保障企业实现"创中国名牌、建一流企业"目标的企业文化体系。

TCL创业初期提出"廉洁奉公、思想统一、雷厉风行、富有成效"的企业口号。1993年初提出"团结开拓、艰苦拼搏"的企业精神，并为企业精神作了明确定义。TCL之所以能够实现高速增长，其中的重要原因，就是全体员工特别是管理干部，能将企业精神贯彻到工作实践中去。这些企业精神，是TCL宝贵的精神财富，也是保证事业继续发展的思想基础。企业的明天是昨天和今天的继续。TCL十分看重企业文化建设，把最能推动发展的思想、观念、精神、作风进行总结、提升，使之规范化、系统化，并广泛地为全体TCL人理解、接受，并成为其自觉行为。

为了企业下一步求得更大的发展，TCL重新确定了企业的核心价值观，并系统表述为：

企业经营目标：创中国名牌，建一流企业。

经营宗旨：为顾客创造价值，为员工创造机会，为社会创造效益。

企业精神：敬业，团队，创新。

TCL 的目标是"创中国名牌"，就是要创立一个驰名全球市场的中国名牌。"建一流企业"，就是要建设一个具有国际竞争力的综合企业。一流企业的标准具有两方面的含义：一个是综合型企业，另一个是具有国际竞争力。

TCL 的企业宗旨是"为顾客创造价值，为员工创造机会，为社会创造效益"。其中"为顾客创造价值"是 TCL 经营理念的重大进步，它改变了企业以利润为中心的管理观念，明确企业最重要的工作目标就是用高质量的产品、全方位的服务满足社会广大顾客的需求，通过卓有成效的工作，让更多的顾客认同 TCL 产品和服务的价值。这就要求员工在生产经营的每一个环节，都必须把顾客的需求、市场的需求放在第一位，扎扎实实地做好每一项工作。

为员工创造机会。企业是员工生存和实现自我价值的载体，企业有责任满足员工在精神上和物质上的要求，有责任为员工的发展、实现自我价值创造条件。为此，TCL 建立起一个科学、公平的员工考核和价值评价体系，建立起员工教育和培训制度以及合理的薪酬和福利制度，使员工在企业能获得更好的成长和发展机会，实现自己的事业追求，同时也获得合理的回报和得到生活福利保障。

为社会创造效益。企业生存和发展的过程，客观上也是为社会创造效益的过程。是国有控股企业，企业所创造的效益在更大程度上是为社会创造效益，是为国家经济的振兴、为民族工业的发展尽力尽责，这是所有员工的使命。

TCL 倡导的企业精神是"敬业、团队、创新"，这是"团结开拓、艰苦拼搏"企业精神的延续和升华。

"敬业"是鼓励为事业而献身的精神，这种敬业实质上是 TCL 过去"艰苦拼搏"精神的延续。追求更高的工作目标，勇于承担工作责任，掌握更好的工作技能，培养踏踏实实和精益求精的工作作风。这种精神是以往成功的一个非常重要的因素，也是保障今后继续成功的基础。

"团队"是要求企业内部要有协作和配合的精神，营造企业和谐健康的工作环境，员工不但要对自己的工作负责，同时也对集体的工作负责，对整个企业负责，提倡员工间互相鼓励、互相关心和帮助。"团队"精神包含了团结的内涵，但比团结的表述更为系统，更有积极的意义。

"创新"精神一直是 TCL 高速发展的重要动力。创新包含了"开拓"的内涵。TCL 从小到大，比别人走得更快，工作更有成效，靠的就是创新进取、勇于开拓的精神。

TCL 提出的企业经营目标、宗旨、精神，构成了一个相互支撑的企业文化体系，这也是企业和员工的使命、宣言及核心价值观的体现。TCL 通过企业经营变革、管理创新推进企业文化建设，把企业经营理念变为员工的自觉行动，弘扬"敬业、团队、创新"的企业精神。

实践表明，国际竞争力实质上是在国内培养出来的，企业的竞争力实质上也是在企业内部培养出来的。致力于经营变革、管理创新，最终目的是使其企业的内部管理力度、考核力度、绩效改进力度和优胜劣汰力度达到国际市场竞争的要求，以确保在激烈的市场竞争中实现可持续发展，实现"创中国名牌，建一流企业"的目标。

【思考题】

1. TCL 的企业文化是什么？它是怎样提出？
2. 文化对 TCL 的经营起到什么作用？

3. 组织文化应该如何建立？

【本章要点总结】

1. 企业文化的含义及其特征。
2. 企业文化的基本功能与主要类型。
3. 企业文化的结构层次。
4. 建设企业文化的思路与步骤。

参考文献

1. 周三多. 管理学（第二版）. 北京：高等教育出版社，2005

2. 周三多等. 管理学——原理与方法（第四版）. 上海：复旦大学出版社，2006

3. [美]斯蒂芬·P. 罗宾斯. 管理学（第七版）. 孙健敏译. 北京：中国人民大学出版社，2003

4. 刘永中，金才兵. 管理的故事. 广州：南方日报出版社，2005

5. 余敬，刁凤琴. 管理学案例精析. 武汉：中国地质大学出版社，2006

6. [美]迈克尔·波特. 竞争战略. 陈小悦译. 北京：华夏出版社，2005

7. 张德. 组织行为学. 北京：清华大学出版社，2000

8. 杨文士，张雁. 管理学原理. 北京：中国人民大学出版社，2002

9. 陈莞，倪德玲. 最经典的管理思想. 北京：经济科学出版社，2003

10. [美]F. 泰勒. 科学管理原理. 韩放译. 北京：团结出版社，1999

11. [美]彼得·德鲁克. 卓有成效的管理者. 许是祥译. 北京：机械工业出版社，2005

12. [美]彼得. 德鲁克. 管理：使命、责任、实务. 王永贵译. 北京：机械工业出版社，2007

13. [美]詹姆斯·库泽斯等. 领导力. 李丽林等译. 北京：电子工业出版社，2007

14. 何继善，陈晓红等. 管理科学：历史沿革/现状与发展趋势. 长沙：湖南人民出版社，2004

15. [美]罗伯特·西奥迪尼. 影响力. 陈叙译. 北京：中国人民大学出版社，2006

16. [英]克雷纳. 影响世界的西方管理思想. 董洪兰译. 北京：中央编译出版社，2007

17. [美]丹尼尔·A. 雷恩. 管理思想的演变. 李柱流，肖聿译. 北京：中国社会科学出版社，2004

18. 张德，吴剑平. 企业文化与CI策划（第三版）. 北京：清华大学出版社，2008

19. [美]理查德·L. 达夫特，多萝西·马西克. 管理学原理. 北京：机械工业出版社，2005

20. [美]钱德勒. 看得见的手——美国企业的管理革命. 北京：商务印书馆，1994

21. [美]E. 梅奥. 工业文明的人类问题. 北京：中国社会科学出版社，1994

22. 邢以群. 管理学（第二版）. 杭州：浙江大学出版社，2005

23. 苏勇. 中国企业文化的系统研究. 上海：复旦大学出版社，1996

24. 王成荣. 企业文化学. 北京：经济管理出版社，2002

25. 王吉鹏. 企业文化理念体系构建实务. 北京：中央编译出版社，2005

26. 秦建民. 企业文化新论. 北京：石油工业出版社，2006

27. 赵凯. 对策：突破企业文化建设的难点. 山东：青岛出版社，2005

28. 苏勇，陈小平. 管理伦理学教学案例精选. 上海：复旦大学出版社，2001